赤麓花红了

老雍 —— 著

文化藝術出版社
Culture and Art Publishing House

图书在版编目（CIP）数据

赤麓花红了 / 老雍著. — 北京：文化艺术出版社，
2022.6
ISBN 978-7-5039-7249-2

Ⅰ.①赤… Ⅱ.①老… Ⅲ.①长篇小说—中国—当代
Ⅳ.①I247.5

中国版本图书馆CIP数据核字（2022）第092761号

赤麓花红了

著　　者	老　雍
责任编辑	董良敏　田守强
责任校对	董　斌
书籍设计	姚雪媛
出版发行	文化藝術出版社
地　　址	北京市东城区东四八条52号　（100700）
网　　址	www.caaph.com
电子邮箱	s@caaph.com
电　　话	（010）84057666（总编室）　　84057667（办公室）
	84057696—84057699（发行部）
传　　真	（010）84057660（总编室）　　84057670（办公室）
	84057690（发行部）
经　　销	新华书店
印　　刷	国英印务有限公司
版　　次	2022年8月第1版
印　　次	2022年8月第1次印刷
开　　本	710毫米×1000毫米　1/16
印　　张	28
字　　数	385千字
书　　号	ISBN 978-7-5039-7249-2
定　　价	78.00元

版权所有，侵权必究。如有印装错误，随时调换。

赤麓红花，给你一个不一样的春天。

——题记

目 录

001　第一章　金玉良缘
015　第二章　婚礼之后
026　第三章　新婚燕尔
045　第四章　宝儿不闹
059　第五章　一张鸡蛋饼
069　第六章　动脑子的事
085　第七章　同学聚会
101　第八章　高山之巅
112　第九章　冤家路窄
125　第十章　这个春天
142　第十一章　歪打正着
156　第十二章　该死的姐夫
170　第十三章　替人打工
182　第十四章　香港之夜

197	第十五章	卖身契约
212	第十六章	同学真好
226	第十七章	事在人为
240	第十八章	女人花
253	第十九章	乡巴佬进城
268	第二十章	阿基米德
283	第二十一章	西部梦想
298	第二十二章	男人任性
314	第二十三章	告别鹿川
328	第二十四章	不怕累着
345	第二十五章	踏破铁鞋
360	第二十六章	总是要还的
371	第二十七章	为了女儿
383	第二十八章	借坡下驴
395	第二十九章	青姐的故事
409	第三十章	沉默的日子
421	第三十一章	神秘老板
433	第三十二章	赤麓花红

第一章

金玉良缘

春到上水湾。

赤麓山下的草地上,随处可见绵延不断、没完没了、开也开不败的各种知名不知名的小花。小花汇到一起,漫山遍野,一片通红,人称赤麓红花。

赤麓红花就像邻家小妹,喜欢热闹聚集,连片生长,偶尔一朵两朵地散落在别处,也足够漂亮。

夏连春家老屋西边的田地还没来得及翻种,几株倔强的小花就已自顾自地绽放了。

五小队的人问夏连春父亲:"大老板今年的地不种了?"

"种,不种喝西北风啊!"老夏乐呵呵地回应着,"只是眼下忙着娶儿媳妇的事,顾不上,等忙过这一阵就赶紧朝地里撒把种子,种些苞谷算了。种粮食要比种经济作物省事多了。"

"大老板"是皖州族人对本家大哥的一种尊称,大哥不叫大哥,就叫"我家大老板"。

老夏的儿子夏连春有出息,不仅考上了大学,分到县中学当了老师,而且找了个对象还是县委办公室女秘书。父随子荣,五小队的人都跟着皖州老乡尊称老夏为"大老板",老夏满脸的幸福,跟眼前的赤麓红花似的。

队长黑子,老早就打招呼:"老夏叔,连春结婚的时候可要请我们去县里喝喜酒啊!"

老夏忙不停地打着呵呵:"请""请""一定""一定"。

"五小队的人都想看看你儿媳妇,见识见识县委女秘书是什么样子。"队长黑子说。

黑子是五小队里最早知道老夏儿子夏连春找了个县委女秘书的。去年夏天,黑子的小姨子赵丁香从农业大学毕业,分回到县里,她不想去农业部门。赵丁香从小在农村长大,工作了再不想往农村跑,而想到学校当老师,稳定一些。黑子的老婆赵珍珠为妹妹的事专门跑了趟县里,带着丁香去县中学找夏连春帮忙。

夏连春在五小队的时候跟黑子和赵珍珠相处得都不错。高中毕业那年冬天,夏连春还和赵珍珠一起搞过农村教育工作队,是有过交情的,这个忙他肯定要帮。

丁香本就是个美人胚子,小时候长得就好,几年不见,已经出落成大姑娘了。女大十八变,越变越好看。苗条的身材,白净的皮肤,圆圆的脸蛋,大大的眼睛,像个洋娃娃。尤其是丁香的性格,和姐姐赵珍珠是截然不同的类型,温柔,善良,从里到外透着一种柔和的美。

夏连春对象苗素馨见了丁香就说这丫头讨人喜欢,丁香也喜欢苗素馨,说她就像个大姐姐。丁香的姐姐赵珍珠更是惊叹夏连春也不知道哪来那么大的本事,找的对象一个比一个漂亮。下水湾疯子的女儿凤月琴、高中同学方小青,她都见过,现在又冒出来个县委女秘书。当年赵珍珠妈妈在世的时候,还异想天开地幻想过促成她和夏连春好,现在想想就觉得可笑。

县中学校长裴忠良说赵丁香一看就像个当老师的,县中学刚好缺生物老师,赵丁香可以分过来教生物。

赵珍珠回到五小队就说,夏连春现在这个对象,漂亮,气质好,亭亭玉立，端庄大气，一根及腰的大辫子，一甩一甩的，一双忽闪忽闪的大眼睛，水汪汪的，还是县委女秘书。尤其这个县委女秘书，让五小队人的眼睛都瞪得圆圆的。

"大老板真是有福之人，养了个好儿子。"五小队的人都赞叹不已。

"有什么福？都是名气。"老夏故意把满脸的风光收了收，"过去说，儿子大了，父母得济了。现在是儿子大了，父母得力了。他一工作就把下面的弟弟妹妹一个一个都带到县里上学去了，家里就留我们老两口，身边连个搭把手的人都没有了，什么事都得自己干。"

听话的人明知老夏这是夸耀多于谦逊，但人家有这个资本。十个指头有长短。一娘生九子，九子不一样。生儿当如孙仲谋，顶用的一个就行。

县委大院的苗秘书要结婚了的消息在吉宁县城不胫而走，几个没事就喜欢往县委大门口跑、等着偷看两眼"大辫子"上下班的人恨得牙痒痒，恨不得把谁逮到啃两口才解恨。太便宜夏连春那小子了，这么好的一块儿天鹅肉还真就让癞蛤蟆给吃了。

牙痒痒的人密谋，不能太便宜夏连春那个癞蛤蟆了，得找个机会给这小子整点儿事才好。估计结婚那天他肯定要用车接亲，最好想办法在接亲的车上整点儿事。如果车是带摇把子的，就把摇把子偷走，让他发动不了车；如果是不带摇把子的，干脆就在车前设个路障，堵住，不留下足够的买路钱就不让他走，要是能把他整得尿裤子更好。

俗话说，不怕贼偷就怕贼惦记。夏连春忙着自己的婚事，哪知道背后还有这么一拨不省事的人在旁边盯着。娶个好老婆也是一件得罪人的事，没准儿还会有风险。

苗素馨在县委那边上班比较忙，婚礼的事基本上都是夏连春在准备，有些需要女孩子做的事，丁香就过来帮帮忙。丁香对夏连春和苗素馨都很崇拜，也心存感激，人前人后把连春哥、素馨姐叫得甜甜的，像自家哥哥、姐姐一样亲近。亲近之余也有遗憾，要是连春哥当年真能成为她的姐夫该有多好。

夏连春的同学张碧林也经常过来帮忙。张碧林在县文化馆工作，不需要坐班，时间可以自由支配，他很慷慨："师兄的事就是我的事，有事只管吩咐。"

夏连春说："你胡说，我结婚是我的事，怎么能是你的事？"

张碧林尴尬一笑："口误，口误，我的意思是说师兄不管有任何事都可以吩咐我来干。"

夏连春说："我现在什么'任何事'都没有，就等着把新娘子接进房，别的'任何事'你也就不用管了。"

听他们同学俩斗嘴，丁香忍不住在旁边笑。

张碧林看着忙碌着的丁香，偷偷地对夏连春说："师兄你可不能别的'任何事'都不管了，你自己的事可以不管，由我们来管，但我的事得由你来管。"

夏连春问他有什么事，他说他看上了一个女孩子，得由师兄帮忙。夏连春问他女孩子是谁，张碧林朝旁边正在忙活的丁香努努嘴："就是她。"

"丁香？你小子眼力行啊！"夏连春说，"这事有谱，但心急吃不了热豆腐，慢慢来，还不知道人家心里怎么想，先稳住，别操之过急把人家小姑娘吓着了。"

张碧林说："都男大当婚女大当嫁的年龄了，哪还是你说的那样容易被吓着的小姑娘，别等得太久让别人先下手为强了。"

夏连春打趣道："你就这么急？"

"我急？"张碧林不以为然地说，"师兄你真是站着说话不嫌腰疼，你都要结婚了，我还没对象，我能不急吗？"

夏连春说："好，好，你应该急。一万年太久，只争朝夕。看你们的缘分吧。"

夏连春和苗素馨的婚期定在了7月9日，农历五月二十九。有人问为什么选在这一天，阳历、农历都是单日子。他们俩的回答是，学校放暑假的前一天，老师们都在，人齐，不忙。

这真的也是他们俩选日子时考虑的因素，但另外还有两个只有他们自己和双方父母知道的因素：一个是公历和农历都是"九"，九为大，九为尊，暗含"天长地久""白头到老"的意思，他俩喜欢；另一个是苗素馨父亲手里有一本老黄历，上面说农历五月二十九是黄道吉日，宜嫁娶，父母喜欢。

夏连春这些日子一直在想一个问题，怎样才能给苗素馨一个不一样的婚礼。要是在他们皖州老家就好了，请一个喇叭响手的接亲班子，配上一座八抬大花轿，放上一挂万响大鞭炮，吹吹打打、热热闹闹、轰轰烈烈地把新娘子娶到家，连续摆上三天流水席，把所有的亲朋好友都请来，雇上个戏班子，唱它个三天三夜，只可惜在这个地方根本找不到这样一个民间的喇叭班子。

夏连春问张碧林："你是搞群众文化的，能不能找到吹唢呐的人？"

张碧林说："民间里弹弦的人多，好找，吹唢呐的还真不好找。"

夏连春说："弹弦的不行，接亲的曲子只有唢呐吹起来才有那么一种劲儿，那么一股子味儿。"

张碧林惊愕地说："师兄咋的？唢呐接亲？来一场旧时农村的婚礼？"

夏连春说他也就是这么一想，还没想好。张碧林说："师兄的想法肯定有创意，只是不知道迎亲唢呐吹的都是些什么曲子？"

夏连春说："我知道有一首《百鸟朝凤》，这个曲子在我老家可风靡了，唢呐、笙跟锣和镲配到一起，喜庆热闹。其他还有什么曲子就不知道了。"

张碧林说："问问嫂子，嫂子是学音乐的，没准儿她知道。"这个张碧林，人家两个人的婚还没结，他就一口一个的嫂子叫上了。

苗素馨一听张碧林的问题，就说："什么意思？你们还想搞个吹喇叭、抬轿子？"

张碧林说："师兄就是想给嫂子一个不一样的婚礼。"

苗素馨眉毛一挑，朝着夏连春就说："你是娶回来个童养媳还是娃娃亲？"

夏连春说："至少也是娃娃亲。"

张碧林听着两个人的对话这么顺溜，连俏皮话说得都这么自然，跟真的一样，一点壳都不卡，心里不由得觉得这两个人的婚姻真是没有配错，忍不住说了一句："你们两个太逗了。"

苗素馨接过话来："不是我们两个太逗，是你们两个太逗，连吹喇叭、抬轿子这样的事也能想得出来。"

说着她就认起真来："接亲的事你们两个就不要费心了，我已经想好了，我们两家离得这么近，几步远的路，婚礼那天一不用车，二不接亲，我自己过来，直接参加典礼。"

夏连春猛然一惊，他怎么也没想到苗素馨会生出不接亲的主意来。不用说，她的心思肯定是不想经历接亲时离开父母的不忍和伤心，那样的场面是很令人难过的，她一定会情绪失控。夏连春忙问道："新娘子就这样不请自来行吗？"

"怎么不行？婚事新办的人多了去了，有旅行结婚的，有不办婚礼的。前些年不还有农村的铁姑娘出嫁当天在工地上干完活直接提着十字镐走进婆家门的？她们行，我为什么不行！"苗素馨的口气不容商量，显然她是经过深思熟虑的。

冥冥之中，什么事好像都有个定数。夏连春怎么也没想到，正是苗素馨这个不用车、不接亲的主意，无意间化解了他们新婚当日可能遇到的一劫。

婚期临近，方家云书记问苗素馨："小苗，婚事准备得怎么样了，还有没有什么要紧的事需要办？"

苗素馨说："方书记，结婚的事都是连春在准备。"

方书记说："连春心细，人生大事，他会准备好的，不过有些事，还是两个人一起操办才好。你这两天就不用来上班了，在家收拾收拾，准备准备。"

苗素馨现在心里最要紧的事就是想结了婚回一趟老家，她要带着夏连春到她亲生父母坟前让他们看看他们的女婿，给他们磕个头烧个纸。还要去一趟大别山，给她大伯大妈磕个头烧个纸。还要去一趟夏连春的老家，认认婆家，到老夏家的祖坟上磕个头烧个纸。她已经和夏连春商量好了，等办完婚礼，他们两个一起去找方书记请假，结婚前这几天她就不占用上班时间了。

方书记提前送了夏连春和苗素馨一套床上用品，床单、被套和一对鸳鸯枕头。她说结婚那天，她来参加婚礼，但不参加婚宴。夏连春和苗素馨的意思是婚礼那天方书记也不用来，等他们结完婚再请她到家里来。方书记说婚礼她来，婚后家里请客她也来。她没赶上嫁女儿，不能错过嫁秘书。

夏连春和苗素馨的婚礼在他们自家的小院里举行。小院的葡萄藤已经爬满了架，开始挂果。葡萄架前的麦子花盛开着，大花朵朵。站在麦子花旁边的新娘，一根及腰的大辫子，一甩一甩的，一双忽闪忽闪的大眼睛，水汪汪的。这麦子花和新娘子搁在一起，特别配，特别像，花映人，人如花，花好人好。

小院里人多，站不下，有的人就站到了院子外面。五小队也来了不少人，他们都是冲着苗素馨来的，就是想来看看这个县委女秘书的风采。结果一场婚礼下来，他们感叹的却是老夏这一辈子值了。

这场面，多风光啊，方家云书记来了，于善江副县长来了，公安局局长、教育局局长、司法局局长都来了，农村人哪见过这么大的场面。于善江副县长虽说是上水湾人，但官做大了，平时哪能见得着。

公安局局长胡南平曾在五小队搞过农村教育工作组，已经很多年没见过了，五小队的人见到他都很亲切。夏连春和赵珍珠还跟他一起在工作组干过一两个月，也算是有交情的了，胡南平一见到他俩就开玩笑说："我们曾经是同事。"

老校长现在是司法局局长，还是今天的证婚人。老校长说他给新郎新娘当证婚人,既合情——他是长者,还合理——他们是老同事,更合法——他是司法局局长。作为老同事,他从感情方面作证,他们郎才女貌,非常般配;作为老领导,他从姻缘方面作证,他们夫唱妇随,非常恩爱;作为司法局局长,他从法律方面作证,他们的婚姻合法,有结婚证为凭。

老校长说他曾两次亲眼见过苗素馨为夏连春哭鼻子。一次是夏连春晚上被一个小混混约出去,第二天早上还没回来,她担心得哭了;一次是夏连春胃出血,在办公室休克晕过去了,她吓得哭了。这是为什么?他们俩可以给大家介绍介绍。

老校长说的这两件事,夏连春还真的一直都不知道,这会儿听说了,也好感动。

主持人宣布新郎新娘向双方父母三鞠躬的时候,新娘躬下身子屈膝行礼,突然顺势"扑通"一声跪在双方父母面前,行了一个跪拜大礼,"谢谢你们的养育之恩",接着抽泣不止。

这场面太出人意料了。过去女孩子结婚有哭嫁的,现在的女孩子结婚笑都笑不够呢,哪还有跪拜父母痛哭流涕的。这孩子真懂事。

婚宴设在县饮服公司的人民饭店。人民饭店在县城中心,从新房走过去也就五六分钟的路。吉宁县城就这么大,到哪儿都不远。饭店旁边就是县委。

人民饭店办婚礼,这得花多少钱啊?五小队的人一走进人民饭店就开始啧啧赞叹,唏嘘不已。

小木匠邝喜桂很知道内幕似的给大家解释:"人民饭店的经理是个女的,跟连春熟,连春肯定走了后门了。"

赵珍珠的男人黑子,邝喜桂叫他"黑老鸹"。黑老鸹最看不惯邝喜桂小鼻子小眼的小能人样,张口就问:"别人走后门的事你咋知道的?"

邝喜桂一直都比较害怕赵珍珠的男人,"黑老鸹"的名字就是他在背地里起的,而且还真的就叫出来了。黑老鸹姓黑,人称黑子,复员军人,五大三粗的，五小队队长，说起话来高声大嗓，离得近了震得你胸腔疼。邝喜桂当年刚到五小队，给赵珍珠家做家具的时候就喜欢上了赵珍珠，喜欢上但却得不到，他就在背地里过嘴瘾，"真想把赵珍珠干了"。后来赵珍珠嫁给了黑子，邝喜桂感叹一块肥肉落到了黑老鸹的嘴里，从此再不敢喊那句过嘴瘾的话了，他怕黑老鸹揍他。

这么些年了，一个小队的人，低头不见抬头见的，但邝喜桂还是尽量回避着黑老鸹。今天因为大家一起参加夏连春的婚礼，躲不过去了，他也就硬着头皮跟黑老鸹坐到一个桌子上，硬撑着也要硬朗一回。

在五小队，邝喜桂觉得自己和夏连春走得最近，他知道，五小队的人，特别是黑老鸹、赵珍珠一家人都很在乎夏连春。你不是想知道我是咋知道别人走后门的事吗？那我今天就讲给你听听，让你黑老鸹也长长见识。邝喜桂心想。

夏连春那年师范学院毕业分到县中学，有一天早上来人民饭店吃早饭，别的餐厅早上都是奶茶、馕肉、汤汤饭之类的当地小吃，只有人民饭店早上有炸油条，好多机关干部都来买了油条回家吃。

老百姓进了公家的地方一般都比较规矩，吃饭也一样，人多，排队，不像在别的地方就是一个挤。但机关干部多的地方也是特权比较多的地方，有些人跟卖油条的人熟，来了不排队，径直走到卖油条窗口，朝着卖油条的人笑笑，不说话，递了钱，拿油条，走人。他们目不斜视，旁若无人，实际上他们自知插队理亏，不敢看人，害怕排队的人有意见。

连续看到好几个不排队买了油条走人之后，排队的人说话了："买油条也走后门呢？"

说话间，夏连春身后走出一个人来，中等个，戴鸭舌帽，手里拿了个搪瓷盆，不紧不慢地走到窗口，朝着卖油条的人说："大家都在排队，你怎么不按排队卖？"

窗口里一张粉里透红的面孔看过来，头上一顶白布帽子，帽子下面一双漂亮的大眼睛，可能被炸油条的油烟熏着了，漂亮的大眼睛眨巴了几下，好半天才憋出一句话来:"你是来买油条的还是来看别人买油条的?"

鸭舌帽像是吃油条被噎住了一般,也是好半天才憋出一句话来:"你这丫头怎么这么说话?"

卖油条的丫头风风火火地忙着自己手里的活儿,头也不抬地说:"我的话没错呀,你要是来买油条的就好好排队,其实排队的人也不是很多,一会儿就到你了。你要是当干部的也到前面来加队,不要光盯着别人看,多累呀。"

鸭舌帽显然生气了,回过头,指着排队的人对卖油条的丫头说:"我们后面排队,你们前面插队,买个油条也要走后门?"

卖油条的丫头不温不火地来了一句:"那你就去当县委书记,管管这些插队的人。"

鸭舌帽无奈地摇摇头,没再说话,站回到夏连春身后的队伍里。

啊?夏连春看到鸭舌帽下面一疙瘩红红的酒糟鼻子,他不就是县委书记曹天祥吗?夏连春认得他,上高中开门办学的时候,田光耀带着他们到县委大院当面给他送过请愿报告,他接过请愿报告说的一句话夏连春至今还记得:"支持同学们开门办学。"

曹书记也来买油条?还亲自排队?一种敬意油然而生,夏连春走到窗口前,对里面那张粉里透红的面孔说:"刚才跟你说话的人就是县委书记。"

"啊?你没认错?"卖油条的丫头慌了,端起油条筐子就冲了出来,跌跌撞撞地跑到鸭舌帽跟前:"对不起曹书记,我是饭店经理,刚才只顾忙着炸油条了,没认出您来,我错了!您大人不记小人过,这些炸好的油条您先拿着,不够我们再赶快炸。"

曹书记没要她的油条,不紧不慢地说了一句:"你忙你的,大家都自觉排队。"

这件事之后,卖油条的丫头和夏连春成了好朋友。

听了邝喜桂的话,赵珍珠害怕他们家的黑老鸹再犯起混说出什么叉巴话来，赶紧接过话去，说："这老夏叔真舍得，人民饭店待客，这一场婚礼得花多少钱啊？"

邝喜桂还是小能人一般的口气，说："老夏大哥为连春结婚其实并没花多少钱。"

他的话刚一出口，黑老鸹就一句话怼了过来："你好像对老夏叔家的什么事都知道，我们这边叫老夏叔，你那边还老夏大哥，你好像一下子长大了，我们也要叫你叔？"

五小队的人本来就比较杂，都是外来的，各个地方的都有，没法论辈分，相互间的称呼比较随意，就是叔叔阿姨、兄弟姐妹，没有别的人物关系，现在让黑老鸹这么一怼，邝喜桂一下嘟噜起嘴来，没法接话了。

"怎么不说话了？"黑老鸹不依不饶地逼视着邝喜桂。邝喜桂只有硬着头皮往下说，但已经没有了刚才侃侃而谈的神采和激情。

赵珍珠说夏连春新房的那套家具真气派，特别是那一堵墙的书柜，看得人大气都不敢出一声。说着她又转向她家的黑老鸹："你当年要参加高考的时候说的'书香门第'是不是就是这样的？"

黑老鸹不好意思地笑笑："听邝喜桂说。"

夏连春的结婚家具是邝喜桂做的，他没要钱。做家具的木头是老班长方平前两年从山里拉下来的，没花钱。做家具的事夏连春没操多少心，唯那一堵墙的书柜，他看得最重，用心也最多。

夏连春爱看书，也爱藏书。他说他一直就想有个书房，有个书柜。三间正房，中间客厅，东间主卧，西间次卧兼书房。弟弟妹妹从正房搬到院子自建房里住。

家里的布置，该摆的摆，该买的买，都由苗素馨负责，唯那一堵墙的书柜夏连春负责。两个人的书都装进了柜子，一直堆放在纸箱子里和半截柜里的书也都上了架，夏连春高考复习时用过的高中课本和在新华书店买的代数、散文集，师范学院刻印的讲稿、讲义、资料和教材，都有了存放的地方。这一面墙的书柜，看着就是一种享受。

现在新房里看到的那些电器、大件物品，也多由女方家购买配置，夏连春结婚穿的毛料西装还是前任对象方小青前几年送的。这些东西要是指望夏连春他们家添置，大老板就是砸锅卖铁，把五小队的房子卖了也搞不起。

邝喜桂再不敢叫老夏大哥，也不好意思改口叫老夏叔，称连春父亲好像也不太合适，情急之下，突然想到"大老板"这个称呼应该是最好的。

饭桌上的人都没说话，黑老鸹鼓励他："继续说。"

邝喜桂说婚礼前，大老板问连春："我和你妈什么时候到县里去？"

连春说："结婚那天再来吧。"

大老板等不及，他提前两天把家里养的两头猪宰了，天不亮就赶着毛驴车拉着猪肉到县里去卖，结婚待客的钱他出。

卖肉的摊子摆在人民饭店前的路边上，地上铺了两块旧麻袋，四扇子猪肉堆在麻袋上，小山一样。天热，肉摊子招来好多苍蝇，嗡嗡乱飞，如果不尽快把肉卖掉，肉就变味变质了，大老板当即亮开他洪亮的嗓子吆喝："猪肉便宜了，一公斤降价两毛钱。"

自家的东西什么叫涨价，什么叫降价，还不是自己嘴讲了算，不管多少钱一斤，装到自己口袋才是钱。

半上午，连春过来的时候，四扇子猪肉已经卖得差不多了。大老板一看到连春过来，赶忙朝着他不停地摆手："赶快走，赶快走，你来干什么？"

"我来帮着你卖肉。"连春说着就蹲到了肉摊子前。

大老板催促连春赶快回去，别人看到了不好，哪有人民教师蹲在大街上卖猪肉的？连春没说话，执意留下来，大老板拗不过，也就把砍肉的斧头递给连春："那你卖吧，我去上个厕所。"

大老板又把口袋里的钱掏出来递给连春："你装着，我别把钱掉到厕所里了。"

卖完肉，回到家，大老板赶忙让连春看看卖了多少钱。连春从屁股后头口袋里掏出钱来，数数，一百四十多块。大老板说不对，一头猪的钱也不止一百四十块，两头猪怎么才一百四十多块？

连春当时还有好多别的事要忙，猪肉钱的事也没多想，大老板也没多问。等到忙完手头的事，连春回过头来一想，卖肉的钱怎么出入这么大，是不是自己把钱搞丢了？不觉心里一紧，手心里便冒出汗来，咽口唾沫，嘴边的话也咽到了肚子里，再没敢给大老板提起这事。

饭桌上，黑老鸹突然有感而发："连春这婚结得也怪不容易的，我们那会儿应该多出些礼钱才好，这一会儿也不好再随第二次礼钱了。"

婚礼上，收礼记账的是张碧林和丁香。婚宴散去，张碧林和丁香陪着新郎新娘回到新房，清点交割婚礼上收到的礼品礼金。礼金不多，每个人也就一两块钱，最多不过五块，加起来还不够交人民饭店婚宴待客的费用。礼品倒收了不少，座钟三个，电风扇一个，床单被套好几套，洗脸盆、暖水瓶十好几个，堆了半房子。张碧林看着这些东西，问师兄："咋弄啊，够用一辈子了。"

夏连春说："等你们结婚的时候送给你们。"

"我们？"张碧林的脑子贼得跟老鼠一样，两眼一转，马上有意识地把夏连春的"你们"重复为"我们"。

"对呀，你们将来还不都是要结婚的，难不成还想打一辈子光棍？"夏连春也有意识加重了"你们"的语气。

张碧林举起右手，大指头搓捏着中指和食指，说："等我们结婚的时候可能就只送人民币，不送你们这些东西了。"

夏连春说："那也还真没准，我八〇年刚参加工作的时候，学校同事结婚随礼标准也就是五毛钱、一块钱，礼品多是几个人合起来送个暖瓶、脸盆什么的，现在已经有座钟、电风扇和床上用品了。再往前一点，七十年代参加婚礼还有送笔记本、送书籍的。这些东西收多了，家里没地方搁，送人也不好送，好多礼品上都写有谁谁谁结婚志喜之类的祝贺语。有些人家里的小孩长大了，上小学，上中学，用的笔记本都还是父母结婚时别人送的礼品。"

张碧林嬉笑道:"这叫什么,爹娘结婚,子女受益?"

夏连春说:"你这话有点俗,缺乏美感,应该叫没有金玉良缘,哪来福孙荫子。"

张碧林说:"那就祝福师兄和嫂子早得贵子,儿孙满堂。"

夏连春说:"你就尽管胡说,现在讲的是只生一个好,生儿生女都一样,哪还有儿孙满堂一说?"

第二章

婚礼之后

婚礼之后，为了答谢老领导的厚爱，夏连春和苗素馨在家里置办了一桌酒席，宴请方书记两口子、于善江副县长两口子、老校长两口子、公安局局长胡南平两口子，涂子进修放假回来了，他和周爱兰两口子也来。还有他们双方的父母。

夏连春的老丈人亲自掌勺，大家都夸他的饭菜手艺好。老丈人喜不自禁的同时，也不忘谦虚两句，尤其是恰到好处地对于善江副县长说，他这是第一次做鹿川当地特色的饭菜，做得不好，下次努力。于副县长说已经很好了，尤其是洋葱、孜然之类用料都很有讲究。

饭菜好，饭桌上的气氛也好。方书记带头喝酒，这一桌人就她职位最高，每个人都给她敬酒，她也给每个人回敬，很多人都没见识过方书记的酒量，不知道她这么能喝。夏连春师范学院毕业前夕，在方平家里见她喝过一次，但那天因为是家宴，主要是他们兄妹说话聊天了，酒喝得并不多。

方小青说过，她母亲酒量特别大，从来喝不醉。在省城那些年，因为单身，酒桌上经常有男人想把她母亲灌醉。一开始母亲不敢喝，害怕。后来一点一点慢慢喝，没反应。再后来大杯大杯端着喝，还是没反应。再到后来，一桌子想把她母亲灌醉的人都醉了，她母亲还是好好的。后来的后来，再没人找她母亲喝酒了。别人喝多了的时候是醉了，她母亲喝多了的时候是饱了，谁还再敢和她喝？

酒喝到兴头上，方书记说："不好意思，我和小苗要先走一步，办公室还有些事，接下来就由于副县长陪着大家继续喝。"

众人把方书记送到门口，回过头来于副县长坐到主位，招呼大家斟满酒，加加温，接着喝。

大家正喝到尽兴的时候，苗素馨突然从外面推门进来："不好了，方书记被人打了。"

大家急速冲了出去，夏连春和胡南平、涂子几个人跑在最前面。

方书记捂着肚子蜷缩在小区公共厕所旁边，神志还清醒，但面露痛苦之色。

苗素馨带着哭腔说："我和方书记从家里出来，刚走到厕所门口，就有几个年轻人围了上来，堵住我，说是他们已经在这里等了很长时间了，苗秘书怎么才出来上厕所？"

小区里，自家院子没厕所，家家户户都上公共厕所。

方书记问他们想干啥？他们说："跟你没关系，滚一边去，就是想让苗秘书陪陪哥几个。"方书记说："你们别胡来。"那几个人就说："这个死老太太管事太多。"就对方书记动手了，有一个人一脚就踢到方书记小肚子上。

方书记倒下的时候，让小苗赶快跑回去喊人，苗素馨这才脱身跑了回去。

胡南平说："你们赶快送方书记去医院，我留在这里。"

夏连春俯下身子，几个人把方书记扶起来放到他后背上，背起来就往医院跑。

医院说方书记的情况比较危急，膀胱破裂，损伤严重，尿血不止，需要手术。医院担心会出现休克、感染和并发症。他们采取了急救措施，止血消炎防感染，同时建议转院去省城，那里医疗条件好一些。

　　于善江副县长给县委曹书记汇报了情况，曹书记立即和于善江一起赶到医院看望方书记，并做了具体安排：一是全力救治，县医院抓紧办理转院手续，明早乘飞机去省城，一名医生和方书记爱人、小苗全程陪护；二是安排县委办公室联系飞机场，带上介绍信赶快去机场办理明天的机票和乘机手续；三是县公安局胡南平负责，抓紧破案。

　　夏连春和苗素馨一夜守在医院。早上，苗素馨回家收拾了几件衣服带上，然后她就守在方书记身边，和县委、医院的人一起去鹿川机场。

　　苗素馨陪着方书记去了省城，夏连春回家一个人躺在床上，很困、很累，但却睡不着，一点儿睡意都没有。心里的结打不开，心里的坎过不去。方妈妈是来他新房为他捧场才遇到这个不测的，紧要关头是为了保护苗素馨才遭此祸患的。他愧对方妈妈，愧对方小青，没有保护好方妈妈，反而让方妈妈为保护他们年轻人而受到连累，遭了罪。

　　对方妈妈下手的人到底是些什么人？他们肯定不认识方书记，只是把方书记当成了管闲事的老太太。要是他们知道这个老太太是县委副书记，他们还敢吗？

　　他们是冲着苗素馨来的。这是些什么人？这么大胆。

　　方书记为了保护女秘书而被流氓打了的消息，在吉宁县城迅速传开，人们对方书记的豪侠仗义交口称赞，恨不得立即把那些地痞流氓抓了判了才解恨。胡南平他们压力很大，好几天过去了，破案的事毫无进展。

　　就在公安局抓紧破案的当口，躲在一旁逍遥自在的流氓们，又狂妄地干了一件嚣张到了极点的事：胡南平局长上高中的女儿，晚上和同学一起在学校上完晚自习回家的路上被人劫持了，不知去向，到处找也没找着。直到第二天早上天亮前女儿自己回家了。

　　胡南平问女儿："没出什么事吧？"

　　女儿气愤地说："当公安局局长把自己的女儿都当丢了，还要出什么事？"

流氓的意图很简单，他们并不是要对胡南平的女儿怎么样，也确实没对他女儿怎么样，他们就是要以这种方式向他示威，你能把我怎么样？这一招还真把一向稳重的胡南平气得半死。

夏连春高中毕业那年冬天，广大农村开展冬季教育运动。县里有农村教育工作团，地区派来的。公社有农村教育工作队，县里派来的。各个生产队都进驻工作组，由县里和公社抽人组成。五小队抽不出来合适的人选，寒假期间，就把夏连春抽了过来。赵珍珠在老家上过初中，算是肚里有墨水的人了，也被抽到了工作组。

五小队工作组一共五个人，两名县里来的，公安局的，组长是一名刑警，组员是胡南平，公社派了一名联络员，再加上生产队抽的夏连春和赵珍珠两个人。

夏连春从老家一到上水湾就去了县中学上学，上学一毕业回来就去当了民办教师，五小队的人他认识的不多，认识他的也不多。

赵珍珠是五小队妇女队长于叶梅的大女儿，于叶梅知道夏连春和她女儿一起参加工作组，很高兴。她问夏连春今年多大了，他说十九了。她说比珍珠大一岁。

邝喜桂说："于叶梅你就别打人家连春的主意了，连春有女朋友，是他同学，可漂亮了。"

邝喜桂一句话把于叶梅说得不好意思起来，原本粉里透红的脸，一下变成了红里泛白，赶快自我解嘲地打个圆场："我就是问问连春的情况，他比我家珍珠大，希望他能好好关照珍珠。"

夏连春赶快接话："我们会互相关照的。"

于叶梅说："对，对，你们互相关照。"

公社安排，工作组成员集中培训一周，吃、住、训都在公社。参加培训的有百十号人，夏连春和赵珍珠离公社近，来得晚了一些，远一些地方的学员昨天就来报到了，住宿和听课的好位置他们都已经占了。

夏连春和赵珍珠坐在最后一排，靠着门，有些冷。

讲课的老师是县党校派来的，东北人，大舌头，儿化音，尤其爱把"刚才"说成"方才"，把"但是"说成"然而"。

"我冷。"正听着课，赵珍珠突然小声对夏连春说。

"我也冷。"夏连春说。

"我的手冻得冰凉。"赵珍珠突然像个小孩子一样，伸过手来抓住夏连春的手说，"你的手好热，帮我焐焐。"

夏连春的手一直是热的，不管冬夏，冬天里手都冻疼了，但手心是热的。他的手还软，哪怕干活磨了一手老茧，但手还是软的。

赵珍珠害怕被人看见，她侧过身子，面对夏连春，把手塞到夏连春的袖筒里，装着若无其事的样子听课。

五小队的男人都说，赵珍珠是女孩子里最抢眼的一个，这话没错，她确实属于那种让男人过目不忘、一见心动的女孩。中等身材，微胖，性感，爱笑，稚气未脱，活泼可爱，头上爱扎个小鬏鬏。那样子，让你马上想到一个问题：这个女孩子是你的。夏连春觉得这可能就是那么多男人都喜欢她的原因。

有些女孩长得漂亮，也很耐看，但你只能站在旁边欣赏，她不是你的，别人家的。就像美国，好不好，好，是天堂，但它不是人生活的地方，它不像中国的苏杭，那是人间天堂，是人生活的地方。

有人说距离产生美，那是指亲近的人不要太黏糊了，如果是相距十万八千里、八竿子打不着的人，跟你有什么美的？

这赵珍珠美就美在她身上散发出的一种亲近感，你愿意与她靠近，而且想有肌肤之亲，这大概就叫吸引人。

两个人正在最后一排座位上沉浸在自己的小动作里的时候，教室里突然爆发出一阵哄堂大笑，吓得两个人一下把手抽了回来，正襟危坐，茫然四顾，不知所措，好半天才反应过来，原来大家是被老师诙谐的讲课内容惹笑了。

老师讲："这次农村教育的目的和任务，就是要把小农经济和小生产者不适应社会主义制度的东西割除掉。"

学员问:"什么是小农经济?什么是小生产者?自留地、自留畜、榨油坊是不是小农经济?木匠、铁匠、泥瓦匠是不是小生产者?"

老师说:"是。"

学员又问:"那自留地、自留畜、榨油坊,木匠、铁匠、泥瓦匠都要割除掉?"

老师说:"自产自用的可以不割,只要是不卖、不换钱的就可以不割。"

学员又问:"那以后卖洋葱、卖肉、卖鸡蛋、卖鹿茸、钉马掌子都不允许了?"

这个问题好像出乎老师预料,或者是备课时没准备好。老师稍一沉思,略有迟疑,但却非常巧妙而又不失诙谐地回答说:"讲是我的事,割是你们的事。"

于是引来刚才的哄堂大笑。

夏连春和赵珍珠都觉得老师讲的这些东西太深奥,不好懂。不懂不能装懂,两个人商量,回到五小队,要是有人问他俩农村教育具体的事,他俩就往县里的同志身上推,说他们懂政策,以他们说的为准,他俩也讲不清楚。

工作组一开始的工作就是学习,白天社员学习,夏连春负责念文件;晚上工作组成员学习,组长亲自念文件。组长刑警出身,肚里墨水不多,经常念错别字。胡南平政法大学毕业,科班出身,好像家庭出身不好,组长有点排挤他。

工作组办公室设在村头水管站,水管站隶属于县水利局,有独立的院子。每天晚上学习完夏连春都要送赵珍珠回家。

陪赵珍珠走夜路,送赵珍珠回家,成了夏连春在工作组期间的一项工作内容。两个人并肩走着,离得很近,她还时不时地爱用胳膊肘子捅一下他的肋下。

冬夜，有时候很亮，跟白天似的，有时候很黑，雪地里都没了白光。黑天的时候，她问他："害怕走夜路吗？"

他说："小时候在老家的时候怕，怕鬼。我们户下有一个老奶奶，长年卧床，脸色是灰的。老奶奶活着的时候，小孩子们就不敢去她家，从她家门口过都要快快跑过去。老奶奶死了就埋在村子前面的坟地里，大白天都不敢往那坟地上看，走到坟地跟前我们小孩子都要把眼闭上或是扭头看相反的方向，晚上更是吓得不敢出门。不过自打到了上水湾，就不知道害怕了，是自己胆子大了，还是因为上水湾没鬼，或者是上水湾有鬼但不知道，因为小时候没在这里待过。怕鬼主要是小孩子的事。"

赵珍珠说："我不怕鬼，怕人，怕坏人。就像刚才组长在会上说的，我们两家上报自查情况不认真、不彻底、避重就轻、应付差事，甚至还有隐瞒不报的问题，这组长是怎么知道的？"

说着她就学起组长的话来："'你，夏连春，你家房前屋后开发的那三四亩石头地，你亲自开荒，亲自种洋葱，亲自拉到市里卖洋葱，不报怎么行？你，赵珍珠，你家养的羊，还养了鹿，还卖鹿茸，饲草都是你和你妈亲自割的，你妈还是生产队干部，不报怎么行？'我的妈呀，组长咋把情况搞得这么清楚"

两人正说着话，突然雪地里窜出一只老鼠来，就从他们的脚下跑过去。这老鼠怎么了？怎么从洞里跑出来了？大冬天的不怕冷吗？看来这也是一只少壮不努力，老大徒伤悲的老鼠。春种秋收的季节不干活不储粮，冬闲休息的时候没饭吃，半夜三更顶风冒雪跑出来找口吃的，也怪可怜的。

野地里的老鼠特别大，跟猫一样，赵珍珠被吓得"啊"的一声抱住夏连春。

他说："一只老鼠就把你吓成这样？还是一只冬天里没用的老鼠。"

她才不管它是什么时候的老鼠呢，反正现在抱住了夏连春这根可以救命的稻草，就是不撒手。但好半天，夏连春就那一副无动于衷的样子站在那里，雕塑一般。她有点不好意思了，慢慢松开了一直抱着他的手。

第二天早上一到水管站，两个人就迫不及待地找机会跟胡南平聊聊。胡南平为人平和，处事公正，是个有文化、有思想、有主见的人，平时话不多，会上一般不发言，一旦发言就没有别人再讲的机会，想插嘴都插不上。

胡南平对他俩说："一要端正态度，不能抵触，不能对抗，更不能犯上，组长是个有个性的人。二要实事求是，不要怕，该报就报，天塌不下来，你这里遇到的情况别的地方也会遇到，报了再说。三要相信组织，发现问题，处理问题，都需要时间，都有个过程，现在是冬天，开春了再说，那时没准儿就有了更好的解决办法。"

听了胡南平的话，两个人豁然开朗，心里一下就亮堂了。

那个冬天里，工作组组长要求工作组和五小队重点做好三件事：一是自留地可以种，但种出来的东西只能自用，不能卖；二是牲畜可以养，但养出来的牲畜只能自食，也不能卖；三是手工副业可以干，但要由生产队统一组织，生产队给那些木匠、铁匠、泥瓦匠等干活的人计工分，不能私自挣钱。"

五小队的人一听工作组要这么干，那怎么行，庄稼人不种地，不养牲口，不做手艺，干什么？吃什么？喝什么？还能像你们干部一样拿工资？老百姓的思想，就像开了锅的稀饭，不注意好火候马上就要潽了。

一向不爱说话的胡南平终于开口了："农村教育的许多事都不能操之过急，更不能激化矛盾，应该和其他各个工作组的工作相衔接。"

虽然组长不容易听进别人的意见，甚至还声称要和工作组内部的错误思想作斗争，但胡南平毕竟和他是一个单位的，同事的面子总还是要给的。

在那个困难时期，胡南平为五小队老百姓所做的工作和努力，五小队人一直铭记着，至今人们还时常念叨胡南平的种种好处，要是胡南平将来能当上公安局局长就好了。胡南平终究没有让五小队的人失望，后来真的就当上了县公安局局长。

眼下，就在胡南平局长为方书记被打案子一筹莫展的时候，假期里进修回来的涂子又收到了一封恐吓信，要他小心点，威胁他要为两年前那个"瓦尔特保卫萨拉热窝"式的"掏心锤"付出代价。

涂子最近工作有了新的调整，由县中学副校长调任县委党校副校长，下个学期还让不让他再出去进修也在两可之间了。

虽然胡南平女儿被劫持和涂子收到恐吓信这两件事在吉宁没多少人知道，没有造成多少负面影响，但胡南平心里明白，吉宁县的社会稳定和治安状况正在受到威胁和挑战。要不然，这些人也不会这么胆大妄为。作为公安局局长，面对严峻的形势，维护治安的力量必须强起来，打击的手段必须硬起来，才能确保一方平安。眼下，要抓紧对已经掌握情况的研判，用好这次恐吓信提供的带有明显指向性的线索，力争在方书记回来之前把案子破了，把打人凶手绳之以法。

方书记正在省人民医院接受治疗。省人民医院是方书记曾经工作过的地方，她在这里工作了十几年，比在吉宁的时间还长。这里才是她真正的娘家。

十年媳妇熬成婆，当年一起工作过的同事，现在都是某个医学领域的专家。同事们感叹，方家云要是不走，没准现在都成了他们的院领导了，因为她是他们当中学历最高、牌子最硬的。

方书记在这里得到了无微不至的关怀和悉心细致的治疗。手术成功了只是治疗的第一步，后续的治疗、护理、康复每个环节都必须跟上才行。方书记爱人作为病人家属，在这里才真正看到了县里的小医院与省城大医院的差距。

苗素馨自打小时候从老家来到鹿川，她还是第一次坐飞机，第一次走出赤麓山，到了省城这个比鹿川大了很多的城市，她什么都还没顾上看，没顾上体会，全身心地扑到了方书记身上。一来这是她的职责，二来她是为了报恩。方书记是为了护着她才遭此一劫的。

方书记安慰小苗："我的情况正在好转，你心里也不要太沉重，这几天累坏了，没事的时候多歇一歇，有时间了跟小青出去走走逛逛，看看省城。"

方书记一到省城，女儿女婿就赶到了医院。做完手术，推到病房，护士说病人要保持安静。小青留在病房，其他人都出去了。麻药还没过，人熟睡着，浑身插的都是管子。小青坐在病床前，看着熟睡中的妈妈，伸出手来，抓住妈妈的手。不知怎么的，眼泪就流了下来。

晚上，小青叫爸爸和其他人都休息，她留下来陪妈妈。爸爸说，那你小孩怎么办？她说小孩不用管，在厂里的托儿所全托，一周接一次。

方书记的身体底子好，再加上医生护士尽责，陪护人员尽心，只三五天的时间，她就平稳度过了容易引起感染和并发症的危险期。大家的心情逐渐好了起来，病房里开始有了笑声。

女儿女婿天天过来，他们都想多在医院里陪陪她。没想到一家人居然是在医院里团圆了。

方书记两口子这是第一次见到女婿蔡团长，比他们想象的要好。人也长得英俊，比夏连春还显得魁伟壮实，但略显粗糙一些。说话做事也还得体，没有什么可挑礼的地方。不过他好像更多的是看着女儿的脸色说话做事。看着两个人每天一同出入病房的样子，日子过得应该也还不错。方书记闭目躺在床上，心里一直堵着的那块石头总算慢慢落了下去。

方书记的身体逐渐恢复，周末，女儿可以把小外孙带到病房来看姥姥了。

小外孙叫华华，他妈妈给起的名，也跟他妈妈姓方，大名叫方华。姥姥问："这样行吗？"

女儿女婿都说行，《婚姻法》上有规定，孩子姓父姓或是姓母姓都可以。小青说："那我不就跟你姓方吗？"

华华已经一岁两个月了，刚会走路。男孩子比女孩子走路晚，说话晚。现在走起路来还是跌跌撞撞的。看着他走路，可好玩了，两只手举在空中，自己掌握着平衡。你老担心他会摔跤，可人家就是摔不倒。

让华华喊姥姥，他喊奶奶，让他喊姥爷，他喊爸爸，让他喊阿姨，他喊妈妈。方小青说华华现在只会喊奶奶、妈妈、爸爸。他见到老太太都叫奶奶，见到男的都叫爸爸，见到女的都叫妈妈，所以就不要为难他了，不要让他叫姥姥，就让他叫奶奶吧。再说他本来也就姓方，是老方家的人。

让华华叫苗素馨阿姨，他叫阿妈妈。方小青说她儿子很有创意，不叫阿姨了，就叫阿妈吧。华华爷爷奶奶都是陇州人，陇州人本来就把叔叔叫爸，把婶子叫妈，大爸二爸三爸，大妈二妈三妈。以后把夏连春也叫阿爸。

蔡团长知道方小青忘不掉夏连春，只是她嘴上不说，平时也不表露罢了。所以他也尽量不去招惹她。她想让孩子叫他们阿爸阿妈也算是一种寄托和念想吧。这样也好，以后大家见了，因为孩子的关系，还会显得自然一些，亲近一些。

方小青和苗素馨两个人都没想到会在这样一种场合见面。也可能是因为方书记的原因，也可能是因为夏连春的原因，两个人见了都不陌生，似曾相识的感觉，好像都能从对方身上找到自己的影子。

方小青在这之前对夏连春的个人问题一无所知，从来没听说过他身边有个苗素馨。这次见了才知道他居然找到了这么优秀的一个女孩子，高兴之余，她居然还生出了些许嫉妒来。

苗素馨对方小青的了解也仅限于夏连春的讲述。见了方小青本人她才知道，为什么在他们分手后近两年的时间里，夏连春再不愿谈对象，迟迟走不出与方小青的感情。苗素馨纳闷：也不知道这两个人是怎么走着走着就阴差阳错地走岔了、走丢了的？

第三章

新婚燕尔

新婚燕尔，独守空房，夏连春的心被分成了两半，一半在省城，一半在县城。人家说娶了媳妇忘了娘，这话一点不假。放在过去，他这会儿肯定在上水湾的农田里干活呢，可现在他的全部心思却都跟着新婚妻子走了，天天都在焦急地等待省城和县里的消息。

省城那边也不知道方妈妈的伤情怎样了，按照现在的医学水平和医疗条件应该不会有大的问题，但不怕一万就怕万一，万一有个什么闪失或是留下了什么后遗症呢？那他就要担负起照顾方妈妈的责任，方小青现在的情况，连家都不回、不要、不认了的人，还能指望得上她？

那叶子呢？尽管苗素馨已为人妻，但夏连春私底下，在心里，还是喜欢叫她叶子，他觉得叫叶子亲切。叶子对照顾方妈妈会有意见吗？人家可是为了咱才遭此一劫的。

叶子和方小青这一次肯定见面了，也不知道两个人相处得怎么样？

县里这边也不知道案子破得怎么样了，凶手一天抓不到一天放不下心。他很想去问问胡南平局长，但案子的事怎好打听？估计公安局那边比我们这些老百姓还要着急，案子破不了，凶手没抓到，没法向曹书记交代，也没法向方书记交代，更没法向社会和老百姓交代。

漂亮的老婆难养。夫妻可是一辈子的事，这才刚娶到家呢，日子还没开始过，别人就惦记上了。他真气得牙痒痒，有本事站出来咱单挑？

可叹这个人已经站不出来了。公安局里突然传出大消息，打方书记的案子破了，人也抓了，就是案子没破他也不会跟你单挑，因为他不是一个人，而是团伙。由这个案子顺藤摸瓜，牵涉出一个几十号人的流氓团伙，为首的是县委办公室主任刘忠义的大儿子刘新忠，刘新义也在其中。县里把这个案子作为打击刑事犯罪的第一案，还能轻饶得了他们？真是大快人心。

不知道这个时候刘忠义的心里该作何感想，是养不教父之过，还是认为老校长在报曾经被他辱骂之仇？老校长已由司法局局长提任县法院党组书记，副县级，由他负责这次公检法司打击犯罪联合办案的具体协调工作。

方书记和苗素馨也从省城平安回来了，夏连春的生活开始恢复正常。刚结完婚老婆就走了，小夫妻的生活还没来得及过呢。现在终于可以静下心来度蜜月了。

今年的夏天真热，傍晚时分的街道上，还是热烘烘的。夏连春上街买菜路过县委大院门口，遇到苗素馨跟在方书记后边下班出来。

"连春来接小苗下班回家？"方书记问。

"我买菜路过这里。"夏连春的脸一下红了。

"还不好意思呢？"方书记笑呵呵地走了。

进得家来，一下子凉快了很多。叶子四仰八叉地往床上一趟，口中念道："累死了。"

这什么样子？平日里的淑女形象哪去了？这四仰八叉的什么意思？

夏连春盯着她看。她闭上眼睛不理他。他坐在她身旁的床边上，手指点着她的鼻子："想睡觉？"

她有气没力地来了句："歇一会儿。"

"我陪你睡。"他伸手解她的裙子，坏坏地说，"别把裙子揉坏了。"这是她以前最爱说的一句话。

她睁开眼，一双水汪汪的大眼睛，忽闪忽闪地盯着他："你这脑子里一天到晚都想啥呢？"

"都想你呢呀，还能想啥？"

好晚了，两个人也不知道睡了多久，外面已经没有了嘈杂声。他起来，说给她做饭去。她说别做了，我们回去随便吃点。她说的"回去"指的是她父母家。

夏连春笑笑，说："这么晚了，他们没给你留门。"

她翻身把他搂了过来："你还记得这话呢？"

夏连春说："爱是不能忘记的。"

这一个假期，成了两个人真正的蜜月期，除了偶尔回一趟上水湾，其他时间都在自己的小家里，哪也没去。结婚前商定的回一趟皖州老家的事，因为方书记被打，没能成行。去年暑假涂子和周爱兰旅行结婚，从南方给他们代买回来的一台三洋录音机，成了两个人的最好陪伴。每天晚上都要围着录音机学唱港台歌曲，什么《甜蜜蜜》《香港之夜》《相见在明天》之类。唱到情动处，两个人还会站起来跟着音乐跳几曲，有时候还学着舞场里的做法，关了灯，温馨一刻。

去年涂子从南方回来给大家带了好多东西，很好看，很洋气，都是年轻人喜欢的，像什么港衫、墨镜之类的，都扔在自家床上，来的人自己挑选。不是送的，谁要谁掏钱，但很便宜。涂子说，现在南方年轻人最流行的就是穿港衫，戴墨镜，听录音机。

涂子给夏连春送了一件港衫，没要钱，算是答谢媒人。这个夏天，夏连春就一直穿着它。

叶子笑话他："真是老土开了回洋荤，穿了件港衫在身就舍不得脱了。"

夏连春说："主要是为了方便，出去能穿，回家也能穿，不用出来进去一会儿穿一会儿脱的。"

叶子说:"做饭都穿,一股子油烟味。"

夏连春嘿嘿笑笑:"老婆讲究,伺候老婆的人也得讲究点才行,否则,就不般配了。诶?我的婚后表现怎么样?还好吗?"

叶子说:"不好。"

夏连春问:"为什么?"

叶子说:"天天就像喂猪的一样把人家都喂肥了。"

夏连春听懂了叶子的话,夸咱呢,随即顺杆子就往上爬,说:"我体会呀,这夫妻生活其实挺简单的,只要做好三件事,就是好夫妻。"

叶子问:"哪三件?"

他说:"吃饭、睡觉、洗衣服。"

叶子说:"废话,哪个人不吃饭、不睡觉、不洗衣服?"

夏连春说:"一个人吃饭、睡觉、洗衣服和两个人吃饭、睡觉、洗衣服是不一样的。一个人的时候是一个人吃饱全家不饿,不用顾及别人。两个人就不一样了,两个人是过日子,过日子是有讲究的,比如说当老婆的,如果你不给男人做饭,不给男人洗衣服,不和男人睡觉,那还叫老婆?"

叶子突然反应过来:"你这是在拐弯抹角批评我不会做饭呢?"

夏连春说:"哪能,夫妻之间还有一个不强人所难的事呢。比方说,我不会洗衣服,你洗,你不会做饭,我做,我们两个都会睡觉,那就一起睡。"

说着他就要把叶子摁倒:"这睡觉也是有讲究的。"

叶子把他推到一边:"你把睡觉也当吃饭了?"

叶子不会做饭,结婚前吃现成的,父亲做。结婚后还要吃现成的,夏连春做。如果哪天你没来得及做,她就会跑回家吃她爸爸做的饭。

夏连春开玩笑说:"娶个漂亮老婆搁到家里也是麻烦,你得做给她吃做给她喝,要不她就跑回娘家了。"

叶子说:"我漂亮吗?"

夏连春说:"你不漂亮吗?"

叶子说:"你从来没说过。"

夏连春说:"还要我说吗?连不认识的流氓都来劫色。看来以后还真的要把你看好了,看住了,不要让别人夺人所好或是顺手牵羊给牵走了。"

叶子说:"我还以为你的眼睛里只有一个方小青漂亮呢。现在看来,方小青当年可能就是你没看好,没看住,被人家顺手掳走了的。"

夏连春叹息:"怨不得人家说老婆漂亮了男人不长寿呢,原来你必须时时处处惦记着她。你不惦记,别人就会惦记。"

叶子翻了翻眼睛:"你怕死吗?"

夏连春赶紧说:"我不怕死。男人如果不长寿,肯定是爱死的,不是吓死的,更不是操心操死的。"

不过,最近叶子让人操心的事还真的不少,而且日渐多了起来。她是对新婚生活不习惯呢,还是嫌夏连春做的饭不好吃,开始挑食。夏连春现在做饭可比以前正规多了,再不是天天馕顿顿揪面片了。但叶子有时候还是不开心,他就担心,开学后弟弟妹妹都来了,她要还是这样,别让弟弟妹妹们有想法了。

夏连春跟她商量:"要不咱还是给方书记请个假,回趟老家,出去旅行一趟?"

叶子轻叹一声:"那咋行,方书记刚从医院出来,正需要人照顾呢,我们这个时候请假出去,咋好说呀,不合适,还是算了吧。"

秋季快开学的时候,叶子突然告诉夏连春:"情况不好,我已经一个多月没来好事了。"

夏连春问:"什么好事?"

她气得一句话甩了过去:"你要当爹了!"

她原以为她这句"你要当爹了"的话会把他吓着的,因为他们还没有这个计划。没想到他听了以后居然兴奋得一下把她抱起来,跟电影里似的,就地转了两圈,说:"真的?"

她说:"还不确定,到医院查查才知道。要是真的怀孕了咋办?"

他说:"怀啊,要啊,生啊,当爹当娘啊!"

听了他的话,她也踏实了。这两天她老在想,要是真的有了,她还是想把孩子留下的,也不知道他同不同意?现在看来,两个人回老家出去旅行的计划是彻底泡汤了。真是人算不如天算,计划没有变化快。

夏连春搂着叶子说:"看来我还行啊?"

叶子点着他的鼻子说:"你还怀疑过自己的能力?"

叶子真的怀孕了,医院的检查结果出来了。而且她的反应激烈,孕吐、挑食、身子重、不想动弹,她都有。

开学后大妹妹都不会做饭了,不知道大嫂到底喜欢吃什么。其实吃什么都无所谓,反正她吃了就吐。

夏连春感叹:"这女人真是个怪物,她吃了吐,吐了还吃,好像肚子里什么都没有留下,苦胆都吐出来了,结果人还渐渐胖了起来。"

叶子每天下班回来,就抱着书看,哪儿也不想去,连她父母那边也不想去。夏连春怕她憋出毛病来,就叫张碧林和丁香经常过来,四个人一起说说话,打打牌。刚好那两个人晚上也没什么事,大家各得其所。

张碧林高兴地对夏连春说:"师兄你就是跟一般人不一样,做好事都让人感觉不出来。"

夏连春说:"你既然都没感觉出来又怎么知道我做好事了呢?"

"我知道呀,"张碧林说,"师兄是不是早就觉得我和丁香合适,有意把我们往一起撮合,让我们自己接触,自己发展?最早让我们给你们筹办婚事,结婚时又让我们两个收礼记账,现在又让我们俩来陪嫂子,这不都是在给我们创造条件、提供机会吗?"

夏连春笑问:"有进展吗?"

"有进展,进展大了。"张碧林喜不自禁地说,转而又问夏连春,"苗老师预产期是什么时候?"

"你问这个干吗?"夏连春想了想说,"明年春天了。"

张碧林的想法和打算是:"在师兄当爹的时候,我要正式成为丁香的男朋友。"

十月怀胎,一朝分娩。冬去春来,人间四月。张碧林和丁香邀夏连春和苗素馨去附近的杏园赏花。苗素馨不想去,这几天预产期就要到了,她不敢走远。

丁香说:"没事,我们俩陪着你。"

苗素馨笑问:"你们俩?"

丁香"嗯"了一声,脸就红了。

苗素馨捧着个大肚子吃力地站了起来,说:"走,我们陪你们俩去赏花。"

丁香赶紧上前搀扶着苗素馨。夏连春和张碧林跟在后面,四个人一起往外走。

四月的杏花,是赤麓山下的第一抹春色。赏杏花受时间和气候因素的影响比较大。杏花的花期很短,只有五到十天时间,早了花苞一点,晚了落英遍地,要恰到好处地欣赏到杏花还真不是件容易的事。

苗素馨预产期的前两天,方书记就不让她来上班了,而且提前给她联系好了病房和床位。夏连春的母亲也到县里来了,还把最小的弟弟也带了过来,她不仅要来等着儿媳妇生产,还要在这里服侍月子。

母亲亲手做了婴儿的小被子、小衣服,光尿布就准备了一大包,都是用开水煮过了的。家里好多软乎一点的旧衣服旧床单都让母亲用掉了。夏连春那件肩膀上渗着油成了荡刀布的棉袄,也被母亲拆掉了。夏连春本来想把那件棉袄留着的,但转念一想还是拆了的好,老背着那旧有的包袱干吗?

叶子的预产期一到,夏连春就和母亲、岳母一起,把她送到了医院。

入院检查之后,医生说还早着呢,要是这么简单就能把孩子生了,那不跟鸡下蛋一样容易。先回家待着,肚子疼了再来也不迟,反正你们住的离医院也不远。

夏连春和母亲、岳母又把叶子带了回来。本来叶子对生产还比较从容，认为女人都是要过这一关的。但经医院这么一折腾，听了医生一席话，她却突然无由头地紧张了起来。既然不简单，又有多复杂？既然不像鸡下蛋那么容易，那这女人生孩子到底有多艰难？

晚上，夏连春的岳母留在这边陪叶子一起睡。夏连春睡次卧。母亲带小弟弟睡三弟原来的屋，三弟去年已考上大学走了。

他们就这样在家里等了三天，叶子的肚子还是没反应。夏连春有些着急，带叶子再到医院看看，还是三天前那个医生接诊。这次医生又问了个让叶子接受不了的奇葩问题："你不会把预产期记错了吧？"

回家等候，叶子问夏连春："我看上去就那么笨吗？就像个连自己的生理期都记不住的人？"

夏连春说："你不笨，那个医生笨，她笨得连一个能记住自己生理期的人都看不出来。"

吃晚饭的时候，叶子突然说肚子有点疼，吃完饭肚子就疼得厉害了。真的是该临产了。一家人手忙脚乱地提上为叶子住院、生产准备的东西和小孩的用品，赶快往医院去。

到了医院，值班医生一检查，就抱怨："都过了预产期三天了，还这么沉得住气在家里待着？这一会肚子都疼成这样了才往医院里来，宫口都快开全了，要是生在路上咋办？赶快进产房。"

夏连春和护士一起把叶子推进产房，其他人就不让进了。进了产房，叶子肚子疼痛加剧，一阵紧似一阵，一开始还能忍受，后来下嘴唇都咬烂了，实在忍不住了，就开始大喊大叫地哭嚷着。夏连春心疼地扶着叶子，叶子使劲地打他，口中还念念有词："都怪你！都怪你！"

接生医生见此情景，还不忘调侃她："生儿育女是两个人的事，一个巴掌拍不响，怎么只怪人家呀？"

叶子好像受了什么委屈似的，伸手抓着夏连春就"嗷嗷"地哭了起来。

声嘶力竭的喊声中，突然传出"哇哇"两声清脆的哭叫声，新生命诞生了。

叶子浑身空落落地瘫软在产床上，无力地问了声："生出来了？"

夏连春搂抱着叶子，心疼着叶子，轻轻回答："生出来了。"

医生在一旁补充道："跟妈妈一样漂亮的小千金。1984年4月22日，22点22分，3.2公斤。"

奶奶、姥姥、姥爷，都在外面等着呢。得知母女平安，都眉开眼笑地松了一口气。

奶奶这个时候才发现，她从家里拎过来的荷包蛋，还在手里提着。本来是给儿媳妇生产时吃的，结果忘了，还在保温桶里搁着。这一会看着儿媳妇从产房里推出来才想起来。

母女俩在病房里安顿好已经很晚了，护士说只能留一个人陪护，其他人都回去吧。这个时候，夏连春才顾得上去看看他的宝贝女儿。

叶子问："你不喜欢她吗？"

"谁说的，我都喜欢死了。"夏连春说，"只是一直没顾上她。你以后可别告诉她，她一生下来的时候我没顾上她啊，反正她也不知道。"

叶子躺在病床上，女儿在她左边。夏连春放了一把躺椅在病床右边，但他没躺，而是一直趴在叶子右边的床沿上。叶子左手搂着女儿，右手插在夏连春后脑勺的头发里。这一夜，这一家三口睡得特别踏实，特别安静，特别温馨。

医院住了三天，出院的时候办出生证，要给孩子正式起名，叶子问夏连春想好了没？叫什么好？夏连春说："你是夏季怀的她，就叫夏季吧。季的引申有谷物的意思，她是属鼠的，寓意也好。小名就把'季'的上下两部分拆开，叫'禾子'，既有田禾的可爱，也有禾苗的本意，更与'叶子'相照应。怎么样？"

叶子笑笑："你早就想好了？"

夏连春说："本来叫夏叶或是夏叶子也是可以的，我的姓，你的名，但夏季好像跟她的属相更合一些。要是能再生一个，就可以叫夏叶、夏子或是夏叶子。"

叶子说："你还想要啊？"

夏连春说："多子多福嘛。"

叶子说："老封建，我才不再给你生了呢。"

夏连春说："闹了半天你是给我生的呀？"

叶子说："不是吗？她姓夏，又不姓苗。"

夏连春说："那下一个姓苗，苗叶子？"

叶子说："你到底想要多少个叶子？"

夏连春嘿嘿一笑："一个就够了。"

出院回家，夏连春的母亲全身心伺候月子。岳母要上班，只能下班了才过来看看，有时候上班也顺道进来看看再走。

来家里看望的人多了起来，于善江副县长家的席琳大姐也来了，还给叶子熬了当地人坐月子吃的营养粥。叶子说营养粥好吃，婆婆赶忙让席琳老师教她怎么做，学会了给儿媳妇熬着吃。

到家里来的人，都要把小家伙抱起来看看。几个妹妹没事就到大嫂房间逗小侄女玩，有时候还要把禾子抱起来走走抖抖。没几天，这小禾子让人抱得就睡不住了，就要抱，放下去就哭。这可害苦了夏连春，禾子晚上哭，他就要把她抱起来哄，边哄边感叹："还是政府说得好，生娃还是一个好。"

叶子问："不想要老二了？"

夏连春继续感叹："也不知道我父母当年是怎么把我们兄弟姐妹七个带大的。"

进入五月以后，农村里开始忙了起来。叶子出了月子，母亲赶紧回了趟上水湾，家里就父亲一个人在家，怕他忙不过来，要回去看看，过不了几天就回来。

叶子上班了，但可以晚去早回，中间还可以回来喂奶。好在叶子的奶水好，省了带孩子的很多事，要不然，还不知道一夜要起来多少次。

暑假了，放假前，裴校长找夏连春谈话，问他愿不愿意去县广播站工作，当记者。

说心里话，夏连春不是愿不愿意去的问题，而是能不能去的问题。他是太愿意去，太想去了。对他们学文科的人来说，当年学校毕业的时候要是能分配到新闻单位当个记者，那简直就是一步登天的工作，人上人的工作。现在就困难了，中小学教师一律不让改行，这是硬规定。就是有那个可能，也没那个办法了。只要教育口不放，你就一点脾气也没有。

但既然裴校长主动问了，他也就明确回答："愿意。"

裴校长说："那你打个报告。"

夏连春的牛脾气又上来了："报告我不打，如果组织上觉得我到那合适，或者是组织上想让我到那里去，组织上定就是了。我服从组织安排。"

放假前，学校没给夏连春安排下个学期的课。

学校里传言和说法很多。有的说，夏连春把裴校长得罪了，裴校长要把他从县中学扫地出门。有的说，夏连春已经结婚生女，和方书记那里已经没有关系，没人给他撑腰了。还有各种各样的说法，反正对夏连春都是不利的。夏连春自己也被搞得一头雾水，莫衷一是，不知道下个学期等待他的会是怎样的结果。

这个假期真难熬，一方面要专心致志地在家里带他的小禾子，好让母亲腾出手来带着小弟弟和三个妹妹一起回家干活。过了暑假，小弟弟也要来县里上小学，那时候母亲就要以县里的家为主，让父亲两头跑了。另一方面下学期的事又不能让他不想，关键是想了也没用，命运掌握在别人手里。

就这样十五个吊桶打水，七上八下地过了一个假期，临近开学前，夏连春突然接到县教育局通知，到教育局教研室上班，工作关系也随之从县中学转到了教育局。夏连春自己没有经手，都是教育局人事股直接办的。

几乎就在同一时间，裴校长也从县中学调离。县里新成立了广播电视局，裴校长调到广播电视局任局长。

裴校长调离后，教育局的周爱兰副局长才给夏连春讲了他工作调动的经过。裴校长因为是老广播人，县里在筹建广播电视局的时候，他就参与了不少前期工作。裴校长已经提前知道自己要调回广播电视系统工作，他是想把夏连春带到广播电视局去，所以他在临调走之前，利用他在教育局和县中学当领导的便利，想先把夏连春调过去。教育局这边也早有调夏连春来局里工作的打算，因为担心裴校长不同意，所以就没说。这次正好借裴校长要把夏连春从县中学调出的机会，把夏连春的手续办到局里，之后教育局不放人，不让走了。

夏连春没想到他调离县中学的背后会有这么多的故事，他突然对裴校长肃然起敬，觉得这是一个真正的君子。他也对错过与裴校长再次共事的机会而惋惜，他还是对当记者更感兴趣。

晚间，夏连春拉着水老师一起去裴校长家里坐坐，裴校长意味深长地说了两句话：一句是他和夏老师在县中学的关系就像是大海里立起的两朵浪花，在风力的作用下，永远走不到一起。第二句话是如果把这两朵浪花放到另外一处风平浪静的环境里，就有可能形成一股巨大的合力，托起重荷，或是灌溉良田，发挥更大的作用。"只可惜，良将不归我用啊。"裴校长惋惜道。

"不过到了教育局也很好，接触的面宽了，可做的事很多，也可以给我们写写稿子。"裴校长又叮嘱道。

听了裴校长的建议，夏连春利用教研室掌握第一手资料多的便利条件，经常综合编写一些教育上的新闻稿件寄发出去，吉宁县教育上的事开始经常见诸报端，也经常在广播里听到，通讯员夏连春的名字也经常能在报纸上见到，在广播里听到。搞得邵汉飞和弯越他们这些搞新闻的同学都不知道夏连春现在做什么工作，来信询问："怎么突然写起新闻稿件来了？"

县里的同志也开始关注起夏连春。教育局穆汉局长调侃道："我们这么多人干了这么多工作别人都没看见，夏连春一支笔就让所有人都知道了我们全局的工作。他一个人比我们所有人都厉害。"

时间不长，夏连春就被县委任命为教育局教育股股长。夏连春后来经常开玩笑说："我是当过经党委任命的最低一级领导职务的。"

年底政府换届，夏连春被抽到会议文件起草组，参与政府工作报告的起草工作。人代会召开期间，夏连春又被抽到会议秘书组，参与会议的有关文字工作。夏连春的文字能力已经得到普遍认可，被称为县里的"笔杆子"。

于善江在这次人代会上当选为县长。会后于县长叫夏连春到他办公室去，夏连春一见面就兴高采烈地祝贺。于善江说："还叫善江哥。"

于善江说："政府办公室的同志说你的文笔很好，想调你到政府办公室工作，不知你有什么想法，想听听你的意见。"

夏连春说："我当然想在善江哥身边工作了。"

于善江说："那我知道了。"

年后，省里来通知，近期召开省教育工作会议，要求各地提前报送相关材料。晚上，夏连春正在书房里加班写材料，苗素馨突然手里拿着收音机急匆匆走过来，慌慌忙忙地说："你们教育口出事了，电台刚报了内容提要。"

夏连春和苗素馨一起收听详细报道。特约通讯员，《鹿川日报》记者邵汉飞报道：吉宁县太阳升乡上水湾小学危房拆迁时，发生一起木头被抢、教师被打事件。事发至今已半月有余，无人过问。

短评：在全党高度重视教育的今天，吉宁县发生的这起农村小学财产被抢、教师被打事件，说明了尊师重教还有很多工作要做，还有漫长的路要走。事情已经过去半个多月了，村里不管，乡里不管，县里也不管。这事到底谁来管？我们拭目以待。我们也将持续跟踪报道，直至彻底解决。

显然，这是配合省教育工作会议抓的典型，不处理好是不会收场的。这个邵汉飞，也不知道他是什么时候发现这件事的。

县委对这件事高度重视，曹书记连夜召开常委会议，研究具体解决办法。曹书记质问教育局和公社是怎么搞的，事情是怎么发生的，这么多天了为什么不解决？这个时候公社已经改成乡了，但从县委书记嘴里，还能脱口而出地把乡说成公社，肯定不是简单的口误，而是真的被气着了。

曹书记要求，立即组成调查组进点调查，尽快搞清情况，拿出解决问题的办法和处理意见。

调查组由县纪检委彭副书记带队并任组长，组织部副部长田光耀任副组长，教育局教育股股长夏连春任调查组秘书，再从县公安局、县财政局各抽调一名干部，共五人组成。

调查组进点之前，彭书记召集大家开了个小会，宣布了几条纪律：一是找人谈话要两人以上，只了解情况，不表态；二是早出晚归，不私自会客，不走亲访友；三是在乡政府食堂用餐，不接受宴请，不在外面吃饭；四是调查组直接对县委曹书记负责，每天梳理沟通汇总当天的情况，形成初步意见向曹书记汇报。

调查组调查期间，省电台每天早上都报道一次县委对这件事情调查处理的最新进展情况，所有情况都由县委宣传部统一对外提供。

调查组每天晚上回到县里，彭书记都带着夏连春单独给曹书记汇报当天调查的情况，然后再由夏连春以简报形式送县委宣传部。

调查组连续在上水湾工作了三天，基本上把情况和问题都搞清楚了。事情的起因很简单：上水湾分校申请盖一间煤房，经费一直没落实，盖不了。分校就从附近五小队和六小队组织了一些农民，到大队学校拆除分校原来使用过的危房教室，准备把拆下来的木头拉回来盖煤房。大队学校那边不让他们拆，还叫来一些牧民，把拆下来的木头拉走。为此双方发生了拉扯推搡甚至相互动手的情况。

事件发生后，分校拆下来的木头，一直都在一个牧民家里的羊圈外面堆放着，没得到妥善处理。分校这边咽不下这口气，就给《鹿川日报》写了封信，反映了这件事。这一阵子，新闻单位为配合省教育工作会议的召开，都在集中报道教育上的事。像发生在上水湾学校这样的典型事件，很有新闻价值，报社立即派人直接到事发地进行了采访报道。

曹书记问夏连春："这个省电台的特约通讯员，《鹿川日报》记者邵汉飞，你认不认识？"

夏连春说："认识，我们是同班同学。"

曹书记说："那这样，你明天跟着彭书记和宣传部部长去一趟鹿川日报社，再见见你那同学，把县委的想法和意见跟他们做个初步沟通，听听他们的意见，然后我们再做进一步研究。"

曹书记转而对纪委彭副书记说："县委的大概想法，一是县委、县政府担责；二是对相关领导进行组织处理；三是抢走的财产追回；四是待建的煤房拨款建设；五是重申学校财产不得平调，学校的固定资产不得随意拆除。"

彭书记说："有这几条应该就差不多了，人们关注的问题都有了回应，估计新闻单位和记者本人也应该都满意了。"

夏连春是第一次这么近距离地聆听领导私下里谈话、交代问题和安排事情，他觉得领导的每一句话都有闪光点和思想火花，句句切中要害，他们几天来在调查中了解到的情况和问题，让曹书记几句话就给解决了。

第二天上午，夏连春跟着彭书记和宣传部部长去鹿川日报社，沟通非常顺畅，报社对县委重视新闻报道和舆论监督表示感谢，对县委的处理意见也很满意。他们会主动跟省电台保持联系，交换意见，共同做好后续工作。邵汉飞还专门补充一句，让夏连春转告县委曹书记："给他添麻烦了。"

下午，曹书记主持召开县委常委扩大会议，研究调查组的调查报告，调查组的全体同志参加会议。

常委会上，彭书记汇报完调查报告，常委们在怎么处理的问题上各抒己见，虽然每个人的看法不尽相同，但最终都能统一到主要领导的思路上，形成最后的一致意见：

第一，这件事情反映了县委、县政府重视教育还停留在口头上和一般号召上，没有落实到具体工作中和实际行动上。县委、县政府主管教育的领导做出深刻检查。

第二，这件事反映了教育主管部门的不作为，县教育局局长穆汉同志停职检查。

第三，这件事反映了乡党委、乡政府对农村教育工作的不重视，乡党委书记调离。

第四，这件事也反映了上水湾两所小学校长政治意识不强，法制观念淡薄，对大队学校校长进行批评教育，对分校校长作免职处理。

第五，考虑到涉事的农牧民群众不明真相，是被蒙蔽的，对拆房的、打人的、抢物的，进行批评教育，收回相关资产，不再追责。

第六，上水湾分校需要盖的煤房由财政拨款建设。

第七，政府立即发文，重申：学校财产不得平调，学校固定资产不得随意拆除，确需拆除的，必须报批。

太阳升乡党委书记调离后，县委要求组织部选派一个懂教育有魄力的人接任，最后把县党校副校长涂子选派了过去。

教育局穆汉局长对这个处理不服，虽然停职了，但迟迟没做检查。

上水湾分校校长孟祥非不服，但他一个小人物翻不起什么大浪来。他就在背后撺掇穆汉局长上诉。理由有三：

第一，穆汉局长是政府官员，是人大常委会任命的，县委"停职检查"的处理是违法的。

第二，县委有权对党员做出党内纪律处分，但"停职检查"是组织处理，不是纪律处分，县委越权。

第三，学校盖煤房没钱是因为教育资金不足，教育资金不足引起的问题，处理时却把板子打在教育局局长身上，县委不公。

穆汉局长听从孟祥非的意见，并由孟祥非代他起草上诉状。上诉状写好后寄到哪里是个头疼的问题，孟祥非的意见是直接往上面寄，越往上越好。理由还是有三：

第一，党章规定了，党员有权向上级党组织直至中央反映情况，提出请求、申诉和控告。你现在就是反映情况，提出请求、申诉和控告。

第二，你的问题是县委处理的，你现在再去找县委讲道理，不同意他的处理决定，他听吗？

第三，现在解决和处理问题，就是要把事情闹大，闹得越大越好。大闹大解决，小闹小解决，不闹不解决。我们学校建煤房的事，要不是反映到报社，能解决吗？

穆汉局长一听煤房的事就来气："你再不要说你的那个煤房了，要不是你那个煤房的事，也没有现在这么些破事。不行，反映问题这件事不能听你的，我是一个党员，我还是要按程序来，逐级反映。上诉状给我，我自己送到县委去。"

曹书记接到穆汉局长的上诉状以后，当即把方家云副书记叫过来，笑着说："也不知道教育局这个穆汉同志听了哪个人的小聪明，写了这么个十分幼稚的上诉状。当然喽，他现在心里有想法是可以理解的，你找个时间和穆汉同志谈谈。他给我们写了三条，我们给他讲两条就够了。第一条要他正确对待组织处理，只是停职，不是免职，更没有撤职，叫他一定要好好做检查。第二条是告诉他，他是党的干部，党管干部这一条没有变，也不会变。"

方书记和穆汉局长谈完话，穆汉的心情和情绪都好了很多。回去以后他就把孟祥非叫来，让他帮他好好写一份深刻的检查。

孟祥非现在校长不当了，老师也不想当了，在家里没事，就在县里住姐姐家。他一听穆汉局长要写检查，就说："局长，你这检查一写，就说明你承认自己错了。既然你已经错了，以后还能让你当局长？要想改变县委的决定，只有一条，死不认错。因为我们本就没错，是他们给的钱不够，才造成教育经费紧张，才会出现拆危房建煤房的事。"

孟祥非越说越激动，穆汉局长也让他搞激动了。孟祥非建议："还是要给上面写信,现在按程序你已经给县委反映过了,再给上面写信也能说得过去了。"

于是,穆汉局长头脑一热:"好,给上面写信。"

现在党员反映情况的渠道确实畅通,没多久,上面一层层就转来了穆汉同志的上诉状,这些上访信件汇集到一起,就不是一个小问题了。县委的同志和曹书记都觉得,穆汉同志的问题应该引起县委重视,需要认真研究一下。如果任其这样继续发展下去,不仅对他自己不利,也会对县委的正常工作造成影响。

为此,县委召开常委会,听取县委办公室信访科关于穆汉同志上访申诉事的汇报,专门研究穆汉同志的问题。常委们一致认为,穆汉同志停职检查期间,不检查,不反思,不悔过,不适合继续担任教育局局长职务,应予免职。

同时,信访科的同志说,他们接到实名举报,反映上水湾分校校长孟祥非涉嫌偷牛、偷玉米和乱搞男女关系之事。举报人说他在打击刑事犯罪的时候曾经举报过,结果举报人被公安局关了十几天,孟祥非却没有受到任何处分。原因是孟祥非有后台,后台就是县教育局局长穆汉。孟祥非的校长就是穆汉给的。

举报人说,孟祥非犯的这些事和穆汉后台保护的事,现在县教育局的周爱兰和夏连春都知道。

举报人还说,这一次孟祥非因为带人去拆大队学校的房子而引起牧民闹事,县委对孟祥非和穆汉进行处理之后,他到处散布不满情绪,说他和穆汉局长已给上面写信了,他们的事马上就要得到平反了。

曹书记生气地说:"好了,不说了,大家都说说怎么办?"

常委们的意见大致就是两条:一条,穆汉同志立即就地免职,如涉及其他问题,待调查后再说。另一条,对孟祥非的问题应交由公安部门处理,先看看有没有这些事,如果有,就应该抓紧侦办。

曹书记同意大家的意见,第一,免去穆汉同志教育局局长职务。第二，孟祥非的问题交由公安局依法办理。第三，纪检委跟进了解孟祥非与穆汉之间的关系和相关问题。

这真叫偷鸡不成蚀把米。事情本来好好的，平平安安地过去也就过去了。让孟祥非这么一折腾，整个事情出现了意想不到的不可逆转的结果。

穆汉被彻底折腾完了，因受孟祥非的影响，就地免职，再没能起得来。周爱兰也被折腾得受了影响，不过她还好，也算是因祸得福，免去县教育局副局长职务，调回一所小学当副校长。

关键是孟祥非把自己折腾惨了，新账老账一起算，他当年的那些事，都是秃子头上的虱子明摆着，一调查就清楚了。现在处理起来更严了，结果被判了八年。自此，人完了，家也败了，妻离子散。现在不是他找老婆离婚，而是老婆找他离婚。老婆这边一离婚，那边就和邝喜桂结合到了一起。人哪，真的经不住折腾。

第四章

宝儿不闹

县委大院私底下有个传言，夏连春牵涉当年上水湾分校校长偷牛、偷苞米的事，公安局来了两个便衣，直接从教育局办公室把夏连春带走了。

还有传言，那个偷牛的校长是教育局穆汉局长和周爱兰副局长的人，因为偷牛校长的关系，夏连春也是穆汉局长和周爱兰副局长的人。夏连春调到教育局工作，就是穆汉和周爱兰的关系。

苗素馨提心吊胆了好几天，也不敢问夏连春到底咋回事，有没有这回事。看着夏连春整天没事的样，也不知道他是真的没事，还是装着没事。

等到偷牛校长判了，穆汉局长和周爱兰副局长处理了，夏连春每天还是没事的样，苗素馨才觉得他们家夏连春可能是真的没事。

事情过了，苗素馨问夏连春："公安局是不是找过你？"

夏连春一惊："你咋知道？"

"县委大院的人都知道，"苗素馨说，"那一阵我都吓死了，就害怕哪一天突然来人把你从我身边带走了。"

夏连春感动地把老婆抱在怀里："对不起，让老婆担心了。"他就把当年在五小队，在农村学校，和孟祥非他们在一起时的那些人、那些事，慢慢地给她从头说起，一一道来。

他那年高中毕业一回到五小队，五小队的人就说，他们原本有"一朵鲜花"赵珍珠，"两匹野马"马果林、马有山，"三头叫驴"孟祥非、桂如民、邝喜桂，已经很热闹了，现在又添了一个回乡知青夏连春，也不知道五小队这台戏会唱出什么调来。夏连春父亲私下里叮嘱儿子，不要和那些人燃到一起。但大家都在一个小队上，低头不见抬头见，哪能撇得那么清，好在回去没几天他就当了民办教师，平常主要和孟祥非在一起多一些，和其他人来往的相对就少一些。但孟祥非是个不甘寂寞的人，平日里，总喜欢生出一些事来，他们那几个人偷牛、偷苞谷的事夏连春也隐隐约约有所耳闻，但他毕竟没有参与其中，也就不去过问个中缘由。

这一次公安局确实找他了解情况了，因为举报人说他知道情况。是胡南平局长亲自找他谈的话，所以他也就没怎么当回事。

"那人家说两个公安局便衣把你带走了是怎么回事？"苗素馨还是不放心地问。

"哎呀，那两个哪是什么便衣，那是我两个高中同学。"夏连春一脸无奈地说，"他们两个要参加系统内部组织的一个考试，来找我借政治复习资料的，他们跟公安局谈话这件事没有任何关系。"

苗素馨如释重负地躺在他怀里，说："你咋不早说呢？"

他也一脸无辜地说："你咋不早问呢？"

夏连春心有感触地说："人这一辈子谁都免不了会犯错，但老婆放心，我这一辈子绝对不会犯对不起爹娘老子，对不起老婆孩子，对不起亲朋好友，对不起自己良心的事。"

两个人已经很长时间没这样亲亲热热在一起了，白天忙工作，晚上忙孩子，在一起说话交流的时间都少了。怨不得人家说结婚是恋爱的坟墓，实际上是忙得顾不上了。看来以后还是要多忙忙自己才对。好像是鲁迅先生说的，爱情必须时时更新。时间久了，夫妻会陌生的。

好在禾子已经一岁多了，满地跑了。奶奶、姑姑和小叔叔都特别疼她，没事就带她玩儿。夏连春说，如果几个姑姑和小叔叔学习不好，将来考不上大学，都是禾子耽误的。夏连春和苗素馨一回到家，禾子就跟到屁股后头爸爸妈妈地叫，两个人心情随之大好。一家人其乐融融。

夏连春和苗素馨的和谐生活不久又因为县里领导的调整而被打破，发生了变化。

县委曹天祥书记提任鹿川行署常务副专员，临走时把夏连春带去给他当秘书。县里多少双眼睛盯着，夏连春这小子命咋这么好？

于善江县长看着夏连春一脸懵懂的样，就说："曹书记早就看上你了，上次我给曹书记汇报想把你调到政府办当秘书，曹书记就让我们先不要动，他们想把你拿到县委去。所以你的事我那边一直没办，但又不好跟你说。"

夏连春到地区行署见到的唯一一个熟人就是他的同学付朝龙。付朝龙在行署办公室行政科搞后勤，第一眼见到夏连春的时候，一副全世界人民都欠他的样："夏连春，你这家伙真能钻呀，怎么又钻到这来了？"

夏连春不亢不卑、不温不火地嘿嘿一笑："因为有你在这，你不都钻到这儿好几年了？"

"有我在这儿也不会帮你的，事情还得靠自己干。你看曹天祥，人家不就是自己干上来的？我爸活着的时候也没帮过他。"付朝龙没头没脑地说着，夏连春有点懵。

曹天祥书记到了行署，方家云副书记接任吉宁县委书记，苗素馨在县委办公室乃至整个县委的地位也随之提高。她的办公室再不是以前那个三张办公桌里把头的位置了，她一个人单独搬到了方书记隔壁单间办公室。

夏连春和苗素馨两个人现在一个在地区当秘书，一个在县委当秘书，家是顾不上了。两个人相互之间也顾不上了，一个星期才能见上一面。两个人见面也从不谈工作上的事。他们的工作性质决定了谈工作就必然会谈到领导，而谈论领导是秘书职业的大忌。两个人各为其主，互不干涉。

比如，方书记接任曹书记，既有方书记自身因素，肯定也有曹书记的极力推荐，两个人的关系肯定很好。但方书记毕竟是方书记，她不是曹书记，她肯定会按照自己的思想工作，按照自己的风格行事。这中间，在一些人和事的问题上，方书记和曹书记之间肯定会有不同意见或不同态度。秘书千万不可涉及介入。

比如，方书记和曹书记之间眼前就有一个两个人谁都不愿提及且谁都绕不开的问题。曹书记在组织上已经谈完话，但还没宣布提拔任命决定的时候，主持召开县委常委会，突然决定提拔田光耀担任县委组织部部长。这件事是违背组织原则的，也应该是无效的。老领导的面子要维护，但田光耀又不能用。怎么办？这就考验着方书记的智慧和驾驭能力了。

时间不长，方书记推出了一项抽调县里部分领导下乡蹲点一年的工作措施，田光耀也抽下去了。而且别人一年，他可以两年，没毛病吧？

田光耀向夏连春打听，方书记到底想把他怎么样？夏连春说他怎么能知道方书记是怎么想的。田光耀说你老婆没说过？夏连春说他们两口子从来不谈这方面的事。再说，领导心里怎么想的，别人也不可能知道。

夏连春知道田光耀和曹书记、现在的曹专员之间的关系，他的话必须滴水不漏才行。所以他赶快又增补一句："凭着你和曹专员之间的关系，曹专员和方书记之间的关系，方书记怎么也要对得住曹专员才行，肯定不会待你太薄的。"

薄与不薄，田光耀现在也管不了那么多了。县官不如现管，更不要说方家云现在既是县官又是现管，奈得她何？在人屋檐下，不得不低头。田光耀只有在心里较劲："你总有老的那一天吧，熬也能熬得过你。"

田光耀就这样在下面熬着。不知道是自己悟出来了，还是受到高人指点，蹲点期间他不回组织部，也不进县委大院，家也很少回。老婆在防疫站不是很忙，女儿都快能上学了，家里一直由小玉婶子收拾打理，也没什么事。他这个县委组织部部长好像突然人间蒸发了似的，不见其人，不闻其名，不听其声，乐得清静。

小舅子张碧林和赵丁香结婚那天，田光耀突然高调出现。不知他是为了做给上水湾和下水湾来的人看，还是为了做给岳父一家人看，或是为了做给赵丁香一家人看？

这两年，因为丁香的原因，田光耀和小舅子的关系有所改善。丁香乖巧，懂事，也会来事，深得姐姐喜欢。姐姐叫丁香常到家里来，自然弟弟也得陪她一起来。

真亲不上百日气，这小舅子和姐夫都好多年了，也该尽释前嫌了，而且两个人在本质上也没什么根本的利害冲突，纯属年轻怄气而已。现在小舅子领着对象到家里来，当姐夫的总不能像人家欠你钱似的，老是吊着个脸子。再说，面对乖巧懂事的丁香，你也没有再吊脸子的理由。

张碧林和赵丁香的婚礼是田光耀、张素雅一手操办的，这个角色的任务，自然是当好东道主，待好四方客。因为弟弟、弟媳的关系，张素雅非常在乎和看重夏连春、苗素馨两口子，田光耀自然也不会怠慢他们两个人。但田光耀要招呼的人毕竟多一些，喝酒的机会也比别人多一些。客人渐渐散去的时候，也是田光耀的酒劲儿渐渐上来的时候。夏连春知道情况不好，悄悄告诉苗素馨："咱们快走。"

这个时候"快走"已经来不及了，田光耀一把拉过夏连春，身子有点晃，话却很在理："别人都能走，你不能走，苗老师，苗秘书，你也不能走，你们两口子都不能走。"

新郎新娘害怕姐夫折腾夏连春和苗素馨，他们也留下来不走，陪着。

餐厅里的人已经走得差不多，剩下的几个人都是自家人或是帮忙的人，人少情浓的时刻，田光耀感情的闸门打开，渐入他的酒哭佳境。

他痛哭流涕地对夏连春说："我太累了，心累。我太苦了，心苦。"

夏连春不无真诚地安慰他："现在这年月，谁不累呀？上有老下有小，忙了白天忙晚上，都累。"

田光耀一把鼻涕一把泪地说："我和你们不一样，你们都是好人有好报，轮到我好心就成了驴肝肺。就说我这个小舅子，我对他比你对他好多了，我们可是一家人啊，可他眼里只有你这个师兄，却没有我这个姐夫，你说我亏不亏？"

张碧林的脸已经扭到了一边，眼睛不是眼睛，鼻子不是鼻子的。夏连春担心两个人干起来，赶快好言相劝，说："碧林你们是亲戚，他总是把姐夫装在心里，不像我们是同学，他只是时不时地挂在嘴上。"

田光耀脖子上的脑袋像滑了丝一样，不停地摇动着，但说出来的话却还是丝丝相扣："夏连春我对你讲，你不要和稀泥，这个世界上谁对我好，谁对我不好，我心里一清二楚。一句话，除了我老婆，没有几个对我是真心的，你夏连春对我也不是真心的，就是敷衍。他曹书记对我也不是真心的，他把你带到地区去，为什么不带我去？我自从当上组织部部长就没在组织部待过，我在农村都待了这么久了，她方家云还不让我回去，我什么时候才能熬出头呀？"

夏连春听出了他的心病，心里有气，心里有怨，甚至心里有恨，但这些话可不是这个时候、这个场合应该说的。夏连春赶快把话岔开："咱们回家吧？"

丁香从来没见过姐夫这样，她觉得这么大男人，这么大领导，突然像孩子一样痛哭流涕，自当有无人知晓的苦衷。男人不易，姐夫不易。丁香忙着倒了杯茶端过来："姐夫喝茶。"

张素雅知道，这个时候的田光耀，谁也把他收拾不住了，唯有小玉婶子。小玉婶子这些年一直跟着田光耀和张素雅，给他们带孩子，做家务，当管家，但比一般管家保姆的地位要高，因为田光耀对她好，张素雅也对她好。小玉婶子过来把田光耀从夏连春跟前拉到自己怀里，拍拍他："宝儿乖，宝儿不闹。"田光耀一会儿就静了下来。

丁香被这一幕惊呆了。这就是那个大男人、姐夫？这就是那个官场上的姐夫？怎么突然婴儿般的心智？

每个人的背后都有不为人知的无助和脆弱。像田光耀这样心比天大的男人，其实心里装不下多少东西，尤其是委屈和冷落。能够给他温暖和慰藉的，唯有母爱。

母爱真是个神奇的东西，她能使野性柔弱，使柔弱铁血，男儿如此，女儿何尝不是这样？

丁香想到了自己，忍不住就流下泪来。母亲离开她和姐姐已经十一年了，这十一年里，她和姐姐相依为命，成了没爹没娘的孩子。现在总算熬出来了，母亲看到了吗？看到女儿今天婚礼的风光了吗？她走的时候可是一直睁着眼睛的，现在可以闭上了吧？

那是一个青黄不接的季节，刚开春，大田里的活还没有铺开，五小队新上任的队长桂如民，一大早就带领社员平整土地。五小队在几次居民点规划搬迁中留下来不少残垣断壁，杵在那里很难看，还挤占耕地。这些旧墙体大都一人多高，底部很厚，虽已废弃多年，但还是很牢固，需要把墙根掏空才能推倒。

桂如民把干活的人分成两组，于叶梅带着几个妇女掏挖墙根，墙根接地，潮湿好挖。桂如民带着男劳力把挖空墙根的墙垛推倒，打碎，平整。

星期天，当民办老师的夏连春也出工干活。桂如民安排于叶梅带着大家干，他叫上夏连春跟他一起去公社找于善江秘书，想为五小队多争取一些回销粮。

吃回销粮是那个年代农村里的一个普遍现象。农民辛辛苦苦劳作一年，生产出来的粮食首先要交给国家。这虽天经地义，但问题是交了公粮还要卖余粮，在粮食统购统销的时候，往往是多征多购，征过头粮，搞得种粮农民自己不够吃，吃不饱，到了下一年，政府再从粮库拨出一部分粮食返销给农民，调剂口粮不足，弥补缺米之炊。这就是老百姓俗称的"回销粮"。

回销粮虽属计划安排，但爱哭的孩子有奶吃。多跑、多要，会跑、会要，有时还是能够多争得一些的。

桂如民和夏连春前脚刚走，还没到公社，后脚就有人追了上来，不好了，出事了，妇女队长于叶梅带着几个妇女坐在地下掏挖墙根，墙突然倒了，几个人被埋到了里面。

桂如民、夏连春顿时魂飞魄散，车子骑得飞一样跑了回来。埋到墙土里的人已经挖了出来，一个脚部被砸，一个腿部被砸，于叶梅最重，胸部以下都被埋了进去，人已经昏迷，面色惨白，下体流血不止。大家赶紧套上马车，把人往公社医院送。

刚上大路，有人跑来喊夏连春赶紧回家，说他母亲昏死过去了。

原来夏连春母亲听到推墙干活的人被墙砸了，她知道她儿子也在现场干活，担心儿子被砸，就向别人打问夏连春的情况，有没有被砸，被问的人不是很清楚，就含含糊糊说夏连春不在。母亲一听这肯定是骗人的，明明她儿子在，被问的人却说不在，她儿子肯定出事了。一紧张，一刺激，过去了，自己把自己吓"死"了。

夏连春回到家的时候，好多人都在围着他母亲，正在以农村人自己的方式施救。母亲浑身僵硬，双拳紧握，掰都掰不开；双目紧闭，喊也喊不醒；牙关紧咬，撬也撬不开。夏连春慌了，吓哭了，提出赶快上医院，施救的人说，不行，送医院来不及。儿子抓着母亲的手，不停地呼喊。

过了好半天，不知是施救有方，还是母亲自我苏醒，或是儿子呼喊有效，母亲突然长出了一口气，慢慢回过来了。母子抱头大哭。众人都舒了口气。

夏连春说："别人是死里逃生，你这是生里逃死。"

安顿好母亲，夏连春赶紧去公社医院。一进公社医院就感到情况不好。那两个腿伤、脚伤的，已经入院，接受治疗，问题不大。于叶梅因出血过多，已经不治身亡，撒手走了。

于叶梅是个苦命的人，他男人也是苦命的人，他们一家都是苦命的人。他们的苦，就来自他们畸形的家庭。

于叶梅男人姓赵，名叫赵志南。赵志南当年在上水湾落户的时候，冒名顶替一个老乡的老婆，名字改成赵子兰。上水湾的人都叫他赵子兰。他老婆到了上水湾，一天到晚就喜欢叫他大黑，大家这才注意到他还真黑，所以大家又都叫他赵大黑。成立五小队的时候，他把名字又改回赵志南，但人们只知道赵子兰，习惯叫他赵大黑，没人叫他赵志南。

于叶梅和赵大黑有两个女儿，大女儿赵珍珠，小女儿赵丁香。其实这两个孩子都不是赵大黑的，你一看就知道不是赵大黑的种。赵大黑那么黑，两个孩子那么白，没有一点像的地方。

赵大黑不能生养，两个孩子都是于叶梅和赵大黑表哥生的，这事是家里老人安排的。老婆让人家睡了，回过头来还要谢谢人家帮自己生了孩子，这是哪门子事呀？

孩子小的时候还能忍受，孩子越大越像表哥，赵大黑实在忍受不了，就跑到了西边，跑到了上水湾。一段时间之后，冷静下来，赵大黑还是惦记老婆孩子的好。这事又不是老婆背着他在外面偷人，也是经过自己同意的，现在自己又来怪老婆，这对老婆也是不公的，再说这两个孩子也都是自己老婆亲生的，她们俩也很无辜。

不久，他就把她们母女三个接了过来。可两个孩子往他跟前一站，他又接受不了了。他又开始生闷气，喝闷酒，开始打老婆，打孩子，也不让两个孩子上学了，让她们回家干活。

到了这个份上，老婆不依他了。大女儿已经初中毕业，不上就不上了，可小的还小，不让上学让干什么？必须上。于叶梅自己上过学，有些文化，懂得上学的重要。于叶梅也能吃苦，很勤奋，家里的活她和大女儿挑起来干。只是委屈大女儿珍珠了，珍珠的学习很好，但为了这个家，为了妹妹，只能让她做出牺牲。

于叶梅把所有的苦和恨都埋在心里，把孩子带大再说。只几年的工夫，于叶梅把他们的家打理得像模像样，日子过得风生水起，可是现在，她却不声不响地走了。

于叶梅的死，也是一种解脱。要强了半辈子，屈辱了半辈子，奋争了半辈子，都结束了，都过去了。姣好的女人，姣好的身躯，姣好的面容，人们还能记得她吗？

于叶梅的死，让人懂得了什么叫心比天高，命比纸薄。赵珍珠、赵丁香两姐妹，扑在满身泥土的于叶梅身上，撕心裂肺地呼喊着妈妈。妈妈还能听得见吗？

于叶梅的死，让人明白一个事实，在意外和不幸面前，人是多么渺小，生命是多么脆弱，一堵土墙倒下，瞬间就能生死两重天，阴阳两世界。善待亲人、善待自己、善待生命吧。人生不是每天都能相安无事、直至终老的，随时都可能遭到不测，遇到风险，摊上大事。谁能在这一刻知道下一刻是怎样的？

于叶梅的死，让赵大黑突然良心发现，他看着灰头土脸、满身血迹的老婆的遗体，一个活蹦乱跳的人就这样走了，此刻就已不能对话，今晚就不能一个被窝睡觉，三天过后就该入土为安再不能相见了。一股子男人的劲突然在胸腔涌动，他对桂如民说："把她拉回家。"

于叶梅的死，让赵珍珠、赵丁香瞬间成了相依为命的姐妹俩。两个人扑倒在母亲的身上，不愿离开，不愿起来。赵大黑看着她们失去母亲的无助和死去活来的悲痛，一股子做父亲的劲突然在胸腔里撞击。他俯身拉起两个孩子，把她们揽在怀里，用脸颊磨蹭她们的额头，泪流满面地说："把妈妈拉回家。"

于叶梅的死，对桂如民的撞击最大。他是队长，活是他派的，人死的时候他却不在现场，他心有愧疚，总想给赵大黑一家多一些补偿，两家人也就是在这样一种心境下越走越近。

于叶梅死后不久，桂如民老婆孖七生了，生了个闺女。桂如民不喜欢，他想要个儿子。而且这闺女一生下来长得就不好看，红兮兮、脏兮兮的，一脸皱纹，像个小老太太。别人对他说小孩刚出生都这样，过一阵就好了，但他心有不满，说也不听。而且他把这种不满表现到了对孖七坐月子的态度上，孖七很是委屈，很是无奈，经常偷偷地抹眼泪。

孖七娘家人都不来，桂如民又是这样一副态度，孖七自己也还是个孩子，她这个月子怎么坐呀？

赵大黑让赵珍珠每天抽空去帮帮孖七。赵珍珠给孖七做饭，洗衣服，收拾房子，还帮她洗小孩尿布。小孩尿布真难洗，拉的屎是稀的，黑黑的，黏黏糊糊的，油性很大。尿布洗了还要用开水烫，太阳晒，消消毒，对小孩好。

看着赵珍珠帮她洗尿布，孖七感动得不得了。她不让赵珍珠洗，说尿布太脏，她自己洗。赵珍珠说坐月子不能沾凉水，以后她每天过来给她洗一次。

从此，两个人来往密切，渐渐好得跟一个人似的，互相姐妹相称。赵珍珠比孖七大，孖七叫她珍珠姐。

从此，他们两家人的辈分也就乱了。赵珍珠叫桂如民叔叔，孖七叫赵珍珠姐姐。

从此，孖七和赵珍珠无话不说，她和桂如民的床笫之事都讲给赵珍珠听，听得赵珍珠有时面红耳赤，有时哈哈大笑，有时不知所措，一句话，赵珍珠听出一个结论："桂如民是个怪人。"

桂如民是皖州人，老三届初中毕业生，三十岁的时候还没结婚，一直和夏连春父亲他们称兄道弟的，夏连春管他叫叔。前年，他去鹿川卖洋葱的时候，从北大营把皖州老乡范爷的闺女孖七领回来当老婆，他的辈分一下降了下来，改口把夏连春父亲他们叫叔，他也就成了夏连春的哥。

夏秋之交是上水湾人相对轻松的日子。夏收刚完，秋种还没开始。五小队农民正好利用这段时间，抓紧时间卖洋葱。

通往鹿川的公路上，又出现了卖洋葱的毛驴车队伍浩浩荡荡、一辆接着一辆的壮观景象。

几趟洋葱卖下来，五小队人的腰包开始鼓了起来，精气神都不一样了。而最亢奋的可能要数桂如民，他不仅口袋里装着钱回来，毛驴车上还拉了一个人回来，一个如花似玉的小姑娘，最多十五六岁。

小姑娘往家里一搁，他就火烧火燎地跑来找老夏："大哥，我把范大胡子范爷的二女儿带回来了，要跟她结婚，范爷肯定不干，估计饶不了我。大哥，你们老乡们得给我做主，帮帮我才好。"

"你怎么把范爷的丫头搞来了？"

你道这范爷是谁？皖州人，原来在下水湾，是下水湾最年长的皖州人，连疯子在他面前都乖乖地叫哥，叫爷。

范爷，大老粗，老革命，参加过抗日战争、解放战争、抗美援朝，朝鲜战场上负了伤，立了功，回国治疗，医院里一待就是半年多。快要出院的时候，大中午，病房里就他一个人，他拉响床头的呼叫铃，护士过来问他怎么了，他说叫杨护士过来。很长时间了，别的护士来给他打针送药他都不要，就要杨护士。

杨护士来到病房，问他哪儿不舒服，他指指心口窝，这儿不舒服。杨护士说："叫医生？"他一把拽过杨护士："叫什么医生，你就能治好我的病。"

杨护士本来想喊叫，不知怎的，让他这么一粗鲁，反倒瞬间里生出一种快慰来。

好像有人说过，女人有时候是喜欢被男人强迫的，当然应该是她喜欢的男人。就像这杨护士，其实她对范爷早生情愫，要不，怎会依了他？

范爷和杨护士的事被医院知道了，被部队知道了，找他谈话的时候，他不检讨自己的问题，反过来提出一个他一直想不明白的问题：你说这女护士，她夏天里只穿一个小裤头，外面套上个白大褂就行了，可这男医生为什么非要捂得严严的，如果男医生里面只穿个裤头，外面套上白大褂，你一定会说他是流氓。

范爷的问题没人解答，自己犯的事情自己承担，他和杨护士双双被发配到了西边，一开始在省城，还有个工作，后来又被精简下放到了吉宁县，到太阳升公社当了农民。

下水湾成立七大队的时候，范爷不愿意到皖州人集中的一小队，他要去河北人集中的三小队，一来因为他和三小队队长田大雷关系好，二来因为他在皖州人当中威望太高，他要避一避，不想到一小队扎堆。

范爷在三小队有田大雷罩着，谁也不去为难他。那年农村里来了一场运动，深挖叛徒特务反革命，晚上生产队召开社员大会，有个年轻人指着范爷说:"你还要当爷,你是谁的爷?你就是个恶霸,你就是下水湾的南霸天,你就是藏在我们身边的叛徒特务反革命,我们革命群众必须坚决站出来,把你的嚣张气焰打下去。"

就在年轻人滔滔不绝、慷慨激昂的时候,范爷站起来走到他跟前,挥手就是一拳,小伙子应声倒地,范爷跟上又是一脚,口中还念念有词:"我叫你坚决站出来!"

小伙子的爹娘就在会场上,一开始不敢出来,看范爷把儿子打得厉害了,爹娘跑过来一人抱住范爷一条腿:"范爷不打了,放过我们的儿子吧!"

范爷放过了他们的儿子,离开会场,回家收拾东西,带着老婆孩子,连夜跑了,离开了下水湾,跑到了鹿川城边上一个叫北大营的地方。

北大营是一个土山包,清朝时期驻军的军营,土山包下有一处废弃的窑洞群,估计是以前的弹药库,虽已破败,但依然坚固、干燥、可住人。范爷就把他的家安到了这里。

范爷的老婆杨护士一共给他生了十个孩子,前五个都是儿子,后五个都是丫头。生五个儿子的时候,他还高兴得不得了,多子多福。生第一个女儿的时候,他就给女儿起了个名字叫孬六,意思她就是最小的了,再不要了。可接下来几年,他老婆又接着给他生下了孬七、孬八、孬九。

他无可奈何地对老婆说:"你就不能停下来不生了吗?"

老婆说:"那你就不能停下来再不碰我了吗?"

他说:"你这个人怎么就跟指甲花一样,碰不得,碰一下你就生一个,碰两下你就生一窝,这怎么得了?"

既然碰不得,那就只有忍,实在忍不住了,他又碰了一回,老婆紧跟着就给他生出了个老十。这老十不能叫孬十呀,就叫"孬零"吧,取谐音叫孬玲。

范爷和老婆从此两屋分居,他带五个儿子睡一屋,她带五个闺女睡一屋,井水不犯河水,真的再不碰了。到了北大营,也是他带五个儿子睡一窑洞，她带五个闺女睡一窑洞，虽在一个锅里吃饭，但相处得跟邻居似的。

范爷仗义，人缘好，上水湾和下水湾来鹿川办事的人都喜欢到范爷的窑洞里坐坐，有时候还会在他的窑洞住上一天半宿，歇歇脚。桂如民就是这两年来鹿川卖洋葱和范爷一家人走近的。

上水湾的人卖洋葱都是头天晚上去，第二天晚上回，一天一夜一个来回，而且会好几个人一起走。桂如民卖洋葱是头天白天去，晚上住范爷家，第二天卖完洋葱再住范爷家，第三天才回来，三天两夜一个来回。卖一趟洋葱这么长时间，没人和他结伴。

等到这次桂如民把范爷的二丫头孖七带回来，上水湾的人才知道桂如民这小子往范爷家跑得那么勤，原来是醉翁之意不在酒，而在人家的二闺女。

第五章

一张鸡蛋饼

夏连春和苗素馨好容易从张碧林和赵丁香的婚礼上脱了身,一回到家苗素馨就问夏连春:"你们男人是不是都那个德行,外面挺强大,内里挺脆弱,外表的强大是假的,是装的,内里脆弱才是真的,这就叫外强中干、色厉内荏?"

"对呀!"夏连春理直气壮地说,"要不人家怎么说男人的背后一定要有一个伟大的女人呢?你看田光耀后面的小玉婶子,她只那么轻轻一拍,'宝儿乖,宝儿不闹',田光耀马上就静了下来。"

"错了。"叶子纠正夏连春的话,"人家说成功的男人背后都有一个伟大的女人。"

夏连春坚持说:"对呀,男人要成功,背后一定要有一个伟大的女人。男人不成功,就是他背后没有一个伟大的女人。所以,无论任何时候,男人的背后都要有一个伟大的女人。皇上雄霸天下,皇后母仪天下,子孝父心宽,妻贤夫祸少,说的都是这个道理。"

"歪理。"叶子说,"怨不得男人在外面要装呢,因为不能胡搅蛮缠。"

"哎,你这就说对了。"夏连春非常赞同地说,"家是男人不讲理的地方。只有回到家,男人才能放放松松地做回真实的自我。"

"又错了。"叶子再次纠正夏连春的话,"家是女人不讲理的地方。"

夏连春坚持说:"时代不同了,家变成了男人不讲理的地方了。"

叶子说:"那一定是时代不行了,家才变成了男人不讲理的地方。"

夏连春的话突然软了下来:"不是时代不行了,是男人不行了,尤其是当了秘书的男人更是不行了,整天说的别人的话,干的别人的事,写的别人的东西,没有一样是自己的,只有回到家老婆孩子是自己的。"

叶子突然心疼起来,什么意思?也想博得母爱?夏连春难得和老婆撒起娇来,就势趴到叶子怀里。叶子也学着小玉婶子的样,拍着夏连春的后背:"春儿乖,春儿不闹。"

夏连春还真的就睡着了。

天色已晚,叶子喊他起来,赶快走人,晚了就没有回鹿川的班车了。夏连春说他今天不回去了,明天曹专员要来吉宁调研工作,他在县里等着。

曹专员明天来县里调研的事苗素馨是知道的,方书记和于县长都要陪同。但曹专员让夏连春今天不回鹿川,明天就在县里等着,这是苗素馨没想到的。曹专员也很有人情味嘛。

曹专员这次调研的任务是肉食供应问题。省政府下发了一个文件,为了保证城市人口的肉食供应,要求各地牧区每年上调一定数量的活羊,省里按照平价肉给各地下拨活羊款。但现在农村牧区都已经实行了生产责任制,从牧区调羊已不可行,因为有高价和平价的高额价差没人承担。各地为了保证完成省里活羊上调计划,就把活羊折成肉,把肉折成钱,把高价和平价之间的价差,按照农牧区人口平均分配,每个人每年分摊多少钱,分摊的价差上缴之后,再由地区食品公司到市场上买活羊上调省里。这项政策,基层反应强烈,群众意见很大。曹专员就想对这项政策具体执行中的问题进行调研,提出建议。

今天调研的地方是太阳升乡。太阳升乡是农牧业结合乡,也是曹专员50年代末60年代初工作过的地方。选择这里有一定的代表性,而且这里人熟，老百姓敢说真话。

从县里往太阳升乡走的时候，曹专员叫方书记坐到他的车上。夏连春想着两位领导可能有话要说，怕坐在车上不方便，就迟疑着想坐到后面方书记的车上。

曹专员看出夏连春的意思，就打趣他："怎么？想和你老婆坐到一个车上？去你老家了，还是坐在前面给我们带路吧。"

夏连春赶快上了车。

果然不出所料，曹专员就是有些想法要和方书记交流。同时，曹专员的这些想法也需要让秘书知道，因为他想的这些事做起来都需要秘书动手。所以，也需要秘书在旁边听着。

曹专员说他最近想做三件事。一个就是现在调研的这个肉食供应问题，他觉得这件事可以用三句话概括：乡里人出钱，城里人吃肉，食品公司得利。这怎么能行？

另一个事情是地区财力分配问题，地区本级留的钱太多，县级财政困难太大，这不利于事业发展。

再一个是雅玛河谷水土开发问题，这件事情大有可为。

方书记说："老书记考虑的这些事都是涉及群众利益、基层工作和长远发展的大事，县里的同志和老百姓肯定都会拥护和支持。可能就是水土开发这件事需要兼顾好草场保护和牧业发展、牧民利益问题。"

曹专员感慨："我们现在要做的事情太多，能干事的人才不足啊。"说着，曹专员的话题一转："哎，方书记你搞的那个县级机关干部下基层蹲点很好啊，既可以指导基层工作，又可以锻炼干部。特别像田光耀这样的年轻同志，在基层一线给他们压压担子，还是很有好处的。"

关于田光耀的这几句话可能才是曹专员今天真正要说的话。一来他表态支持方家云的工作，田光耀下基层锻炼，他没意见；二来他对田光耀还是很关心的，而且是把他作为能干事的年轻人看的。这话里的潜台词一听就懂。估计，最近田光耀有可能去找过曹专员。

曹专员关于田光耀话题的时间把握得特别好，他的话一讲完，车就到了乡党委院子，不需要方家云回话表态。点到为止，恰到好处。

涂子已经等在乡党委院子里。这是他到太阳升乡以来，第一次接待地区领导来检查指导工作，县委书记、县长都来了，这也是他第一次同时接待这么多上水湾人。曹专员是太阳升乡老书记，于善江县长是上水湾人，夏连春是上水湾人，苗素馨是上水湾儿媳妇。涂子由衷地感慨，今天真是上水湾人大聚会。

涂子挨个和每位领导以及工作人员握手，握到夏连春的时候，最意味深长，右手握着，左手往夏连春腰间一捅，什么话也没说，两个人都明白了那份亲切。

涂子把各位领导让进会议室。曹专员几句话讲清了他来调研的目的，要求涂子也几句话讲清当前肉食差价款上缴情况的主要问题。

涂子说："一句话，这件事乡里工作很难做。具体表现：一是牧民有意见，他有活羊，可食品公司不要，就要钱；二是农民有意见，他自己都没有羊，为什么要出钱给城里人买肉吃；三是民办老师这个特殊群体，他们也跟城里人一样，不种地不放羊，工资又低，可他们得不到肉食补贴，却还要出钱为城里人买肉吃。"

曹专员问："你们的意见？"

涂子说："取消活羊上调计划或是价差上缴措施。"

曹专员对涂子说："你讲清楚了，我们也听明白了，咱们实地看看吧。你说的这几种类型的家庭，我们都要看看。"

实地调研的时候，他们真听到了不少真实情况，老百姓现在也真敢说话，话说得真难听，但你也得听，因为你就是来听他们心声的。

借这次调研的机会，曹专员还专门到上水湾大队两个学校看了看。这是他临时决定想看的。

上水湾大队学校是一所老学校，也是于善江县长的母校。曹专员一行的突然造访，让学校校长和全校师生都兴奋异常。校长激动地说："不知道领导们要来，要不会组织同学们热烈欢迎的。"

"就这样好，现在可不能再搞那些夹道欢迎的事了。"曹专员满脸笑容地说，"我们已经感受到了你们的热情，看到了你们的校容校貌和精神状态。"

曹专员又追问了一句："上次因为学校木头被抢、教师被打的事，对你提出了批评，你心里服气吗？"

"服气！"校长诚恳地说，"涂书记还专门找我谈过话，我接受批评教育。"

到了上水湾分校，夏连春感到很亲切，但现在轮不到他有任何表现。学校规模比以前大多了。"飞机场"现在是学校校长，"省城女孩"已经结婚调回省城了，学校的其他老师都是后来的，夏连春不认识。曹专员站在学校煤房前，问学校现在还有什么困难？

"飞机场"很会说话："谢谢领导关心，没有困难了。"

曹专员指着涂子问"飞机场"："认识他吗？"

"飞机场"说："认识，盖煤房的时候，涂书记和文教干事还到学校来过，亲自做了安排，还给施工单位提出了具体要求。"

曹专员很满意，心情大好，随口说了句不知道是对涂子，还是对学校，或是对校长的话："干工作就是要这样丁是丁卯是卯，来不得半点马虎。"

中午在乡政府食堂吃饭，曹专员看到一个做勤杂的老太太，主动上前跟她打招呼，问她："你爱人的老胃病好了没有，大儿子现在在哪里，二儿子在哪里，老三、老四都干什么？"

问完老三、老四，曹书记再不往下问了，老太太一下没控制住哭了起来，感动得恨不得要跪下来行大礼，说："曹书记，这么多年了，你还能记得我家老头子的胃病，还记得我家的四个孩子，太谢谢你了曹书记。"

午饭后涂子安排大家在乡政府招待所休息一会儿。夏连春和曹专员一个房间。夏连春跟曹专员出差一直都是住一个房间，但今天中午曹专员不想睡，进了房间他就掏了十块钱递给夏连春："你把司机叫上到贸易公司买一块茶叶，买两块方块糖，再买些糖果饼干什么的，我们出去一趟，看个人。"

显然曹专员不想惊动其他人，他只想和秘书司机一起出去，说明他想看的人一定是他私交甚好的老朋友。夏连春和司机买完东西回来，方书记、于县长他们都在院子里等着了，都要陪曹专员一起去。刚才夏连春和司机出去买东西的时候涂子看到了，涂子就主动去问曹专员是不是要出去，说他们还是陪着一起去吧，曹专员就答应了。

曹专员要去看的人是上水湾五六十年代的老支书家人。老支书70年代去世了，老伴跟大儿子一起还住在老屋。曹专员他们进得屋子，老太太歪着头看了好半天，突然双手伸向曹专员，嘴里就喊："哎呀，是曹书记，你怎么来了？"

曹专员伸手抓着老太太两只胳膊，欣喜地说："我来看看老嫂子。"

老太太说："我到地里把大儿子叫回来。"

曹专员说："老嫂子，我们就来看看你，这是县委书记，这是县长，这是乡党委书记，我们下午还有事，看看你就走，你就不要喊大儿子回来了。"

老太太说："我知道，你们当领导的忙。那你们稍坐一会儿，我给你们做一样曹书记当年最喜欢吃的，很快就做好，吃完再走。"

老太太这么热情，大家只有坐着等待。方书记问曹专员："曹书记当年最喜欢吃啥？做起来复杂吗？"

曹专员笑笑说："都过去二三十年了，哪还记得那时候喜欢吃啥。"

老太太确实很快就把她记忆中曹专员喜欢吃的做了出来，端到炕桌上。原来就是鸡蛋和着白面摊出的鸡蛋饼，饼上撒了白糖，很好看。每个人再配一大海碗奶茶，奶茶上面漂着大块的奶皮，好香。碗边上有一圈洗不掉的垢，好黑。曹专员看着鸡蛋饼和大海碗奶茶，愣在那里，好半天没说话，也没动筷子。半晌，曹专员主动招呼大家："快吃，这个可是当年招待贵客才能吃到的。"说着，自己就带头大口吃着鸡蛋饼，大口喝着奶茶，看着都香。

告别老支书的家人，曹专员说不回招待所了，接着工作吧。涂子陪他们直接去了纯农业的下水湾。这里的情况也和涂子说得差不多，只是再了解一些具体数字和量化指标，使最后形成的调研报告更具说服力。

夏连春原来想中午的时候和苗素馨两个人回家看看父亲的，但没能如愿，心里还是有些遗憾的。他们从上水湾往下水湾走，路过家门口，夏连春隐约看到父亲就站在门口往大路上看。父亲已经知道儿子儿媳妇来上水湾了，尽管没见着，心里还是很荣耀的。

涂子知道夏连春没见着父亲肯定遗憾，他悄悄给夏连春说，待会儿他回上水湾的时候，顺道去他家里看看老父亲。夏连春连声说谢谢。

调研结束，曹专员就在下水湾和县里的、乡里的同志告别，他们就近从国道回鹿川，就不从县里走了。

相互告别是领导之间的事，工作人员服务好自己的领导就行。夏连春上车时眼睛的余光瞟了一下苗素馨，苗素馨好像流泪了。夏连春鼻子也泛酸了。

到了鹿川，夏连春和司机把曹专员送回家，曹专员下车的时候交代夏连春："今天晚上加个班，看明天能不能把调研报告的初稿拿出来，争取这一周给地委领导汇报调研情况和建议。"

夏连春没有回宿舍，直接去了办公室。上楼的时候，先在下面买了一个馕，一袋小咸菜。可能又是一个通宵了。

自当秘书以来，每天晚上熬夜到三四点或通宵是常有的事，每周至少要有三四个晚上熬夜加班。办公楼下面值班室的小伙子，经常见夏连春来楼里面加班，但却经常不认识，甚至每次都要问夏连春是哪里的，有一次夏连春就开玩笑说他是后面搞基建施工江苏队的。

秘书科开会，值班室的小伙子看到夏连春也在，就问旁边的人："他怎么在这儿？"

旁边的人说:"他是秘书呀。"

那小伙子说:"他不是江苏队的吗?"

大家一下哄堂大笑。这一下,小伙子把夏连春记住了,记牢了,再见到的时候,早早就满面笑容,再不用问是哪里的了。

曹专员给夏连春分派工作最爱说的两句话就是:"今天晚上加个班""我要写篇文章"。

曹专员喜欢长文章,喜欢写一些别人不知道的事,讲一些别人没听过的话。曹专员的文章或者讲话需要反复修改,夏连春总结出来的规律是,一般都要修改四稿。

第一稿是草稿,肯定不成功。一篇文章要怎么写,一篇讲话要怎么讲,一开始曹专员自己也不明确,他只告诉你要写一篇文章或写一篇讲话,怎么写他不说。你写出第一稿,启发了他的想法和思路,这时候他才提出他的要求。按他的要求写出第二稿,才算是真正的第一稿,才是他想要的。但这一稿无论你写得多么用功,自己觉得多么好,他一定会打回来让你修改或重写,但要改什么,再怎么写,他不说,因为他根本就没看。这之后,当你再呈上第三稿的时候他才会看,才会提出明确具体的修改意见和要求。把他的意见和要求拿回来再看,原来你前面按他要求写的那个第二稿,跟他现在的要求是一样一样的,于是你就把你前面写的那个第二稿,原封不动地作为第四稿再呈上去,这一次妥了,通过了,写得很好。

夏连春的经验是:第一稿要抓紧写,因为它只是草稿、提纲。第二稿要认真写,这一稿一般就是最后定稿。第三稿要慢慢写,你可以把第二稿的一级标题或二级标题做些小变动,内容可以不动,但页码要动。送审的时间最好拖到今天送、明天就要印的时候,这样就没有太多时间可供推敲了。所以,当你拿出第四稿,也就是最后定稿的时候,实际上就是最早的第二稿。

夏连春的这些经验和体会也是在艰苦摸索当中得出的。刚给曹专员当秘书的时候,就曾有过非常难堪的开始。那次,曹专员作为常务副专员,和专员一起，去省里参加专员市长会议，主要任务是贯彻落实全国省长会议精神。回来后，地区要召开会议进行传达部署，安排贯彻落实的任务。

按照会议安排，地委书记做重要讲话，行署专员做工作报告，曹副专员传达专员市长会议精神。行署办公室主任把曹专员的传达讲话交给了夏连春起草，要求参照"全国省长会议精神传达提纲"的形式来写。

夏连春认真研读了"全国省长会议精神传达提纲"，觉得这个传达提纲写得太好了，会议的基本情况，会议的主要精神，贯彻会议精神的意见建议，直截了当，简洁明了，总共十页，五千字左右。

夏连春就按照这个传达提纲的框架，把专员市长会议精神往里装，也是五千字左右，两天写完，送办公室主任，审核通过，夏连春很是得意。这是他当秘书以后接手的第一个大一些的材料。

曹专员那几天到县里调研工作去了，不在家。夏连春因为要写传达讲话，没跟着下去。曹专员调研一回来，夏连春赶紧把传达提纲送曹专员审阅。不大一会儿工夫，办公室主任就把传达提纲退回夏连春，说是曹专员不满意，嫌太短了，要求重写。

夏连春受了很大打击似的，一下子像泄了气的皮球，脑子空了，肚子瘪了，没了主张。好半天他才追到主任办公室，问曹专员有没有明确意见，怎么写？

主任说："你还按照原来的框架，把需要扩充的内容充实进去，拉到八千字左右，应该就可以了。"

按照主任的要求，第二天早上，夏连春把八千多字的稿子交到主任手上。接受昨天的教训，夏连春再不直接给曹专员送稿子。主任接过稿子翻了翻，说，这次应该差不多了。

又是不大一会儿的工夫，主任又拿着退回来的稿子，有些过意不去地对夏连春说，看来我们都没能领会曹专员的意图。曹专员说会议给他安排的传达讲话是半天时间，这么短的传达提纲怎么行？不到一个小时就讲完了，耍猴的一样，会议代表干什么去？

夏连春本来这两天没睡好觉，头蒙着呢。可听了主任的话，他突然茅塞顿开，清醒了，灵感来了。他很自信地安慰主任说："主任放心，我知道怎么写了。"主任不知如何是好地说了句："辛苦你了。"夏连春不好意思地朝着主任笑笑。

夏连春突然明白的是，按照曹专员的要求，他和主任至少在四个方面错了。一个是体例上错了，曹专员要求的是传达讲话，他们写的是传达提纲。第二个是篇幅上错了，曹专员要讲半天，至少三个小时，每个小时八千字，至少应该在两万字以上，他们按照五到八千字来写，差距太大。第三个是写法上错了，这次会议是曹专员当了常务副专员以后第一次亮相，他讲话的站位一定要高，高层，高深。他们却老想着精练简洁，许多精彩闪光的东西都没写出来。第四个是想法上错了，曹专员就想在这次会议上多给大家一些大信息量的东西，现在他们写的过于朴素，心理差距太大。

夏连春现在的写法是：把全国会议精神、全省会议精神都写进去，把两个会议上所有领导的讲话精神都写进去，把全国和全省会议文件中有关……的绝密数字，都原封不动地按照……的形式写进去。

夏连春从前一天的半上午开始，一直在办公室写到第二天早上上班时间，前后二十一个小时，除了晚上出去吃了顿饭，再没下过楼，没离开过办公室，一气写完七十七页稿纸，大约两万三千字。屁股坐疼了，右胳膊写疼了，写到最后已经不是手在动，而是整个胳膊推着手里的笔在动。

办公室主任接过夏连春的稿子，问："你一个人写的？"

夏连春"嗯"了一声。

又是不大一会儿工夫，主任又拿着稿子回来了。夏连春见到主任回来的时候差点就崩溃了。好在主任马上笑容满面地说："曹专员满意了，还问是谁写的？"

从此以后，办公室主任授权：夏连春为曹专员起草的文稿不再报经办公室这个中间环节，直接对接曹专员。因为多了中间人的环节，起草人不能直接领会领导的真实意图，中间人传话也容易出现偏差。

第六章

动脑子的事

曹专员忙活了半天，关于取消活羊上调计划的建议未获地委书记办公会议通过。理由很简单：作为省里的下级机构，要求上级取消某项政策，这是不合适的。至于这项政策在贯彻执行过程中出现了什么新情况新问题，可以随时向上级反映。

曹专员服从会议决定，但可以感觉出来他心里不痛快，脸板着，不苟言笑，开完会跟谁都没打招呼，站起身来就走了，用农村人的话说，就像是谁欠了他钱没还一样。回到办公室，他叫来夏连春，把调研报告改写成情况反映，就以"乡里人出钱，城里人吃肉，食品公司得利"为题，署曹天祥个人名，报省委、省政府。

处理完这件事情，不知道是心里憋得慌想出去散散心，还是因为有别的什么事，夏连春正在办公室处理文件，曹专员突然亲自过来叫上夏连春："走，到县里去。"

夏连春赶紧站起来，边收拾文件边问："下去几天？"

曹专员好像还没想好，随口说道："下去再说。"

夏连春忙着要去财务上借钱，曹专员说："不借了，走吧。"

坐到车上，曹专员告诉司机："去天章县。"

司机迟疑了一下说:"那我去财务上借个钱。"

曹专员还是刚才对夏连春说的那句话:"不借了,走吧。"

司机说:"路上要加油。"

曹专员从屁股后头的口袋里掏出一大沓子钱,他的工资就在自己口袋里装着。他说:"这么多钱还不够吗?"

曹专员不喜欢坐办公室,经常是上着上着班,突然就要到基层去,而且说走就走,手里提着文件包,胳膊上搭件外衣。这就给秘书和司机带来两大问题:一个是没法给家里打招呼,而且经常是一出去就好几天,家里人不知道他到哪去了。还有一个就是出差借钱,走得急,来不及,囊中羞涩,途中会有很多不便。曹专员就会说:"你们平时口袋里连在外面吃饭住宿的钱都没有?"

没有,肯定没有,每个月几十块钱的工资回家就交给老婆了,平常花钱都是从老婆那儿要。这几年还好,出差多了,出差费也高了,每次出差回来都能报销些钱,出差费是不用上交的,不仅有了零花钱,还能攒些私房钱。一年下来,如果出差多了,还能在银行存上二三百块钱呢。

曹专员不喜欢墨守成规,喜欢学习别人的经验,他山之石,可以攻玉。他爱看与农村工作、经济工作、改革开放有关的各种杂志,这里头介绍的一些好做法、好经验,只要是符合鹿川特点,可学可用的,他都会在自己的工作中借鉴。夏连春有时候对曹专员的一些新提法、新要求搞不太明白,他就想办法在别的地方翻找,往往都能找到出处。

曹专员不喜欢坐而论道,而喜欢研究政策。他说省委把我们放到一个地区当领导,我们的责任就是要保证把省委省政府的各项政策和决策部署落到实处,让当地老百姓受益。我们在一个地区工作,我们比别人更了解这个地区。如果一项政策不符合当地实际,不能给老百姓带来实惠,就不是一项好政策,就不能原封不动地遵照执行。否则,我们就是失职。

这一次到了天章县之后,夏连春才明白曹专员是冲着县级财政来的,他主要是想研究财政分级包干、分灶吃饭以后财政收支基数核定问题。但他这一次的调研做得比较温和，对方感觉不出来他是在调研财政问题。夏连春要不是在这之前听曹专员跟方书记说过这个事，他也不会明白曹专员的真实意图。

夏连春突然感慨，这当领导也真是一个要动脑子的细活。上次调研肉食供应问题，涉及的是省里的政策，当然也牵涉地区执行政策问题。曹专员走到台前，直接发声，有人对此是有微词的。这次调研财政问题，直接针对的是地区财政政策，肯定会遇到阻力，甚至可能还会有干扰。尽管只是研究工作，但可能会引起一些人的不舒服。所以这一次的调研还是低调稳妥一些为好。

天章县是纯牧业县，不仅是吃饭财政，甚至是"要饭财政"，严重依赖上级财政拨款过日子。县域经济的发展，没有财政的支持和保障，寸步难行。

本来曹专员是准备在天章县初步了解一些情况就回去的，没想到在这里的收获挺大，结果就在这待了两天。第二天下午从天章县离开，秘书和司机都以为要回鹿川了，没想到一上车，曹专员说去清城县。

这一下司机急了。司机老婆这两天预产期，要生了。司机不好给曹专员说，也不敢说。路上，夏连春问曹专员在清城县待几天，曹专员说："看情况吧，一两天？两三天？到时候再说。"

夏连春借机给曹专员说："司机爱人要生了，这两天的预产期，司机有些着急，不放心。"没想到曹专员说的却是："你们现在的年轻人就是娇气，我家四个孩子，没有一个是我在家的时候生的。你们在家又能干啥，帮你老婆生？"

秘书和司机都不说话了。

清城县是边境县，与天章县是两个方向。天章县在鹿川东，清城县在鹿川西，途中路过家门而不得入，真有一种大禹治水的味道。夏连春猜想，曹专员去清城县，一定是想了解边境县财政的特殊情况，看看有没有什么具体特点和特殊规律可循。

清城县的两个晚上，每天晚上司机都急得翻来覆去，唉声叹气。第三天早上起得床来，司机满嘴长的都是泡，上下嘴唇都往外翻。吃早饭的时候，清城县委书记报告曹专员，行署办公室来电话，通知今天下午召开专员办公会。曹专员看了看司机的嘴，说上午回去。秘书和司机两个对视一下，终于有了盼头。清城县委书记的家在鹿川，他说他搭曹专员便车回鹿川过周末。

吃完早饭，曹专员又在房间和县委书记谈工作，半上午才往回走。曹专员一般不在车上谈重要事情，他怕司机嘴不严，说出去。看得出来，曹专员对这次财政调研很谨慎。

一个小时的路程，到了鹿川的地盘。途经一个村子，曹专员说进去看个人，直接到了大队书记家。

这个村子以前是吉宁县的，后来划给了市里，大队书记是曹专员老朋友。老朋友相见，高兴之情自不必说。茶水招待之后，大队书记又去羊圈抓羊，清城县的书记喊曹专员："你赶快出来说一下，人家要给你宰羊呢。"

曹专员屁股都没抬一下，就在屋里回了一句："我在清城县你连个鸡都没宰，现在人家要给我宰羊你管啥呢？"

清城县的书记不好意思地说："我想着你下午要赶回去开会呢。"

周一上班，夏连春看到了行署办公室文件，是关于进一步明确专员、副专员工作分工通知的，这就是前天下午专员办公会的成果。曹专员的工作分工有两大变化，一个是"副专员曹天祥"前面没有了"常务"两个字，另一个是"分管大农口"前面去掉了"临时"两个字。

据说这几天曹专员在天章和清城两县调研的情况，地委和行署都有所耳闻，有人说曹天祥就是想主管计划财政工作，所以才对财政工作这么急切、这么感兴趣。可能有的人就是不想让曹天祥分管计划财政工作，所以才这么急切地在周六下午召开专员办公会，赶快把分工明确了，在这之前曹专员的工作分工一直是临时的。

这件事说明，曹专员在地区势单力薄，至少地委、行署主要领导对曹天祥不感兴趣，要不然也不会这么快就能在地委行署领导层统一思想、形成一致意见的。

有人说，形成这种局面也怪曹专员自己。他一贯的作风就是远交近攻，省里领导说他好，基层老百姓说他好，身边人说他不好，特别是地委行署八个领导中七个都不和他好，有时候他甚至跟自己都较劲。

但别人怎么说，工作怎么分，对曹专员的影响好像都不大，至少你看不出来。分管大农口，他照样能把农林水牧乡镇企业抓得红红火火、风生水起。

别人说一工交，二财贸，凑凑合合是文教，农业可要可不要。他说农业是国民经济的基础，是第一位的工作，其他工作都是第二第三位的。管你听不听，反正他就这么讲。

让不让他分管财政工作是你的事，对财政工作的调研是他的事，而且现在他可以摆到大家面前来做这件事。他直接把财政处处长叫到办公室，说地区财政工作的指导方针错了，不利于县域经济的发展。他要求财政处处长积极配合财政工作调研，先把财政预算、决算报表拿过来，他要研究。

曹专员和夏连春两个人前后用了一个多月的时间，把一份地区财政工作的调研报告拿了出来。这一个多月来，两个人的工作非常难做，就像地下工作者一样，自己不敢声张，别人有意回避。他们很憋屈，也很无奈。

夏连春成了秘书科躲之不及的人，别人都怕从他这儿惹上麻烦。行政科的付朝龙倒没管这些，很关心老同学似的提醒夏连春："别太死心眼了，现在这种形势，也不要把自己和曹天祥绑得太紧，应该考虑给自己留条后路。"

夏连春突然觉得付朝龙还是很念同学情的。他说他现在所做的都是自己的正常工作，他没有参与任何工作以外的事。再说，曹专员也只是为了工作，也没有任何工作以外的言行。只要是为了工作，有什么好担心的？

夏连春发自内心的几句话，一下子引起了付朝龙的不快，梗着脖子，怒目相对："你又开始装了是吧？哪天人家把你们两个一锅端了，你们就老实了。"

夏连春被付朝龙搞了个大红脸，突然尴尬起来。

好心的同事问夏连春："付朝龙是你同学？"

夏连春说："是的。"

同事又问："他上学的时候脑子没毛病？"

夏连春一惊："他脑子有病？"

"啊？你还不知道？"同事说，"精神分裂症，很重的。"

原来是这样，夏连春心想，怨不得他们第一次在行署见面的时候，他说话就七上八下的，让人摸不着头脑。

曹专员现在的处境也非常尴尬，他在领导层好像成了另类。地委开会时，他从地委给行署打电话都要自己动手，可他记不住电话号码，电话本上只找到了行政秘书的号码。打过去，接电话的是个女的。

他问："谁呀？"

对方反问："你谁呀？"

他再问："你是谁？"

她再反问："你是谁？"

这样反复了好几遍，曹专员先软了下来："我是曹天祥。"

对方一下子急了，慌了："啊？曹专员？我是那个谁谁谁，我年纪大了，耳朵背，刚才没听出来您的声音。"

她这么一解释，曹专员还真想起来她是那个谁谁谁来了。她就是那个管人事、管工资、管别人档案的老太太。

老太太和曹专员通话之后，找着机会给曹专员解释了好几次："我当时真的没听出来是曹专员您。"

她又找夏连春，请夏秘书帮她给曹专员解释一下："我当时真的没听出来是曹专员。"

她也给别人解释："我当时真的没听出来是曹专员。"

夏连春想起了契诃夫的小说《小公务员之死》。

从这件事中至少可以得到两点启示：

一个是打电话应该首先通报我是谁，或者讲清楚我找谁，不要直问对方是谁。当然即使打电话的人很注意了，也有可能会遇到接电话的人不注意的情况。有一次夏连春给他曾经工作过的单位打电话，电话一接通，就亲切地报上自己的名字，我是夏连春，电话那头却毫无反应地回了一句，你找谁？连个你好都没说。热脸贴了个凉屁股。夏连春给别人絮叨这件事的时候，别人说，你当时应该立马追问一句，你是新来的吧？对方一定立马就客气了。夏连春后来试过，果然好用。

另一个是接电话，如果来电话的人问你是谁，千万别跟人急。电话里敢问你是谁的一般只有两种人，一个是领导，一个是熟人。打电话的人心里有数，只要你说出你是谁，他就能知道你是谁，他对你这个单位很熟。

财政调研报告写好以后，曹专员交代夏连春："一，署曹天祥的名。二，注明'个人观点，领导交流'。三，亲自送地委行署领导。"

夏连春立即照办。送到分管财政工作副专员办公室的时候，分管领导正在清理文件，收拾办公桌，准备去省城出差，看样子事多，很忙。夏连春恭恭敬敬地把调研报告送到领导手上就准备转身离开，领导接过报告翻阅了两下，问："谁写的？"

夏连春听出了领导的话里有话，直接回答："曹天祥。"

领导看都没看夏连春一眼，直接就扔出了一句："地委要是开会听汇报的话，你恐怕也要到会上说说吧？"

"为什么？"夏连春不解。

"因为你能说得清楚呀。"领导步步紧逼。

夏连春听懂了领导的意思，也能感到他咄咄逼人的居高临下。最近，曹专员连续两篇调研报告涉及的工作都是这个领导分管的，他可能把这笔账都记在秘书头上了。

夏连春明显感觉到他在这个领导眼里已经是人不人鬼不鬼的了，他从这个领导的秘书和司机那里也能感觉到他们对他有一种抵触、提防或是鄙视。本来，秘书和司机们平日里虽然各为其主，但大家私底下在一起还是很融洽的。

面对领导的不屑，夏连春终于忍不住了，不跟你玩了，干脆把憋在心里的话一气说完算了："第一，调研报告的署名是曹天祥。第二，在调研报告形成的过程中，秘书根据领导的安排做一些辅助性的工作，那是秘书的职责。第三，你还真不要过高地估计了秘书们的能力，过低地看轻了你们这些当领导的智慧。相信曹天祥一定有能力写出一篇他关注问题的调研报告，他也一定有能力讲清楚他所做的事情。第四，你们当领导的是不是经常在地委会上有讲不清楚的事情都要让秘书去帮你们讲呢？第五，秘书的职责就是为领导服务，如果你需要我为你撰写一篇反驳曹天祥这篇调研报告的材料或是文章，可以安排给我。"

分管领导是个年轻人，比夏连春大不了几岁。夏连春慷慨激昂的一席话反把他搞被动了。他看看夏连春，随手从抽屉里拿出一包红梅烟，给夏连春一支，自己一支，点着，两个人坐沙发上继续说。

财政调研报告送出去没几天，地委通知，曹天祥副专员到省委党校参加十三大精神专题培训班，时间一个月。机关里有人议论，这一阵曹专员的来势有点猛，刚搞完活羊上调的事，接着又搞了财政的事，接下来不知道他还要搞什么事。地委主要领导派他出去学习，恐怕就是想避避他的锋芒。

曹专员接下来确实还有事要做。去党校前，曹专员交代夏连春抓紧准备雅玛河谷水土开发资料，过几天叫夏连春也去省城，他要利用这次在党校学习的机会，找一些专家学者，一起研究探讨一下雅玛河谷水土开发问题。

因为领导不在，这几天夏连春天天回吉宁，晚上回去，早上回来。他告诉叶子，过几天他可能要去省城出差，时间可能比较长，二十天左右。

叶子问："高兴吗？"

夏连春说："不高兴，时间太长了，想你和禾子。"

叶子再问："真的？"

夏连春很随意地说："就出个差，有什么真的不真的？"

叶子诡异地一笑："去省城不一样呀，可以见到老情人。"

夏连春真没想起这档子事，叶子这么说，他还真的就想起了方小青，不由得念叨了一句："哎呀，你一天到晚还帮我惦记这个事呢。"

接下来两天，夏连春晚上突然再没回来，也没给叶子说，叶子也没问。他们两个人办公室虽然都有电话，但因为是长途，从来没打过私人电话。

第三天上午，方书记去地区参加干部大会，带回来一个重大消息，曹天祥任鹿川地委书记，吉宁县长于善江任地区行署副专员。苗素馨这才知道夏连春为什么这两天没回来了，他的工作又该忙起来了。

这次鹿川地委主要领导调整，特别突然，出人意料，事先一点风声也没有。曹专员到省委党校学习的第二天，省委主要领导找他谈过一次话，说是看了他的两篇调研报告，特别对他从财政工作的角度提出支持和发展县域经济的问题很感兴趣，想当面听听他的具体想法。

曹天祥一听省委主要领导对县域经济感兴趣，一下子找到知音了，瞬间调动了他的日积月累和长期思考，讲了自己的想法。

他说他是50年代初随部队到鹿川的，当时他是一名学生兵。十八岁转业到地方，在县乡工作了三十五年，到地区才工作两年多。他觉得我们党和政府全部工作的基础都在县域。古人讲，郡县治，天下无不治。现在讲，上面千条线，下面一根针，所有的工作都要落实到县。从古到今，县域工作的责任都是解决吃饭穿衣问题，老百姓的问题是最大的问题。县域工作基础最弱，县域经济条件最差，综合发展能力不足。经济强县域必须强，人民富县域必须富。

发展县域经济的措施可以有很多，曹天祥觉得关键是人、财、业三件事。人，就是要选好县委书记。他要有改革开放的精神，横冲直闯的精神，四平八稳不行。财，吃饭的钱上面给，发展的钱自己挣，关键是给政策。业，干事创业，以业兴县，以业富民，自己的事业自己干，上面不包办代替。

曹天祥说："我们的工作应该向县倾斜，不能老是停留在机关里，机关工作创造不了财富。"

曹天祥回到党校，三天以后，组织部来人通知他，叫他收拾一下东西，明天跟省委组织部部长一起回鹿川。他问什么事？来人说，宣布你接任鹿川地委书记。

曹天祥跟鹿川的人一样，觉得这个消息来得太突然，出乎意料，事先一点迹象也没有。党校那一夜，他没睡着。

于善江提任副专员后，吉宁县的县长人选，曹天祥书记让地委组织部和方家云同志一起商量提出。可是县长人选还没确定，方家云本人倒先被调整走了，调任鹿川市委书记。鹿川前任市委书记提任地区纪检委书记。

方家云调任鹿川市委书记，最高兴的当属夏连春和苗素馨，他们夫妻可以团聚了。

方书记问小苗："你和连春商量一下，你们的家是安到地委还是市委，家安到哪边就在哪边解决住房问题，主要你们自己看在哪边方便一些。"这意思就是说，他们现在在哪边解决住房都不是什么问题。不像夏连春刚调来的时候，一来夫妻分居，家还在县里，二来地区也没有多余的房子，所以两年多了，住房问题一直还没解决。

现在有条件解决住房了，两个人又拿不定主意在哪边要房子好了。两个人私下里把两边的家属院、住房条件和周边情况都看了看，经过对比，最后还是选定在市委解决房子比较好。一来市委掌管着教育资源，住到市委这边将来女儿上学好一些。二来苗素馨这边工作相对要稳定一些，家安在市委，工作和生活都方便。

方家云调任市委书记不久，田光耀提任吉宁县委副书记。任职通知发下来的时候，田光耀还在基层蹲点没回来，迟迟没有到任。

一个月后，田光耀结束蹲点工作回到县里，上午先到县委露个脸，和大家见见面，打个招呼，下午再过来上班。

田光耀的办公室已经安排好了。县委办公室主任是个年轻人，领着他到办公室看了看。可让田光耀万万没想到的是，他上午看完办公室，下午再来上班的时候，他已经不是县委副书记了，免了。地委决定，免去田光耀同志吉宁县委副书记职务，改任县委常委，作为副县长候选人，上县人代会选举。

中午一顿饭的工夫发生了巨大变化。

有人开玩笑，田光耀这家伙贪玩，要不是最后在农村多玩了这一个多月，他的县委副书记就不会免了。就在地委为找不到吉宁县常务副县长人选犯愁的时候，有人提出，田光耀的县委副书记还没到任，他改任常务副县长合适。

田光耀感叹自己官运不济。要不是由县委副书记改任常务副县长，他也就不会有三年后政府换届时落选的问题了。

田光耀当了三年常务副县长，做了不少事，也得罪了不少人。三年任期届满，换届选举的时候，有人大代表联名提出了涂子作为副县长候选人，和其他经组织批准的候选人一起进行差额选举。本来县委是准备做工作让涂子退选的，但县委书记给地委汇报的时候，曹书记说既然代表已经提了，也是民意，也符合法律规定，就放到一起选吧。

结果：涂子当选，田光耀落选。

这个结果，县里的同志是想到了的。田光耀和涂子两个人的个性相近，作风相似，都比较硬气，不拖泥带水，但两个人的处世态度和行事风格差异很大。

涂子在乡里工作，既听县委的，也听政府的，尤其是和老百姓打得火热。他往农民家里的炕上一坐，大碗喝酒，大块吃肉，不在话下。吃饱了喝足了，倒头睡在炕上。明早起来，洗把脸，喝碗茶，吃块馍，上班了。

老百姓都把他当成自家人。只有周爱兰把他当成别人家的人，说他现在是地道的农民。

田光耀在机关工作，身边没几个人。一天到晚，不苟言笑，严肃，严谨，一般人也不到他跟前去。工作起来谁的话也不听。本来"常务"这个角色，在政府，向县长负责，在县委，向书记负责。但他基本上只向自己的工作负责，一忙起来就把自己头上还有书记县长两个老大的事忘了。县长身边有这样一个常务，他怎能喜欢。紧要三关书记又怎肯帮你。

曹书记对田光耀落选的结果一点都没想到。他原来估计涂子放进去可能也就是陪选，选不上，因为涂子的接触面窄，别的乡镇的人都不了解他。曹书记对涂子的印象不错，把他放进去陪选锻炼一下也好。即使涂子爆冷当选，落选的也不会是田光耀，应该是别的哪个候选人。万一哪个候选人落选了，就安排到地区哪个部门任个副职。现在落选的是田光耀，还真的要好好考虑一下怎么安排他的问题。但不管怎么安排，也要把他放一放，凉一凉，让他自省自省。

经历了这样一次官场变故，田光耀知道自己的官场生涯该结束了，他再难有回天之力，让死鱼翻身。可惜了自己空有一腔热血，一身抱负，再没有施展的机会了。他再没脸去见曹书记，也不能去给他添堵添乱了。

此处不留爷，自有留爷处。想着想着，不知怎么就想出这句话来。

几天之后，田光耀突然想明白了。官他是不能当了，但他可以下海，可以经商办企业。凭着自己的头脑和能耐，他一定可以把事业做大。高庆阳那个地主崽子都能把"大上坡餐饮"开到那么大，那么好，他田光耀还比不上高庆阳？

当官只是抱负，只是一时荣耀。经商办企业才是事业，自己的事业，终身的事业。只要你人在，企业在，你就会永远受到别人的尊崇爱戴。三百六十行，行行出状元。为什么非要在一棵树上吊死呢？再说了，当官总有退休的时候，退了休就什么都没有了，在位时的风光风采霎时不见。当官悲哀呀。田光耀觉得庆幸的是，他终于清醒了，明白了。而且清醒明白得比较早，什么都还来得及。现在社会发展变化这么快，谁知道未来会是什么样子。

田光耀随即利用他还在吃官饭的最后时机，抓紧时间出去考察。虽然落选，但官家的身份还在，看能不能找到商机。

到鹿川，他晚上去了趟市委家属院，在夏连春家，两个人放开聊了半宿。他看着夏连春的新居，十分伤感地说："这样的地方以后就不是我们能待的了，你好好努力，我们会远远地关注着你。当然，在我的事业需要帮助的时候，也希望你能伸手帮帮老同学。"说到伤心处，他控制不住自己的感情，流泪了。今天不是酒哭，夏连春没给他酒喝。他是真的伤心地哭。

夏连春安慰他不要这么悲观，一切都还有机会。田光耀说，他已经看透了，心已经死了，他的去意已定。他会在商海里好好扑腾扑腾，把官场上没能施展出来的才华，发挥到商场上去。没准那里可能更适合他。

他说他想到省城蔡团长那儿看看，蔡团长现在在大学里搞服务公司，当经理，看看他那里有没有什么路子。他还想到东南沿海看看。他说他看不上高庆阳干的开饭馆一类的事。他想搞实业，这个长久一些。

周末，夏连春和苗素馨回县里看女儿。现在县里的房子就母亲带着小妹、小弟和禾子住在那，大妹今年就该大学毕业了，二妹去年也上大学走了。父亲还是上水湾和县里两边跑。

晚上，夏连春和苗素馨带着禾子去看姥姥和姥爷，一家人坐在一起聊一些县里的事，家里的事，禾子的事。

禾子快六岁了，一直是奶奶带的，有时候也在姥姥姥爷这边，没上过幼儿园。夏连春和苗素馨两个人一直觉得怪对不住女儿的，别人家这么大的孩子都能背诗认字了，禾子就这么散养着，如果不是姑姑和叔叔偶尔教了她一些东西，她真的就是一个目不识丁的野孩子。

姥姥姥爷说，明年秋季开学，禾子就六岁半了，应该上学，要不就晚了。姥姥和姥爷的意见是，开春后让女儿女婿就把禾子接到鹿川上学前班，提前适应一下学校环境，为正式上学做准备。夏连春和苗素馨也觉得姥姥姥爷说得对，就决定这么办。

一家人正聊着，禾子三姑来叫大哥大嫂回去，说是张碧林和他姐姐，还有丁香过来了。姥姥姥爷说赶快回吧，估计他们是来说田县长的事。

张素雅几个人就是来说田光耀的事的。张素雅问夏连春见田光耀了没，也不知道他这几天到哪去了。夏连春说见了，他在鹿川的时候到他们家去了，这几天去省城了，他还说想到南方看看，想出去散散心。夏连春没给他们说田光耀想下海经商的事。

张素雅说知道他的行踪也就放心了。她觉得田光耀需要经历这样一次阵痛，否则，他老是这样自以为是、目空一切，对下老是居高临下，对同事老是把人家当成对立面，迟早是要吃亏甚至栽跟头的。

张素雅自责了几句之后，转而又问夏连春："田光耀这事接下来会是个什么结果，还会有安排吗？"

夏连春说："肯定会有安排的。这些年，各地换届选举中，出现这样的情况不少，一般过一阵以后都会安排的，有的还会安排得很好。"

张碧林说："这个家伙选举落选是咎由自取，整天就觉得他是这个世界上最日能的，谁都比不上他。怎么样？现在知道有人比你日能了吧？"

姐姐赶快制止弟弟："你一天就知道胡说。"

张碧林说："不是我胡说，他这个人一辈子不管干什么都消停不了，你就跟着他操心去吧。那个时候你要是嫁给我师兄多好，现在谁也不用跟着你操心了。"

姐姐瞪他一眼："越说越不像话。"

张碧林不好意思地看看苗素馨："嫂子，我开玩笑呢啊！"

苗素馨说："我知道你开玩笑，都这个时候了，都是当爹当娘的人了，不开玩笑又能怎样？"

"嘿嘿，还是嫂子比姐姐好。"张碧林跟着又来了一句。

张素雅也因为弟弟和夏连春的关系，她也就不见外地对夏连春说：

"我们家田光耀的事还得你们多费费心，帮帮他。我们会记在心里的。你们是老同学，对他也是了解的。"

夏连春心想，张素雅的这两句话怕是她今晚上真正要表达的话。他们也算是一对政治夫妻。

还没等夏连春说话，张碧林又接过去说："这个涂子也够狠的，没想到他紧要关头使出这么一绊子。"

这个话恐怕是他们一家人的心声。紧要关头小舅子还是要站在姐夫一边的。

开春以后，县乡换届时的一波干部密集调整期结束了，社会面也平静了。换届时出现的一些新情况和遗留问题需要抓紧消化。

涂子当选副县长本来是民意，当然也可能有人利用了这个民意想把田光耀选下去。但可以肯定地说，不是涂子做了什么手脚，他没有这个能量，也没有这个必要。

人喜欢同情弱者。本来人们可能对田光耀有意见，想把他选下去，可一旦真的落选了，尴尬了，狼狈了，灰溜溜的了，又开始觉得他好可怜。于是，又开始出现一种倾向，好像涂子做出了什么不光彩的事似的。没多久，涂子就从吉宁县调任到天章县任副县长。涂子觉得这样安排也好，人挪活，树挪死，换个地方对他的工作是有利的。

田光耀也被安排了，任命到清城县当县委副书记，这个安排是他万万没想到的，他原以为最多把他安排到地区机关哪个闲一些的处室当个副处长就算照顾他了，没想到还能给他安排到县委副书记这么重要的职位上。

田光耀落选后，做了那么多的思想准备，原因就是以为他再不会得到重用了。现在的田光耀，真有一种死了一回又活过来的感觉，他只有好好干才能对得起组织，对得起领导，对得起关心爱护他的人。

他真的要不顾一切地大干一番，既是报答，也是对自己能力的证明。但他到了清城以后，县政府和他对口的副县长，却不给力，不配合，好像还有什么情绪似的。在一次对口接待外地客商的宴席上，田光耀举杯向客商承诺："定下来的事县里一定抓紧办，具体落实的事以后就由政府分管副县长负责了。"

这本来是一句场面上的话，可那副县长却较起真来，问田光耀："具体落实的事我负责了，你干吗？你就领导我，指派我干事？"

田光耀被副县长突如其来的几句话搞蒙了。但他还是克制了自己，没发作，很平和地说了句："政府本来就是执行机关，行政机构，抓落实的事当然就由你这个分管副县长来具体负责了。"

没想到副县长接着就说出更出格的话："就怕有人在政府落选，转身再到县委任职，回过头来还要再领导政府，自己干不了，还要别人帮着干。"

田光耀再没说话，宴毕，送走客人，他叫副县长回到包厢谈谈。副县长以为他把田光耀的势头压下去了，田光耀要说软话了，很得意地回到包厢，四仰八叉地倚靠在椅子上。

田光耀随手把包厢门关了，扣了。挥手一拳砸在副县长的脸上，副县长随口大叫："打人啦！"

副县长个头小，田光耀左手捏着副县长的嘴巴，他再叫不出来，右手不知轻重地一顿狂殴。打过瘾了，把副县长放开，扔下，田光耀自己开门走了。

第二天副县长就去地委告状，说是田光耀打他了。地委相关领导问田光耀："你打副县长了？"

田光耀说："可能吗？县委副书记动手打副县长，你们信吗？"

地委也觉得不可信，可能就是两个人闹不团结，把两个人调开，副县长调走，了事。

夏连春问过田光耀："你到底打人家了没？"

田光耀说："能不打吗？"

第七章

同学聚会

禾子要跟爸爸妈妈去鹿川上学前班了，很高兴。但爷爷奶奶、姥姥姥爷、三姑小叔都舍不得她走。特别是奶奶，居然蹲下来搂着禾子不放手，好像谁要把她宝贝孙女抢走似的。

开学前那几天，夏连春和苗素馨每天下午或晚上都领着女儿到学校门口看看，到校园里转转，认认路，熟悉一下环境，感受一下学校的氛围。禾子很高兴，说她可以上学了。禾子渴望上学，是好事。

学校和市委家属院就隔一条马路，很近。开学那天，早上夏连春和女儿一起出门，先送女儿去学校，然后再去上班。因为出门早，不耽误事。

夏连春中午下班回来的时候，苗素馨已经把米饭焖在锅里了，正在择菜，等他回来炒。她现在已经会焖米饭，会熬粥，也会热菜了，但不会炒菜。

苗素馨问夏连春："禾子呢？"

啊？他把女儿忘了，没去接。赶快下楼往学校跑，学校里已经没人，都放学走了。他又赶快往家里跑，跑回家，禾子已经到家了。

他问禾子怎么回来的，禾子说自己回来的。他说禾子真棒，既然能自己回来，那也可以自己去学校喽？禾子说没问题。于是，下午禾子的脖子上就挂了一把家里的钥匙。

下午，夏连春下班回来，家里的门锁着，女儿不在，苗素馨也没回来。他赶紧下楼去学校看看，学校早就放学了，校园空空的没人。他回到家给苗素馨办公室打电话，没人接。家里的电话是市委办公室安的。

他有些急了，女儿到哪去了？他没心思做饭，再到外面去找。刚下楼，就碰到苗素馨领着女儿，还有苗素馨同学、闺蜜袁慧娟，她们一起上楼。

"你到哪去？"苗素馨问夏连春。

"你们到哪去了？"夏连春反问苗素馨。

两个人的问题都没回答。四个人一起上楼。进得家门，苗素馨看着锅灶是凉的，问："还没做饭？"

夏连春说："我回来一看禾子没回来，你也没回来，我都急死了，哪还顾得上做饭，赶紧出去找你们。"

随即他又问袁慧娟："娟子，想吃什么？我给你们做。"

袁慧娟正在门口换鞋挂衣服，回头说："这时候才想起我？红娘上门，不仅锅灶是凉的，脸也是凉的，连个招呼都舍不得打。"

袁慧娟现在是市少儿艺术团艺术指导。少儿艺术团就在市委大院里，平时她和苗素馨见得多，和夏连春不常见到，这一会儿见了，就想调侃两句。

这两天，袁慧娟听苗素馨说女儿接过来了，下午去苗素馨办公室，想让她把禾子送到少儿艺术团去。方书记也鼓励她把禾子送到少儿艺术团，让袁老师她们看看，禾子适合学什么，往哪个方向发展。苗素馨和袁慧娟就去了学校，接上禾子去了少儿艺术团，所以回来晚了。

夏连春知道她俩忙禾子的事，赶紧赔上笑脸，说："对不起，不知道红娘上门，要不然早夹道欢迎了。"

袁慧娟也没把自己当外人，直言："一听这话就不当真，你要是真的有心，晚上就给我们做顿好吃的，把我们犒劳犒劳。"

乍暖还寒的季节，边陲小城，塞外小镇，家里能拿得出来做成好吃的东西，也就是萝卜、白菜、土豆、洋葱之类的大路菜。能把这些大路菜的味道做好一点就算是一顿好吃的了。做好饭菜，夏连春又去楼下买了一份椒麻鸡，一份凉皮上来，放到桌子上，看着娟子说："算是一顿好吃的了吗？"

袁慧娟看着夏连春不大工夫就能捯饬出几个像模像样的饭菜来，尤其是这两盘椒麻鸡、凉皮，都是女人喜欢吃的，也算是满意的了。但满意之余还要对夏连春说出不满意的话来："你八年前就承诺过，你和苗姑娘结婚以后就要摆个桌子请我们同学在一起撮一顿，我们等了八年了，黄花菜都凉了，也不知道还要让我们等多久？"

夏连春和苗素馨觉得也是，他们两个现在都调到了市里，女儿上学了，家也安好了，是该和同学们联系联系，走动走动。两个人都觉得娟子说得对，哪天召集同学们聚一聚。

娟子说："宜早不宜迟。"

苗素馨问夏连春："那就定到这个周末？"

夏连春说："可以。"

聚会的地方，娟子八年前就点好了，大上坡餐厅。大上坡餐厅现在统一冠名在"大上坡餐饮"名下。大上坡餐饮下辖三家餐饮企业，其中大上坡大酒店是这两年新开的，地处市中心位置，已经成为鹿川餐饮宾馆业的招牌，一些单位的重要客人一般都安排在大上坡大酒店。酒店餐饮还有了粤菜系，海鲜都是空运来的。高庆阳已经是大名鼎鼎的高总了。

晚上的同学聚会就安排在大上坡大酒店，高庆阳问晚上有多少人，夏连春挨个点着名算了一下，邵汉飞、弯越、袁慧娟、陶艳慧、花丽艳、文在书、高庆阳、夏连春，一共八家人，袁慧娟还要带两个少儿艺术团的同事，主要是为了禾子，大人小孩一共二十多个人。高庆阳说那就安排一个三十人的大包厢，宽敞一些。

这些人都跟夏连春有交情，有的是同学，有的不是同学，有高中同学，也有大学同学，有的相互之间不认识，还有的苗素馨也不认识，有的同学因为不经常见面，已经生疏了不少。

弯越和夏连春是同桌，师范学院毕业的时候第一志愿就是分回清城县，后来才知道，他回县里就是为了改行，曲线救国。县委书记是他父亲的老战友，他一回到县里就被分配到县广播站当了记者，时间不长，清城县委书记调任鹿川市委书记，弯越跟着就调到了市委当秘书。这一次鹿川市委书记提任地区纪检委书记，弯越也跟着调到了地区纪委。

邵汉飞当年师范学院毕业分配到报社，最让人羡慕。弯越取笑邵汉飞，到了报社不好好采访，只忙着采花，最让人想不到的是他居然和杨贵丽结了婚。当年在学校的时候，邵汉飞是多么看不上杨贵丽呀，真是多面人生。爱本来就是出其不意，意想不到。深爱着的往往是深藏着的。随便示人的，往往只是闹着玩的。当年邵汉飞狂爱苗素馨的那个疯劲，惊动过多少人，结果也骗过了多少人。

其实，邵汉飞那时的真实心理有两个：一个是他真喜欢苗素馨，全校的男生恐怕没几个不喜欢苗素馨的，找一个众人心目中的女神，大声嚷它两嗓子又怎么了？有面子，好玩儿。一个是他真不喜欢杨贵丽，他知道班上有好几个男生都喜欢杨贵丽，而且正在形成竞争，他不想凑那个热闹。

到现在，夏连春和苗素馨在一起，还常常会想起、讲起邵汉飞。一开始，夏连春觉得他要是和邵汉飞心中的女神走到了一起，该怎么给邵汉飞交代？他们可是好朋友。但夏连春没想到的是，邵汉飞早已把他当年的疯狂，当成昨日的笑料。现在夏连春要是和邵汉飞讲起爱情、婚姻，邵汉飞一定会谢谢夏连春，正是毕业前那次上水湾之行，才在邵汉飞和杨贵丽两个人心中播撒了爱情的种子。毕业后，他在报社的采访分工是文教口，连续几次去杨贵丽那儿采访，就把杨贵丽采到手了。所以弯越才会不拐弯地直问邵汉飞："你是采访呢还是采花呢？"

今天晚上参加聚会的人里头，大家最不熟悉的恐怕就是文在书。文在书是这些人当中最年长的。

夏连春问高庆阳："还记不记得文在书？"

高庆阳说："那咋能记不得，当年我们在太阳升公社医院学医时候的院长，省城大医院下来的，神一样的医生。"

当时传得最神的就是吉宁县畜牧局一位肝病患者，从省城转到北京，北京的医院诊断为肝癌，需要手术。专家会诊后，一位女医生来找病人家属，她说她是北方省份来北京进修学习的医生，她刚才跟随老师参加专家会诊了，她看了病人的片子和检验报告，认为病人不是肝癌，是北方人常见的一种地方病，北京的医生没见过，他们不知道。但她是来进修的，没有发言权，不能乱插嘴。她建议病人不要在北京手术，回到鹿川当地治疗。

病人家属说："我们就是从鹿川来的，因为当地治不了，我们才到北京来的。"

女医生说："看病不一定要去大地方，关键要去能治好病的地方。你们回去可以去一个小地方，吉宁县太阳升医院，这个医院的院长叫文在书，在全国地方病研究和诊治方面的名气和影响都很大，他肯定能治好你们的病。"

病人家属疑惑地说："我们就是吉宁县的，我们知道太阳升公社医院，也听说过文在书院长，但不知道他有这么大名气，他真的能治好我们的病？"

女医生很诚恳地对病人和家属说："我是搞医的，请相信一个救死扶伤的医务工作者的话，这个病你们的文在书院长一定能治好。"

一个星期后，这个病人从北京转回到太阳升公社医院。文在书院长看了他从北京带回来的片子和检查报告，又给他做了一些补充检查，说："那个北方女医生说得没错，你就是得了一种地方病，叫包虫病。包虫已形成了硬块，影像下很容易诊断为肿瘤。摘除就好了。"

这例手术之后，文在书院长在吉宁县更是赫赫有名了。特别是县卫生系统，过去大家只知道文在书是学医的，科班出身，医术很好，口碑很好，但还真不知道他在研究地方病方面有这么深的造诣，在全国有这么大的影响。这一下释然了很多人的疑惑，文在书为什么要到太阳升公社这样基层、边远的地方来当乡村医生，原来他就是要到这个僻静的地方潜心研究地方病，而这太阳升公社正是研究地方病最合适的地方，包虫病、大脖子病、结核病、布鲁氏杆菌病、鼠疫等，这里都有。

夏连春说，他在师范学院上学的时候，有一天，田光耀去找他，问他还记不记得文在书院长，夏连春说记得呀。田光耀说文院长现在调到他们鹿川卫校附属医院当院长了，同时还负责地区地方病防治工作，还给他们当老师上课。夏连春说哪天过去看看他。

田光耀说文院长都快四十岁了，一直还没结婚。以文院长的条件，找什么样的找不上啊，但他就是一直不找。原来文院长心里一直深爱着一个人，听说这个人现在就在你们师范学院中语系学习，名字叫罗拉。他们之间好像有着很深的误会和隔阂没有打开，文院长一直不敢见她。

田光耀问夏连春知不知道罗拉这个人，夏连春说知道，他们全校都知道这个人，她是他们这届同学中年龄最大的，孩子都快十岁了。听说她爱人为救一个落水儿童牺牲了，报纸还登过他的事迹。她是牧区学校民办教师，爱人牺牲后，组织上照顾她，给她转了正，又送她来上学。

田光耀说，对，就是这个人。他问夏连春能不能想办法把这个罗拉约出来他们一起见一见，聊一聊，撮合撮合。

夏连春说他可能不行，但他可以让张碧林想想办法。

田光耀说不行，这件事不能让别人知道，只能他们两个人来做。夏连春说，那他负责把她约出来，怎么谈是田光耀的事。田光耀说可以。

送走田光耀，夏连春心里犯难了。这应承下来的事，怎么才能办好，还真是一个让人头疼的事。尽管这是别人的事，不像当年他自己向凤月琴求爱那么难，但毕竟这是两个陌生男女，心里一点底都没有。怎么跟人家见面，是路遇还是专门去找？是去教室还是去宿舍？是白天还是晚上？见面第一句话怎么开口？这一连串的问题他自己首先就被难住了。

夏连春带着这些问题回到了宿舍，同学们都还没回来，他一个人在床上躺了一会儿，突然翻身下床，现在就去找她！

他快步走到女生宿舍楼，他怕走慢了自己会反悔。可到了女生宿舍楼下，他又想现在是不是太早了，人家可能还在教室没回来呢。

他停下了脚步，掉回头去教学楼，到教室找她。到了教学楼下，他又停下了脚步，教室里那么多人怎么叫她呢？

他又折回头，不自觉地回到了自己宿舍。回到宿舍还没坐下，他突然在心里笑话自己，咋这么没出息，随即，英勇就义般地又走出宿舍，头也不回，径直去了教学楼，径直去了教室。

他在教室外的楼道里站了一会儿，想等一个出来或是进去的同学帮忙叫一下罗拉，但始终没碰到这样一个人。无奈，只有鼓起勇气拉开门，探进去半个身子，轻轻地问了声："罗拉同学在吗？"

所有的目光都聚了过来。从教室的后排走出来一个女同学，目光中虽有诧异，但人很平和，落落大方地说："我就是罗拉。"

相比之下，夏连春倒觉得自己小家子气，随即也变得从容了一些，赶忙自我介绍："我叫夏连春，中文二班的。"

罗拉灿烂一笑："你就是夏连春？我们知道你的，中文二班的才子。你的作文还作为范文在我们班读过呢。"

夏连春一看这么好的气氛，赶快把自己要说的话先说掉："我是受人之托，我有个同学想见见你，和你聊聊。不知道你什么时候有时间？"

罗拉突然收回笑容，警觉起来，问："你的同学？为什么你来他不来？是男同学吗？"

夏连春一听她话里的味道有点戗，赶忙解释："是这样的，我那同学是高中同学，他现在在鹿川卫校上学，他也是受人之托，想见见你，有些事想跟你聊聊。"

罗拉的警觉有所解除，但疑惑却加重了："你知道他是受谁之托？托付的是什么事吗？"

夏连春实话实说："我们俩有过分工的，我负责约你，他负责和你说事。具体什么情况让我同学给你说吧。"

罗拉听完夏连春的话心里好像完全放松了，一块石头落地似的说："看来你是知道什么事的，但为了信守承诺，却不愿给我说。但我想说，我们俩是一个学校的，是同学，我不认识你的同学，我只想听你给我说，你会告诉我吗？"

夏连春毫不迟疑地说："那我给我同学回个话再说。"

"真是个值得信赖的人。"罗拉感叹道，"但我现在突然想约你，和你聊聊，我有话想给你说。你不会拒绝一个大姐姐的邀约吧？"

夏连春没想到罗拉这么直爽，两个人一起下楼。一走到楼下，她就主动问："你认识文在书？"

夏连春赶忙说："认识。"

罗拉接着问："你们是怎么认识的？"

夏连春就把他们学农时候的事和文在书院长在太阳升公社、在吉宁县乃至地方病方面研究的事都给罗拉讲了一遍。罗拉很认真地听着夏连春的讲述，这些事以前她也只言片语地听过一星半点，有些她知道，有些她一点都不知道。

寒假的时候，罗拉在文在书堂妹那儿听说了她堂哥已调到鹿川卫校的事，他堂妹希望他们两个人能见面聊一聊，但她还是不想主动去找他。她在等他。所以今天夏连春一说卫校的同学要见她，而且也是受人之托，她就知道应该是文在书的事，所以她要谢谢夏连春和他的同学。

罗拉说她和文在书的事旁人不了解，也没法了解。他当年由省城大医院去了太阳升公社，其实就是为了逃避。这么些年都过去了，他们的事应该由他们自己来解决，实在不好麻烦为难你们这些小兄弟们。所以，她的想法是，叫文在书安排个桌子，他们四个人一起吃个饭。她和文在书也十来年没见了，两个人猛然相见还真有点不好意思，有夏连春和他同学一起作陪显得自在一些。你们的责任就是给我们搭个桥，陪我们见个面，以后怎么发展，就是我们自己的事了。罗拉还开玩笑地说："这样安排也比较好，他们卫校两个人，我们师范学院两个人，比较对等。"

罗拉还专门交代："从今往后，我们虽是同学，但实是姐弟。虽然我们以前并不认识，但在萍水相逢时就能主动关心姐姐婚姻大事的人，就一定是姐姐的好弟弟。"

听了罗拉的一番话，夏连春突然觉得这事还能这么简单地就办了，他原来真的把这事想得太复杂了。看来有些时候有些事，只要当事人想解决，再复杂也简单，如果当事人不想解决，再简单也不好办。

夏连春和高庆阳还在聊天，客人们陆续就到齐了。陶艳慧最后一个到，她是一个人，和付朝龙离婚了，单身，一进门就喊："这么大的包间，这么大的圆桌，还电动的，头一回见。"陶艳慧比以前能咋呼了。

开席前，大人们还在预热，孩子们已经在一起玩得火热。弯越看着孩子们玩的模样，就开始跟夏连春和邵汉飞挑事："男人强的都生男孩。"那意思就是你们两个不行。

邵汉飞说："生男生女主要取决于女的，长得漂亮的女人生女孩。"

袁慧娟第一个不愿意："难不成我们都很丑？"

邵汉飞说："你不丑，但你厉害。厉害的女人生儿子。"

陶艳慧说："你们别争，相信科学，这里有专家在，让文院长说说生男生女主要取决于男方还是女方？"她已经知道文在书是搞医的了。

文院长笑笑："生男生女都一样。"

大家一阵哈哈大笑："文院长宣传计划生育政策呢。"

嬉笑声中，一桌丰盛的菜肴上来。陶艳慧又喊："今天吃国宴了。"

几杯酒下肚，这次没等陶艳慧喊，邵汉飞先喊："陶艳慧再婚了没有？"

陶艳慧说："现在都人老珠黄、徐娘半老了，还跟谁再婚。跟你婚，要不要？"

邵汉飞说："肯定不要，犯重婚罪，而且我们家杨贵丽肯定也饶不了你。当年你就从她手里抢走了付朝龙，结果抢到手你又不珍惜，不要了。现在你又想到她碗里抢饭吃，她不把你饿死才怪。"

陶艳慧说："你别把我说得那么坏好不好？那个付朝龙当年也是你们家杨贵丽不要我才捡上的，没想到捡来的东西就是不值钱。要知道他是个精神病我才不会去捡这个便宜呢。"

同学们毕业十年了，大家变化都挺大的。变化最大的可能也就数陶艳慧，她结婚最早，离婚最早，现在却是单身，也没孩子。

弯越问陶艳慧："付朝龙病好了没有？"

没等陶艳慧回答，夏连春就说："付朝龙的病肯定没好，但不犯病的时候就是个没病的人。两年前他曾找过曹书记，说是行署的人欺负他，到现在连个行政科科长的位子都不给他，还要把他送到精神病院去。他说曹专员你现在管常务，赶快把我的行政科长解决了。"

弯越说："脑子有病的人就是胆子大，他敢直接找常务副专员要官。"

夏连春说："曹书记以前跟付朝龙的父亲熟，也知道付朝龙病了，就应付着他说，你先好好治病，过两年再说。结果就在前不久，他突然来找曹书记，说是曹书记答应他的两年时间到了，要曹书记赶快把他的科长解决了。曹书记差点没让他整得背过气去。后来听说付朝龙回去没几天就辞职去了海南，到一个朋友开的公司拍电影去了。"

陶艳慧说："付朝龙拍电影很合适，神经错乱的人画面感强，他经常能奇思妙想一些出人意料的情节和片段来，没准哪一天就能拍出一部好片子。"

邵汉飞说："我总算明白了一个道理，精神病不是自己想得就能得的，一定是别人整出来的。一听陶艳慧这几句拍电影的理论，就知道付朝龙的病一定是陶艳慧整的。付朝龙接受再教育的时候，在师范学院上学的时候，一直都好好的，怎么这几年一下子就精神病了呢？"

陶艳慧说她也突然明白了一个道理，此前她还一直纳闷，本来人模人样的一个人，怎么到了她手里就精神病了呢？现在她终于搞明白了，原来他就是让你们这些长期和他在一起的人搞病的，只是到她手里犯病了。

邵汉飞还想说什么，文在书院长突然接话："精神疾病是病人的行为和思想不受自己控制的表现，有自身因素，有家庭因素，更有社会因素。回过头看，在过往的经历中是可以找到一些蛛丝马迹的。"

听了文院长的话，同学们都有所感悟，细想想还真是么回事。陶艳慧激动地站起来，端起酒杯就要给文院长敬酒，说："文院长给小女子伸张了正义，主持了公道，要不然我还真要背黑锅了。"

邵汉飞说陶艳慧："人家说寡妇门前是非多，看来你是走到哪都是非多。今天是人家夏连春和苗素馨请客，你激动啥？请客的人还没敬酒，你这个吃请的人敬什么酒？"

夏连春和苗素馨赶紧陪着陶艳慧站了起来，说："今天是老同学相聚，陶艳慧是我们母校的老师，按照老师的提议我们大家先喝一杯，就算我和苗素馨跟大家报到见面了。初来乍到，请多关照。"

邵汉飞喝完酒，放下杯子，说："好像拜码头一样。"

夏连春说："对呀，任何事都有个先来后到，礼多人不怪，规矩还是要有的。"

陶艳慧冷不丁又来一句："老先人还有句古话叫什么？后来居上？"

夏连春赶快起身："不敢不敢，赶快敬酒。先敬高庆阳和凤月琴，尊重劳动者，尊重纳税人。在座的都是公职人员，只有这两口子是靠劳动致富的大老板。"

苗素馨也赶快跟上："这两年夏连春一个人在这没少麻烦你们两口子，谢谢了。"

高庆阳说："这儿就是你们的食堂，想什么时候来就什么时候来。"

凤月琴也说："嫂子哪天不想做饭了就过来。"

看他们四个人说得热乎，花丽艳也主动端着杯，带着女儿走过来，几个老同学凑到一起碰杯。

苗素馨招呼禾子也端着饮料过来一起给叔叔阿姨、哥哥姐姐敬酒。

高庆阳突然很认真地说："禾子不能叫我们两口子叔叔阿姨。"

夏连春说："那就叫姑夫姑姑？"

高庆阳说："也不行，太腻歪了，按照我们陇州人的叫法，叫大爸大妈。"

苗素馨马上想到方小青让她儿子华华叫他们阿爸阿妈的事。陇州人怎么这样？但大家都说这个叫法好。

夏连春说，禾子叫大爸大妈可以，那禾子以后就是你们的女儿，你们养。高庆阳说，这个没问题。我这酒店大楼一半都是她的。夏连春赶快让禾子喊大爸大妈好。禾子喊了，高庆阳高兴地让凤月琴拿礼物来。凤月琴拿来的礼物，不只是禾子有，小孩子们都有，事先准备好的。

夏连春说接下来给师母敬酒，他就把花丽艳介绍给大家。苗素馨和其他师范学院的同学都是第一次见花丽艳。花丽艳被夏连春一声"师母"叫得满脸通红。花丽艳和陶艳慧在师范学院里见过，但不熟。

徐老师现在美国进修，已经三年了，一直没回来过，也不知道还回不回来。高庆阳说不回来算了，他为徐老师代养着，反正老婆这事，一个是养，两个也是养。

夏连春说："高庆阳你也胆子太大了点，连师母都敢养。"

凤月琴告诫高庆阳："人家花丽艳不知道哪天就成美国人了，你别把人家美国人没养好，徐老师回来找你麻烦，收拾你。"

嬉闹了一阵，夏连春又和苗素馨给文在书院长和罗拉姐姐敬酒。这两个人一眼就能看出来是一对相敬如宾的恩爱夫妻。听了夏连春的介绍，邵汉飞和弯越这才明白夏连春和他们的关系。

邵汉飞突然插话："夏连春当年在师范学院上学的时候，还为罗拉姐姐背过黑锅呢，有人看到夏连春和中语系的那个大姐姐两个人一起进出校园，很亲热的样子，这个家伙当时也不给我们讲清楚是怎么回事，搞得我们都被蒙在鼓里。"

杨贵丽也接过话说："这些事当时都是那个付朝龙在背后搞的小动作，

谁知道他那时是个精神病呢？"

罗拉姐姐本就快人快语，只是这些年被文院长熏陶得文静了。这一会儿，受同学们的感染，特别听到夏连春为了她和文在书还让人误会过，心里有些过意不去。赶快拉着文院长站起来，给大家敬酒，给夏连春和苗素馨敬酒。

夏连春和苗素馨两个人又转过头来给袁慧娟一家三口和少儿艺术团的两个老师敬酒，有说有笑地热闹了好一阵。

看来夏连春是要把邵汉飞、杨贵丽、弯越、王欣琳几个人放到最后了。

夏连春说："给娟子敬酒的意思就多了，至于你们的苗姑娘要给你说什么我不知道，这个酒桌上还有什么人要给你说什么我也不知道，我今天至少要表达三层意思。第一层意思就是谢红娘。"

夏连春的话刚开头，邵汉飞就把他的话打断了："什么意思？谢红娘？"

夏连春说："对呀，谢红娘。千年姻缘暗线牵。谢谢娟子的暗线红娘。"

邵汉飞说："这个世界真让人搞不懂了，我一直都把袁慧娟当成我的红娘，现在怎么又成了你的红娘？"

袁慧娟说："一手托两家这是常有的事。"

邵汉飞说："这事复杂了。"

夏连春接着说："第二层意思谢娟子家孩子他爹，谢你毕业前那个晚上那么大度地让娟子陪我跳了一晚上舞，好男人呀。"

邵汉飞更沉不住气了："你们这里面到底有什么我们不知道的情况，今天你们得给我们讲清楚才行，别把我们蒙在鼓里，憋得难受。"

夏连春继续表达他的意思："第三层意思就是谢谢你们少儿艺术团的老师，禾子就让你们费心了。"

那两个少儿艺术团的老师很腼腆地说："能够教像你们女儿这样优秀

的学生是我们的幸运，没准我们将来还能教出来一个大明星呢。"

他们几个人这边一碰完杯，邵汉飞和弯越那边就迫不及待地端着杯站了起来，嚷嚷："现在我们一要喝酒，二要听故事。夏连春你这次好好喝一杯，你到现在都是只碰杯不喝酒，喝一杯之后好好给我们讲一下我们至今都不知道的故事。"

这个时候苗素馨主动说话："都人到中年了，哪还有那么多故事。来，我敬你们一杯。"

邵汉飞说："不行，这个马虎眼打不过去。"

袁慧娟坐在旁边，一边看着这几个人的表现，一边回放八年前夏连春给她描绘过的同学相聚时的情景，简直如出一辙。她终于沉不住气了，端着酒杯，站了起来，不慌不忙地说："这个事对于故事中的人来说很复杂，对于红娘来说很简单，一句话就说清楚了：邵汉飞暗恋苗素馨，苗素馨暗恋夏连春。明白了？"

邵汉飞一屁股坐在凳子上，一巴掌拍在自己的额头上："我的个天呀！"

这顿酒喝的最值当的就是邵汉飞，他终于搞明白了自己当年的疯狂之恋原来是成全了别人的百年好合。他趴在桌子上狂笑不止，笑够了，他拉上弯越，跟夏连春喝酒："在学校那一阵，我们一夜一夜地不睡觉，拉上人家一起研究对策，怎么追人家未来的老婆。真是让人笑掉大牙了。"

这边邵汉飞、弯越、夏连春三个人在感慨当年的三个"勺子"，那边杨贵丽、苗素馨、王欣琳、袁慧娟四个人在笑谈现在的三个"勺子"。

杨贵丽说："这三个人当中就他们家邵汉飞最勺，正事干不了，勺事干了不少。前年夏连春推荐他给于善江专员当秘书，风风光光地去了，可一个月后像个小孩子一样哭着鼻子跑了回来。到家就说，这个秘书他当不了。"

弯越听了很感兴趣，问邵汉飞："有这回事？"

邵汉飞说："你让夏连春给你讲。"

邵汉飞给于善江副专员当过一个月秘书这件事没几个人知道，夏连春从没对人讲过。至于他哭着鼻子说他当不了秘书这事，夏连春就更不会对人说了。现在邵汉飞自己要让夏连春说他的丑事，说明他对这事也不是看得多重。至少是时过境迁，现在已不在意当时的感受了。

夏连春说："其实这事也没啥可说的。邵汉飞写新闻的时间长了，写公文受限，尤其是按领导意图拟文件、写讲话稿，写着写着就把新闻视角放进去了。这肯定不合领导意图。那次于善江副专员有一个比较重要的会议讲话，提前几天就安排给了邵汉飞，可是他在办公室憋了好几天也憋不出来，第二天就要讲了，前一天晚上还没落笔。心里一急，就跑到隔壁于善江副专员办公室，一进门就哭了起来，说他实在写不出来。于善江副专员笑着安慰他说没事，其实于善江副专员早做了两手准备，秘书科已经给他写了备份。我们的邵汉飞就给专员说，他明天不来了，秘书他当不了。至于邵汉飞回到家是又给老婆哭了，还是告诉老婆他哭过了，我们就不知道了。"

邵汉飞写不出领导讲话稿急哭了，这是弯越觉得比较奇葩的故事。估计弯越知道的事，很快别人也就会知道了。就像现在这一桌女人在一起，除了陶艳慧之外，王欣琳对其他人都不熟，但她对其他女人背后的好多故事都很熟，弯越不知道都给她说过多少遍了，而且不知道还有多少添油加醋的东西在里面。

弯越打趣邵汉飞："你要是拿出当年写情诗的本事来写领导讲话稿，就肯定不会哭了。"

邵汉飞说："那也不一定，写讲话稿是没话说急得哭，写情诗是情太多激动得哭。两者根本就不是一回事。一个是写自己想说的话，心里的话，写出来就是了。一个是写别人心里的话，他想说的话，谁知道他想说什么。所以我这个人只适合写新闻，不适合写讲话稿。"

杨贵丽损他说："邵汉飞写新闻也只适合写揭露的、批判的，颂扬的他也写不好。"

夏连春说:"就像那'木头被抢,教师被打'的新闻写得最得心应手。"

陶艳慧这个时候好像突然来了灵感,冒出了一句:"一个不知道别人想什么,想要什么的人,一定是一个没有同伙的人。没有同伙的人,能干出多大的事?"

弯越说:"不得了了,陶艳慧成了哲学家了。女人成了哲学家,一定会把男人的思想搞乱。怨不得付朝龙得了精神病。"

陶艳慧说:"错。是先有付朝龙的精神病,后有的哲学思考。而且我绝对成不了哲学家。我们班能当哲学家的只有一个半人。"

"有意思了,快说!"邵汉飞和弯越几个人都拿眼睛盯着陶艳慧。

陶艳慧故弄玄虚一把:"这么简单的事还要我说呀?这不,夏连春,他是一个知道别人想什么,想要什么的人。这样的人特别讨女人喜欢,你看他身边的女人一个比一个漂亮,一个比一个对他好。"

邵汉飞和弯越不约而同地问:"还有那半个哲学家呢,是谁?"

陶艳慧说:"那半个哲学家是老班长。老班长知道别人想什么,不知道别人想要什么。这样的人最不讨女人喜欢,所以他到现在还是一个人,单身。"

陶艳慧的一席话,还真引起了同学们一阵感叹。感叹之余,突然想起了老班长。十年没见了,他还好吗?

第八章

高山之巅

陶艳慧酒桌上的一席话,勾起了大家对老班长的思念。邵汉飞问陶艳慧:"想去看看老班长吗?我们陪你?"

陶艳慧没有正面回应,反过来问:"你们不想去看看老班长吗?"

陶艳慧提醒得好,老班长快十年没下山了,确实应该去看看他。夏连春在吉宁县的时候就允诺过,有时间要去山里看看老班长,转眼都过去这么些年了,再不能拖了,这个暑假就去,大家都说好。高庆阳说:"我安排车辆,陪你们一起去。"

高庆阳前些年扩建酒店的时候,因为要用木材,夏连春曾介绍他去山区林场找老班长拉过林木,高庆阳对老班长、林场和山区道路都熟,他陪着一起去合适。而且夏连春突然想起了一件事,叫高庆阳让凤月琴邀她同学梁美心一起上山。高庆阳说:"你什么意思?想给老班长介绍对象?"

夏连春说:"梁美心是美术老师,山里的风景好写生。"

高庆阳说:"带个礼物进山比较隆重,你们同学这么多年没见了,空着手总显得不够交情。"

夏连春觉得这个高庆阳的脑子实在是太好用了,什么事都别想瞒过他。

一放暑假，高庆阳就找好了一辆东风牌大卡车，车厢大一些，车也稳一些。夏连春、邵汉飞、弯越、高庆阳四家人，外加陶艳慧和梁美心，夏连春又把张碧林一家三口也叫上了。浩浩荡荡的十八个人往大卡车上一挤，如果不是大家穿戴都还入时，别人准把他们当成是一堆拖儿带女的民工。

车从鹿川与吉宁交界处的一条山沟往里走。山沟很宽，有人家和农田。沟里的小河流淌着，正是夏季来水季节，水量很大。沟两边到山坡下，长着大大小小的榆树，这条沟就叫榆树沟。

榆树沟的榆树斑斑驳驳，枝枝杈杈，成林不成材，树上落满厚厚的尘土，看不出一点绿色来。

沟底的道路很烂，坎坎坷坷，崎崎岖岖，车上很颠。好在高庆阳出来前从军分区招待所借了二十条军大衣，还有一些防潮垫，大家坐在上面还算软乎。

大人们靠着车帮坐着，也有的扶着车帮站着。司机从驾驶室探出头来告诉车上的人，东风车的车帮比较低，扶车帮站着有危险。想站着看风景的人就挪到车厢前头，山风迎面吹来，有点睁不开眼。

女人们坐在车厢里，随便拿个东西披在头顶上，挡一挡车后卷起的尘土。小孩子们则在大人中间，钻在军大衣下面玩着他们自己感兴趣的游戏，一会儿就捂得满头大汗，直呼太热。

车从榆树沟爬出，进入蜿蜒曲折的盘山路。路越来越险，越来越难走。景越来越美，越来越好看。好景总在山谷间。极目远望，云山雾罩，仙境一般。俯瞰脚下，沟壑纵横。再看眼前，险象环生。据说有省城拉木材的司机走到这一段就不敢往前走了，有胆子大一点的，再坚持往前挪那么一截，最后还是半道折返。

小孩不知路途险，他们还是在车上嬉闹着。大人们不停地制止他们，不让他们站起来，要他们注意安全。但小孩子的玩心上来，大人如何能制止得了。直到他们看到一辆拉了木头的卡车，侧翻在路边的时候，才知道危险就在眼前。

　　车到半山一处凸起的蘑菇顶，顶圆平坦，司机停下车来，说接下来的路才是真正的山路，比较难走了，大家在这里歇一会儿，方便方便，活动活动，顺便看看风景。

　　司机经常跑这条山路，对山里的情况很熟。他指点着四周的景致向大家介绍说，脚下山坳间的那片松树林，就已经是山区林场了，但林场场部还要翻过前面那座大山。山坳间那片松树林的东边不远处有井架矗立，那就是几年前发现的一个大金矿，马上就要开采。松树林和井架之间是宽阔的草场，牛羊、毡房、骑马的牧民，似一幅壮美的油画。

　　高庆阳捅捅身旁的夏连春，回望山下，青山绿水间有一处黄色的土山包，顶部平坦，依山傍水，寸草不生，向下开口。它状如巨人，张开臂膀，把山下的天地揽在胸前；又像雄鹰，意在展翅高飞；或如飞机，即将滑翔起航。

　　夏连春问："想在那里开酒店？"

　　高庆阳说："可以干比酒店更大的事。你看我们来的路上的榆树沟尽头，那一片黑乎乎、脏兮兮的小煤矿，大煞风景，如果把它治理好了，这山里山外结合在一起，绝对是一处无与伦比的旅游胜地。我们脚下这地方可以修一个观景台，来山里旅游的客人往观景台上一站，无限风光尽收眼底。"

　　生活在赤麓山下的人们，大都没有进得过山来。他们这一行多数也是第一次进山，还没到达地方，就有人提出要在这里多待几天。夏连春说："如果有不想回的可以留下来。"

　　陶艳慧又开始感慨："怨不得老班长十年都不愿下山，原来他是被这山中妖怪给迷住了。"

　　邵汉飞说："那你这次留在山上陪他十年，再从山中妖怪那儿把老班长救下山去？"

　　陶艳慧说："我才不留呢，我又不是付朝龙，有精神病。我是从山沟里走出来的，再让我回到深山里，我已经没有那份童真了。与山有缘与人有缘的人留下来，那才叫缘。"

十年了，老班长苦苦坚守在这寂寞难耐的大山里。大山里只有森林，森林里只有伐木工人，现在木头也不让伐了，伐木工人又成了育林工人。大山里还有草场，草场上有牧民，他现在能讲一口流利的牧民土话。

十年了，老班长说他已经成了名副其实的山野之人。他很久没见过同学，没见过这么多同学。同学相见，居然喜极而泣。

前两天，夏连春让赤麓山林业局的人给老班长带了话，说他们一行人这两天要来看他。老班长现在是山区林场场长，他接到夏连春捎来的话之后，就安排场里做了准备，吃的、住的、用的都安排好了。

俗话说，靠山吃山，靠水吃水，这话一点儿没错。林场的房子全是木头的，木头墙，木头顶。木头墙都是很粗的原木。老一些的木头房都是没经过处理的，风吹日晒雨淋，现在都变成了黑色。这些年新建的，都是木本色刷上了透明漆，黄里透红，成为山林中一道风景，很是好看。

几家人一家一间木屋，陶艳慧和梁美心住一间。房间里有炉子，晚上冷，还要生火。

晚餐，老班长安排在一间木制毡房里，毡房很大。宰了羊，煮了马肉。这个季节山下已经没有马肉吃了，山里气温低，松枝熏出的马肉还是那么香。毡房里灯火通明，电灯瓦数很高，很亮。场里自己有一台柴油发电机。

大人们吃肉喝酒，小孩们嬉闹玩耍。几个小孩里，张碧林的女儿最小，也最招人，样子有点像她妈，娇气一些，时不时地还要她妈妈带她玩一会儿。

老班长看到同学们都已成家立业，生儿育女，心里免不了会生发出寂寥落寞的感觉。他没想到夏连春会和他妹妹方小青分手，和苗素馨结合，也没想到邵汉飞会和杨贵丽走到一起。看来婚姻真是没有配错的。张碧林的老婆找得也不错，但这个赵丁香看起来就是有些媚，张碧林未必能镇得住,驾驭得了。他觉得张碧林那时候还真不如找他这个同学梁美心呢,这女孩生就了一副旺夫相,挺可人的。

大家在举杯畅饮的热烈气氛中,感受到了老班长尽其所能、倾其所有的盛情,也感受到了老班长内心深处淡淡的哀伤和愁绪。人生真的不易,老班长转眼都三十六了。

邵汉飞不知是因为触景生情,还是想为老班长借酒明志,端着杯,站起来,朗诵了郭小川的《祝酒歌》:

> 舒心的酒,千杯不醉;
> 知心的话,万言不赘;
> 今儿晚上啊,咱这是瑞雪丰年祝捷的会!
> ……
> 咱们就是醉了,
> 也只因为生活的酒太浓太美!
> 山中的老虎呀,美在背;
> 树上的白灵呀,美在嘴;
> 咱们林区的工人啊,美在内。
> 斟满酒,高举杯!
> 一杯酒,开心扉;
> 豪情,美酒,自古常相随。

邵汉飞这个时候朗诵这首诗,实在是太贴切了,一下子把气氛推向了高潮。于是,朗诵的,唱歌的,跳舞的,人人登场,纷纷亮相。老班长自己则情不自禁地弹起了冬不拉,唱起了《可爱的一朵玫瑰花》。

一阵狂欢狂饮之后,大家的酒意正浓,酒劲正足,场面有点乱。混乱之中,陶艳慧站了起来,她有话要说:"我们一路奔波,翻山越岭,到这大山里干啥来了?看我们的老班长来了,我们就这么今天看一眼,明天就走吗？显然不够。为了不留遗憾，聊表心意，我提议，我们每个人给老班长说一句话，敬一杯酒，留下我们的祝福。"

一阵掌声。邵汉飞随口就夸赞一句："陶艳慧长大了。"

"你的意思我以前特别小儿科？"陶艳慧也随口甩回来一句。

邵汉飞被她噎住了，自叹斗嘴不是陶艳慧的对手，赶快鸣金收兵，败下阵来，自己认怂地说："我的意思是你提议的，还是你带头先表达心意吧。"

陶艳慧脸上挂着胜利者的微笑，得饶人处且饶人，也不再和邵汉飞纠缠，一脸真诚地转向老班长："假如我不曾是从大山里走出来的女孩，明天，我一定留下来陪你。"

又是一阵掌声，太感人了。

该轮到弯越了，弯越脑子里一直盘旋着当年他在学校时给老班长起的那个外号——"华子良"。今天，他想为他正名："如果曾经装过，今天全是真的。"

王欣琳接着弯越的话："假如生活欺骗了你，不要悲伤，不要心急！忧郁的日子里需要镇静！相信吧，快乐的日子将会来临！"

王欣琳的一句话刚完，老班长还没来得及反应，高庆阳的热情倒先被激发起来，忍不住就问："王老师不是教英语的吗，也喜欢普希金？"

这一桌的人只有高庆阳和凤月琴两个没受过高等教育，一般情况下他们两个都是多听少说，可是高庆阳这会让王欣琳一句普希金搞得遇到了知音一般地兴奋起来，接上话头就往下说："别回忆过去的过去，别幻想将来的将来，只要有现在的现在。"

夏连春知道高庆阳喜欢普希金，他上高中的时候书包里就偷偷地藏了一本《普希金诗集》，也不知道他是从哪弄来的。现在他情不自禁接上的这句话，是自己感慨，还是说给老班长的？高庆阳说那当然是说给老班长的。既然这样，接下来就该轮到凤月琴了。

凤月琴也是大大方方说了句："面包会有的，牛奶会有的，一切都会有的。"

　　这个时候来上一句《列宁在1918》里的话也是恰到好处的，你前面一句普希金，我后面一句列宁，也算是夫唱妇随了。

　　邵汉飞说："好句子都让你们说了，我该说什么呢？"

　　其实他一直都在想一件事，就是当年师范学院歌咏比赛的那场风波，他没能很好地支持老班长的工作，那就来一句现成的吧："花儿与少年。"

　　邵汉飞的话音一落，杨贵丽跟上就是："少年与花儿。"

　　该夏连春了，他早就想好了非常简单的一句话："你还是我的哥。"

　　苗素馨也不用多想，跟上就是："那当然也是我的哥。"

　　张碧林是个自我感觉一直很好的人，就是在师兄夏连春跟前，虽然谦逊，但也自信。可是今天，他的心境却极为复杂，一来面对凤月琴和梁美心这两个高中同班同学，他的身价一下低了下来，低到了没了自我、没了自信、没了光彩的程度，他一直在默默改变，却怎么也改变不了。二来看到老班长困在大山里十年的窘状，心里有一种说不出的滋味，总觉得这都是他那个混蛋姐夫造成的，好像他也有了一份责任似的。于是他就掏心掏肺地说了句："如果我有眼泪，一定为你而流。"

　　赵丁香也跟了一句："我曾哭过，但那时不是为你。"

　　最后一个是梁美心："尽管你不曾当过我的班长。"

　　说好一人一句祝福，一人敬一杯酒，结果大家的注意力都放在了那一人一句祝福上，把一人敬一杯酒搞忘了。这一会儿大家都讲完了，该老班长作总结了，才想起来老班长欠了那么多酒没喝。

　　老班长主动站了起来，哈哈一笑："过了的就让它过吧，我们还有机会。"

　　大家一阵掌声，都说，老班长的总结太棒了。

　　又是一阵畅饮。邵汉飞嚷道："我们从城里来到了山里，居然还窝在房子里，何不出去看看夏夜？"

　　山里的夏夜是凉的。尽管大家都穿了棉大衣，但还是冷。小孩子们早已经回到房间里睡了，大人们这一会儿让凉风一吹，也都把持不住了，不大一会儿，纷纷不动声色地溜回到自己的房间。只有老班长、邵汉飞、陶艳慧、梁美心四个人还是玩兴正浓，外面冷了，就再回到毡房去，继续弹，继续唱，继续喝。

第二天早上，夏连春他们去毡房里用餐的时候，毡房里酒气熏天，也不知道昨晚上喝了多少酒。老班长那四个人还在毡房里的地毯上躺着，身上都裹着棉大衣，睡意正浓。好在毡房里生了火，不冷，都没冻着。

昨夜一顿酒，老班长、邵汉飞、陶艳慧、梁美心四个人成了关系最近的了，他们毕竟同甘共苦到最后，现在别人的嘘寒问暖只是关怀，而他们之间的相互体贴已是亲情。

弯越一副看热闹不嫌事大的心态，嚷嚷着："杨贵丽你要看好你家的人了，别把门缝留得太大，让自家的公鸡跑到别人家打鸣了。"

杨贵丽直接来了一句："我家的公鸡是放开的，别人管好自家的母鸡就是了。"

陶艳慧主动接茬："杨贵丽你说话太损，亏你还是学中文的，那么多美好的词语你不用，什么公鸡母鸡的，一点美感都没有，搞得你现在跟邵汉飞一样粗俗，真是近朱者赤近墨者黑，我看还是离你们家人远一点比较好。"说着就走到了梁美心跟前去，梁美心正和凤月琴站在一边说笑着。

说是早餐，已近中午，餐厅也是按照中午正餐安排的。大家吃肉还行，酒是不能喝了，老班长硬着头皮举起杯来为大家送行，邵汉飞说："送行可以，酒是真喝不动了，现在闻到酒就想吐。"

老班长也把酒杯放下，大家说说话。

夏连春说："谢谢老班长的热情款待，山里头这么好，真不想走了，要是有时间，再在这多待两天就好了。"

夏连春说着就朝陶艳慧看过去："陶艳慧一个人，放假了，回去也没事，还不如在山上再待几天。"

陶艳慧说："我想在这待呀，不知道老班长方不方便？"

老班长说:"热烈欢迎,还有谁想留下来的?"

夏连春说:"美心你也一个人,急着回去干吗?在山上还可以写写生。"

梁美心说:"那我留下来陪艳慧姐。"

于是大家你一言我一语地开始拿陶艳慧说事逗乐,七嘴八舌地起着哄,最后就把陶艳慧、梁美心这两个人留了下来。

世上的很多事真的都说不上,说不清,说不好。谁能想到夏连春他们这一趟山里之行,还真的就成全了一桩姻缘。老班长方平和梁美心还真的就对上了眼,结上了缘。

夏连春把梁美心带上山的美意老班长当时不知道,但美心知道。月琴邀她上山的时候就给她说了。美心当时就问月琴:"大叔要把我嫁到山里去?"

月琴给她介绍了老班长的情况,美心又说:"真让大叔费心了。"

陶艳慧自从上学时,那次在电影院里被夏连春硬牵手之后,再经历了后来实习和毕业分配时的一些事,她自认为她是一个能读懂夏连春的女人。这一次梁美心和老班长的事,陶艳慧硬是早早就读懂了,所以她才能恰到好处地陪梁美心一起和老班长彻夜喝酒,陪梁美心留下来在山里过暑假。后来当同学们都明白了老班长和梁美心的好事成真之后,除了赞美夏连春做好事不留名之外,也夸赞陶艳慧也会成人之美了。

梁美心自己也觉得这世上的很多事本就说不清,道不明。她本来是抱定了要跟着老班长进山的,结果,两个人的关系明确了之后,梁美心没进山,却进了城,因为老班长从山里调出来了,回到鹿川当上了赤麓山林业局副局长,梁美心瞬间成了局长夫人。

在老班长和梁美心的婚礼上,两个人幸福满满地给夏连春敬酒,梁美心幸福满满地叫了一声大叔,夏连春也幸福美满地调侃道:"真没想到,没当成老班长的妹夫,却无意中当上了老班长的大叔。"

老班长当着夏连春的面,叫梁美心改称呼:"不能再没大没小地叫大叔。"

梁美心撒娇："我就喜欢叫夏连春大叔，都快叫一辈子了，亲切，像娘家人。"

老班长说："你这样把人家叫老了。"

夏连春最近自打女儿禾子上小学之后，心里还真的突然就有了一种老了的感觉，时常看着女儿发呆，我都三十四了？我女儿都上小学了？

他问叶子："我是不是出什么问题了？"

叶子说："出思想问题了。"

夏连春："什么思想问题？"

"想当官了呗。"叶子说，"都三十四岁了还当秘书？"

知夫莫如妻啊！叶子的话虽然直白了点，但一下就点到了要害，好像还真是这么回事。

果然，没过多久，夏连春被提拔当上了地委副秘书长，别人觉得这么年轻就当了地委副秘书长，他自己也一下子觉得年轻了许多："我才三十四哎，我女儿才上小学哎。"

走仕途的人，心理上很容易得到满足，提拔了、涨工资了、调动工作了、调整职务了，都能让他兴奋好一阵子。从另一个角度看，这也是从政的人脆弱的表现，无论他怎样心静如水，都免不了会受外界因素的干扰和自身杂念的影响。人非圣贤，孰能无欲？

夏连春提任地委副秘书长后，还一直兼着曹书记的秘书，而且这一兼又兼了一年多。夏连春秘书卸任的时候，秘书长前面的那个"副"字也同时卸掉了，正式出任地委秘书长。

夏连春担任地委秘书长一事对田光耀的触动很大。他有些急，副县长、副书记都干过来了，也好几年了，再调整按常理就该是县长或是县委书记了，最想当的当然还是一步到位给个县委书记最好。但在鹿川，眼下还没有县委书记的位置，而且他的副书记时间也有点短，不得已而求其次，当个县长也是很好的，毕竟上了一个台阶。

现在最为急迫的主要是曹书记年底前就要到年龄了，如果年内不能提拔，等到地委领导换了人，新来的领导又不了解你，随便一搁就是好几年。但他也知道，县长或县委书记的调整不像秘书长，不是地委能说了算的，比较复杂。

田光耀找了个理由来了趟地委，看了看夏连春，当面祝贺。两个人聊了一会，田光耀问："曹书记在不在？"夏连春说："在，你去看看曹书记吧。"夏连春心里明白，田光耀的真实意图是来见曹书记的。

这一次曹书记给田光耀提出了一个明确的要求，要他向夏连春学习，待人平和一些才好。曹书记指出了田光耀的问题不在做人做事上，而在个性上，性子太急，过于强势。这样的性格适合当一把手，当副职容易给主要领导和同事们造成压抑感。他自己过去也有这个毛病。

从曹书记办公室出来，田光耀显得很兴奋，他不是很能藏得住的人。田光耀觉得今天曹书记的谈话至少透露三条信息：一是曹书记还是很赏识他的；二是他可能要当一把手了；三是曹书记希望他搞好与夏连春的关系。

时间不长，地区又调整了一批干部。方家云书记提任地委纪检委书记，前任纪检委书记到龄退休。田光耀提任天章县委副书记、县长。弯越提任天章县委常委、组织部部长。苗素馨跟着方书记到了地委纪检委后，也给了一个纪委办公室副主任的职位。

地区的同志都在议论，曹天祥书记在做自己卸任前的布局了。

第九章

冤家路窄

　　田光耀以县委副书记、代县长的身份到任天章县，县长要在县人代会上选举。人代会一般一年召开一次，年初召开，今年的会议已经开过，下一次会议要等到明年了。尽管等的时间长了点，但也要有足够的耐心。

　　这一次他认真吸取了当年在吉宁县落选的经验教训，一到任，他就和县委书记做了一次掏心掏肺的谈话，核心意思就两个字——干事。他说："县长就是干具体事的，我这个人就想干点事，书记你放心，我会在书记的领导下，全力以赴做好每一件具体事，除了干事以外，一切权力在县委。"

　　县委书记在天章县已经干了好几年了，据传他有可能要接替方家云任鹿川市委书记，这个时候能有一个横冲直闯一心想干事的县长，替他挑起干事的担子，他当然是求之不得的，明确表示："田县长你就放心大胆地干吧，大家都是干事的，县委全力以赴支持你。"

　　有了县委书记的支持，接下来他所做的第一件事，是听取信访工作汇报，给信访科科长安排了一个急任务，尽快把老百姓通过信访渠道反映上来的问题，分类汇总，以书面材料报给他。

　　把处理和解决信访问题作为他上任后主抓的第一件事，大出人们的意料。

田光耀接到信访科的报告后，立即召开政府常务会议，研究当前工作。他说他刚到天章，两眼一抹黑。为了尽快进入工作状态，他先找了信访科，梳理一下全县老百姓都在关注什么问题。尽管从信访的角度看，老百姓关心自己切身利益的事多一些，但我们从中也能看到老百姓的期待。概括起来有这么几个方面的突出问题：

第一个是我们的工业基础差的问题。天章县作为畜牧业大县和黑蜂自然保护区，养牛业、养蜂业条件那么好，但我们连一家小奶粉厂和蜂制品加工厂都没有。

第二个是我们的旅游业发展滞后，景区景点存在私搭滥建和个人经营问题。

第三个是交通条件差，老百姓出行难问题。

第四个是教育上的欠账多，农牧区基础教育差，城镇教育质量不高，大中专升学率低的问题。

第五个是医疗条件滞后，农牧区看病难的问题。

田光耀说："我现在梳理出来的就这么几个突出问题，请各位副县长和各部门的同志结合各自的工作，看看是否符合天章县的实际，还有哪些更重要的问题。"

田光耀开局这一招，还真把天章县的领导镇住了，觉得田县长抓工作抓到了点子上。

田光耀在天章的工作是超脱的，他在这里没有任何亲戚朋友。县委政府班子里，只有两个人跟他近一些。一个是弯越，两个人都是夏连春的同学，上大学时就认识，这一次又一纸任命同时来到天章。再一个就是两年前由吉宁调来天章任副县长的涂子，涂子跟他不是一条心。没有涂子，两年前他也不会在吉宁换届时落选。

涂子对田光耀来天章当县长，心里还是有些小九九的。他觉得这也算冤家路窄，怎么组织上就把他们两个放到一个县里了呢？他私下里想，如果好配合就在人家的领导下好好干，如果不好配合还是趁早走人，另谋地方。现在从田光耀来到天章的开局看，他还是想干一番事业的。这样很好，只要大家出于公心，就应该可以相处。

田光耀把他梳理出来的这五个方面的突出问题，作为当前和今后一个时期的重点工作，压给了各个分管领导，限期拿出工作方案，提出解决问题的办法，一步一个脚印地抓落实，往前推。

涂子是分管工业交通工作的，他这一块的任务比较重，田光耀提出来的五个方面重点任务，他这一块就占了工业和交通两大块。本来他也就有一些想法，现在按照田光耀的要求，再作进一步的充实完善，可以按时拿出一个新的方案来。

田光耀把工作任务分配下去以后，他就带上相关同志，一头扎到下面调研去了。他问弯越："想不想跟我一起下去调研？"弯越说："当然想呀。"田光耀说："那你自己给书记说一下？"弯越说："我自己咋好说？"于是两个人也就是嘴上说说而已，谁都不好给书记说。

田光耀是真想和弯越一起下去调研，一来弯越也应该尽快了解县里的情况，二来他们两个都是新来乍到，两个人一起遇事好商量。但弯越是真的不想和田光耀一起下去调研，组织部部长和县长走得太近了，在县委书记那儿不是什么好事。

天章地处赤麓山向东延伸地带。山里头，草原上，有一块巨大的岩石，一块岩石就是一座小山，突兀地矗立在草原中央，像是天上掉下来的一枚印章，所以就叫天章石、天章岩，甚至还有直呼天章山的。天章县由此得名。

田光耀在牧区调研的时候，专门到草原上拜谒了这枚天章石。他为这枚深山里的巨石天章所震撼，心里产生了敬畏。他觉得这就是天章县的官印和压舱石，有了这枚天章官印在手，还有什么事情干不成？

他问随行调研的人，怎么看不到来天章石旅游的人？随行的人说，谁跑这么远来看这么一个孤零零的石头。他说这样也好，免得打搅。

田光耀调研之后，在政府常务会议上提出，解决天章县发展问题的灵丹妙药就一个："改革开放。"

一个是要用改革的办法，尽快解决让老百姓富起来的问题。措施就一条，大力发展个体私营经济，放手让老百姓自我发展。要求也就一条，胆子再大一点，步子再快一点。

另一个是要用开放的办法，尽快解决发展起来的问题。措施也是一条，引进外来投资，谁投资谁受益，依靠外在力量，促进内在发展。要求也是一条，要有不怕吃亏的精神。

大家可以仁者见仁，智者见智，充分发表意见。没想到，田县长的想法一提出，得到的几乎是满堂喝彩，大家都是一边倒地说好。这样干下去，很快就能收到成效。

既然大家都说好，那就按照这个办法干。田县长开始分配任务：一个是政府尽快制定下发"大力发展个体私营经济"和"招商引资办法"两个文件；一个是各个领导都要结合自己分管的工作做好这两件事，特别要抓紧做好"走出去""请进来"的工作。

田县长最后提出："根据工作需要，经请示县委同意，为了发挥涂副县长的专业特长，决定对涂副县长的工作分工进行调整，由原来分管工业交通改为分管文教卫生体育工作，并抓紧把教育和卫生方面的重点任务落实好。"

涂子明白，田光耀还是要拿他开刀的。政府的工作要以经济建设为中心，但不能以你涂子分管的工作为中心。而且根据工作需要调整你的工作分工，没有毛病，你说不出什么一二三来。沉住气，看他下面还要怎么做。

工作分工调整以后，田光耀把涂子叫到办公室谈话，开口第一句："没想到我会来天章吧？"

涂子说："没想到。"

田光耀说："既然来了，还是希望你能面对现实，咱们一起好好合作，把事情做好。"

涂子说:"这个你尽管放心,我们一定会在班长的领导下,做好自己分内的事情。"

田光耀说:"现在我来天章当县长,是组织上决定的,跟我们个人之间没有关系,希望你能正确对待,团结一致向前看。"

涂子说:"组织的事情都是组织安排的,人民的事情都是人民选择的,跟我们个人之间都没有任何关系,我们都应该正确对待,团结一致向前看。"

田光耀今天的谈话有两层意思:一是敲打。明人不做暗事,有话说在当面,想给涂子一些思想上的压力。二是试探。都说这小子的内心强大,他就是想试探一下这小子的火力,看他的心理承受力到底有多强。

这小子当年可是给自己造成过巨大的压力,几乎崩溃。现在,他最好也能给涂子造成心理上的压力和不痛快,如果能让他就此闷闷不乐,吃不好,睡不好,想不开,时间久了,造成心理疾病,得上个抑郁症最好。

现在看来,这小子未必那么好对付,你看他那一头乱发,一对红眼,就是个刺儿头。你听他刚才的对话,你这边刚说了句你来天章当县长是组织上决定的,跟我们个人之间没有关系,他那边马上就来一句组织的事情都是组织安排的,人民的事情都是人民选择的,他这不是明显的暗示那次选举的事吗?跟这样的人妥协那是绝对不可能的。于是田光耀直截了当来了一句:"假如哪一天你不想在这干了,可以提出来,换个地方也行。"

涂子知道两个人话不投机了,这个时候绝不能示弱。于是他也直截了当来了一句:"如果哪一天田代县长不想让我干了,也可以直接提出来,换个地方也行。"

你听这家伙说的,他还要专门突出一个"代"字,代县长,就是要气你,就是要向你示威,你还能和他和平共处?田光耀暗暗在心里骂了一句脏话,一下过瘾了,随即说道:"我们现在谈工作。"

田光耀提出文教卫生口要抓紧做好三件事:

第一件，明年一年把全县牧区寄宿制学校全部建完，年底前把规划、施工队伍、建筑材料全部落实到位。明年开春前把建设资金落实到位。资金来源有三个渠道：一个是财政资金。三年之内，县财政用于别的方面投资性的资金全部停掉，都集中起来用于牧区教育。第二个来源是银行贷款，财政贴息，三年还本。第三个来源是跑省里，积极争取教育上的资金，同时跑一跑畜牧上的资金，这一块没人想到，我们来做，就把寄宿制学校作为牧区基本建设项目来跑，让他们连投三年，帮我们偿还贷款本金。

第二件，跑一跑省高校和鹿川大中专院校，争取他们给我们开办牧区扶贫委培班，承认学历，不包分配，我们出钱，我们用人。这样既能快速解决我们大中专升学率低的问题，又能给我们县里培养人才。

第三件，筹办一家民办医院，面向广大农牧区群众，尽快解决农牧区缺医少药和看病难的问题。如果民办医疗机构不好批，可以采取挂靠县人民医院的方式，或者在人民医院内新增内设科室，先把民办医疗机构办起来再说。你这两天就去一趟鹿川，请地区卫生处处长文在书到我们天章县来一趟，我们跟他当面谈谈，希望得到他的支持。你再去一趟农垦团场请一个叫胡兰义的神医也到天章来一趟，最好能和文在书处长一起来，我们一并和他们谈。

说实话，涂子听着田光耀讲的这几件事，还真在心里佩服他，觉得这家伙干事就是有魄力，而且看问题也有独到视角，虽然有些想法有些冒，做起来有些悬，但至少他敢想。人归人，事归事，县长安排的工作还是要抓紧办。

接下来，前两件事情跑得都很有成效，特别是畜牧资金投入牧区寄宿制学校的事，得到了畜牧部门的鼎力相助，答应给他们连投三年，帮他们把牧区寄宿制学校建起来。教育上为他们办委托培养班的事也已落实，明年高考时，专门给他们下达招生计划。

唯有第三件筹建民办医院的事，有难度。文在书处长持谨慎态度，三句话：第一句话是积极支持天章县解决老百姓看病难的问题；第二句话是现行条件下，筹建民办医院还有政策障碍；第三句话是对胡兰义医生的资质要进行审核认定。

胡兰义积极性倒很高，号称他一个人就能把全县人民看病的问题解决了。

据胡兰义自己讲，他40年代生于益州农村，家境贫寒，但聪颖好学。十来岁上，父亲病故，辍学回家，跟随母亲种地为生。新中国成立初期，家里分得一头耕牛，他整天在山里放牛，因遇一道长，看他长得有灵性，收他为徒，教他习武、学医。二十岁上，母亲为他说了一门亲事，成家后，妻子不孝，时常欺负婆母。一日，她正在虐母时，被他撞见，他一把拉过，照着妇人后背就是一搡，那妇人口吐鲜血，一头倒地，从此不能站起，不能言语，床榻上躺了半年，一命呜呼。娘家人哪能饶他，状告政府，判他十年，送到了鹿川服刑改造。至刑满释放后，其母已故，家中无人，他就作为新生人员留在这团场劳动，衣食无忧，身心俱佳，此生足矣。

胡兰义说他服刑期间除了劳动之外就是抱着一本《黄帝内经》不放，看书看累了他就站起来练练功。十年服刑，身心不垮，他就得益于《黄帝内经》和习武练功了。服刑后期，他基本上不怎么下大田干活了。他行医之术已小有名气，服刑的人，管教的人，都找他看病。监狱系统其他地方也有人来找他看病，但都不敢声张，他毕竟是个劳改犯，怕上级怪罪下来不好交代。刑满释放以后，他给人看病也是不挂牌、不声张、不收钱的，因为他没有行医资质。

对这样一个号称"神医"的人，涂子心里是不踏实的。按理说田光耀本就是学医出身，他对医学的认识要比别人更深才对，可为什么他就独独对这个人这么信任和推崇呢？不管这其中有什么特殊情况或背景，涂子还是如实给县长作了汇报。

这次田光耀倒还好，听了汇报，虽然他对地区卫生部门的态度很有意见，但他觉得开办民办医院的条件已经具备，一个是胡兰义说他一个人就能把全县人民看病的问题解决了，一个是文在书处长已表示积极支持天章县解决老百姓看病难的问题。有这两条就够了，其他的甭管，剩下的事就是我们自己干了。田光耀要求涂子抓紧时间，和胡兰义一起，赶快把民办医院开办起来。

胡兰义办医很简单，只需要有个地方，能够接纳病人，再派几个人跟着他，帮着他熬熬药，接待接待病人就行。不需要病房，不进行常规检查，不使用医疗器械，不打针开药。在他这看病，只吃他开的药。

对这样的医院，这样的医生，涂子作为主管领导，他心里不踏实，觉得不靠谱，哪一天治死两个人，那罪责可就大了。所以他给田县长建议："民办医院这件事还是按照文在书处长的意见，慎重一些为好。"

涂子好心好意的一番话，却遭来了田光耀一顿火爆子脾气："这么好的一件事情，全县人民受益。这么好的一个医生，不要我们一分钱投资。你还说三道四，推三推四，想干不想干的，你到底什么意思？你是成心要把这件事情搅黄，还是要把这个医生赶走，还是要和我过不去？你今天把话给我讲清楚，想干你就好好干，不想干你就走人。"

涂子一听他这话都说到这个份上，觉得也没什么必要再和他说下去，扭头走了。

从此，涂子再不管胡兰义和民办医院的事，田光耀也再不让他管这事。

天章县的老百姓听说了田县长和涂副县长为民办医院的事产生了矛盾，大家都是一边倒地向着田县长。他们认为这一次组织上真给天章县派来了一个能为老百姓办实事的好县长，他在大半年时间里干的事，比过去好几年干的都多。

田光耀主政天章县政府工作后确定的五项重点任务已经全面启动，进展顺利。每一项重点任务都涉及当地老百姓的切身利益，自然受到当地老百姓的热烈拥护。而他提出发展个体私营经济和引进外来投资，谁投资谁受益，要有不怕吃亏思想的发展理念，自然也引起了外界的广泛关注。当然也能听到各种不同的声音。有人说他这是在天章县搞私有化，有人说他是把天章县的优质资源拱手送给别人。一向沉寂的天章县，一下子走到了改革开放的前沿，各类人等都想来天章县走走看看，有钱没钱的都想到天章县找点事做。

高庆阳也来了，他想借助老同学的关系介入天章县的旅游业，他觉得他的餐饮业和旅游结合起来还是很有前途的。但田光耀明确表示，你的实力太小，搞这么大的事，你拿不下来。

高庆阳回去不久，带着香港客商再次来到天章。这一次走的是天章县招商引资的正规渠道，没有直接去找田光耀。天章县高规格接待，田光耀亲自出面洽谈宴请。宴请中间，田光耀还不忘打趣高庆阳："你小子行啊。"

高庆阳心想，你是不是还想说我是地主崽子？

高庆阳陪着港商一举拿下了三个项目：奶粉厂、蜂制品加工厂、景区酒店。香港客商在天章县独资注册了一家生物制品有限责任公司，一个公司名下三家企业。

这三个项目中的前两项实施的都很顺利。天章奶粉厂已经开工建设，天章蜂制品厂已经开始灌装蜂蜜，其他产品也即将投产。但景区酒店有政策障碍，批不下来，港商退出。田光耀提出让高庆阳接手搞下去，高庆阳说："我行吗？"

田光耀说："谁说你不行了？"

年底的时候，田光耀主持召开政府全体会议，总结盘点五项重点任务的推进和落实情况。提出到明年夏季，所有项目都要初见成效，发挥效益，而且要持之以恒地长期抓下去，不是抓个一两年就可以歇歇脚松口气的事。现在看来，尤其旅游和交通，这两件事还不是天章县一己之力所能干好的。而且在推进的过程中，还要充分考虑广大干部和老百姓的承受能力，要把好事办好，不能辛辛苦苦干了好事，到头来还要挨骂。

旅游方面，在目前整个鹿川都还处在散兵游勇的状态下，单靠天章县一家单打独斗做成大旅游还很困难，如果让一家旅游公司把整个天章的旅游都统起来，那无异于是搞垄断，景区里的老百姓肯定不干。现在只能努力做好三件事：一是向管理要效益。因陋就简，因势利导，把无序的、乱哄哄的景点、景区规范起来。二是把景区酒店建设好，提升品位，提升档次，提升旅游接待能力。三是要及早做好旅游大发展的前期规划和准备工作，一旦条件成熟，机会来了，我们就能抢得先机，快速发展。

交通方面，欠账多，资金需求量大，没有国家的投入是根本干不了的。今年天章县硬化县乡道路的石子都已经铺到路上，开春后要抓紧铺平压实，否则，一旦影响老百姓的出行，肯定挨骂。还有今年搞的县城集资修路的事，以后不能干了。现在的告状信越来越多。田光耀说："我都怀疑问题是不是出在我们领导内部。"

五项重点任务里，现在最热火朝天的应该就数民办医院。田光耀说："事实证明，只要是老百姓认可的，拥护的，就是好事，就应该坚持。可我们有些同志，不这么看，工作只凭自己的感觉，不顾老百姓的意愿，不知道现在明白过来了没有。改革的春风没把你吹醒，事实面前还不能让你清醒，真不知道还有什么力量才能让你警醒。我看真的需要大喝一声：'该觉醒了。'"

班子里多数人都不知道田县长这番话的真实意思，也有人知道他是对着涂副县长来的，因为他们两个在吉宁县的时候有过节。涂子心里很坦然，你说你的，我干我的，只要不挑明了，就当没听懂，说了也白说，急死你。

田光耀最想看到的就是涂子服软的样子，但却一直没看到，心里很失望。我为王者，我的话你听不懂怎么能行？装是装不过去的。人多的时候听不懂，那就叫你到办公室来，单独讲给你听。田光耀开门见山地对涂子说："我已经到天章快一年了，你好像还是很不服气的样子？"

涂子说："县长你多想了。我们一直都是在县长的直接领导下，兢兢业业做好自己分内的工作，总害怕哪一件事情没做好惹你不高兴。我作为在你领导下协助你工作的一名副县长，怎么可能对你不服气呢？"

"你要是真能有这样的思想也就对了。"田光耀说，"现在可不是你想把我选下去就能选下去的了。"

涂子说："你真的多虑了，我什么时候也没想把你选下去过。"

田光耀说："你当年就没做过小动作？"

显然，田光耀一直耿耿于怀的还是那次落选，而且他认定那次落选就是涂子私底下做了小动作。否则他不会输得那么惨。

涂子听了田光耀的话，嘿嘿笑笑，不屑一顾地说了句足以让田光耀勃然大怒的话："对你还需要做小动作？"

但田光耀不仅没有大怒，反而很平静地来了一句："那咱们走着瞧。"

涂子嘿嘿笑笑："那你还是小心点，天章县的县长前面还有个'代'字呢。"

说完，又笑笑，走了。这做派，不仅气得田光耀够呛，而且还真让田光耀担惊受怕了好长一段时间。

年后，省里召开"两会"，县委书记、县长都要参加会议。田光耀作为代县长列席会议。天章县的县委书记还没换人，如果调整，也最好等到县里的人代会召开之后再调整就好了，老书记坐镇人代会，对保证选举不出问题是有利的。

田光耀三年没去省城了。三年前那次去省城是他副县长落选之后，他想找蔡团长看看有没有什么事可以做。这一次去省城，他也想见见蔡团长，邀他来天章干点事。但他没见着蔡团长。蔡团长去年因侵占私分服务公司集体资金三万多元，被判刑两年半，正在服刑。

在这次省里的"两会"上，曹天祥书记当选省政协副主席。"两会"以后，鹿川官场至少会有一次重大调整，又将面临一次新的考验。各县市的领导免不了都会有一些自己的想法，明里暗里都在走自己的路子。

田光耀带着县政府办公室主任，利用晚上的时间去了趟鹿川，到夏连春家里看看老同学。

地委家属院，两层联排小楼，地委领导们一家一院。夏连春搬进来最晚，把头的一家，早先入住的一般都选择居中一些的位置，冬天保暖。不过把头的院子大一些，冬天过了，夏连春种菜，苗素馨种花，除了大花朵朵的麦子花，还有各式各样知名不知名的赤麓红花。

给老婆孩子做饭的事夏连春已经顾不上了，他说咱们也雇个保姆吧，但苗素馨不同意，她怕别人说他们年纪轻轻的就贪图享受，摆个官架子。

这样一来就辛苦苗素馨了，方书记还兼着市里的书记，苗素馨也要跟着方书记两头跑，好在方书记比较照顾她，说连春忙，让她多照顾一些家里。她已经学会了做饭，家里的事指望不上夏连春，她也从没指望过。

田光耀过来的时候，夏连春和苗素馨已经吃过晚饭好一会儿了。但一进门，田光耀还是嚷着要喝两杯。夏连春忙着要给他们炒两个菜。田光耀说不用了，他们从县里带了一些马肉、马肠子和卤制品，切一切，加工一下就行，酒他们也带来了。

夏连春说："你这是带上吃的喝的跑到我家里来请我喝酒？"

田光耀说："不是的，你酒量又不行，我这是从农村跑到城里来请老同学陪我喝酒。"

话说到这里，田光耀突然灵机一动，说："苗主任你们市委给我们帮个忙，给我们天章县找一块地方，在市里建一个办事处，以后再请秘书长喝酒就可以到我们自己的地方了。"

苗素馨说："那你们还是别建办事处了，要不然人家该说我们以权谋私了。"

田光耀哈哈一笑，自嘲道："我这真是瞎子烧香，找错了庙门，忘了苗主任现在是地区纪检委办公室的领导了。"

喝酒只是说头，聊天才是正事。田光耀问夏连春："我们县里的同志现在该怎么干？"

夏连春知道田光耀肯定是为这事来的，地委书记调整在即，县里的同志都想早一些把悬着的心放下来，要不然会耽误事的。

但夏连春也说不出什么有价值的意见来，只能说："该怎么干还怎么干，不管地委领导怎么调整，哪个领导都需要干活的。"

这话也对，作为地委秘书长他只能说这些，只不过是田光耀觉得不过瘾，因为他比别人更多一层心思，这么久了他还是代理县长。

第十章

这个春天

鸡年春节来得格外的早,年都过完十多天了,立春的日子才到,春天被远远地甩到了后头,心急的人总在抱怨迟迟听不到东方春晓的脚步声。

皇帝不急太监急的日子是尴尬的。田光耀天天眼巴巴地盼着赶快把县人代会开了,赶快把他县长前面的"代"字去掉,那样,他就可以放开手脚,无所顾忌,再不用前怕狼后怕虎了。那时候,涂子你再来挑衅示威一下看看?

地委的通知来了,要开干部大会。干部大会肯定是干部问题,什么干部问题需要召开地区干部大会,肯定是宣布地委书记任免。接到通知参加会议的人的心都跳得厉害,好像是宣布他们自己的任免一样。

田光耀和县委书记去地区参加会议的时候,两个人很轻松地说了一句:"会是谁呀?"关心了,但不多说。

开完会,回来的时候,两个人又很兴奋地说了一句:"这个人选得好。"评价了,但不多议。

干部大会上宣布于山江任鹿川地委书记的时候,田光耀首先想到的不是于山江,而是夏连春,这家伙的运气真好,真是有福之人不在忙,无福之人跑断肠,怨不得曹书记去年交代田光耀要搞好与夏连春的关系呢。

天章县委书记的好事也来了，真的接任方家云当上了鹿川市委书记。新任天章县委书记是个年轻人，资历比较浅，田光耀的县长应该好当。

天章县人代会如期举行，前后两任县委书记同时参加县人代会，对于确保人代会选举成功是有利的。田光耀的心情放松了很多。他心里有底，并不担心选举，在天章县他还是干了事的。但他害怕选举，他是吃过亏的，一朝被蛇咬，十年怕井绳，万一呢？这一次他再输不起了。

选举结果出来了：田光耀高票当选，只差一票就满票。这一票差得好，给参会的人留下了充分的想象空间。基层代表说，田县长自己没给自己投那一票。台下的人说，没投那一票的人就在主席台上。主席台上的人说，田县长得罪谁了？田县长自己在心里说，肯定是涂子那小子没投我一票。

"代"字一去掉，县长一下风光了许多。

人代会一结束，田光耀马上让各部门的同志都到下面看看，一个冬天了，基层的情况怎么样？他自己则带上办公室主任去看各个乡镇的道路情况。他的想法，就是为迎候于山江书记下来调研做准备。新官上任的第一件事，肯定就是到基层去。

田光耀这一看不要紧，他还真发现了自己工作上的一个重大失误。去年入冬前堆在县乡道路上的石子，当时没来得及立即铺撒在路面上，一个冬天大雪覆盖，现在冰雪融化，道路泥泞，积水汪汪，人行不便，车行艰难。他自己乘坐的"巡洋舰"在一堆一堆的石子上颠颠簸簸地往前走，碰到一架毛驴车陷在石子里出不去，田光耀和办公室主任下来帮着推车。车推出去了，赶车的农民随口骂了一声："这个田光耀真是个混蛋！"

显然这个农民并不知道帮他推车的人就是田光耀。但田光耀气得上了车就让驾驶员掉头，回县里。

回到县里，田光耀立即召开政府领导碰头会，要求每一个领导负责一条路，组织各乡镇场的男女老少齐上阵，三天之内必须把所有道路上的石子铺平，保持畅通。

开完会，他就把涂子喊到他办公室，劈头盖脸一顿骂："你他妈的一直是管交通的，你知道堆在路上的石子来年春天会影响交通，你为什么不提醒我？"

涂子让他一句"你他妈的"憋得脸都变了色，直接还了一句："田光耀你嘴干净点，不要满嘴喷粪，张口骂人。"

田光耀正在气头上，火头上，他好像不把他的气和火撒到涂子头上就不痛快一样，张嘴又是一句："你他妈的，老子就是骂你了，怎么着？"

田光耀的骂声刚落，涂子一个"瓦尔特保卫萨拉热窝"式的"掏心锤"直捣田光耀腹部，田光耀"哎哟"一声瘫软在地上，刚才的强悍瞬间没了。

涂子看着田光耀，说："听说你在清城县的时候曾关上门打过骂你'落选副县长'的人，你还给领导说过'县委副书记打副县长，你信吗？'，最后领导果然没信。今天，我这个当年的'当选副县长'，就在你的办公室，关上门来打你这个张嘴就骂人的县长，我也会给领导说'副县长打县长，你信吗'，我估计，最后也是果然不信。你信吗？"

这个春天，赶车的老农骂"田光耀是个混蛋"的故事在天章县广为流传。因为这一骂，使全县所有的县乡道路在三天之内全部贯通了。这个老农成了人们笑谈中的英雄。他是谁？

好事的农民们终于把这个老农翻找出来，原来他是蜂场里的菜农，他家里有一个大菜窖，每年冬天都要窖藏一些土豆、大白菜之类的大路菜，定期给县里几家餐馆送去。可今年的县乡道路让田光耀搞得实在没法走，那天送完菜回来的路上，正在越走越生气的时候，车陷泥潭动不了了。小车上的好心人下来帮他推车，本来应该谢谢人家的，但他估摸着这小轿车上的人不是田光耀也是和田光耀一起的人，心里憋着气，顺口就来了一句："这个田光耀真是个混蛋！"

这个老农心里不光是路不好走一桩事对田光耀有气，还有更气的是他现在的菜也没有以前好卖了。他已经卖了十几年的冬菜，收益很好，也没人和他竞争，可这个田光耀去年到了天章，在政府会议上大喊一嗓子"大力发展个体私营经济"，这一下坏了，县城里一夜之间冒出来好多卖菜的。

这些人根本就不种菜，卖的还都是好菜，他的菜反倒没人家的好卖。听说现在有的上班的人下班以后都推着车子卖服装、卖冰棍，还有卖马肉、马奶子、马肠子的，卖什么的都有。哪一天他也到县里来卖东西。别人能和他抢着卖菜，他就不能跟别人抢着卖衣服？他还可以卖牛奶、卖蜂蜜，哪天高兴了，还可以把自家的菜炒熟了再卖，看谁能卖过谁？

这个春天，天章县城大街上的人突然多了起来，不仅有南来北往的客商，还有奔着天章的神医胡兰义来看病的。天章的人开玩笑说，看着天章大街上人来人往，熙熙攘攘，实际上只有两个人，一个商人，一个病人。

去年集资修建的县城大街，宽敞笔直。集资时挨骂，修好了挨夸。特别是现在街道两旁，小商小贩云集，已经成为一道亮丽的风景。南腔北调的叫卖声此起彼伏，仿佛进入南方哪个城市的商业街了。

天章大街上的风景引起了鹿川人的注意，尤其是媒体人，他们的嗅觉最灵敏。

蔡团长的父亲现在是《鹿川日报》的总编。蔡总编亲自安排三路人马来到天章，一路人马研究"天章现象"，一个昔日默默无闻的牧业县，为什么一夜之间走到了改革开放的前沿。一路人马采写天章走资源转换的路子，一二三产业是怎么高歌猛进同步发展的。一路人马采写卫生教育事业，贫困县是怎么解决牧区教育和缺医少药问题的。

采访教育和卫生是邵汉飞的事。邵汉飞过去跑天章县不多，对这里不是很熟。但他跟田光耀熟，在师范学院上学的时候田光耀经常来找夏连春，大家也就熟了。再就是他的好同学弯越现在在这儿当组织部部长。

采访前，田光耀集中会见了鹿川的几个记者之后，邵汉飞本想和弯越聊聊天章和天章的教育卫生情况的，但弯越不聊，让他自己采访，不给他造成先入为主的印象。

邵汉飞两天跑下来，他为天章这样一个贫困县，能集中一年时间把全县牧区寄宿制学校全部建完的气魄和胆略所震撼，更为胡兰义不要政府一分钱投资，仅靠一己之力，就把全县农牧民看病问题解决了的豪情壮举所折服。

神医真的很神。邵汉飞守在胡兰义的身边静静地待了一天。他看到胡兰义看病，一不用西医的听诊器，二不用中医的把脉，他只靠目测。看病的人往门口一站，只几秒钟的工夫，就看好了。

看病的人，可以把神医开的药拿回家自己熬着喝，也可以在医院附近住几天，每天到医院熬药的大锅里舀一碗熬好的汤药喝。医院的院子里架了几口大锅，每天不停地熬着汤药，病人一天三次过来自己舀着喝。

邵汉飞问了一些喝汤药的病人："这个药能治病吗？"

喝药的人回答："不治病谁喝？"

邵汉飞再问："这个药好喝吗？"

病人再答："世上有好喝的药吗？"

邵汉飞再问："你的病治好了吗？"

喝药的人再答："治好的人都走了。"

邵汉飞心里发笑，医生是神医，病人也是神人。自己神问，病人神答。什么也没问，什么也没答。什么都问了，什么都答了。

邵汉飞约请神医聊了一晚上。他对神医有了神一样的了解。神医从小得道，在深山里边牧牛边修道，后因走火入魔，误入邪道，在与世隔绝的二十多年中，又潜心悟《黄帝内经》，终于出道。现在什么高血压、心脏病、肾病、肝病、阳痿、早泄，各种绝症、不治之症，在他这里都不是病，保证手到病除。要不然，他的医院怎么能在开张还不到一年的时间，就有方圆百里之内的人都到他这里来看病？

邵汉飞有一疑问不解："神医不查体，不问诊，不把脉，怎么能知道病人得了何病？"

神医道："天地万物，阴阳五行，人与自然，浑然一体。看天知地，看地知人，心知万物。万物皆由心生，何需心外之物再来烦扰人心？"

邵汉飞还有疑问："看病都讲究对症下药，那几大锅熬制的汤药，不论何人，不论何病，都喝那锅里的药，如何治病？"

神医闻言哈哈大笑："记者不知，我年少时，爬过千座山，尝过万种草，我现在随时都有上千种药材可供任意组合调配，我那每口大锅里每天都会调配上百味各种不同的药材，每一个病体，每一种病症，只需一味，几味，最多十几味药材即可药到病除。而我那么多药材放在一起，正是为了药寻病、病择药而设，对症者治病，症外者补身，没有一味是多余的。不是不管什么病，都喝一种药。"

邵汉飞接着又寻访了一些被神医治愈的患者，基本上都是些疑难杂症，这些人提起胡兰义，几乎都是异口同声地高赞"神医""华佗再世"。而且这些病患也都是当地尽人皆知、久治不愈或在家等死之人。现实说服力真的是太强了。

邵汉飞本就是个感性之人，他从一开始就被神医感染了，采访越深入，认识越深化。而且整个采访中一直有着一种按捺不住的冲动。采访结束的时候，他本想和田光耀或弯越交流一下的，但他突然有了一种不受任何思想干扰的想法。采访本一收，撤，回鹿川。他要把他的思想变成文字，装进别人的脑子。

记者们陆续回到报社，蔡总编提出两条要求："一是讲事不讲人，只讲做了什么事，不讲谁做的事。二是讲群众不讲领导，只讲做事的人，不讲安排事的人。一句话，宣传群众，不宣传领导。"

但新闻见报以后，谁还不知道这是田光耀在天章做的事？一段时间的连续报道，人们纷纷议论，《鹿川日报》为天章集中干了三件事：

唱了一曲赞歌。宣传天章把握改革开放时机，勇立改革开放潮头，引领改革开放潮流，天章成了鹿川改革开放的一面旗帜。

打了一个广告。天章的奶粉好，天章的蜂蜜好，天章的风景好，鼓动有事干的来天章投资，没事干的来天章旅游，天章人民欢迎你。

造出了一个神医。胡兰义，一个为农牧区老百姓解决了缺医少药看病难问题的白衣天使；一个医术高超，剑走偏锋，专治疑难杂症的神医。由此吸引了更多的重症患者纷至沓来，涌向天章。

明的，天章火了；暗的，田光耀遇到麻烦了。地区纪检委接到了举报信，举报田光耀四件事：

一件是沽名钓誉。为了宣传自己，通过私人关系把《鹿川日报》记者请到鹿川为自己树碑立传。鹿川日报社总编的儿子是田光耀高中同班同学。

第二件是侵害干部职工利益。田光耀在县里搞乱集资，乱摊派，县级机关每一个干部职工捐出一个月的工资修路，许多困难职工家庭生活由此受到了影响。

第三件是搞造神运动。他把一个劳改犯打造成神医，招摇撞骗，无证行医，为人民的生命安全埋下隐患。

第四件是国有资产流失，把天章的大好资源拱手送给外来投资者，一分钱不要。投资者中有他高中同班同学。

接到举报信之后，方书记及时给于山江书记作了汇报。因为举报信里涉及她的亲家，蔡团长的父亲，同时，她对田光耀私欲膨胀问题也是有所了解的，所以她觉得应该认真对待。

于山江书记觉得田光耀是一个需要在管理中使用的干部。我们的态度要明确，大胆改革的人要保护，改革当中出现的问题要改正。对田光耀和天章的事，纪检委可以先了解一下情况，如果有什么问题，可以找田光耀谈谈，提出一些要求和注意事项。

方家云理解于山江书记的态度，爱护，但不袒护，而且首先是爱护，以爱护为主。

方书记准备这两天带上小苗去一趟天章，看看田光耀这一年多在天章到底都干了些什么。

苗素馨在方书记身边工作已经十多年了，现在已经是纪委办公室主任，但方书记还是舍不得换秘书。她们之间不仅有信任，也有依赖，更多的则是默契。夏连春给苗素馨开玩笑说:"我好像娶的还是方家的女儿。"

苗素馨说:"你不是一直都把人家叫妈妈吗？我不是女儿也成了女儿。"

方书记和苗素馨去天章还没走,地委得到消息,田光耀和县委书记在抗洪救灾中出了车祸,两个人都住进了医院。方书记对小苗说:"咱们不去了。"

夏季的天章草原,雨水充沛,山洪频发,一般情况下都是一过性的,不会造成太大灾害。今年景区里因为有在建的"天章旅游宾馆"项目,洪水下来,一旦冲过建设工地,不仅会给投资人造成损失,也会给景区建设带来滞后影响。在建的旅游宾馆已有部分项目投入使用,并已接待不少游客。所以,书记和田光耀一听到发山洪的消息,害怕造成人员财产损失,一刻都没敢耽搁,立即同坐一辆车上山。田光耀都没来得及回政府坐自己的车。

天章的旅游是季节性的,每年只有春、夏、秋三季,五到六个月的时间,漫长的冬季有半年多的时间是上不去人的。所以高庆阳的旅游宾馆建设也是充分考虑到了季节性特点和变化因素,否则,就会造成设备闲置浪费,甚至是投资损失。

旅游宾馆建设包括三部分:一部分是牧民毡房,牧区特点,可以拆卸;一部分是木板房,山区特点,不怕风吹日晒和冰雪低温侵蚀。再一部分就是餐饮文化广场,永久性建筑,包括室内餐厅、露天烧烤、篝火晚会场地和停车场。

毡房和餐饮文化广场已经开始接待客人,木板房正在抓紧建设,很快也可以投入使用。

那天,书记和田光耀到山上去视察工作,旅游宾馆的选址还是很有讲究的,建设工地在景区边沿的隆起地带,没受洪水影响,景区游客也都安全。他们看了看现场,问了问情况,没什么事,放心地返回。

山上的雨还在下,山洪的水头虽已过去,但河水还很汹涌。返回的路上，书记的"巡洋舰"在涉水穿过河道转弯处时，轮胎打滑失控，侧翻在岸边。几个人艰难地从车里爬出来，司机吓得大哭。

县委办公室主任说："哭有什么用？赶快去喊几个牧民过来，看能不能就着河岸边坡，把车扶正过来。"

在牧民的帮助下，他们还真把车扶正了。司机上车发动，没坏，可以开。书记、县长上车，他们好像都受伤了，书记的胳膊抬不起来，县长的腰直不起来。办公室主任让司机在保证安全的前提下，适当开快一些，直接到县人民医院。

到了医院，立即拍片子，坏了，书记的胳膊断了，县长的腰椎骨折了，于是赶快把两个人安排到病床上躺着不让动了。

院长建议转院到地区医院，县医院没有专门的骨科大夫。田县长叫人去把胡兰义喊来。

这个空当，院长问县委办主任和司机有没有哪儿不舒服？两个人都说还好。院长让两个人也拍个片子看看。这一拍不要紧，两个人的情况比书记和县长还重。主任的肋骨断了两根，而且插进了肝脏，腹腔已经积血。司机也断了两根肋骨，有一根插进了脾脏。院长吓得让两个人躺着别动，立即手术，赶快抢救。再耽搁拖延一会儿，恐怕就有生命危险。

这边院长把主任和司机安排进了手术室，那边胡兰义就到了县医院。胡兰义查看书记和县长的情况，征求书记、县长和院长的意见："拉到我那边去？"

院长没说话，书记说他到地区医院去，田光耀说他到胡兰义那去。于是这一车四个人就分到了三个地方治疗。

现在的情况就是一个严重的车祸了。书记安排县委办、政府办赶快报告地委、行署，第二天于山江就带着夏连春、行署的同志和文在书以及水利部门的同志来到天章，看看防洪救灾和人员受伤情况，回到鹿川再去看看书记的情况。

于山江看着田光耀的伤势挺重，问他在这儿看行不行？田光耀说：

"行，你看胡兰义这儿有这么多看病的人就知道了。胡兰义的医术没有问题，大家都是冲着他的名气来的。"

于山江听说来胡兰义这儿看病的人每天都有几百号人，最多的时候一天都有上千号人，一般病人都要在这待个十天八天的，照这样计算，每天留在天章县城的人接近万人。这可是一个需要高度关注的大事，哪个环节稍有不慎，都可能酿成大事。天章县城所有能住人的地方都已经住满了，全国各地的人都慕名而来，其中不乏北京、上海等大城市的人，这真是一件不可思议的事情。他要求田光耀，要把每天涌进这么多外来看病的人这件事把控好，可不能出什么乱子。

回去的路上，于山江又交代夏连春，关注天章社会稳定的事，并安排文在书关注胡兰义看病的事。

田光耀躺在自己家的床上，每天既有口服药，还有外用药，光靠秘书照顾忙不过来，也不方便。胡兰义只能晚上过来，白天还要给那么多病人看病。田光耀打电话给张素雅，看她能不能请假过来一段时间。

张素雅一听田光耀的情况就急了，他伤得一定不轻，否则他不会叫她过去的。他这几年在外县任职，一直没要求她随他过去，这一次如果不是实在没办法了，估计他也不会叫她去的。但她这一阵又真的离不开，她所承担的一项传染病监测课题近期要进行鉴定验收，她不在不行。

她把弟弟和弟媳妇叫过来，商量去天章照顾姐夫的事。她说现在正是暑假，女儿不上学，家里没多少事，就让小玉婶子过去，看他们两个谁能陪小玉婶子去天章照顾一阵姐夫。

弟弟说他请长假不合适，丁香正是假期，就让丁香和小玉婶子一起去吧。

张素雅她们到天章看到田光耀的情况，果然严重，而且比想象的还要严重。人躺在床上，盖着白布单子，一动不能动，感觉身子都僵硬了。张素雅赶快坐到床边给他捏捏肩膀，捋捋胳膊，说些宽心的话。小玉婶子则心疼地流了眼泪，活蹦乱跳的宝儿怎么就躺在床上不能动了呢？丁香别的事不好插手，赶紧倒了一杯茶端过来放在姐夫床头。

田光耀的腰是固定的，身子不能动，喝水也要人用勺往嘴里喂。丁香给姐夫喂水还有点不好意思，站在那里迟疑着。姐姐说："姐夫现在是病人，你给他喂吧。"

家里来人了，而且来了这么多人，屋子里有了生机，田光耀的心情一下好了起来。看着三个女人忙前忙后地围着他，心里居然泛起一缕凄凉来。男人在外面再风光，回到家里，身边没有个女人还是显得孤单。他突然觉得应该把老婆调过来才好。

下午，老婆回去，两个人都有些舍不得，田光耀的眼神，居然把老婆搞哭了。是人到中年，开始恋家，还是两个人分开时间长了，害怕孤单，或者只是这一会儿躺在床上不能动，心里脆弱，想撒娇？

其实，男人是最爱撒娇的。高兴的时候，悲伤的时候，孤单的时候，受委屈的时候，都爱撒娇。女人要是懂得男人的心，这个时候是最好俘获的。

晚上，胡兰义过来给田光耀配药，看到屋里来了两个女人。一眼看去，老一些的应该四十多岁，但看起来也就三十出头。年轻一些的，温柔少妇，乖巧，妩媚，还有几分羞涩，眼光一碰到，马上躲开。眼有回避，心有所思，这样的女人是最招男人疼爱的。

胡兰义心里踏实了，田光耀有人服侍了。

田光耀受伤已经三天，今天是胡兰义给他配的第四服药。药力越来越足，病人的反应也会越来越大，身边没有人陪护伺候绝对不行。胡兰义原本想今天晚上在这陪护的，现在不用了。

胡兰义给两个女人讲了陪护的要求和注意事项："病人必须一直平躺，不能起身。抹药时可以翻身趴卧，可以轻揉药膏促进渗透吸收，不能用力按摩。口服汤药后，病人会出现心里发烧、浑身发热的症状，可以给他喝凉水，用凉水擦身子，而且要大量地喝凉水，不停地擦身子。喝凉水之后还会出现上吐下泻的情况，关键是病人不能起来，不能动弹，全靠你们在床上处理。辛苦你们两个了。不过这个情况也就三个晚上,三天之后就可以下床。"

胡兰义走后,小玉婶子和丁香小心翼翼地揭开盖在田光耀身上的白布单子,帮他翻身,给他抹药。这时候丁香才注意到,姐夫浑身赤裸,什么都没穿,是光的。因为他现在不能动,吃喝拉撒都在床上。

丁香转过脸去,小玉婶子给他抹药,轻轻搓揉,慢慢渗透。他趴卧在床上,像是个听话的孩子,静静地,一声不吭。小玉婶子用指尖轻揉着药膏,也是静静地,一声不吭。不知怎的,小玉婶子的眼睛里就流出了眼泪。

丁香觉着自己老是这样站在一边,背过脸去,也不是个事儿。下午姐姐不也说过,姐夫现在是病人,没事。丁香回转过来,对小玉婶子说:"婶子,你歇歇,我揉一会儿?"

小玉婶子正想去洗手间,就站起身,给丁香让了地方。

丁香侧坐在床边,学着小玉婶子的样,也用四个指尖在姐夫的后腰上轻柔。指尖刚一接触到姐夫的皮肤,丁香居然一个激灵,颤抖了一下。她这是除了张碧林以外,第一次触摸别的男人的身子,而且还是自己敬重的姐夫的身子,她克制不住地紧张了一下。好在姐夫是趴卧着,看不到她的脸,要不然,她这一会儿羞涩的样,要是让姐夫看到了,那不更羞了?她的指尖在姐夫的腰间滑过,这哪是轻揉,简直就是抚摸,太暧昧了。

药膏完全吸收之后,小玉婶子和丁香又小心翼翼地把田光耀翻过身来仰躺着。丁香还是侧过脸去不看姐夫的身子。她俩按照胡兰义交代的,翻身前先在床上铺了一层褥子、单子和卫生纸,留待喝药以后排泄用。这些东西都是胡兰义刚才带过来的。

胡兰义端过来的汤药还温着,小玉婶子一勺一勺给田光耀喂进去,喂得很吃力,两个人都累得满头大汗。

小玉婶子说:"还不如嘴对嘴喂。"

田光耀说:"药太难喝,你含到嘴里不舒服。"

小玉婶子说:"你都能喝到肚子里,我还不能含到嘴里?"

丁香说:"我明天去找几根吸管,用吸管喝。"

小玉婶子说:"还是有文化的人办法多。"

说话间,田光耀说他的药力上来了,肚子里开始烧,身上也开始烧,浑身都烧。田光耀呼叫:"婶子赶快用凉水给我擦身子。"

丁香也顾不得那么多了,赶快打了一桶凉水放到床前,也拿着凉水毛巾不停地给姐夫擦。

田光耀又喊:"心里烧得厉害,喝凉水。"

小玉婶子一勺一勺给他喂,他嫌不过瘾,要让端起碗往他嘴里倒。倒着洒着,床都搞湿了。情急之下,小玉婶子真的就嘴对嘴给他喂。说来神奇,几口喂下去,他居然安静了。

瞬间安静之后,他又开始吐。丁香早就准备了好多塑料袋,她把塑料袋套在他嘴角边,让他侧着头吐在塑料袋里,这就省事多了。

上吐的事情归丁香,下泻的事情归小玉婶子。两个人忙活到大半夜,田光耀终于慢慢安静下来,人也渐渐进入迷糊状态。小玉婶子让丁香打一些干净水来,她给他擦洗身子。擦洗完,小玉婶子让丁香赶快睡觉去,她在这边陪着,别搞得两个人都休息不好。

丁香睡去了,但却睡不着。她满脑子都是隔壁房间里的姐夫。本来,姐夫在她的脑海里只是一个高不可攀的模模糊糊的男人,她觉得他和她的距离太遥远,她根本看不清他是什么样子。但今天,就在刚才之前,她却清清楚楚、明明白白地看到了一个活灵活现、有血有肉的姐夫。他也是一个会生病、爱哼哼的大男孩。

想到这里,她突然自顾自地笑开来,想起了小玉婶子呼他宝儿,为他嘴对嘴喂水的样子。原来他也是一个需要女人关怀,需要母爱哺育的七尺男儿。她本来说明天要去给他找一次性吸管的,现在看来,才不给他找呢,就让他们嘴对嘴地喂,看着好过瘾。没准人家根本也就不需要一次性吸管,自己反倒是多此一举,多管闲事,人家会嫌的。

想着想着，丁香的脸就红了。这小舅子媳妇是什么心理啊？羡慕？嫉妒？好玩？没脸没皮的，你也给他喂一下看？那又有什么？姐姐不是说了嘛："姐夫现在是病人，你给他喂吧。"

如果不是病人，这小舅子媳妇怎能和姐夫这么亲近？要不然，哪有小舅子媳妇给姐夫喂水、擦身子、清理呕吐物的？想想都让人脸红心跳。他今天不一直都是一丝不挂地躺在她面前吗？虽然有个白布单子盖着，虽然她没敢多看，但想起来还是心里慌慌的。特别是他胸前那毛，哪有那么长的？拂挠在手心上，心里痒痒的。也不知道小玉婶子是什么感觉？她这一晚上在那边怎么照顾他呀？也不知道那两个人睡了没有？明天晚上需要我替换她吗？

田光耀一夜迷糊，早上醒来的时候，看到小玉婶子在他旁边躺着，心存感激，伸手摸摸她的脸颊。

小玉婶子睁开眼："宝儿醒了？"

田光耀说："辛苦你了。"

小玉婶子笑笑："那药能吃吗，咋那么厉害？"

田光耀也笑笑："能吃，这个人就是当年给我看那病的那个神医。"

小玉婶子吃惊地说："就是他呀，怨不得昨天晚上他看我的眼神很特别呢。没准他能看出我来呢。"

两个人正躺在床上说着话，突然外面有人敲门。谁，这么早？

小玉婶子起来开门，胡兰义来了。他又端来今天白天吃的药。胡兰义朝着小玉婶子问昨晚情况怎么样？田光耀没等小玉婶子回话，抢先说，感觉还好。胡兰义说再坚持两天。

胡兰义真的很神，两天之后，田光耀果然站了起来。那上吐下泻的药再不用吃，三个人晚上都能好好睡觉了。但小玉婶子不放心他一个人睡，晚上还是陪着他。

胡兰义让田光耀到县医院拍个片子，看看腰椎恢复得怎么样，长好了没有。县医院拍完片子，院长被惊得目瞪口呆，骨折的地方已经完全长好了，前后两个片子对比着看，都不相信这是一个人的片子。

县委和县政府的人都知道田县长可以站起来下地了，陆续到家里看望。只有涂子没来，涂子和田光耀的矛盾已经公开化。既然公开，何必再装？有时候，两个人的矛盾既已不可调和，公开了反而对副职有利，别人大不了说两个人不团结，或者说正职不喜欢副职，或者说副职得罪了正职。这时候，正职往往拿副职没办法，他又不是你管的干部，你还能把他免了？

来家里的人都说田县长恢复得快，刚刚一个星期就能站起来走路，真是神奇。人家都说伤筋动骨一百天，田县长这才七天。书记还在地区医院住着，没有三两个月是好不了的。办公室主任和司机才从重症监护室转到普通病房，治疗的时间还长着呢。由此，人们再一次对胡兰义的医术惊诧不已。

来家里看望的人，小玉婶子和丁香都不认识，她俩不用管，也不到人前去，都由秘书负责招待。

丁香坐在那里无所事事，看着家里进进出出的人，觉得当官真好，姐夫真厉害，这么多人都围着他转。

到家里来的人，有一个她认识，弯越，张碧林的同学，他们一起上过山，丁香觉得好亲切，终于在天章见到一个除了姐夫以外的熟人。弯越见到她也很亲切，在家里陪她和小玉婶子说了很多话，临走还说哪天要请她俩和姐夫吃饭。

弯越请吃饭的话，可能也就是随便一说的客气话。但紧接着真要请吃饭的人随后就到。

高庆阳来了，他带着人来天章给书记和县长送了两块匾，一块"人民的好书记"，一块"人民的好县长"，感谢书记和县长抗洪救灾为企业。

从县委和县政府送完匾出来，高庆阳又到家里看望田光耀，他带来了一些他们酒店的冷冻食品、熟食品，还有其他一些日用品。老同学相见要比其他人随意得多。

田光耀说："你就是个人精，送礼都比别人会送，全是你需要的，全是你拒绝不了的。"

高庆阳说："不送这些还能给你送什么？要是在南方，还可以给你们送一些慰问金，咱们这里又不兴这个。我也不敢送，你也不敢要，要不，你还不把我赶走了？"

田光耀叫小玉婶子和丁香把高庆阳拿来的东西放到冰箱，他们三个人最近过日子不用愁了，有吃的了。

丁香和高庆阳也认识，也是一起上过山的。

高庆阳一看田光耀家里有好几个人，就说："今天中午不做饭了，我请你们去饭店吃，也算给老同学压压惊。"

田光耀没拒绝，说老同学的饭可以吃。

高庆阳打发人出去安排饭店："吃好一点，给田县长补一补。"

不一会儿，出去联系饭店的人回来说："天章太火了，所有的饭店都爆满，都是外地人。"

田光耀说："那就去政府宾馆，不过还是由高总掏钱哦。"

中午吃饭，田光耀把弯越也叫了来。丁香和高庆阳、弯越都比较熟了，平时腼腆话不多，这时候也和他们聊了起来，而且说话的分寸拿捏得非常到位，恰到好处。

田光耀突然心有所想似的问弯越："天章驻鹿川办事处进展怎么样了？"

建办事处虽然是政府的事，但弯越在鹿川市委当过秘书，市里人熟，现在的市委书记在天章时，弯越又和他一个班子工作过，田光耀就把建设办事处的事交给弯越在抓。

弯越说："主体已经建完，下个月内部装修，顺利的话年底可投入使用。"

田光耀说："必须顺利，不顺利怎么行。"

他又问弯越："办事处建好后怎么管，考虑了没有？"

弯越一听田光耀这个时候问办事处的事，一定有想法，他就说："我们现在只是忙着建，没考虑管。县长的想法是？"

田光耀显然已经考虑好了，一切都已了然在胸："我看办事处建好以后，干脆委托给高总代管，经营归他，费用和利润也归他，县里在办事处设一个接待科，接待免费，不知道高总觉得怎么样。你们接下来再和高总具体谈。"

高庆阳瞬间就觉得这是一件好事，一分钱投资不掏，白拿一个酒店，为何不干？所以马上表态："我现在也是天章的子民，县长说要怎么做我就怎么做，而且一定做好，不给政府抹黑，不给县长丢脸。"

弯越也是瞬间觉得田光耀真的是搞政治、搞经济的料。此前他私下里大概估算过，这个办事处建好以后，县里养都养不起，光养人就要养多少，每天的人财物费用不是一个贫困县所能承担得起的。而且县里在鹿川设一个办事处，也很容易遭到别人说三道四。现在他这么一个委托代管，一下子把许多棘手问题都解决了，而且对接管经营的人也很有吸引力。

人人都有利的事，一定是好事。

第十一章

歪打正着

田光耀身体恢复得很快,他已经没事人一样满世界跑着工作了。上班后的第一件事是到地区医院看望还在住院治疗的县委书记,书记胳膊上的绷带还在脖子上吊着,见到县长来看他,他有些不好意思地说:"早知道我也在胡神医那儿看就好了。"

小玉婶子和丁香要回去了。田光耀舍不得她们走,她们也不想走。临走前,田光耀利用陪外地客人上山的机会,决定带她们到草原上玩两天。

这一个月,两个人的心思一直都在田光耀身上,哪儿也没去过。光听说天章草原好,也不知道啥样子。百闻不如一见,到了草原一下车,两个人都说天章这么好,不想走了。

田光耀说:"那你们就留下来吧。"

丁香说:"我愿意。"

小玉婶子说:"我愿意。"

田光耀说:"我也愿意。"

于是,三个人哈哈大笑。

天章旅游宾馆的小木屋已经建好。外地客人要住毡房,小玉婶子和丁香要住木屋。田光耀白天陪客人,晚上陪她俩住木屋,住在她俩旁边。

山里晚上的气温低，太阳一下山，就冷了起来。景区里的人们都穿起了厚厚的衣服，好多客人都从宾馆租了黄棉大衣。猛一看，还以为到了军营了呢。

吃晚饭的时候，人们在餐厅里缩着脖子。田光耀调侃说："还是天凉好，气温低，人心离得近。"

有人问："此话怎讲？"

田光耀说："容易抱团呀！"

客人们报以掌声，说田县长真幽默。

篝火晚会时，在景区文化广场中间，架起高高的柴火堆，点火的人先向柴火上泼了两瓢汽油，一根火种木棒往柴火堆里一扔，"腾"的一声，火焰就冲了起来。

点火是一个神圣的时刻。客人们都自发地站在离柴火远一点的地方，等到柴火点着，人们才慢慢围拢到柴火周围。

篝火北侧，摆了一排长长的桌椅，像是主席台，又像观礼台，是给贵宾们坐的。田县长陪着外地客人坐在中间。小玉婶子、丁香也和贵宾们坐在一起，虽然离中心位置远一点，但心里却有着一种与普通游客不一样的优越感。

丁香还是第一次被人这样尊崇地安排在人群中的重要位置。坐在台上，享受着眼前游客们投过来的目光，有着一种莫名的激动和虚荣。她不自觉地调整一下坐姿，修饰一下自己的表情和状态，努力把自己最好的一面展现给别人。

主持人宣布篝火晚会开始，请田县长讲话。现场气氛非常热烈。丁香心里暗暗在想，还是当官好，不管走到哪里，都有人围着陪着，什么事都不用自己操心，别人都给你安排好了。自己当不上官，靠着一个当官的人，也一样风光。现场的人知道她是县长的亲戚、家人吗？

丁香沉浸在自我活动的内心世界里。有人在身后拍拍她的肩膀，她回过头，啊，是姐夫？她赶忙转身站起来。姐夫说："走，请你跳舞。"

刚才，她只顾在想心事，没注意到什么时候篝火舞会已经开始。旅游点上的人都很活跃，音乐一响，大家都迫不及待地邀请自己的同伴，下到舞池。既已出来，何必端着？

舞池里人很多，人挤人，下饺子一样。田光耀怕丁香被挤着，有意识地把她往自己跟前拉一拉，丁香也就顺势靠了过来。两个人靠得很近，丁香的头发挠在姐夫的鼻子上，痒痒的。他下巴贴着她的额头，她打了个寒战。

他凑近她的耳朵问："冷吗？"

她声音小到几乎听不见："不冷。"

几曲下来，两个人都有些热乎乎的。舞池里一件黄大衣也见不着了。小玉婶子一个人坐在那没意思，说："你们俩跳舞，我回木屋。"

丁香说："姐夫陪客人，我陪婶子。"

田光耀说："我陪你们俩。"

客人已经自顾跳舞，不需要他陪了。三个人同时回房间休息。

第二天下得山来，小玉婶子和丁香就走了。临走前，田光耀心存感激地说："这一个月多亏你们两个了，要不然，还真不知道我这日子怎么过呢。"

丁香说："姐夫身边有那么多人，我们不来，也会有人照顾你的。"

田光耀笑笑："不一样的，外人怎能跟家人比。"

转而又以很羡慕的口气说："还是丁香好，当老师一年有两个假期。不像我，一年到头，一天到晚，天天忙，天天有事，顾头顾不了尾，有家捞不到回。"

丁香说："当老师有什么好，教书匠一个。不像姐夫是干大事业的，我们一走，你就该忙你的工作，干你的事，把我们忘了。"

田光耀没接她的话，而是非常深情地说了一句："明年假期再来。"

丁香听懂了。他心里有她。

丁香没想到，姐夫真是一个有情有义的男人。尽管她没给姐夫提出过任何要求，姐夫也没给她过任何承诺，但到寒假的时候，姐夫突然把她调到他们天章县驻鹿川办事处接待科去了。

这件事出乎他们全家人的意料。

首先是他老婆张素雅高兴，田光耀开始给家里人办事了，特别是给他小舅子办事，这以后一家人的关系就好相处了。其次是张碧林高兴，他早就想调到鹿川工作了，也找过夏连春，看能不能想办法把他调过去，但没有调动理由，不好办。现在好了，夫妻分居是最好的理由。

当然，最高兴的还是丁香本人，她早就不想当老师，想改行了。她后悔当年大学毕业分配工作时候的选择，为什么放着农业部门不去，却想着要到学校当老师。你看人家当干部的多好，吃香的，喝辣的，什么时候都高人一等的样子。暑假在天章县照顾姐夫的时候，她几次都想给姐夫说把她调出来，但最终都没好意思张口。姐夫真懂人的心。

田光耀做事确实最能抓住人心。天章驻鹿川办事处这件事，按照弯越的分析，本来是一件棘手的事，但现在让他搞了这么一个委托管理的运作模式，一下子成了吸人眼球、抓住人心的新事物。对外它不叫天章办事处，就叫天章旅游宾馆，受托方是高庆阳新成立的大上坡酒店管理公司。说它是新事物，至少体现在三个方面：

一是在当地开了政府资产企业化运作的先河。政府可以不花钱享受社会化服务，不直接经营，却能实现资产增值。

二是开了当地酒店管理方式变革的先河。高庆阳按照国际化、市场化的方式，成立了大上坡酒店管理公司，对天章旅游宾馆进行经营管理，也为自己另辟了一条生财之道。

三是探索了一条委托经营的新路子，形成了经营权与所有权分离的最早雏形，成了第一个吃螃蟹的人。

这个结果是田光耀自己都没料到的。最初他就是想把小舅子媳妇丁香调出来，他看出来丁香的心思，他也想把她调得离自己近一点。但调到天章肯定不合适，调到鹿川动静太大，他就想把她放到天章办事处。但为了不引起人们注意，他可以改变一下天章办事处的经营方式，把办事处交给高庆阳来管，县里在办事处设个接待科，把丁香放到接待科。这样神不知鬼不觉的安排是最妥当不过的了。

所以他这也叫歪打正着，一不小心，干成了一件大事情。他觉得自己这两年的运气就是好，路子真顺，怎么想怎么有，怎么干怎么成。照这样再干他三五年，不愁干不出更大的事业来。

可是没等他再干三五年，只过了一两年，突然有一天，田光耀一觉醒来，出事了，出大事了。已经被捧上了天的胡兰义神医突然被抓，红火热闹了近三年的医院被封，成千上万的人集聚在天章县城闹事。而且，作为县长，他事先居然一点都不知道，事发之后居然也一点都不知情。这事，肯定不是一般人所能为的。田光耀有些怯了。

人生有时候就是这样，正当你踌躇满志的时候，很可能也就是你即将要走下坡路的时候。你有过歪打正着的幸运，也可能会有事与愿违的背运，哪有天天都是艳阳天的时候。

这几年，胡兰义在天章确实治好了不少病，但也确实治出了不少事，甚至治死了不少人，而且全国各地的都有。但各种督查追责下来，都被天章县卫生局挡掉了。上级卫生部门追查胡兰义非法行医致死人命的事，天章县卫生局提出了胡兰义不是非法行医的五大理由：

第一，胡兰义不是个人行医，他是天章县政府为解决农牧区缺医少药引进来的人才。

第二，胡兰义虽然没有执业医师资格证书，但按照执业医师法的规定，他所从事的是传统医学，而且确有专长，可以先治病后取证。

第三，胡兰义所从事的是中医，中医的诊治方法和西医不同，不能用西医的那一套来判断中医科不科学。

第四，世界上所有医生都不能包治百病，所有医院都有医治无效死亡的病例。胡兰义三年医治了几十万的病人，而且很多病人本就是绝症，属"死马当活马医"的病人，治不好了的死亡是正常的。

第五，医院既是救死扶伤的地方，也是经常发生死人的地方。不能西医治死人是事故，中医治死人是杀人，个人致死人是命案。

天章县卫生局之所以敢这么强势地回应以上五条，后面肯定有人支持。在天章县，要想动胡兰义还真不是件容易的事。所以，这一次抓胡兰义，走的是农垦那条路子。现在农垦系统又恢复了。胡兰义虽在地方行医，但他还是农垦团场的人。那边把人一抓走，这边就由地区卫生处把胡兰义的医院门封了。

随即，鹿川地委召开会议，做出三条决定：

第一，地区卫生处对胡兰义非法行医监管不力，免去文在书同志地区卫生处处长职务。

第二，天章县政府对胡兰义非法行医负有领导责任，责成田光耀同志做出深刻检查。

第三，天章县要举一反三，认真做好各项善后工作，确保天章县社会大局稳定。

田光耀在不明不白之中，开始写检查，做善后。他不知道胡兰义的问题到底出在哪里。他从自身的经历中认定胡兰义就是神医，不是神医怎能治好自己的病？他从自己学医出身的专业上看，世界上确实没有神医，如果有也是人造的。

难道真的应了那句话：不玄不出名，玄了出人命！这就是中医的下场？如果是这样，自己真的应该好好检查检查。要不是自己把胡兰义请出山，他就那样在团场里默不作声地、时不时给一些慕名而来的患者治治病，也就不会出今天这样的事了，小日子过得还会很惬意。现在想来，还真是自己害了他，也不知道现在还能为他做些什么？

眼下，还是要抓紧把胡兰义所谓非法行医的遗留问题解决好。这是地委下达的任务。解决这些问题，看似复杂，实际上处理起来很简单，既不涉及人、财、物，又不涉及工程项目、债权债务，胡兰义一直就是一个人撑起一所医院。他走了，医院关了就是了。现在主要涉及两大块工作：

一块是业务上的，这一块交给县卫生局处理就可以了。但现在的问题是，涉及县卫生局的事也不少，也需要抓紧处理，否则对上不好交代。这个时候就需要主管领导顶上来才好，但把工作交给副县长涂子他不放心。他都怀疑胡兰义的事搞成这个样子，很有可能跟涂子有关系，是不是涂子从中使的坏还很难说。这两年，他对涂子一直采取不管不问的态度，实际上他是在寻找时机，最好能一招制胜，不拖泥带水。现在他反倒觉得是时候把涂子弄走了，他就直接去找于山江书记讲清情况，涂子不走对处理胡兰义事件善后不利。

另一块是社会面管控方面的，主要是这成千上万的病人和家属劝返的问题。这些人当中，还是当地人多一些，让各个乡镇赶快过来把自己的人领回去就是了。关键是那些外地人，这一部分人不是很多，多派一些人面对面讲清情况，做做工作，应该还是可以听进去的。这些人本来就是病人，可怜之人，特别困难的还可以适当给一些路费补助。胡兰义的账上应该还有不少沉淀资金。

田光耀不是一个怕事的人，他一开始之所以胆怯，是因为不知道事情的真相。现在事已至此，他知道自己应该怎么做。这件事，完全是由自己引起，他应该给领导，给社会，给每一个涉及这件事的人一个交代；将来，如果有机会，还应该给受此事件影响的文在书和地区卫生处、县卫生局的同志一个交代；如果有可能，也应该给胡兰义一个交代。

田光耀背着这样的重负，终于把胡兰义行医的善后事宜处理完了。借着处理胡兰义善后的时机，涂子也被他弄走了，地委把涂子安排到地区审计处当了副处长。

审计工作是一项全新的工作，才开始做起来，事不是太多，算是个闲差。人家都在忙着改革开放、振兴经济、大力发展呢，你却整天跟在人家屁股后头，嚷嚷着要审计人家是怎么发展的，不合时宜。虽然涂子也知道，对他的工作调整，田光耀在背后是做了手脚的，但他还是很高兴。他觉得田光耀在无意之中给他帮了个大忙，办了个大好事，使他终于能够回到鹿川，回到父母身边，夫妻也团聚了。

当然，涂子在高兴之余，也很感慨。当年离开鹿川去吉宁接受再教育的时候才十几岁，现在回来的时候都快四十岁了。人生还能有几个二十年啊？但他也很知足，相比那些先期招工回来的同学来说，他是幸运的。同学当中很多人因为企业改革，砸掉铁饭碗，又开始自谋职业，有的还下岗在家待业。他现在回到地区，还是县处级领导干部。知足吧！

田光耀处理完胡兰义的善后事宜，顺手又把难缠的涂子送走，他终于可以松口气了，一段时间的紧张气氛终于松弛了下来。松弛下来的同时，人也松懈了，没劲了。他想好好睡一觉，想好好哭一场，想好好歇一歇，什么都不想干了。

人还是要有对手的。对手会给你压力，让你始终都有如履薄冰、如临深渊的感觉，永不松懈，永不言败。对手会使你强大，让你天天都有竞争上岗的感觉，始终保持饱满的状态、昂扬的斗志。对手会给你敲响警钟，提醒你时时小心、处处谨慎、事事注意，万万不可麻痹大意。

现在对手没了，那股子劲儿也没了，真的不想干了。田光耀觉得他最近一个时期，经历了从政以来的第二次生死考验。这次事件要不是于山江书记厚道，爱护干部，他可能会就此趴下再也起不来了。没准夏连春还在背地里帮了他呢。

当官从政的不确定因素太多。他突然又萌发了落选副县长时的想法，想经商办企业。企业办好了，办成功了，一样可以出人头地。你看高庆阳，就他那个思维和智商，不也把他的酒店餐饮办得风生水起？他来天章投资，我这个县长还不是要把他当贵宾一样接待，让他坐上座？

想归想，做归做，真的要他弃官从商他还真的舍不得。辛辛苦苦打拼了半辈子，好不容易当了个七品芝麻官，就这么不干了？要是真的辞职下海，别人怎么看？这小子县长当得好好的，为什么不干了，出什么事了？而且现在也不是改革开放初期那个时候，什么都好干，干什么成什么，干什么都挣钱。现在的企业，手里没有资源，产品没有市场，一天也活不下去。真让你下去白手起家，自己干，从头干，没准儿连饭都吃不到嘴里。最现实的问题，资金从哪来？那些银行，你在位时是领导，一旦下来了，你去找他贷款他会贷给你？那些企业老板，你在位时他和你称兄道弟，一旦下来了，你去找他借钱他会借给你？

思前想后，田光耀觉得，现如今，手里握有资源和市场的最大老板还是政府。经商办企业的最佳捷径，就是坐在位子上，谋划企业，利用手中掌握的资源和市场，把企业扶持起来，待企业发展了，成规模了，那个时候再下去，企业就好干了，老板也好当了。或者官就这么一直当着，退下来的时候再去当老板。

世界上的很多事真的是无巧不成书。就在田光耀左思右想、反复权衡、举棋不定的时候，他接到了一个电话，立即就有了主意，他知道事情该怎么干了。

来电话的人是蔡团长，他出狱了，想到鹿川来找点事干，他父亲不让他来，他想让田光耀帮帮忙。田光耀电话上没加思索，立即叫他过来："来天章，到我这儿干。"

电话那头的蔡团长，一听田光耀这么干脆，这么痛快，感动得痛哭流涕。他出狱已经半年多了，原单位回不去，已经被开除了。新工作找不到，他一个劳改释放犯，没人要。过去工作时的熟人朋友，恨不得都躲着他，谁还愿意给他帮忙。想自己找个事干，一是找不到合适的事，二是两手空空，一分钱本钱也没有，他怎么干？想让老婆拿一点积蓄出来，就当是借给他的，以后挣上钱翻倍还她，老婆说："要是挣不上呢？"

他们两口子其实一直都是挂名夫妻。结婚没多久，老婆怀孕了，两个人就分开睡。这一分就是十几年，再没合过。时间长了，两个人也都习惯了，适应了。合与分，分与合，都没什么感觉。外人面前觉得他们两个还挺和谐的，其实那都是装出来给别人看的。

在蔡团长最困难的时候，走投无路的时候，还是田光耀伸出了手，愿意帮助他，接纳他。这一刻，他觉得田光耀就是他的天，就是他的再生父母。他这一辈子，跟定田光耀了，他一定要好好干。他暗下决心，为了报答田光耀，他将来如果能挣上钱，不管多少，一半归田光耀。

三天之后，蔡团长来到天章。田光耀没让他到家里来，安排他住政府宾馆，住一个好大的套间。

蔡团长说："住这么大的房间干吗？"

田光耀说："你现在是来天章投资的大老板，身份要像，不能太节俭了。"

蔡团长还没到的时候，田光耀就给县经协办交代，这几天要从省城来一个大老板，想考察天章的畜产品资源和市场情况，让他们认真安排，全程陪同，搞好接待，用热情和真诚想办法把客商留下来。客人有什么具体要求，可以直接报他。

田光耀给经协办的同志讲了这个客商是他的同学。他觉得这个同学关系不能隐瞒，隐瞒不住，时间一长，别人也会知道的。与其以后知道，还不如一开始就说清楚。而且说清楚了也好，他们会更加重视，将来蔡团长出面办事也会方便一些。

田光耀心里盘算最多的还是选择什么投资项目的问题。凭他这几年在天章的工作经验，他觉得畜牧业是天章的优势，畜产品做好了，会是天章的名片和品牌。随着人们生活质量的不断提高，畜产品的消费和需求会越来越大。肉奶禽蛋已经成为城里人餐桌上不可或缺的食品，市场潜力巨大。港商投资的奶粉厂、蜂蜜厂获得了极大成功，就是最好的例证。别人能挣上钱，我们就挣不上？

在天章，肉奶禽蛋这四大产品，最具优势的还是肉和奶。肉主要是羊，奶主要是牛。羊依赖的是草原畜牧业，牛靠的是农区和城郊舍饲。田光耀觉得养牛业更具投资价值。养牛是传统产业，好打理。乳业是朝阳产业，好挣钱。于是，他便产生了搞养牛业的想法。

其实，真正支撑起田光耀想搞养牛业的关键因素还是港商的奶粉厂。奶粉厂需要原料，需要奶源，他想建一个养牛场，为奶粉厂提供鲜奶。因为自己手头没钱，他想让高庆阳做做港商的工作，看能不能把养牛场作为奶粉厂的第一车间，以蔡团长与港商合作的名义，带着养牛场一起，直接进入奶粉厂。这两年，奶粉厂的效益非常好，港商已经把钱挣够了，也应该给当地做一点回报了。但人家港商又不知道这养牛场是你田光耀的，人家平白无故地为什么要跟两手空空的蔡团长合作呢？这也是给自己出了道难题。

蔡团长带着养牛场与港商合作的事果然没谈成。高庆阳按照田光耀的意思找了奶粉厂的港商代表，港商代表请示集团总部，总部回复，这事不好办。因为人家港企总部是股份制企业，管理很规范，变更股份股权有一整套的法律程序，做起来很麻烦。总部意见，如果天章的投资者在投资经营中有什么需要帮助的，他们可以鼎力支持。

田光耀与蔡团长商量，干脆他们自己注册一家奶粉厂，就叫"天章乳业有限公司"，比天章奶粉厂叫得还响。注册商标"天章乳业"，也很有气势。与天章奶粉厂形成竞争，给港商造成压力。注册资金100万元，让高庆阳帮着从天章奶粉厂借。

蔡团长到县工商局注册登记的时候，遇到了两个法律障碍，无法逾越变通：一个是蔡团长有刑事犯罪记录，不能当企业法人代表；另一个是"天章"商标已被港商注册，别人不能再注册。

田光耀嘴上没说，心里在想，人这一辈子，不管做什么事，既要动脑子，又要有心眼。蔡团长为了三万多块钱，明目张胆地侵吞私分集体财产，判了两年多，影响一辈子，这就叫没脑子。人家港商，投资了个奶粉厂，注册走了"天章"，别人再用不成了，这就叫有心眼。

这两件事既然都是法律上的障碍，那他田光耀也无能为力，只能依法行事。他的意见，蔡团长不能当法人代表就当总经理，让蔡团长另外再找一个挂名董事长，企业还是由蔡团长直接负责。蔡团长再一次被田光耀的信任所感动。他觉得，他这一辈子，就是当牛做马，也要报答田光耀。

当然，蔡团长也明白，田光耀越是信任他，他越要忠实于田光耀，努力把事情做好。不管田光耀怎么信任，他也只是打工的，他两手空空来到天章，吃的、住的、用的，都是人家田光耀的，他必须什么都得听人家的。不管到任何时候，公司的资金运行和经营决策都得人家田光耀说了算，自己可不能胡当家乱做主。他自己的责任就是对田光耀负责。

注册商标的事，"天章"不能用，我可以叫"天印"，叫"玉玺"。天印奶粉，玉玺乳业，也都是很有意境的。但田光耀现在不想办奶粉厂了，也就不想再成立那个"天章乳业有限公司"了。他觉得他的事业不能只局限在天章，他的企业也不能只局限在畜牧业。他要创立一家高科技公司，走出天章，跨越阳关，走向全国。

公司名称就叫"天印高科技有限公司"。公司叫"天印"，商标叫"玉玺"，太有创意，太有内涵了。

公司运作还是先从养牛业起步。养奶牛，给天章奶粉厂提供鲜奶，这个保险，没有风险。

蔡团长现在要做的具体事就是买奶牛，建牛场。田光耀说他看上了一处地方，县教育局的勤工俭学基地，面积很大，有一万多亩地。这些年教育上都在追求升学率，勤工俭学基地没人管，已经荒芜了。田光耀让蔡团长找上经协办的人领着他去找教育局领导，就说两家合作，建设养牛基地，一起经营，一起受益。

教育局对两家合作经营勤工俭学基地，把勤工俭学基地建成养牛基地的事很感兴趣，一拍即合。现在各个方面对勤工俭学活动都不感兴趣，勤工俭学很难开展得起来。学校不感兴趣，忙于教学；学生不感兴趣，忙于学习；家长不感兴趣，怕耽误孩子。但勤工俭学基地毕竟挂在教育局名下，教育上的人又不会搞经营，长期闲置，害怕追责。现在有人来合作经营，建养牛基地，真是救他们于水火之中。教育上的人正瞌睡呢，突然有人送来枕头，何乐而不为呀。这以后，在这块勤工俭学的基地上，有人为他们经营，为他们担责，他们还能不劳而获，从中受益，真是谢天谢地。

田光耀听到教育局的态度，他觉得这事好办了。他让蔡团长趁势而为，再找教育局，提出把原来的划拨土地变成出让土地，两家共同持有，共同使用。田光耀原来担心教育局霸着土地不放手，不好硬性转让。因为划拨土地都有明确规定，由划拨单位使用和维护，严禁任何单位和个人以任何形式转包。现在这片土地成了教育部门手里的烫手山芋，这就好办了。他让蔡团长和教育局一起，尽快找土地部门，请他们进行地价评估，办理出让手续。

这事果然好办，教育局态度积极，土地部门效率很高，地价评估报告很快就出来了，总价值1000万元。

田县长听到这个地价评估非常不满意，他把土地局局长叫到办公室一顿臭骂："照你们这样搞，再有钱的投资商都会被你们吓跑的。明明那是一片荒芜了好多年的荒地，你们却要按照耕种的农田作价，看似你们为县财政多挣了几百万，但你们要是搞黄了一个投资企业，影响多少产值，影响多少税收，影响多少就业，影响多少发展？不要光打小算盘，不会算大账，捡了芝麻，丢了西瓜。"

田县长的一顿骂，土地局局长算是听懂了。田县长就是要把地价评估得越低越好，但他作为土地局局长，不管评估多少，他总得事出有因，于法有据，否则，无法向后人和历史交代。现在就按田县长说的荒地作价，重新评估吧。

土地部门重新按照现行荒地承包作价，评估总值360万元，分五年付清。企业给土地部门交纳一万元钱订金以后，受董事长委托，蔡团长代董事长与县土地局签定了土地转让合同，当天就拿到了土地使用证。至此，"天印高科"的养牛基地项目落地坐实。

事情做到这个程度，田光耀需要亲自出面了。他让蔡团长督促经协办提交一个关于《支持天印高科技公司建设养牛基地的报告》，他要从政策层面把支持养牛基地建设的事明确下来。

经协办的报告上来以后，田光耀亲自主持召开协调会议，协调推进养牛基地建设工作。他强调三条：

一要重视。各级领导，各个部门，都要统一思想，提高认识，把支持天印高科技公司建设养牛基地，作为发展畜牧业和振兴天章经济的基础工作和突破口抓紧抓好。做到企业有要求，政府有回应；企业有困难，政府帮解决。

二要支持。要坚持从政策上、资金上、工作上向企业倾斜，为企业发展创造一个宽松的环境。要在财政扶持、支农资金、银行贷款和企业之间相互帮助等方面，形成合力，共同为天章的畜牧业，特别是养牛业和畜产品加工业发展出力。

三要合作。要加强银行与企业之间、企业与企业之间和社会方方面面的通力合作，发挥整体优势，促进全行业的健康稳定发展，为天章的经济社会发展做出积极贡献。

协调会后，田光耀亲自为天印养牛安排解决了三笔资金，使天印公司的起步有了基本的资金保证。

第一笔是财政从乡镇企业发展资金里给天章奶粉厂拨款100万元，作为它下一步使用天印奶源的先期补助，由奶粉厂把这100万元再打给天印养牛。其实，田光耀的意思是用这笔资金归还天印公司注册成立时从奶粉厂借的那100万元。他觉得企业借款还是要及时归还的，这是信誉，好借好还，再借不难。

第二笔是财政从支农资金里为教育局勤工俭学基地发展养牛业拨款100万元，而且决定连续拨款五年，每年都是100万元。拨款到账后，教育局如数转拨到天印养牛账户。这样，养牛基地的土地出让金就有着落了。

第三笔是公司用养牛基地土地抵押贷款500万元，由蔡团长经办。用这一笔贷款买奶牛。奶牛进了牛场，立即就可以卖牛奶，有钱赚。

天印养牛的事总算有了着落，田光耀对蔡团长说："现在就看你的了。"

第十二章

该死的姐夫

蔡团长目睹并亲身经历了天印公司成立运作的全过程,他觉得这钱来得也太容易了。田光耀跟玩儿一样,变戏法一样,瞬间就拥有了这么大一个公司,拥有了上万亩的土地,拥有了几百万的资产,立即就是百万富翁级的大老板了。想想自己辛苦那么些年,为了那么区区3万多块钱,最后鸡飞蛋打,什么都没得到,还蹲了两年半的监狱。早知道这样,自己早早过来跟着田光耀干,没准儿早就发大财了。人比人气死人啊!

人比人气死人。蔡团长跟田光耀比,他气,那还可以理解,因为你本来就不如人。田光耀跟夏连春比,跟高庆阳比,更气,他自认为自己本来就强于他们。

论魄力,他认为夏连春不如他,而且夏连春起步也没有他早。可人家夏连春稳稳当当地走自己的路,做自己的官,最近听说秘书长还要进地委委员,那就是副地级了。可自己,起步挺早,耽误不少,一路走来,几经波折,跌跌撞撞,至今不得要领,也不知道接下来会怎么样。哪像人家夏连春,路走得比自己稳,官当得比自己从容。怨不得当年曹书记要他向夏连春学习呢。

论智商,他怎么也要强于高庆阳,可人家高庆阳,傻人有傻福,酒店做得好，钱也挣了不少。就说这小小的天章办事处，到他手里也就两年的时间，已经成了鹿川餐饮娱乐业一处重要的场所。丁香说这里每天都有大把大把的钞票进账，简直就是高庆阳的摇钱树。可自己，那么大动静搞了个天印公司，其中的天印养牛一开始就苦苦挣扎，还不如人家委托代管的一个小小办事处来钱快。

天章办事处建在鹿川城东进城入口处大上坡的北面，虽然离市中心远一点，偏一点，但现在已经成为鹿川有钱人、有面子人和年轻人餐饮娱乐消费的热点。人们习惯性把这里就叫作"大上坡"。

夏连春第一次光顾"大上坡"就觉得好亲切，由此生发了许多感慨。他当年第一次到鹿川的时候，就是从大上坡乘车去的吉宁，去的上水湾，第一次卖洋葱就是在大上坡歇的脚，第一次和高庆阳、方小青、花丽艳、凤月琴几个同学在鹿川相逢聚会也是在大上坡。

"大上坡"的小楼不大，地上三层，地下一层，每层800平方米。高庆阳前年接手的时候，他觉得这幢小楼做宾馆用偏了点，客人住在这里不方便。如果搞成餐饮娱乐，这里比较僻静，会有人喜欢，定位是中高档。

高庆阳把一楼二楼搞成餐饮，全部包厢，不设散台。一楼全是单间，二楼全部套间。套间吃饭带唱歌，可以卡拉OK。卡拉OK当时在鹿川还不普及，大多数人都还不知道是怎么回事，好多人就冲着这个卡拉OK也要来吃顿饭。

三楼是天章县办事处，有办公和客房，天章县接待科和大上坡酒店两家共同使用。书记和县长的两间套房就在这一层。天章县接待科就赵丁香一个人，她的办公住宿也在三楼。

赵丁香老早就知道凤月琴，还知道她是夏连春的初恋，后来她们还一起上山看过老班长。现在住在酒店里，她就"月琴姐""月琴姐"地叫着，两个人自然就亲热起来。丁香平时就在酒店里搭伙用餐，酒店也不收费。

酒店楼前的招牌是"大上坡餐饮"。大上坡餐饮已具品牌效应，开到哪里火到哪里。大上坡餐饮"大上坡店"开张的时候，夏连春、田光耀剪彩，弯越、高庆阳致辞，来的人很多，场面很大。天章的人，鹿川方方面面的头头脑脑都来了，平时见不着的人这个时候都见着了。但典礼过后，剪完彩，用餐的时候，互相又不容易碰上面了，大家都坐进了包厢。这就是高庆阳"大上坡"的经营理念，客人不希望在吃饭的地方，在酒店里，在娱乐场所见到太多的人，更不希望碰到熟人，他就尽量不让你见到太多的人，尽量不让你碰到熟人。

"大上坡"地下一层是歌舞厅。营业性的歌舞厅在鹿川才刚刚兴起时间不长，好多人都还没进过这样的场合，还不知道营业性的歌舞厅是什么样子，大家的娱乐观念还停留在家庭舞会和单位舞场阶段。

"大上坡"地下歌舞厅，高庆阳自己不经营，他转租给专门搞娱乐的人。这么些年，高庆阳一直只经营餐饮宾馆，不涉足娱乐业。他那么大的一家大上坡大酒店，桑拿歌舞厅也都是外租给专业团队干的。

他这个经营理念是广东的一个朋友告诫他的。朋友说，人这一辈子什么事都可以干，就是不要开歌厅。在其他行当里，不管你干个什么，大小都是个老板，都可以吆五喝六的，都可以在自己的领地上当爷。唯有歌厅，不管你开多大，你都是孙子，在自己的领地上也要管别人叫爷。除非哪天你不干了，你的腰杆子才能直起来。

歌厅干的是黑白颠倒的事，白天没事干，晚上不睡觉。你时常可以听到有人说，他昨天被人拉到歌厅去了，他不想去，硬被人拉进去的。好像歌厅就不是个什么好地方，好人就不该到那去。而他进去以后，别人都要小姐了，就他没要，就他是正人君子。关键是到了后来，请他的人硬是给他安排了个小姐，别人都左拥右抱，就他干干地坐了一晚上，一句话没说，一首歌没唱，连手都没拉一下，结果请客的人还给他的小姐发了100块钱小费。

来歌厅未必都是唱歌的。因为他要装，不知道他是来干什么的。进来的人都人五人六的，说是来唱歌的，其实谁都知道是冲着什么来的。

高庆阳不开歌厅，不涉及娱乐业，不仅仅是听了朋友的劝诫，朋友的话也有调侃的成分在里面，更主要的还是他觉得娱乐业太耗人，没有过硬的外围关系是真的没法开下去，而要维系这些外围关系，真的不是一般人所能为的。

但有的人就行，有的人天生就适合干这个。"大上坡"地下歌厅招商的时候，前前后后来了不少人，都信心满满地认为能把歌厅开好，其中不乏省城的人，但高庆阳始终没找到满意的合作伙伴。后来赵丁香给他介绍了一个亲戚，尕七，三十多岁，很成熟的女子，样子不像是特别机灵的那种，憨憨的，胖乎乎的，但很有主见，眼睛很坚定，是个干事的，高庆阳一眼就看上了。

高庆阳招商不是看谁的实力强，不是看谁给的租金高，他主要看这个人是不是干事的。与人合作的最大风险就是合作方不干事，干不成事。合作方的实力再强，给的租金再高，如果不干事，不会干事，干不成事，所有的风险和损失到头来都会转嫁到你头上。

尕七是丁香的什么亲戚，高庆阳没问。他要找的是经营歌厅的人，是不是丁香的亲戚，这个对他不重要。但假若高庆阳真的问了，丁香也不会说的。因为这个只比丁香大两岁的尕七，实际上是丁香的后妈。

这个情况就有些乱了。其实尕七和丁香两家人的关系一直就乱，尕七的男人桂如民管丁香的爸爸赵大黑叫哥，尕七管赵大黑叫叔，管丁香的姐姐赵珍珠叫姐，赵珍珠又把桂如民叫哥。乱就乱吧，和睦就好。

尕七感叹自己的命苦，那些年在五小队的时候，要不是赵大黑一家人的关照，她真不知道怎样才能熬过那些难耐的日子。尕七头胎生了个丫头，桂如民不高兴，二胎又生了个丫头，桂如民更不高兴。她和桂如民都满怀希望地等待三胎，天不作美，三胎生下来又是个丫头。桂如民绝望了。生不出儿子的女人有什么用？桂如民开始找事，整天找事，没事找事，日子没法往下过了。

尕七本来年龄就小，还是个孩子，娘家人离得远，男人对她不好了，她只有转过身去往赵大黑家跑，她是真的把赵大黑家当成娘家了，赵大黑也把孖七的小孩疼得不得了，没事就逗着小孩们玩。

三胎月子里，孖七被桂如民折腾得没法在家里待，她就抱着月子里的闺女去了赵大黑家。出了月子，孖七找男人离婚，男人不离，孖七就住在赵大黑那边不回家。小孩断奶以后，孖七把三个闺女往家里一搁，和赵大黑一起卖洋葱、贩莫合烟去了。再到后来，赵大黑和孖七就不回五小队了，五小队人也不知道这两个人到哪去了。

几年闯荡下来，赵大黑和孖七两个人的心都大了，眼也宽了，不可能再回到五小队那个狭小的空间了。孖七说她想孩子，赵大黑说回去把她们接出来。

听说桂如民一个人在家带着三个孩子过得很艰难，自己很狼狈，孩子很受罪。孖七回去的时候就想，如果桂如民还不同意离婚，她就想办法把孩子偷偷带出来。没想到桂如民一见到她就答应离婚，但必须把三个孩子带走。看来他是真的被这几个孩子折腾够了，折腾怕了。现在好了，两个人离婚手续一办，她就名正言顺地把三个孩子带走。从此，孖七跟五小队跟桂如民再没有任何瓜葛了。

孖七和赵大黑这些年一直都在省城，还是做着贩烟卖葱的生意。虽然漂泊，但很惬意。受过苦，受过累，也遭过不少罪。特别是孖七，在各色人等齐聚的省城西郊半山坡上的"盲流村"里，摸爬滚打，甚至鬼混，和地痞流氓交朋友，和各路神仙打交道，不怕官，不怕民，半夜不怕鬼敲门。"盲流村"里的孖七赫赫有名。

有一个混事时间不长的二货，想占孖七便宜，说："七姐这么年轻漂亮，整天守着那么个黑老头，不憋屈得慌吗？"

孖七说："憋屈又能怎么样呢？"

二货说："找我呀！"

孖七哈哈大笑："找你？就你这乳臭未干的样？"说着一把把二货拽过来，往怀里一按，伸手就来解自己的衣扣："来，让姐把你奶大了再说。"

那二货挣脱开就跑了。

尕七把三个孩子接到跟前以后，她主要操持家里的事，往外跑的活都是赵大黑的。几个孩子陆续也都就近送到学校混过几年，但因为受到各方面条件的限制，终究都没上多少学，两个大的，早早就辍学回来，帮着家里做事了。

大女儿营营，这名字是桂如民起的，纪念她是在北大营怀上的。营营长得像父亲，个不大，白净，精明，野性。十六岁的时候，"盲流村"里一个漂亮姐姐问营营："想不想跟姐姐一起出去做事？"

"想！"营营不假思索地说，她早就想跟姐姐出去做事了，怕姐姐嫌她小，没敢说。

"盲流村"都知道漂亮姐姐是做什么事的。这两年省城悄然兴起了歌舞厅热，一些喜欢玩、胆子大、长得好看的女孩子，悄悄去歌舞厅当陪舞小姐，自己跳舞过瘾了，跳完舞还能挣100块钱小费。漂亮姐姐每天半下午打扮得漂漂亮亮出去，半夜三更回来，就是去当陪舞小姐的。

营营接连几天跟着漂亮姐姐半下午出去，晚上很晚才回来，尕七不知道营营干什么去了，有些不放心。她不想问，但又想知道。她不动声色地尾随在她们后面，看着她们进了一家歌舞厅，她明白了，她们应该就是做陪舞小姐来了。

回家吃了晚饭，尕七再返回到这家歌舞厅。跳舞她知道，陪舞没见过，她想看看陪舞到底是怎么回事。舞厅的灯光很暗，她看不到营营她们，就在舞厅侧门旁边站着往舞池里瞧。突然一个中年男子走了过来，很绅士地伸手邀请尕七："小姐你好！可以请你跳个舞吗？"

尕七吃了一惊，很慌乱地说："对不起，我不会跳。"

中年男子继续很绅士地说："很简单，我教你。"

尕七不好再拒绝，跟着中年男子下了舞池。其实尕七不是一点都不会，她这些年闯荡在外，什么场面没见过？只是不经常跳，跳得不是很好。

一曲终了，中年男子把尕七让到台位上坐下，点了茶和小吃，两个人聊天。中年男子看尕七年轻漂亮，落落大方，从她的谈吐举止，知道这个女人是见过世面的，而且很有定力。一开始中年男子以为尕七是来舞厅找她男人的，怕她闹事，他想设法把她稳住。聊着聊着，越来越投机，中年男子告诉尕七，他就是歌舞厅的老板。两个人会心一笑。

就是这一笑，老板决意想把尕七留下。他的事业才开始，正需要人手。

老板开口："如果七姐不嫌屈就，我邀请你来歌舞厅给我当个助手，帮我打理歌舞厅。"

凭着尕七这么些年在外闯荡的经验看，开歌舞厅应该是很有发展前途的行当。她之所以尾随女儿来歌舞厅看看，也是想了解一下这个行当的情况。现在碰到歌舞厅的老板邀她过来跟着他一起干，也就是来给他打工，她当然乐意，跟着学学也是好的。但她对歌舞厅确实一窍不通，她来能给人家做什么，别耽误人家的事。没想到老板很敞快地说："只要你愿意，来了就知道干什么。"

就这样，尕七第二天就成了歌舞厅的经理助理。

尕七没给营营说，营营什么也不知道。突然有一天营营知道妈妈居然是这一家歌舞厅经理助理的时候，她一头雾水地问妈妈："怎么回事？"妈妈笑而不答。

短短两三年的时间，省城的歌厅、舞厅、歌舞厅，如雨后春笋般地疯长着，生意还是那么好。尕七萌发了自己干的念头，但仅凭她的一己之力，在偌大的省城里，她还撑不起这样一片天地。

于是，她想回鹿川看看；于是，她就开始了和高庆阳的合作；于是，"大上坡"歌舞厅应运而生。

营营心目中的妈妈，是一个顶天立地、无所不能的女人。她虽然没有文化，但她说话办事，有板有眼，只要是她想做的，她就一定要做成。她虽然不爱说话，但却能无声地支起这个家。她把她们姐妹三个从偏远的五小队带到省城里来，现在她又要把她们从省城带回鹿川，她一定有她的道理。虽然营营舍不得省城的生活,但她相信妈妈的决定,一定能让她们姐妹几个生活得更好。

这些年,虽然妈妈身边没有像爸爸那样的男人,只有一个赵大黑爷爷,但她依然能把生活过得有滋有味。她们姐妹三个还把赵大黑叫爷爷,她妈妈叫他大黑、大叔,有时候还叫他爸爸。虽然妈妈和赵大黑爷爷没有正式结婚,但他们姐妹几个都能接受他,喜欢他,把他当爸爸看。

大上坡是尕七熟悉的地方,营营就是在大上坡北面的北大营怀上的。再回故地,自当是另一番心情,也必将成就一番事业。

一家人回到鹿川之后,一头扑在"大上坡"歌舞厅的装修和筹办上。尕七已经有了三四年歌舞厅经营管理的经验,这里头的事她都不陌生,每一件事情都能有条不紊地往前推进。赵大黑是尕七很好的帮手,监工、看场子的事都是他的。营营也长大了,由她负责采购、后台配置和招聘人员的事。二女儿多多也已经十四五岁了,她跟在妈妈身边,妈妈想让她学财务。小女儿余余还在上学,两个姐姐都没能上多少学,尕七想让余余好好上学,看将来能不能出个大学生,也能吃公家饭。

"大上坡"酒店开业的时候,歌舞厅同时试营业。第一次走进歌舞厅的人,都说这个女老板太能干了,一下子把鹿川娱乐场所的水平提高了一大截。也就短短两年的时间,尕七在鹿川娱乐业圈里已经是大名鼎鼎了。

圈里盛传"大上坡"歌舞厅的三大好处:

第一是那镜子一样透明的舞池地面好,灯光下可以返照出跳舞小姐裙子里的春光,好多人跑到这里来消费,就喜欢坐在外围台位上看舞池,有一种西洋世界的感觉。

第二是音响好,不会唱歌的人到这里都想吼两嗓子,不着调的人都能唱出有美感的旋律。

第三是服务小姐好,这里的服务小姐都是营营亲自挑选的,长得好,嗓子好,舞姿好。和"大上坡"的女孩唱歌跳舞是一种享受。

久而久之,去"大上坡"吃饭,去"大上坡"唱歌,成了鹿川人的一种时尚。是"大上坡"餐饮成就了"大上坡"歌舞，还是"大上坡"歌舞成就了"大上坡"餐饮，或者是"大上坡"餐饮、歌舞共同成就了"大上坡"消费？"大上坡"消费成了一种文化现象。

田光耀说没有他的天章办事处就没有"大上坡"餐饮和"大上坡"歌舞，就没有"大上坡"的消费文化。所以，田光耀对"大上坡"也情有独钟。这两年，他有事没事爱跑到这儿来转一趟，一楼吃吃饭，地下唱唱歌，顺便再到三楼看看丁香。丁香一个人在这儿也怪孤单的。

丁香现在对姐夫也很依恋，时间长了不见，心里还真的怪想的。但这种感觉又不能给人说，不像少女怀春思情郎的时候，还能给闺蜜讲讲。现在给谁讲，怎么讲，总不能给人讲小舅子媳妇想姐夫了吧？

情感是美好的，思念是痛苦的。去年下半年以来，田光耀先是忙着处理胡兰义的遗留问题，后又忙着成立天印公司，半年多的时间没到"大上坡"来过。这期间，丁香也听说姐夫来过鹿川，开会或办事，但因为忙，他没到办事处来。她知道姐夫现在挺难的，好几次她都想跟车去天章看看他，但又觉得不太好，害怕给姐夫添乱。

春节前，各项岁末年初的事都忙完之后，天印养牛也已走上正轨，田光耀想歇一歇，喘口气，去一趟鹿川，看看人，办办事，更主要的是出去走动走动。这半年关于他的负面消息不少，现在，最困难的时候已经过去，该到人前露露脸了，要不然人家还不知道这个人怎么了呢。

丁香一见到姐夫过来，甭提多高兴了。田光耀告诉丁香，他这次要在这儿多待几天。丁香一听，太好了，她这两年还真没和姐夫在一起多待过呢。丁香心想这次一定要把姐夫照顾好，陪他喝喝茶，说说话，聊聊天，让他放松放松。马上春节了，她还要带姐夫去做两套新衣服，姐夫平时穿戴方面也太不讲究了。

田光耀吩咐丁香，晚上在二楼安排一桌，他要请夏连春他们一些同学吃顿饭，提前给大家拜个年。二楼是套房，可以边吃饭边唱歌，吃完饭再跳舞。

其实，田光耀的真实意图是想请夏连春两口子，现在应该跟他们两口子把关系搞得更近一些才好。但他权衡再三，可能还是以宴请同学的名义请上他们两口子效果会更好。所以他又临时通知弯越晚上从县里赶过来。

说是同学聚会，但在鹿川这么个小地方，各种背景的关系都已经渗透到同学关系里了。有高中同学，有大学同学，你的同学，我的同学，同学的同学，同学之间也有互相不熟悉的。但大家相聚到一起，还是吃的同学饭，喝的同学酒，说的同学话题，气氛依然热烈。

田光耀趁着大家吃完饭抢着唱歌跳舞的热闹劲儿，他和高庆阳悄悄拉着夏连春两口子到地下歌舞厅看看。

夏连春是第一次走进营业性歌舞厅，一进去就有一种头晕目眩的感觉。旋转的灯光、震撼的音响、滚动的幕布，都是他不曾见识过的。他还是停留在"彩云追月"的水准上。

夏连春说那声音敲击着他的脑袋和胸腔，心慌，他要出去抽烟。但苗素馨很兴奋，不让他出去，更不想让他抽烟，拉起夏连春就要跳舞。学音乐的人，到了这样的环境，哪有无动于衷，不受影响的。夏连春冲着田光耀和高庆阳笑了笑，和苗素馨一起走进了舞池。

两个人已经很久没有这样在一起唱歌跳舞了，兴之所至，一发而不可收，接连跳了好几曲。旁边的人都很惊异，这两个人的舞跳得这么好，潇洒，流畅。舞厅里的人一下子都成了观众，坐在台位上欣赏他们的舞姿。

看着苗素馨一脸幸福的样子，夏连春突然觉得自己这几年的精力都在工作上，是不是有点亏欠叶子和女儿了？

田光耀看到苗素馨兴致那么高，他让高庆阳把二楼的同学都叫下来一起玩儿。那些人一下来就嚷嚷，要听苗素馨唱歌。夏连春也说："唱一首吧。"

高庆阳走过来问苗素馨："唱什么歌？"

苗素馨说："《城市月光》。"

《城市月光》是什么歌？高庆阳还没听说过，他问音响师有没有这首歌。音响师说有，这是一首刚刚流行的歌，他们歌厅还没人唱过呢。

苗素馨一开唱，歌厅的人都惊了。专业的？他们几个人刚才一出现的时候，歌厅的人以为来了一拨领导，这会儿苗素馨一开唱，歌厅的人又觉得他们是不是专业搞音乐的。夏连春也纳闷，叶子什么时候学会唱这首歌的？这么好听。

他们正在说说笑笑唱唱跳跳最热闹的时候，丁香领着歌厅老板尕七过来了。尕七身边还带着两个女的，一个是她的助理赵珍珠，一个是她的女儿营营。尽管大家原来都是五小队的，但由于时间长不见，人都有些生疏了。

夏连春很热情地招呼她们在他跟前坐下，她们还是显得有些拘谨。相对大人们来说，营营反倒放松许多。说会儿话，营营站起来请夏叔叔跳舞，其他人跟着也都起来跳舞。营营看到他们这边舞伴不够，她就叫了几个小姐妹坐过来，陪这些叔叔跳舞。叔叔们都很高兴，唱歌的，跳舞的，喝酒的，闹腾得不亦乐乎。

田光耀请丁香跳舞。他们俩已经很长时间没跳过舞了，上次跳舞还是两年前在天章草原，相信丁香也能记得那次跳舞。他们应该都不会忘记。

随着舞动的旋律，田光耀轻轻地把丁香往怀里一拉，她小鸟依人般地依偎在他胸前。她等这一刻，等这种感觉已经两年了。他知道姐夫这两年一直在刻意回避着她，是因为她是他小舅子媳妇不好意思，还是因为他自己目标太大怕人多眼杂，她不得而知。但这一刻，她能体会到，男人也真的不易，当官的男人更加不易。

舞池里，田光耀专门把丁香往同学视线不及的背光处带。她懂他的心思，不外乎就是想跟她亲近一些，还不能让同学看到。她能感觉到，两个人只要背过同学的视线，他就把她拉近一些，搂得紧一些。她非常懂事地配合他，两个人就这么无声地跳着舞。

尕七特别有眼色，看出来大家都在兴头上，她不便在这儿多待。她跟夏连春说了一会儿话，约定哪天单独再请他们一家人过来，今天就不陪他们了。临走时她又安排服务生给这个台位多上一些红酒、啤酒，然后带着赵珍珠和营营走了。

果然，尕七她们一走，这边就开始红酒一杯接一杯地倒，啤酒一瓶接一瓶地喝，不一会儿，几个人就开始东倒西歪了。田光耀开始骂人，骂了这个骂那个，一个接着一个骂，就是不骂夏连春和苗素馨两口子。

骂高庆阳是黑肚子，只知道挣钱，不知道为人民做贡献，还是地主心肠。

骂弯越是个弯弯绕，矛盾面前打哈哈，问题面前绕着走，不敢坚定地和他站在一起。

骂赵丁香就是个小女人，不大气，对谁都是一个样子，谁好谁坏都不知道，谁知道你心里想的什么？

高庆阳气得鼓鼓的，弯越脸板得平平的，丁香坐在一边抹眼泪。丁香想不明白，刚才跳舞的时候还好好的，为什么这一会儿突然又要骂人。

田光耀啤酒喝多了，不停地上厕所。上完厕所回来接着喝，喝完了接着骂，骂完了再上厕所。趁着田光耀起身再上厕所的空档，夏连春和苗素馨站起来赶快走人。田光耀回来肯定不让走，那就得听他一晚上酒骂酒哭。

高庆阳、弯越也跟着夏连春一起出来，都要走了。

夏连春对高庆阳说："你走了你们酒店那些小女孩怎么办？你不把人家送回去？"

高庆阳问："哪些小女孩？"

夏连春说："就刚才陪我们跳舞的那些小女孩呀。"

高庆阳一下笑了，说："我的大秘书长呀，你赶快回家吧，那些人就不用你操心了。"

田光耀从厕所回来发现夏连春他们都走了，他又开始骂丁香："你为什么放他们走，不把他们留下来？你真的不懂我的心思？"

骂了一会儿他才发现，他们台位上的人都走了，就剩他和丁香两个人。还有这么多啤酒怎么办?"来,今天好好陪姐夫喝酒。"

田光耀一边说着,一边打开两瓶啤酒,自己一瓶,丁香一瓶,举起瓶子就碰,碰完就对着瓶口吹喇叭,咕咚咕咚喝了起来。

丁香看着姐夫喝酒的样,就说:"姐夫不爱惜自己,也不知道怜香惜玉,我已经喝多了,不能喝了。"

田光耀放下自己手里喝干了的空酒瓶,伸手又去抢夺丁香手里的酒瓶,说:"你不能喝我喝。"

丁香赶快把手里的酒瓶对到自己嘴上,也咕咚咕咚喝了起来。丁香第一次这样喝酒,她真害怕呛着吐出来。

田光耀看着女人吹酒瓶子,高兴、爽快、过瘾,说:"丁香你真好,你真是姐夫的好妹子。"

丁香心里就纳闷,姐夫怎么是这样的,刚才还骂她不懂他的心思,这一会儿又成了他的好妹子。话都是从他嘴里说出来的,也不知道哪句是真哪句是假。但她知道有一点是真的,绝对假不了:她今天麻烦了,她收拾不住他了。怨不得连春哥他们急着要跑呢。

姐夫的酒哭酒骂丁香是见识过的,姐姐都拿他没办法,她能怎么办?只有硬着头皮顶上去,这一阵又不能把小玉姊子叫来。

"什么夏连春、高庆阳、弯越,还不如我们丁香痛快。"田光耀接着骂人,接着又打开两瓶啤酒,伸手拉过丁香,"来,陪姐夫再吹一瓶。"

丁香觉得舞厅里人太多,怕他失态,赶快好言相劝:"姐夫,不能再喝了,咱们上楼吧?"

"咱们?上楼?我们俩?"田光耀看着丁香连续发问。

丁香眨巴眨巴眼睛,女人味十足地看着姐夫,伸手拉起姐夫,两个人搀扶着上楼。

进得房间,丁香把姐夫扶到沙发上坐下,她去泡茶。丁香喜欢给姐夫泡茶。这么好的夜晚,姐夫要是没喝这么多酒多好。丁香心里不自觉地就嘀咕了一句:"该死的姐夫。"

田光耀喜欢看丁香转过身去的背影，这个背影曾给过他多少遐想，让他沉思、沉醉、沉迷。有话在心口难开，他不敢正面迎视丁香的目光，因为他是姐夫。

丁香泡茶过来的时候，田光耀已经躺倒在沙发上，突然就哭了，哭得很伤心，一把鼻涕一把泪。丁香不知道姐夫的哭缘何而起，赶快扶起姐夫。但他已经是扶不上墙的一堆烂泥，她就学着小玉婶子的样，把姐夫的头放在她的腿上，搂着他，哄他入睡。

可姐夫一点睡意也没有，他掏心掏肺地对丁香哭诉："丁香你为什么要对姐夫这么好？你知道吗？你把姐夫的心都掏走了。你什么时候才能把姐夫的心还回来？姐夫这辈子太苦了，从小就是个没娘的孩子，我都不知道自己是怎样长大的。现在又是一个没了心的男人，以后怎么生活？"

丁香心里觉得好笑，他这哪是在哭？纯粹是装疯卖傻。不过她对一个大男人的另类表达，心里还是挺感动的。

田光耀继续哭诉："这些年我虽然当了个七品芝麻官，费了那么大劲儿，干了那么多事，到头来还是没人赏识。我想干更多更大的事，但英雄没有用武之地，照这样下去，等到老了退休的时候，一没权，二没钱，三没人，辛苦一辈子，两手空空，一无所有，凄惨啊！"

丁香知道姐夫心里太苦，压力太大，她本想给他说，姐夫别怕，有我呢，但她没说。她怀抱婴儿般地搂着他，一只手在他后背上拍打着。

田光耀突然一个激灵翻身坐起，看着丁香，起誓般地说："我知道我现在需要什么了，一要有你，有你就是幸福。二要有钱，有钱就能过上好日子。我一定要让你过上好日子。"

丁香终于听到了她想听的话，突然泪流满面，她搂着姐夫，手拍他的后背，嘴里学着小玉婶子的话："宝儿乖，宝儿不哭。"

第十三章

替人打工

田光耀已经连续三年没回家过年了,每年过年都是张素雅领着女儿和小玉婶子来天章。张素雅调侃道:"嫁鸡随鸡,嫁狗随狗,嫁个县长就连家都不要了。"

今年田光耀不让她们来了,他要回吉宁过年。张素雅又调侃:"太阳从西边出来了,天章的县长回吉宁过年。"

田光耀回来过年是丁香叫回来的。丁香说:"姐夫不回来,过年没意思。"

田光耀说:"丁香就是个会缠人的小狐狸精,最会魔化男人的心。"

丁香说:"那还是姐夫意志不坚定,你要是柳下惠,就会坐怀不乱。"

田光耀才不会坐怀不乱呢,他现在的真实感觉,天下女子千千万,得一丁香足矣。有了丁香他才知道什么叫女人,什么叫风情万种,欲罢不能。二十年前胡兰义就说过,田光耀的命相乃东方之神春龙,此后若能遇到一只善待你的西方之神秋虎,那真是他三生有幸,前世修来的福分喽!田光耀万没想到幸福就在眼前,秋虎就在身边,真的是三生有幸了。

由此,田光耀就想,这老天爷真的是公平的,他要让你官场得意,就会让你在商场、情场失意,哪有普天之下的好事都归你一个人的?现在你官场不得意，他就在商场情场补给你。这不？顺风顺水的天印养牛有了，风情万种的丁香有了，你还要什么？还不够吗？回家过年吧！

田光耀回家过年，张素雅高兴。她年前才由防疫站提拔到妇幼保健站当站长，新官上任，过年时在家，单位上人也好来给她拜年。而且田光耀回来，还能增加她与县里领导相互走动的机会。

爸爸回来，女儿高兴。在家过年有同学，有好朋友，在天章过年没有意思，谁也不认识，见到的都是大人。拜年就是给你压岁钱，见面就是夸你聪明漂亮。都是老套路，一点创意都没有。

姐夫回来，小舅子张碧林也高兴。尽管这高兴不一定是发自内心的，但装也要装出高兴的样子来，因为他现在正有求于姐夫。他调动工作的事夏连春已经帮他联系到市文化馆了，但他调进去的时候想要个副馆长的职务干干，夏连春作为地委领导不好要求市里的同志提拔调人，他想让姐夫给市里的领导说一下。没想到姐夫这次这么痛快，他刚一提出，姐夫就说这事他来办，看来他还真的要彻底改变对姐夫的看法了。

田光耀回家过年，把蔡团长一个人扔在了天章，他心里有些过意不去。年前，田光耀问蔡团长回不回省城，蔡团长说他不回了，牛场这边离不开。田光耀说要不跟他一起去吉宁？蔡团长说他回鹿川，和父母一起过年。

蔡团长父亲的情况也不太好，他要回去陪陪他。蔡团长到了天章以后才知道，父亲因为报纸上宣传神医胡兰义的事，掀起了一场"造神"运动，搞的全国的病人都往天章这个小县城里跑。《鹿川日报》的动静太大，神医胡兰义的名气太大，造成的社会影响太大。神医倒了，各种各样的质疑和指责铺天盖地地向《鹿川日报》袭来。为了平息舆论，地委免去了父亲《鹿川日报》总编辑职务，提前退休。采访报道胡兰义神医的记者邵汉飞本来也要受处分的，他那篇稿子写得太文采飞扬了。据说是邵汉飞的同学夏连春在地委帮他说了话，报社组织的采访活动，他作为一个文字记者，写完他的稿子也就交差了，责任还是应该在报社。

去年，蔡团长从省城来天章的时候，路过鹿川都没回家看看，原因是他生父亲的气。在他人生最低谷、最困难、最走投无路、生活最无着的时候，儿子向父亲求助，父亲不仅不帮，还明确拒绝。他不能不记，不能不气。但他到了天章之后，听说了父亲当时自身难保的情况，他理解了，愧疚了，觉得错怪了父亲。

父亲辛苦勤奋了几十年，到老了却栽了这样一个跟头，真让人笑话，笑掉大牙。免职以后，父亲的心理上过不去，面子上过不去，自己看不起自己。他天天窝在家里，门也不出，人也不见，报纸也不看，好像对报纸过敏了似的。

这件事对母亲的影响好像不大。她还是一如既往地照顾好父亲，管你是老师，是校长，是团长，是总编；是升职，是免职；是在职，还是退休，你都是她丈夫，是她孩子的爹，她都应该给你洗衣做饭，铺床扫地，把你的生活起居照顾好。

田光耀也觉得有些对不住蔡团长父亲，如果不是因为天章，不是因为田光耀，蔡团长父亲也不会受此牵连。所以这半年来，田光耀也时常陪着蔡团长一起到家里看他父亲。

蔡团长已经快二十年没在家里和父母一起过年了，这个春节终于有机会一家三口过个团圆年，父母还是很高兴。本来应该是一家五口，但儿媳妇和孙子不来，估计盼也盼不来了。最开始的时候，老两口还时常想着盼着哪一天儿子能带着媳妇和孙子一起回来看看，后来时间长了，他们也就不想不盼了。虽然儿子什么都没说，但他们知道儿子把媳妇和孙子带不回来，他们心里明镜似的。

父母从小对儿子就不放心，长大了还是不放心，而且现在更不放心，越来越不放心。他的小家庭也就那样了，鞋子合不合脚只有脚知道。前几年儿子搞服务公司的时候已经出过一次事情，结果连饭碗都丢了。现在又跑到天章搞什么天印养牛，可不要再出什么事情，别把下半辈子都搞进去了。

父亲对儿子说:"你来天章干事,有几个问题我想给你聊聊,或者叫问问,但你可以不回答,记着就行。天印公司是谁的?如果是你的,你哪来的那么多钱?如果是别人的,为什么让你当总经理?你是替别人顶着,担着,还是替别人打工?这些事一定要心里有数。"

父亲的话儿子听明白了,既然可以不回答,他也就没有必要说什么,关键是他也不能说什么。真的不能说,假的说不过去,父亲心里很明白。所以也不需要他说。

自己的父母还好说,说就说了,不说就不说了,可他岳母那儿怎么办?如果岳母问起天章的公司他怎么回答?

蔡团长自打来了天章,还没到岳母家去过呢。他是真不想去,去了能怎么样,不去又能怎么样?作为面子上的事还是应该去,她毕竟是方小青的妈妈,自己的岳母。

方书记年前刚刚到龄退休,打算回省城定居,进鹿川地区驻省城干休所。年前她和老伴已经去了趟省城,干休所的房子也去看了,条件不错。他们去了省城才知道女婿蔡团长来天章了。

蔡团长过来拜年的时候,岳母果然就问女婿:"怎么想起来跑到天章干事?是因为田光耀吗?"

蔡团长说:"现在干事有个熟人罩着好一些,至少不被人欺负。"

岳母说:"也是,不过不要给人家田县长添麻烦。"

岳母又问:"你在天章主要做什么事?是和别人合作还是自己干?"

蔡团长说:"自己干没有钱,和别人一起,搞了个养牛场,养奶牛,卖鲜奶,算是给别人打工。"

岳母说:"这个工打得还不错,给人家打工还能给个总经理干干。这是哪家老板,这么信任咱?咱可一定要遵纪守法,当好咱打工的角色,不要给人家老板添麻烦。老板有了麻烦,咱自己也会惹上麻烦。"

蔡团长从岳母的话里能够听出浓烈的压迫感。从岳母家出来,后背都渗出了汗。他真害怕岳母问出一些难以回答的问题,但她没问。他把父亲和岳母的话放到一起来理解，觉得这些老一辈人就是厉害，很多事情他们其实都已经看到了，甚至是看得清清楚楚、明明白白，只是不点透，你自己悟吧。人大了，你应该有这个能力。

今年的春节比较晚，接近二月下旬的时节，马路上的冰雪已经融化。鹿川的大街上，到处都是三五成群拜年的人。蔡团长没地方拜年，他也不想拜年。他急着要去师范学院看殷淑玲。他们年前就约好了，大年初一她不出去，在宿舍等他。

殷淑玲师范学院进修毕业后留校，至今未婚，是因为在最好的年龄错过了最佳选择，还是至今都对蔡团长不能忘怀，或是还有别的什么原因，反正她是不打算再找了，现在都已经四十岁过了，就这样吧。蔡团长感念她至今还对他一往情深。春节那天，在她的单人宿舍里，蔡团长信誓旦旦地说："我一定要努力挣钱，让你过上好日子。"

殷淑玲笑笑："有你这份心就够了，我的日子已经很好了。"

人生苦短，当年的两个小屁孩，才分开多少个时日，一转眼怎么就半辈子了。蔡团长真不知道自己这半辈子是怎么过来的，虽然好好的一个人被生活折磨得身心疲惫，但自己还是像一个没长大的孩子。他突然觉得自己真不能再这样浑浑噩噩地过下去了，总得为自己的后半辈子想想，也得为至今单身的殷淑玲想想。其实自己现在这个状况，和殷淑玲的单身又有什么本质区别呢？他们两个要是就这样在一起安度晚年其实也挺好的。

春节回来后，蔡团长开始主动操心养牛场的事了。他觉得田光耀是个急性子，他一定想看到养牛场的快速发展，但按照养牛场现在的情况，要想快速扩张，光靠自己的力量还是远远不够的，还要靠县里的大力支持。

蔡团长给田光耀提出，养牛场现在有三件事可以由县里来办：一个是在全县优选一批产奶量大的奶牛集中到天印养牛饲养；再一个是引进一批黑白花奶牛交由天印养牛集中饲养；还有一个就是应该抓紧建设天印养牛饲草料基地。

田光耀觉得蔡团长过了一个年突然成熟了，知道操心想问题了，说话办事也比以前靠谱，是长了一岁的原因，还是得到了父母的教诲？

田光耀很高兴地采纳了蔡团长的意见，先召集财政畜牧和经协办的同志来他办公室商谈蔡团长提出的这几件事，听取他们的意见。取得初步一致后，他立即主持召开会议，研究解决天印养牛提出的几个具体问题。

同意为天印养牛优选一批产奶量大的奶牛集中饲养，奶牛由天印养牛出资购买。资金来源可采取"四个一点"的办法解决，即养牛企业自筹一点，用奶企业让利一点，售牛环节优惠一点，财政资金补助一点。

同意引进一批黑白花奶牛交由天印养牛集中饲养，财政筹资，畜牧所有，企业饲养，利益共享，风险共担。

同意支持建设天印养牛饲草料基地，今年开始，饲草料基地建设补助资金主要用于天印养牛基地。

以上事项，由畜牧部门牵头抓总，财政经协办等相关部门协调落实。会议要求，支持天印养牛业的发展，不只是一个企业的事，而是关系全县畜牧业发展的大事。大家一定要把思想统一到加快天章奶牛养殖业发展的大局上来，重视做好支持天印养牛业发展工作。

田光耀的协调会之后，会上确定的事都在办，县长决定的事谁敢不办？但在思想统一方面却出了状况，各种议论都在私底下冒了出来。

有人说，田县长变了，不是三年前的那个一切为了老百姓的县长了。现在这个田县长一屁股坐在他同学的企业上，别的事都没有天印养牛重要。

财政的同志说，现在项目建设资金已经拨改贷，财政上仅有的那么一点可怜的资金却还要用到一个外来投资的企业上。这个企业到底是来投资的，还是来捞钱的？

畜牧的同志说，我们现在畜牧业发展的指导思想错了，我们到底是要引进有实力的企业来促进全县畜牧业发展，还是要调动全县的畜牧业资源去支持一家企业发展？

经协办的同志早就在私下里议论，说他们的工作现在是本末倒置，本来他们是通过招商引资，引进投资和企业，为县里经济发展服务，现在他们倒成了为天印养牛打工。

奶粉厂的人不敢在外面说，但在内部还是颇有微词的，他们认为企业之间的关系本来就是市场关系，可现在奶牛企业好像倒是凌驾于他们奶粉厂之上的特殊企业，搞得他们不仅要给政府交税，还要给相关企业让利。

高庆阳私下里琢磨，没准这个天印养牛就是田光耀的，再往前走走看。

各种不同的声音田光耀都有听到，这些声音的声源在哪儿他也知道。阻断这些声音，不能采取掩耳盗铃的办法，只能尽快净化声源地，迅速消除杂音，不能任其发声传播。

天章这两年一直没有大范围调整过干部，前任书记临走前要保持稳定，现任书记来了后要保持稳定，田光耀干工作要保持稳定，稳定得久了，干部在一个位子上时间长了，就容易疲沓，甚至有闲工夫说三道四议论领导了，那领导就给你一点提示，让你知道你头顶上的帽子是谁给的，你还是心无旁骛地做好自己的事情比较好。

田光耀来天章的时候曾给当时的县委书记表过态，除了干事以外，一切权力在县委，干部问题他不插手。但他那是给前任说的，给现任他可没说过。现在为了方便干事，他还是要给书记建议建议，天章的干部暮气重了些，是不是可以调调岗？书记说："你在天章工作的时间比我长，对干部了解得比我多，你有些什么想法可以直接给弯部长说，就说我们两个商量过了的，让他先拿个方案出来。"

弯越也觉得是该调整干部了，时间长了不调整干部，有些人都不知道组织部是干什么的了。本来调整干部跟县长没有多大关系，但书记有交代，弯越还是主动请示田光耀对调整干部的意见，田光耀也不客气，直接讲了他的具体想法。他的意思就是要让那几个单位的领导知道县长也不是摆设，是能掌握和左右他们命运的。

这次干部调整前后搞了两三个月，按照县长的建议，加大了部门干部轮岗交流的力度，正职三年、副职五年轮岗交流。考虑到这次干部调整的范围和工作量都比较大，按照轻重缓急，分期分批进行，先期对财政、畜牧、经协办等单位进行了调整。

弯越当组织部部长以来，第一次这么大面积调整干部，白天黑夜里加班，家都没顾上回，老婆王欣琳倒是利用双休日到天章来了几趟。辛苦是辛苦一些，但他很享受干部调整的过程，尽管每一个干部安排使用的最后决定权都在书记手里，书记比较民主，还要充分听取县长的意见。但在最初的酝酿过程中，每一个干部都像数人头一样从自己手里过了一遍，弯越还是觉得很过瘾。

干部调整之后，达到了预期效果。每一个重新调整任命后的干部，都有一种全新的工作状态，执行力、落实力都较以前大为提高，工作中的杂音、噪音戛然而止。这正是田光耀所想要的。

但不管你的工作干得多么出色，多么有成效，一劳永逸的事总是没有的。工作中的状况常常是这个问题刚解决，那个问题又出现了，这个事情刚办完，那个事情又来了，一波未平一波又起。这不，田光耀花了这么大工夫刚把制约天印养牛发展的外围障碍扫清，公司内部经营又出了问题，售奶员在鲜奶里注水，而且被奶粉厂收奶员逮个正着，鲜奶桶里居然有小鱼游动。

鲜奶注水是鲜奶销售环节的顽症，是生产企业面临的老大难问题，对奶粉的生产、质量和效益都会造成重大影响。但现有的检测手段，还检测不出鲜奶的含水量，这一次要不是奶粉厂的收奶员在鲜奶桶里发现了小鱼，奶粉厂还逮不住鲜奶注水的问题。售奶员面对鲜奶桶里游动的小鱼，只得承认他在送奶途中，从路边的小渠里舀水倒入鲜奶桶里了。

蔡团长亲自登门到奶粉厂鲜奶收购站赔礼道歉，说明情况，并承诺自动认罚。但鲜奶收购站不接受蔡团长的赔礼道歉，明确提出拒收天印养牛的鲜奶。

蔡团长急了，赶紧去找奶粉厂领导，诚恳地承认错误，虽然鲜奶注水是售奶员个人所为，不是天印养牛的公司行为，但公司负有不可推卸的责任，暴露了公司管理的巨大漏洞。天印养牛会接受这次事件的沉痛教训，举一反三，采取强有力的措施，切实加强对奶源、售奶员和送奶环节的管理，保证今后不再发生类似问题。蔡团长说："我们会对注水售奶员进行严肃处理，希望不要因此而影响两家企业间的合作。"

奶粉厂的领导回答得很简单："对不起蔡总，这件事我们已经给总部上报了，总部对产品质量看得很重，认为一个敢给奶源原料掺假的企业，还有什么不敢做？要求我们立即终止与你们天印养牛的合作。"

蔡团长一看事情到了这样的地步，已经不是他的能力所能解决的了。他赶快去找田光耀，田光耀一听就火了，先是对鲜奶注水的事火，怎么能干这样的事？接着是对港商不合作态度火，不合作了天印养牛的鲜奶卖给谁？田光耀觉得这些资本家就是靠不住，紧要关头就会给你尥蹶子。但人家是以产品质量为说头，抓住了你鲜奶注水的软肋，你还真没脾气。

蔡团长说："鲜奶注水是一直存在的普遍现象，不是天印养牛的个别问题。为什么这个问题解决不了？根本原因还是鲜奶价格偏低造成的。以前为了保护奶粉厂利益，一直坚持鲜奶不提价，现在看来这一次是解决鲜奶价格偏低问题的好时机。为了保证鲜奶质量，一个是奶粉厂直接进场收购，保证奶源质量；另一个是提高鲜奶收购价格，允许生产企业计入成本，适当提高奶粉出厂价。"

田光耀觉得这个办法可行，一箭三雕，既可解决鲜奶注水问题，又可解决鲜奶提价问题，还可起到敲打奶粉企业的作用。我们搞的是社会主义，不是你资本家想怎么样就能怎么样的。

但这次奶粉厂好像很有底气似的，政府做出决定之后，并没见到他们服软的样子。过去，只要是县委决定的事，他们马上就办。这一次不说不办，但就是拖着。这一拖，蔡团长急了，他的鲜奶已经两天没卖了，这么大热的天，冷藏柜已经放不下了，再不收就要倒掉了。

怎么办？蔡团长急得像热锅上的蚂蚁似的。他又去找田光耀，田光耀说:"政府的决定已经在那儿了,人家也没说不执行,这个时候还真不好再出面。你去找高庆阳,让高庆阳从中周旋周旋,说合说合,私底下做做工作看看,如果不行,我们再想办法,实在不行就采取强硬措施。"

蔡团长去鹿川找高庆阳,高庆阳听了蔡团长说的情况,嘀咕了一句:"这些家伙不像话。"

高庆阳和蔡团长一起来了天章,他让蔡团长在牛场等着,他去奶粉厂。

中午,田光耀请高庆阳和蔡团长吃饭。

高庆阳说:"不好意思,每次过来都惊动县长大驾。"

田光耀说:"现在情况不同了,县长能和你们这些大老板一起吃顿饭,已经是很有面子的事了。"

同学之间的见面调侃之后,高庆阳当着田光耀的面,就给蔡团长讲了他刚才去奶粉厂找港商代表的事。

港商代表说,去年以来,奶粉厂已经为天印养牛做了不少事,这一次,因为天印养牛鲜奶注水,引发了香港总部提出终止与天印养牛合作问题。政府出面开会,本来是协调解决天印养牛鲜奶注水问题的,结果田县长却把板子打在了奶粉厂身上,又是鲜奶入场收购,又是提高鲜奶价格,而天印养牛却一点责任都没有。

港方代表还说,他们现在都不知道天印养牛是蔡团长的还是田县长的,前两年田县长对奶粉厂很支持,但天印养牛一进来,田县长一屁股就坐了过去,他们奶粉厂已经不好办下去了。

田光耀一听急了:"他们什么意思?不想干了?"

高庆阳说:"港方的意思说我们是同学,想让我问问县长,是不是不想让他们干了?"

田光耀说:"你告诉他们,我肯定要让他们干下去,而且他们一定要干下去。他们不干了,天印养牛怎么办?天章的畜牧业振兴发展怎么办?至于他们在今后的发展中,遇到了什么困难和问题,一样可以找我,我会像支持天印养牛一样支持天章奶粉厂。"

最后田光耀又叮嘱高庆阳："你让他们放心大胆地干，干他的事，发他的财，我田光耀支持他们。"

高庆阳说："有你这个话就行。有些话下来我和蔡团长说，你就放放心心地当你的县长吧。"

高庆阳下来的时候给蔡团长说，港方提出，他们可以给田县长面子，在继续保持与天印养牛鲜奶供需合作的同时，全面加强与天印养牛的合作。但这个合作不是简单的让利，而是全方位的合作。具体讲，想做成两件大事。

一件是港方投资的天章蜂制品公司准备在香港上市，天印养牛可以入股百分之二。计划5000万的盘子，百分之二就是100万。上市后，如果1块钱的股涨到5块，100万就成了500万，如果每股涨到10块，就成了1000万，如果每股涨到20块，就成了2000万。按照现在香港股票市盈率和未来资本市场的成长空间预测，100万的投资，变成千万富翁不是神话。如果天印养牛资金不足，暂时拿不出100万，可由奶粉厂采用预付鲜奶收购资金的办法，打给天印养牛100万，再由天印养牛打给蜂制品公司。

另一件是港方想在天章建一座焦炭厂，投资3000万左右。天印养牛可以带资入股百分之十，如果天印养牛现在没这么多钱，可以由港方垫资，待企业投产盈利后，再由企业将垫资扣回。

高庆阳说："他们这两件事，需要天章和田县长大力支持，特别是建焦炭厂的事，需要政府履行上报审批手续，并予以积极协调争取才行。港方想让蔡团长蔡总提供帮助，他们愿意给蔡总提供100万的活动经费。事成之后他们还当重谢。"

蔡团长一听港商要送他100万，惊得差点从椅子上掉下来。他这辈子何曾想象过100万的天文巨资，想当初，自己曾为那区区3万多块钱蹲过两年半的牢房。现在，就在自己什么都还没做的时候，突然就冒出来100

万的巨大诱惑，无论如何也要把它拿到手。

高庆阳看出来蔡团长被100万吓着了，受惊似的兴奋。随即很轻松地说了句："港方让我带的话我都带到了，我回去了，剩下来的事，怎么操作，就是你们双方之间的事，我就不参与了。"

蔡团长突然想起了什么似的问高庆阳："港商要搞的上市公司和焦炭厂这两件事靠谱吗？你参与入股了没？"

高庆阳说："不靠谱人家给你100万干吗？不过这两件事我都没参与，港商其他投资的事我也没参与，一来朋友之间我不做生意，二来我不介入餐饮以外的事。"

高庆阳走后，蔡团长一刻也没耽误，赶快跑到政府去给田光耀汇报这件事。给田光耀说事的时候，蔡团长的心还怦怦直跳。当然，高庆阳说港商单独再给他100万的事他没说。

听完蔡团长的话，田光耀也大吃一惊，甚至有点不相信自己的耳朵，按捺不住地一下子站了起来："你再说一遍，这是真的？"

蔡团长说："这是高庆阳刚刚亲口给我说的，错不了。"

田光耀按照高庆阳的报价，他在心里大概匡算了一下，瞬间他就有几千万到账？

田光耀问蔡团长知不知道高庆阳有没有参与这两个项目，蔡团长说他问高庆阳了，他没参与，他说他不和朋友做生意，也不介入餐饮以外的事。

田光耀说："那就好，咱们就按照高庆阳说的这个办法做，跑腿的事就由你出面，但要掌握两个原则：一个是不要让高庆阳知道我知道这件事；另一个是你只跟高庆阳联系，不跟港商接触。"

蔡团长仔细琢磨田光耀的话："他说的还真有道理。"

第十四章

香港之夜

天章县城背后几公里的地方，有一处春秋时期留下的古铜矿遗址，距今2500多年。遗址处留有采矿的矿井和冶炼的炉渣。有冶炼就有焦炭，有焦炭就有焦煤。焦煤就是煤化度高、结焦性好的烟煤。

两年前，高庆阳陪着港商在古铜矿遗址游玩的时候，他们随手捡起几块黑色光亮的焦炭，很好玩儿，虽然很黑，但却泛着玻璃一样的光泽，断口处的形状像贝壳似的。

港商把这几块随手捡到的焦炭拿到地矿部门查证咨询，又带回香港检测化验，天章的焦煤由于黏结性强，能炼出强度大、块度大、裂纹少的优质焦炭，是炼焦的上好原料。天章不仅有丰富的焦煤，还有丰富的气煤、肥煤等炼焦配煤。天章极具建焦炭厂的资源条件。

这些年，国内外焦炭市场需求都很大。而天章的焦炭资源这么好，没有开发出来的主要原因，一是没人知道，二是远离市场。现在情况变了，鹿川由过去的边陲小城一跃成为向西开放的桥头堡，第二条亚欧大陆桥经鹿川边境口岸直达欧洲，而像德国这样的欧洲发达国家就是重要的焦炭消费市场。同时，在鹿川，在省内，焦炭需求日渐增多。现在开发天章焦炭资源，恰逢其时。

港商投资开发的蜂制品公司，这几年发展很快，产品畅销，效益很好，盘子也不大，稍作包装，在香港股票市场上市应该是件很容易的事。蜂制品上市后募集的资金，最佳投向就是焦炭厂。但建焦炭厂没有当地政府的支持很难批得下来。所以港商需要田光耀，看中了蔡团长。

田光耀心里明白，港商提出的这两件事，对他来说都不难。蜂制品公司是在香港上市，人家自己就能办了，天章这边做一些辅助性的常规工作就行。至于建焦炭厂的事，稍微麻烦一些，要跑审批手续。但天章作为贫困县，能上一个工业项目，那是很了不起的一件事，各级各部门都应该大力支持，一路绿灯才是。

从上焦炭厂这件事，田光耀看出了我们这些人与人家香港客商的差距。我们一天到晚守着那么个古铜矿遗址，就知道它是一个遗址，最多知道它是个旅游景点，但我们还讲不出个所以然，看不出个所以然。而人家香港人往那儿一站，马上就由遗址想到了铜矿，想到了冶炼，想到了焦炭，就发现了商机。于是，我们这些人都跟在人家屁股后头忙前忙后地帮着跑项目。

有钱确实好，过去有权都办不到的事，现在有钱就能办到。没有谁嫌钱烫手，没有谁跟钱有仇，但高庆阳这家伙就跟别人不一样，别人见到挣钱的机会，都削尖了脑袋往里钻，可高庆阳有了挣钱的机会，总是想着法子往外让，推荐给好朋友。他依然坚守两条：不和朋友做生意，不介入餐饮以外的事。

也可能正是高庆阳坚守了这两条原则，才使得他能在生意场上如鱼得水，游刃有余。这一次，天章蜂制品公司股票"黑蜂股份"在香港联交所上市敲锣的时候，田光耀看到了一个与平日里完全不同的"餐饮大王"高庆阳，使得他不得不对高庆阳重新审视，刮目相看。

天章蜂制品公司改制为黑蜂股份，在香港联交所获批上市，上市股票名称"黑蜂股份"。港方邀请书记和县长到香港为股票上市敲锣站台，书记很高兴，但敲锣站台的事还是县长去比较合适。

田光耀受书记委托，率县体改办、经协办、计划、财政、畜牧等部门领导，股东嘉宾蔡团长、高庆阳前往香港。企业送审香港活动行程的时候口头请示，这一次县里的同志去的比较多，是不是带一个接待科的同志一起去，好协调领导们的活动。田光耀说，那就让接待科的赵丁香跟着一起去吧，不过这就要让企业多掏费用了。企业的人说，这都是为了工作嘛。

田光耀带的这一行人，除了高庆阳以外，都没去过香港，大家都很激动。特别是赵丁香，一听说要跟着姐夫去香港，心里就开始怦怦地跳。但在人前，还要装出若无其事的样子。姐夫倒很从容，出行途中，偶尔还会恰到好处地跟她开个玩笑。这一行就丁香一个女人，估计是姐夫故意安排的，要是再有一个女人和她做伴，她就不好和姐夫做伴了。

到了香港，港方安排他们入住在娱乐购物最方便最繁华的铜锣湾。酒店和房间都是港企事先与赵丁香对接过的，县长住套间，其他人都是标准间。港方接待的人抱歉地说："香港不像内地，政府都有接待宾馆，可以把大家集中安排在一起，这里就没有这个条件了。住宿房间安排得都比较分散，不在一个楼层，可能不太方便，请各位多担待点。"

田光耀说："我们是出来工作的，食宿方面就不要太刻意、太讲究了，一切以方便工作为准。"港方对此是懂的，他们把赵丁香安排在县长隔壁，就是从方便工作考虑的。

香港的工作节奏快，大家风尘仆仆，入住洗漱之后，港方就带着他们先去联交所熟悉一下环境和明天上午股票上市敲锣的一些程序，又在联交所门口照几张相，留个纪念。然后港企的人就带他们去公司总部大楼参观考察，晚上公司就在总部大楼宴请大家。

公司总部给了他们很高的礼遇，总裁亲自出面宴请。总裁年龄和高庆阳相仿，两个人也很熟，看样子就是老关系，见面都是"好久不见，又发福了"之类的问候语，说明他们过去是常见的。

总裁称呼别人都是先生女士，连县长都是县长先生，唯有称呼高庆阳为高总，可见两个人的工作交集还是很多的。而且两个人自打见面就一直不离左右，相谈甚欢，会谈宴请也都是相邻而坐，那情景，高总要比县长重要得多。

宴请只是香港之行的开始。宴请之后才是大家香港之行的重要时刻。回到酒店，高庆阳问田光耀："想不想出去转转，看看香港的夜景？"

田光耀说："天还早，待在房间干啥，大家一起出去看看。"

"夜幕低垂，红灯绿灯，霓虹多耀眼。"上大学的时候同学中就开始偷偷传唱《香港之夜》，多美的歌词，多美的旋律，多美的香港之夜。

香港的夜，美就美在灯光。高楼大厦上的灯，大街上的灯，山上的灯，水里的灯，到处五颜六色，满眼灯火通明。灯光下根本看不到夜空，只能看到摩肩接踵、熙熙攘攘的人流。香港的人好像不睡觉似的。高庆阳说："香港的人都很拼，白天忙，夜间才有时间出来。"

铜锣湾是香港的购物天堂，也是香港的不夜城。铜锣湾的各大购物广场晚上都开业到很晚，只要你有钞票，什么时候买东西都能买得到。铜锣湾购物的人大都是从内地来的。来香港旅游好像就是为了购物，不管你平时在家里多么省吃俭用，到了这里出手都很阔绰，买东西毫不含糊，好像那钱就不是自己的似的。但吃起饭来又很节俭，总是要挑最简单最便宜的吃，有时候就在房间里泡一桶方便面就行。

港方接待的人告诉他们，在香港购物，如果要买值钱的贵重物品或是品牌商品，一定要去大商场，不能在那些路边店或小商小贩的店里买，那些店基本上都是内地人开的，很容易买到假货。有时候你看似买上了真货，但你拿回去打开包装一看，真货早就让店家调包了。据说有客人在路边店买了一架照相机，回去一打开，居然是半截砖块。

当然这是极端的例子，一般不会遇到。但大家来一趟香港不容易，既然来了都想买一点东西带回去，但如果因为贪便宜买了假货，心情一下就给搞坏了。而且在香港如果买上了假货，处理起来非常麻烦。香港虽然有消费者委员会受理消费者投诉，但一件投诉案件处理下来没有两三个月是不会有结果的。你哪有那么长的时间和耐心等待？

香港的朋友说："当然买服装饰品之类的，还是到那些专卖店购买比较合适，有时候像在旺角女人街这些地方还是能买到一些物美价廉的商品的。像赵丁香小姐就可以到那些地方逛一逛。当然，如果你们当中有哪一位很绅士的男士，陪着赵小姐一起逛街购物那当然就更好了，没准儿赵小姐还能帮你参谋着为你的太太买几件时尚的服装。"

大家簇拥着县长，在铜锣湾看热闹。田光耀觉得铜锣湾的景象是完全可以复制的，主要是可以购物。因为购物，就有了人流、物流、资金流，也就有了热闹和繁荣，自然也就带起来了餐饮、娱乐和旅游。

当然，铜锣湾还有避风塘。"避风塘多风光，点点渔火叫人陶醉。"当年传唱《香港之夜》这首歌的时候，歌词中唯有"避风塘多风光"和"他们拍拖"这两句听不懂。但这就是音乐的魅力，不管你能不能听得清，能不能听得懂，你照样能很投入地去唱。

避风塘是一种情调。飘荡在水面上的海鲜船、酒吧船和歌船，吸引着众多游客。船上灯火通明，船妹摇橹穿梭，接送游客往返于下船和上岸之间。来一趟香港，上一趟避风塘，置身水面船中，尝一道海鲜，品一壶美酒，听一首好歌，也该算是人间的一次享受。

丁香闲适地走着，看着，听着姐夫和随行的人有一搭没一搭地聊着，脑子里不时地跳跃着《香港之夜》中那句最美的歌词："我爱这个美丽的晚上，有你在我身旁。"

回到酒店，大家都说累了，赶紧洗洗睡觉。酒店私密性极好，乘坐电梯需要插入房卡开启，住哪层上哪层，别的楼层去不了。进得楼来，互不干扰，也串不了门。你干了什么，到哪去了，谁也不知道。

蔡团长和衣躺在床上，不想睡，也睡不着，思绪在飞。香港这么好，夜生活这么丰富，一个人睡到床上干吗？别人他不管，至少他那两个同学，田光耀和高庆阳肯定都没睡。他觉得田光耀和丁香肯定有一腿，要不他带她来干吗？你看丁香那眉眼，多狐媚呀。那样子，多女人呀。这一会儿，没准儿两个人已经滚在床上翻江倒海波涛汹涌了。男人有权真好，有权就有金钱、美酒和女人。

男人有钱也行，特别在香港这样的地方，有钱人比有权人吃得开。你看香港人对县长和高庆阳的态度就知道了，这里钱比权重要。高庆阳这家伙现在在干吗呢？他会老老实实地一个人待在房间里？

不管高庆阳在不在房间里老老实实待着，反正蔡团长不想待了，他要出去看看。他想给殷淑玲买些东西，白天陪着田光耀，不好意思买女人用品。这一会儿出去最好。

他下楼后直接去了时代广场。时代广场里人还很多。他看了金银首饰和女人服装，都是品牌的，都很贵。还是按照香港人说的，这两天抽空去一趟旺角和女人街。他想买一台摄像机，他和殷淑玲两个人都能用，他看了一台夏普摄像机，要8000块，太贵了，舍不得买。

香港还真不是穷人待的。他悻悻然出得楼去。在电器一条街一家夏普店里，看到了和时代广场里一模一样的摄像机。一问价格，6000，比时代广场便宜2000。经过几轮讨价还价，最后以4300成交。

交钱的时候，商家说："这个机子要是再配一个广角摄像镜头就可以拍摄更大场面的景象了。"

蔡团长问："多少钱？"

商家说："1300。"

蔡团长说："800。"

商家说："大的都给你让了，也不在乎这一点了，给你吧。"

商家又说："这个机子还可以再配一个红外摄像镜头，就可以不受光线影响，全天候拍摄了，特别是晚上灯光暗的时候，也可以正常拍摄。"

蔡团长又问："多少钱？"

商家说："原装进口配件，3300。"

蔡团长说："太贵了，都快赶上摄像机的价钱了。"

商家说："这你就没算过账来，再花3000多块钱，你等于买了两个摄像机，白天一个，晚上一个。"

蔡团长说:"那就2000,我拿上。"

商家说:"今天算是碰到你这个会买东西的人了,给你吧。"

蔡团长交完钱,临走的时候,商家又说:"今天看你这位先生比较随缘,我就彻底把好人做到底吧。你这个机子还应该再配三件东西,一个是摄像机背包,还要配一块备用电池,再就是摄像后期制作的过滤镜头,这样你这个机子的配套设施就全了。"

蔡团长问:"这些东西配齐多少钱?"

商家说:"背包300,电池200,过滤镜1500,一共2000。背包和电池送你了,你就给过滤镜头的钱1500算了。"

蔡团长一看商家这么痛快,他也不好意思再讲价钱,掏了钱拿了东西走人。

回到房间,他开始捣鼓他的摄像机,镜头里出来的画面就是好看。他觉得今天晚上出去这一趟太值了,摄像机4300,所有配件加起来4300,一共8600,也就差不多时代广场一台机子的钱,现在还多买了4000多块钱的配件,值了。

这是他这些年来买的最值钱的一个大件,心里一直按捺不住地跳。晚上睡得晚,早上起得早,一脸没睡好的样子。蔡团长下楼吃早餐的时候,丁香已经坐在餐厅里。

丁香下来得比较早,她先围着自助餐台转了一圈,一来看看有什么喜欢吃的,二来看看有没有他们的人下来。转了一圈,他们的人一个也没见着。男人们都喜欢睡懒觉。她也想睡懒觉,但为了避嫌,还是早早下楼了。

丁香找了一个两人台位坐下,时间还早,不到7点。这个时间在鹿川、在天章,大家都还在晨睡的梦乡里。估计他们下来吃饭还得一会儿,她就随意拿了一些吃的喝的,坐在那里等他们。

不一会,蔡团长下来了,背着他的夏普摄像机。他要好好给丁香摆乎摆乎他的摄像机,他要用他的摄像机把这几天县长在香港的活动记录下来。

蔡团长笑嘻嘻地走到丁香跟前坐下，随手把他的摄像机放到餐桌上，满脸堆笑地问丁香："县长起来没？"

丁香的脸摆得平平的，头都没抬，说："县长起没起来我怎么知道？"

蔡团长知道自己口误，说错话了，赶快改口："对不起，我的意思是县长还没下来？"

丁香依然脸摆得平平的，头都没抬，说："县长下没下来我怎么知道？"

蔡团长和赵丁香两个人正话不投机地聊着，高庆阳陪着田光耀和其他一些人陆续来到餐厅。今天有公务，高庆阳邀大家一起下来吃早饭，明天开始自由活动，早餐时间可以各自掌握，想睡懒觉的可以多睡一会儿。

田光耀笑着问丁香："下来吃饭也不喊我一声？"

丁香说："想让县长多睡一会儿，明早喊。"

高庆阳说他刚才给丁香和蔡总房间打电话，都没人接，他还想这两个人到哪去了呢。

蔡团长说："我昨天晚上出去了，买了一台夏普摄像机，你们看看怎么样？"

田光耀接过机子端详，小巧漂亮，问他："在哪买的？"

蔡团长说："就在酒店旁边的电器一条街。"

"怎么没去时代广场？"田光耀继续翻弄着手里的机子。

蔡团长说他先去了时代广场，但时代广场的东西太贵了，同样的产品，时代广场8000，电器一条街，4000。他在电器一条街花了8000多块钱，还外带了广角镜头、过滤镜头和红外线拍摄几样东西，太值了。听得出来，蔡团长对这件东西买得很称心。

田光耀突然冷不丁冒出一句："这机子怎么这么粗糙啊？"

丁香一直拿着摄像机背包在看，也冒出一句："背包带上的字是'中国福州'。"

蔡团长有点心慌了，赶快从丁香手里拿过背包来看，果然有一行非常小的字："中国福州。"

高庆阳也说："你肯定上当了，你买的这几样东西加到一起已经8000多了，时代广场8000块钱的机子，全部包含你这几个配件的功能，不需要再另买任何配件，而且还会给你赠送背包和电池。你这个机子很可能是假冒的。"

蔡团长的全部好心情都被这一顿早餐一扫而光。但这一刻，谁也顾不上陪他一起沮丧。大家都心情激动、迫不及待、欢天喜地地要去联交所了。

联交所在中环，从铜锣湾过去，步行几十分钟，坐地铁只需几分钟。高庆阳带着大家坐地铁，早一点过去，从容一些，同时也让大家感受一下香港的地铁，接下来自由活动的时候坐地铁比较方便。

高庆阳跟县里的同志开玩笑说："到香港咱就当平头老百姓吧，不给他们香港人当县长、当局长了，咱也不要专车，该走路走路，该打的打的，该坐地铁坐地铁，这样方便还安全。"

香港人最爱津津乐道的就是他们的首富，去参加一个重要活动，就在活动组织者翘首以待首富车队出现的时候，首富却在他们跟前从出租车里走了下来。这既是首富风采，平民情结，不摆架子，也是出其不意的安全出行，谁也不会想到去打劫或绑架一个出租车上的老头。

中环是香港的中心地带，也是香港的政治中心、商业中心和金融中心。政府机构就在中环，著名的中银大厦也在中环，今天举行股票上市交易活动的联交所也在中环。中环的高楼大厦太多了。

联交所门口已有记者等候。田光耀一行一出现，记者就围了上来，记者关注的重点自然是"黑蜂股份"，以及与黑蜂股份相关的人和事。这一刻，时间走到了天章时刻。田光耀香港之行的重头戏就是为了这一刻。这一刻的田光耀，会让全球关注资本市场的人都知道他。但这一刻，属于田光耀的时间太短了，前后不到十分钟，他觉得还没过够瘾，港企的人就邀请大家赶快进入联交所大厅。

进入大厅，起码的礼节和寒暄之后，田光耀、高庆阳等主礼嘉宾走上主席台，其他宾客到交易大厅楼上观景区。接着是交易所代表致辞，股票发行人致辞。再接着就是祝酒、拍照，一派热热闹闹的景象。股票开盘交易的锣声敲响，大厅的电子屏幕上跳动着黑蜂股份的信息。

股票正式交易之后，看着满盘皆绿的交易屏幕，黑蜂股份一直红不起来，田光耀的心情开始沮丧。而香港人则还是沉浸在兴奋之中。田光耀觉得资本家就是资本家，股票一袭绿色他们居然还能高兴得起来。

港方的人注意到田光耀脸色的变化，关心地问："田先生身体不舒服吗？要不要到休息室休息一会儿？"

田光耀说："没有不舒服，好着呢。"

港方的人说："那这只股票涨得这么好田先生怎么不高兴呀？"

田光耀说："这只股票不是一直都在跌吗？一直都没翻红呀。"

港方的人一下子明白了，突然大笑起来，原来是这样，人家告诉他："香港的股市是绿涨红跌，刚好跟内地相反。"

田光耀突然明白过来了，怨不得香港人看到股市绿了高兴呢，原来人家是绿涨红跌。他觉得这香港人也太能折腾了，问道："那你们为什么要这么搞，不是红涨绿跌呢？"

香港人说："绿涨红跌是国际股市通行的惯例，美国欧洲都是绿涨红跌，香港只是跟着国际惯例走。不管是绿涨红跌还是红涨绿跌，这只是个习惯问题，就像开车，内地的方向盘在左，香港的方向盘在右。"

听了香港人的话，田光耀突然不好意思起来，意识到了自己的孤陋寡闻。自嘲似的说："改革开放了，内地需要向香港学习的东西太多。"

尴尬的感觉很快就消失。看着大涨的股市，大涨的黑蜂股票，田光耀心情大好。他也进入了有钱人的行列，未来他还要成为富豪。仕途之人有几个有他明白得这么早？有几个有他这样的睿智和胆识？可以说，他现在什么都不怕了，即使明天不当官了，他也是个腰缠万贯的企业家，照样可以受到人的尊敬。

想到这，他还真要感谢一下高庆阳，是这小子在不经意间成就了他。田光耀走向冷餐台，倒了杯香槟，主动走过来，和高庆阳以及同行的人、港企的人，举杯祝贺黑蜂股份上市成功。

碰完杯，高庆阳给县长引荐一位观景区里的温州商人吴总，搞纺织的。吴总说他刚才在大屏幕上看了黑蜂股份的宣传片，他高度赞扬田县长是有魄力的领导，在那么遥远的大西北，在那么偏僻的小县城，能走出这样一家上市公司，充分说明一县之长是走在改革开放前头的政治家、实干家。他说他最近准备去鹿川参与毛纺厂的兼并重组，到时候也想去天章看看有没有合作的事可做。田光耀立即发出邀请，热烈欢迎。

吴总一看田县长这么爽快，回头就跟高庆阳商量："如果高总不介意，我今天晚上想请田县长一行到维多利亚港湾的游船上餐叙小聚，不知高总能不能给我这样一个机会？"

高庆阳说："只要田县长同意，我没意见。"

田县长当然同意，多个朋友多条路。这样的场合，就是结识新朋友，联络老朋友。饭总是要吃的，维多利亚港湾也是要游的，更何况人家还要到鹿川投资。

夜游维多利亚港湾是每一个去香港的人都十分向往的。吴总邀请田光耀一行乘坐了一艘大型游船，船上餐饮，船上歌舞，船上观赏两岸绚丽多姿、五光十色的灯光。维多利亚港湾的夜是香港之夜不可分割的一部分。

游船环岛折返的途中，大家开始坐下来闲话交流。吴总说他这次对鹿川毛纺厂兼并重组项目志在必得，他想让高总给他介绍一位懂纺织、了解鹿川毛纺厂的人，帮他一起打理毛纺厂。

高庆阳一听哈哈大笑，说："这个人远在天边近在眼前，我们蔡总的夫人就是鹿川毛纺厂出去的，搞质量检验出身，工程师，当过挡车工，现在是一家国有大型纺织厂分厂的厂长，老纺织了。"

吴总一听兴奋异常，真是踏破铁鞋无觅处，得来全不费工夫。问蔡总:"可以让你的夫人和我一起合作吗?"

蔡团长知道方小青他们纺织厂也正在搞兼并重组、下岗分流,她正愁着下一步怎么办呢,这真是天上掉馅饼了。他要是能借着这次香港之行,给她带回去一份稳定的工作,那真是天大的好事,也算没有辜负他们夫妻一场的情分。

蔡团长赶紧接过吴总的话说:"跟吴总一起干,那当然好呀,只是我们拿不出那么多资金跟吴总合作。"

吴总也赶紧说:"只要你夫人愿意帮我打理厂子,资金好说,管理和技术就是资本,都可以量化为资金。管理入股,技术入股,都可以。"

吴总好像害怕这么合适的合作伙伴会被别人抢走了似的,赶紧明确承诺:"我可以给你夫人股份,具体合作方式我和你夫人谈。"

高庆阳不失时机地插话:"商业机密的事你们私下里说。吴总你明天可以陪着蔡总逛逛街,刚好他有一个非常棘手的问题,买了一台摄像机,可能上当受骗了,你帮着他怎么给解决了。"

高庆阳转身又给港企的人说:"你们明天派一个女孩子陪丁香女士逛街购物,我们和县长一行就自己走走看看,买买东西,你们就不用管了。"

随后,高庆阳又端起酒杯,站起来提议:"祝田县长一行在香港工作顺利,心情愉快,祝吴总蔡总合作成功,干杯!"

高庆阳这一连串动作一气呵成,恰到好处。田光耀不得不刮目相看。这小子这种商界潜能和在商言商的技巧是怎么练就的?说话做事面面俱到,滴水不漏。而且他就是一个开饭馆的,怎么能有这么大的影响力?凭什么人家都要认他?就因为他不和朋友做生意,不介入餐饮以外的事?

蔡团长也越来越佩服高庆阳,他就能知道自己现在的心病在那台摄像机上。上午,联交所活动一结束,他就一个人悄悄背着摄像机去那个店找人家想退货,两句话没说完,人家拿起一根铁棍就要揍他,吓得他拔腿就跑,哪还敢找人家说退货的事。吃一堑长一智,打了牙往肚里咽,就是他现在的心情。关键是这心情还没法和人交流,说多了人家会笑话。

从维多利亚港湾回来，大家的心情都很放松。回到房间，田光耀发现床头摆放着一个信封，信封里装有港币，夹一纸条："黑蜂股份给您兑换的在港期间零花钱。"

田光耀让丁香回房间看看她那边有没有。丁香回到房间又过来，说她房间也有。田光耀让丁香先回房间休息，他要找蔡团长过来有事。丁香不情愿地噘起了嘴，临走还要回头瞥他一眼。田光耀已拿起床头电话，没顾上理她。

田光耀和蔡团长同时下到一楼，再一起从一楼上来到田光耀房间，真麻烦。进得房间，田光耀拿起装着港币的信封，问蔡团长房间有没有放这个，蔡团长说有。那就是他们这一行人每个人都有。田光耀想的是就他和丁香有，还准备退回去呢，现在看来就没有这个必要了。

田光耀又问蔡团长去过高庆阳房间没有，蔡团长说没去过，太麻烦。田光耀让他给高庆阳打个电话，就说方小青跟吴总合作的事想去他房间跟他商量商量，想办法到高庆阳房间看看。蔡团长明白田光耀的意思，其实他这两天也在想，高庆阳就一个开饭馆的，咋那么大章程？他也想一探究竟。

蔡团长就在田光耀房间给高庆阳打电话，接电话的不是高庆阳，是一个讲粤语的小伙子。小伙子问："找哪位？"蔡团长说："找高庆阳高总。"小伙子又问："你是哪位？"蔡团长说："我是高总的同事，姓蔡。"过了一会儿高庆阳接电话，问："蔡总是不是睡不着觉想泡妞啊？"蔡团长说："不开玩笑，我想去你房间说个事。"高庆阳说："那我们到楼顶喝茶去。"蔡团长说："我就想到你房间去，是不是你房间里有什么不方便的不让去？"高庆阳笑笑："那你来吧。"

蔡团长走了一会儿，田光耀房间电话响了，是丁香。丁香说她听到蔡团长都走了好一会儿了，怎么还不叫她过来？

田光耀逗她："急啦？"

丁香撒娇："人家澡都洗完了。"

田光耀说:"再等一会儿,蔡团长一会儿还回来。"

　　正说着,田光耀听到敲门声,挂了电话,开门,是蔡团长。田光耀问他怎么进的这个楼层?蔡团长说高庆阳的那个小伙子送他过来的,小伙子有电梯卡,每个楼层都可以进。

　　田光耀迫不及待地问:"怎么样,在高庆阳那有没有看到什么情况?"

　　蔡团长也迫不及待地说:"不得了,高庆阳这家伙真不得了。他住的是这个楼里的总统套房,套房里还分上下两层。那个小伙子住在套房一层,小伙子的身份不知道是秘书还是保镖,这两天我们见过的,他一直跟在离我们不远的地方。"

　　田光耀说:"我就觉得高庆阳这家伙身份特殊,但就是不知道特殊在哪,所以我想让你先探探底细。"

　　蔡团长说:"高庆阳好像意识到我们注意他了,他主动给我说他和港方总部那个总裁是生死之交,他们是70年代在深圳蛇口认识的,哪天有时间他给我讲讲他们俩认识的过程和在一起时的故事。他说这些年来那个总裁一直都很关照他,每次来香港,都给他最高礼遇。"

　　蔡团长这样一讲,田光耀觉得高庆阳的话还是可信的。人与人之间没有非常特殊的经历,是不可能有特殊感情的。凭着远在大西北的高庆阳,生意做得再好,你也不可能和人家香港富豪有多深的交集。但在特殊情况下的特殊经历,那自该是另当别论的了,尤其是在年轻的时候。

　　蔡团长走后,丁香没等姐夫喊她,她就穿着酒店的睡袍溜进了姐夫的房间。田光耀有意识没喊她,有意识留了一条门缝,他知道丁香根本就没睡,很可能一直就躲在自己门后面听这边动静呢。

　　丁香进来后,田光耀先把那个装着港币的信封交给她,让她用这个钱给自己买个首饰,算是送她的。

　　丁香说:"不,我要姐夫陪我一起买。"

　　田光耀说:"我肯定没机会陪你买东西,这些人不会让我单独行动的。不过高庆阳安排港企的人明天陪你购物,肯定是他们付钱,你可以多买些东西，以后不知道什么时候还能再来。如果碰到合适的，你也可以顺便给你姐挑两件衣服。"

田光耀说的这个姐自然是张素雅，不会是赵珍珠。

丁香撒娇："姐夫你真好，我都离不开你了。"

田光耀说他也是。丁香说她现在对张碧林都没感觉了。前两年她和张碧林两个人在一起的时间少，去年姐夫把他调到了市里，张碧林好像要把前两年耽误的都补回来似的，天天晚上都缠着她，她实在搪塞不过去，就眼睛一闭，随你吧。

田光耀挑衅地问了一句："那现在呢？"

第十五章

卖身契约

田光耀一行满载着香港之行的收获回到了省城。

田光耀为天章收获了"黑蜂股份",虽然黑蜂股份的财富并不与每个天章人有关,但却给天章带来了荣耀。天章成了中国资本市场上为数不多的拥有上市公司的县。田光耀带着相关部门的同志到省里和相关部门走了一圈,汇报他们的黑蜂股份,汇报他们的香港之行。

赵丁香香港之行的收获是全方位的,思想和行囊都沉甸甸的。精神上的收获是看到了一个花花世界的香港。她心想,谁说钱不是万能的?有钱走遍天下,没钱寸步难行。物质上的收获是买了一大堆东西。购物,疯狂的购物。买服装,买首饰。自己买了很多衣服,够穿戴很多年的。也给别人买了很多衣服,反正不花自己的钱。姐夫不是说可以多买些东西嘛,以后不知道什么时候还能再来。

丁香本来想用姐夫给她的港币买个小一点的钻戒,也算是把姐夫的情义戴在了自己的手上,心里感觉会不一样。但看着港币在手,没舍得花,以前没见过港币,还是留到手里好。钻戒的钱还是人家香港人花的,但她给姐夫说是用他的钱买的。姐夫听了也很开心。

在香港的几天,丁香得到了姐夫更多的恩爱和呵护。两个人天天一起出入酒店，一起进出房间，一起睡懒觉，一起用早餐，恩恩爱爱，亲亲切切，回去以后可能都不适应了。

蔡团长觉得自己的收获最大。有看得见的收获，也有看不见的收获。

看得见的收获是买了两台摄像机，高庆阳让吴总帮他怎么解决一下摄像机的问题，人家能给你怎么解决？给你新买一个呗。这样他就把后买的这个拿回家给儿子用，先买的那个自己用，殷淑玲用。外出旅游的时候，导游鼓动游客购物的时候，他给殷淑玲买了几件物美价廉的，给方小青买了两套品牌的。

看不见的收获是看到了港企的文化和精神，看到了高庆阳游刃在企业家之间的风采和行事风格，也拉近了与高庆阳之间的关系，这些都是自己所需要的。特别是通过高庆阳还结识了纺织企业老板吴总，如果真能促成方小青和吴总之间的合作，没准还真能成为他们夫妻之间改善关系的契机。

蔡团长已经两年没回家了，也就是说他已经两年没见老婆孩子了。回家的心情是复杂的，抑或还有了些许莫名的激动。然而进得家门后的情景还是瞬间又把他打回到了原形，依然没见到一丝生机和笑容。他进门之前这母子俩在家是不是欢声笑语他不知道，但他一进门那两个人忽然就严肃起来这倒是真的。好在蔡团长对这种状况已经适应了。十几年了，他就是这样过来的。

方小青是典型的出门欢喜进门愁。在外面笑容满面，虽说雷厉风行，但却和蔼可亲。回到家立马面无表情，就是坐在电视机前听相声，看小品，都不会笑一下。

儿子倒不一样，小时候和爸爸还是很亲的。稍懂事之后，有一个时期，他还对母亲很有意见，认为母亲对爸爸不好。人的感情天平总爱向着弱者，儿子向着爸爸。后来儿子慢慢长大一些，陪伴自己的只有母亲，爸爸一天到晚人影都见不着。晚上睡觉时爸爸还没回来，早上上学时爸爸还没起床，越大也就越不亲了。特别是爸爸从监狱里释放回来以后，儿子对他就像仇人一般，横眉冷对的。也难怪，爸爸是个贪污犯、劳改犯，同学们都看不起他。这对一个刚满十岁的孩子来说，是多大的心灵伤害。

这次从香港回来，蔡团长还是蛮有期待的。他给他们母子俩买东西，也是想借此改善一下夫妻关系和父子关系。本来他没打算回家，也就不需要给他们买东西。但后来因为温州商人吴总提出要和方小青合作，而且人家已经跟着他们一起过来了，要见方小青，他不回家怎么行？回家了，见面了，不买东西怎么行？再说有了为他掏钱付账的人，买点东西也是必要的。

带回了东西，母子俩也未必领情。刚才敲门进来，两个人愣了好半天，不认识了似的。那一刻，他真想扭头走了。就在他难堪尴尬着的时候，儿子突然喊了一声："爸爸？"

转瞬之间，他的眼泪夺眶而出。也难怪，已经离家两年了，他们肯定想不到他会突然回来。

自己换了拖鞋，走到客厅坐下。儿子给他倒了杯水，老婆问他吃了没，他的心里已经很温暖了。他把从香港带回来的东西取出，老婆的衣服，还有吴总送的包，老婆一看那包可值钱了。儿子的运动鞋运动装，都是耐克的，儿子也很喜欢。摄像机儿子不是很感兴趣，他正在紧张地准备中考，没时间玩这类东西。

趁着老婆和儿子心情还好的时候，蔡团长给他们讲了这两年在天章的情况和这次香港之行的情况，但天印养牛是田光耀的，田光耀是黑蜂股份的股东，这些他都没说。他重点要讲的还是温州商人吴总要对鹿川毛纺厂兼并重组，想和方小青合作，帮他管理厂子。

国有企业改革已经进入兼并重组、下岗分流的高潮期，方小青她们纺织厂也正在制订兼并重组方案，不管最后的方案怎么确定，下岗分流的结果是逃不脱的。至于是下岗以后再让人家返聘上岗就业，还是自己走人另谋职业，一半看别人要不要你，一半看自己愿不愿意，最终还是要看自己的运气。反正现在是革命革到自己头上的时候。

听着蔡团长讲的情况，方小青的心思活动了。就现在的情况看，与其下岗之后成为"四〇""五〇"人员，等待政府照顾，还真不如自己命运自己作主，早做打算。早行动早主动。只是不知道自己该干什么，能干什么。蔡团长讲的这个吴总是个什么样的人，靠不靠谱。如果真是个干事的人，跟他一起回过头再去鹿川搞毛纺，没准还真能走出一条新路来。

蔡团长不敢一次把话说完说满，生怕哪一句没说对，引得老婆生气怼他。现在看出来老婆心思活动了，就进一步给她说："明天晚上在海德大酒店和吴总他们一起吃饭，具体合作条件和方式，他再和你细谈。"

方小青问："你是怎么认识这个吴总的？"

蔡团长说："高庆阳介绍的。"

方小青心动了，说："要是我们都去鹿川，华华怎么办？"

华华接话："我跟你们去鹿川，长这么大我还没去过鹿川呢。"

方小青说："你下个学期就要上高中了，就该冲刺考大学了，可不敢耽误，再不能像你爹娘老子一样当了一辈子工人，到最后还要下岗分流，连个工作都没有了，老了还要去给别人打工。"

蔡团长想借机拉近与儿子的关系，就说："华华将来肯定比我们强，智商比我们高，学习比我们好，也不知道这孩子随了谁了，学习咋就这么好。"

方小青没好气地来了一句："随了你了！"

蔡团长说："肯定没有随我，随了我就糟了。我就是个猪脑子。"

华华听着他爸爸妈妈的对话，心里也觉得好笑。他也觉得自己肯定没随爸爸，他爸爸真有一点猪脑子的样，说话办事不靠谱。他也没有完全随妈妈，妈妈有点江湖义气，跟她在一起有点累。他说他是遗传变异，既不像爸爸，也不像妈妈，他隔代遗传，像奶奶。他说他跟奶奶最像，也最好。所以让他们两个就放心地去鹿川吧，他在家里跟着爷爷奶奶。实际上他指的是姥姥姥爷。姥姥姥爷去年就已经搬来了省城，现在每个周末他和妈妈都在姥姥姥爷那。

方小青觉得这件事可以考虑，但也要慎重，到这个年纪了，再经不住折腾。待和这个吴总见了以后再说。

吴总在海德大酒店设宴，诚邀蔡团长全家参加，但华华不愿去。男孩子十五六岁的时候根本不愿意跟着大人出门，怎么叫也叫不动。妈妈说："还是去吧，今天都是爸爸妈妈同学，他们都想见见华华。"

华华问："阿爸阿妈在吗？"

华华说的阿爸阿妈指的是夏连春和苗素馨。妈妈说："不在，他们没来。"

华华说："那我还是不去了。"

最后还是爸爸妈妈一起，好说歹说，哄着华华去和叔叔阿姨们见个面，如果不想多待，吃点东西就走。华华很不情愿地跟着去了。

方小青自打离开鹿川就再没和同学们见过，都快二十年了。今天同学相见，自是沧海桑田物是人非的感觉。大家感慨万千之后，还是觉得方小青变化不大，好像还是上高中时的样子。那时她是短头发，一边一个小刷刷，像个假小子。

方小青说："你们哄小孩呢，女人本就比不得男人，经不住老，我一个四十岁的女人，还能高中生一样。哄死人不偿命。"

方小青见了吴总，见了丁香，见了天章的人。大家都很诧异，蔡团长老婆这么有气质。她上高中时什么样子，其他人不知道，但眼前这个女人，一定不像是四十岁的人。头发短短的，有一种少女般的自信，眼睛很有神，鼻子微微上翘，有点俏皮的感觉。至少告诉你，她曾经年轻过。即使已经人到中年，但身材依然保持得很好，体态匀称，有一种风韵，有一种力量。她不施粉黛，自然而然，就是一个真实、沉稳、充满活力的女人。如果把女人比成一本书，她不是诗，不是歌，而是一部小说，可以慢慢来读。

吴总感叹："蔡总这么外向的男人怎能娶到这样一个有内涵的女子。"

丁香感叹："怨不得珍珠姐姐说，连春大哥的女人个个不一般。当年方小青去了一趟五小队，足足让五小队的人惊艳说道了好几年。"

别人都在关注方小青的时候，高庆阳的目光则落在了华华的身上。他觉得这孩子长得这么有灵气，大大的眼睛，特有神，就像曾经见过一样。因为喜欢，他就把从香港给自己儿子带的东西，随手送给了华华，一支派克笔，一块电子表。这两件东西华华都喜欢，一下拉近了他和高庆阳之间的距离，他们很快成了好朋友。华华再不急着提前走了。

高庆阳说他儿子叫亮亮，和华华同岁，比华华大几个月，他们两个将来可以一起上大学。亮亮还有个妹妹叫晶晶。华华说，他阿爸家也有个妹妹叫禾子，将来他们四个一起上大学。

高庆阳问华华见过禾子没有，华华说没见过，他听奶奶说禾子长得可漂亮了。看得出来，华华很善良，他对高叔叔家的亮亮、晶晶和阿爸家的禾子都很期待。

吴总和方小青聊得很投机。两人都是搞纺织的，有共同话题。吴总人很清瘦，像个儒商，尽管年龄比方小青小几岁，但很务实，方小青觉得可信、靠谱。吴总通过高总介绍，对方小青已有所了解，见面一聊，更觉得方小青就是纺织界的大姐大，说话干练，直截了当，不拖泥带水，是个不可多得的合作伙伴。两个人席间一番话，基本上就把联手合作的事敲定了。

吴总对方小青说："我明天就和田县长、高总他们一起去鹿川，先去报个名，参与毛纺厂的兼并重组，回过头来，我们俩再签一纸君子协定，把我们双方约定的事项确定下来。"

方小青说："那就是卖身契呗。"

吴总说："那不一定，没准儿到最后卖家还把买家买走了呢。"

鹿川毛纺厂的兼并重组困难重重。政府急着想脱手，领导者已失去耐心，想把所有的问题都在兼并重组中一揽子交给接盘的人。

但企业经营者不着急，他们觉得毛纺厂现在就是一个死猪。死猪不怕开水烫。烫好了，剃毛，去杂，干净的胴体，可以肢解着出手，赚得钱花。

企业职工不愿意，他们感情上舍不得把企业卖掉，倾注了他们青春汗水和心血的企业，怎能说卖就卖了呢？他们思想上认定企业本来是好好的，都是经营者搞垮的，应该把这些搞垮企业的人绳之以法，追究责任。

这种情况下搞兼并重组不是件容易的事。自己内部的问题不解决好，各唱各的调，企业改革这出大戏如何唱好？

吴总觉得企业改革是大势，挡不住。但政府想得有些太简单了，所谓改革就是国有企业民营化。民营化改革是各地政府最热衷的省力之举。好像只要民营了，改革就完成了，政府的包袱就甩掉了。虽然鹿川毛纺厂的改革最终也摆脱不了民营的路子，但政府不把企业内部的关系搞顺了，民营化改革还是很难的。吴总的体会是，参与国企改革一定要有耐心，政府的事没定，你再急也没用。

吴总把兼并毛纺厂的报告递上去以后，就在高庆阳的大上坡大酒店住了下来。他想在这多待几天，尽量把毛纺厂的情况摸清楚，把问题研究透，好着手下一步的行动。

吴总的初步感觉是，毛纺厂的改革越往后拖，问题暴露得越多，矛盾积累得越深，管理者解决问题和化解矛盾付出的成本就越大，而且心情还会越迫切，这样对他们这些想进入企业参与改革的人来说反倒越有利，到时候没准儿只花很少的钱就能办很大的事。

吴总在鹿川工作期间，和高总一起去了趟天章，看了看黑蜂股份、奶粉厂、天印养牛和即将点火投产的焦炭厂，还去看了天章草原，住了天章旅游宾馆。吴总觉得高总、蔡总还有港企的这些人，在田县长的支持下还真做了不少事，更加坚定了他在鹿川投资的信心。

田光耀说："欢迎吴总也来天章投资发财。"

吴总说："天章的钱都让高总、蔡总他们这些人挣完了，我们就不来凑热闹了。而且田县长这么能干，干了这么多大事，没准下次再来的时候田县长就该调到别的地方高就了。"

吴总下次再来的时候是来年的春天。田光耀还是天章的县长，官位依旧。不过田光耀自己倒不着急，他觉得这样对他的企业有利。因为有了港企的特殊关系，田光耀的企业王国顺风顺水，高枕无忧。他要是走了，谁还会关照他的企业？

黑蜂股份是港商的事，不用别人操心，你持有你的股份就是了。反正田光耀也不等着股市里的钱用。

焦炭厂已经投产，市场前景很好，但回报是未来的事。眼下挂在天印养牛名下的投资和收益还只是在焦炭厂的账面上空转，因为天印养牛没有真的拿出一分钱投资。用行话讲，田光耀玩的就是一个空手套白狼。

现在的问题主要是天印养牛。天印养牛的鲜奶销售不成问题，港商奶粉厂驻场收购，而且港企一次性提前支付了100万元鲜奶收购资金，问题是这些资金当即就被天印养牛转投到了黑蜂股份。对于天印养牛来说，它现在实际上是寅吃卯粮，提前透支，日常运转靠的是东拆西借。短时间内，天印养牛的生存和发展，离不开港企和财政，也离不开田光耀。田光耀在天章再干些时日，对他的天印养牛是最大的利好。

吴总这次来鹿川是毛纺厂发函邀请过来的。国有企业改革，已经进入资产重组、结构调整、鼓励兼并、规范破产、实施战略性改组的阶段。按照政府的安排，鹿川毛纺厂邀约申请参与改革的企业和个人来厂共商改革方案。

吴总和方小青的合作已经签约。方小青现在的身份是吴总的助手，副总。

方小青和吴总一起去鹿川之前，母亲交代她两句话：一句是有事可以直接找连春，不可找田光耀；另一句是搞企业可以和高庆阳合作，不可和传长联手。方小青一开始没明白"传长"是谁，好半天才反应过来是蔡团长。蔡团长本来叫蔡传长的事她给忘了。

方小青惊异这老太太太可怕了，原来她心里什么都明白，只是藏在心里，一直不说。也不知道这些年因为自己的事给老太太造成了多少压力，抑或是担惊受怕。心里一下觉得对不住母亲。

儿行千里母担忧。母亲叮嘱小青，一个人在外，苦了，累了，闷了，孤单了，想和人说说话了，可以和苗素馨待一待，聊一聊，她现在是鹿川市委副书记了。

"小苗你们两个有点像，"母亲说，"小苗跟了我十几年都没舍得换，就是觉得小苗像我的女儿。"

方小青心里想，那是不是觉得夏连春也像你的女婿？方小青能理解母亲的苦衷和用心。

方小青离开鹿川已经二十个年头了。她怎么也没想到，二十年后，自己居然又回到了最初的起点。飞机上，她努力使自己平复一些，不去想这二十年间经历的人和事。但越是告诫自己不去想，反而越像是提示自己要去想。她随手从前椅背后的袋子里抽出一张《鹿川日报》翻看着。报纸她本不爱看，打开报纸就是领导的事。这《鹿川日报》也一样，第一版上有地委委员、秘书长夏连春"五四"期间与青年代表座谈，第二版上有市委副书记苗素馨到市少儿艺术团调研。方小青拿着报纸，嘴角上流露出一抹笑意："这两口子。"

下了飞机，一踏上鹿川的土地，方小青心里百感交集，五味杂陈。她放眼环顾，极目远望，老远就看到了站在机场出口处的高庆阳向她和吴总招手。老同学相见，高庆阳还是那么乐乐呵呵没心没肺的样子。吴总受了他们两个人的感染，由衷感叹："同学在一起真好。"

高庆阳安排他们入住大上坡大酒店。晚上在大上坡大酒店为他们接风。作陪的人都是和方小青关系比较近的。高庆阳和凤月琴，夏连春和苗素馨，再就是花丽艳。几个人在一起可以好好说说话，叙叙旧。

吴总给夏书记两口子敬酒，说："你们这些同学都很厉害，地委的，市委的，县委的，都有。"

夏连春说："你们这些搞企业的更厉害，现在都是市场经济的主体力量。"

还是吴总会说话，接上就说："搞企业的再厉害，也要在政府领导下。"

方小青马上附和："所以我跟着吴总投奔老同学来了。"

高庆阳朝着方小青举起杯，说："同学们在一起最珍贵，别酸了，为你接风。"

喝完酒，放下杯，高庆阳又转向吴总，说："当年我和夏连春两个人在吉宁县医院看病，多亏了方小青，住院手续、看病医生、住院费，都是方小青父亲安排解决的。"

花丽艳插话："那几天我和凤月琴每天放学了都往医院跑。"

凤月琴笑了笑，算是附和，笑容里还有点羞涩。

高庆阳说："这件事我一辈子都不会忘的，在我最困难的时候，是方小青帮了我。还有，我们那年在太阳升公社学农的时候，别人都放假回家了，方小青不回，还不让我们回，把夏连春、花丽艳和我都留下来陪她，晚上还要我和夏连春陪她们两个睡觉，四个人在一个宿舍睡了一晚上还嫌不过瘾，第二天又跑到山里头，草原上，在牧民的毡房里又住了一晚上。所以我们四个人和别人都不一样，我们是一个宿舍一个毡房睡过觉的人。"

夏连春说："你把这么私密的事都抖搂出来，小心你老婆回去收拾你。"

高庆阳说："我老婆早就知道，我是专门抖搂给你们家叶子听的。"

苗素馨说："你们小屁孩时的那些事我才不管呢。"

花丽艳说："只要你们两个大男人不怕，我们两个小女生才不管呢，反正我们老公都不在身边。"

花丽艳老公徐老师去美国已经十几年了，一直没回来过，花丽艳也没去过。也就是说，这对夫妻已经十几年没见过面了。这还是夫妻吗？听别人说，国外的夫妻之间如果半年以上不见面不同房，就可以提出离婚了，不知道是不是真的。如果是真的，花丽艳都可以离几十次婚了。但问题是花丽艳想不想离婚？

花丽艳当然不想离婚,她压根就没想过离婚的事。她和徐老师好好的,为什么要离婚呢?两个人那么恩爱,到现在,虽然两个人不在一个屋檐下,甚至都不在一个国家,但两个人依然恩爱,他们每周都要通一次电话,这是雷打不动的。为了和徐老师通话方便,她费了很大的劲儿,托人给家里安装了电话,就是为了接听徐老师每周一次的越洋电话。

有人说徐老师在美国已经结婚了,还有了一个儿子,但花丽艳不信,认为这都是别人糟践他的。反正他已身背骂名很多年了,也不在乎别人再骂他一次。这也不能怪别人,要怪也只能怪他自己,谁叫他那么急着怀揣一个赤子之心,急着要给家乡人民做点事。结果事情没办好,惹了一身骚。害了别人,害了自己,害得一家人见不了面,团不了圆。

这些都是花丽艳的心事,就像那些小屁孩的事一样,你不说,别人是不知道的。

心里的事,小屁孩的事,别人可以不管,当事人则不能忘记。正是夏连春和高庆阳说的那些小屁孩的事,才勾起了花丽艳的心事,勾起了方小青的往事,也一下子温暖了方小青的心。

方小青突然觉得她这次鹿川来对了,她已经很久没有这么温暖过了。在她已经有过的四十年的生命里,鹿川和吉宁加起来还不到七分之一的时间,但正是这不到七分之一的青春岁月,给了她最美好的记忆。未来,还有几十年的路要走,既然来了,就要把未来的日子过好。

方小青觉得自己又是鹿川人了。接连几天,她跟着吴总一起跑政府,跑企业,见领导,见职工,想尽快把参与毛纺厂改革的事拿下来。但一大圈转下来,吴总的信心大减:"鹿川毛纺厂的事真难搞。"

政府的态度很明确:破产。

企业领导的态度也明确:兼并。

企业职工的态度更明确:反对。

各有各的心思,各有各的打算。他自己家的事情都没扯清,外人如何介入?怎样才能把三个方面的意见统在一起,这是智慧,更是利益,说到底就是钱。

方小青觉得，毛纺厂现在的情况，外人很难进入。勉强进去了，面临的也是一个烂摊子，不好收拾。根据她在国有企业这么些年的经验，她觉得，接手或是参与国有企业改革，有两条需要把握：

一条是不怕事，怕人。人的事情不解决好别介入，否则后患无穷。今天医疗费，明天补偿金，后天再就业，事情都不大，但搞得你没法工作。她的意思企业所有人员归政府，咱就干干净净拿企业。

另一条是不怕花钱，就怕扯皮，不怕狮子大张口，就怕遗留问题。否则，今天债权，明天债务，后天纠纷，潜在问题太多，没完没了，无穷无尽，搞得你头昏脑涨。她的意思是所有的事情都要一次性拿上台面，摆在明处，在方案里一次写清，方案以外的一概不认。留在暗处的问题，仍归原有经营者，终身追责，不能拍屁股走人。

吴总笑笑："方姐，你这是在国有企业待的时间长了，什么事情都希望有人给你一个明明白白、清清楚楚的说法，按规矩办事，按约定执行。规矩以外的事情不管，约定以外的事情不办。想得很好，但太天真。企业你拿走了，问题还留给政府，留给企业，留给职工，人家凭什么还要把企业给你？人家之所以要进行企业改革，就是因为企业的问题解决不了了。人家之所以要把企业给你，就是让你帮他解决问题的。现在我们之所以觉得问题不好解决，就是因为他们自己三方意见不一致，我们不好下手。

"我们现在要做的事情就是怎样花最少的钱办最大的事，用最简单的办法解决最复杂的问题，最终把三个方面的意见都统一到我们的方案里。

"你刚才说的两条很好，一条是不怕事，怕人。我们要是把人的问题解决了呢？另一条是不怕花钱，就怕扯皮。我们要是把扯皮的问题解决了呢？

"看似山穷水尽，其实柳暗花明。我们怎样才能在他们错综复杂的利益纠葛当中找到三方都能接受的方案，看来还是要花些工夫的。一要有时间，时机不到不行。二要有智慧，办法想不出来不行。"

吴总又说:"这个任务就给方姐吧,公司授权方姐驻守鹿川,全权负责参与毛纺厂改制相关事宜,相信方姐一定能找到一个击其一点、全盘皆活,打开死穴的方案来。"

吴总的一句话,让方小青脑洞大开。她突然明白这企业改制,也像人体经络一样,一定有他的穴位,点准穴位,畅通全身。如若多点出击,平均用力,面面俱到,可能适得其反。五指收拢,形成拳头,牵一发而动全身,道理都是一样的。

方小青是练功之人,她对击其一点、全盘皆活的理解要比别人更直接、更透彻,运用起来也会比别人更具实战性。她觉得吴总毕竟是走南闯北见过世面的人,眼界宽,视角宽,思路也宽,他能这么放心地把这么大一件事交给自己来办,这也是一种对自己的信任了。没准人家吴总早已经有了自己的想法,成竹在胸,只是时机没到,不便说出来。或者也是想借机考察一下她,看她能不能拿出一个符合他的想法或者出乎他的意料的办法来。

不管怎么说,方小青觉得这是她和吴总合作后的第一次独立工作的机会,她至少应该先把情况搞清楚,问题弄明白,力求找到开门的钥匙,找准穴位,打通经脉,拿出可供吴总决策拍板的意见来。

方小青决定去毛纺厂看看。毛纺厂在鹿川市南,坐落在雅玛河北岸,门朝北开,大门直对雅玛河路,也可以说是雅玛河路直对毛纺厂大门。

雅玛河路是一条宽敞笔直的南北大道,5公里长,一头连着市区,一头连着毛纺厂,估计这条道当年就是为毛纺厂修的。

从市区出发,雅玛河路的那一头就是鹿川毛纺厂。

她不坐车,而选择步行。这是一条多么熟悉的路啊。在这条路上,留下过她的足印,留下过她的身影,也留下过她的爱情。路两边还是高大的白杨树,但白杨树已经显出了老态,当年挺拔光亮的树干,现在已经满是疤痕,沟壑纵横,斑驳陆离,让人不由得生出许多悲凉来。为人?为物?世界上万物都会老的,人更如此。

在毛纺厂大门口登记的时候，方小青心里在想，他们知道她曾经也是毛纺厂的人吗？他们知道她现在又要回来参与毛纺厂的改革吗？如果她和吴总参与改革的事获准了，毛纺厂的姐妹们会怎么看她？

传达室的师傅问方小青："找谁？"

方小青说："想进去看看。"

师傅说："那不能进，外人不得入内。"

方小青说："二十年前我也是毛纺厂职工，但现在就是想不起来应该找谁。"

师傅非常客气地说："那就对不住了，老师傅您要是想不起来找谁，我就不好让您进去了。"

方小青突然想起来一个人："那我找检验科的陈姐吧？"

师傅说："找陈科长？好，您进吧。"

毛纺厂真大，占地500多亩。建厂40年，情系几代人。毛纺厂就是在他们这几代人手里建设发展起来的。厂区建设得真好，现代化的厂房，花园式的环境，怎么就要破产了呢？厂子干得好好的，怎么干着干着就突然经营不善、资不抵债了呢？厂子门口这条道多好走啊，怎么走着走着就走到下坡路了呢？

和方小青前后进厂的那一代人，现在都是厂里的骨干，也都是这次企业改革下岗分流的对象。方小青就是想来见见他们，听听他们的心声。

方小青出现在检验科，陈姐一眼就认了出来："啊？方总来了！"

陈姐立马招呼检验科的几个小姐妹，赶快过来认识一下："这个就是厂里这两天议论要来接手我们厂子的方小青方总。"

几个小姐妹一下围了过来："哇，方总这么年轻啊，我们还以为是个老太太呢。"

方小青一下心慌了起来，消息咋传得这么快？厂子里怎么已经知道她要参与毛纺厂改革了？她还什么都没做呢，消息已经传开了，说明大家对企业改革太关注了。

方小青赶快放低姿态，解释似的对陈姐她们说："我也是纺织厂改革下来的，没事干了，出来帮人家打工。"

陈姐很谦恭地说："方总你别再谦虚了，厂里的人都说这几年你老公在天章搞企业，挣了大钱了，是他投资与人合作，让你挑头来接手毛纺厂的。"

方小青连忙纠正陈姐："陈姐你可别叫我方总，我们是好姐妹，我今天过来就是想跟你聊聊厂里的一些情况，好给我的老板出出主意。我真的是给别人打工，我的事跟我老公一点关系都没有。"

陈姐才不管你跟你老公有没有关系呢，她还是照着她的思路往下说："我记得你老公当年不是学师范的吗，怎么后来就去经商办企业了呢？"

方小青听了陈姐的话，心里更慌了，心想：天哪，我的个陈姐呀，你咋到现在还能记得这么多，还好当年你不知道那个学师范的叫夏连春，要不然我的老公现在还不成了地委领导了？

但人家陈姐可不知道方小青后来经历的那些事情，所以方小青还得言不由衷地回应着陈姐："我们两口子从来都是互不干涉，他干他的，我干我的。"

陈姐这时候才言归正传，回到正题上，说："不过我们厂里的一些人对方总进入毛纺厂还是持开放欢迎的态度的，不像对其他投资者，一概拒绝，一概反对，谁知道那些人是不是跑来挣一把就走人了？毕竟方总是从咱厂子出去的，是自家人。如果方总进来，你会亏待大家吗？"

第十六章

同学真好

陈姐的一句话警醒了方小青，企业改革的关键问题还是人的问题。人的问题解决不好，什么问题都可能发生。

她痴笑自己此前的幼稚：不怕事，怕人；不怕花钱，怕扯皮。

她惊叹吴总的老道：我们要是把人的问题解决了呢？我们要是把扯皮的问题解决了呢？

她终于理解了政府的良苦用心。政府就是要把企业由政府管改为市场管，但企业又不能把政府一脚踢开。社会主义市场经济，没有政府的作用怎么能行？

她终于明白了企业职工为什么反对别人接手企业、参与企业改革了，他们担心企业一旦交给市场，交给别人，他们的利益谁来保证？还是在政府手里踏实。

陈姐说，鹿川毛纺厂是几代毛纺厂人割舍不掉的情结，好端端的企业怎么能送给别人？

老一代职工舍不得它，他们的一生都交给企业了，你现在要把企业交给别人，他们怎么办？

新一代职工舍不得它，他们的命运已经和企业联系在一起了，企业兼并破产了,他们怎么办?

企业对政府有意见。实行改革开放,初心是要把企业搞得更好,现在却把企业搞坏了。原来的厂领导班子那么好,年年先进,产品供不应求。突然要搞什么竞争上岗,结果把能干的竞下去了,把会说的争上来了,企业经营不善了。竞争上岗还没搞几天,又要搞什么承包经营,企业成了那几个承包人的了,还能好?现在又要搞什么兼并破产,企业都没有了,人还能好?

职工对企业有意见。从竞争上岗开始,上来的都是些败家子,把企业过去积累下来的老底子都糟践完了,搞扩建,上项目,吃回扣,拿提成,肥了自己,损了集体,扔下一个烂摊子。承包经营又开始弄虚作假,做假账,多拿钱,任人唯亲,团团伙伙,搞裙带,一个人当官,狐朋狗友跟着发财。把好好的厂子拆分开来对外发包,内外勾结,搞腐败,大肆敛财。企业就败坏在这些人手里。现在再放任这些人搞改革,结果可想而知,损了公家,毁了厂子,肥了自己。在这些人手里搞改革,企业职工坚决不答应。

企业职工为什么要抱着毛纺厂不放,也不让别人动,就是心里害怕,害怕被企业抛弃。过去多好啊,只要进得厂子来,就进了保险箱。生是厂里人,死是厂里鬼,终生有依靠。没有看病难,看病吃药全报销;没有住房难,无偿分配住房;没有孩子上学难,厂里有子弟学校;没有子女就业难,子女可优先进厂工作。这种优越性哪里还能有?

其实厂里职工也知道,企业改革是大势所趋,谁也挡不住。正因为挡不住,所以才要挡一挡,要不这一千多号职工还不任人宰割了?爱哭的孩子有糖吃。挡一挡,闹一闹,至少可以提高要价的价码。

陈姐说,厂里的人对方总进入毛纺厂持开放欢迎的态度,说明了厂里的人在挡不住的改革面前还是准备要挑一挑参与改革的人的。方小青觉得这就给自己提供了做功课的空间。她和陈姐畅聊之后,又看望了厂里已经退下来的一些老领导老职工,这些人基本上都站在企业职工这一边,对现在厂领导班子很有意见，对下一步企业改革很担心。

方小青的功课做得很有成效。她首先搞明白了一个问题，吴总为什么要进入鹿川毛纺厂，参与毛纺厂的改革。她认为吴总是醉翁之意不在酒，毛纺厂的优势不在毛纺，而在毛纺之外。所有想接手毛纺厂的投资者都不是为了搞毛纺而是看上了毛纺厂的土地，所以鹿川毛纺厂的人反对外来投资者进入的原因也正在于此。

方小青觉得毛纺厂在众多矛盾和问题交织之中，已经名不符实，成了一个空架子。吹尽黄沙始到金，瘦死的骆驼比马大。拨开重重迷雾，在日渐衰败的背后，还能够找到毛纺厂死而复生的条件，至少可以体现在三个方面，或者叫三大优势，而这三大优势都是吴总需要的。

第一个优势肯定是土地。毛纺厂500多亩土地，生产区200亩，生活区100亩，后勤服务区100亩，公园果园100亩，后两项200多亩土地马上就可以开发利用。而且毛纺厂又地处美丽的雅玛河畔，搞房地产开发太有优势了，几栋楼盖下来就能把毛纺厂改革的成本支起来了。

第二个优势应该是向西开放。鹿川对面是一个轻纺产品极其匮乏的国家，他们的轻工产品严重依赖中国进口，国内出口的轻纺产品主要来自江浙一带。吴总没准就是想把他的生产工厂搬到向西出口的前沿来。而鹿川毛纺厂已经有了稳定的向西出口的渠道。

第三个优势当属优质的生产条件。毛纺厂固定资产过亿，有完整的从原料到纺织到服装的产业链，是承接东锭西移和出口服装就近生产的理想企业，只要对现有设施稍作调整，改进完善，就可以成为一家非常理想的服装生产企业。

毛纺厂劣势就是两大包袱：一是人，二是债务。处理这两件事国家都有政策，在确保企业职工和债权人充分享受了国家政策之后，进入企业再根据情况和需要，适当多支付一些必要的改革成本，完全可以把这两件事情处理好，甚至可以化消极为积极，变包袱为轻装。

基于毛纺厂的总体情况和利弊得失，方小青觉得接手毛纺厂以后，主要是做好三件事：

一个是搞好主业。纺织是毛纺厂的主业，主业不能丢，主业丢了企业和职工就看不到希望。但现在全国的毛纺行业都不景气，毛纺产品已不适应市场需求。正确地选择应该是收缩毛纺，发展服装，而又正是吴总的优势。纺织业链条越往后利润越大。把这件事摆在优先的位置，既是企业发展的需要，可以快速见成效，也是回应社会的需要，说明我们没有急于改变企业发展方向，让政府和企业职工看了踏实放心，增强他们对企业的信任度和信心。

另一个是甩掉包袱。最紧迫的就是剥离企业办社会的事，包括两大块，一块是厂办学校，一块是厂办医院。这两件事都不能一甩了之，否则职工会有意见。出路有两条，一条是把学校交出去，请求教育局接手，在毛纺厂附近找一块地方，由企业出资建一所新学校，这样既可以解决职工子女就近入学问题，又可以解决企业办社会问题，还可以把厂区内学校占地置换出来由企业开发使用；另一条就是医院走向市场，搞活医疗资源。医院是紧缺资源，现在批建一所医院很困难，企业可以引进新的医疗资源，实行联合办医院，打造新的增长点。

再一个就是房地产开发。这应该是接手毛纺厂以后的重头戏。企业投资的资金来源和企业发展的利润支撑，都得依靠房地产开发。但新企业的房地产开发最好委托或聘请南方有实力的品牌公司来做。小区物业可以交给高庆阳的酒店管理公司代管。雅玛河边那么好的地段和位置，一定能打造出一个中高档的精品小区，要不就造成资源浪费了。

依据以上分析，方小青拿下毛纺厂的信心十足，志在必得。她觉得来自政府、企业和职工三方面意见不统一的难题，可以通过给政府一个承诺来解决。这个承诺就是毛纺厂的人员、债务和资产全盘接收。

基本内容包括：在职职工只要愿意留下，可以做到一个不下岗。离退休人员按照政府规定，只要是企业负担的，所有待遇不变。企业领导愿意留企业工作的，可以安排相应职务。不脱逃银行债务，不让债权人造成不必要的损失。

这个结果应该是政府最想要的。政府之所以对毛纺厂的破产重整迟迟下不了决心，就是因为没有哪一家投资企业有这样的魄力，敢全盘接收毛纺厂所有的人财物。

接手企业对政府只有一条要求：按破产重整的规范程序运作，该享受的政策都兑现给企业。比如补偿金政策、债务清偿政策、资产清算政策、原有的扶持政策、破产重整的过渡期政策，特别是土地出让政策。

方小青估计她这个方案获得通过的可能性很大，政府、职工和债权人应该都不会有什么意见。如果有意见，可能就是企业领导，他们想借企业改革发横财的想法破灭了，但估计他们明着说不出来，会不会背地里做一些什么小动作，那就说不上了。

带着这样一些思想，她想见见夏连春，想听听他的意见。他毕竟是当领导的，看问题应该更全面。但她又不想和他单独相处，不想给他添麻烦。她也不想让别人知道她找夏连春商讨接手毛纺厂的事，这毕竟是经济行为，她不想无辜地把夏连春拉到经济活动中来。

方小青找了高庆阳，和高庆阳在一起就随意得多了。再说，吴总也是高庆阳的朋友，和高庆阳一起聊聊也好，他应该知道一些吴总的想法。

没想到这个高庆阳现在贼精贼精的，他听方小青讲的时候，可以看出来，他不仅听了，还认真想了。听得仔细，想得认真，眼睛发亮。方小青原以为她讲完之后，他会大发一顿感慨的，没想到他居然好一阵沉思，一言没发。不知道他在想什么。好半天竟然冷不丁冒出一句："你找过夏连春没？"

方小青差点没背过气去："你什么意思？你是怀疑我的智商呢？还是说我太小儿科？"

高庆阳突然从自己严肃的状态里走了出来，立即赔不是："对不起，大侠。"

高庆阳心里，方小青一直是大侠级的人物。"我刚才太投入了，让你的思路把我带进去出不来了，我就想你这些想法要是让政府的人听到了会是什么样子。所以我一下子就想到了夏连春。"

方小青的心里舒服了好多。但她同时又想，她没去找夏连春绝对是对了，还不知道这些人会怎么看她和夏连春呢。于是，她问高庆阳："那你怎么看这件事？"

高庆阳说："你这个女人太可怕了。政府想听的你说了，企业想要的你给了，吴总想做的你有了。世界上还有谁能拿出像你这样谁都可以从中得到好处的方案？"

方小青终于松了一口气，这可是她第一次独当一面地做一件事，她心里还真是没底。现在让高庆阳这么一说，也就踏实了很多。她说她把这些想法整理一下，让高庆阳给吴总发个传真，看吴总是什么意见。

高庆阳说："大家一起合作做事，别搞那么累，既然吴总已经全权授权由你负责这件事，你就按照你的想法先和政府接触，探探政府的口风，然后再采取下一步措施。"

方小青还是有些不踏实："这样行吗？"

高庆阳说："没问题，你这个方案最根本的就是两条，一个是把重组毛纺厂的事拿下来，这本身就是吴总要干的事。另一个是没有增加干事成本，看似你是大包大揽地表态全盘接收毛纺厂的人财物，其实这是一种谈判艺术，后面跟着就是相关的政策和措施，不会让吴总多花钱，甚至还会节省成本，增加政策保障。他何乐而不为？"

方小青终于让高庆阳说得有些不好意思了，赶紧谦虚一把："你别光说好听的，你觉得还有什么地方考虑不周，需要改进的？"

高庆阳说："有一个细节需要调整，你想引进品牌公司搞房地产开发，这个想法很好，但要我的酒店管理公司给你们代管物业的事另作考虑。我和吴总是朋友，和你是同学，我可以支持你们做任何事，但不和你们一起做事。这些年我一直坚守两条，一条是不和朋友做生意，另一条是不介入餐饮以外的事。所以你们就放放心心做事，我们放放心心做朋友，咱们还要放放心心做一辈子好同学。"

方小青突然对高庆阳刮目相看。商人都是逐利的,这一段时间她一直以为,吴总投资毛纺厂,其中一定有高庆阳的股份。现在她知道高庆阳在商界为什么走得那么好了。不是每个人都能做到像高庆阳这样的。像蔡团长那样苍蝇逐臭的人,不管把他放到哪里,他一辈子也走不好一步路。一个能为3万多块钱去蹲两年半牢房的人还能做出什么大事来?

方小青来鹿川这么一段时间,一直没有见过蔡团长,虽然毛纺厂的人都知道方小青背后的男人是她老公,是蔡团长,是天章的大老板。这又有什么呢?既然是背后的男人,就让他在背后站着去吧,千万不要站到人前来。

方小青也没去看望蔡团长的父母。她觉得她和蔡团长就是一对挂名夫妻,她跟他父母更没有什么关系。假的就是假的,何必要真做。但蔡团长父母不知道儿子和儿媳妇之间一直以来有什么不可言说的内幕,一开始知道儿子结婚了还很高兴,还主动去吉宁认亲家,亲家对他们也很好。后来他们慢慢感受到儿子的婚姻不像他们想象得那么幸福美满,亲家对他们也是礼节重于情义,慢慢也就淡了,不来往了,尤其是亲家母当了市里和地区领导之后,他们就开始有意识回避了。

蔡团长也知道自己在方小青心目中的位置,他轻易也不往她跟前凑,不去自找没趣。但最近蔡团长突然要想往她跟前凑。他在天章听说方小青与吴总重组毛纺厂的事已经有了眉目,说是政府和企业都很感兴趣,正在具体对接之中,而且别的投资商都已主动退出,他们实在没有吴总的实力和气魄。哪个人敢像方小青这样,一张口就把一个上亿资产的企业活吞了?

殷淑玲也告诉蔡团长:"鹿川的人在议论,一个在天章投资的大老板,斥巨资让他老婆进入了鹿川毛纺厂,要打造一个向西出口的服装航母。"

蔡团长看好吴总这个人,看好毛纺厂这个项目。他手里现在有点钱,他来找方小青,想投点进来。方小青问他有多少钱,他说不多。方小青说:"那还是算了吧,人家吴总这么大的投资,你就别凑这个热闹了。"

蔡团长对方小青"你就别凑这个热闹了"这句话感觉不舒服,你要是把这句话换成"咱就别凑这个热闹了",他可能觉得要顺耳一些。所以他回到天章就去找田光耀,说温州商人吴总重组鹿川毛纺厂的事已经基本搞成了,他建议天印养牛进入一部分,持一些股,把天章的资产往外移出一些,同时也可以跟着这个吴总再拓展一块新的业务。

田光耀觉得蔡团长这件事情看得比较远,但考虑咱也没给人家吴总做什么事,人家凭什么让咱入股进去?

蔡团长说:"温州商人都是走南闯北见过世面的人,他们应该知道怎么做。"

田光耀说:"那你去找方小青说说,先探探口风?"

蔡团长再次来到鹿川,但他没找方小青,而是去找了高庆阳,给高庆阳说他想和吴总合作,以天印养牛入股吴总重组的鹿川毛纺厂。高庆阳说:"吴总这个项目现在就是你老婆在负责,你怎么不直接给你老婆说?"蔡团长说:"避嫌呗。"

高庆阳问:"你想投资多少?"

蔡团长说:"那得看吴总能给多少。"

高庆阳听明白了,他是想玩空手套白狼。高庆阳答应帮着说说看,不过他和吴总的关系不像和港商私交那么深厚,也不知道人家能给他多大面子。

回过头,高庆阳找到方小青:"你老公想参股重组毛纺厂,怎么样?"

方小青一脸怒气,问高庆阳:"他找你了?"

高庆阳说:"你知道这事?"

方小青说:"他前两天来找过我,说他现在有些钱,想投点进来。我拒绝了。"

高庆阳说:"他现在提出要以天印养牛投资入股。"

方小青很明确地说:"不行,不能让他进来搅和。他那个天印养牛还不知道是谁的呢，他哪来的钱？"

高庆阳说："他哪来的钱你就别管了，只要人家有钱，你总不能硬生生地把人家拒绝了。这个事可以处理得策略一些。"

方小青问："怎么策略？"

高庆阳说："你可以给他大一些投资份额，他要是能筹到钱，就让他进来。"

方小青听懂了高庆阳的意思，他要是没那么多钱，那就算了呗。方小青觉得她又学了一招。就说："那好吧，就让他投资1000万。"

高庆阳说："对嘛，这才像个企业家。"

方小青笑笑："谢谢高老师。"

蔡团长得到高庆阳回话之后，立即就给田光耀作了汇报。他说高庆阳这家伙还真不耍滑头，他找他的时候，高庆阳一点都没推辞。对方答应给天印养牛1000万的投资份额，但这件事是方小青在处理，她肯定没有考虑我们投资来源问题，另一方面也有可能吴总他们资金紧张。

蔡团长问田光耀："现在应该怎么办？"

田光耀说："我们现在的投资战线不宜拉得过长，先放一放吧。"

其实田光耀真正想说的话是："权力不及的地方不要伸手。"

但蔡团长不这么认为。权力不及的地方，往往也是人们视野不及的地方，视野不及的地方常常是容易被人遗忘了的地方。在这样一个不被注意的地方做一点小事，还能被人发现了不成？他就不信这么大的一个毛纺厂，就没有一块可以偷吃的肥肉？

商场如战场。他是军人出身，战争、战役、战斗，都要消耗巨大的人力物力。运动战，阵地战，拼的都是实力。我没有那么多人力物力，也没有那么大的实力，面对面的大仗打不了，打不过你，我隐蔽起来偷袭一下行不？明的不行就来暗的。

一句话，蔡团长还是觉得这次毛纺厂破产重组是一个非常好的机会，而且参与重组的投资商又是自己人，本来可以顺顺当当搭一个便车的，但自己人不帮自己人你有什么办法？他知道方小青这个坎他是过不去的。可他偏偏又不死心，不想放弃。错过这个村就没有这个店了。

你毛纺厂不是都知道方小青背后的大老板就是那个在天章投资办厂挣大钱的老公吗？我就是她老公，我就亲自来和你这个老厂长聊聊毛纺厂重组之后的事，我不想断你后路，想帮帮你，给你留一条生财之道。如果有什么具体想法你就直接提出来，我私底下直接给你办了，公司的人，包括我太太，没有任何人知道我来找你的事。

厂长一开始还很警觉，不知道蔡团长什么来头。听到后来，他知道蔡总是真的替他在考虑未来，他也就放松下来，只有感激了。

说来这人也挺可怜的，想当年，鹿川毛纺厂的厂长多牛呀，走到哪里不是前呼后拥的？平时在厂里一般人哪能见到他。可也就是转瞬之间，当你把毛纺厂抛锚在市场经济大潮中的时候，毛纺厂也毫不怜惜地把你抛弃在市场经济的汪洋大海。现在，面对一个伸手拉他的个体老板，他都要感动得点头哈腰。

蔡团长说："厂里如果哪里有那么一块合适的资产可以埋伏下来，不进入重组的盘子，只要你不说，我不追究，别人就不会知道。如果你有什么不放心，或者手里没有足够的资金，我来出钱，我找个人陪你一起，设立一个独立的公司，给你留够过好后半生的财富。"

这一下厂长是真感动了，他也认真地在想哪里有这样一块无人知晓的资产，适合他和蔡总共同经营。

过去说，重赏之下必有勇夫，现在是利益面前总能让人疯狂。厂长此刻的脑子总在毛纺厂那些犄角旮旯里乱转，转来转去，终于转出一处让他眼睛一亮的所在。

80年代初，省城纺织品公司要在鹿川设立采购站，没地方，毛纺厂就把厂劳动服务公司临街的几间土房子借给他们用，过些时日，他们又在土房子的地方建起几间两层小楼来。这几间小楼已经快二十年了，毛纺厂经过几轮改革，厂里的资产没入这个账。省城纺织品公司采购站前两年也已撤回，他们撤回的时候站里还有一些存货，就作价给一个看库房的老职工，让他处理掉，现在那几间小楼好像已经开成了卖服装的商店，还是那个老职工在守着，厂长说这个小楼可以收回来干些事。

蔡团长一听，说："那太好了。你趁着毛纺厂重组前，赶紧找到那个老职工，给他一些钱，谢谢他这两年给厂里看房子，然后把小楼收回来。你出一个人，我出一个人，共同出资100万现金，我们俩各占一半，但钱由我一个人出，再把小楼资产装进去，注册成立一家新公司。小楼经营暂时不做改变，继续出租卖服装，过一段时间我们再看这幢小楼适合做什么。"

厂长一听蔡总这么爽快，而且是真心为他考虑，他也很感动。没几天，厂长就把收回小楼的事情办得妥妥当当。接着，厂长以他夫人的名义，蔡团长以殷淑玲的名义，注册成立了一家商贸公司，主要从事服装销售业务。小楼的经营和外在形象没做任何改变，一切都还是原来的样子，外人看不出任何变化，不会引起任何人注意。

这件事情的办成，对蔡团长是极大的鼓励。他在鹿川也终于有了自己的事业，将来还可以做更大的事。对殷淑玲也是一个很好的交代，让她也能有个事情做。最主要的对他自己做事的信心有了极大的提升。

蔡团长的小楼搞好了，方小青的大事也办成了。两个人本来就各有心事，现在更是谁也顾不上谁了。这样倒好，两个人都能各自清净。

吴总原来只是想让高庆阳给他推荐一个在鹿川毛纺厂工作过，了解毛纺厂情况的人，帮他打理一些日常事务性的工作，没想到让他得到了方总这样一个纺织行业不可多得的合作伙伴。

方小青，不仅毛纺厂的人认她，吴总也认她，甚至他觉得自己还不如她。方总头脑清晰，动手能力强，不仅是个难得的人才，还是纺织行业不可多得的将才、帅才，能够指挥调度纺织行业的千军万马。

吴总说："这个企业以后就交给方总了。"

方小青说："吴总您别吓我，您要是这样哪天就把我吓跑了，不敢给您打工了。"

吴总说："方总你别谦虚，我说的都是真心话。这一次鹿川毛纺厂破产重组，如果不是你，我肯定不会这么顺当地拿下来，甚至很可能我就拿不下来。你要是像我们一样早早下来自己干，可能早就干出比我们更大的事了。现在我算是真的理解了高总以前给我说的，说你为人仗义，遇事冷静，处事果断，上学的时候他们就喜欢围着你，连夏秘书长那时候都听你的。"

方小青心里一紧，问吴总："这个高庆阳，他还给您说什么了？一天尽爱胡说八道，您少听他的。"

方小青是害怕高庆阳嘴上没有把门的，一秃噜把她和夏连春的事说出去了。她现在可是把夏连春的事看得比自己命都重要，可不能让他受到任何伤害和影响。其实她这个担心高庆阳早就看出来了，所以他也才更把她看得那么重。

毛纺厂的破产重整方案已经完成。吴总给新公司起的名字本来叫"昊天"，江浙一带的人都特别喜欢这个"昊"字，但高庆阳和方小青他们都说这个名字太大。

高庆阳说："'昊'字什么意思？就是日天。人岂可辱天？"

方小青骂高庆阳："流氓，就你能那么想。"

几个人推敲再三，最后取名"中天"。既有吴总"昊天"的意思，也有"如日中天"的内涵。

"中天"确定之后，吴总一口气登记注册了三个公司，中天集团公司、中天投资公司、中天纺织品股份公司。三个公司都是吴总任董事长，方小青任总经理。

这种安排是方小青没想到的，原来说定的是方小青只出任公司副总，现在这架势吴总是真有把鹿川这一摊子都交给方小青的意图。

方小青说她没有这么大的格局，做不了这么大的事情。吴总说："企业没什么大事，就是经营运作的事。中天的大事方总都已考虑到了，剩下的事咱俩商量着办就是了。"

"中天纺织"已经取代鹿川毛纺厂，企业经营证照和法定代表人都已变更。毛纺厂原来领导班子成员只有一名管生产的副厂长留在"中天纺织"任副总，还管生产。书记、厂长年龄大了，拿了补偿金，办理退休手续。其他副职也都拿了补偿金离开企业。

吴总和方小青住进了厂招待所，也在招待所办公。厂综合办公楼正在重新装修。

南方人对办公场所比较讲究。吴总说办公的地方不讲风水也要讲环境，总不能在别人坐臭了的地方接着坐下去。过去皇上待的地方要聚气，现在领导待的地方要亲民，老板待的地方一定要有气场。老板的办公室要大，气派。办公桌要大，叫板台，老板桌。站在办公桌前，要有一种指挥千军万马的感觉。

毛纺厂是鹿川最具影响力的企业。毛纺厂的改制成功，对鹿川的企业改革极具示范效应。新公司挂牌的时候，地委秘书长夏连春，行署主管领导和相关部门、企业领导都来参加，这既是对"中天纺织"成功重组毛纺厂的支持，也是对地直企业改革的再动员。

夏连春在讲话中说："新一轮国企改革，我们破产了一个毛纺厂，矗立起一个'中天纺织'，鹿川的毛纺行业进入了新的发展阶段。我们大力支持中天纺织不逃避企业责任、不逃废银行债务、不给政府留下包袱、不把职工推向社会的改革举措。我们呼吁更多有实力的企业和有责任的企业家，加入鹿川的企业改革大潮中来。"

七月的鹿川，天堂般的日子。不管太阳有多热，树荫下是凉的。不管白天有多热，夜晚是凉的。吴总说："这个时候在我的老家，热死了。"

中天纺织挂牌仪式上，听了夏连春代表地委行署的一席话，吴总更像是三伏天里喝了一碗拔凉拔凉的井水，爽极了。方小青也觉得夏连春的话讲得好，好像专门讲给她听似的，很亲切。不知怎的，她一下就想起上高中时第一次见到夏连春的样子，一脸的笑意顺着嘴角就溢了出来。

到鹿川两三个月了，她还真没有和夏连春面对面在一起说过多少话呢。几次同学相聚，因为人多，都是你一言我一语的，就那样，她心里也已经很温暖了。

临来的时候，母亲交代了，有事可以找连春。但她总是尽量没事，她不想给他添麻烦，她觉得他比她重要。

临来的时候，母亲还交代了，一个人孤单了，可以找小苗聊聊天，说说话。但她一直都没觉得孤单，有他们在，心里就已经很充实了。

临来的时候，母亲还交代了，想家了，想改善生活了，可以去连春、小苗的家，连春做饭手艺不错，小苗也学会做饭了，你也可以帮着他们一起做。但她不想去打搅人家的正常生活，而且她现在的日子过得也不错。

她知道，夏连春和苗素馨对她都很好，特别是苗素馨几次邀请她到家里去。这里既有苗素馨对母亲的感情，更多的可能还是因为夏连春。苗素馨是个知冷知热的女人，她很爱夏连春，也知道怎么去爱夏连春。

同学当中好在有个高庆阳，他为大家相聚创造了条件，增添了很多乐趣。这么些年了，她心灵的大门一直是关着的，已经习惯了。她的世界只有儿子和工作。现在到了鹿川，有同学，有事业，她更不觉得孤单了。她感叹夏连春的眼力就是好，他居然能在孩提时候就结交了高庆阳这样一个老大哥似的同学。高庆阳对夏连春的那份关爱，上学的时候就能感觉得到，现在更是一种自然流露。

同学真好。

第十七章

事在人为

　　吵吵嚷嚷了一年多，鹿川毛纺厂的改革终于尘埃落定。中天纺织的牌子挂在了毛纺厂的大门口。
　　大门口一进去正对着的三层小楼就是中天纺织的综合办公楼，吴总坐在二楼正中间的办公室朝外看去，一条笔直的大马路直抵他的鼻子底下，他的鼻子朝上一皱，一种犯了冲煞的感觉。哪有一条大马路直指公司大门的，而公司大门又直对着办公楼的，就是不讲风水，单讲布局格调，也显得太没有内涵了。
　　以前的人往往都好大喜功，他做的好事就怕没人知道，总想把他最好的、最值钱的、最光鲜亮丽的都展示给别人，喜欢把最好的东西放到别人的眼皮底下，让你看个清楚，看个明白，所以才能有一条大路直抵大门，一座大门直达大楼，一目了然，一切尽收眼底。
　　不行，这个大门要改，这样从里到外毫无遮拦地敞开着，聚不了财，风水都流走了。
　　就在吴总凝视着大门，思考着怎么改造大门的时候，大门口突然来了一拨子牧民，骑着马，堵在大门口，说是毛纺厂拖欠他们的羊毛款至今没给，他们是来要钱的。如果再不给，他们就要把大门堵掉，不让进出。

大门口的马路上，很快就围了很多看热闹的人群。看热闹最让人兴奋，不用招呼，人流越来越多，人群越来越大。外人不知道这里发生了什么事，只知道中天纺织的大门被人堵了。

吴总觉得这么多人堵在大门口对企业的形象不好，吩咐保卫科的人赶快把骑马的牧民让到厂子里面来，叫他们派几个代表来会议室，他亲自接待，问问是怎么回事。可这些人不来，坚持要让老板出去。

吴总正准备下楼，方小青过来挡住他，说："人家那边刚一将军，还不知道发生了什么事情，我们这边老师就亲自出马，这不先乱了阵脚？吴总你办公室坐镇，我去看看。"

吴总说："那怎么能行，他们那么多骑马大汉，你一个小女子跑到他们中间，有个闪失怎么办？"

方小青说："没事的，牧民们看起来很粗犷，其实人很好，我去没事。"说着不由分说就让吴总坐下，自己去了。

但吴总还是不放心，他一边吩咐保卫科的人注意保护方总的安全，一边把公司财务中心的人叫来了解羊毛欠款的事，一边不时站在窗前关注大门口的情况。

大门口乱哄哄的。方小青一走出大门，就闻到了马群散发出的一股棚圈里的味道。这是她二十多年前学农时闻过的味道。马群里飞舞着苍蝇，这些苍蝇平时都在哪里？嗅觉咋这么好，一下子就来了，像是有人召集的一般。

保卫科的人给牧民介绍："这是我们公司的方总。"

为头的牧民哈哈大笑："你哄谁呢？推出一个女人来打发我们？"

方小青一脸严肃地对这个为头的牧民说："你可以不相信我是老总，但只要知道我能给你们解决问题就行了。"

为头的牧民说："我们不要你解决，叫你们老总出来。"

方小青说："我就是老总，我就是来给你们解决问题的。但如果你们不要，那你们就在这待着，我回办公室了。"

为头的牧民一招手，牧民们"刷"地一下把方小青围在了马群中间，不让她走，嚷道："让你们老板出来把你换回去。"

这一围，外面的人看不见方总了，而且外面的人也挤不进去。大家都为方总捏把汗。吴总在楼上的窗前把下面的情况看得很清楚，正急着要往楼下跑，突然看到方总一伸手把那个为头的牧民从马背上拽了下来。两个人说了什么吴总听不到，但能看到为头的牧民让马群散了去，他自己跟着方总进了大门，进了办公楼，进了方总的办公室。

方总让他坐下，给他倒茶，对他说："你说说，羊毛欠款是怎么回事。"

牧民一看这个女人的办公室这么气派，没准儿她还真的就是老总呢，一下子就谦卑了很多。

牧民说："毛纺厂这些年年年都从我们那儿收羊毛，羊毛款年年拖欠，基本上都是今年的羊毛款到明年收羊毛时才给。去年的羊毛款到今年上个月就该付了，我们来了好多趟，厂里的人一直不给，而且今年的羊毛也一直不收。厂里的人说毛纺厂马上就卖掉了，让他们到时候找新来的人要。牧民们害怕新来的人赖账，所以今天就来了这么多人。"

方小青一听是这么个情况，事情并不复杂，钱也不多，就是前面的领导想给中天纺织留一些难题，折腾折腾他们而已，也没有多大的问题。她就对这个牧民说："你别着急，我先问问情况。只要欠你们钱，我们就一定会给。"说着，她就去了吴总办公室。

吴总办公室坐了好多人，管生产的副厂长和财务中心的人都在。他们都在等方总，估计方总会过来的。

吴总他们在方总过来之前已经把情况碰清楚了，跟那个牧民说的情况基本一样。财务中心的人说："本来这笔羊毛款早就列入应付款了，但前任领导一直不让支付。其实这么一点小九九人们心里还是很清楚的，就是想给新公司制造点麻烦，增加点经营成本，其他也没什么。欠账还钱，羊毛款支付了就是了。"

牧民们拿上钱，高高兴兴地走了。走的时候，还说："我们的羊毛以后还卖给你们。"

牧民前脚要走了羊毛欠款，后脚跟着又来了要账的人。这一次的债主人少，只有三个人，三个个体老板，三家债主。但债务数额大，加起来好几百万，而且时间跨度比较长，已经两三年了。

吴总问他们："这么大的债务是怎么形成的？"

他们说这是他们这几年在不同时段参与毛纺厂承包经营和兼并重组时形成的："有的是押金，有的是送给中间人的介绍费或佣金。"

吴总又问："有没有收据、押金条或其他手续？"

他们说有的有，有的没有。吴总让他们把有手续的留下复印件，没手续的写个情况说明。

吴总再问："这么大的债务，你们在公司破产公告的时候为什么不来登记？"

他们说他们来了，清算组说他们手续不完备，不符合登记要求，不予登记，只做了记录。他们又去找毛纺厂领导，领导说他们已经没职没权了，让他们等到新公司成立后再来找新公司解决。

又是把这些棘手的问题推给了新公司。

吴总说："没有问题，你们把这些手续和情况说明留下，只要应该由我们新公司偿还的债务，我们绝不逃避。我们都是搞企业的，大家都不容易。但我们也要依法守规，如果这里面有不合规的，那我们也解决不了。你们再等几天，我们碰碰情况再说。"

要债的人走了，吴总又把管生产的副总和财务中心的人叫来，问他们知不知道这几个人的事。

财务中心的人说知道，但只是听说，财务中心从没收到过他们交付的押金，也没给他们出过收据或打过收条。

生产副总说，这些事他也只是听说。承包经营的时候，厂里有一个闺女许几个婆家的情况，这些事只有厂里主要领导和分管领导知道，别人都不清楚。承包费押金是交给谁的，怎么收的，也只有他们几个人知道。在这一次企业破产之前，听说他们几个领导早就商量好了要对外实行兼并重组，他们已经联系接洽了一些投资人，几个边缘化的车间和项目拟先行分解并购，具体实施到了什么程度，收了人家的钱没有，就都不知道了。但这件事里有几种情况应该是清楚的，一个是这个事应该有，另一个是跟厂里没关系，再就是清算组已经知道。所以生产副总建议这个事应该给清算组上报。

吴总说："那这件事就交给管生产的副总来处理，你情况比较熟悉，该解释的解释，该反映的反映，该上报的上报。不欠这个钱，我们就不还这个债。"

生产副总领受了任务，及时与清算组对接，没几天，毛纺厂原来的书记、厂长和两个副厂长共四个人就被带走了。这四个人的一些情况早就引起了清算组的注意，而且他们也早就汇报反映过。现在又来了这几个手持收据收条的债主，相关部门觉得该是对原来毛纺厂领导采取措施的时候了。

这几个领导被带走得有些突然，企业改革都已经搞完了，原以为这几个人也就平安着陆了，没想到这个时候又突然把他们带走了。

厂里有几个中层害怕了，不知道会不会牵连到他们，有些事这几个中层是知道的，有些还是他们经手办的，一旦追究下来，他们几个也跑不掉。有人在想，待领导的事稍稍平静之后，还是离开中天纺织，另谋出路算了。

远在天章的蔡团长也害怕了，不知道那个卖服装的小楼会不会被牵扯，那样他就彻底完蛋了。不仅他的100万完了，而且他这100万是从哪来的？他害怕田光耀知道这件事，害怕方小青知道这件事，害怕所有人知道这件事。他现在一想到这事就吓出一身冷汗。

事情都有正反两面，有人害怕就会有人高兴。厂里的离退休老同志和在职职工，无不欢欣鼓舞，觉得中天纺织一上来就干了件为民除害、大得人心的义事。

吴总和方小青他们即使受到表扬也觉得委屈,这事还真不是他们干的。新官不理旧账。他们管人家前面人的事干什么?但不管他们两个人怎么说,别人还是把这件事记到他们两个人的头上。厂里也有人认为这是新公司使的坏,硬生生把人家几个老领导送了进去,何苦来?

这不,那三个债主又来了。而且这次来了就是找事的,他们每个人都带了两个身强力壮的小伙子。接待他们的是管生产的副总。三个债主说,他们要找那个吴总,那个吴总也太不仗义了,你能解决问题就解决问题,不能解决问题也没有必要把人家抓起来,送进去。抓起来就放不掉了,送进去就出不来了。

这几个债主倒不是有情于那几个被抓的人,而是觉得这几个人被抓了,他们想要的钱就彻底泡汤了,还能找谁去?

生产副总说这件事跟吴总没有关系,是他在负责处理。三个债主张口就骂人:"那跟你这个锤子更没有必要多费口舌了,我们要见吴总。"

他们这边在办公室里大喊大叫,那边吴总和方总都听见了。两个人不约而同地走出办公室,出来就在过道碰到三个债主和随行人等。吴总把他们让进办公室,方总和生产副总也都跟了进去。方总随手把吴总办公室的门关上反锁了。

吴总给他们让坐,倒茶,给他们说明情况。吴总的话还没说完,一个打手一样的大汉逼近吴总,伸手就揪住吴总的衬衣领子,威胁道:"别说那些没用的,就说这件事怎么解决吧?"

吴总低头看看他下巴下面的那只手,说:"这是解决问题的办法吗?"

下巴下面的手松开了。吴总扭扭脖子,问:"你们想怎么解决?"

为头的人开口:"这样吧,先问一句,你是想公了还是想私了?"

吴总问:"公了怎么讲,私了怎么讲?"

为头的人说:"公了,我们就通过法律,对簿公堂,先把你公司封了再打官司,那你的损失可就不是几百万了。私了,你就把这几百万的欠账还了，你公司照常经营。如果一下拿不出这么多钱，可以先打个条子，然后分期付款。"

说着，刚才揪领子的大汉就把纸和笔递到吴总面前，那意思是让吴总打条子。

吴总不慌不忙地把纸和笔往旁边推了推，慢条斯理地说："问题是我既不想公了，也不想私了，因为我本身就跟你们没有任何关系，我有什么要跟你们了结了断的呢？"

为头的人手往茶几上一拍："给脸不要脸是吧？砸！"

几个大汉抡起家伙就在办公室里一顿乱砸。

吴总几个人都没出面阻挡，由着他们砸。对方人多，挡也挡不住。吴总后悔没叫保卫科的人过来。吴总觉得方总平时处理这些事都是很果断、很有主意的，今天怎么一言不发，一声不吭，看着他们闹成这样也没反应，不出去喊人，也不想个解决的办法，看她站在那里也不是害怕的样子。

就在吴总心里犯嘀咕的时候，方总突然走到那个为头的人面前，开口说话了："闹够了吧？"

为头的人看看她："我不和女人说话。"

方总问："你平时也不跟你妈说话？"

为头的人"呼"地一下站了起来，其他人也一下围了过来。吴总心想坏了，方总你好好的骂人家干吗？这一下肯定要吃亏了。

他正要往前挤，想帮着挡一挡，就听方总不慌不忙地说："你不是不把女人放在眼里吗？怎么一下如临大敌了？看来你们也有害怕的时候嘛。毛纺厂以前那几个领导是不是有什么把柄在你们手里，你们那几张押金条和收据之类的东西，是不是也是用这种手段逼着他们给你们写的？"

为头的人是失去了耐心，也是真的恼羞成怒，还没等方总把话说完，举手就打了过来，也不知道方总是怎么招架的，只听"扑通"一声，那为头的家伙就跪到了地上。其他人一看他们的头儿吃亏了，不管三七二十一，一窝蜂就都上来了。可转瞬之间，冲上来的人就都躺在了地上，还有几个站在后面的也都不敢靠前了。

方总指着为头的人说："听清了，中天纺织跟你们没有任何关系，毛纺厂那几个领导也是我们的老领导，他们有没有事我们不知道，跟你们有没有关系那是你们的事。希望以后我们再不要见面。"

方总的话刚说完，外面有人敲门。吴总说"请进"，他不知道方总进来的时候把门从里面反锁了，外面的人进不来。方总把门打开，进来的是公安局的，鲁大山副局长带着几个民警过来了，是公司保卫科打电话报的警。

鲁局长看着地上躺着几个人，以为是公司的，非常歉意地对方小青说："对不起方总，我们来晚了。"

方小青说："谢谢鲁局长，地下躺着的都是他们的人。"

鲁局长说："那就好，我们还要谢谢公司的配合，这几个人都涉嫌一起诈骗案件，我们正在找他们呢，他们倒跑到这来了。"

方小青因为和鲁大山比较熟，她不失时机地幽了一默："不过，他们今天来我们吴总办公室的事就不用罪加一等了，我们也是新来乍到，就当他们是来烘新房凑热闹的吧。"

鲁大山笑笑说："听懂了方总的意思，我们会考虑你们公司意见的。"

收拾了这几个装神弄鬼的流氓痞子，还真是件能够让人哈哈大笑而且能笑得起来的事。但吴总和方总的轻松心情没能保持多久，公司内部又出事了。

到了发工资的日子，公司职工却没能按时领到工资。过去毛纺厂是每个月10号发工资，可今天都11号了，新公司还没把工资发下去，职工着急，沉不住气，有人找到财务中心，质问："什么时候发工资？"

财务中心的人说："15号发。"

职工问："为什么？"

财务中心的人说："银行没有钱，发工资的时间往后推了。"

职工一听银行没钱，怎么可能呢？肯定是公司没钱，发不出工资。这个温州老板就是个大骗子，我们全都上当受骗了。于是，吴总是个大骗子，公司没钱发工资了，瞬间在职工中传开。公司的人开始往办公楼前聚集，有人喊赶快去把那个姓吴的大骗子堵住，可不能让他跑了。

办公楼前的人越聚越多。吴总赶紧把方总和财务中心的人叫来，问是怎么回事？财务中心的人说："本来昨天应该是公司发工资的日子，但最近银行的现金调度跟不上，有些慢，怕出现银行挤兑，他们就把各个单位发工资的日子都适当后延几天，以防不测。"

吴总知道这是当前金融风暴的影响，就说："那你们赶快找银行反映我们的情况，就说我们这里已经'不测'了，赶快先给我们调拨现金。"

财务中心的人说："我们刚才已经给银行打电话了，银行的人说这是他们银行系统统一安排的，他们请示汇报了再说。现在公司财务中心的人就在银行等着呢。"

楼下的人开始情绪激动，有人喊："中天纺织滚出去！""吴大骗子滚下来。"

吴总说："我出去一下，跟职工对对话，把情况给他们讲清楚，不是公司没有钱，是银行受金融风暴的影响，现金短缺，15号一定把工资给大家发到手。"

方总说："现在绝对不能出去，职工正情绪激动，而且又对我们极不信任，没准还有人暗中指使。我们出去见了也没用，说了也没人听，现在唯一的办法就是出去找钱。"

方总让把财务中心的车调到办公楼后面来，她和吴总要出去。财务中心的人说他们的车已经出去了。方总让他们另外调一辆车过来，她和吴总的车现在肯定不能坐，公司的人看到会挡的。

办公楼前的人还在乱哄哄地嚷嚷着，吵闹着，呼喊着，吴总和方总带着财务中心的人从后门走了。

他们先去找高庆阳，看他手里有没有流动现金先借用一下，救个急。

高庆阳说没问题，他们昨天的流水还没送银行，几个店汇总到一起应该有个二三十万。方小青说，太好了，可以解决一个大问题，差不多能把离退休老同志问题解决了。因为拿的是现金，方小青联系鲁大山，请求他派两个公安跟着押车，再到中天纺织帮忙维持一下现场秩序。

方小青又和吴总去地委，找夏连春，见面就说她是无事不登三宝殿。夏连春知道她肯定有事，而且不是十万火急的事她是不会来找他的。

夏连春听完方小青的告急，直接给银行行长打了电话，让他亲自负责处理这件事。银行现在是防挤兑，企业已经发不了工资，职工正在闹事，这也是挤兑。人家自己账上有钱，只要把人家需要的钱兑现了就行。中天纺织是刚破产重组的企业，人心十分不稳，无风都能掀起三尺浪，有风还不浊浪滔天？没准儿待会职工们就会走上街头，聚集到你们银行门口来了。

夏连春打完电话，方小青又和吴总去银行。行长说他已经安排开户行，马上带着现金去中天纺织，直接到企业代为职工发工资。他现在陪他们两位老总回公司，帮他们做做职工的工作。

吴总和方总感激不尽，几个人立即起身赶往中天纺织。走到半路上，碰到了中天纺织的人浩浩荡荡地堵在雅玛河路的半道上。行长和吴总各自都在心里想着同一个问题，夏秘书长预测得真准，这些人果然就出来了，上街了，要是稍微迟疑一点，没准儿就会闹出大事。

先于他们几个从高庆阳那儿拿了钱往公司赶的人，也是走到这半路上碰到了游行队伍，财务中心的人说他们拿上钱了，现在回公司发工资。游行的人说你们哄谁呢？你们回来发工资把警察带来干什么？你们要是想抓人现在就抓，不要把大家哄到厂里再动手。

正在他们僵持不下的时候，吴总、方总和行长他们就到了。方总一看这架势，不能再忍让了。再说现在发工资的钱也解决了，底气也足了。而且还有警察在场，他们还敢动手打人不成？她下了车，直接跳到车顶上站着，吩咐司机往前开。她要走到人群中间讲话。

真是胆小的怕胆大的，胆大的怕不要命的。本来人群齐刷刷地堵在车前面寸步难行，现在看到方总站在车顶上，车缓缓地往前走，人群也就慢慢让出了一条通道。

车在人群中间停下，方总扯着嗓子喊：

"大家不是要领工资吗？现在有钱了，钱就在车上拉着，可以回去发工资了。

"大家不是问为什么警察来了吗？几十万的现金在车上，为了安全，警察帮我们护送回来。

"大家不是说吴总没有钱吗？银行的行长亲自来了，就是要告诉大家，不是吴总没有钱，是因为银行现金调度的原因，推迟几天发工资，既然大家等不及，今天就由银行亲自上门服务，给我们发工资。

"大家不是说你们上当受骗了吗？你们今天领完工资，明天想离开的就可以离开了，反正你们的补偿金已经领过了。"

方总最后说："想领工资的就回去，想闹事的还可以继续往前走。"

说完，方总他们自顾自地走了。人群也在后面调转了头，好像还有人不甘心就这么回去，但队伍里已经传出不满的声音："什么人鼓动大家这么干的？"

再没人敢单独跳出来了。

最近接连发生的几件事，基本上都是方总冲到最前头解决的。那架势真有一种奋不顾身、临危不惧、视死如归的感觉，让人不得不佩服。

一堆牧民堵公司大门事件后，公司人盛传方总是个女汉子，只身一人冲入马群，把为头的牧民一把拽出来带到办公室，羊毛欠款的事解决了。

一群流氓大闹吴总办公室事件后，社会上盛传中天纺织有个母夜叉，一个人收拾了一群流氓。公安局把流氓带走的时候，她还帮流氓说情。

企业职工因为工资发放不及时而大闹公司还上街的事件后，坊间盛传方总拉着一车人民币，一个人站在车顶上给员工喊话："想领工资的跟我回去。"

接二连三的事情叠加到一起，一个活脱脱的女强人形象就鲜活地矗立在人们的面前。作为合作伙伴，吴总对方总已经不再是简单地刮目相看了，简直就是心悦诚服甚至五体投地了。吴总对方总的信任已经大大超出了同事间的合作共事范畴，就是在朋友间的相处中也是不可多得的兄弟姐妹。

路遥知马力，日久见人心，就是这个意思。

牧民堵公司大门的事，一般情况下，哪有女同志冲到前头去的？但方总就冲上去了，而且还就把问题解决了，特别是面对情绪激动的牧民，她还就能把矛盾化解了，这真不是一般女人所能做得到的。

流氓大闹办公室，吴总就处在矛盾的核心。面对穷凶极恶的流氓，男人心里都发虚，而方总一个女流之辈，则一直紧随吴总左右，静观事态发展，沉着冷静，从容应对，适时出手，化险为夷，干净利落。这叫艺高人胆大。

职工因工资闹事的事，绝对是一起偶发事件、突发事件，但方总遇事不慌，处事不惊，一边找朋友应急，一边按正常渠道反映，最终不仅没酿成大事，而且还赢得了人心，收到了意想不到的效果。

这几件事情之后，为了变被动为主动，吴总立即着手做了另外几件事：

一件是改造公司大门。大门口是公司的门面，不能成为聚众闹事的场所。发生牧民堵大门事件的时候，吴总站在办公楼窗前往下看，他当时就想，这件事情一过去，趁早就把公司大门改造了。

民间说法，穷不搬家，富不迁坟，生意不好就改大门。吴总在装修办公楼的时候就想改大门了，所以举棋不定、迟迟没动，就是怕别人说他迷信讲风水，急于改变，瞎折腾。现在看来，该改变的还是要尽快改变。人，不能老是沉浸在旧有的节奏和过去的记忆中。

吴总让公司后勤部门与市政联系，在雅玛河路直抵公司大门口的地方，修一花坛，花坛背后，大门前面，修一个"一"字形照壁，底座镶嵌

"中天纺织"四个大字。雅玛河路至花坛前分两侧环形绕至公司大门。进公司大门后，在办公楼前立一旗杆，升五星红旗。

做这种改变，吴总心里有说法，但他搁在心里不说，说出来的则是另一番话语："大门是一种精神，一种文化。大门不能太高，太高会让人习惯于往上看，久而久之，让人爱慕虚荣，眼高手低。大门不能太低，太低会让人习惯于往下看，久而久之，使人目光短浅，低人一等。"

第二件事是指定专人负责处理遗留问题，要不然太牵扯大家的精力了。方总以前说得对，不怕花钱，就怕扯皮。公司里老是有人不明不白地来要债的感觉总是不好。你正干得好好的，突然有人来要债，而且你还不知道到底欠不欠他钱，欠他多少钱。毛纺厂的债务问题，尽管破产时已做了债权债务登记和公告，可是他说他没看到你的公告怎么了？你欠人家钱是真的，你说公告后冒出来的你不认，那他去找谁？找政府？那不是又把问题上交了？不行，公司就是要确定一名领导专管欠账和处理遗留问题的事。就让管生产的副总来管这件事，他是毛纺厂老人，对过去的事情熟悉，由他来负责这件事正合适。

吴总把这位副总叫来，给他谈了让他最近抽出一段时间集中处理原来毛纺厂的外欠债务和遗留问题。没想到这位生产副总笑笑："不好意思吴总，我正要找您谈呢，我准备离开中天纺织，想自己出去找点事干。"

吴总心里一惊："怎么了？是我们哪个地方没做好？"

生产副总说："不是的。吴总您不要多想，是我自己的原因。我当时决定留下来，就是想干一件事，把那几个借企业改革谋私利搞腐败，挖了毛纺厂墙角的蛀虫送到监狱去，现在这个任务完成了。尽管他们是咎由自取，但我还是看到了正义的力量。我知足了，可以离开了。"

吴总说："如果我不让你走，要把你留下来跟我一起干呢？"

生产副总说："像我这样一个不合群的人，您愿意用我？把我留在您的身边，您不觉得我心理阴暗不健康吗？"

吴总说："我需要你这样的人。"

第三件事情要给方总再委以重任，让她直接担任中天纺织的法定代表人。中天纺织已经走上轨道，把中天纺织这一摊子都交给方总主抓正是时候，中天纺织只有方总能够立得住、撑得起来。

陈姐告诉方小青说："刚开始的时候，企业里还能听到一些牢骚和不服气的声音。温州老板有什么了不起的，不就比我们多两个钱吗？女老板又咋的，原来不跟我们一样也是个挡车工，就因为嫁了一个有钱的老公，就比我们强了？但这几次事情之后，特别是工资事件的圆满解决，职工中一下子都是佩服的声音。尤其是方总，你真把大家给征服了。以前那些个二话多一些的，基本上都是跟原来的领导走得近的，现在那几个老领导一出事，这些人也都老实了，可能还害怕受牵连呢。"

第十八章

女人花

吴总把中天纺织的法定代表人交给方小青,既是信任,也是责任。不当家不知柴米贵。方小青有点急了,干不好咋办?她拿起电话打给高庆阳:"高老师中午请我吃饭?"

"为什么?"高庆阳的饭也不是想吃就吃的,你得说出个所以然来。

"我当中天纺织的法定代表人了,不知道这法定代表人应该怎么当,你教教我。"方小青很谦虚地说。

高庆阳在电话那头哈哈大笑:"你哪好玩哪玩去,我哪有那么多闲工夫,去教别人怎么当法定代表人?"

"你严肃点,我是认真的。"方小青在电话这头说。

"我知道你是认真的,你认真地拿我开涮。"高庆阳不无正行地说,"你在执意拿下毛纺厂的时候,就已经做好了今天要当法定代表人的方案,现在当了法定代表人还来向老同学讨教怎样当法定代表人?"

"你搞清楚啊,我那重组毛纺厂的方案是给吴总做的。不是给我做的。"方小青敲打起高庆阳来。

"给吴总做的方案你就不能用了?"高庆阳认真起来,"我印象里你当时说的好像是拿下毛纺厂要抓紧做好三件事:搞好主业,甩掉包袱,房地产开发，没准儿人家吴总就是记着你这三件事才把法定代表人让给你的呢。"

放下电话，方小青自己倒好笑了，一个法定代表人就把自己吓着了？

接手毛纺厂要做的三件事全面启动，全面提速，原来计划后排的几个项目，现在都可以提到前面来做，这关乎中天纺织后续发展和盈利能力。

一块是毛纺，就交给管生产的副总具体负责，他很内行，干得也很得心应手。这一块稳住就好。

一块是服装，粗纺先停掉，精纺开足马力生产到年底，腾出时间来上服装。上服装生产线的事由吴总亲自来做，这是他的老本行。

一块是房地产，明年开春动工，现在要做好前期准备，由吴总回南方找一家合作伙伴过来一起干。他重组毛纺厂是干啥的，还不就是为了挣钱，挣钱的事还是他自己干踏实。

剥离企业办社会这一块，涉及面广，需要跟外人打交道，是个出力不讨好的事，就自己来做。学校交出去的事苗素馨正在帮着协调，问题不大。医院改制的事还没有头绪，得仔细琢磨，从长计议。

方小青从小是在医院长大的，搞医是他们家的长项。她想把母亲和继父接到鹿川来，他们应该能帮她出出主意。她也想儿子了。华华从小到大，娘儿俩还是第一次离开这么长时间。一放暑假，华华就嚷着要到鹿川来，她之所以不想让他来，就是不想让他见到他的爷爷奶奶。现在想来，还是顺其自然好，见了就见了，没见就没见。爷爷奶奶也就是一个关系和称谓，并不代表真正的感情。

方小青打电话给母亲说："暑假了，你们带华华来鹿川玩一阵，不知道能不能走得开？"

母亲说："我一个退休老太太，有什么走得开走不开的？你想让我们去，我们就去了。"

华华一听他妈妈要让他跟着爷爷奶奶去鹿川，电话那头他就不停地嚷嚷，他来了要见他阿爸阿妈和禾子妹妹，要见高叔叔和亮亮哥哥、晶晶妹妹。

方小青突然觉得，儿子大了，是应该出来走走看看了，特别是他念叨的这些人，经常在一起待一待，交流交流，增进些了解，建立些感情，也是必要的。

华华跟着爷爷奶奶到鹿川的第二天，他就在高庆阳叔叔的大上坡大酒店，见到了他想要见的人。

晚上人不多，就方小青和她爸爸妈妈，还有儿子华华，夏连春、苗素馨和禾子，高庆阳和凤月琴以及亮亮、晶晶。就他们三家人，别的人谁也没叫。

夏连春说："今天晚上是家宴，过两天方妈妈还想见哪些老同事、老熟人，我们再安排。"

方小青一直不知道夏连春把她母亲叫妈妈，心里好感动，真难为他了。

方书记说："我一个退休老太太，我们就在家里待一待，尽量不去惊动打搅别人，就像今天这样几家人坐到一起说说话聊聊天最好。"

夏连春说："这好办，你回来这段时间，没事我们就陪你到处走走看看，一起说说话，还可以把你请到家里给我们做抓饭吃。"

方书记说："这个没问题，你们上班，我在家给你们做饭。"

华华也说："奶奶的抓饭做得特别好吃。"

华华和亮亮同年级，下学期上高二。禾子和晶晶同年级，下学期上初三。四个孩子在一起，一点也不陌生，真是应了"父交子往"那句老话了，几个人投缘得如兄弟姐妹一般。

家宴，聚会，主角往往是两个，一个是老人，一个是孩子。华华今天晚上也应该是主角。但因为有爷爷奶奶在，加之奶奶又是阿爸阿妈的老领导，自然阿爸阿妈他们就把晚辈的尊重都给了奶奶。

奶奶或许是不想冷落孩子，或许是触景生情，她看着四个孩子在一起的样子，忍不住就对夏连春、高庆阳、小青和凤月琴他们说："看看这几个孩子像不像你们当年上学时的样子？"

像，太像了。他们几个人相识的时候，夏连春、高庆阳、方小青上高二，凤月琴上初三，真像是历史又转了个轮回。

高庆阳看着华华和亮亮，活脱脱就是当年的夏连春和自己。高庆阳忍不住就问方小青："看华华和亮亮像不像当年的夏连春和我？"

方小青脑子里浮现出第一次见到夏连春的样子，一身粗布衣服，很土，但土中还有些灵气，脑袋圆乎乎的，厚厚的嘴唇，大大的耳朵，一双明亮的大眼睛，有神，还有些羞涩，尤其是看女生的时候。方小青觉得挺好玩，有一种大姐姐看小弟弟的感觉。

方小青笑笑，摇摇头，说："不像。"

高庆阳问："哪儿不像？"

方小青说："哪儿都不像。你们当年哪有人家两个现在这么帅？个子也没人家两个高。"

他们两个那时候确实没有这两个这么高。现在的孩子就是能蹿个子，不管爹娘个子高矮，孩子都能蹿成大个子，也不知道是吃的好了还是人类进化了。

华华听了妈妈的话，冷不丁冒出了一句："怨不得我妈当年不在阿爸和高叔叔两个人当中找一个呢，原来嫌他们没有我爸个子高。"

方小青白了儿子一眼："大人的事你知道啥？"

华华吐了一下舌头："好好，我什么都不知道，不说了。"

华华有一个奇怪的感觉，他没见阿爸的时候特别想见，他以为可能是听妈妈说多了，好奇。今天见了，心里一下就觉得特别亲。阿爸也就是伸手摸摸他的头，问了他几句话，看他一个眼神，他就觉得这个人才像他爸爸。这难道是从小到大缺少父爱造成的？

估计他那个名义上的亲爸爸在他们同学当中也不咋的，要不今天阿爸和高叔叔怎么不叫他来？当然，也可能是妈妈不想见他。也不知道这次能不能见到他，又一年多没见了。管他呢，这些好像都不是他操心的事。妈妈说得对:"大人的事你知道啥?"

一顿饭吃下来,四个孩子已经熟络亲热得不想分开了。亮亮护着晶晶,华华护着禾子。几家大人的关系也特别特殊,华华把禾子爸爸妈妈叫阿爸阿妈,禾子把亮亮晶晶的爸爸妈妈叫大爸大妈。四个孩子怎能不一见如故,一见就亲?

高庆阳说:"四个孩子都不想分开,你们就在这玩儿,晚上就住酒店,房间已经开好了,反正假期也没什么事,你们就好好陪陪华华。"

四个孩子都很高兴。华华说:"高叔叔真好。"方小青说:"谁由着你谁就好。"华华说:"那当然,有奶才是娘啊。"方小青嘟囔儿子一句:"贫嘴。"

儿子不在,回到招待所,方小青就把中天纺织的事给爸爸妈妈粗略地说了一遍,老人听了也很欣慰。母亲说:"小青现在才找到自己的角色。"

小青说:"我想把公司医院做大,但又不知道怎么做,想听听爸爸妈妈的意见。"

母亲看看小青,女儿变了,长大了,懂事了,成熟了,知道听爸爸妈妈的意见了。以前可不是这样,从小到大,虽然什么话都给母亲说,但什么事也都往心里搁,就像婚姻这么大的事都不给当妈的说一声。

儿大不由爷,女大不由娘。孩子越大,主意越多。可这一次,女儿在年过四十的时候,却千里迢迢把老父老母从省城接到鹿川,就是想听听他们对开办公司医院的意见。他们真正体会到了女儿追求事业的执着和用心。

老两口也不怠慢,尽他们所知所能,力求从政策、业务和工作层面,梳理情况,把脉分析,对民办医院的定位、利弊、对策、举措,特别是怎么发展,讲出他们的看法。看着老两口非常认真的态度,方小青感动之余,突然撒娇似的说了句:"谢谢老爸老妈,我都这么大了,还让你们为我操心。"

妈妈说:"这生活也真能改变人,没想老都老了,我的小青居然还能活出新的人生。"

爸爸不放心似的又补充说："办医院这件事，不能短视，一定要有长远眼光。办医院，需要钱，需要投资，但投资人不能急功近利，不能把医院办成商业项目，更不能把病人当成商品。必须把办医院当成事业干。"

妈妈接着说："你爸爸的话不是说你们不能挣钱，公立医院现在都要挣钱，以医养医。民营企业家不是慈善家，他不是来扶贫的，他的投资也要有收益。而且办医院也一定会有收益。古人说，生财之道，劫道卖药。但君子爱财，取之有道。不能昧着良心挣钱。"

妈妈叮嘱："企业家可以投资医院，但办医院一定要由懂医的人来搞。你们的医院不能办成普通医院，要办出特色。不要办成综合医院，要办成专科。不要和公立医院竞争，要办成公立医院的补充。当然也不能办成神医，祸害老百姓。"

听到这里，方小青突然手往大腿上一拍："有了！我知道我们应该办成什么样的医院了，就办成地方病专科医院，和地方病研究所合办，请文在书所长当院长。"

老两口都知道文在书，认为小青的想法可行，但人家文在书愿不愿意跟你们民营企业合作，恐怕还要做做工作。

做工作没问题，方小青跟文在书院长熟着呢，当年开门办学时就跟着文在书院长学过医，她也自称是文院长的学生。

文在书院长虽然是全国知名的地方病专家，也是老百姓心目中口碑极好的医生，但这几年因为受到胡兰义事件的影响，他的工作受到很大冲击。地区卫生处处长免了之后，他就一直在地区地方病研究所当所长，搞业务。但因为研究所的资金严重不足，地方病研究工作一直没有什么起色，甚至处于停滞状态。学医的不能给人治病，搞地方病研究的没有研究课题，这是怎样的心情？

正当文在书处在无所事事、一事无成的状态下，受尽煎熬不知如何是好的时候，方小青突然来找他一起合作开办地方病医院，简直是喜从天降。他觉得自己人生转折的重要时刻到了，方小青成了救他于水深火热之中的依托。

这样的好事还要问他行不行干不干吗？这些年他做梦都想成立一个地方病医院，哪怕是在哪个医院里开设一个地方病科都行。他当地区卫生处处长的时候，在原来地方病办公室的基础上成立地方病研究所，就是想在研究所的基础上过渡成立地方病医院。但他的抱负还没来得及实施，就因为那个胡兰义的事被免职了。

其实，文在书当时作为地区卫生处处长，从一开始就对胡兰义的事持谨慎态度，他说了三句话：一句话是积极支持天章县委解决老百姓看病难的问题。第二句话是现行条件下，筹建民办医院还有政策障碍。第三句话是对胡兰义医生的资质要进行审核认定。但田光耀只是有选择地听了他一句话：积极支持天章县委解决老百姓看病难的问题。

对胡兰义事件给自己带来的影响，文在书虽有委屈，但也能接受，业务部门承担领导责任是应该的，谁叫自己当时态度暧昧、措施不力呢？

胡兰义事件给文在书的人生启示就是：对任何人任何事，一就是一，二就是二，一不要说二，二不要说三，否则，多余的那一点，就是你要负责的，你要承担的。

所以，这一次方小青来谈合作的事，一向行事沉稳的文在书，一反常态地明确表示："行。""干！"一点也不拖泥带水。

文在书觉得自己事业的转机出现了，兴奋得不能自已。他十分明确而又非常急切地对方小青说："咱们尽快把合作协议签了吧，后面跑报批手续的事你就不用管了，都交给我来办。我会尽快把手续办下来，争取早日把地方病医院的牌子挂起来。"

方小青也欣喜不已，这么一件原本不知如何下手的难事，一旦找到了解码的钥匙，瞬间就变成了易如反掌之事。

什么叫一拍即合？我一拍子拍下去就合上了你的节奏，我一张口就能和你说到一起，你一提议就合乎我的要求，没有协商就能达成一致，没有交流就能实现默契。

办医院的事交给了文在书，方小青一下子就从纷繁的具体事务中解脱了出来，她又可以抽出时间陪父母了。

华华已经好几天没见人了，和那几个小朋友玩得不亦乐乎，有时候住在酒店，有时候住到阿爸阿妈家，反正不需要妈妈和爷爷奶奶了。前天他爸爸过来都没见着他。

蔡团长过来商量两件事，一件是他父母邀请两亲家、儿媳妇和孙子到家里去，一件是蔡团长邀请他们去天章。这两件事岳母都很爽快地答应了，但她没答应到家里去，就在外面吃顿饭，见见面，说说话，聊聊天。

方小青觉得这一次她这个丑媳妇是一定要见公婆了，躲是躲不掉了。

两亲家见面聚餐安排在大上坡，田光耀安排的，他和蔡团长一起从天章赶过来。场面很大，人很多，这是田光耀的做事风格。

但夏连春一家人没来，高庆阳家的凤月琴和两个孩子也没来。夏连春事先给方妈妈说了，他和小苗有些事，晚上就不陪她了。方妈妈知道连春心里怎么想的，觉得这孩子心里这道坎还没过去，就说，你们忙吧，不要陪了，她吃完饭也早早回来休息。

蔡团长原以为夏连春两口子晚上会来的。儿子华华都已叫他们两口子阿爸阿妈了，就冲着孩子这层关系，大家在一起也会显得自然一些，亲近一些。他自打和方小青结婚以后就再没见过夏连春，来天章这么久了，一直都不敢面对夏连春。他本来想通过今天晚上的相聚，力求改善关系，尽释前嫌，现在看来不是那么简单。夏连春的态度，让蔡团长心里还是有些怯。

夏连春没来，宴请的和被请的都觉得欠了点什么。特别是华华，觉得他阿爸阿妈和禾子妹妹不在，高叔叔家的阿姨和亮亮、晶晶也不在，这顿饭吃得没意思，他就一个人闷闷不乐地坐在那一声不吭。本来田光耀伯伯想让他坐到爷爷奶奶跟前，他说他不就坐在爷爷奶奶跟前吗？原来他心里的爷爷奶奶就是姥姥姥爷。

孩子就是孩子，随他吧。

但儿媳妇倒是做得无可挑剔，方小青比着华华，把公公婆婆喊成爷爷奶奶，倒还自然，贴切，像模像样。她其实就是为了回避叫爸爸妈妈。

田光耀觉得这顿饭是他请过的最累最尴尬的一个饭局。虽然大家面子上都能过得去，但就是缺少那么一点自然和真实。他之所以要安排这么大的场面，既有面子的原因，也有里子的因素，他就是想把气氛搞得热烈一些，怕人少了冷场。他为蔡团长和蔡团长父母也只能做这些了。

大上坡这顿饭，蔡团长算是吃明白了一个道理，他和夏连春早已经不在一个频道上了，而且这道鸿沟是再也不可能逾越的了。现在他和夏连春之间最悲哀的事情莫过于自己的儿子把夏连春叫阿爸，自己的老婆跟在夏连春屁股后头转，自己的岳母向着夏连春说话，而他自己却被干干地晾在一边，狗屁都不是。

这么些年来，他本来在心里还存有一丝对夏连春的愧疚，半路上把人家的女人给抢来了。但现在看来，自己只是做了一件龌龊的事，这个女人还是人家的。自己的老婆孩子岳父岳母来了，只看着人家置身其间，自己却走不到跟前去，这是何等的屈辱。

从大上坡回到天章之后，蔡团长实在忍不住了，他找到田光耀开始倒苦水。田光耀说："这是你想多了，夏连春不想见你这是肯定的，多尴尬呀？但他接待你的岳母一家人，这是他的工作，而且他的老婆孩子也一直跟着。至于你的老婆孩子不愿见你，那是你们自己家的事情，这跟人家夏连春有什么关系？"

田光耀突然有点激动地说："我就纳闷了，你和方小青都一起生活了这么多年，而且人家在外人面前还很给你面子，但你们为什么至今还是貌合神离？你们俩现在都在鹿川做事，平时却连面都不见，这正常吗？你自己的儿子为什么对你也是不理不睬的，而且连爷爷奶奶也不愿意叫，这些难道你不应该在自己身上找找原因吗？"

田光耀第一次把蔡团长的家庭问题讲得这么直白，蔡团长也是第一次听别人讲他老婆孩子的事。当然，一般人并不知道的这么清楚。让田光耀这么一说，蔡团长反倒平和了一些。他承认自己这辈子最大的失败就是家庭问题。田光耀说得没错，应该在自己身上找原因。但问题是，不用找他也知道是自己的原因。知道原因又能怎么样？把自己杀了？他还没活够呢。把老婆孩子杀了？责任又不在他们。就这样过吧，毕竟还有个家。自己酿的苦酒自己喝，无须别人陪着。

场面上的事情都走完之后，夏连春对方妈妈说："见见方平吧？"

方妈妈说还是连春想得周到，方平要见见，她已经两年多没见方平了。连春说方平已经升任赤麓山林业局局长了。

方平的伯父方家祥，离休也已经十来年，举家迁去了东部沿海城市，安置在军队干休所。他和妹妹方家云，现在也是虽有联系，却没再见过。

方平听说姑姑回来了，高兴得不得了，带上老婆和女儿就去毛纺厂看望姑姑。

方平在他们同学里结婚是最晚的，他的女儿也是年龄最小的，下学期开学才上小学，和其他同学的孩子要相差十来岁。人家的孩子都上中学了。

方平请姑姑在赤麓山林业局宾馆吃饭的时候，几个大哥哥大姐姐都把方平的女儿当成小屁孩，不跟她玩。可年龄小的又总喜欢跟在年龄大的屁股后面，大哥哥大姐姐不跟她玩，她就趴到妈妈怀里哭。

凤月琴打趣梁美心，结婚晚了，孩子都跟着受气。梁美心就在凤月琴跟前抱怨夏连春："谁叫大叔一直把方平藏在山里不让我们见的。"

方平说："你平时叫一声大叔也就行了，你不能当着我姑姑的面还把夏连春叫大叔，你这样就让我没法开口说话了。"

夏连春说："这有啥没法开口的，你跟着叫就是了。"

姑姑听着他们调侃的口气，觉得很温馨。就问："你们这中间有什么故事吗？"

大家一阵嬉笑。凤月琴就把上高中时梁美心问路把夏连春叫大叔，夏连春和同学们一起带着梁美心去山区林场，然后梁美心和方平就相爱结婚的事说了一遍。

姑姑说："这个故事很美好，那方平应该好好谢谢连春才对哎。"

方平说："姑姑你不知道，夏连春这个人情我是还不完了，女儿都这么大了，我还要经常给他摆谢媒宴，关键他自己又不喝酒，我有一点好酒，都因为他让别人喝了。"

姑姑一听，哈哈大笑，端起酒杯说："你们的故事很美好，你们同学之间的感情也很美好，我敬你们一杯。"

一桌人都站了起来，跟着方平叫姑姑，祝姑姑健康长寿。

方平明显能够感觉出来，姑姑对夏连春还是那么喜爱，还是那么护着夏连春。妹妹小青和外甥华华对夏连春也是那么好，那么信赖，不知道的人很容易把他们当成一家子。夏连春和小青之间到底发生了什么事，他也不好问。当然，有什么事也是过去的事了，现在都是成家立业的人，再追问那些也没有什么实际意义了。

方平和梁美心一起给小青敬酒，交代小青有什么事就给哥哥说，他一定会全力以赴。赤麓山林业局下面的森工企业也都在改制，小青如果有兴趣可以公平竞争。

小青说："好，谢谢哥哥嫂子关照。"

梁美心这是第一次见方小青。她以前听凤月琴大概说过一些，但比较模糊，今天一见，确实让人眼睛一亮。她是那种能让许多女人在她面前失去自信的人，怨不得凤月琴说，她当年每次见到方小青心里都有点发毛。

梁美心感叹，大叔到底有什么魔力，他身边的女人一个比一个抢眼。你看这桌子上的三个女人，凤月琴、方小青、苗素馨，一个比一个优秀，一个比一个对大叔好。而且这三个女人自己在一起也相处得很好。她们彼此心里都明白，就因为一个夏连春，三个人的关系被拉近了。

三个人当中，凤月琴是第一任，资历最老，但她性格最柔，甘居人后。方小青年龄最长，性子也最烈，本来她应该是大姐姐，但因为苗素馨是现任，老大的位置自然归她，凤月琴、方小青两个人谁也不去抢她的风头，但苗素馨又确实没有一点风头。所以三个人才能这么没事人似的和平共处。

梁美心自顾自地就笑了起来。凤月琴小声问她："笑什么？"

梁美心说："我在笑你们三个女人。"

凤月琴知道她说的意思，就问："好笑吗？"

梁美心说："好笑。"

好笑就好。女人的生活就应该像花儿一样。就像歌里唱的，别问花儿为谁红，爱过知情重，醉过知酒浓，女人如花花似梦。

方小青终于等到了梦醒时分。年届四十的女人，终于熬到了有声音、有色彩的生活。都快二十年了，她一直生活在自己和儿子的世界里。偶尔也会在心里哼着自己喜欢的歌："有些事情你现在不必问，有些人你永远不必等。"

自己的事情自己明白，无须别人来问。自己的人自己清楚，不需要没有意义的等。她很珍惜她的现在。

开学的日子临近，爷爷奶奶要带着华华回去了，华华有些舍不得，不想走。方小青试探地问："华华要是不想回去，就转到鹿川来？"

儿子愣了一下，不解地问："你的话当真？"

方小青赶快收回自己的话，说："我就是想看看华华有没有舍不得的人。"

华华一脸调皮地说："当然有啦，舍不得你，舍不得他，舍不得他们。"

"谁是他？谁又是他们？"方小青问。

"他，就是阿爸，其他都是他们，阿妈、高叔叔、亮亮、晶晶、禾子。"华华说，"我这次回去就上高二了，后年高考，这两年对我可是太重要了。我和亮亮已经约好，后年我们一起考到北京去，考同一所学校。晶晶、禾子四年以后也考到北京去，考到我和亮亮的学校。这是我们四个人的约定。"

方小青高兴地说:"我儿子有出息。

儿子立即回应妈妈:"当然,如果老妈真的需要我来鹿川,我也来。"

方小青看着儿子一脸认真的样,一下就联想起自己当年由省城转到吉宁上学时的心情,赶紧宽慰儿子:"别当真,妈逗你玩呢。"

第十九章

乡巴佬进城

文在书院长的工作效率真高，前后两个多月的时间，他就把地方病医院的所有手续都办了下来，地方病医院的架子也已经搭了起来。他还从外地挖了几个志同道合的地方病专业人才过来，其中就包括多年前在北京为他介绍肝病病人的那个北方女医生。

文院长问方小青："什么时候可以为地方病医院挂牌？"

方小青问文院长："医院什么时候可以接诊看病？"

文院长说："万事俱备，只欠东风，这边挂牌，那边就可以开张。"

方小青说："那就先开张后挂牌，挂牌仪式要等吴总从南方回来，因为吴总才是中天地方病医院的实际出资人。"

吴总回南方已经有些时日了，他这次回去有两大任务，一个是上服装厂的事，一个是房地产开发的事，这两件事都需要借助别人的力量一起来做。估计吴总最近差不多也该要回来了。

文院长问："医院开张运作的事不等吴总回来行吗？"

方小青说："行，治病救人是医生的事，就是吴总回来他也做不了什么，还是你来做。挂牌只是个形式，看病才是正事。"

文院长感慨："这样的合作才是干事的，方总你放心，有你们这样干脆利落的做事态度，我们一定能把中天地方病医院办好。"

安顿好中天地方病医院开业挂牌的事，方小青心情大好，回到办公室正要给吴总拨电话，突然有人敲门，进来两个不速之客。

来者一男一女，女的给方小青递上证件，自我介绍说，他们是地区信访办的。他们接到上面转来的群众来信，反映方小青本人和中天纺织的一些事。他们主要是来了解核实一些情况，请她积极配合，如实回答一些具体问题，并对自己回答问题的真实性负责。

方小青长这么大还没经历过这样的事情，一开始，她让来人公事公办的架势给唬住了，搞得她莫名地有些紧张。当来人把他们要了解的问题一一说出之后，她才慢慢地松弛下来，恢复正常。

中天纺织是谁投资的？

方家云书记是不是你的母亲？

夏连春秘书长是不是你的同学？

你和夏连春曾经是恋人关系吗？

前三个问题方小青都如实做了回答。第四个问题她说是个人隐私，不予回答。

来人也不勉强，他们只是公事公办，询问一些情况，希望方总理解，他们会注意保密的。

送走信访办的人，方小青坐在那里生闷气，无心做事。她在想，这是什么人干的事？矛头对谁？她？母亲？夏连春？如果是对母亲或是夏连春，为什么不写信给纪检委？

从信访办了解核实的这几个问题看，反映的都是她的私事和家事，这些事不会置她于死地，对她妈妈和夏连春也没有什么大的影响。既然写信了，为什么不制造一些骇人听闻的猛料？

从信访办来人的态度看，信里没什么大不了的问题，他们也就是为了给上级信访部门交差。

那写信人的目的是什么，为什么要写这封信？恶心她？敲打她？吓唬夏连春，不要跟她走得太近？

写信人是谁？谁有这样的心理需求？外人不会在意这些事，外人也不知道这些事，知道也不会太全面。那就是自己人干的。知道这些情况的只有高庆阳、田光耀和蔡团长，高庆阳不可能，田光耀没有动机，唯一有可能的就是蔡团长。

蔡团长有这种心理需求。这次爷爷奶奶领着华华来鹿川，华华的表现刺激了他，夏连春的一些做法伤到了他，他这是反击？蔡团长当年进监狱就是别人举报的，他知道一张邮票的作用和威力有多大。他的真实目的，可能也就是要敲打一下他老婆，警告一下夏连春，不要太过分，有人盯着呢。

盯着就盯着，不做亏心事不怕鬼敲门。方小青心想，等我这一阵把手头的事忙完，回过头再抽时间跟你们玩玩这些小孩过家家的游戏。

吴总回来了，带来两个人，一个是温州服装公司的副总，一个是一家房地产公司的合作伙伴。吴总一见到方总就检讨："我自己手头的事进展慢了，没有方总这么神速，我才走了两个月，方总就把一座地方病医院办起来了，要是我再晚回来一点，方总是不是就把中天纺织都能包装上市了？"

方总说："我哪有那本事，也就跟着吴总干一点具体的事，也都是吴总领导有方。"吴总对她那么信任，给了她那么多自主权，她再不为吴总打好工，替吴总把该办的事办好，就对不住吴总了。

吴总诚诚恳恳地对方总说："方总啊，你以后再不能说替我办事、为我打工的话了，我们两个可是平等合作，不存在谁为谁打工的问题。"

吴总回到鹿川的第三天，中天地方病医院挂牌开业。地区领导到场祝贺，有关方面的代表悉数参加，上级地方病研究机构也发来贺电。地区领导在致辞中表示，中天地方病医院是改革开放的产物，是民营资本与卫生资源结合的尝试，由此也必将迎来鹿川地方病防治工作的春天，为患者带来福音。中天地方病医院必将造福于鹿川各族人民。

医院开业前，方小青专门给夏连春打电话，叫他开业挂牌时就不要来了。夏连春说这是他的工作，为什么不来？

方小青也不知道夏连春知不知道有人写信反映他俩关系的事，她电话上又不好说。但从夏连春说话的口气上好像他知道似的，"这是他的工作"，那意思就是谁想说什么说去。

方小青则没有这样大度，她一直想着要把这件事情搞清楚。等忙完这一阵之后，她要专门去一趟天章，去看看蔡团长。她要用她的方式试探究竟。

她也有必要去一趟天章了。一来做给外人看。她和蔡团长是夫妻，夫妻还是要见面的，不要让外人说三道四了。这些年她还是很注意这些的，只是到了鹿川她反倒有点由着性子来了。二来做给蔡团长看。他们是夫妻，夫妻还要有点夫妻的样。冤家宜解不宜结，都这么多年了，也不至于这一阵突然又憎恨起来。

她想去天章，说到底还是为了夏连春，她既想堵住外人的嘴，又想稳住蔡团长的心，不要因为自己的粗心和任性而节外生枝。年轻的时候已经在感情上伤害过他一次，现在人到中年了，他在官场上正顺风顺水，可不能凭空再给他带来什么不利的影响。如果那样，她情愿放弃她现在的一切。为了夏连春她什么都可以做，什么也都可以不做。

她要找一个恰到好处的时机，既不能让蔡团长感到突兀，又不能让他误以为她心虚害怕了。既然做了就要收到最好的效果。她觉得年底的事忙完之后，春节前的一段日子比较合适，她可以主动去找蔡团长商量过年的事。

可是等到春节前，她心里一直盘算着要去天章找蔡团长的事却彻底被放弃了，不需要去了。夏连春已调到省政府当副秘书长，方小青所关注的事已经不可能再对夏连春造成什么影响了。

高庆阳说他早就知道夏连春能当大官，但不知道他居然能当到省政府里去。

夏连春说他早就知道高庆阳是个神人，但不知道这么神。他们高中毕业的时候，高庆阳就说夏连春以后能干到地厅级领导，但那时候没人信他，也没人拿他当真，就当他是讲好话，奉承人，随口一说。

方小青问高庆阳："你是不是学过麻衣看相？"

高庆阳说："那能有我看人这么准？现在的人都说曾国藩善于识人相面，但他亲自选定的几个女婿个个都选错了，害了亲生女儿的一生。看人的面相一定要跟这个人的品行结合起来，我们常说这个人面善，那个人有点阴，这个人肥头大耳的，那个人尖嘴猴腮的，其实都有相由心生的道理。但人的命运终究掌握在自己手里，努力勤奋之人，必有好运。夏连春身上有一种潜在的气，是这种气和势结合在一起，慢慢地散发出来，能感染人，带动人，时间久了，让人产生一种追随感。这就是气场。不像有些人，比如田光耀，他身上也有一种气和势，但这种气和势太强，盛气凌人，拒人于千里之外。"

心境高的女人喜欢气场强的男人。高庆阳知道，方小青直到今天都没走出夏连春的气场，虽然两个人早已跨过了"风控危险期"，但高庆阳依然担心夏连春千万别因方小青的事处理不当而影响了他的前程和家庭。好在这两个人总是南辕北辙的命，你来了我走了，我走了你来了，就像几何学中的两条平行线，虽在一个平面上，但总是不能相交。

夏连春去了省城，方小青打心底里高兴，他的事业又上了一层楼。但高兴之余，免不了也有些失落。二十年来，他在鹿川，她在省城；二十年后，她来到鹿川，他又去了省城。两个人这辈子难道真是上天注定的必须天各一方？连做同学、做朋友都不能离得太近？

失落之后，转念再想，走了也好，眼不见心不烦。同在一个城市又能如何？四十多岁的人了，再美好的记忆也都是过去。过去了还能回得来？

过去了的肯定就回不来了，回来了的肯定也已经不是过去了的。过去在记忆中，现实就在脚下。夏连春在这当然好，心里踏实，有事可以找他，没事也觉得有个人在。夏连春走了也好，心里放松，不用前思后想、瞻前顾后了，要不然总害怕哪句话没说对，哪件事情没做好，影响了他。

鹿川的人都知道夏连春迟早要走，于善江书记当了副省长，肯定要把他带走，但没想到走得这么快。夏连春走了，他留下的空位谁来接？而且腾出一个位子往往就能连锁调整好几个人的职务。有想法的人很多，有可能的人也不少，田光耀就是一个有想法、有可能的人。

越是有想法，越是有可能，越要沉得住气。田光耀坐守天章政府大院，哪儿也不去。不去鹿川，目的是不要给别人留下他四处活动的口实；不去基层，冰天雪地出行不便，万一组织上找谈话之类的，自己被封堵在外面回不来，那可就误事了。他现在也不主动研究重大事项和棘手问题，在这个节骨眼上，平平稳稳最好，可不要生出什么事来。坐在外间办公室的秘书都有一点不适应，怎么这几天田县长也不出门，也不开会，也不安排事，甚至连电话都很少打，他把自己关在里间做什么呢？

田光耀什么也没做，他百无聊赖地坐在办公桌前，懒散地依靠在椅背上，两条腿伸展在桌面上，十分放松。他默默地盘算着自己这次胜算到底有多大？他在天章已经七个年头了，轮也该轮到自己了吧？

夏连春空出来的地委委员职位他没想，这个职位一般应该从县、市委书记当中考虑，他是县长，轮不到。但县、市委书记腾出来的位子他是够格了的。地区推荐干部的时候，同人都说推荐他了，但可信度有多少？嘴上说推荐你，实际上投了别人的票，谁知道呢？只要你有一张推荐票，十个人说投了你的票，你也要谢谢他，因为你不知道这一张票是谁的。

田光耀心里认为，呼声高的不一定进步快，干得好的不一定落到好。

田光耀觉得，当官的人一要有官运，二要有人脉，关键还要有两类人说你好，一类是领导，另一类是群众。你看夏连春，他的能耐有多大？他的业绩在哪里？但他的官当得顺风顺水，像模像样，你不服？

夏连春身上还真有他的独到之处，领导喜欢他，群众说他好，当年曹天祥书记不都要田光耀向夏连春学习吗？田光耀觉得自己这一次的境况跟夏连春还是有点像的，从小舅子和小舅子媳妇带过来的消息看，他们说市里的人都在传，市委书记接任地委委员，田光耀接任市委书记，还有人说田光耀接任地委秘书长的。虽然这些说法只是私底下议论，连小道消息都算不上，但它反映了民意。如果上面没想法，下面没呼声，怎么能说得这么有鼻子有眼呢？

张碧林现在在地区监察处工作，他的消息来源可以反映地区的情况；赵丁香现在在开发区办公室搞接待，她的消息来源可以反映市里的情况。

田光耀在组织部工作过，还当过组织部部长，在组织系统还是有些关系的。从内部渠道得到的消息，他至少是进入了领导视线。把内部消息和外部呼声结合到一起来考量，田光耀觉得自己还是有优势的，耐心等待吧。虽然等待也是一种煎熬，但等着等着，也就把自己等成真的了一样，好像他现在就在等那一纸任命似的。

田光耀打量着自己已经坐了七个年头的办公室，虽有感慨，却无留恋，他觉得自己很快就会离开这里。他已经不再像以前那样爱护自己的办公室，注意办公室的整洁和卫生了。他甚至在没人的时候，连吐痰都不想站起来走到痰盂跟前，而是随口就吐到墙角或是暖气包后面，反正在这里也坐不了几天了。

田光耀的感觉是对的，他确实没能在这里坐多久。春节一过，一纸任命下来，他就离开天章，去了鹿川，任鹿川市经济技术开发区主任。

田光耀无论如何都没想到他会被安排到鹿川开发区。在这次干部调整之前，流传过好几个版本的方案，但哪一个版本也不是去开发区。田光耀不知道他的问题到底出在哪儿了。

在这次干部调整中，苗素馨由市委副书记提任地区监察处处长，弯越由天章县委常委、组织部部长提任鹿川日报社党委书记，人家都是提拔，唯有他田光耀是平调，而且是胸罩改背心，越来越不重要。

对现在这个安排最为高兴的当数张碧林和赵丁香两口子。张碧林调到地区监察处时间不长，根基不稳。苗素馨调来当处长，对张碧林肯定是有利的。张碧林也想进步，夏连春厅级了，自己到现在还是个科级，同学之间的差距也太大了，难怪丁香越来越看不起他，再这样下去连自己都看不起自己了。

赵丁香对姐夫调任开发区当主任那真是高兴得欢欣鼓舞，她做梦也没想到姐夫会到开发区来，终于可以和姐夫在一起了。高兴之余也有担忧，开发区的人要是知道她是主任的小舅子媳妇咋办？知道就知道呗，小舅子媳妇，已经拐了很大一道弯了，又不是亲弟弟亲妹妹。

办公室侯主任亲自带着丁香和办公室的人一起为田主任收拾办公室和临时住处。本来丁香对房间布置和家具摆设是有一些自己的想法的，而且她的这些想法一定会得到姐夫的认同，但她从头至尾一句话也没说，她本来话就不多，现在更害怕言多有失。

办公室是现成的，前任主任的，很大，是套间。套间背面还有一间休息室，休息室在靠墙一大排书柜后面，书柜门伪装成休息室的门，很隐蔽。丁香以前都不知道主任办公室还有这样一个暗道，这些领导真会享受，这么大一张床一个人能睡得过来吗？

市委家属院腾出一套住房，挺大的，三室一厅，临时住也行，长期住也行，以后由田主任自己定。他们先把房间打扫干净，收拾出一间卧室，把厨房用品配齐，田主任来了能住能生活就行。

但田光耀并不急着到任，一来他要对上表示出对这个安排至少不是很感兴趣；二来他要给天章人留下舍不得走的印象；三来他要让开发区的人明白他不是很想到这儿来，来也是迫不得已，告诉他们以后不要对自己要求太高。

丁香提醒姐夫，开发区是个藏龙卧虎的地方，能人很多。他们听说姐夫是从天章县来的，就觉得一个牧业县的县长，没有大城市工作的经验，他能当好开发区主任吗？也不知道能开发出什么东西来。

田光耀冷冷一笑，心想那咱一上来就给他们来点狠的、猛的、意想不到的，让他们知道一下下面来的人的厉害。其实田光耀一直都在盘算着到任后怎么开局的问题，开发区的工作确实跟县里不一样，要有开创性，四平八稳不行，舍不得孩子打不着狼，没有超前思维、开放意识就很难打开局面，要不然他们还真以为咱是乡巴佬进城找不到北了呢。

田光耀从这一次的干部调整中已经看出来，自己的仕途差不多也就这样了。开发区主任虽然是行政职务，但实际上跟一个大公司的老板没什么两样，就是搞经营的。如果继续在天章不动弹，那就算是个老县长，放到那碍眼，早晚总会调整。现在到了开发区可就成了新主任，搁个三年五年不理你，你也没什么话好说。如果搁五年，自己就年过五十了，五十岁的人还在县处级的岗位上混，还有什么盼头？基本上也就到头了，没戏了。如果还像天章那样再把你搁在开发区搞个十年八年的，也就该退休了，一辈子差不多也就交代了。照此想来，开发区也可能就是自己从政谢幕的一站了。既然这样，那也就不要委屈了自己。一辈子没当成大官，但不代表不能干成大事，抓住这最后的机会，没准还能有个落日的辉煌。

田光耀就是怀揣着这样一颗不平静的心到鹿川经济技术开发区走马上任的。开发区挂鹿川经济技术开发区和鹿川边境经济合作区两块牌子，区域范围跨雅玛河沿河两岸，南岸是邻县的地盘，北岸是鹿川市的地盘，一区跨了两县市，所以直接归地区领导。

开发区干部大会一开完，田光耀就是名正言顺的鹿川经济技术开发区主任了，几个副职和办公室侯主任簇拥着他走进主任办公室。

主任办公室南北通透，站在办公室就可以看到两岸开发区全貌。南岸主要是树木滩涂，没有什么旧建筑，北岸大都是一些老企业和民居，原来鹿川毛纺厂的一部分就在开发区的地界里。

田光耀不停地眺望着窗外，从南走到北，从北走到南，走了两个来回才在办公桌前的老板椅上坐下来。其他人都走了，办公室侯主任留下来等候吩咐。

侯主任是个瘦麻秆，营养不良的样子，很萎靡。两只眼睛不敢正面看人，好像刻意回避什么。见到这样的下属，田光耀心里很不舒服。

办公室给他安排的司机姓肖，是个小个子，一举一动都很滑稽、搞怪的样子，两只眼睛也不敢正面看人。这开发区的人怎么都这样？贼娃子窝里出来的？

主任和司机往一起一站，一高一矮，一瘦一胖，一猴一怪，绝配组合。诶，怎么是这样？田光耀一下反应过来，差点叫了出来，原来是这两个人！

当年在吉宁县团结农场学农时，挑衅、侮辱、殴打过田光耀的瘦猴"麻秆"和搞怪"小个子"，这两个人居然都在开发区，也不知道后来带着人追到太阳升公社殴打他和蔡团长的那个身强力壮的"大头"到哪去了，不会也在这里吧？要是这样就太刺激了。

见到这两个人，田光耀的第一反应如吃了苍蝇般恶心，他必须立即把这两个人换掉，让他们领教一下栽倒在顶头上司手下的感觉。紧接着的第二反应如打了鸡血般兴奋，一定要把这两个人留下，让他们尝尝跳不出顶头上司手心的煎熬。田光耀突然有了一种他在鹿川开发区就领导这两个人就够了的冲动、过瘾和豪迈。

田光耀兴奋不已，一种英雄豪杰的兴致油然而生，两个无足轻重的小人物突然给了他斗志，增添了做事的动力。从现在开始，他要让开发区的人知道他这个主任是干什么的、怎么干的。

他上任后发出的第一道指令是："开发区所有涉及总体规划和建设项目的审批一律暂停。"

暂停时间多长，田主任没说，但肯定不会是三五日，十天八天，恐怕怎么也得一两个月吧。好在现在还是不能施工的冬季，暂时影响还不大。也不知道田主任是怎么考虑的，最好别误了开春后建设施工的大好时节。

田光耀上任后出手的第一个举措，大大出乎人们的意料，本来，开发区的重头戏就是铺摊子、上项目、搞建设，要不搞开发区干什么？这些年，城市工作的重点都在城市建设上，城市工作的领导者们像是暗地里搞竞赛一般，看谁的楼房盖得高，看谁的马路修得宽，看谁的厂房高大，看谁的街道漂亮。许多城市都在大拆大建，整个城市都成了大工地。手里只要握有土地，就有了打开经营城市的钥匙，就掌控了城市建设和城市发展的命脉。田光耀一上来就把开发区的规划和建设项目停掉，就是想接过经营开发区的钥匙，掌控开发区规划建设的命脉。

田光耀心里是有大格局的。前年他去香港参加"黑蜂股份"上市挂牌的时候，他看到了铜锣湾，看到了维多利亚港湾，看到了香港的人头攒动和繁荣发展，当时就怀揣了一个梦想，要是能在西部也打造一个"香港"，打造一个"铜锣湾"，那该是怎样的人间奇迹，一定会被世人传颂的。

所以这几天田光耀一直在思考，上天为他关上了仕途升迁的门，却又为他开启了一扇彰显个人魅力的窗。他在天章未能施展的才华，一定能成就他在鹿川开发区的伟业。

田光耀所思所想和雄才大略没人知道，也没人能懂。他也不需要别人知道，跟着他的想法干就行了。但考虑到开发区就在地委行署的鼻子底下，有些事他还不敢过于造次，上任之初他就到主要领导和主管领导那里汇报了自己的想法，希望得到他们的理解和支持，领导们自然都是让他放开手脚按照自己的想法大胆地干。田光耀不管领导们的话几分真、几分假，几分面子、几分里子，只要他们有言在先，有礼在先，讨个说法，就按自己的想法干吧。

丁香说："姐夫你真厉害，一上来就把开发区的人给镇住了。"

田光耀问："开发区的人都说什么？"

丁香说："他们都说田主任真敢干，真有魄力，一来就把开发区的规划和建设项目停了，不知道你到底要干啥，大家都蒙了。"

这个结果就是田光耀想要的，他就是要开发区的人搞不懂他这个主任想要干什么，让你好好想一阵再慢慢告诉你。

田光耀一个人在鹿川，天天都有人安排饭局，不想让他一个人孤单寂寞。可能是因为从小在农村长大，这些年又一直在县里工作，田光耀对城里人应接不暇的应酬和饭局不是很适应。场面上的事很累人。他想歇一歇，静一静，昨天他就把今天的饭局推掉了。但今天晚上怎么过呢？他又没了着落。

下午临下班,丁香发来短信:"姐夫,晚上我在'大上坡'等你。"

田光耀看着短信,嘴角就笑了:你说这个丁香,她真的就是个妖精,你怎么知道我今天晚上就想和你在一起放松放松呢?

"小个子"司机肖师傅把田光耀送到"大上坡",田光耀叫他回去,晚上也不用接了。司机走了,心里七上八下的。田光耀看出来他战战兢兢的样,什么也不说,就是要给他这种感觉。

田光耀走进二楼包厢,包厢里齐刷刷地坐了五个女人,丁香、尕七、赵珍珠、尕七的两个女儿,再没别人。田光耀一看这架势,心情大好,他知道这是丁香特意安排的,就她们几个女人陪着他,再没有外人,那意思就是为了让他放松心情。他环视了一下大家,调侃道:"我今天晚上当'皇帝'了?"

丁香、尕七和赵珍珠还没开口,尕七的大女儿营营接话:"主任叔叔本来就是我们的'皇帝'。"

田光耀笑着看营营,这丫头真白。

丁香本来话就不多,现在有姐姐在,有尕七在,她就更不说话了。赵珍珠那年在公社搞农村教育的时候见过田光耀,但人家现在是开发区的大主任,她也自觉不便多说话。尕七的二女儿多多在这几个人里年龄最小,轮不到她说话。所以今天晚上这几个人能说话、爱说话、会说话的就是一个营营了,看得出,田光耀也喜欢和营营逗逗乐解解闷,营营成了饭桌上的戏精。

营营什么样的场合没经历过,什么样的人没见过,逗个男人开心,想着法子让男人为女孩子掏钱的本事是有的。现在逗乐一个主任叔叔那还不是小菜一碟?

田光耀当了这么多年的县官,喝酒的场合,场面上的酒席,自然参加了不少,但那都叫应酬。像今天这样五个女人围着他一个男人的饭局,还是第一次,觉得有点意思,比应酬轻松,比家宴温馨,抑或还有点暧昧。

营营捕捉到了主任叔叔眉宇间散发出来的愉悦和轻松,连续把酒言欢之后,不失时机地鼓捣:"主任叔叔和我们这几个女人在一起好玩吧?"

田光耀酒意已浓,意味深长地看着营营说:"好玩,好玩。"

营营说:"那主任叔叔以后没事的时候就多和我们在一起待一待,聚一聚,吃吃饭,喝喝酒,唱唱歌,跳跳舞,我们会让主任叔叔心情放松的。"

田光耀感叹道:"主任叔叔不光是叔叔,还是主任,哪有那么多没事的时候呀?"

营营说:"所以主任叔叔才要多和我们在一起,一天到晚光当主任多累呀,忙里偷闲过来当当叔叔,可以放松心情,消除疲劳。"

田光耀觉得营营说得有道理,主动举杯给五个女人敬酒:"以后多和美女们在一起待一待。"

田光耀看着多多一直坐在那看着他傻傻地笑,就问:"你为什么叫多多呀?"

又是营营接过话去:"她爸爸重男轻女,嫌她多余,所以就叫她多多。"

田光耀说:"她爸爸?不是你爸爸?"

营营说:"我没有爸爸。"

多多也赶快声明似的说:"我也没有爸爸。"

田光耀听出了姐妹俩对爸爸的恨,随即岔开话题:"那还有余余吗?"

营营说:"有啊,余余是最小的妹妹,正在师范学院上大学呢。哪天把她叫来,让她也来陪陪主任叔叔。"

田光耀说:"还真有余余啊?那多多和余余都来了,一定很有意思。"

营营说:"主任叔叔跟我们这些女人在一起一定很有意思,我们这些人跟你的工作没有任何关系,而且都是你的人,还都是你的女人,肯定让你放心,不生事,不会给你添任何麻烦。"

田光耀接过营营的话,用手指着她们五个人说:"你们都是我的女人？"

营营说："不是吗？你看在座的哪个不是你的人，不是你的女人，下次我们就不叫她了。"

田光耀赶快说："别，都是我的人，都是我的女人。"

营营立即提议："来，你的五个女人一起敬你一杯。"

田光耀突然觉得，生活当中能有这样几个女人围在自己身边还挺好的。家里的女人不解风情，外面的女人太有风险。营营说得没错，眼前这几个女人说起来还真的都是自己人。丁香自不必说，丁香姐姐珍珠二十多年前就认识，现在因为丁香的关系，他们也算是亲戚了，而这尕七的关系更悠久，父辈就是老朋友。

营营看出来田光耀喜不自禁的神情，越发来了兴致。她把套间里面的卡拉 OK 打开，说要给主任叔叔唱一首歌：《爱江山更爱美人》。

田光耀觉得营营这首歌唱到他心里去了。"爱江山更爱美人，哪个英雄好汉宁愿孤单"，这么小小年纪怎么就这么懂得男人的心呢？感动之余，自己说话的声音就有些哽咽。站起来，举起杯，"来呀来个酒啊，不醉不罢休，愁情烦事别放心头"，他要和营营喝酒，而且要连喝三杯。酒中男神的派头。

营营觉得和这样的男人喝酒痛快，她一手端着酒杯，一手提着酒瓶，走过来站到主任叔叔跟前，"喝！"女中豪杰的范儿。

丁香知道姐夫的酒有些多了，就说："姐夫少喝点吧。"这时候的姐夫哪还听得进丁香的话，心想你不是叫我来喝酒的吗？现在有人站出来陪我喝酒，你又不让我喝，什么意思？你陪我喝？

三杯酒下肚，田光耀和营营已经是酒逢知己、相知恨晚的感觉了。两个人一会儿嚷着要喝酒，一会儿嚷着要唱歌，丁香赶紧附和着她来唱歌，他们俩跳舞。两个人都很乐意。

丁香点了一首《懂你》。音乐响起，田光耀和营营相拥着步入了套间舞池。套间里没开灯，只有电视屏幕的光亮着。多多伸长了脖子看姐姐和田光耀跳舞，看着看着就招手叫妈妈过来看，舞池里只能看到两个跳舞的人身子在晃，两个人的头魔术般地看不见了。营营个子矮，田光耀个子高，营营头靠着他的胸膛，他的头搭在营营的肩膀上，两个人齐齐地靠在一起，由于灯光角度的原因，好像两个人没了头似的。

多想伴着你，
告诉你我心里多么地爱你。
……
多想告诉你，
其实你一直都是我的奇迹。
把爱全给了我，把世界给了我，
……
多想靠近你。
依偎在你温暖寂寞的怀里。
多想告诉你，
……
你的寂寞我的心痛在一起。

一曲终了，田光耀扔下营营，一下跑过来抱着丁香放声大哭。这是一出意外，他被丁香的歌声感动了。但大家不明就里，都被田光耀的突然举动吓着了。她们都没见识过田光耀的酒哭。营营愣愣地站在那里，不知道怎么回事，发生了什么。丁香明白，今晚又将是一个难眠之夜。

第二十章

阿基米德

一大早，丁香和张碧林一起来到市委家属院姐夫的新居，敲了半天门没动静。张碧林是第一次来，说："丁香，你别记错门了吧？"丁香没吭气，心里在想，姐夫昨晚喝多了，在这多陪陪他就好了，别出什么事吧？

正在懊恼着，田光耀从外面回来了。他嘴里哈着热气，说："你们两个这么早？"

丁香有点抱怨："姐夫这么早到哪去了？早上这么冷，也不多睡一会儿。"

田光耀早起惯了，不管晚上多晚，早上他都按时起床，一天的时间，就早上这一会儿是自己的。别人早起是为了锻炼身体，去广场，去公园，他早起是为了一个人不受打扰地在自己管理的地盘上，走走，看看，享受内心独处的快感，看到什么他都想说一句："这是我的。"

可今天早上不一样了，出了家门，下得楼来，院子里没见到几个人。晨风吹过，凉凉的，人清醒了很多。往日熟悉的情景不见了，他感觉寄人篱下，这里是别人的。

走出院落，他沿着市委大院外围转了一圈。

市委大院坐落在鹿川最繁华的中心地带。这一带有和市委工作生活相配套的医院、学校、幼儿园、商场、饭店、银行、图书馆，本来是一个自成体系的政务区域，但由于这个区域位置重要，改革开放这些年，这块区域周围沿街地段，已经成了商铺云集的购物街，成了商旅贸易的黄金地段。

田光耀沿街走过，私搭滥建的商铺一个挤着一个。早起的小商贩们已经开门揽客，商铺里取暖烧火的铁皮炉子冒着煤烟，弥漫在早晨的空气里。

田光耀走了一圈大概用时15分钟。这一块地方要是置换出来，建成商贸中心该多好啊。

踩着自己的思绪上楼，一抬头看到丁香两口子站在门口，心情大好，打开门，赶紧进屋。

丁香和张碧林过来的时候在外面给姐夫买了豆浆、油条，提在手里已经凉了，丁香赶快加热，让姐夫趁热吃。

姐夫吃着，丁香收拾房间，进了卧室，卧室已经收拾得干干净净，利利索索，好像昨晚没人睡过一样。姐夫扭头看了一眼丁香，丁香回以淡淡一笑。

张碧林坐在一边，看着姐夫一个人吃早餐，心里陡然生发了一丝感叹，一个在外面风风光光的县长、开发区主任，在家里居然过着这么简单的生活。

张碧林对姐夫说："赶快把姐姐调过来吧？"

姐夫说："正在办，不想调市里，想调地区，但地区职务又不好安排，还得再等等。"

张碧林说："那这段时间就让丁香每天过来给姐夫做做饭，收拾收拾家里。"

姐夫说："没事，不用天天过来，有时间的话，三两天过来一趟就行。"

说着他就从门旁边的鞋柜抽屉里拿出一把房间钥匙交给丁香："拿把

钥匙方便一些。"

吃完饭上班，三个人下楼，各走各的。

给田光耀配的车是小轿车，不像在县里都坐越野。车停在外面，老院子，进不来。司机站在车旁边，个子本来就小，再缩着脖子，比车高不了多少。坐进车里，田光耀从后排往前看，驾驶座都快看不到人了。

办公室里好几个人在等着，有认识的，也有不认识的，其中还有中天纺织的吴总。田光耀很客气地和各位点头示意，径直走进里间办公室，秘书也紧跟着把一摞子文件放到办公桌上。

田光耀交代秘书，他先处理一会儿文件，10分钟以后再安排外面的人进来，中天纺织的那个吴总可以往后面放一放。秘书估计主任可能有要紧的事要给吴总说，干脆把吴总放到了最后。

吴总和方小青他们从年底一直忙到春节后，春节都没回家，主要是安装调试服装生产线，开春前投产没有什么大的问题。现在最着急的就是房地产开发项目，他们和合作方已经按照约定做好了开工前的各项准备工作，土地出让手续早就在企业破产重整时办完了。可最近突然接到开发区土地和规划部门通知，规划和城建项目一律暂停，这下可急坏了吴总、方小青和房地产合作方。

方小青说这件事都怪她，当时蔡团长提出以天印养牛入股中天纺织，她没同意，这背后可能就有田光耀的影子。现在田光耀又来开发区当主任，而中天纺织的房地产开发项目刚好又属开发区管辖，这一下还真不好办了。

吴总和方小青找高庆阳商量："怎么办？"

高庆阳说这件事也没有那么悲观，田光耀的政策是面向开发区全体投资者的，他到底最终想要做什么，做到哪一步，现在还不清楚。高庆阳建议吴总自己直接去找一下田光耀，探探虚实，看他怎么说，下一步再考虑怎么办。

所以，今天吴总就直接来到田光耀办公室。从田光耀刚才打外面进来的神情看，他对吴总还算是友好的。但从这一会儿秘书安排进去见主任的次序看，吴总来得比别人早，但迟迟不安排他进去，是秘书所为，还是田光耀做了交代，不得而知。这里面有什么别的考虑？

既来之，则安之，虽然心里着急，但急有何用？人家让等多久就得等多久。

吴总终于耐着性子等到最后就剩他一个人了，田主任从里间笑呵呵地走出来，非常抱歉地对吴总说："对不起，让吴总久等了。"

吴总激动地站起来，说："没关系，主任不用客气。"他以为田主任是亲自出来请他进去的，没想到田主任说他现在有急事要去地委，只有让吴总先回去，另外再找时间了。

吴总本来想说只占用他两三分钟的时间，只几句话的事，但他看出来田主任比较着急，已经伸出手来握手告别，他就把话咽了回去。

吴总从开发区出来，没回中天纺织，而是直接去了高庆阳那。他很生气，心里不舒服，有一种被耍了的感觉，他急着想找人说说。

高庆阳听了吴总的叙说，嘿嘿一笑："不就是领导没时间听你说吗？那就等他有时间再说呗，现在离开春干活的时间还早着呢，那么着急干啥？人家又没说不见你，不听你说，而是说另外再找时间。耐心等着，没准哪天人家就主动找你了，强势的领导一般都喜欢由着性子来。"

话虽这么说，但吴总心里过不去，总觉得田光耀就是有意的，有意想晾晾你，让你知道，他能管你生死。至于他为什么要这样，这是需要搞明白的，知己知彼才能心中有数。高庆阳觉得事情可能没那么复杂，田光耀也就是新官上任，想立规矩，树权威，让大家都买他的账。

吴总说："如果田光耀只是想让大家买他的账那么简单就好办了，就怕他新官不理旧账。"

他们老家也有这种情况，新官上任，一切从他开始，以前干的停下，以前定的改了。如果这样可就麻烦大了，投进去一个多亿接手的毛纺厂，一旦投资没有回报，那就叫打了水漂。

吴总非常气愤地对高庆阳说："一旦走到那一步，我也有两手棋好下，一手法律棋，通过法律维权，一手行政棋，通过地委协调解决问题。"

高庆阳能理解吴总的心情，但他觉得事情没那么悲观。任何一个当领导的都懂得多栽花少栽刺的道理，不会轻易与人过不去，与人方便与己方便。像田光耀这种欲望比较强的人，他最希望的就是在他的治下，政通人和，一呼百应，那样的官，当得才有意思。他在你面前端端架子，或者是想晾晾你，不是说明他对你不好，恰恰说明他看重你，在乎你，想让你对他好。你对他好了，他才能对你更好。大家本来就是熟人，现在他要在老熟人面前摆谱，说明他对你还拿不准，或者是你以前对他还不够好，希望你以后对他好。仅此而已，应该没有别的。

听君一席话，胜读十年书。经高庆阳这么一说，吴总心里舒服多了。他回到中天纺织就和方小青商量对策，下一步怎么办，要不要和蔡总沟通沟通，通过蔡总做做田光耀的工作。方小青认为没必要，这个时候蔡团长帮不了什么忙。如果有什么具体操作上的事，通过蔡团长给田光耀带个话还是可以的，现在不是那个层面上的事。而且最近田光耀和蔡团长在天章的一些事，在社会上传得也比较厉害，对田光耀很不利，他更不会听蔡团长的。

田光耀在天章当县长的时候，县委书记对他的事都是放手的，田光耀走了，书记开始立规矩，了解到县教育局勤工俭学基地与天印养牛合作的事，认为教育局勤工俭学基地是白白送给了天印养牛，天印养牛花了县财政那么多钱，县教育局却一分钱好处没得到，天底下哪有这等合作事宜？这个合作应该立即终止。

书记质问教育局、畜牧局、土地局、财政局的领导，你们在这项合作中得到什么好处了？这些局领导大气不敢出一声，明知理亏，又哪敢说出个中原委？好在书记比较平和，他的话也只是点到为止，表明态度，对事不对人。

书记对天印养牛的态度吓坏了蔡团长，他赶紧跑到鹿川找田光耀要对策。田光耀在蔡团长之前就已听到书记对天印养牛的态度了，心里有想法，嘴上说不出，人家怎么处理自己治下的事情，是人家职权范围内的事，你无权干涉，干涉了别人也不会听。田光耀交代蔡团长："沉住气，做好自己的事，看看再说。"

一时间，天印养牛成了天章人绕不开的话题。从书记对天印养牛的态度，演绎出许许多多的猜测和传言来。过去心照不宣，现在直言不讳。有人说，天印养牛有田县长的股份，有人说天印养牛就是田县长的，他的同学只是为他打工。这种传言反倒帮了天印养牛的忙，书记不想知道天印养牛是谁的，也不想蹚这样的浑水，更不想动别人的蛋糕，他只想终止教育局与天印养牛的合作。

教育局找到蔡团长，提出终止双方合作。事情可以简单化处理，原本两家共同承担的土地出让金360万，各自180万，现在由蔡团长给教育局支付180万，教育局退出，天印养牛全部归蔡团长所有就行了。

蔡团长觉得这样解决起来对天印养牛太有利了，真是捡了个大便宜。他兴致勃勃地跑到鹿川，给田光耀讲了现在的情况，讲了为了争取到这个结果，他在教育局费了多少口舌，做了多少工作，并请示下一步应该怎么办。

田光耀问蔡团长天印养牛账上现在有多少钱？蔡团长说没钱，是负数，还有亏空。田光耀心里嘀咕，怎么能是这样呢？这几年光是财政上就补贴了那么多进去，怎么还是亏空呢？

"那支付教育局180万土地出让金，钱从哪来？"田光耀问。

"只有借了。"蔡团长说。

"问谁借？"田光耀再问。

"天章奶粉厂？"蔡团长试探地以问作答。

不可能，人家凭什么再给你借钱？田光耀心想你现在和人家一点关系都没有，人家还能和你维持原来的关系就算不错了，你还想问人家借钱，这怎么可能？

"你去找一下你老婆。"田光耀说,"看看方小青和那个吴总能不能给想个办法。"

蔡团长一时语塞,没反应过来,这两个人怎么可能给你借钱呢?好半天又如梦初醒,茅塞顿开,怎么就没往这儿想呢?田光耀不是一直在说权力不及的地方不要伸手吗?那现在呢?现在田光耀是鹿川开发区主任啊。看来自己的思想也该由天章转向鹿川了。

这人世间的事,有时候细想想还真的挺有意思,前些天吴总还给方总说他们房地产项目的事,是不是需要找蔡团长帮着给田县长说说看,方总当时就说没必要。可没承想这几天之后蔡团长就亲自来找吴总,说是他的天印养牛需要用钱,想请吴总帮帮忙。

以前在天章,蔡团长的事都是由田县长罩着,怎么都好办,现在田县长到了鹿川,他在天章就没有依靠了,只好又追到鹿川,来求助田主任。田主任也是刚到鹿川,就让他来找吴总,看吴总能不能帮着想想办法,所以他这就冒昧地来找吴总了。

蔡团长之所以要搬出田光耀来,主要是讲给吴总听的。如果没有田光耀的关系,吴总凭什么会给你蔡团长借钱?他那个老婆他是知道的,她肯定不会同意借钱给蔡团长。

吴总一听是田光耀让蔡总来找他的,就说:"这事好说,甭说田主任安排了,就是你蔡总自己开口,我也不会驳你面子的。"吴总说他备用房地产项目的钱都在账上趴着没用,看需要多少?蔡团长说200万。吴总说没问题,明天就办。

蔡团长一听吴总这么痛快,他说他这就回去给田主任回个话,明天再来。

吴总说他很长时间没见蔡总了,想晚上和方总一起在"大上坡"请蔡总吃饭,把高庆阳叫上,让蔡总把田主任也请来,大家一起为田主任到任鹿川开发区当主任接风庆贺。

蔡团长一直都在田光耀跟前说吴总的好话,说吴总能办事,会办事,办事漂亮。田光耀也觉得吴总精明、干练，办事不拖泥带水。田光耀心里明白，吴总说是要请蔡团长吃饭，实际上想请的是他自己。吴总这个时机选得好，让你不能拒绝，不得不见。当然，田光耀也觉得是该见见吴总了。

最近，天章那边关于田光耀和蔡团长、田光耀和天印养牛、田光耀和港商企业之间利益关系的传言一直甚嚣尘上，鹿川这边也有人呼应，说他一到鹿川就宣布暂停审批开发区规划和建设项目，就是要把审批大权抓在自己手上，就是为了捞好处。还有人提出要对田光耀进行经济责任离任审计，把他在天章那些传的事核实清楚。

田光耀知道对他进行离任审计的可能性不大，但这件事情的提出，说明还是有人一直在盯着他的，而盯着他的人当中就少不了那个在审计处当副处长的涂子。

而要平复眼下的舆论，只有以新的热点引导舆论，转移人们的视线。田光耀觉得现在该是他把自己对开发区建设的美好设想向外界释放的时候了。

晚上，田光耀把吴总的饭局当成了他施政演说的讲台，试着先在很小的范围内讲了他对开发区建设的设想。虽然简要，但却系统。

终极目标：打造一个"西部香港"。

三件大事：第一件是拓展开发区功能，开发区现在挂经济技术开发区和边境经济合作区两块牌子，力争再挂一块自由贸易区的牌子，渐次形成经济开发区、边境合作区、自由贸易区三区合一、三区互补的大开发、大开放格局。第二件是在城市繁华地段打造一个"铜锣湾"，形成鹿川人流、物流、资金流的商贸核心区。第三件是建设雅玛河沿岸旅游开发带，打造一个雅玛河上的"维多利亚港湾"。

田光耀的推演和畅想，引来饭桌上众人的喝彩和共鸣。吴总举杯赞道："终于理解田主任暂停开发区规划和建设项目审批的深刻内涵了，原来是有大手笔在后。"

田光耀以少有的谦逊和低姿态说:"如果我的异想天开也算得上是大手笔的话,那我一定要感谢我的老同学高庆阳和在座的各位企业家,是你们给了我到香港走一趟的机会,才让我有了一次怀揣梦想和圆梦鹿川的可能。"

田光耀继续他的话题:"如果我的这些想法可以付诸实施的话,首先就要向吴总说一声对不起,你们中天纺织在雅玛河边的房地产开发项目可能要受到影响,因为雅玛河北岸的总体规划要做调整,原来确定的开发建设项目必须符合调整后的规划才行。当然,因此而受到影响的开发建设项目,开发区可以考虑在其他区域土地供应上给予适当照顾。所以,今天这个饭局也算是现场办公,不知道这样解决问题,吴总和方总能不能满意?"

吴总赶忙手持酒杯站起来表态:"满意,我们非常满意。田主任心中装着开发区建设的大事,还不忘我们企业发展的小事。听了田主任的一席话,我们对鹿川的未来发展满怀希望,充满信心。今后,田主任只要有用得着我们企业的地方,尽管吩咐。田主任一声令下,指向哪里,我们就奔向哪里。"

田光耀的一席话,还真有大战前临阵动员的味道,让人听了有一种心潮澎湃的感觉。饭桌上的几个人都觉得,田光耀这七八年在天章真待亏了,屈才了。要是早来鹿川几年,没准儿鹿川早不是现在这个样子了。

田光耀的施政设想和理念,在随后的开发区管委会上得到了广泛认同,此前那些对田光耀的各种猜想和传言瞬间消失。鹿川开发区进入"田光耀时期"。

田光耀知道,在边远落后的西部,在西部边陲鹿川,在一个刚刚起步、运作艰难的开发区,打造一个繁花似锦、繁荣昌盛的"香港",谈何容易。但开弓没有回头箭,越是艰险越要向前。

阿基米德撬动地球,需要给他撬起地球的支点。田光耀打造一座开发区,需要给他打造开发区的权力。

可现在，一个小小的鹿川市里，居然有众多的地厅级驻市单位。据称，市里召开一个爱国卫生运动动员会，市委书记都要轮到第七个讲话，前六个分别是地区、农垦、军分区、武警、师范学院、赤麓山林业局。那到了开发区呢？

田光耀在开发区管委会内部会议上明确提出，市里工作排行老七的位置不能延续到开发区来，更不能按照兄弟排行当老八，否则，建开发区干什么？

田光耀的理念是，开发区的工作是城市工作，也是经济工作。城市工作和经济工作，一需要人，二需要钱，要人要钱的事，是城市工作和经济工作的老套路。开发区的工作就是要颠覆这些工作的老套路。按照打造"西部香港"的设想，要人要钱的老套路肯定走不通，只有另辟蹊径。

这些年，农村改革是成功的。农民关注的是土地，土地一分给农民，什么问题都解决了。城市改革则要复杂得多。城里人关注的是利益，利益调整不是砸烂铁饭碗、打破大锅饭那么简单。城市的创造力没见长进多少，城市人的胃口倒被吊高不少。

开发区的工作既不同于农村工作，也不同于城市工作，它是改革开放条件下的新型工作，这个工作的基本特点就是没有时间扯皮，不能当老八，只能当老大，必须说一不二。

办公室侯主任带着西区街道办事处主任来找田主任汇报工作，他们辖区内的木材加工厂是赤麓山林业局的下属企业，对街道办事处安排的任何事都是能拖就拖，能不办就不办，连日常计划生育报表都不上报。办事处主任找到厂领导沟通反映情况，厂领导也是推三阻四的。万般无奈的情况下，办事处主任直接来找田光耀。

田光耀听完情况，问道："人家赤麓山林业局下属单位的计划生育报表为什么要给你街道办事处报啊？"

办事处主任被田主任问愣了："他们一直都报的呀。"

田光耀又问："那他们现在为什么不报了？"

办事处主任说:"不服从管理呗。"

田光耀说:"人家又不是你的下属单位,为什么要服从你的管理?"

办事处主任说:"这是城市工作的属地化管理原则呀!"

田光耀说:"那人家现在不遵守你的属地化管理原则,你有什么制约措施吗?"

办事处主任说:"现在的问题就在这里,所谓属地化管理,就是驻地单位都要服从驻在地管理,从管理职能上讲,科股级也可以对县处级乃至地厅级单位行使管理权。但属地化管理讲起来容易做起来难,公开场合,那些驻区单位的领导,说起话来表起态来,一个比一个积极,一个比一个好听,但工作起来,该落实属地化管理具体做法的时候,一个比一个不配合,一个比一个装聋作哑。"

田光耀漫不经心地问了一句:"木材厂有什么东西是你们办事处直接管着的?"

办事处主任说:"只有水和电是当地提供的。"

田光耀问:"他们走的路不是当地修的?"

办事处主任说:"是,是,是。"

田光耀说:"那你们还管不住他?"

办事处主任听明白了。侯主任说:"田主任这么支持基层的工作,基层的工作还做不好,怪谁?只能怪自己了。"

办事处主任回去就找供电和供水部门商量,对木材厂停电停水,供电供水部门不敢,办事处主任说:"这是开发区田主任安排的。"

供电供水的同志本来还想去找田主任再当面请示一下的,办事处主任说:"做这样的事还要把领导扯进来吗?有事我们自己担着。"

于是,木材厂的水和电同时停了。

这件事瞬间就闹大了,由木材厂和办事处闹到开发区和鹿山局,由鹿山局和开发区闹到地委,各个层级各个单位的主要领导都出面了。最终的结果当然是水也通了,电也通了,但木材厂该承办的事也办了。

这件事最终让人明白了一个道理："强龙不压地头蛇。你吃着我的饭，喝着我的水，用着我的电，走着我的路，你却不听我的话，不服我的管，不给我办事，行吗？试试！"

这件事还让人明白了另一个道理："跟着田主任干，没错。兵怂怂一个，将怂怂一窝。世界上怕就怕'认真'二字。"自此，开发区里小机构管住大单位的事还真的就顺畅了。

理顺开发区的管理和服务体制只是田光耀打造"西部香港"大戏的序曲，自由贸易区、"铜锣湾"、"维多利亚港湾"三大建设，才是重头戏。田光耀觉得，三大建设工程浩大，足够自己干一辈子，但谁能给你那么多时间？一万年太久，只争朝夕。城市建设的主动权只有牢牢把控在自己手里，才能站在逐梦鹿川的制高点。而要做到这一点，只需做好一件事：管住土地。

开发区的自主权很多很大，其中最核心的就是土地审批权。田光耀把土地局的局长、副局长叫到办公室，交代鹿川开发区即将迎来大开发、大开放、大建设、大发展的重要时期，当下，能支撑起开发区建设大任的唯有土地。项目建设需要土地，建设资金依赖土地，开发区搞建设、上项目、招商引资能够动用的手段，也是最有效的手段，就是土地。

打造"西部香港"的目标能不能实现，某种程度上主要取决于我们的土地管理和经营。我们的土地部门在开发区开发建设的大潮中担当大任，具体讲，开发区土地局必须严格掌控土地管理和出让审批权，坚持归口管理，坚持招拍挂，不越权，不放权，不分权，不能政出多门，不能大权旁落。土地管理工作直接向开发区主任负责，不得多头请示汇报，任何领导批条子打招呼，不经过开发区主任同意都不能直接办理。

田光耀谈完话，土地局领导有一种心潮澎湃的感觉，觉得土地部门从没这么扬眉吐气过，同时也有一种任务艰巨、压力很大的感觉。

打造"西部香港"是大企业的游戏。不能全民动员，不能男女老少齐上阵，不能搞成骡马大会。田光耀决定，三大工程先从打造"维多利亚港湾"开始。"维多利亚港湾"项目先从中天纺织地段休闲娱乐公园开始。

按照调整后的市政规划,中天纺织靠近雅玛河边原来计划用于房地产开发的土地,有120亩地改成了绿地。因为这是调规后开发区建设的第一宗启动项目,具有极大的示范性。开发区和企业双向配合,都很默契。

田光耀感念中天纺织和吴总的鼎力支持,觉得开发区也应该从其他方面多为企业提供一些方便和利益补偿,尽力补救和减少企业由此造成的损失。主要措施有三条:

一是把中天纺织调规后的绿地交由中天纺织按规划施工,施工费用在中天纺织以后应该缴纳的土地出让金中抵扣。

二是为中天纺织可继续用于房地产开发的土地批建高档别墅。

三是为中天纺织另行匹配150亩土地,虽然也要走招拍挂程序,但原则上保证中天纺织享有优先权。

吴总对田主任的做法心存感激,特别是把调规绿地交由中天纺织来做,不仅有一定的利益补偿,更主要的是他们在施工的时候,可以把别墅开发和河边绿地风景相衔接,形成河畔景区的独特魅力,极大提升别墅环境和品质。

开发区为中天纺织另行匹配的150亩土地,对中天纺织也是极大优惠的。这块土地是一片苹果园,没有任何拆迁任务,可以极大降低土地成本。吴总心里明白,这是田主任给他们中天纺织的最大回馈和补偿。

方小青在中天纺织土地调规和房地产开发项目上,一直没有走到台前,都是吴总直接跑开发区,找田光耀。方小青觉得在谈合作、上项目的问题上,同学之间面对面不好,有一种逼迫对方的感觉。更何况站在她面前的不是夏连春,而是田光耀,旁边还有一个虎视眈眈的蔡团长,她也实在不想往这两个人跟前凑。

吴总能够感觉到方总对田光耀和夏连春态度上的不同,而且田光耀和夏连春两个人在为人处世和待人接物上也确有不同,但那是他们同学之间的事。他作为一个商人,一个企业家,更多的是要向高庆阳学习,做好自己的事，别的不管。

通过这次土地调规合作，田光耀增加了对吴总的信任度，觉得这是一个值得信赖、可以合作的企业家，但因为他身边有一个高庆阳和方小青，田光耀还是不想和他走得太近，有些事还是让蔡团长和他们多打交道为好。

蔡团长当然很乐意做田光耀的替身，也很乐意借此走近吴总，他心里也有自己的小九九。

蔡团长看到田光耀在鹿川的开局和做派，比在天章风光多了。他相信田光耀一定会在开发区干出一番大事业来的。

蔡团长还看到了鹿川的发展前景，天章一个小县城，怎可和未来的"西部香港"相比。开发区一定会有大事业。

蔡团长给田光耀建议，天章的有些事可以考虑往鹿川这边转移转移了。田光耀也有这个想法，自己离开天章了，那一摊子事留在那里光靠蔡团长一个人是扑腾不过来的。黑蜂股份是上市公司，焦炭厂也是股份制企业，都是香港人经营，不用自己费神。但天印养牛就不同了，经营了这么几年，鲜奶由人家奶粉厂包销，县里财政还补贴了那么多进去，结果还是个亏损。不知道是自己的项目没选好，还是蔡团长这个人没选好。不管哪种原因，自己离开天章之后，天印养牛一定会举步维艰。财政补贴不可能再有了，奶粉厂的包销渠道说不定哪天都有可能中断，如果那样，蔡团长还能支撑得下去吗？

想到这，田光耀问蔡团长有什么想法？蔡团长说是否可以考虑在开发区注册一家公司，经营天印养牛的鲜奶和奶制品，并逐步把天印养牛的重心往鹿川转移。

田光耀对蔡团长的这个想法可谓一拍即合。他觉得蔡团长的脑子还是在想事的。田光耀最看重的还是天印养牛，那才是他的企业，他的事业，即使眼下不挣钱，他情愿就放到那养着，养到哪一天，养好了，养肥了，养顺溜了，没准儿突然就会源源不断地给他挣钱了。

蔡团长知道天印养牛在田光耀心里的位置，它就像田光耀的私生子，虽不能人前炫耀，但却离不开他的庇护。他应该把它带在身边，给以滋养。

蔡团长心里也有这样一个"私生子"，就是那个他投资了100万的服装小楼，而且这个小楼已经像模像样地给他挣钱了。跟他合作的那个厂长出事之后，他让殷淑玲出面找了厂长夫人，劝她退出，不要因此牵连厂长，罪加一等，厂长夫人连声应允。蔡团长为此白送厂长夫人50万元，答谢、补偿、封口，都有了。

第二十一章

西部梦想

这个夏天，是鹿川热火朝天的季节。

蔡团长忙着注册成立"鹿川天印生物科技公司"，一大早，就开着自己的破桑塔纳从天章往鹿川赶。

这辆桑塔纳是人家淘汰下来准备报废的车，田光耀花了不到2万块钱买下的，作为代步工具还是比坐班车方便多了。这车最头疼的就是空调不行，冬天不制冷，夏天不制热。蔡团长这一路开着车窗跑到鹿川，整个人被窗外的风吹得灰头土脸的。

蔡团长已经跑了很多趟，但鹿川天印生物科技公司一直没办下来。

一开始，是注册资金问题。他和田光耀还是没有那么多钱。蔡团长说还问吴总借，田光耀说不行，不能什么事都找吴总。蔡团长说要不从天章焦炭厂退出一些股份，田光耀说焦炭厂和黑蜂股份的钱都别动，他另外想办法。

田光耀的"另外办法"是从哪儿想的蔡团长不知道，但他从田光耀很快就能筹够"天印生物"的一大笔注册资金这件事来看，田光耀现在在鹿川的活动范围和活动余地都要比在天章的时候大多了。

接下来是公司名称问题。工商局说"天印生物"不行，"天印"已经有人注册了。蔡团长解释说"天印"就是他们公司注册的,但工商局一定要他提供足够充分的证明材料才行。光为"天印生物"这个公司名就跑了好多趟才核准下来。

跟着又是公司地址问题。蔡团长觉得公司注册到他的服装小楼最合适,但他不敢,服装小楼的事可不敢让田光耀知道。田光耀觉得把公司办在未来的自由贸易区最合适,但自由贸易区还是没影子的事,还是先把公司注册到现有的边境合作区,待自由贸易区获批后再迁入新区。

注册登记办执照的时候,又遇到了工商局窗口排长队的问题。现在拥挤到开发区来注册办公司的人特别多,还得耐心等待。今天是工商局约定取照的时间,蔡团长排了不大一会儿工夫的队,到窗口就拿上了执照。蔡团长把执照往包里一装,开上车就去开发区管委会,赶紧去给田光耀请功报喜,也免得他着急。

蔡团长的车不好,但开发区的人都认识,门卫不挡,也不登记,直接放行。到了田光耀办公室,蔡团长把"天印生物"的执照递过去,自己随手倒了一杯水就坐下来喝。那意思,他终于把公司办下来了,一种大功告成的感觉。可田光耀接过营业执照端详着,突然说了句:"你这办的是什么公司?"

蔡团长没明白田光耀说的什么意思,他又拿过营业执照端详着,好半天才冒出一句:"真他的,这是什么公司!"

原来营业执照上写的是"鹿川天阴生物科技公司","天印"写成了"天阴"。

好在今天田光耀心情好,没骂人,要不然,他非骂工商局局长娘不可。但他从这件事里意识到,打造"西部香港",不仅硬件要上去,软件也要跟上去,特别是开发区工作人员的素质和服务必须是一流的才行。为此,他曾在一次开发区机关会议上像聊天一样给大家讲了认真工作的重要性,以及工作不认真的危害性。

他说:"我曾经看到有人在墙角处写下标语:'此处大小便,发款一百元。'这里至少有两个问题，一个要是有人在这方便完等着你发钱怎么办？另一个你要不是发钱而是罚钱，谁赋予你罚款的权利？你罚款的依据是什么？"

他说现在才知道，太有文化了也可怕。比如，他一个同学来开发区投资办企业，注册成立了一家"天印生物"科技公司，结果我们工商局的同志给人家核发"天阴生物"科技公司的营业执照。这个错误应该是电脑错把"天印"打成了"天阴"，所以，电脑工作，人脑必须跟上。田光耀其实就是想借机推介一下"天印生物"，他做得非常巧妙。

田光耀接着以调侃的口吻表示，这人名、地名、公司名，使用起来也是很有讲究的，不能随心所欲，随意而为。有人戏说，外地有一个叫"人和"的地方，这个地方的地名和单位名如果结合不好就很容易出笑话。比如"人和废品回收站"，人也可以回收呢？再比如，悬挂标语牌组词断句也是很有讲究的，闹得不好也会让人笑掉大牙或者莫衷一是。比如：

"举报毒品违法

犯罪活动有奖"

你肯定知道这个标语的本意是什么，但你也一定能从中读出不一样的内容来。

田光耀在这次会议上讲的这些话，虽不经典，但很实用，收到了意想不到的效果。各单位，特别是窗口单位，都开始注意自己的工作细节和服务质量，开发区大街小巷的小广告得到了清理，大广告、大标语也得到了规范。

开发区的变化正在悄悄发生着。

田光耀要在开发区打造"西部香港"的消息，像长了翅膀一样飞翔着，吸引了众多跃跃欲试的投资客纷至沓来。开发区与中天纺织联手启动的"维多利亚港湾"项目，让一众驻足观望的企业家看到了开发区的魄力。原来这些都是真的，不只是说说。

开发区的田主任已经被外面的人传得神乎其神，仿佛这个人有三头六臂，能呼风唤雨似的。很多慕名而来的人都想通过各种关系见见这个田主任。于是，田光耀身边的人就成了炙手可热的联系人、引荐人、中介人。像高庆阳、吴总这样一些企业界的人，像方小青、蔡团长这样一些田主任的同学，像赵丁香和秘书、司机这样一些田主任身边的工作人员，像苗素馨、弯越这样一些田主任曾经的同事和熟人，像张素雅、张碧林这样一些家人亲戚，都是各方面人士想要认识，继而再通过他们去结识田主任的人。

张素雅已经调到鹿川了，安排到地区结核病防治所任副所长，她不太爱管田光耀的事。她的同学也是田光耀的同学，有啥事直接找他去。再说他们同学都是学医的，没有经商办企业的。一般要找田光耀的人大都是要土地上项目的，别的行当的事现在谁还找你？

高庆阳、吴总这些企业界的人一般也都不爱揽事。在商言商，官场的事、官场的人还是离远一点好。再说了，就算你揽了事，人家田主任就一定会给你面子？

田主任身边的人都是公事公办，有什么人需要办什么事，他们都会照传照转，上情下传下情上达，不会中途截留，也不会掺杂使假。至于那些老同事、老同学、老朋友，基本上都是无事不登三宝殿，谁轻易去麻烦田光耀干什么。

喜欢揽事的人张碧林算一个。张碧林骨子里还是那种喜欢张扬，喜欢抛头露面的人。平日里，张碧林和别人聊天最爱说的人就是夏连春是他同学，田光耀是他姐夫。而且有些人还就认这个。本来，他只是地区监察处的一个科级干部，跟开发区的事，跟经商办企业的事，八竿子都打不着，但一些搞企业的人、搞经营的人，甚至是一些专门帮人拉关系的人，都喜欢找他。

张碧林八小时之外的时间很忙活，吃饭喝酒，唱歌跳舞，吹牛聊天，家都顾不上回。偶尔哪天闲了，没人约请，他自己都会主动找着给人打电话："最近忙什么呢？好久不见了，哪天一起坐坐，聊聊天。今天？今天刚好没事，本来还想难得有个空闲，回家陪陪老婆孩子呢，这又泡汤了。那好吧，待会见。"这饭局又约上了。

为这个事，苗素馨还找张碧林谈过话，说他在外面交际应酬多了点，处里头有议论，希望他注意一些。苗素馨的本意是为他好，但张碧林却不这么看，他本来对苗素馨当了监察处处长抱有很高期望值的，但一段时间之后，他觉得女人不能当官，更不能当大官，官当大了人就变了，不像男人那么随和好相处。由此还生出了对苗素馨的意见来。

打虎亲兄弟，上阵父子兵。还是家里人靠得住。他现在对田光耀认可的理由就一条："他是姐夫。"

外人再好也是外人，家人再不好也是家人。张碧林之所以敢揽事，就因为他有这个姐夫。

其实张碧林在姐夫那里说话并不怎么顶事，顶事的是他老婆丁香。他揽过来的事如果需要给姐夫说的，大都通过老婆去说。但他揽过来的事大都连老婆也不说，自己就截留贪污了，给谁也不说。他自己也知道，他答应人家的事太多了，哪能件件有着落，事事有回音？那样他老婆也烦死了。

张碧林有个记事本，他应承下来的事全都记在小本子上。他不是怕忘，而是要把这些事排排队，归归类，哪些事情该办，哪些事情能办，哪些事情好办，先要做到心中有数。十件事能办成三两件也就不错了，谁能保证答应的事都能办成都必须办成？现在他这样十有二三的办事成功率已经算是很高的了。坊间传言，张碧林是个很能办事的人。有事要办？找张碧林去。

张碧林帮人办事，从不把事情说满，所有答应的事，都会说：他想想办法，试试看，不一定能办成。这样他主动，进退自如。他从不把办事的人往家里领，你的事跟我家里没关系。办事前他也从不收受任何人的任何东西，事情没办成，也就吃了你一顿饭，事情办成了，你想表达一点小心意，提两瓶酒，拿两条烟，可以，笑纳。如果重礼相谢，免谈，走人。

有人说，这是张碧林的小聪明，他就图个酒足饭饱。也有人说这是张碧林的大聪明，他不跟任何人发生金钱和利益关系，这样不会犯大错误。

丁香有时候会不好意思地跟姐夫说："你小舅子光给你添麻烦。"

田光耀倒挺大度，也挺懂小舅子，他对丁香说："他也就那么点能耐，让他风光风光吧。"

最近，张碧林在一个饭桌上认识了一个人，看似60岁上下的年纪。花白的头发，人很富态。一般讲，富态的人善良，慈眉善目。但这个人却有点滑稽，后面看，虎背熊腰，前面看，贼眉鼠眼。两只眼睛长得太小，像是在白净的脸上划了两条缝。

张碧林笑问这个人："怎么称呼？"

这个人答曰："免贵姓麻。"

张碧林本就没问对方"贵姓"，对方自个儿先行"免贵"。于是大家一阵嬉笑。

本来这个"免贵麻"饭桌上话就不多，大家一阵嬉笑之后话就更少了。

张碧林以为"免贵麻"也就是偶尔一次饭桌上的偶尔一遇，以后未必还会再见，所以也就没太在意和他多聊。可是第二天上午，张碧林却突然又意外在地区行署门口再次与"免贵麻"相遇。一回生二回熟，两个人老熟人般地聊了一会儿。话毕，"免贵麻"说两个人难得这么有缘，遂邀请张碧林晚上一起坐坐。张碧林客气两句，恭敬不如从命，也就答应下来。

"免贵麻"没叫别人，就他们俩。张碧林以为"免贵麻"是不是有什么事，可一顿饭吃下来，人家什么事也没说，只顾喝着小酒，说着闲话，搞得张碧林反倒着急似的，有些不自在。

两个人才认识，凭空吃什么饭呢？席间，两个人相互留了电话，以后常联系。

还没等到以后，隔天下午，张碧林接到"免贵麻"的电话，问："晚上有没有什么事？"

答:"没什么事。"

"那晚上一起吃个饭?"

这顿饭吃完,张碧林忍不住就问,麻总有没有什么事?"免贵麻"说没事,他在鹿川没什么朋友,一个人挺着急的,就是想和张老师一起吃个饭。

张碧林在行政单位工作,没有职务,别人不好称呼,又不能直呼其名,也不好叫小张、老张。因为他当过老师,便以老师相称,"张老师",挺合适的。

张碧林对没事的时候有人请吃饭的事还是很感兴趣的,但像"免贵麻"这样,连续几天,天天请他吃饭,而且就他们两个人,什么事也没有,这饭吃得他还真有些心里发慌:你倒是明说,你这天天请我吃饭到底是为了什么呀?

这天,在张碧林的再三追问下,"免贵麻"终于说明白了一件事,他是吉宁县人,名叫麻忠诚,和田光耀是高中同学。

张碧林大惊失色,被吓着了似的:"你和我姐夫是同学?"

"免贵麻"赶忙自我调侃:"是不是觉得我很老,不像同学,倒像两代人?"

张碧林毫不掩饰地直说道:"不过麻总你要是不说,是没人能想到你和我姐夫是同学。你们怎么能相差这么大?"

"免贵麻"嘿嘿一笑:"其实我还没有田光耀大,因为我年轻时得了一场病,未老先衰,一下子变老了。"

"那我从来没听你任何一个同学说过他们有你这样一个同学呀?"张碧林还是怀疑这件事情的真实性。

"我高中没毕业就去了外地,二十多年一直没回来过,我现在这个样子就是怕见到同学熟人。""免贵麻"袒露了心迹。

"那你现在怎么又敢回来见人了?"张碧林继续问。

"让你姐夫召唤回来的。""免贵麻"实话实说,"我现在是一家房地产开发公司的老板，这一次回来，主要是想参与鹿川开发区的建设工程。"

张碧林歪着头，侧着脸看着他，等待他的下文："说实话，我和你姐夫同学之间也已经二十多年没见了，害怕他不愿见我，难堪，又怕见了不敢相认，尴尬。所以就想请张老师帮我们联系联系，勾兑勾兑，我想请田主任吃顿饭，同学之间见个面聊一聊。"

张碧林还是犯嘀咕："你们真的是同学吗？"

"免贵麻"说："这还能有假？我这个人的样子好像已经变假了，但同学关系是造不了假的。"

张碧林还是吃不准的口气说："但愿麻总没有骗我，我联系一下试试看。如果你们真的是同学，这事就好办，我姐夫这个人特别看重同学感情，他知道你们是同学，一定会见你的。"

张碧林说得没错，田光耀非常看重同学感情，尤其是高中同学。他们高中同学到现在还有不少都在农村，日子过得也比较辛苦，只要有高中同学来找他，他都一定会见，还要请他们吃饭。如果有事，他也一定会想办法帮忙。但这一次他小舅子给他讲的这个麻忠诚同学，他却怎么也想不起来。尤其是他小舅子描绘的这个麻忠诚的情况，他更是闻所未闻。他有过这样一个同学吗？但既然人家指名道姓地说了和你田光耀是同学，而且还是来开发区投资的，那就应该是同学了。既然是同学，那就不能让人家请咱吃饭，咱得尽地主之谊，请他吃饭。管他怎么回事，见了再说。

田光耀让丁香在"大上坡"安排一桌饭，请这个他还真不知道是谁的麻忠诚同学吃饭，同时把他们在鹿川的几个高中同学都叫来，大家聚聚。

晚上，丁香陪着田光耀走进"大上坡"一楼包厢的时候，张碧林和那个麻忠诚同学已经坐在包厢里了。如果不是他小舅子在，田光耀一定会毫不犹豫地退了回去，觉得自己走错了包厢。眼前的这个人明明是一个年过六旬的老头，怎么可能是他的同学呢？

六旬老头也很惊愕：这个清清瘦瘦高高挑挑的男人就是田光耀？他就是开发区主任田光耀？平常得不能再平常了，尤其是他脚上那一双布鞋，一点当官的样子都没有。

张碧林看着两个人的惊愕,心里有些发毛。他们真的是同学吗?可不要凭空给姐夫领了个仇人过来。

就在三个人面面相觑都不说话的时候,"免贵麻"突然打破沉寂,向前跨出一步,伸出双手,说道:"田主任好,我是你高中同学那个谁谁谁!"

田光耀"啊"一声,好半天才反应过来:"你怎么变成这样了?"

"免贵麻"说:"一言难尽。"

张碧林终于松了口气,两个人还真的是同学。

其他同学都还没到,他们四个人坐在包厢的沙发上聊天。田光耀问"免贵麻",那你为什么叫麻忠诚了呢?张碧林这才听出来,原来这个"免贵麻"改名了,怨不得姐夫不知道这个麻忠诚是谁呢。

"免贵麻"说高二那年春天出了那个事以后,他就到公安农场劳动了一年半,在那里得了病,一夜之间成了老人。出来之后没人再能认得他,他索性就把名字改了,重新做人。于是,他就成了现在这个麻忠诚了。

显然"免贵麻"对自己的过去不愿多说,田光耀也就不再多问,张碧林和赵丁香也不想多听,觉得两个人打哑谜一样,听不懂他们的意思。

接下来,蔡团长就到了,他是专门从天章赶过来的。一进门就能看出来,蔡团长现在可风光了。男人过去在意手表和皮鞋,现在在意手机和车。田光耀最近才给蔡团长换了一辆新车,一个投资鹿川的大老板,开个破桑塔纳咋行?不像。蔡团长新车在手,高兴得跟孩子似的,有事没事就往鹿川跑。人靠衣裳马靠鞍,狗配铃铛跑得欢。

换下来的那个破桑塔纳,田光耀也没舍得扔,他让人拿到修理厂,修一下,自己开。修车的人说,不行,田主任咋能开这么破的车?田光耀问为什么不行?修车的人说不好看。田光耀说主任开的车要那么好看干什么?修车的人听懂了田主任的意思,但这辆车太旧,不安全。田光耀说那你就把里面不安全的东西换掉,让它安全了不就得了。经过一番脱胎换骨的大修，这辆破桑塔纳除了外表是旧的，里面全换成了新的，连发动机都换了。

自此，田光耀最喜欢做的事，就是在工作之余，穿一双布鞋，开一辆破桑塔纳，在鹿川的大街小巷走走看看。有谁知道这辆破旧桑塔纳里的人就是鹿川开发区的主任？

一时间，穿一双布鞋，开一辆破旧桑塔纳，成了鹿川开发区主任的经典形象。

蔡团长进了包厢还没顾得上介绍，高庆阳、方小青、花丽艳几个人前后脚就到了。

众人落座，田光耀先问麻忠诚认不认识这几个人，"免贵麻"略微想了想，一一叫出名字来。正在几个人目瞪口呆不明就里的时候，田光耀问他们："你们认不认识这个老同志？"

几个人都摇摇头，非常抱歉地说："不认识。"

田光耀说："你们认真瞅瞅，猜猜看？"

蔡团长说："那你得给个方向和范围，要不这满世界里这么多人，我们往哪猜？"

田光耀说："同学，高中同学，同班同学。这个范围够小了吧？"

几个人几乎同时惊呼："不会吧？"

大家的心里话，同学爸爸还差不多，哪有过这样的同学？

田光耀知道大家的心理，他也就不卖关子了，直接告诉大家这个人就是他们高中同学那个谁谁谁，现在的名字叫麻忠诚，是搞房地产的大老板。

几个人又是同时惊呼："啊？你就是那个谁谁谁？你是整过容还是毁过容？怎么成这样了？不过仔细瞅起来，那眼神还真有点像那个谁谁谁。"

这顿饭吃的，几个同学的心里都膈应得慌，眼前的这个人怎么看怎么不舒服。要是不讲他是同学就好了，他就是个老头。现在搞得他们不想看他，也不想跟他说话，恨不得马上吃完饭就走才好。

田光耀看出了几位同学的心思，他尽量打着圆场，和谐着氛围。但几个同学都不配合，没什么反应，连蔡团长都是自顾自吃着，城府很深的样子。

倒是张碧林和丁香两口子表现还好，他们眼里，"免贵麻"就是个老者，因为他们没见过他年轻时的样子。没有对比就没有反差，没有反差就没有反应。要不是他们两个配合着姐夫，"免贵麻"还真以为田光耀在同学中没什么威望呢。

吃完饭，几个同学逃也似的走了，留下田光耀他们四个人在后面。四个人正要出门，营营突然进来，说是天还早，外面还亮着，主任叔叔下去唱会儿歌，包厢都给你们留好了。

田光耀晚上来"大上坡"吃饭的事营营知道。平时，田光耀来吃饭，有时候会叫营营过来，不叫肯定是不方便或是不合适。营营很懂事，不会主动去打扰，常常是把下面的包厢留好，等着主任叔叔。

田光耀一听营营把包厢都留好了，就邀麻忠诚进去唱会歌。张碧林觉得小舅子和姐夫一起唱歌跳舞不自在，丁香留下，他先回家。

"免贵麻"走进歌舞厅才发现，鹿川居然有这样一家上档次的歌厅，生意也特别红火。看得出来，田光耀很喜欢这里，而且也经常光顾这里，他和这里的人都很熟，和营营的关系也很近。

今晚的饭局，使"免贵麻"明白了一个最浅显的道理，在当今这个人心浮躁的社会里，谁还有时间花心思去体会别人？以貌取人最简单，最省事。照他现在这个未老先衰的容貌，如果在一个从未谋过面的陌生人群里，他也就是个老者，大家都能接受他。但现在搁在他的同学里头，反倒排斥他，哪有这样的老同学？所以，他不可能再去接近他的同学，再去接近田光耀。田光耀今天请他吃饭，陪他唱歌，也只是一种抹不开的老同学的面子。仅此一次，下不为例了。

他知道，他要想在鹿川站住脚，就绕不开田光耀这个核心人物。自己毕竟和田光耀是同学，这是一般人所不具备的条件。他可以通过田光耀旁边的人来替他维系他们的同学关系。如果真能把他们的同学关系维系好经营好，就一定能够培育出市场前景，生发出经济效益。

为此，他看中了田光耀的小舅子媳妇赵丁香。凭他的直觉，这个小舅子媳妇在田光耀那儿不一般，这个女人应该是打通田光耀环节的最灵便的钥匙。他必须想方设法把这把钥匙握在自己手里，使她成为他在鹿川登堂入室的金钥匙。

晚上唱歌的时候，营营一直陪在田光耀身边。丁香没什么事做，她就坐在旁边和"免贵麻"有一搭没一搭地说着话。这正好给了"免贵麻"接近丁香的机会。

别看"免贵麻"的样子不咋的，内心里丰富着呢。一个只有40岁年龄却有着60岁面容的男人，还能创造出属于他自己的成功，一定经历过别人不曾有过的经历。这样的男人，对付一个社会经历并不复杂的女子，还不是易如反掌的事？

丁香并不了解"免贵麻"的过去，她也不需要了解他的过去，她只知道他是姐夫的同学，他是姐夫今天晚上请来的客人。招待好客人是他们工作人员的工作。

唱完歌，"免贵麻"和丁香已经很熟了。营营还在和田光耀撒娇，不让他走。"免贵麻"和丁香站在那等着，两个人交换了名片。

"免贵麻"夸奖丁香的工作很出色，感谢她的热情款待和周到安排，他说："田主任工作忙，平常不便多打扰，以后要是有什么事我就和丁香直接联系了啊？"

丁香说："没问题，我的工作就是服务，为你们这些企业家服务也是我工作的一部分。"

第二天上午一上班，丁香就接到了"免贵麻"的电话，问候，感谢，回应昨晚的宴请。这应该算是有身份的人所为。

紧接着"免贵麻"就发出邀请："明晚请你和张老师一起小聚，感谢你们俩昨晚对我的招待和关照。"

丁香说着不客气，但却没有拒绝的理由。

张碧林觉得"免贵麻"这个人挺有意思，也不知道他请你吃饭是为了啥。不像有些人目的性很强，请你吃饭就是为了办事，吃一顿饭办一件事。

丁香觉得跟"免贵麻"在一起还倒随意，比较轻松，不累。尽管他的容颜和他的真实年龄不相称，但丁香觉得他就像一个老者。老者总让人踏实，觉得靠谱。

张碧林、赵丁香和"免贵麻"一起吃饭的时候，果然没什么事，就是吃饭，就是说说话。吃完饭临走了，"免贵麻"随手递给张碧林一部摩托罗拉翻盖手机，递给丁香一个很名贵的包，丁香叫不出是什么牌子。两个人接过礼物，心里都很喜欢，嘴上却说："这不太合适吧？"

"免贵麻"则是非常自然地边往外走边说："都是随手要用的小东西，拿着吧。"

人与人的交往，是需要有一些互动的。吃饭可以拉近关系，礼物可以贴近人心，而自然随意的相聚和往来，则是一种最能让人接受和增进感情的交往方式。"免贵麻"和张碧林、赵丁香两口子很快就成为可以随意走动的朋友。

"免贵麻"要做房地产项目，因为迟迟选不到合适的地段，他就一直待在鹿川慢慢找。他原本想利用同学关系，找田光耀在开发区给他批一块上好的地段，但他们同学见面之后，他知道这不可能。他还是要自己找地，地找好了，如果办手续有障碍，那时候再找田光耀，还是可以的。

"免贵麻"在房地产行当摸爬滚打这么些年，他的基本经验是，房地产项目关键看卖点，找不到有卖点的项目情愿等，有了卖点好的项目不惜一切代价也要拿到手。哪怕跟人争，跟人抢。

在寻找项目的空闲里，"免贵麻"时不时地就和张碧林、赵丁香两口子在一起待一待，吃吃饭，说说话，聊聊天，打发时间。有时候三个人一起，有时候单独和两口子当中的一个人在一起，更多的则是和丁香在一起。

"免贵麻"觉得丁香这个女人很有韵味，跟她在一起是一种享受。她从不抢男人的风头，但男人情愿让着她、宠着她、听她的。田光耀和她在一起一定就是这个感觉。那天在"大上坡"唱歌的时候，那个叫营营的女孩子那么卖弄风情地缠着田光耀，丁香就那么平和地坐在一边和"免贵麻"说着话，一点不受影响。这样的女人怎能不讨男人喜欢，尤其是像田光耀这样当官的男人。

"免贵麻"今天心情特别好，寻找了这么长时间，终于相中了一块有卖点的土地，而且还就在开发区地界里，但开发区土地局的人说这块地已经有主了。"免贵麻"问办手续了没，土地局的人说还没办。"免贵麻"又问他有什么办法能拿到这块地，土地局的人说，除非田主任特批，因为这块地是田主任亲自允诺给别人的。于是，"免贵麻"就想到了丁香。

下午，"免贵麻"从土地局一出来就忙着给丁香打电话，说是晚上请她到西大桥那家新开的西餐厅吃西餐。丁香知道那家西餐厅，她没去过，想去，但今天去不了，晚上开发区有接待。"免贵麻"说他今天特别想见她，晚一点也行。他先去西餐厅等着她，她接待结束后就过来。丁香听他这么说，不好拒绝，就说她尽量早点过去。

鹿川的西餐厅多以俄式为主，大都以酸、冷、汤、酒、茶为特色。"免贵麻"提前到餐厅找了一处比较僻静的台位坐下，点了茶和零食，饮着，品着，等着，想着。轻轻的音乐，柔柔的灯光，暖暖的氛围，梦幻般的听觉、视觉、感觉，"免贵麻"突然觉得这里好像是情侣们约会的地方，也不由得觉得自己年轻了许多。

就在"免贵麻"情不自禁的时候，侍应生领着丁香走了过来。"免贵麻"很诧异，丁香这么快就来了。丁香说她在那边一直很着急，怕让麻总等久了，那边公务活动一结束就赶紧过来了。

"免贵麻"示意侍应生过来点餐，丁香说她吃过了。"免贵麻"说那就吃点点心，喝点酒水。两个人商量着，侍应生站在旁边，不着急，不催促，也不说话，那意思，你是主人，他是侍者，你说了算，他听你的。这就是吃西餐特有的感受。

两个人点了沙拉、面包、牛排、甜点，再来瓶香槟酒。这架势，是要慢慢道来、慢慢喝起的感觉。不用着急，天还早，夜还长，时间还多着呢。

第二十二章

男人任性

丁香是第一次来这家西餐厅。西餐的环境、西餐的气氛、西餐的意境，乃至西餐的矜持、西餐的温馨、西餐的浪漫，它这里都有。

西餐的好处，就在于它能在一顿饭的工夫里，洗去你生活中的嘈杂和疲惫，让你活出另外一种境界。

丁香置身其间，深有感触地说了句："麻总您很有情调也很会享受啊。"

"免贵麻"轻轻地拍拍丁香置于台面上的手背，说："那是因为我遇到了懂情调的丁香。"

"免贵麻"轻拍手背的亲昵举动，让丁香感到了一种父爱般的温暖。丁香觉得自己打小就缺少父爱，后来连母爱也没有了，再后来，相依为命的姐姐也嫁人了，她成了真正的孤儿。现在，丁香的世界里，唯有姐夫成了自己心里最亲的人。

"免贵麻"不知道丁香这一会儿在想什么，但他知道女人在温馨的时候想心思，多半是想情感。情感中的女人，最容易沟通，最容易交流，也最好说话。于是，他抓紧时机给她说了想让她帮忙的事。

"免贵麻"说他相中了一块地，但听说这块地田主任已经允诺别人了，他想让丁香帮忙给田主任说一下，把这块地转让给他。

丁香一听是土地开发的事，赶紧婉言相拒："我从来没给姐夫说过这么大的事，恐怕不行，可能帮不了你。"

"免贵麻"说："你还没试怎么就知道不行？"

丁香也觉得自己拒绝得有点生硬，就又缓和了语气，问他哪块地。"免贵麻"说是苹果园那块地。丁香一听，马上直接拒绝："这块地肯定不行。"

"免贵麻"问为什么？丁香说："这块地是市里为了补偿中天纺织调规损失，专门给中天纺织留着的。"

"免贵麻"慢条斯理不慌不忙地说："这两天我了解了一下，中天纺织正在开发河边绿地旁的别墅，苹果园这块地他们暂时用不上，留在那反倒造成土地资源的浪费。如果这块地给我，我马上就可以开发，最大程度地发挥土地效益。"

丁香说："不好意思，这个忙我真的帮不了。"

"免贵麻"轻轻地说："不，这个忙你肯定能帮得了，你就给田主任说，反正这块地是要开发，给谁都是开发，如果给中天纺织开发，对田主任本人一点好处都没有，但如果给我开发，我愿意一次给田主任个人这个数。"

说着，他把早已写好数额的一张小纸条递给丁香。

丁香接过纸条，被吓着了似的，追问："多少？"

"免贵麻"一字一顿地说："……对，就那么多。"

丁香心跳得厉害，好半天说不出一句话来。"免贵麻"轻轻地抓起丁香的手放在他的手心里，一边抚摸着一边说："别紧张，这些都是真的，而且只有我们两个人知道。我们都会对田主任负责的。"

丁香虽然感受到了从"免贵麻"手心里传递过来的抚慰，但那颗不听话的小心脏还是在她胸腔里狂跳着。她被"免贵麻"写下的数字吓傻了，一时间回转不过来。

"免贵麻"站起来，走过来，爱怜地拍拍丁香的后背："回吧，早点休息。"

丁香一夜没睡，翻来覆去地在床上烙饼子，满脑子都是"免贵麻"写下的那组数字，她已经被那数字折磨得喘不过气来。

张碧林问她："怎么了，有什么事？"

她翻了个身，侧过去，没理他。

"晚上喝咖啡了？"他关心地问。

她有些不耐烦，嘟囔了一句："你快睡吧。"

好容易盼到天亮，但她又不想起床。挨到了上班时间，爬起来简单洗漱一下，就急急忙忙往办公室跑。到自己办公室待了一小会儿，转身就去了姐夫办公室。

丁香的脸色特别不好，田光耀见了就问："怎么了？"

丁香："没事，昨晚没睡好。"

"出什么事了？吵架了？"这是田光耀最担心的，他最不希望她两口子闹事。

丁香说："没有，我昨晚和那个麻忠诚出去吃饭了。"

田光耀心里一紧："他欺负你了？"

"没有。"丁香怯怯地说，"麻忠诚让我给你说，他想要苹果园那块地，想让你帮帮忙。"

田光耀一听丁香为那个麻忠诚说事，一下子就火了，手往桌子上一拍："赵丁香我告诉你，第一你不要在外面和那些人鬼混，那些当老板的没一个好人。第二你不要在外面给我揽事，不要干预我的工作。"

丁香从来没见过姐夫发这么大的脾气，也从来没有人这样骂过她。她一下子就委屈得抽泣着哭了起来。

女人的眼泪是征服男人的撒手锏，更何况还是自己深爱着的女人。田光耀什么时候舍得这样对待过丁香？他一下心疼起来。

田光耀心平气和地给丁香讲："我为什么发这么大的脾气？因为这个

麻忠诚人品不好，他上学的时候就手脚不干净，偷学校的东西，偷宿舍的东西，偷同学的东西，偷商店，偷生产队。他还偷过我的三块钱，偷钱之后还嫁祸夏连春，致使夏连春和我之间心里的坎二十多年都过不去。后来这个人还偷了生产队的麦种，高中没毕业就被判了刑送到了劳改农场。他现在这个样子就是在劳改农场的时候得病造成的。所以这样的人不能跟他走得太近。"

丁香明白了，原来姐夫也是爱护她才发这么大的脾气。她也赶忙给姐夫解释说："本来麻忠诚给我说这件事的时候，我也是拒绝的。后来他说反正这块地是要开发的，给谁都是开发，但给中天纺织开发，对你本人一点好处都没有，如果给他开发，他愿意一次给你这个数……"

丁香把"免贵麻"写的那个小纸条递给姐夫，这个时候丁香才反应过来，原来这个小纸条"免贵麻"就是为姐夫写的，否则，空口无凭。这个家伙太有心眼了。

田光耀接过小纸条，突然身子往桌前一挺，眼睛盯着丁香："这是他写的？"

"是的。"丁香说，"他说这事就我和他两个人知道，他会对田主任负责的。"

田光耀往椅背上靠了下去，沉静了一会儿，问丁香："你觉得这事靠谱吗？"

丁香说："麻忠诚说他这件事是认真的。"

田光耀说："那这样，一个是这件事就由你和他保持联系，不要让碧林知道，也不要给那个麻总说我知道，就你们两个办。另一个是这件事办完了，就尽量不要和他来往，如果必须联系，也是你和他联系，我不和他打交道。第三个，苹果园那块地的事，你让他直接去找区土地局局长，不要找别人，也不要找副局长。"

得到了姐夫的首肯，丁香的心绪平复了很多。她已掌握了主动，但她没给"免贵麻"回话。

"免贵麻"心里很着急，但表面上还要能沉得住气。他知道丁香的事应该已经办好了，他还知道丁香不会主动给他来电话，她在等他。

三天过后，他给丁香打电话："丁香啊，晚上没事我请你到西大桥西餐厅坐坐？"

丁香接电话："不好意思麻总，今天单位里有事，再找时间吧。另外麻总你上次说的那件事，你就直接去找开发区土地局局长，不要找别人，也不要找副局长。找完什么情况我们再说。"

放下电话，"免贵麻"直接去开发区找土地局局长。局长很客气，马上安排给副局长。副局长也很客气，又安排给土管科科长。科长告诉"免贵麻"，他手里有文件，这块地是预留给中天纺织的，现在要把这块地调整给麻总，也得要有正式批文，否则他不敢办。

"免贵麻"觉得科长说得有道理，他没有多说，回过头又给丁香打电话，丁香又去找田光耀。

田光耀拿起电话问土地局局长："苹果园那块地你们怎么办的？"

打完电话，田光耀告诉丁香："让麻忠诚三天以后再去找土地局局长。一定要等到三天以后再去。"

三天以后"免贵麻"再去土地局，局长换了，老局长免了，副局长成了新局长。新局长交代土管科科长："麻总的事特事特办，抓紧办好。"

办完"免贵麻"的事，田光耀觉得轻松了很多，来鹿川工作这几个月，虽然一直紧紧张张，忙忙碌碌，但还没像这几天这么累过。"免贵麻"的事把他搞得神经一直是绷着的，心累，脑袋累。今天，这个紧张劲终于过去了。

看着姐夫放松了心情，稳定了情绪，丁香脑袋里紧绷的弦也松了下来，但心还是提着的。麻忠诚的那个数算不算数，能不能到账，她不踏实，这家伙可别耍赖，别把姐夫哄了。

就在丁香心里七上八下拿不准的时候，"免贵麻"打来电话："丁香啊，晚上没事我请你到西大桥西餐厅坐坐？"

西餐厅还是那么有情调，但人却生分了很多，丁香见到麻总已经没有了先前那份自然和情分了。都是麻总那张小纸条搞的，人与人之间一旦融进了金钱，那就是利益关系。金钱和情义同在那是很难的。

"免贵麻"说："这两天我想了一下，那么大一笔钱提现不太好办。"

丁香一听他的话好像要耍赖变卦，马上说："你自己说的话可不能不算数啊！"

"免贵麻"笑笑："不能提现，只能转账。"

丁香刚要松口气，"免贵麻"接着又来了一句："但转账也容易出问题。"

丁香让他几句话搞得七上八下的，直接来了一句："你到底想干啥就直接说吧，不要绕来绕去的了。"

"免贵麻"还是笑笑："为了稳妥起见，咱们俩签一份招商引资合同，这笔钱作为招商引资回报转到你的个人账户上，这样就安全了。"

丁香迟疑着，不知道这样行不行，她吃不准。"免贵麻"心里有数，提示："合同我已经带来了，你拿回去再给田主任看看这样行不行。"

丁香觉得她今天晚上让这个"免贵麻"给整得够呛，好好的一句话，他硬是要分成好几节子说，她的心脏已经让他踩蹋得不会跳动了。

第二天田光耀听了她讲的情况，又看了她带回来的合同文本，倒觉得这个麻忠诚还挺靠谱的，这样办事比较稳妥，他交代丁香："就按这个麻总说的办吧。"

事情办好了，丁香问姐夫："这么多钱怎么办？"田光耀说："钱先放在你那，以后再说。"

田光耀看着丁香对他这么尽心，事情也办得这么可靠，心里不免觉得丁香太辛苦了。小女子还能办大事，这是田光耀的新发现。心里想着丁香的好，陡然又生发出前几天自己对丁香发脾气的自责来。

经过这一阵的忙乱，田光耀觉着丁香也不容易，她给自己办了这么大一件事情，连一句好话都没听到。他也该陪她放松放松了。

周末，田光耀对丁香说："咱们有一阵没去'大上坡'了，晚上过去看看？"

丁香说："好。"

晚上，大上坡，还是上次那几个美女陪着他，今天又多了个尕七的小女儿，在师范学院上学的余余。余余毕竟还是学生，见到主任叔叔很紧张，也很腼腆，一句话也不敢说，一说话脸就红。

吃完饭，唱歌。尕七、多多和赵珍珠有事要忙，营营和丁香陪着田光耀。营营把余余也留了下来，她有意识想让余余锻炼锻炼，熟悉熟悉。

唱歌的时候余余好多了，不那么紧张了。营营先唱歌，让余余陪主任叔叔跳舞；后余余唱歌，营营又和主任叔叔跳舞。丁香唱歌的时候，营营、余余姐妹俩就一边一个陪主任叔叔喝酒。一晚上，基本上没有丁香什么事。中间有一阵营营和主任叔叔还到外间说了一会儿话。

唱完歌，田光耀开着他的破桑塔纳，拉着丁香回家，不说话，心事很重的样子，闷闷不乐的。丁香不知道谁惹了姐夫，或者是什么事烦了姐夫。本来，一个晚上都好好的，营营和余余围在他跟前，高兴得什么似的，什么时候突然不开心的，丁香也没注意。这一会儿，不好问，也不敢问，弄不好，别把火引到自己身上。

下车的时候，田光耀突然开口："你明天上午到我办公室去一趟。"

丁香看着他反问："说我？"

"不说你还说谁？"田光耀很不耐烦。

丁香把车门一关赶快跑了。不知道这个人怎么了，也不知道发生了什么事，为什么这一会儿不说，却要明天到他办公室去说？是她什么事没做好影响到他了？是他小舅子的什么事惹他生气了？或者是"免贵麻"、中天纺织的什么事让他为难了？管他什么事，反正不是火烧眉毛的事，要不他现在就说了。也不会是什么家长里短的事，他才没那份闲心去管这些事呢。明天去了就知道了。

早上一上班，丁香怀揣小兔子般地去了田光耀的办公室，进了办公室还是蹑手蹑脚的。

田光耀看丁香的样子，好笑，却笑不出来，没好气地就来了一句："你干吗那么鬼鬼祟祟的？"

丁香眨巴着眼睛，看着他，不说话。

田光耀又冒出一句话来，还是没好气地说："营营怀孕了。"

啊？营营怀孕了？肯定是昨天晚上唱歌跳舞的时候营营说的。但营营怀孕了你那么紧张生气干吗？

啊？难道是姐夫的事？这两个人什么时候搞到一起的？丁香故意装作没听懂的样子："营营怀孕了？谁的？不会是你的吧？"

田光耀还是没好气地说："不是我的还是你的？"

"你气我？我还要气你呢。"丁香心里想着，嘴上就说着，"那好啊，姐夫这就该有孙子了。"

田光耀自知理亏，再不和丁香斗气，赶紧下话："你这两天安排个时间带营营去医院做了。抓紧时间，越快越好。"

丁香也不再和姐夫斗嘴，估计人家心里都已经是一团火了，再惹人家别惹出事来。但营营怎么想的丁香不知道，便问："她同意做吗？你给她说好了？"

田光耀又是没好气地说："她不同意又能怎么样，她还能把孩子生出来？"

丁香说："那有什么不可能的？你如果同意她生出来，没准儿她就会生的。如果她想生，你不同意她也会生的。这有什么问题？"

田光耀再没心思和丁香说这件事，丁香也就知趣识相地赶紧离开。姐夫既然把这么要紧的事交给自己去办，自己也就真的要把它当成天大的事情办好。尽管自己作为女人，作为姐夫的女人，对这样的事还是有想法的，我对你还不够好吗？你还要在外面拈花惹草。你到底需要多少女人？难不成你还要学《红楼梦》里的贾宝玉，"恨不能尽天下之美女，供我片时之欢娱"？

但想法归想法，有想法又能怎么样？他是男人，男人花着呢。他是个能让女人心动的男人，就是你能管得了他，你还能管得了别的女人不为他心动？

丁香陪营营去医院打胎，心里还是有些紧张。姐夫把这么大的事情交给她办，压力好大。她必须办得滴水不漏，不能有一点闪失，不能有任何痕迹。她知道这件事对姐夫意味着什么。那真的是天大的事情，一旦有什么口实或是把柄留在别人手里，后果就是致命的，不毁掉你的前程，也打掉你的威风，让你灰溜溜的，抬不起头来。弄得不好，还会搞得你家里鸡犬不宁，严重的还会妻离子散。如果不小心再碰到一个不懂事的，跟你胡搅蛮缠要死要活的女孩，或者是碰到一个很懂事但跟定你了，你必须对她负责，要不然就跟你鱼死网破的女孩，你就死定了。

带着营营去医院的时候，丁香显得好尴尬。首先是这事情尴尬，自己的男人把别的女人肚子搞大了，自己却还要带着去打胎，这算哪门子事？

营营倒很从容，依然光鲜亮丽的样子。

她对打胎这样的事早就不陌生了，已经经历过好几次。

打完胎，从医院出来，丁香有一种如释重负的感觉。营营挎着丁香的胳膊，有点虚弱。丁香赶紧打了一辆出租车，送营营回家。两个人一坐到车上，营营随口给司机说了一个小区的名字，丁香没听说过，不知道那是哪里，她也没有多问，反正要把营营送到地方。

这是一个新小区，还在建设当中。楼层不高，没有电梯。先期入住的楼栋，没几户人，楼门前的绿化还没搞完。营营带着丁香上了三楼。房子不大，70来平方米，因为是新房子，收拾得很干净。室内的摆设和装饰，一看就是出自营营之手。

丁香问："营营的闺房？"

营营说："主任叔叔给我的礼物。"

丁香呆在那里，再没说话。她突然觉得姐夫现在胆子有点大，像在玩火。有权就任性？官当大了，时间长了，都这样？可人家连春哥就没这样啊。她希望姐夫也能像连春哥那样让人景仰。

营营知道丁香在想什么，但她顾不了那么多，现在这样的生活是她需要的。女人的天地需要男人撑着。她从小到大都是在别人的歧视下生活，从小父亲歧视，长大别人歧视。母亲虽然强悍，但她一个女人家，还是罩不住他们几个孩子。现在，母亲已经40多岁了，她亲手打造的事业虽然红红火火，但总不能老是守摊子吃老本，还当再有大的发展。田光耀就是营营要牢牢抓住紧紧守着的依靠。

晚上，田光耀过来看营营。丁香在灶上给营营做饭，营营在床上躺着，坐月子一样。田光耀走到床前，说了声"宝贝遭罪了"，营营的眼泪不由得就流了出来。营营就是要营造这样的氛围，让田光耀心疼她。

看着营营的样，田光耀的心里却心疼起丁香来了。他感念丁香的忍耐和付出，为他处理了难事，解决了难题，他也想给丁香有所回报，问她要不要也在外面有一套房？这样方便一些。

丁香不要房。她不想让别人把她当成男人在外面养着的二房三房。她爱姐夫，但她想过正常人的生活，也想让姐夫过正常人的生活。

有房就方便了？那房所在的小区，会有邻居，会有熟人，你经常出入那房，不怕有人看到你，认识你，怀疑你？

所以，丁香坚守着不要房也不要车的生活。只要有钱，这鹿川所有的房，满大街所有的车都是她的。她可以到任何一家酒店开房，她可以在任何地方打车。鹿川就这么大，你在外面有一套房，时间长了，总有人会发现。你自己整天开一部车，你到哪去别人都知道。没车没房的私生活多超脱啊，谁管得了你？

丁香知道，依照姐夫现在的情况，她就是提出要中天纺织的别墅也能得到，但给了别墅你怎么办？你这个开发区主任的家可能就得由人家中天纺织当了，人家如若提出让你再把苹果园的地拿回来，你还能拿回来吗？

"免贵麻"把苹果园的那块地拿走以后，中天纺织的吴总当即就去找了土地局，土地局以土地不能闲置为理由，把那块地调整给"免贵麻"

了。同时承诺，中天纺织无论任何时候申请土地，土地部门都会按照田主任的指示，特事特办，一定办好。

土地局的态度，既为田主任挡了驾，担了责，处理了难题，又为中天纺织解决了疑虑和后顾之忧，实为会办事之举。田光耀很是满意。

田光耀原以为中天纺织的吴总会直接去开发区找他的，因为人家确实占着理。你那块地已经说好了给人家中天纺织了，现在突然又换了婆家，一个姑娘许配两家，是何道理？

但吴总没去找，只能说吴总这个人会办事，明事理，不给人出难题。如果这个人要是不明事理，你又有嘴软手软的由头在人家手里，你还能那么从容？

当然，营营没有想那么复杂，她的想法则要简单得多。今朝有酒今朝醉，明朝无酒喝凉水。现在，凭着田光耀对她的好，她在"大上坡"有了名气，有了身价，有些有头有脸的老板们专门冲着她去，想接近她，甚至还想讨好她。

经常出入"大上坡"的老板中，有一个身强力壮的"大头"，人称强总，不像别的人很张扬，前呼后拥的。每次他都是一个人来，进个包厢，叫个小姐，点个小吃，来几瓶啤酒，什么服务也不要。花钱不多，结账的时候还要喊营营过来打个折，一看就不是挣了多少大钱的主。

最近，这个强总突然出手大方了起来，连续来"大上坡"泡歌厅，每次都要邀请营营到他包厢里坐一会儿，不是为了打折，而是要和营营说说话，喝喝酒。营营觉得这家伙肯定是做什么生意挣了钱了。

就在营营捉摸不定的时候，强总突然提出来想跟营营合作，共同做个项目。营营说她一个开歌厅的，有什么可合作的？强总说，这个项目非常简单，合作起来也极其容易，项目拿下来就可以挣钱。

开发区要建两栋高层，住宅带底商，招商局在负责。开发区有地没资金，寻求合作者联建。强总想和营营共同成立一家公司，他们两个一起去跟招商局合作联建。

营营说她没有搞房地产的经验，也拿不出钱。强总说只需要营营出面，不需要营营出钱。

营营说："天上掉馅饼了？哪来这等好事？"

强总说："情况是这样的，招商局建房本来是要求人的，因为他没钱。可现在是有钱拿不上地的人多，没想到招商局寻求联建的消息一出，很多房地产商都想着要和招商局联建。这一下招商局牛气了，他要在众多开发商当中好中选优，这就把一些开发商堵在了门外。于是开发商们开始在外围竞争，不是拼实力，而是拼关系，看最终谁的关系硬，能把这个项目拿下。"

营营说："那你找到关系了？"

强总说："我就是来找你呀。"

营营以为强总在逗她玩，再不接他的话，站起来就要走。

强总赶忙把营营拦下，讲了他的具体想法。他们两个人一起成立一家房地产公司，注册资金600万，他们俩各占百分之五十，将来挣了钱他们对半分。注册资金营营暂时可以不出。但需要营营找关系给招商局打招呼把联建项目拿下。

营营说："我找人？我到哪找人？"

强总说："只有你能找到人，只有你的关系最硬。你给田主任说一下，让田主任给招商局打个招呼，这事就成了。"

营营发呆。强总再说："事成之后，我会拿出一笔酬金，其中一部分作为你入股公司的资本金，另外一部分酬谢田主任。"

强总的这个条件太诱惑人了，只要田光耀一句话，就能顶上他们娘儿几个辛辛苦苦干好几年的，而且项目到手后，挣钱的大头还在后头。

所以，营营逮着田光耀来看她的时机，就提出了她和强总合作搞房地产的事来。营营原以为田光耀可能会不同意，或者还有可能要批评她，她为此还设想准备了一大堆的理由。可没想到田光耀听了她的想法，不仅没批评，反而还大加赞赏："没想到营营也是干大事的，比你妈还强，支持你。"

田光耀为什么这么支持营营办公司？其实前次麻忠诚跟丁香合作的时候，他就想过丁香要是有个公司就好了，但丁香是公务人员，不能成立公司。现在营营提出要成立一家公司，正合他的心意，所以他是积极支持的。

营营一看田光耀态度这么积极，趁机赶紧把强总要和开发区合作联建的事说了，田光耀问那个强总靠谱吗？营营就把强总承诺的要给她和田光耀一大笔酬金的事说了。田光耀让营营告诉那个强总，过两天让他直接去找招商局局长就行了。

这么大的一件事，就这么简单地解决了。老百姓跑断腿，田光耀只要动动嘴。营营觉得自己现在这个主任叔叔很厉害，居然这些有头有脸、有钱有能耐的大老板也跑到她这来跟她拉关系套近乎，还要寻求搞合作，这可是她以前想都不敢想的事。

那个里外长得不一样的"免贵麻"也来找营营合作，按照"免贵麻"的说法，他是来找营营帮忙的。

"免贵麻"的苹果园项目已经开工建设。他估计这几年鹿川的房地产项目会上得很快，后面竞争也会很激烈，而他自己拿下的那片地也足够他开发好几年的。建房为了售房，售房就要有自己的特点，他打算成立一家属于他自己的"房模队"，引领售房新潮流。

"免贵麻"觉得这个房模队交给营营打理最合适。一来营营有带队伍的意识，二来她会选人，三来最主要的是可以拉近他和营营的距离。

"免贵麻"第一次见营营就知道这个女孩不简单，会来事儿。她和丁香不一样，丁香风情，有女人味，是一个可以把自己交给男人的人，田主任会非常宠爱她、依恋她、信任她。营营风骚，有股野劲儿，是一个可以把男人紧紧抓在自己手里的人，田主任会不由自主地想着她，甚至听她的，为她办事。

"免贵麻"认为，在鹿川，如果能走近丁香和营营，你就走近了田主任，你就没有办不成的事。

"免贵麻"把房模队的事给营营一说，两个人还真有一拍即合的默契。营营对打理女孩这样的事很有自信："麻总你说怎么干吧？"

"免贵麻"说三条原则：一是房模队的所有权是他的，一切费用他出，包括营营的费用。二是房模队的管理权是营营的，他不干预。三是房模队的经营权是他们两个人的，受益归他们两个人所有。

营营一听，觉得这事对她来说，根本就是一个无本生利、稳赚不赔的买卖，天下哪还有这等好事。干了，而且一定能干好。

"免贵麻"看到营营这么有信心，他也就更加有信心。他对房模队的定位：高品位，有文化，学生妹，所有模特儿都必须是大中专院校的在校学生。这样的房模队可以叫得响。

营营说这个没问题，提高房模队的品质就两条，一靠选人，二靠培训。她的想法是，模特儿来源依托师范学院，她妹妹就在师范学院上学，挑人的事可以交给她妹妹来做。模特儿训练的事就依托"大上坡"歌舞厅来做，每天晚上在歌舞厅走一场简短的模特儿秀，由她自己负责。

"免贵麻"伸出双手啪啪啪拍了几个响亮的掌声，表示对营营想法的充分肯定，也表示两个人的合作就此开始，可以立即着手组建房模队了。

眼下正值假期，大中专院校的学生大都回家了。营营给余余讲了组建房模队的事，余余特别开心，她说姐你放心吧，这件事交给我，我给你当房模队队长，保证一周之内把模特儿队的人招齐，让你检验。

其实现在的模特儿好招，那些大中专院校的学生，无论气质还是形象，都是很好的。不知道是现在的生活好了，穿戴讲究了，还是社会文明程度高了，那些女孩子单独站出来，人人都可以当模特儿。

余余从她平日里接触比较多一些的同学里，初步筛选出十几个身高、身材、气质、性格、形象俱佳的女同学，然后再逐一电话联系，告诉她们加入房模队的优厚待遇，问她们想不想参加，想参加这几天就回来，假期里训练。结果没有一个不愿参加的，她最开始选定的十几个人只打了九个电话，后面的再没打，人够了。她姐说了，房模队只选十个人，加上余余自己，再选九个，十个就齐了。

营营没想到，自己的事业在这个夏天突然红火起来。那边刚和那个强总注册成立了房地产公司，与招商局的合作联建项目才拿到手，这边"免贵麻"又与自己合作组建房模队，房模队很快就可以运作了。

房模队人员到齐的第一天，营营把她们集中到"大上坡"歌舞厅再作一次审查。审查的时间放在晚上，灯光下走秀的效果好。还有一个考虑就是晚上田光耀有时间，她想叫田光耀过来帮她把把关，男人的眼光、领导的眼光更独到一些，当然她也想让田光耀看看余余灯光下走秀的风采。她没叫麻总，她想把模特儿人员选定之后再让他过目。

不知道是因为田光耀坐在那里的原因，还是现在的女孩子本来就外向，十个人除了余余之外，其他九个人都显得很兴奋，越发显得她们光彩照人。余余反而是这十个人里头最羞涩的一个。

有同学悄悄问余余："他来这干什么？"

余余反问："谁呀？"

同学偷偷看着田光耀："就那个男人。"

余余又问："你认识他？"

同学说："谁不认识他呀？"

余余心里话：怨不得这些家伙今天这么兴奋呢，原来她们认出来他是开发区主任了。开发区主任来审查她们模特儿走秀，当然兴奋了。她们什么时候面对面见过这么大的人物？

走秀结束，胆大的同学走到田光耀跟前："田主任好，我们的走秀怎么样？"

田光耀吓了一跳："你们认识我？"

胆大的同学说："我们经常在电视上看到您，不过真人要比电视上年轻。"

受"真人要比电视上年轻"这句话启发，田光耀赶快接着说："电视上那个是我哥哥。"

田光耀的话刚说完,旁边一个女孩哈哈一笑:"田叔叔你别哄人了,我是下水湾你们家邻居,你哪来的哥哥呀?"

田光耀看着她说:"你是那个谁谁谁的女儿?"

女孩说:"对呀,以后我们这个房模队,田叔叔要经常指导呀。"

田光耀这一会儿还真让这几个女孩子弄出了一身汗,他真没想到这几个大学生居然还能认出他来。回去的路上他一直在想,这以后做事还真是要小心点才好,隔墙有耳,身后有眼,要想人不知,除非己莫为,说的都是一个意思。

第二十三章

告别鹿川

最近，不断有田光耀的各种负面消息传出，地委也接到一些反映和举报，但大都是道听途说，没有真凭实据。领导指示，先由地区监察处对有些情况进行初核。监察处的初核工作还没进行，苗素馨就接到调令，调省城工作，对口安排到省监察厅。田光耀的初核工作暂时搁下了。

苗素馨看着调令上要求报到的最后期限，不自觉地咧嘴笑笑，这组织上怎么比我还着急，7月15日以前报到，还有不到一周的时间，去省城的路上就要走一两天，留给她搬家收拾东西的时间只有三四天，够紧张的了。

夏连春年初去了省城，已经半年没回鹿川了，春节都没回来过，这次搬家也没回来，搬家的事都扔给了苗素馨。一接到调令，苗素馨当天下午就带着女儿回了趟县里，和两边的父母告别。夏连春走的时候就没来得及回县里，只给两边父母打了个电话，讲了下情况，就匆匆忙忙走了。

夏连春调到省城工作，最高兴的莫过于他的老父亲了。老父亲50年代支援边疆建设来到西边，60年代失去工作回到原籍，70年代再来西边当农民，80年代落实政策享受退休生活。现在到了90年代，儿子到了省城，凭着他对儿子的了解，要不了多久，儿子就会把他们老两口接走，接到省城去的。

几十年的生活就像过山车一样，一会儿转过来，一会儿转过去，转来转去又转到了原点。当年失魂落魄地离开省城，谁能料想，几十年后，他还能杀一个回马枪，再风风光光地回到省城？

这半年多，老父亲早早就对他那些老伙计们讲，他很快就要搬家去省城了。可是现在儿媳妇和小孙女要走了，回到县里吃顿饭，居然连提都没提让他们搬家的事，大儿子回都没回来一趟，这事搞的。

爷爷把禾子搂在怀里，贴着禾子的耳边说："我宝贝孙女就要跟着爸爸妈妈去大地方生活喽，爷爷奶奶再想见你们就不那么容易喽。"

苗素馨知道爷爷话里的意思，他其实是说给她听的，她赶忙接话，比着禾子说："她爸爸早就考虑了，等他安顿好就接你们过去。"

婆婆忙说："你们工作要紧，先不忙考虑我们的事，再过几年也不迟，又不是七老八十的干不动了。"

婆婆的话是真的，她不想给子女添麻烦。公公的话也是真的，他就想跟着他们到省城去。夏连春早就说了，老父亲那是虚荣心作祟。

苗素馨说："那就满足一下老父亲的心愿，这一趟就一起过去算了。"

夏连春说："不行，要过去也要两边老人同时过去，去了也要分开住，不能和子女们住到一起。"

这个想法苗素馨懂，父母亲年纪大了，既离不开子女，又不能和子女住在一起，一定要有自己单独的居住空间。不方便不习惯是一回事，更主要的是心理上不适应。子女从小围着父母转，到老了突然让他们围着子女转，他们接受不了，时间长了会憋出病的。

人老了一定要有属于他们自己的独立空间，那是他的地方。你可以去看他、去陪他，吃在他那、住在他那。你去他那他可以叫你干这个、干那个，想给你做饭了，他会问你："想吃什么呀？"

可他要是在你这，你走了，回来了，他会像客人一样给你打招呼："走了？""回来了？"然后就没话了。你若在家，他则会躲在自己房子不出来。他不会让你干这个,也不会让你干那个。哪天要是想给你做顿饭了,也会小心翼翼地问你:"做什么饭呀?"

年纪再大,父母也是家里的核心。孩子永远是孩子。你可以决策事情,但不可取代父母的地位。千万不要认为父母年纪大了,"老不中用了"。

苗素馨已经不上班了,一回到市里就紧忙紧地张罗着搬家的事,单位同事和几个同学都过来帮忙。

袁慧娟在夏连春和苗素馨中间一直是看热闹不嫌事大的姿态,逮住机会就烧火:"夏连春这家伙也太不把我们苗姑娘当回事了,搬家这么大的事都不回来,好像我们苗姑娘成了他们老夏家的使唤丫头或者童养媳了。"

苗素馨自己接话说:"不是童养媳也是娃娃亲。"

她们两个说的话其他人不是很懂,弯越还一本正经地为夏连春开脱:"他是官家的身子,没办法,领导调你过去是干吗的?工作的。领导不说让你回来,你咋好意思把工作搁下回来搬家,夏连春的脸皮又薄,没准儿领导让他回来他都不回来。"

苗素馨说:"还是同桌了解他,于省长还真的让他回来了,他还真的就没回来,说搬家有车,又不需要手提肩扛,他回来只能添乱,还帮不上忙。"

弯越说:"所以啊,苗素馨你还真不要太讲究了,抓紧时间收拾,不管三七二十一,该打包的打包,该装箱的装箱,三下五除二就把家搬走算了。"

方小青说:"弯书记你这话说的还真不对,拉那么多没用的东西过去干吗?人家说搬家三年穷,什么意思,就是搬家的时候该丢的就丢,该扔的就扔,平时舍不得丢、舍不得扔的东西,搁到那儿占地方,也不会再动它一下,借着搬家的机会就扔掉不要了。"

方小青、凤月琴、梁美心几个人正在装书,她们按照苗素馨交代的,书柜里的书尽量一档一档装箱,编上号,不要搞乱了。方小青随手拿起一本 70 年代很流行的《战地新歌》，朝着弯越说："像这样一些早就过时了的书，还留着它有啥用？还有柜子底下这些蜡纸刻印的古典文学，哪还值得费这么大劲儿往省城里搬。"

苗素馨一听方小青的话，赶紧叮嘱："书柜里的那些东西千万别动他的，连一张纸片都别扔。"

方小青心里不自觉地就嘀咕了一句："都是你惯的。"

梁美心好像是为了附和方小青的话，就说："大叔的书也太多了些，能看得过来吗？我算是真正明白了什么叫孔夫子搬家。"

苗素馨调侃梁美心："还是你们姑嫂俩亲，出气好像都是一个鼻孔。"

梁美心说："苗老师你真是冤枉好人，小青再好也是婆家人，娘家人再远也是亲人，现在你和大叔一走，我还真觉得从此就少了娘家人的主心骨。"

苗素馨最爱和梁美心逗乐的话就是："你只知道大叔，却不知道大婶。"

梁美心说："谁说的？我是把大叔挂在嘴上，把大婶放在心里。"

但她心里的大婶绝不是苗素馨，只是苗素馨不知道，别人也不知道，只有她自己知道，再就是凤月琴知道。她心里的大婶一直都是凤月琴。时至今日，私下里她和凤月琴嬉闹的时候，偶尔还会对凤月琴偷唤一声"婶"。

凤月琴也总爱悄悄打趣她："看你那出息，还局长夫人呢。人家是'出门三分小，见了姑娘叫大嫂'，你这是'见人三分亲，总把姐妹叫大婶'"。

"老班长"最先对梁美心戏称夏连春"大叔"时还真有点不习惯，后来时间长了，他也能从老婆喊出的那声"大叔"里，听出来她对自己的爱，满满的爱，她是感激夏连春的成人之美，一手托两家，把他送给了她，把她送给了他，他的心里也开始美滋滋的。

大人们在一楼边收拾东西边说笑斗嘴，禾子和晶晶两个小姑娘在二楼小房间里边整理学习用品边嘀嘀咕咕地聊，聊着聊着，禾子突然眼泪吧唧地跑下来一把抱住凤月琴，问："大妈妈，能让晶晶跟我一起去省城吗？"

凤月琴伸手摸摸禾子的头，问："为什么？"

禾子说："晶晶和我一起到省城上学。"

凤月琴说："你们不是约好了上大学一起的吗？"

禾子说："我们现在就想一起。"

凤月琴说："我可以，问你妈行不行？"

苗素馨说："我也可以，就看你大妈妈舍不舍得。"

禾子说："大妈妈要是舍不得就和我们一起去。"

凤月琴搂过禾子，也开始掉眼泪："大妈妈就不去了。"

禾子的一席话，突然把楼下的几个人带到了另一个境界里，一下都不说话了。

弯越开始调节气氛，说苗素馨："搬家这事不管你怎么细心，最后都是一个乱，还不如早早就把搬家的车叫过来，边收拾边装车，到了省城卸到家里再慢慢收拾，反正你们那边的房子里什么东西也没有，就等着你把这边的东西拉过去了。"

弯越前段时间到省城出差，去夏连春新分的房子看过，那么大的房子里，空空的，只摆了一张单人床，哪像是那么大一个秘书长下榻的地方，看得人心里都凉凉的。

弯越这么一说，又把苗素馨说得眼泪花乱转，她和夏连春结婚这么多年，他们还是第一次离开这么长时间，而且这几年她越来越感觉到他的生活自理能力在下降，吃饭穿衣的事就是一个凑合，她早就急着想过去了，那边的房子分了，她的工作也联系好了，一直没走，就是为了女儿禾子，害怕学期中间转学影响学习。

弯越想把苗素馨从女人的情感里拉出来，就说："不是夏连春的生活自理能力下降了，实在是他自己顾不上自己。我们都是当过秘书的人，谁不知道办公室工作的那些弯弯道道，你不在没事，事情再多跟你没关系，或者叫眼不见心不烦，不在其位不谋其政。可你在了，你就有事，所有的事都是你的。大机关的秘书长更是个人找事、事找人的角色，领导在你要在，要不然谁为他工作，领导不在你还要在，要不然他的工作谁替他干。有人讲过，办公厅的工作一根头发丝的错误都不能出。一百减一等于零，就是从办公厅工作实践中总结出来的。"

方小青沉不住气，接上话就说："你们这些当官的都太把自己当回事，比较自恋，好像没有你们加班加点的工作，老百姓就没法生活了一样，也不知道你们跟头绊子地加上几个小时的班下来，能创造多少价值？"

弯越说："方总，你还真是提出了一个严肃的现实问题。有人说过，办公室的工作一年忙到头，年终总结的时候，回头看看，还真说不出个所以然来，不知道自己干了个啥，连个脚印都没留下，就像家庭妇女，一年到头，一天到晚，忙里忙外，忙吃忙喝，你说她干了个啥？不是我们自恋，太在乎自己，实在是责任使然，把你放到那个位置上了，你就得干那个位置上的事，不能占着茅坑不拉屎。哪个行当都有偷懒的，唯办公室不可偷懒，不敢偷懒，误了事你担待不起。"

方小青说："说一句弯书记不要介意的话，我们老百姓一直以为，办公室工作就是伺候人的，没你说得那么玄乎。话已经说到这了，弯书记你就给我们讲讲，这办公室工作平时到底是干什么的？"

弯越说："谢谢方总给我一次普及办公室知识的机会。办公室是干啥的？是办事的。办什么事？三件事：办文、办会、办事。别小看这三件事，就这三件事，够办公室每一个人干一辈子，一辈子也干不完。

"办文是办公室的看家本领。政府不可一日无文。发文收文，阅文办文，文来文往，办公厅就是一个综合办文机构。

"办会是办公室的一项基本职责。有全体会、常务会、办公会、专题会、协调会、座谈会、工作会、动员会、发布会、学习会、电视电话会等。大大小小的会，各式各样的会，所有会议都有会务，都要有人组织，有人承办。会议通知，会议签到，会议记录，会议纪要，开会时倒茶倒水，开完会擦桌子拖地，随时准备召开下一个会议。

"办文、办会、办事是办公室工作的基本功，参与政务，管理事务，搞好服务，这是办公室每日里要做的事。办公室的工作说到底就是服务，为领导服务，为基层服务，为群众服务，直接体现是为领导服务。有人说为领导服务的说法不对，应该是为人民服务。这句话听起来好像站位很高，实则是站错了位置。领导的职责是为人民服务。为领导服务，说到底就是为人民服务。你作为领导机关的办事机构，不好好地做好为领导服务的工作，却要去和领导争着抢着为人民服务，这还不是大错特错？"

弯越接着说："我上次在省城听人说，鹿川调来的那个夏连春副秘书长很务实，他在政府机关会上明确提出了有效服务和具体服务两个新概念。

"所谓'有效服务'就是提升为领导服务的水平问题。办公厅的工作在很大程度上都是被动的，今天不知道明天干什么，也不需要知道明天干什么，到了明天事情自然就来了。下属不知道领导需要什么，批示到了，电话来了，事情交代了，你才知道领导要你干什么。服务工作的滞后，使得办公厅的工作总是处于被动应付甚至是紧张忙乱的状态。这种状态能不能有所改变？能不能变被动为主动？我们的服务对象是领导，每个领导都有自己的特点和风格，适应领导需要是一种主动，改变工作习惯是一种主动，提升工作节奏也是一种主动。主动是一种状态，是一种精神。办公厅的工作主动了，政府工作的效率自然就更高了。

"所谓'具体服务'就是办公厅和机关领导要为机关干部职工服务的问题。机关的干部职工都忙着为领导服务了，他们的事谁管？谁来为他们服务？为群众服务，就包括为机关群众服务。按领导需要办大事，按群众需要办好具体事，这也是对办公厅和机关领导工作能力的具体考验。"

邵汉飞深有感触地说："总结夏连春的为官之道就两句话：'为官不为官，为民不为民。'"

弯越说："你这两句话看似简单，实则深奥，容易产生歧义，还不如直接就叫'为官不是官，为民不是民'，浅显易懂。"

邵汉飞说："就是这个道理。"

细考办公室的工作，它是有其独特文化传承的。从古代的官署衙门到今天的人民政府，遵循的都是民为本、民为先。官不修衙为的是不要劳民伤财，当官不为民作主不如回家卖红薯，感怀的是衣食父母。内乡县衙门前那副楹联"吃百姓之饭，穿百姓之衣，莫道百姓可欺，自己也是百姓；得一官不荣，失一官不辱，勿说一官无用，地方全靠一官"，更是蕴含了丰富的官文化内涵，被专家学者称为"一座古县衙，半部官文化"。

历史发展到今天，人民政府早已不能和官署衙门相提并论了。但官署之气、衙门之风绝迹了吗？不是还有门难进、脸难看、事难办，磨破嘴跑断腿的事发生着吗？但愿我们身边能多出几个夏连春吧。

夏连春年初走的时候就很突然，很多人连知道都不知道。这一次苗素馨走得又很急，也就三四天的时间。搬家走了就是省城人了，很多人都等着要为苗素馨饯行，朋友、同学、同事，甚至还有他们教过的学生，这些学生现在也已经长大了。这些送行的饭全部都吃肯定不可能，一概拒绝也不近人情。苗素馨和夏连春电话里商量，允诺两顿饭，一顿公家的，工作单位的饭，一顿同学的，高庆阳的饭。

送行的饭是最能吃出情感的，连工作单位的饭都能吃出浓浓的情怀来。大家在一起做同事的时候，相互间很少顾及到彼此的感受，是因为忙于工作，还是有意关闭了心扉，反正平常里，除了开会或是商量工作，大家见面更多的就是一个微笑或是点个头。现在要分开了，突然间就生出了一丝愁情和别绪，饭桌上的一杯酒，一道菜，一碗饭，都满含着彼此间的感念和情思来，连张碧林都吃出了些许依依不舍来。

高庆阳的饭既是同学的饭，也是朋友的饭，能叫到一起的都叫了来，管他是高中的同学还是师范的同学，是你的同学还是他的同学，好在相互间也都比较熟，不陌生，要不然落了谁事后都会挨埋怨。

高庆阳的酒宴上，田光耀、张素雅两口子的风头最盛，开发区主任的风头，主任夫人的风采，在酒桌上飘，在人眼前晃，让你不能视而不见。这是骨子里流出来的，还是有意识做给谁看的？他是开发区的领导，他是夏连春的同学，他是苗素馨吉宁县的同事，现在为同学送行，他们两口子自然应该算是主角。

方平觉得这两口子就是因为看到了夏连春和苗素馨的升迁而引发了自己心中的一丝酸楚。

方平是送行同学里级别最高的，但他最喜欢"老班长"的身份，老班长就是老同学、老大哥。今天夏连春不在，老班长当得最地道，要不然，梁美心冷不丁一声"大叔"就把他的"老班长"意境给冲淡了。

方小青的中天纺织做得很顺。地方病医院获得巨大成功，全国好多地方都来他们医院参观考察，学习借鉴。学习考察的人有一个共同感受，中天地方病医院的体制机制可以学，但文在书院长这样一个泰斗级的专家则不是别人一时半会儿能学得来的。有人建议，希望中天地方病医院能办个班，为全国各地培养一些人才，把文院长的学识和专长发扬光大，造福百姓。今天晚上高庆阳请文院长和罗拉了，文院长没来，他是不想见田光耀。

中天纺织的服装生产线已经投产，产品也已上市，边民互市、边境合作区、旅游购物市场，连蔡团长那个服装小楼里都有中天纺织的服装。通过边民互市和旅游购物等便捷形式实现中天纺织的服装出口，一下子解决了大贸出口需要配额许可的难题，为中天纺织扩大出口打开了大门和通道。搞了几十年纺织服装的吴总，高兴得孩子似的笑逐颜开、手舞足蹈起来。

中天纺织先期开发的河畔别墅已经开始预售，连售房广告都不用打，仅靠口口相传，来看房询价的人就络绎不绝。田主任允诺的苹果园那块地，吴总之所以没有立即接手，就是因为别墅开发得火爆，他和合作商想就近整合与现在河畔别墅相邻的一些土地，占据有利地段，扩大别墅规模，这可能要比苹果园的项目来钱更快。所以开发区把苹果园的地调给了

"免贵麻"，吴总也只是象征性地去找了一下土地局，讨得个说法，不再纠缠，也无须下文。

方平了解了方小青他们企业的情况之后，就主动提议方小青可以把他们鹿山局下属企业木材厂拿走，那块地离他们中天纺织不远，也在雅玛河边，马上要实施破产重组，他们中天纺织要是能把那块地拿到，可以作为河畔别墅的二期三期项目，也可以留作土地储备。

方平和方小青的谈话被田光耀听到了，还没等方小青回话，田光耀就先把话题接了过去，说："你们鹿山局可以实施企业破产重组，但无权进行土地转让，出让土地必须经开发区土地局公开挂牌交易。"

方平听了田光耀的话，吃了苍蝇般地不舒服，随口说了句："以后鹿山局的事都得要经你们开发区同意了才能做？"

田光耀听出来方平的不恭敬，但这样的场合也不便发作，两个人的劲儿都在各自的心里较着。

弯越和邵汉飞由同学到同事，邵汉飞很支持弯越的工作。弯越心里明白，论资历和才气，邵汉飞完全可以担负起报社领导的担子，但40多岁的人了，弯越来报社任职的时候邵汉飞还是个记者组的组长，他自己不说别人都说，他自己不在乎别人都在乎。所以，弯越到报社时间不长，就把邵汉飞提升为编辑部副主任。报社的人都说，当过组织部部长的人就是会用人，邵汉飞要是早提起来也早不是现在这个样子。

邵汉飞则说："弯越你真损，你不想管我却让我自己管我自己。"

杨贵丽打趣说："我们家邵汉飞也学会打官腔、说官话、做官样文章了。"

弯越、王欣琳、邵汉飞、杨贵丽这两家子四个人，认为他们和夏连春、苗素馨两口子是最亲近的三家人，现在夏连春不在，苗素馨也要走了，以后见面的机会就少了，还真有些舍不得。人到中年还能怀有这样一份真感情还真是不容易。

陶艳慧还是一个人。情场失意，官场得意，最近提拔当了师范学院办公室主任。喝酒不想买单，她端起酒杯凑过来，和弯越、王欣琳、邵汉飞、杨贵丽一起给苗素馨敬酒。

邵汉飞问陶艳慧："付朝龙拍了这么多年电影，拍得怎么样了？"

陶艳慧说："好像差不多了，听说他又跟一个大导演一起干了。"

张碧林和丁香两口子特别低调，饭桌上的话很少。师兄一家人走了，张碧林还真有些舍不得。跟随师兄二十年，一直得到亲兄弟一样的关照和提携，原以为这一辈子就这样跟定师兄了的，没想到这一次师兄一下就走远了，他是真的再也没有能力跟在师兄左右了。尽管昨天单位上送行的时候，他已经给苗素馨敬过酒了，这一会儿，他还是拉起丁香，走到苗素馨跟前，非常恭敬地敬了一杯酒："话都在酒里了。"

袁慧娟是真舍不得让苗素馨走，她们的感情已不是简单的闺蜜所能表达的。但人家老公有本事，人家自己也有本事，远走高飞也是挡不住的。这些年，他们少儿艺术团能坚持下来，而且还发展得很好，在很大程度上得益于苗素馨的关照和扶持。现在，她也跟着老公走了，也不知道以后少儿艺术团会怎么样。

现在该轮到高庆阳了。高庆阳领着方小青、花丽艳两个女人一起走到苗素馨跟前，这一桌子人就他们三个人是平头百姓，但相比其他人来说，他们三个人和夏连春算是发小，他们之间的心思别人不懂。

高庆阳老婆凤月琴不在，她又去吉宁收租子去了，这搞财务的人也真忙。

方小青、花丽艳和苗素馨都纳闷，好几次了，每次同学聚会只要有田光耀在，凤月琴准不在，而且都是去吉宁收租子。这是纯属巧合还是诚心回避？

今天是为苗素馨送行，这么重要的事，凤月琴却放不下手头的工作，为什么？

女人的心是相通的。方小青觉得凤月琴一定舍不得夏连春，但又会在心里祝福他。她们都希望夏连春好。两个人都背负着愧对夏连春的心理，只有夏连春好了，她们的心才安。好在夏连春也没有辜负她们的好心和爱意，他总是在一步一步往前走，现在又走到了省城。虽然人走远了，但心的距离是不会太远的。

方小青突然觉得，夏连春去省城，离自己反而更近了，离华华近了，可以帮她照顾孩子。尽管她现在在鹿川，但她还是觉得自己是省城人。

花丽艳现在挺难的，也挺苦的。夫妻远离别，各在天一方。徐老师回不来，她也去不了，也不知此生还有没有相会的日子。夫妻俩落到今天的地步，全因为徐老师一步棋没走好，全盘皆错。

那年徐老师出国以后，到了美国，他感念师范学院送他出国学习深造，急于报答，想为师范学院做点什么。后来他联系了一家专门做出国留学的机构，那家机构说能为师范学院乃至省教委，构建一条赴美留学通道，还可以设立一笔留学基金，想出国的人提前给基金打入一笔钱，每年可以从基金里分红，留学时，手续由机构办，费用由基金出，本人再不用操心。

这个消息一传回来，师范学院的人，省教委的人，都说徐佩利老师给大家办了一件大好事，纷纷想办法筹钱进入基金，然后就等着分红，等着出国了。

可是两三年过去了，分红没消息，出国没消息，徐佩利也没了消息。坏了，大家被骗了。情况层层上报之后，反馈回来的消息是，徐佩利被骗了。这是一个国际骗局。

于是，师范学院、省教委，甚至整个教育界，都说徐佩利是个大骗子，千夫所指，人人唾弃。怎样才能把徐佩利搞回来，把留学基金追回来，成了人们最关心、最急盼的事，连省里的主管领导都发话了，只要徐佩利敢回来，立即把他抓起来。

外事部门反馈的"徐佩利被骗了"的说法无人理会。因为只有"徐佩利是骗子"，我们才能找到骗子，如果"徐佩利被骗了"，我们找谁去？冤有头，债有主，我们百十号人之众，每个人被骗三五万之多，总额三五百万之巨，钱没有了，债得还吧？

花丽艳母女的生活变得凌乱不堪。同事间的笑脸没了，徐老师的电话没了，母女两个人的美国梦没了。花丽艳后来辗转得到的消息，徐老师有断断续续几句话：一个是他对留学基金这件事一定要有个交代，一个是在他的有生之年一定要把大家被骗的钱还上，还有一个就是他一定要想办法在女儿18岁之前把她们母女接到美国去。

就是这样断断续续的几句话，成了花丽艳的信念，支撑着花丽艳母女的坚守。可是她们等到女儿都快16岁了也没能去得了美国，师范学院不让她们母女出去，出去了就回不来了，留学基金的事就彻底无望了。留着她们母女在，徐佩利的根就在，解决问题的希望就在，哪怕非常渺茫。

前年，眼看女儿就16岁了，再拖下去，出去的希望就越来越小了。实在没办法，花丽艳硬着头皮找了夏连春，看他能不能给师范学院领导说一说，让女儿出去，她留下。徐老师一天不还大家的钱，她一天不出去。

女儿终于出去了，花丽艳的心落下了。一来女儿有了着落，踏实了。二来女儿捎回来消息，爸爸还好。

"爸爸还好"的意思就她们母女俩懂。她们一直都不踏实，她爸爸在那边是不是像别人传的那样，真的又安了家？一句"爸爸还好"，花丽艳也有盼头了。

花丽艳打心底里感激夏连春和高庆阳两位老同学，这些年，多亏了他们两个的照顾。不管别人怎么说徐老师，怎么看她们母女俩，他们还是一如既往地关心她们，从没另眼相看，从没让她们受欺负。

夏连春官当了这么大，还能不忘老同学，不忘徐老师，他说他永远都会记得他刚转到吉宁县中学上学徐老师给他铺床时的情景，他永远都会记得徐老师给他争取助学金和关心他高考的事，他也永远都会记得花丽艳帮他补英语和他们几个好同学在一起时的点点滴滴。

高庆阳也是，挣了那么多钱，还像个穷小子，旧情不忘。他甚至还大方地提议，让花丽艳确认一下，徐老师到底欠师范学院多少钱，他来帮徐老师还，这样师范学院就可以放她们母女出国和徐老师团聚了。但花丽艳不同意，坚决不同意。徐老师的留学基金到底是怎么回事她都不清楚，怎么可能来为一个不明不白的事还钱？

花丽艳从夏连春和高庆阳的身上看到了所谓"富贵不能淫，贫贱不能移，威武不能屈"和"穷则独善其身，达则兼济天下"的大丈夫品格。她这一辈子，有幸能和这样的人做同学，也算值了。

年初，夏连春已经走了，现在，他的老婆孩子也要远去省城，她真想给苗素馨说一句"舍不得你们一家人走"，但能够表达的只能是一杯美酒两行泪了。

第二十四章

不怕累着

时值春节，方小青搁下手头的事，回省城过年。她已经两年没回省城了。

这两年，方小青在鹿川的日子过得充实，忙了改制忙重组，忙了纺织忙医院，忙了医院忙房地产。现在，中天纺织的三大板块都已走上正轨，而且势头正好，可以忙里偷闲，稍事休息，消消停停回家过个年。

蔡团长回不回随他去，她也懒得问。本来家对男人来说，老婆在哪家就在哪。但现在两个人已形同路人，互不来往，夫妻关系也形同虚设，名存实亡。他不待见她，她也不待见他。你回省城，我在鹿川自在。你在鹿川，我回省城清静。以前两个人还注意保持对外形象，装也要装给别人看看，现在两个人连装都不想装了，各忙各的事，哪还顾得上各自的感受和外人的看法。他们之间也就这样了。

家对女人来说，则是另一番含义，孩子在哪家就在哪。方小青想家就是想儿子，回家就是想和儿子在一起。回到家哪儿也不去，天天陪在儿子身边。

可儿子就不一样了，他也想妈妈，父母在哪家就在哪。有妈的孩子是个宝，没妈的孩子像根草。可儿子的想也就是三分钟热度，见到就不想了，三分钟过去，该干啥干啥，哪能天天守着妈妈，那怎么行？

儿子现在心心念念的人是禾子妹妹。

华华和禾子在一个学校上学，华华呵护禾子，禾子依赖华华，两个人亲兄妹一样。夏连春和苗素馨原来还担心，禾子到了新地方，别因为环境的原因而影响了性格和学习。现在看来，一个华华哥哥就已经把她完全带入了全新的环境当中，没有一点陌生感。

夏连春苗素馨他们这一代人最感慨的就是自己的命运总是和国家的命运联系在一起，国家遭遇到的困难他们都遭遇过。夏连春在家里七个兄弟姐妹当中，身材最小，人也最瘦。究其原因，父亲说，大儿子从小受了苦了，长大操了心了。言外之意，夏连春在家里受苦最多，付出最多，是全家人的依靠。

夏连春倒还坦然，过去经历的都已经过去了，而且苦尽甘来，现在终于赶上了好时候。但美中不足的就是觉得禾子一个人孤单了些，不利于孩子成长。他总是觉得多子多福好。苗素馨取笑他是老封建，都什么年代了，还想着多子多福。他却言之凿凿，古人有言，独柴难烧，独子难教，独苗难养，不过好在禾子还算幸运，在鹿川时有亮亮、晶晶，到了省城又有华华，有人陪伴的成长对一生都会有益。

方小青看到华华和禾子两个人每天背着书包凑到一起学习，有时候吃饭也在一起，形影不离的，要是两个人真能像亲兄妹一样在一起相处，那真是一件令人高兴的事情。但凭着女人的直觉，方小青觉得华华和禾子有点太黏糊了，好像一会儿不见都会很想的感觉。她平添出一些担心来。

她担心两个人对眼下这份情感把握不好，演变成早恋，那样会酿成大错。她找机会和华华聊了高考的事，要他抓紧这最后不到半年的时间，集中精力，心无旁骛，狠狠冲刺一下，争取拿下清华或北大。华华让妈妈放心，他一直在努力。

看着华华一脸纯真的样，她想说的话终没能说出来，她怕伤了孩子。但她的担心却一点也没放下，她知道像华华这样爱学习却又稚气未脱的男孩是很讨女孩子喜欢的。当年的夏连春在她的心里就是这样。想到此,她没说出去的话又憋到了嗓门眼,如鲠在喉,不吐不快。

于是,她主动约了夏连春,她要和他聊聊华华和禾子。他们去了一家西餐厅,环境好一些。他们已经快二十年没这样单独面对面在一起了。一开始,两个人还都有些拘谨,方小青甚至还有些莫名的紧张。坐下来以后她才知道,夏连春到现在还不会吃西餐,那样子,还像当年刚从老家来到吉宁县中学的那个土里土气的小男孩,吃什么怎么吃都由方小青来定。她又找到了"青姐"的感觉。

卤水点豆腐,一物降一物。人其实很怪的,你和这个人在一起是这样的,你和另一个人在一起很可能就是另一个样子。夏连春在领导身边工作了那么多年,自己又当了那么多年的领导,什么场合没经历过,什么人没见过,可就是在这样一个西餐厅里,在这样一个方小青面前,他一下又成了一个没见过世面的小弟弟,什么都照方小青说的办。方小青心里明白,直到现在,他心里依然保存着那份对自己的尊重。她很感动。

两个人吃着喝着聊着,由企业聊到政府,由老人聊到孩子,慢慢也就轻松了下来。夏连春心里在想,你不会就是叫我来聊这些不咸不淡的话题的吧?方小青也在琢磨着怎么才能恰到好处地把她想说的话题表达出来。

夏连春问她什么时候回鹿川,她说过完年就走,企业不能长时间没人。吴总也回去了。夏连春交代她放心在鹿川做自己的事,省城这边老人和孩子的事他会照顾好的。

方小青说她最不放心的还是华华:"马上就要高考了,可别因为什么意想不到的事影响了孩子的学习。"

夏连春说:"华华是个好孩子,很懂事,也很努力,不会耽误高考的。"

说到这,方小青很巧妙地引出了自己想说的话题。她说:"这次回来看到华华和禾子两个孩子那么好,像亲兄妹一样,可高兴了,但看到两个人的黏糊劲儿,又有些担心,两个人可别把握不住,早恋了。"

夏连春轻轻一笑："哪有那么严重，青春期的孩子，现在在家里都很孤独，难得他们相互间有个好伙伴。他们俩在一起真的就像亲兄妹一样，没有别的什么异常情况。我们没必要担心，更不能有什么过度反应，千万别影响了两个孩子之间的那份纯真。华华这孩子挺好的，不像他爸爸，你要对他有信心。"

方小青还是忧心忡忡："你可不要太大意，现在的孩子可跟我们当年不一样，千万别因为我们的疏忽，酿成大错，那就来不及了。"

夏连春很不以为然地说："如果将来两个孩子好了，我们就当亲家。"

方小青一下子急了："谁跟你当亲家？我现在最担心的就是这件事，一来高考临近，千万不要因为儿女情长而耽误了华华的前程。二来华华从小就把你和苗素馨叫阿爸阿妈，他和禾子就是亲兄妹一样，他们之间可不能有儿女情长的事。"

夏连春一看方小青急了，赶紧收住话题，不再逗她。转而问她："你今天约我出来就是为了这件事？"

方小青似已深思熟虑地说："两个孩子难得在一起相处得这么好，我们也不可能人为地把他们分开，又不能天天看着他们。高庆阳家的亮亮和晶晶特别想华华和禾子，亮亮说他今年高考一定要和华华考同一所学校，晶晶说亮亮一走，她就一个人了，她也很想来省城和禾子一起读书。省城这边华华一走，也就禾子一个人了，你不如把晶晶也转到省城来和禾子一起上学，做个伴。"

夏连春一听："这个主意不错，但凤月琴舍得吗？"

方小青说："有什么舍不得的，你把他们孩子带过来，他们还不高兴死了。孩子大了早晚都要离开家，他们一上大学，我们马上就成了空巢老人，留是留不住的。"

夏连春当即掏出手机给高庆阳打电话，刚聊了两句，他就说："我想把晶晶接到省城来和禾子一起上学怎么样？"

高庆阳问："你怎么突然想起这件事来了？"

夏连春说:"是方小青提议的。"

高庆阳说:"还是方小青够哥们儿。"

夏连春说:"那你同意了?"

高庆阳说:"你先联系学校。"

放下夏连春的电话,高庆阳在想,什么叫好同学、好哥们儿、好兄弟?夏连春就是。你心里想什么、怎么想的,他都知道。你想做什么、怎么做,他也知道。高庆阳老早就盘算过要到省城投资开酒店的事,他觉得就餐饮业发展来说,还是应该到大城市去。地方越大,消费水平越高,餐饮业越有机会。

想到了而没有做到,心动而没有行动,还是因为自己思想上懒惰,没有大视野,加之鹿川的事做得也不错,没有紧迫感,所以迟迟没有付诸实施。

现在,夏连春一家搬走了,去了省城,高庆阳的儿子女儿都在家里念叨,禾子走了,他们也想去省城。为了满足孩子的愿望,他早就想把他们转到省城去了,但他又觉得这样做有点鲁莽,尤其别让外人以为他高庆阳离不开夏连春似的,夏连春走到哪儿他就跟到哪儿。

现在夏连春主动来电话要把晶晶接过去和禾子一起上学,这是好事。高庆阳和凤月琴商量,亮亮马上就要高考了,考上一所好大学没问题。亮亮一走,晶晶一个人在家就显得孤单了,送晶晶去省城和禾子一起上学,是一个不错的选择。一来省城的教学质量肯定比鹿川的好,二来禾子和晶晶这两个孩子都舍不得分开,三来他们的餐饮事业也应该向大城市进军。

这些年,来过鹿川的人都知道有个"大上坡"酒店,大上坡酒店系列已经为游客所认识和熟知。"大上坡"走出去的时机已经成熟,具备了向外扩张、寻求对外发展的条件。

从大的方面说,鹿川餐饮的西部特点是独树一帜的,在全国餐饮行业有自己的一席之地,也一定会有自己应有的市场份额。把鹿川餐饮推出去,一直是高庆阳的梦想。

从小的方面说，孩子到哪儿自己的事业就应该跟着到哪儿，让孩子始终有家的感觉。高庆阳自己年少时"漂"怕了。晶晶到省城去，他的酒店就应该开到省城，亮亮要是考到了北京，他的酒店就开到首都去。如果将来孩子们去了国外，他就把酒店开到国外去，让他的"大上坡"和当地的"唐人街"齐名。

鹿川人的最大特点就是流动性，哪儿适合自己就往哪儿去。不像守在老家的当地人，年轻时不管你流落到哪里，到老来都要落叶归根。

高庆阳对凤月琴说："从现在开始，咱们就跟着孩子走吧。只要他们有本事，飞到哪里我们都跟着。"

凤月琴当然同意，只要是为了孩子的事，对孩子好的事，当妈妈的哪有不同意的。

过完年，高庆阳就把晶晶送到省城，先住夏连春家，和禾子一起。然后高庆阳就在省城买房子，开酒店，把事业的重心往省城转。

高庆阳要到省城投资开酒店的消息在鹿川企业界不胫而走。高庆阳毕竟在鹿川企业界深耕了二十年，他的一举一动在鹿川都是有影响的。为什么在鹿川打造西部香港的大发展时期，外地客商纷纷涌入的时候，高庆阳突然要转身离去，寻求别处发展？是高庆阳看衰鹿川，还是鹿川不需要高庆阳？有人说高庆阳在鹿川钱挣够了，现在该到更大的地方发展了。有人说田光耀好大喜功，把鹿川的资源禀赋都抢到开发区去了，而开发区的发展他又舍近求远，重外来投资，轻当地企业，高庆阳想走了。

不管真实情况怎样，高庆阳要走了这是事实。本来，一个企业家到哪儿投资，在哪儿办企业，这是他的个人行为和自由，别人无权干涉。但高庆阳是开发区主任田光耀的同学，又是鹿川当地有影响的企业家，他为什么不投资开发区，而且还要抽身离去，无疑是给田光耀出了一道棘手的难题。留他？随他去？

面对这个情况，田光耀处于两难境地。一方面，高庆阳和他不亲，虽然这些年高庆阳给过他不少帮助，特别是他在天章的时候，高庆阳注入投资，引进企业，为县里和他本人都带来不少好处。但终究两个人还是面和心不和，走了也好。另一方面，高庆阳在鹿川毕竟是个有影响的企业家，他的走有一定的传导效应，直接冲击和挑战了他的重商政策，对他打造西部香港的大方略会有一定的负面影响，还是想办法把他留下来为好。

田光耀认真反思，促使高庆阳想去省城的原因大概有三个：一个是高庆阳自己的原因，他在鹿川时间长了，就是想走，想去省城了；另一个是夏连春的原因，这两个家伙的关系好，夏连春去了省城，他也想去；再一个就是田光耀的原因，他叫停了高庆阳在北山坡的旅游项目。

田光耀决定找高庆阳谈谈北山坡的旅游项目问题。

田光耀打造的"西部香港"三大工程，去年底已陆续启动，雅玛河畔旅游带和"维多利亚港湾"建设进展顺利。"铜锣湾"商贸核心区建设方案已经敲定，鹿川市委市政府迁址雅玛河北岸，原址建设"铜锣湾"。吉宁县北山坡和鹿川市山前的两个乡划归开发区，建自由贸易区。这样，开发区、合作区和自由贸易区三区建设就可以协同推进。

在吉宁县北山坡划归自由贸易区之前，高庆阳已经在北山坡开工建设旅游景区设施，但行政区域调整之后，田光耀立即叫停了这个自由贸易区内的所有建设项目，当然也包括了高庆阳的旅游项目。为此，高庆阳找过田光耀，说他的旅游项目是在行政区域调整前批建的，应该按原批准项目继续建设。但田光耀没买账，说原来吉宁县批建项目一律停止，开发区要对这个区域进行重新规划，原则上引进外来投资商入住园区，不批准当地企业进入。

高庆阳知道田光耀的行事风格，他定下的事一般很难改变，再跟他啰唆也没必要，他未必替你考虑，为你着想。高庆阳随即有意识地把他的项目无限期搁下，看田光耀最后如何了结。反正高庆阳也不着急，这个项目本就是个长线项目，也不急在这一时半会儿。

田光耀也不着急，反正这个项目是你高庆阳的，又不是我田光耀的。再说我的自由贸易区建设也是一个马拉松工程，能不能最终获批还在两可之间。你搁着就搁着，我急什么？

但田光耀没想到高庆阳会突然转向，转移投资重点，一副"此处不留爷，自有留爷处"的气概。"高庆阳要从开发区撒资了"的举动立马在鹿川企业界引起强烈反响，甚至引发暗流涌动。个体户做大了也不好收拾，这一点是田光耀此前没想到的。现在要想留住高庆阳，就必须对他投资的那个旅游项目有个交代，这是一个必须面对的问题，绕是绕不开了。

田光耀把高庆阳约到了他的办公室，虽是二十多年的老同学，但像这样在办公室里正式谈事还是第一次。过去有什么要紧的事，酒桌上就办了。一顿饭的工夫，想说的话说了，想谈的事谈了，有时候三两个人在一起，随便聊聊就把一个项目或是一件重要的事项决定了。现在不一样，田光耀的官大了，高庆阳的业大了，大家都是有身份的人，凡事还是讲究点好。

田光耀的谈话很坦诚，他希望高庆阳在鹿川企业界发挥引领作用，不要转移投资方向到别处去，鹿川开发区正是需要高庆阳这样本土企业家的时候。至于北山坡旅游项目建设问题，他让高庆阳先不要着急，可以考虑寻找一个变通的办法来处理。此前他对老同学的投资利益考虑得少了，以后他会注意的。

高庆阳说得也很坦诚，他说他不会离开鹿川，至于他去省城投资开酒店，不是因为旅游项目的事，也不是为了转移投资，他的财务状况很好，不缺钱。但他确实有寻求对外发展的想法。人往高处走，水往低处流，是自然法则，就像你们当官的总想官越当越大，我们搞企业的总想钱越挣越多，企业做大了也想着去更大的地方发展。而且从投资的角度说，企业也不能把所有的鸡蛋都放在一个篮子里，这是分散风险的一个基本原则。至于北山坡旅游项目的事，他会配合开发区的要求和做法，处理好后续问题。

田光耀算是听明白了，高庆阳虽不怨他，也表示不会离开鹿川，但北山坡的旅游项目他是不准备搞了，而且还是想着要到省城去。到省城去的事田光耀挡不住，但北山坡旅游项目的事他突然坚定了要让高庆阳干下去的想法，不想让他脱手。他不干了谁还会干？投资那么大，搁下可能就搁下了，没人会接，没准儿还会撂荒。

田光耀知道，到目前为止，他的自由贸易区还只是个概念，而且凭着鹿川和开发区的一己之力，要想在自由贸易区建设上有所突破，就算不是痴人说梦，也是难上加难。到现在为止，国家还没有在自由贸易区设置方面有所松动，但有关方面却有明确的信号：我们不搞自由贸易区。

田光耀还知道，即使将来自由贸易区建设方面能够有所突破，也未必会批建在鹿川，还有可能批建在某边境口岸。鹿川只能在拟建自由贸易区的设想下，干好开发区、合作区的事，但自由贸易区依然是昭示企业家和投资商的旗帜，这旗帜还必须打下去。

田光耀还知道，即使将来自由贸易区批建在鹿川，高庆阳现在拿下的北山坡，也未必会涵盖在自由贸易区内。所以，高庆阳的旅游项目作为北山坡的一个感召性项目，不能舍弃，一定要让他继续干下去，哪怕再给他一些优惠政策，也要想办法把他捆绑在这里。

高庆阳之所以突然改变主意不想投资北山坡了，主要是策略问题，他不想被田光耀控制，欲擒故纵，争取主动。十年前他和夏连春他们一起进山看望老班长的时候，他就看中了北山坡这块地了，当时他还给夏连春讲过，这里适合搞旅游，夏连春还说他满脑子都是生意经。他隐忍等待了这么多年，终于等到时机成熟，去年和吉宁县商谈开发北山坡事宜，一拍即合，一谈即成。可让高庆阳没想到的是，他刚开始干，田光耀就把这个地方划到开发区来了，使他的项目实施遇到了阻力。

高庆阳知道，田光耀非常自负，一向自以为是，听不进别人的意见。他对北山坡这个地方一定有他自己的设想，而你干的事如果跟他的设想不一致，肯定要以他的为准。你有一千条理由，一万条理由，只要不符合他的理由，你的理由都不成为理由。与其你说服不了他，跟他白费口舌，还不如干脆走人，不理他，离他远远的，随他折腾，没准儿他独角戏唱唱也就觉得没意思了。

高庆阳这次还真的要感谢夏连春，是夏连春要接晶晶去省城上学，才使得高庆阳歪打正着，给田光耀造成了他要撤资走人的错觉，使他争得了主动。他原来只是想被动地把这个项目无限期地搁下去，待条件成熟的时候再接着干。现在没想到，这么快就能变被动为主动。

历史的经验值得注意。和田光耀合作共事，在他的地盘上做事，真的要多动一些心思才行。他善变，反复无常，你不知道他哪天会出一个什么新花样，随时都会置你于被动和不利的境地。要想使你的投资不被他无节制地把控，最简单的办法就是把他拉进你的投资项目里来，让他心甘情愿地为你做事。但高庆阳又实在不愿这样做，他不想陪田光耀玩。所以他现在的想法就是一条，撤。

田光耀不知道高庆阳心里的真实想法，他为高庆阳继续投资北山坡旅游项目给出了一个变通办法：实行股份制，由高庆阳牵头，与几个志同道合的投资人一起干。

高庆阳觉得正瞌睡的时候田光耀给了枕头。股份制的办法太好了，最好能让天印生物或是蔡团长的股份进来，那就好干了，就像港商在天章做的那样。

高庆阳依然坚守不和朋友做生意的准则，他决定把旅游项目转手给中天纺织的吴总，由吴总牵头，按照股份制的办法来做。

田光耀暗自觉得这样也好，一来北山坡的旅游项目还在，可以继续推进；二来吴总牵头更好控制，而且可以跟进新的投资商；三来最主要的是这个项目的投资在，高庆阳在鹿川企业界的影响就在，投资开发区的示范效应就在。他并没有把高庆阳挤走，高庆阳也没有拍屁股走人。

吴总对接手高庆阳北山坡旅游项目表示出浓厚的兴趣和热情，他觉得这是一个长线投资的朝阳产业，大有可为。从"西部香港"先期启动项目看，打造"维多利亚港湾"、"铜锣湾"、自由贸易区三大工程的实质性项目很少，多为房地产开发，蜂拥而至的也都是些房地产商。这种情况下，如果能够及早布局，拿下北山坡旅游项目，应该是恰逢其时的大手笔。所以，吴总对房地产开发这一块不是很热衷，他不想把房地产项目的摊子铺得太大。他的策略就是开发一块，销售一块，资金回笼一块，保证企业有钱花就行。

按照田主任实行股份制的意见，吴总适时发布了北山坡旅游建设项目寻求合作的消息，看谁有兴趣。姜太公钓鱼，愿者上钩，生拉硬拽的合作长久不了。

吴总寻求合作的消息发出之后，出乎意料的是，第一个来找他合作的人居然是蔡团长。蔡团长能有这么大的实力？他后面站着的人是谁？

继而更让吴总吃惊的是，蔡团长提出的合作是以分为合的方式。具体来讲，就是在一个大项目的帽子下，直接把项目一分为二，他拿走一半，各干各的，但名义上还是一家。他那口气，后面一定站着一个高人，有钱的人。

听了蔡团长的合作意向，吴总说："要是这样的话，那你们何不直接找田主任给你再批一块地就是了。"

蔡团长说："北山坡这个地方是以扩大对外开放的名义整合的，在这个区域里不好乱批滥建。北山坡旅游项目建设用地，是高庆阳在调整规划前批出来的，现在再批这样的地方，根本做不到了。"

吴总问蔡团长："咱们两家怎么以分为合搞合作？"

蔡团长说："不是两家，是三家，三家两方。吴总一家算一方，我和苹果园房地产老板麻总两家算一方。三家两方一起顶着北山坡旅游项目的帽子，然后各自独立领办自己的事，这样既一起抱团又独立自主的合作方式比较简单。"

吴总也觉得这种方式比较好，实际上就是把原来的项目一分为二，各干各的，互不扯皮。看来蔡总和麻总两个人事先已经做过功课了。

蔡团长说，他和麻总商量过了，北山坡旅游项目的牌子还是挂在吴总名下，他和麻总另外选择别的项目。但考虑到北山坡这块地是高庆阳拿下的，他们两个除了应承担的土地出让成本之外，每人再给吴总500万的补偿。

吴总感觉到了蔡团长今非昔比的财大气粗，他以这样的方式开启他们和吴总的分手式合作或是合作式分手，还是很有些气度的，本意可能就是要让吴总没话可说。当然，吴总也就什么都不说了。

三个人的合作方式敲定之后，吴总才明白那两个人要干的事原来是开煤矿。北山坡背后的山坳里有几家小煤矿，都是私人开的。这个地方划归开发区之后，田光耀立即出手整治，限期关停，到期如不关停，强行执行。

就在这个时候，"免贵麻"从关停小煤矿中嗅到了比房地产还来钱的生财之道。事不宜迟，机不可失，他赶紧约请赵丁香，一起坐坐，说说话，谈谈事。

丁香和"免贵麻"是老朋友了，也很久没见了。丁香对"免贵麻"还是比较信任的，觉得这个人懂事，会办事，不给人添麻烦。自打那次办完苹果园土地的事之后，他们再没见过，只是逢年过节偶尔电话问候一声，平时没有过多的交集，各自都显得比较轻松。

这次"免贵麻"电话约请丁香见个面，丁香也没有推辞，知道他肯定有事。还是在西大桥旁边的那家西餐厅，老朋友闲聊叙旧之后，"免贵麻"直截了当地对丁香说："有事想请丁香帮个忙。"

丁香说："你说。"

"免贵麻"给丁香递过一张纸条，纸条上写了一串阿拉伯数字，说："老规矩，事成之后，给你这个数。"

丁香看看纸条，等待他的下文。

他说："事情很简单，开发区正在整治关停北山坡小煤矿，阻力很大，进展不顺。我的意见，这些小煤矿只整治，不关停，把小煤矿整合成大煤矿，由接手大煤矿的人给小煤矿主必要的补偿。这样，对个人、对公家都有利。如果这个意见可行，开发区可以把整合后的大煤矿交给我来做，田主任可以委派一个信得过的人和我一起干，煤矿的股份一人一半。"

第二天，丁香给田光耀说了"免贵麻"的事。田光耀接过"免贵麻"写的纸条，觉得这个麻忠诚做事还真是大手笔。他盘算，这事可以做，做法只有一个，就是找一个理由把高庆阳留下，让他把北山坡旅游项目改成股份制，然后想办法让麻忠诚入股，随后再和蔡团长一起开煤矿。

现在，这一连串事情的发展，实际上就是按照田光耀的设想往前走的。只是在小煤矿整合的最后时刻，出了一个小插曲，但事情也是很平稳的处理了。

北山坡的小煤矿都已整合到"免贵麻"的名下，还剩最后一家规模比较大一些的小煤矿赖着不想交。矿主就是和营营合作的那个身强力壮的"大头"强总，他不愿整合，他说他的煤矿去年才改造完，投资还没收回，如果整合了，他的成本和欠账无法弥补。他想让营营帮他找一下田主任，请田主任帮助协调一下。事成之后，他会一次性酬谢营营和田主任，以后每年还会再给他们利润分成。

营营叫"大头"和她一起去见田光耀，让他当面和田光耀说清楚，因为"大头"说的数额太大，营营怕她给田光耀说了他不信。

"大头"不去，不仅现在不去，以后也不去，永远都不去。他去了对田主任不好，对他们的合作不利。

营营不能像丁香那样可以随便出入田光耀的办公室，她只能把他叫到她的"闺房"，亲自给他讲了强总的想法。田光耀觉得这个强总也很会做事，而且上次联建楼那件事也办得很好。煤矿这件事就按照这个强总说的办，他的煤矿继续开下去。

田光耀叮嘱营营，让她告诫那个强总，做人做事低调点，不要张扬，任何时候都不要给别人说他的事找了开发区主任，不要给任何人说他的煤矿保留下来是找谁办的，尤其不要给那个整合后的大煤矿主说。

北山坡旅游项目建设问题终于有了皆大欢喜的结局。"免贵麻"成了煤老板，蔡团长坐等发大财，"大头"强总的事也有了保障，吴总则忙着去挣钱筹资搞建设。

旅游项目是个长线投资，吴总不想在项目建设初期就占压资金太多太久，他还是想通过搞房地产挣钱投资。

去年，中天纺织已经把赤麓山林业局的木材厂重组了，但土地出让手续到现在还没办下来。说是开发区和鹿山局意见不合，实际上是开发区主任田光耀和鹿山局局长方平之间较着劲，受影响的却是中天纺织。

北山坡旅游项目拿下来以后，吴总急着要把木材厂土地出让手续办下来。

吴总抽空找了蔡团长，想让他找田主任帮着协调一下木材厂土地手续的事。蔡团长说这个事可能不好办，明白人都知道，这件事实际上是开发区和鹿山局两个一把手之间的暗中较量。牛不顶牛是怂牛，两个人都不想后退一步。

吴总说正因为他知道这件事不好办，所以他才想着要麻烦蔡总亲自出面给帮帮忙。他给蔡团长开出了非常优厚的条件。

蔡团长被吴总的优厚条件诱惑着，他尤其需要河边别墅这样一个隐秘的住处。他现在和殷淑玲两个人在外面一个新开的小区里有一套高层住房，但他总担心哪天被熟人发现了，每次过去他都爬楼梯上下楼，不敢坐电梯，像做贼一样。要是有个独家独院的别墅，坐车出入，直接入库进家，谁也发现不了。

蔡团长知道，田光耀也需要这样一个住所。鹿川开发区主任实际上是公众人物，各方面关注的人很多，现在的交通通信又很发达，你的一举一动都在别人的视线里，哪还有什么私密可言。

从吴总的话里头可以听出来，他办这件事别人是不会知道的，方小青也不会知道。他这是为了让蔡团长和田主任放心，但蔡团长却对自己不放心，他不能确定能不能把吴总这件事办下来。他害怕田光耀万一要是和鹿山局的方平杠上了，他还真没有办法。所以为了保险起见，蔡团长建议吴总做两手准备，万一田光耀不同意，吴总可以找一下夏连春，请夏连春给省土地部门打个招呼,让土地局协调一下鹿川的事,估计没问题。

吴总说他一客不烦二主,别人谁也不找,就拜托蔡总了。蔡团长也不是真的要吴总去找夏连春,那样的话哪还有他的别墅?他之所以提出夏连春的事来,也只是一个说道,他需要借用一下这句话在田光耀那儿将个军,让田光耀让步。

蔡团长没猜错,他给田光耀一提木材厂土地手续的事,田光耀果然就杠上了,不能办。能办也不能办,怎么样也要拖一拖,拖到时候再说。

蔡团长说吴总的意思是,木材厂的破产重组已经搞完了,中天纺织和鹿山局的事已经了结,现在土地出让手续是中天纺织和开发区土地局的事。吴总的木材厂项目涉及北山坡的旅游项目,这些项目是环环相扣的,一个项目延误,必然会影响到另一个项目的施工。吴总希望田主任能给个方便。

田光耀沉思着,没说话。蔡团长看出田光耀的心动,赶紧补充道,吴总说田主任要是实在为难的话,他们中天纺织可以去省城找一找夏秘书长,让夏秘书长给省土地局打个招呼,帮助协调协调。

蔡团长自己想出来的这句话真的起了作用。田光耀知道,如果高庆阳或方小青无论他们谁去找一下夏连春,这件事肯定就得办,人家破产重组都已经搞完了,你开发区压着不办土地出让手续肯定是不行的。那时候,不仅事情要办,而且你田光耀连一点人情也没有,还不如现在痛痛快快帮人家把事办了,人家记你的情,你还落个好。

田光耀终于松口:"那就按吴总说的办吧。"

"世事洞明皆学问,人情练达即文章。"拿下北山坡的合作项目,搞定木材厂的土地出让手续,靠着田光耀的关系,走近高庆阳、吴总和"免贵麻"等一众商界名流,蔡团长突然觉得自己在鹿川的政商两界也算是有脸面的人物了,一种从未有过的喜悦和成就感不禁从心底里油然而生。他好像有点飘。

一阵喜悦飘过之后,蔡团长又一头扎进他的天印养牛和天印生物。北山坡煤矿是田光耀和"免贵麻"的，他只是替人家挂个名。煤矿由"免贵麻"打理，具体事由"免贵麻"的手下在做。天印养牛和天印生物才是田光耀的嫡系，蔡团长的主业。不管现在经营怎样，挣钱多少，田光耀的未来就指着"天印"了。

天印生物科技的名字很光鲜亮丽，但经营却毫无起色，勉强维持。产品也不咋的，既不"生物"也不"科技"，还是每天从天章拉来的那几桶鲜奶。光靠每天那几桶鲜奶能够盈利，那才叫怪。蔡团长去年就给田光耀说，为了维持公司正常经营，还是要提高鲜奶价格。

但田光耀没同意，他告诫蔡团长，要把功夫下在企业经营上，不能把企业的发展和盈利点放在政府扶持上，更不能简单地采用提高鲜奶价格的办法来弥补企业亏损。市里的工作和县里的工作差异性很大，这儿的人眼睛尖着呢，你的工作中有一点小动作或瑕疵，周围的人都能看得见。你要想在众目睽睽之下打一点马虎眼或是做一点私活，你就必须找到一个恰到好处的时机和讲得通、信得过的理由。

其实，田光耀一直都在等这个时机，找这个理由。功夫不负有心人，这个时机终于来了，而且理由非常充足。上面推出一项学生饮用奶计划，所有中小学校都要让学生每天喝一杯优质牛奶，以提高孩子们的身体素质，改善孩子们的膳食习惯。

田光耀亲自主持召开协调会议，研究开发区学生饮用奶计划实施意见，开发区与市教育局开展区、市合作，提供学生饮用奶。

具体做法：定点企业供应。

定点供应企业：天印生物科技公司。

供应量：每天每人一袋鲜牛奶。

价格：低于市场鲜牛奶零售价。

补贴：每袋鲜牛奶市财政补贴1元钱。

要求：学校发"致家长一封信"，让家长签字确认，自愿订购学生饮用奶，开学报名时统一收取费用。

鹿川市和开发区的学生饮用奶计划实施一段时间后，出现了一些新情况。有的学生不喜欢喝，悄悄把牛奶装进书包带回家，或者趁别人不注意，偷偷把牛奶扔掉。有的家长有意见，他们家里天天都喝牛奶，孩子没必要到学校再喝，纯粹是多花钱。

社会上也有一些不同声音，觉得好事没有办好，而且问题不少。一个是定点供应问题，涉嫌不正当竞争和垄断经营。一个是指定企业问题，没有公开招标，涉嫌暗箱操作。再一个就是统一收费问题，各种费用捆绑起来一起收，一口价，增加家庭负担。还有强制征订问题，违背自愿原则。

田光耀一听这些意见和反映就火冒三丈。每天一袋奶，增强体质。这口号多响亮，有问题吗？只要没问题，我们就大胆地干。

自愿？就是想喝就喝，不想喝就不喝？既然是自愿，喝不喝随他，那你还搞这项活动干什么？既然实施，就要强制，不要躲躲闪闪。否则怎么展开？

垄断经营？不正当竞争？放开学生饮用奶市场，不实行定点企业供应，质量谁来保证？学生喝坏了肚子，喝出了毛病，谁来负责？对那些站着说话不嫌腰疼的人，就让他一直站着，不要怕他累着。

第二十五章

踏破铁鞋

田光耀有些上火。打造"西部香港"三大工程的规模和速度都与田光耀的期望值相去甚远,他所期望的热火朝天的场面迟迟没有出现。

雅玛河"维多利亚港湾"建设虽有进展,但还停留在河岸旅游带建设上,河道疏浚、水上项目还没有涉及。热衷于"铜锣湾"建设的都是些房地产开发商,他们就是想着怎么盖房子,没有哪个人会想到你的商贸物流中心。自由贸易区很吸引人鼓舞人,虽然人们都不知道这里到底最适合干什么,但还是争着抢着想进来,划块地皮,占个地方。这种情况肯定不是田光耀想要的。

理想很丰满,现实很骨感。田光耀觉得他的"西部香港"建设面临着两大不足。一个是市场因素不足。项目推进靠的还是政府主导,政府在前、市场在后的建设方式是持续不了的。另一个是大企业和大项目不足。庞大的工程,伟大的事业,靠的还是当地企业和房地产开发,怎么能够担当得起来。这不符合构建向西开放桥头堡和人流、物流、资金流中心的设想。

田光耀有些急,这样下去的结果只有一个,打乱仗。政府很着急,出力不讨好;企业想挣钱,讨好不出力。

大事业没有大气魄怎么行？小打小闹怎能干成大事？秋高气爽的季节，田光耀决定组织招商团出去招商。

"招什么样的商？"田光耀说，"要招就招那些大企业、大集团、大老板，力求招来大资金、大手笔，助力我们打造一个全新的'西部香港'。"

"到哪儿招？"有人说去北方，招央企。有人说去南方，招私企。田光耀想了想，还是去东部，招外企。打造"西部香港"，要有外企或外资进入。

招商团的阵势很大，不仅有政府官员，还有众多的企业家。中天纺织的吴总，苹果园房产的"免贵麻"，天印生物的蔡团长都去了。还有"免贵麻"的房模队，也跟着招商团助阵招商，营营、余余和房模队队员都去了。

田光耀最想带的高庆阳没去，他走不开。田光耀原本想利用一下高庆阳在企业界的人脉资源，但高庆阳在省城的"大上坡"生态阳光大酒店开业在即，田光耀也不好勉强。

高庆阳干事就是神速，寒假里他把女儿晶晶送到夏连春这儿以后，他就留下来，找地方，买房子，开酒店。女儿开学了，他开酒店的地方也找好了。

高庆阳找地方的时候，夏连春问他要不要找个人陪着他一起看，高庆阳说不用，生意上的事情你甭管。实际上高庆阳自己心里是有目标的。他这次在省城开酒店想打的是季节牌，也就是想让省城的人不管哪个季节进到他的酒店，都能有温暖如春或是凉爽如秋的感觉。所以他的酒店定位是生态阳光大酒店。

高庆阳的这个灵感和创意来自北方人一个调侃的段子。

说是在很久很久以前，北方的冬天爱上了夏天，可是冬天和夏天终不能相见。后来，冬天干掉了春天，夏天灭掉了秋天，从此，冬天和夏天走到了一起。于是，在一个冬夏相交的日子，人们看到了非常戏剧性的一幕：一个穿羽绒服的和穿短裙的人擦肩而过，相互瞄了一眼，各自心里默念了一句："勺子。"

这个段子实际上说的是在北方只有冬夏没有春秋的季节特点。受此启发，高庆阳就想给省城的人提供一个无论冬夏，只要走进他的酒店就是春秋的感觉。所以就有了他心中的生态阳光大酒店。

高庆阳就是带着他"生态阳光"的创意，想寻找那些废旧弃用的厂房、库房或是其他高大一些的房屋，就像他在鹿川运输公司租用的厂房，一经改造装修，马上就能改头换面，焕然一新，并且能立即投入使用。

其实，在省城，这样的地方很好找。企业、大院、厂房、库房，有的是，而且都不值钱。高庆阳在比较了几个地方之后，最终选择了方小青的老东家，省城棉纺厂的三栋大库房。

棉纺厂的厂区、生活区本来就连着市区，工厂与市区没有明显的分界线。现在，随着这些年城市化进程的加快，厂区与市区已连为一体，在这样一个地方搞大众化的生态酒店真是绝佳的场所。

华华高考的时候，方小青回来陪儿子，她专门抽空去看了高庆阳的生态酒店。高庆阳不在，他也回鹿川陪亮亮高考去了。但当方小青看到她当年非常熟悉的前纺车间的三栋库房已经换了容颜，特别是库房里面已经井然有序地分布着郁郁葱葱四季常青的绿植的时候，心想，要是高庆阳在跟前的话，她一定会当面给他一个掏心捶："你这个怂家伙真是个搞酒店的料。"

这么一个破库房居然让高庆阳收拾得春意盎然。

高考结束之后，方小青问华华："怎么样？"

华华说："上清华吧。"

高庆阳问亮亮："怎么样？"

亮亮说："上清华吧。"

方小青、高庆阳两家人，包括夏连春一家三口，都为华华和亮亮的高考成绩高兴，也都忙着为送两个孩子上学做准备。高庆阳最大的准备就是跟着儿子把"大上坡"大酒店开到北京去，他要为他们在北京上学的孩子们提供一个家一样的场所。

高考录取通知书下来的时候，两个孩子有些不爽，两个人没能录取到一个学校，华华清华，亮亮北大。由此，他们俩给禾子和晶晶出了道难题，四个人约好是要上同一所学校的，两年后，她们俩是考清华还是考北大？

送走华华和亮亮，高庆阳就把家安顿到了省城。企业的大头还在鹿川，他还要鹿川、省城两头跑，而凤月琴的主要精力就放在省城了。

田光耀带着招商团到省城的时候，高庆阳的"大上坡"开业在即，他就在他的"生态阳光"招待了田光耀和他的招商团。

无论什么季节，只要走进省城的"大上坡"，就像走进了春天。室内可以仰望天空，席间可以品赏春色。这哪儿是吃饭，真的就是赏春。

鹿川来的人又一次被高庆阳震撼了。谁也没想到酒店还能这么开。这酒店不火才怪。

田光耀不得不佩服高庆阳经商的老道，可惜这个人不能为他所用。这次东部招商之行能够如愿以偿，招到一个比高庆阳还老道的商人吗？

田光耀他们到了东部城市，迅即搞了一场招商说明会。说明会上，有田光耀的招商说明，有开发区和企业家向东部业界发出的诚挚邀请，还有"免贵麻"房模队的精彩表演。

一场招商说明会下来，同行的鹿川人关注的是田主任招商说明的效果，田主任关注的是客商对招商说明的反应，客商关注的是房模队的精彩表演，房模队关注的是田主任看她们表演时的目光。

招商说明会后，许多客商都围着房模队，拉着她们合影留念。房模队的风头盖过了田主任，胜过了企业家，成了招商说明会的一道亮丽的风景线。

房模队的姑娘们看到来宾这么喜欢她们，都很高兴。营营更是喜不自禁地围在田光耀身边兴奋不已，成功的喜悦洋溢在脸上。

田光耀拍拍营营的后背，给以无声的夸赞。本来，"免贵麻"最先提出要把他的房模队带到招商说明会上来的时候，田光耀还不是很同意，他不想搞这些花里胡哨的东西。后来，因为"免贵麻"的坚持，因为营营的软缠硬磨，他才勉强同意。现在看来，房模队确实来对了，要不然，干巴巴的招商说明会吸引不了人。

晚上，吃完饭，营营带着余余来到田光耀的房间。两个人入乡随俗，穿得很凉快，田光耀看得很惹火。忍不住多看两眼，看了这个看那个。

营营挑逗似的问："我们俩好看吗？"

田光耀也不甘示弱地答："走近一点让我看看。"

两个人向前走了一步。田光耀扭头不敢看。两个人干脆在房间里走起了模特儿步。

田光耀忍不住问："你们俩这是干吗？专场演出？"

三个人嬉闹了一会儿，营营缠着田光耀陪她们俩去歌厅坐坐，她想看看东部大城市歌厅是怎么开的。

田光耀说："歌厅我就不去了，你们去吧。"

营营问："你怕啥？"

田光耀说："别人看到不好。"

营营说："出门在外谁认识你呀？"

田光耀说："隔墙有耳，隔篱有眼。"

看着营营失落的样子，田光耀说："叫蔡团长陪你们去吧。"

营营有些不舍，问："那你咋办？"

田光耀说："我可以在床上睡觉，可以到外面散步，可以在房间里看电视，一个大男人，干什么都可以。"

营营突然撒起娇来："不行，不能让你一个人待在这里想干什么就干什么，那让余余留下来陪着你。你散步她跟着你散步，你看电视她跟着你看电视。一句话，你到哪儿她就跟着到哪儿。"

田光耀说："那我要是上床睡觉呢？"

营营翻眼看看他，扭头走了。留下田光耀和余余两个人在房间，随你想干什么。

这是一个单人房间。一张双人大床,一对老男少女。柔和的灯光,暧昧的氛围,田光耀和余余一时无语。

田光耀说:"出去走走?"

余余点点头,很轻。

走走是为了走近,出去是为了回来。两个人就这么杵在房间里,什么也不好意思做。田光耀虽有想法,总不好突兀地下手吧?而出去走走就不一样了,一出门他很自然地就把余余的手牵上了,到了人多的地方他还可以腾出手来揽着余余的腰。你可以理解为这是长者对晚辈的关爱,也可以看成异性之间的情深意长。余余如果不接受他的举动,她可以婉拒,而且不显尴尬。如果顺其自然地依偎在他的身边,什么都不用想了,他们的故事可以开始了。

田光耀突然想起一个说法,人,不管男人还是女人,其实都是受肉体控制的生物。身体是革命的本钱,思想、情欲,都源自肉体。

这一刻,田光耀牵着余余的手,揽着余余的腰,肉体的接触牵引着两个人的心往一起靠,激励着两个人的荷尔蒙在升高。

田光耀有了营营,为什么还要余余?营营有了田光耀,为什么她还想让余余也拥有田光耀?就因为肉体和肉体不一样,每个人都是这一个。你看这余余的手、腰,余余的一颦一笑,都和营营不一样。

鹿川人吃烤肉时的经典台词:"烤肉都是烤肉,但味道不一样。"

凭着田光耀的经验,他觉得这世上有两种女人不能动:一个是有夫之妇,那是别人的老婆,你动了是有风险的,甚至是要付出代价的;再一个就是寡妇。寡妇门前是非多,你一旦招惹了,就很难脱手。而小女孩,特别是大学生,就像这营营和余余,她不属于任何男人,她只属于她自己,跟你在一起,你就是她男人。你哪天不要她了,或是她不要你了,没关系,她可以去找别的男人。

晚上,营营从歌厅回来得很晚,房间里没人,余余还没回来,肯定在田光耀那边，估计晚上不会回来了。这一刻，营营的心里踏实了，余余以后的事不用她这个当姐的操心了，毕业后的工作安排也就有了保障。

早上，吃早饭的时候，余余一直把头埋得很低，做错事了一般，不看姐姐。这情形，引来了田光耀和营营两个人频频隔空对视，还有坏坏的笑。

接下来的几天里，房模队的姑娘们没事了，就是逛街购物，一天到晚叽叽喳喳，惹得招商团的男人们心神不宁的。也不知道私下里有没有发生什么不可言传的事，这也是田光耀当时不想带她们出来的一个原因，他怕在外面惹出什么事来。反正蔡团长陪着营营去了趟歌厅之后心里就生出了想法，不安分了。但因为他们都在田光耀的眼皮底下，谁也不敢造次。

招商团的人都拿"免贵麻"开玩笑："麻总真幸福，手下有这么多女孩子。"

田光耀叮嘱"免贵麻"："把这些个女孩子们照顾好，给她们发些零花钱，她们来一趟东部不容易，让她们自己买些小东西。"

"免贵麻"说："她们从家里出来的时候，我就提前给她们每个人都发了钱。"

田光耀把吴总和"免贵麻"私下里给他的零花钱都给了营营和余余，让她俩自己买些东西，并表示："钱不够了再跟我说。"

招商团的人都在忙着联络和拜会企业家，但成效不大。田光耀有些着急，如果一个商都招不上，一个项目都谈不成，两手空空地回去，怎么交代？田光耀要求大家每个人都能签上一两份意向也行，纯属为了回去交差。

就在大家一无所获，一筹莫展之际，整个招商活动也即将结束，"免贵麻"突然领来一个意想不到的大客户。大客户站到跟前，一看就像个大企业家，大背头、大脑门，气宇轩昂的，两只眼睛，炯炯有神，举手投足间有一种超凡脱俗的感觉。

大客户名叫赖天一，台商，在东部城市有投资，大企业，大投资，天一集团。此人身家百亿，资产百亿，准备到鹿川投资百亿。这无疑给田光耀，给整个招商团注入了一针强心剂，带来了一个天大的喜讯。

"免贵麻"怎么这么有才，从哪认识这么大一个客户？"免贵麻"说得很低调："一个房地产老板介绍的。"

赖天一和田光耀两个人一见面，就相谈甚欢。赖天一非常健谈，几个回合的话题谈下来，两个人已经相见恨晚，无话不谈。

赖天一给田光耀讲了个故事："田主任来东部招商那天晚上我做了个梦，要当国王了。梦醒之后，我想我怎么可能当国王呢？第二天早上，我在报纸上看到鹿川招商团东部招商的消息，而且鹿川还要搞自由贸易区，我一下子明白了，自由贸易区，这不就是一个相对独立的地盘吗？把这个地盘接过来，在这个地盘上干事，不就是这个地盘上的'主'和'王'吗？

赖天一激动地哈哈大笑："我决定了，就到你们那里去，到西部去，到鹿川的自由贸易区去。你，田光耀，光宗耀祖，政治精英。我，赖天一，天下唯一，商界翘楚。你我合作，一对最佳的政商组合。"

赖天一描绘着未来的蓝图："你手下的企业，中天纺织，如日中天。天印生物，天授大印。现在又来我这个天一集团，天下唯一。我们就是要在你的统领下，打造一个繁花似锦、繁荣昌盛的'西部香港'。"

田光耀已经被赖天一的一顿神聊搞得心旷神怡，神魂颠倒，找不到北了。

赖天一表达诚意："你们是'有朋自远方来'，我是'不亦乐乎'。为了表达我的诚心，尽一份东部企业家、投资人的地主之谊，今天晚上，我宴请你们招商团一行。同时，也庆祝我加入你们的行列，成为你们鹿川打造'西部香港'的一员。"

田光耀非常兴奋，东部招商的最后一刻，赖天一来为他们的东部之行结个尾，开个篇，太及时了。他不无调侃地说："热烈欢迎赖总成为鹿川自由贸易区的'王'。"

第二十五章 踏破铁鞋……

招商团非常兴奋,这一趟东部之行终于有了大的收获,结了一个丰硕成果。这次东部招商算没有白来。

房模队非常兴奋,她们终于又有机会在这些大老板们面前近距离地走秀了,回去以后她们再想见这些人一面可不是那么容易的事。

晚宴上,招商团成员每人手头发了一本书《赖天一传》,随手翻看,每本书里都夹着一张千元港币。每个人看到港币时的神色都是一样的,抬眼看看别人,轻轻合上书本,把书本放在包里或是贴身的地方。

为什么是港币,不是人民币?

当时内地人很少见到港币,稀罕。港币千元一张,人民币没有这么大币值的钱,千元人民币得要十张百元大钞,厚厚一大沓,太惹眼。

田光耀看到书里的港币,连同书本一起递到赖天一面前,那意思:"什么意思?"

赖天一笑笑,没说话,随手帮田光耀把书本合上,再轻轻推回来。

赖天一致祝酒词时宣布:"这次招商团往返招商的机票和食宿费用,全由天一集团出,算是我和鹿川自贸区合作的一点心意,希望田主任和各位业界同仁给我这个机会。"

赖天一接着又宣布:"我明天就跟田主任和招商团一起去鹿川,我要抓紧把投资鹿川的事落实了。"

田主任和招商团的人都没想到这个赖天一做事这么干脆利落,由衷地感叹和佩服。

因为有了赖天一,田光耀这一趟东部招商真是长了面子,而到了鹿川之后的合作洽谈更是一气呵成。洽谈结果:台资天一集团投资100亿元,打造"西部香港"的三大工程。开发区管委会出两份授权文书,一份是授权台资天一集团投资"西部香港"的三大工程,一份是委托台资天一集团海外筹资,其他事宜全由天一集团来做。

这个投资合作方式是田光耀和鹿川人没见过的,堪称杰作。

赖天一带着鹿川开发区的两份授权委托书离开鹿川之后,也有人提出这个赖天一这么大口气的投资，也没做更多更细致的考察和论证，就这么就投了，该不会是骗子吧？

田光耀很不以为然地说："你见过这样的骗子吗？他为了这趟鹿川之行付出了那么大成本，又没从你这里拿走一分钱，拿走一件东西，他骗你什么了？至于他在外面能不能筹上资，那是他的事情，筹上了他就来投，筹不上他就不投，我们又没有任何损失。"

大家一想，事情也还真是这个理，反正鹿川的山还在，水还在，天还在，地还在，他一样东西也没拿走。

可是秋去冬来，再到春暖花开，赖天一去了再没回来，而且音讯全无。田光耀让"免贵麻"跟赖天一联系过，答复差不多都是那句话："他正在世界各地游说大财团呢，因为受这两年金融危机的影响，现在筹资要多花些时日，咱们还是要耐心一些，沉得住气才行。"

田光耀沉不住气了，他不能这样无休止地等下去。他决定依靠鹿川现有的资源和力量，抓紧时间做好两件事：一件是把开发区合作区迁到自由贸易区去，原来的开发区合作区搞房地产开发；一件是把市委市政府迁到雅玛河北岸去，原来的市委市政府所在地建设"铜锣湾"商贸核心区。这些规划早就做好了，必须抓紧实施，千万不可贻误时机。

万事开头难。这两大工程一旦启动，马上就是热火朝天的场面。鹿川当地的企业家们，特别是那些跟房地产和商贸物流有关的企业，都急吼吼地忙着要求进入这些工程里去。这情形，当然是田光耀最想看到的。

看着大家争先恐后地忙碌着，蔡团长也想挤进去分一杯羹，他觉得这是鹿川提供给他们这些搞企业的人最好的一次机会，而且很可能是最后一次机会。如果这次机会不能抓住，真是一件非常遗憾的事，再想有这样一次机会就难了。

机会看到了，怎样进入却是个难题。蔡团长和别人不一样，他在鹿川所做的一切都是田光耀的，他不能绕过田光耀。虽然他现在已经有能力自己单挑起来做些事了，但关键是不管做什么，都必须记在田光耀名下才行。如果你想自己干，那你就要偷偷地干，保证不让田光耀知道。这事很难。

这大千世界的事就是古怪和诡异，你越是担心的它越容易发生。就像人们常说的，哪壶不开提哪壶，人倒霉喝凉水都塞牙。这不，蔡团长好容易陪两个朋友去"大上坡"唱了一回歌，他就遇到了一件千不该万不该让田光耀知道的事。如果田光耀知道了，他肯定死定了，而且会死得很惨。

几个人晚上唱完歌回家的时候，营营要搭蔡团长便车，蔡团长当然愿意效劳，屁颠屁颠的。可是车到营营家门口的时候，营营却坐在车上不动弹，不下车。蔡团长喊她也不理，好像睡着了。这丫头真辛苦。

蔡团长过来拉她下车，她还是不动弹。坏了，营营没有声息，好像晕过去了。蔡团长掉头就往医院跑。

到了医院，进了急诊，蔡团长给值班医生送了个大红包，希望他能尽心一些。

检查，化验，打针，急救，一切就绪之后，医生拿着化验单给蔡团长说："恭喜你，你女儿怀孕了。"

蔡团长说："她不是我女儿。"

营营慢慢睁开眼，看着蔡团长说："孩子是你的。"

医生愕然。

蔡团长也愕然："孩子怎么就是我的呢？"

上次去东部招商，田光耀让他陪营营去歌厅，这才给了蔡团长接近营营的机会。招商回来之后，两个人接触开始多了起来，直到上个月蔡团长才有机会在营营的"闺房"过了一夜。就这么一夜，就怀上了他的孩子？难道自己就这么背？

急诊医生看出来两个人的关系。蔡团长很焦虑，不想承认，但又不敢否认。女孩很急切，不容置疑，但也不敢肯定。两个人的神情，都在两可之间，说明两个人都不是对方的唯一。现在解决两个人疑虑的问题，唯一的办法：检验。

医生说:"给你们做个化验吧?"

营营坚定地说:"好。"

蔡团长无奈,也只有接受这个办法。

营营的针快打完了,化验结果也出来了。医生拿着化验单不好意思地跟蔡团长说:"先生非常抱歉,这个孩子不是你的。你是个不孕不育症患者,而且是先天的,就现在的医疗条件,我们还治疗不了你的病。"

蔡团长怔在了那里。但眼下他还是打心眼里感谢医生查出的这个结果,营营肚子里的孩子不是他的,跟他没有关系,他也就不用担心和田光耀之间以及其他方面一些难处理的关系了,要不然他真死定了。

营营也很感谢医生给他查出的这个结果。肚子里的孩子不是蔡团长的,那就是田光耀的,这是她最想要的结果。这一次她无论如何都要把这个孩子留下,如果再打掉的话,她这辈子就再也别想当母亲了。

营营的问题解决了,可更大的问题却纠结在蔡团长的心里。既然他是先天不孕不育症患者,那他的儿子华华是谁的?怨不得那娘儿俩整天对他横眉冷对的,原来华华本就是别人的种。

这么些年了,他之所以对这娘儿俩忍气吞声,就是因为有个华华。儿子都这么大了,忍着忍着就过去了。可现在叫我怎么忍?你早就给我戴了绿帽子,我还一直被蒙在鼓里。这口气怎么能咽得下去?

蔡团长的火暴脾气一上来,一大早他就冲到了中天纺织,冲到了方小青办公室。他咆哮着揪住方小青的领子:"你今天必须告诉我,华华这个杂种是谁的?"

方小青不知道蔡团长为什么会突然犯这个病,但她坐在办公桌前没动弹,伸手把他揪着她衣领的手轻轻拨拉下来,好像早有准备似的说:"反正不是你的。"

蔡团长咆哮的声音更大了:"那是谁的?是不是夏连春的?"

方小青依然不温不火地说:"你要知道的就是儿子不是你的,你还要知道的就是你这辈子断子绝孙了。"

蔡团长咆哮得更厉害了，他把隔壁办公室的人都给吵了出来。吴总一看蔡团长的样，知道这家伙这一阵不好控制，得想办法先把他稳住才好。

吴总把蔡团长拉到自己办公室，问他怎么了，两口子之间有什么问题不好解决的，何必要搞这么大动静，让别人看了多不好。

蔡团长说他被骗了二十年了，昨天晚上才知道自己是不孕不育症患者，他根本就没有生育能力，可他的儿子是从哪来的？

吴总听了这话，嗯嗯啊啊磨叽了半天，突然嘿嘿笑出声来，笑完之后，又不得要领地来了句："我说蔡总啊，如果你说的这事是真的，都二十年了，你这个时候何必还要找这份不痛快呢？现实生活中，有不少家庭出现过在医院里抱错孩子的事，等到孩子长大了，发现了，也没办法了，即使有办法换回来的也都不换了。自己养大的孩子自己疼爱，管他别人干什么？"

吴总的话好像不是很中听，也不是很合乎逻辑，但也就是这么个理儿。你现在就是搞明白了，又能怎么样？

吴总说："男人这辈子会遇到很多难事，有时候，揉揉肚子也就过去了。"

蔡团长能不能过得去不知道，但方小青却是过不去了。这个家伙在哪受了什么刺激，突然冲到她办公室来这么一出，下一次再这样，绝不饶他。

蔡团长知道了自己的生理缺陷之后，陡生了一种变态心理，他要报复女人，好像他这个情况都是女人害的一样。

晚上，蔡团长非常粗鲁地要和殷淑玲同房，而且不愿意采取任何防备措施。殷淑玲说她这几天是危险期，让他带好套。他不仅不听，反而还骂了一句："你的生命力也太旺盛了，别的女人像你这个年纪早就绝经了，你还有危险期！"

殷淑玲没听出他话里的不耐烦，但她还是一如既往地柔情似水："人家四十八养个娃，四十九养个吹鼓手，我这五十岁，给你养个'小累赘'，行吗？"

蔡团长一把把殷淑玲手里的套拽过来扔到地上，不管三七二十一就爬了上去，嘴里还念念有词："我让你四十八，养个娃，四十九，吹鼓手，五十岁，小累赘，我就是一个天生不能生养的人，一名不孕不育症患者，我根本就没有那个能力，我看你怎么给我生个小累赘！"

听到这个情况，殷淑玲才感觉出来他今天和平时不一样，原来他心里苦着呢。不知道他是从哪惹来的不痛快，她也就小心翼翼地配合着他了。

一个多月下来，蔡团长像是着了魔似的，天天折腾殷淑玲。殷淑玲终于认输了似的说："不能再折腾了。"

蔡团长问："为什么？"

殷淑玲说："我怀孕了。"

蔡团长一听就火了："你哄谁呢？我是一个不能生养的人，一名不孕不育症患者。"

殷淑玲拿出化验单递给他："没哄你，你自己看。"

蔡团长更火了："你们这些女人都欺负我，说，你肚子里的这个小杂种是谁的？"

殷淑玲没好气地说："还能是谁的？"

蔡团长火气冲天："是不是田光耀的？"

殷淑玲不想理他，随口骂了一句："你个混球，哪个混账医生说你是一个不能生养的人？"

蔡团长受了一夜的煎熬，好容易等到第二天，他冲到医院，找到那天晚上说他是不孕不育症患者的医生，拽了出来，问他："你那次是怎么给我做的检查，我怎么又让我老婆怀孕了？"

医生一听哈哈大笑："你傻呀？那天晚上我是帮你，你都没看出来？我当时看那个女孩子好像要讹你，你又不想承认。人说拿人家手短，吃人家嘴短，你送我红包，不就是想让我帮你吗？你能不能生育是那么简单的化验就能查出来的吗？你都几十岁的人了，能不能生育自己还不知道？"

蔡团长突然觉得自己好无辜、好弱智，连这么简单的一个事情都让自己搞成这样。

他觉得对不住眼前这么好的一个医生。人家那么用心地帮你，你却反把人家的好心当成了驴肝肺。真是狗咬吕洞宾，不识好人心。

他觉得对不住方小青，两个人的关系本来就是这个样子，现在又没由头地去把人家伤了一下，而且还是狠狠地伤了一下，现在再想弥补，再想改善，就没那么容易了。

他觉得对不住殷淑玲，这么大年龄了，现在还要因为自己的鲁莽、无知，再让她去受一次打胎之苦，不仅受罪，还有风险，而且丢人，这可让他如何是好。

他觉得对不住营营，好像他是诚心要和医生合起伙来骗她似的。本来很正常的一桩事，现在让这个好心医生给搞乱套了，也不知道营营肚子里的孩子到底是谁的，会不会是自己的，现在也没法再去追究了。

第二十六章

总是要还的

　　营营可没有蔡团长想得那么多，她知道肚子里的孩子不是蔡团长的就行了。不是蔡团长的就是田光耀的。当然，这孩子就是蔡团长的也没什么关系。她在医院里之所以那么坚定地同意化验检查，就是想知道这孩子到底是谁的，是不是蔡团长的。她不是想讹谁，赖上谁，她就是想知道孩子的爸爸是谁。

　　现在知道了，她的心里也就踏实了。她没告诉任何人她怀孕了的事，连她妈妈也没说，她害怕她妈妈知道了会大惊小怪的，要她这样安身，那样保胎，搞得她什么事也干不了，一天就忙肚子里的孩子了。

　　她给田光耀也没说。她害怕田光耀知道了会逼她去打胎，她要把这件事情一直瞒到瞒不住为止。那时，就是田光耀知道她怀孕了，也没有办法让她打胎了。

　　营营现在满脑子装的都是这个孩子，谁也不能把这个孩子从她生命里夺走。她已经想过了，到时候，就是田光耀知道了，跟她翻脸，她也会把这个孩子留下的。

　　现在，她每天都关注着自己肚子的变化，能瞒一天就是一天，尽量不让外人过早地看出来她有什么异常。哪一天田光耀想和她亲热了，她也会推三挡四的，找出各种理由把他打发过去。实在打发不过去了，她就把余余叫来陪他。

夏天的时候，余余大学毕业了，田光耀问余余："想到哪儿工作，是当老师，还是想干别的？"

余余说："我哪都不想去，就想在您身边工作，天天都能看到您才好。"

田光耀说："那你就到开发区办公室来上班，在文秘上管文件吧，这样天天送文件，就可以天天见面了。"

这一下可把余余这个小丫头乐坏了，一参加工作就能到开发区上班，还能在主任身边，这是她的同学想都不敢想的事，也是她和全家人做梦都想不到的事。

孙七觉着她这辈子值了，终于培养出来一个吃官饭的人。

丁香对姐夫把余余安排到开发区办公室上班的事有些担心。机关里的人，眼睛尖着呢。耳聪心慧舌端巧，鸟语人言无不通。而余余这样涉世未深的小丫头，可别给姐夫惹出什么事来才好。

丁香在开发区可谨慎了，说话做事小心翼翼的。人前大气不敢出一声，人后多余的话不敢说一句，她谁都不想惹，谁也不得罪，千万别给姐夫惹麻烦，别给自己添不痛快，真有林黛玉进了大观园的感觉。走在路上担心头上别掉下一片树叶，站在哪里注意脚下别爬过一只蚂蚁。

丁香最受不了的就是开发区办公室那个"麻秆"侯主任和给姐夫开车的那个"小个子"司机肖师傅，她觉得这两个人活脱脱就像是耍猴的。以前一天到晚吆三喝四、趾高气扬的，现在见天要死不活的，看谁都不顺眼，见谁也不说话，好像谁都欠他钱似的。一边是自己不得志不舒服，一边又喜欢找别人的事，让别人不舒服，一副破罐子破摔，死猪不怕开水烫的嘴脸。

丁香和机关里的人都能感觉出来田主任不喜欢这两个人，但田主任又偏要把这两个人留在身边，不让这两个人从开发区离开。好几次都有传言，侯主任要调走了，但每次最后都是田主任不放人，使调动变成了传言。

司机肖师傅更是搞怪了，说他是给主任开车的，但主任经常不坐他的车。办公室提出过要给田主任换个年轻一点的司机，但田主任不同意，他说司机年龄大一点好，稳当。但他又总是把司机晾在一边，使得司机经常处于等待出车状态。有时候田主任坐别人的车走了，他的司机还站在车旁边等着，主任不发话他又不敢离开，这日子过的。

丁香说："既然姐夫不喜欢这两个人，这两个人在开发区干得也难受，你就让他们走人呗。"

姐夫说："那不行，这两个人可不能走，我就喜欢领导这两个人。"

丁香觉得这两个人与姐夫之间一定有什么别人不知道的故事。

侯主任和肖师傅已经成了开发区里的难兄难弟，日子过得人不人鬼不鬼的，整天走不安，坐不宁，活不好，死不了，上天无路，入地无门，实在没招了，两个人提出了辞职。不干了还不行吗？

"不干了也未必行。"田光耀说，"你是有组织的人，想干就干，不想干就不干？没那么自由。"

田主任问人事部门："这两个人辞职了去干吗？"

人事上说："他们两个辞职后准备到北山坡的一个煤矿上去干，那个煤矿的老板是他们当年一起接受再教育时的知青。"

田光耀明确告诉人事部门："公职人员辞职后三年内不得到开发区内的民营企业谋职。"

这两个人的后路又被堵了，两个人现在真是死了的心都有。

通过这件事，田光耀终于知道营营去年让他保留下来的北山坡那个煤矿老板强总，就是当年和"麻秆"与"小个子"一起接受再教育的知青"大头"。这个"大头"埋得也够深的，他肯定记得当年在太阳升公社把田光耀和蔡团长打得皮开肉绽的事，反正田光耀怎么也忘不掉那个周末晚上的情景。

高中毕业前的学农活动即将结束。周末，住在公社院子的几个人都回家了，就田光耀、蔡团长两个学农学生的宿舍还亮着灯。半夜三更了，田光耀还在挖空心思，奋笔疾书学农经验典型材料。蔡团长嫌他亮着灯，睡不着。田光耀叫他别捣乱，他想今天晚上把初稿写出来。两个人正在对着话，突然有人敲门。

这么晚了，谁会来？是同学还是公社的人？田光耀问谁呀？外面说快开门，他以为有什么急事，赶快起来把门打开。门开处，一下进来好多人，门口也站着好多人，院子里还有好多人。

进来的人里头，田光耀发现了团结农场那两个打他的瘦猴"麻秆"和搞怪"小个子"。但这次"麻秆"和"小个子"没有说话，一个身强力壮的"大头"让田光耀、蔡团长起来，靠墙站着。

"大头"凶巴巴地问他俩："看清我们是谁了吗？"

他们不回答。

"说话！"

"看清了。"

"出去！"来人命令道，两个人走了出去。

一到院子，来的人就"唰"的一下围了上来，一顿拳打脚踢，打得两个人抱着头蜷缩在地上。

蔡团长大喊："救命啊！""别打啦！"在那空无一人的公社院子里，深更半夜的，有谁救得了你？

打够之后，身强力壮的"大头"命令两个人："爬回宿舍去！"

两个人哪还能爬得了，趴在地上一动不动了。

"大头"让人把他俩抬进宿舍扔到床上，然后招呼大家上车走人。

"大头"他们开来了两辆拖拉机，几十号人。前几天，他们有人看到《鹿川日报》上关于田光耀学农活动的报道，讲到团结农场知青打田光耀的事，说他们阻碍学农活动，是不利因素，知青队开锅了，不干了。

有人要去县委，有人要去报社，有人要去找记者，最后形成一致的意见，还是要教训田光耀。前两天他们派人到太阳升公社踩点，把这边学农活动的情况都摸清了，也搞清楚了田光耀、蔡团长没和其他同学住在一起的情况，所以他们到了之后就直奔田光耀宿舍。

他们之所以来这么多人，也是做好了充分准备的。万一这边的学生都出来，万一有当地群众帮忙，万一惊动了公安派出所什么的，他们做好了打大架、闹大事的准备。

他们选择晚上来，也是为了避免事情闹得太大不好收场，他们的目的就是教训田光耀，通过教训田光耀让外界知道他们知青也不是好惹的就行了。

一大早，有人来牧业队通知同学们，田光耀和蔡团长昨晚被人打了，现正躺在公社医院。同学们跑步赶往医院。高庆阳在夏连春旁边说："就当是跑早操吧。"

田光耀、蔡团长两个人躺在一个病房，光着屁股，趴在床上，身上盖着白纱布，像两具死尸一样。同学们有些害怕了，赶忙去找文在书院长，问有没有生命危险。

文院长说："问题不大，皮外伤，没有伤筋动骨，只是两个人要受些皮肉之苦了。"

上午，公社派出所所长鲁大山带着民警来病房做笔录，询问他俩被打的经过和相关细节，两个人都不说话。医生说他俩现在身体很虚弱，不便多说话，等过两天恢复之后再说吧。被打的不想说，医生不让说，看来没有多大的事，派出所也没什么好说的，这事就这么搁下了。世间很多事，拖着拖着就这么过去了。

世间也有很多事，拖是拖不过去的。出来混，总是要还的。现在，"大头""麻秆"和"小个子"这三个人真后悔当年青春年少、年轻气盛时做的那些糊涂事，那时候惹这个田光耀干什么？他怎么现在就能当上管着他们三个人的开发区主任了呢？

人没有前后眼，前世今生的事谁也看不明白。既然今天已经犯到他手上，那就只有认了。从来就没有救世主。从今天起，腰杆子挺起来，站直了，朝着田光耀迎面走过去，又能怎么样？

既然已经面对面，躲是躲不掉的，装孙子也是装不过去的。当年咱不是也发过勺、打过他吗？惹急了，再打他一次又怎么了？

软的怕硬的，硬的怕横的，横的怕不要命的，不要命的怕神经病的。咱就发勺了，没准儿还真能死里逃生。

其实有些事，你就和他挑明了，他可能还真没招儿了。"麻秆"和"小个子"找上"大头"一起商定，为应对田光耀的挑衅和凌辱，要随时准备应战出击才好。从现在开始，他们要注意广泛收集整理田光耀的黑材料，必要的时候扔一颗炸弹出去，震慑震慑他。侯主任和肖师傅在机关里可以把他们当年接受再教育时和田光耀之间发生的打架事件发布出去，而且要把在团结农场和太阳升公社两次群殴田光耀的事讲得绘声绘色，这样有料，人们喜欢听，传得快，效果好。

之后一段时间，侯主任和肖师傅在开发区各自接触的范围里，有条不紊、不慌不忙地四处和同事们讲述着他们当年当知青的事，还有和田主任之间的事。同事们恍然大悟似的突然明白了，怨不得田主任对他们两个像是有什么深仇大恨似的，原来是有历史原因的。

"大头"心里自有小九九，他现在有自己的事做，轻易不会跟着"麻秆"和"小个子"去惹田光耀的。他手里有自己的一副好牌可打。他要把营营紧紧抓到手里，把她养肥了，最好能再把她睡了，让营营彻底为他所用。如果田光耀哪天真的对他出手，他就可以用好营营这个撒手锏，直接把田光耀干掉。

"大头"有一阵没见着营营了，他手头有些事，急着想见营营一面。歌厅的人都说营营没来，不知道到哪去了。他的事又不好电话上说，只有耐心等待。

营营的孕肚已经日渐显怀，遮挡不住了，她没办法去歌厅上班，只有待在家里。母亲尕七不时来"闺房"陪营营，现在安胎是最为重要的。

田光耀也好久没见营营了，病了？还是遇到什么不痛快的事了？因为心里放不下，他就抽空过来看看。

不看不知道，一看吓一跳。田光耀猛然发现了营营的异样，怀孕了？脑袋嗡地一下就大了。怀孕了这么大的事为什么不告诉他？肚子都这么大了为什么还不处理掉？她是故意瞒着他，不想让他知道，想把孩子留下？

田光耀当即就火了。这怎么得了，留下孩子就等于绑架了他，他就会永远被营营掌控。他必须坚决制止营营这个不理智甚至是很愚蠢的做法。

营营已经是大月份孕妇，他是学医的，打胎已经不可能，引产也有很大风险。虽然眼下国家法律和医学实践，都没有明确规定禁止引产的时间，但医院里一般都是怀孕二十八周就不做引产了。按照这个时间推算，营营引产的极限应该很快就要到了，必须抓紧时间做通营营的工作。

营营和盘托出她的真实想法，为了这个孩子，她已经想了很久，这可能是她做母亲的最后一次机会了，失去这次机会，她可能这辈子就再也当不了母亲了。作为女人，这是最残酷的现实。所以，她宁可不要自己的身家性命，也不能不要这个孩子。上一次她为田光耀打胎的时候就在心里打定主意，下次要是再能怀上的话，她就一定要把孩子留下，她不能失去做母亲的权利。

现在终于有了，而且花了这么大的工夫，才把胎儿孕育到这么大，她怎么可能同意把孩子从她体内引走？

她知道田光耀不敢要这个孩子，无论是事业还是仕途，他都不应该在外面养个私生子。男人鬼着呢，他还害怕被她赖上，讹上，牵着鼻子走，那样他就惨了。所以他才那么激动，暴跳如雷。但她始终不急，如果能够以柔克刚，慢慢解决，那是最好的，如果最终安抚不了，免不了就是拍屁股转身走人。如果那样，她也认了，因为她本来就不是为他，而是为孩子，其他的她也就顾不上了。

田光耀软硬招数用完，也没能改变营营的决定，他也就哀鸣般地自叹，看来一切都来不及了。

营营问他:"什么来不及了?"

他说:"怀孕二十八周就不能引产了。"

营营说:"我都二十九周了。"

田光耀说:"看来这都是命。"

营营说:"别担心,这个孩子跟你没有任何关系,你该干什么就干什么,不会有人知道孩子的父亲是谁。如果你还不放心,孩子一生下来,我就带着他远走他乡,从你们的视线中消失。"

话虽这么说,田光耀哪能什么都不管呢?孩子生下来后首先遇到的问题就是报不上户口。新生儿落户需要提供夫妻双方的身份证和结婚证、准生证、出生证、计划生育服务证等一大堆证件材料,营营是未婚生子,单亲母亲,她提供不了这么多的证件和材料,新生儿就上不了户口。没办法,还得要主任叔叔亲自安排,才把孩子的户口落上。

但营营说这个孩子跟田光耀没有任何关系的承诺她是做到了的。孩子出生以后,除了落户的事以外,她再没有和田光耀联系过,他也再没到她的"闺房"来。余余已经不和姐姐一起住了,估计田光耀已经把她安排到另外的地方。营营也没问,问了又能怎样?

营营再到歌厅上班已是来年春天的事。

春暖花开的季节,初为人母的喜悦,营营本就白净的脸上又多了一份从容自信和粉嫩。再见小姐妹的时候,大家齐呼:"营营姐越发漂亮了。"

北山坡煤矿的强总终于有机会见到了营营,他问:"营营这几个月哪去了,是不是去国外结婚了?"

这句不经意的话却突然提醒了营营,别人再问起她这么久到哪去了,何不就说出国结婚了?这可以免除多少话语和口舌。

营营突然眼睛一亮,满面笑容地说:"这煤老板的脑子就是跟别人不一样,像黑金一样闪亮发光,能看到别人太阳下面都看不到的东西。你怎么就知道我是出国结婚去了呢?"

强总非常得意地说:"这就叫一想二看三推测。你好几个月没在了,能去哪儿？人间蒸发了？不可能，只能是出国了，想都能想到。再看看你现在满脸幸福的样儿，粉里透红的，伸手都能捏出水来了，肯定是男人滋养的，那就是结婚了呗。这还看不出来？由此推测，营营大小姐一定是出国了，结婚了，只有外国的水，外国的人，才能把我们的营营滋养成现在的贵夫人模样。"

营营顺着强总的话就说："我还以为煤老板都是黑肚子呢，没想到我们强老总肚子里这么有货。看来你也是阅人无数啊，我们以后就跟定你了。"

强总不无得意地说："我们不早就是合作伙伴了吗？"

强总告诉营营："去年开矿的利润分成，本来今年初就该付给你和田主任的，但因为一直找不到你，到现在还没给你们，这两天就抓紧把这件事情办了，别让田主任以为我是个不讲信用的人。"

强总有意识强调一下田主任，也是为了给营营提示他现在和田主任也算是一伙的，哪天田主任要是对他下手的话也应该想想后果。

"麻秆""小个子"和"大头"一起商量应对田光耀对策的时候，"大头"始终没讲他和营营、田光耀之间的利益关系，他就是要给自己留有余地，留一条后路。他和"麻秆""小个子"不一样，他们俩现在和田光耀是你死我活、鱼死网破的矛盾，闹翻了的最坏结果，了不起就是工作没了，闹好了没准儿还能争得主动，死鱼翻身，因祸得福。但他"大头"要是稍有闪失就有可能被打倒在地，再踏上一只脚，叫你永世不得翻身。所以"大头"现在是既和"麻秆""小个子"一条战线，联合起来防备田光耀，私下里还给自己留了一手。

田光耀没想到"麻秆""小个子"这两个家伙会来这么一手，直接把他们年轻时候的事公布于众，而且还讲得绘声绘色，有故事有情节，很吸引人的眼球。

丁香好像也明白了姐夫和这两个人之间的恩恩怨怨由来已久。她问姐夫："他们俩当年真打过你？"

姐夫说:"不止他们两个,还有好多人。"

看来姐夫也是把那些事牢牢记在心里的,自然也就是无法调和的了。

营营很久没和田光耀联系过了,她害怕联系多了会无形中给他增加压力。这一次因为强总转付过来的利润分成,她不得不联系田光耀,问他这钱怎么办。

营营打电话的时候,可以听出来,田光耀接听她的电话还是有些犹豫的,而且不冷不热的语气。估计他以为她找他有事,怕麻烦。当他听说是强总利润分成的事,心情好像才放松了,说:"钱先放到你那儿。"

营营突然明白,除了钱和利益以外,她和田光耀的情分好像已经了了。

不过最近田光耀的心情确实不好,不是因为营营,而是因为前年的东部招商,因为那个台资商人赖天一。原来那个家伙真是个骗子,是个大骗子,而且是田光耀想都想不出来的国际大骗子。

那个家伙拿着鹿川开发区出具的两份授权委托函,在国外的一些大财团之间穿梭游说,说他们天一集团拿到了中国鹿川开发区建设工程和自由贸易区项目,受鹿川开发区管委会委托在国际上筹集建设资金。

筹资主体是鹿川开发区,是政府。赖天一拿着鹿川开发区出具的授权委托函在各个大财团之间筹资游说的情况,引起了中国驻外使领馆的关注,他们把在各个地方收集到的情况和信息反馈到国内,引起了国内有关部门的高度重视,立即跟进了一系列拦截补救措施,阻止了可能造成的严重的实质性后果。

这是一起国际金融诈骗大案,国家有关部门要求当地政府彻查此事,千方百计追回骗子手里的授权委托函,立即终止诈骗,并将此情况通报全国,要求各地汲取教训,引以为戒,坚决杜绝此类事件的再次发生。

坦率地说,田光耀对自己无意间干出的这件事,一开始还没有什么具体认识,无知无畏。当上面来人向他了解核实情况,晓以利害,讲清真相,诈骗人就是手持鹿川开发区一纸授权委托函去筹资,留下筹资债务由中国政府偿还，田光耀这才听明白。他知道自己惹了大事，闯了大祸。

好在这件事没有造成事实上的严重后果，并没有追究领导责任。但田光耀真让这件事给吓着了，吓出一身冷汗，好长时间都缓不过来。

家里的门窗打开了，飞进来几只苍蝇蚊子是免不了的，关键是防护措施要跟上。这些年，栽倒在招商引资路上的人不在少数。摁响门铃的不一定都是客人，但门铃响了你总得开门。

第二十七章

为了女儿

田光耀办公室的门铃又响了,这一次来人不是投资人,是老同学花丽艳,带着她的女儿徐利丽。

丽丽刚从美国回来,一个活脱脱年轻版的花丽艳。丽丽长得不是很漂亮,但很有味。白,脸上有几粒淡淡的小雀斑,很诱人。一双丹凤眼,笑的时候,眼波流转,很好看。田光耀要不是连日来心头不快,他这一会儿一定会拿出一脸的灿烂和高八度的语调来接待这母女俩,但他现在打不起精神来。

丽丽从美国回来已经有一阵子了,这次回来就再不去美国了,她想在鹿川找一份稳定的工作,陪在妈妈身边,哪儿也不想去了。她听同学说开发区主任是爸爸的学生,妈妈的同学,她就是想让妈妈带她来找一下这个主任,碰碰运气,看看政府部门有没有适合她做的工作。

花丽艳其实不是很想来找田光耀,她害怕受冷落,不想伤了自尊。但小孩子不知道大人的事。丽丽回来经过省城的时候,夏连春和高庆阳两个叔叔她都见了,对她都特别好。她以为爸爸的学生、妈妈的同学都是一样的,到了鹿川她就想见田光耀。花丽艳又不好给女儿讲得太多,只有硬着头皮带着女儿来找田光耀。

花丽艳从没找过田光耀办任何事，连他在哪儿办公都不清楚，凭想象，她以为开发区在政府，就领着女儿来到了市委大院，结果还走错了地方。

市委大院被拆得七零八落，一片狼藉。"铜锣湾"建设已经搞了一年多，至今还处在老建筑的拆迁当中，新建筑一座都没有。市委的人都在骂，骂的都是田光耀，搞什么置换开发，好好的上班环境让他搞成这个样子。

田光耀也是骑虎难下，急得不得了。可光急有什么用，拆起来容易建起来难，投资商的品位、建设项目的选择、招商引资的进度，都从各个方面严重制约和影响着开发项目的进度。

新办公楼建在雅玛河边上，规模比较大，没有两三年的时间肯定搞不完。本来是交钥匙工程，新楼建好，老楼拆迁，但田光耀为了提前启动"铜锣湾"建设，新办公楼开建的同时，就开始拆除市委大院的附属设施。

花丽艳母女看着废墟和瓦砾中的市委市政府，想不通这里的人定力居然这么好，这样的环境还能安得下心来在里面办公，这也不是一般人所能为的了。

母女俩又辗转来到开发区办公大楼，田光耀又是上高中病魔缠身时要死不活的样子，花丽艳犹豫着，坐下去，还是走？田光耀突然硬是挤出了一丝热情来，夸丽丽长得好，跟妈妈年轻时一样，国外又镀了层金回来，真的像个小洋妞了。

丽丽说："在美国没镀上金，倒脱了一层皮。"

田光耀问丽丽："徐老师在美国怎么样，他还好吗？这次回来是不是接妈妈一起去美国定居？"

丽丽说："我这次回来就不再去美国了，家里出了一些情况，我想在国内找个事做，留下来陪妈妈。"

丽丽说着，就掏了纸巾擦眼泪。

徐老师这些年在美国待得并不好，他刚到美国不久揽下的那桩留学基金的事，一直压得他喘不过气来，日积月累，年复一年，时间久了，徐老师的身体也垮了，直到今年初，他终于再没坚持住，撒手西去。

在徐老师生命中的最后几年里，最欣慰的就是在女儿的呵护中度过，没有让他在孤寂中离去。

徐老师觉得他这辈子最对不住的人就是花丽艳，他耽误了她一生中最美好的青春年华。但他已无法弥补。他希望女儿这辈子一定要帮他了却一桩心愿，就是能把她母亲带到美国走走看看，让他的心在另一个世界也能有些许安慰。

女儿觉得她最不能理解的就是父亲直到临死都没能活明白，是他怀揣的那颗飘忽不定的美国梦毁了他们这个家，毁了他自己，毁了他和母亲的恩爱。她为父亲直到生命的最后还给她留下"把母亲带到美国走走看看"的嘱咐感到悲哀。

为什么受伤的是他们一家三口而不是别人？问题就出在英语这个专业上。他们一家三口学的都是英语。英语太具欺骗性了，好像只要大家语言相通，就能心灵相通。可能吗？英语算什么专业？充其量只是对话交流的工具。没有专业就没有知识，没有知识就没有文化，没有文化就没有思想。没有思想光有语言顶什么用？一点用也没有，只能鹦鹉学舌，人云亦云，说到哪儿到哪儿，说完就完。

丽丽突然觉得英语太可怕，美国太可怕。料理完父亲的后事，她就带着父亲留下的遗憾和不舍，悄然离开了美国，离开了她的伤心之地，赶快回到生她养她的地方去，回到能够敞开嗓子讲母语的地方去。

徐老师一家人的不幸唤起了田光耀的热情和灿烂，扭曲的心理瞬间拧成了麻花，你花丽艳也有今天？

丽丽没读懂田光耀脸上的变化，顺着自己的思路提出了想让田叔叔帮忙找个工作的想法，田光耀脑子里立即就冒出了一个单位，开发区外事科，但田光耀的心里冷笑着："你不能去，谁叫你是花丽艳的女儿呢？"

"丽丽今年多大了？"田光耀装出一丝关切来。

"二十了。"丽丽答。

"比我女儿小一岁。"田光耀说。

花丽艳坐下来到现在，一直都在听田光耀和女儿对话，这一会儿听到田光耀说起他自己的女儿了，花丽艳赶忙说："丽丽出去已经四年了，回来才这么几天，国内的好多人情世故她都不懂，肯定没有你们女儿懂事。"

田光耀说："现在的问题不是孩子们不懂事，而是我们这些大人太懂事。就像丽丽，她正在长思想的时候去了美国，接受的是西方文明教育，生活习惯和为人处世的方式都会有所改变。而我们这些大人脑子里装的还是旧有的东西，不要说丽丽是从美国回来的，就是在国内长大的子女，现在和大人之间也是矛盾重重，有的甚至是格格不入。"

田光耀的话丽丽爱听，说："当田叔叔的女儿一定很幸福。"

田光耀突然来了精神，说："如果丽丽愿意，也可以当我的女儿。"

丽丽说："那当然愿意。"

花丽艳突然觉得田光耀现在居然变得这么有人情味了，难道官做大了、做久了是能改变人的？

就在花丽艳内心里发出感叹的时候，没想到田光耀却突然由丽丽一句很普通的谦逊之语，导出了可能是他蓄谋在先的"父女论"，说："人家都说女儿是爸爸上辈子的小情人，丽丽愿意做我的小情人吗？"

"父女论"又导出了"情人论"，这是设计好的套路吗？

花丽艳觉得他是有意在龌龊她们母女俩，正想着说点什么呢，丽丽已经接话："父女之情是世界上最伟大、最圣洁的感情，女儿是父亲前世情人的说法怪怪的，我愿意做叔叔的女儿，不愿意做叔叔的情人。"

田光耀依然固执地说："丽丽这话不对，女儿是爸爸上辈子的情人，讲的就是父女之间无私之爱，未了之情，没有什么不妥的。前世情缘，今生相伴，多么美好的人间真情。我对这个说法是信的。"

花丽艳又看到了那个丑陋的高中同学。

丽丽说："我给田叔叔补个课吧，女儿是父亲的前世情人，这句话只有中国人信，西方人不信。这句话本出自弗洛伊德，原意是指乱伦恋父的不伦之情，但到了中国之后，却被个别别有用心的所谓文人断章取义，演绎成了描写父女关系的温馨之语，就变成了现在这句不伦不类的话。"

田光耀意识到不能再和丽丽继续这个话题了，就说："咱们谈正事吧，不聊无聊的了。"

花丽艳已经从田光耀的心不在焉里，读出了他要死不活的心境和老谋深算的龌龊，没有什么好说的了。她正准备招呼女儿走，没想到女儿倒先于母亲站起身来，很礼貌地说道："谢谢田叔叔，我还有几个同学约好了有事，他们在外面等我，咱们下次再说吧。"

丽丽转身挎起母亲的胳膊，留下田光耀一脸尴尬地站在办公室里。

母女俩逃也似的出了开发区大楼，内心里的压抑已经到了极限，再不赶快透透气，就快要爆炸了。

母亲拍拍女儿手背，说："工作的事等高庆阳叔叔回来让他办吧，高庆阳叔叔要是为难，我就直接给你夏连春叔叔打电话。"

丽丽说："高叔叔和夏叔叔那儿你就这么有把握？"

母亲说："几十年的老同学了，妈妈心里有数的。"

高庆阳送晶晶和禾子去北京上大学了。高庆阳家的晶晶，夏连春家的禾子，两个人都考上了大学，考到了北京。两个人最犯难的事是填报志愿，当年她们俩和华华哥哥、亮亮哥哥四个人约好要报考同一所大学的，但那两个人前年却考到了两个学校，一个清华，一个北大，现在让她们俩作难了，到底报哪所学校好？

华华和亮亮的参考意见是，一个第一志愿清华，第二志愿北大，一个第一志愿北大，第二志愿清华。那意思就是力求两个人身边都有一个小妹妹和他们同校。结果，好运还真的垂青这四个孩子，录取下来，晶晶上了清华，禾子上了北大，真的是事遂人愿了。

四个孩子的高考情况在省城和鹿川熟悉人群中成了一段佳话，夏连春、高庆阳、方小青几家人更是高兴得合不拢嘴。特别是方小青，她对晶晶上清华禾子上北大这个结果，更是打心底里高兴，她就担心华华和禾子两个人腻歪在一起会擦出感情火花。现在这四个人的搭配组合是最好的，华华和晶晶上清华，亮亮和禾子在北大。

高庆阳在北京的"大上坡"大酒店已经建设快两年了，今年底就可以投入使用。如果孩子们将来愿意子承父业，他们就可以从这里起步，如果他们还想寻求更大的发展或者是到国外去，他还可以陪他们一段，送他们一程。但至少眼下，他可以做他们的坚强后盾。

前年秋天，他在开建"大上坡"大酒店的同时，就在北京西山买了一套别墅，既是自己居住需要，也是为了孩子。他要让孩子们在北京也能有个家，不能让他们"漂"。

夏连春对高庆阳说："你别把孩子们养坏了。"

高庆阳说："孩子的好坏不在养，在基因，坏不了。再说了，我也不是简单地为了养孩子才在北京买房，我也是投资。"

中国人自古以来就讲究置办家业，家业可以传承。房产就是最好的祖传家业。贵也好，贱也好，只要你不炒不卖，它就是产业，就可以留给子孙后代。

高庆阳说，这方面，徽商在历史上是做得最好的。他在外面经商赚了钱，最热衷做的事就是三件，一个是荣归故里，大兴土木，置办家业，光宗耀祖；一个是商业上挣了钱，实业上聚财富，置办产业，荫及子孙；再一个就是崇尚文化，重视教育，让孩子读书考取功名。

徽商重官不重钱，学而优则仕。自己挣了钱一定要让孩子去读书做官，不让他们再走自己辛苦经商挣钱养家的老路。

历史上的晋商在这方面做得就不如徽商。晋商和徽商的最大区别就是在教育上。晋商富能敌国，却不重视教育，学而优则商。徽商挣了钱让孩子读书入仕，为国家培养人才，朝廷还不仰仗你？

夏连春惊叹高庆阳对中国商业文化居然有这么深的感悟，怨不得他能把酒店餐饮越做越大，还能在孩子的教育上这么舍得花本钱。佩服！

夏连春随即调侃："高总什么时候从商人变成文化人了？还对中国的商业文化有这么深的认识。我可是学中文的，又是皖州人，我对徽商、徽文化还是略知一二的。据史料记载，整个清代科举考试中，全国共有114人考中状元，其中皖州9人，而山西一个也没有。"

高庆阳说："文化人不敢说，但历史的经验值得学习。徽文化之所以光辉灿烂，其中徽商的贡献是不可忽略的。一个成功的商人应该留给后人的财富，就是家业、产业和教育。民间都说富不过三代，那你就应该为三代以后的人留下一条让他们可以自己走的路。"

高庆阳现在成了大忙人，经常在北京、省城和鹿川三地之间来回奔波，不像前些年整天就是守在鹿川那片舒适的天地里，管着他那几家不需要花费多少精力的"大上坡"，每天由着老婆凤月琴钞票印刷机般地汇集着公司财务就行了，轻松自在，神仙一般。

现在鹿川、省城和北京三个地方的事虽然都有人具体管，不需要他亲自做，但大面上的事还需要他时常到到场，露露脸。企业毕竟是自己的，老板总不能为了安逸而离开自己的企业太远太久，否则就会失去老板的亲和力和企业的凝聚力。

高庆阳一回到鹿川，花丽艳就带着女儿丽丽来找他，想让他帮丽丽找个事干。

高庆阳问丽丽："想干什么，我就是个开酒店的个体户，大的能耐没有，升官发财的事办不了，吃饭糊口的事还是可以的。"

丽丽说："我就是想找个稳定一点，能陪在母亲身边的事做做就行。"

高庆阳说："就这么简单？那就到我这来不就得了？只要我的企业在，你的工作就在，肯定稳定，不会失业。"

听完高庆阳的话，丽丽还没说啥，花丽艳先就激动得眼泪汪汪的，说："我带着丽丽来找你，就是想把丽丽放到你身边，想在你的企业干。但我又害怕你为难，没好明说。我本来想，要是你这有难处，不好安排，我就去找夏连春或是方小青，让他们再帮着想想办法。这些年，我在外面也没什么熟人和朋友，就你们这几个老同学。"

高庆阳说："看来我这个老同学在你心里还不是很靠得住啊？"

花丽艳破涕为笑："我这第一个来找的不还是你吗？"

他们话里话外的意思丽丽是听不懂也听不明白的。

高庆阳说："还不知道丽丽是怎么想的呢？"

丽丽说："我听妈妈的，我已经离开鹿川四年了，对这里的好多情况也都不熟悉了，妈妈和叔叔的安排一定是最好的。"

高庆阳说："如果丽丽相信叔叔，叔叔建议，你可以先到我在鹿川的公司干，在这边好好陪陪妈妈。干几年，等妈妈退休了，你可以带着妈妈到我北京的公司干。你妈妈年轻时就喜欢北京，你爸爸的家也在北京。再过几年，我的公司可能还会开到美国去，那时候丽丽还可以带着妈妈跟着公司一起去美国，一来丽丽有那边的身份，二来我的公司也需要人。你妈妈也一直向往着美国。"

高庆阳的一席话，为她们母女俩描绘出了非常美好的未来。母女俩心里吃了蜜一样，甜得半天没说出话来。

其实，高庆阳的这些想法和安排，在他从省城回来前，就和夏连春、凤月琴他们商量过了。他们觉得，徐老师一辈子为了他们一家人的美国梦，把他自己的尸骨都留在了异国他乡。花丽艳那么年轻就和徐老师在一起，既有两个人的感情因素，也有花丽艳想跟着徐老师到北京去的私心，后来又有了想跟着徐老师到美国去的梦想。没想到，花丽艳为她的私心和梦想付出一生的代价。真是可怜的女人。

现在世道变了，很多事情办起来都比较简单了。不像过去，西边的人为了能调到东边去，外地的户口能迁回到老家去，不惜倾其所有，花费数年的精力，劳民伤财，大费周折，打通各个关节，到头来，可能还是竹篮打水一场空，白忙一场。

现在好了，咱有这个条件。花丽艳不是想去北京吗？咱可以到北京定居。你不还想去美国吗？咱可以移民。徐老师没做到的，他的学生可以帮着做。更何况这也是自身事业发展的需要。

高庆阳没想到，他这么美好的设想和慷慨的描绘，得到的却是花丽艳的两行热泪："谢谢老同学，美国我是不打算去了，北京我也不去了，我的家在鹿川，哪儿都没有鹿川好。"

田光耀知道高庆阳把花丽艳的女儿安排到了"大上坡"，他觉得这是让他很打脸的一件事，也不知高庆阳知不知道花丽艳带着女儿到他办公室的事，如果知道那就更让他打脸了。也不知道这次高庆阳回来能待多久，田光耀想见见他，和他聊聊"铜锣湾"的事，看看他有没有别的什么打算，要是能把高庆阳拉到"铜锣湾"来做些事，哪怕是再开个"大上坡"，也是非常好的事。

"铜锣湾"现在成了田光耀手里的烫手山药，吃不下，扔不掉。当初的豪情万丈，现在成了痴人说梦。虽然工程还在举步维艰地往前推，但打造"西部香港"，打造鹿川"铜锣湾"的梦想基本破灭。究其原因，根子还是在自己，忽略了时空条件，做了一件当下的鹿川不可能做成的事。

香港就是香港，鹿川就是鹿川，人为地超越时空，就是一种不顾现实、异想天开的妄想。

这里没有时代广场，没有世贸中心，只有集市和农贸市场。这样的土地上如何生长出"铜锣湾"，如何生长出娱乐世界、消费中心和购物天堂？

问题看到了，原因找到了，但他还是心有不甘，不愿意轻易服输。他觉得眼下的问题还是没有找到好的投资商。如果那个赖天一不是个骗子，他一定能引来"时代广场"和"世贸中心"。如果这个高庆阳要是像对夏连春那样一心一意对他，他一定有能力建设出一个鹿川的购物和消费中心。

眼前由这个"免贵麻"来挑大梁建造的"铜锣湾"，怎么看都像一个未老先衰的工程，没有生命力。他可以用他手头已经挣得的一个钱给你盖办公楼，而且会盖得很好，很漂亮，让你为他跷大拇指，说他楼盖得好。

然后再在你给他置换的土地上挣两个钱，于是，一个交易置换的过程完成。他开心了，挣到钱了，笑到了最后，这就是他的终极目标。他就是想挣钱，而且也只会挣钱。

所以，现在看来，打造"铜锣湾"的大任搁在"免贵麻"的肩上，田光耀想要的结果是肯定出不来的。怎么办？他还是想听听高庆阳的意见和想法。

高庆阳的道理一直都很简单，打造"西部香港"是一件伟大的事业，肯定不是一个人，也不是一代人所能完成的，这件事真的急不得。当然这句话田光耀肯定不愿意听，到别人手里才能完成的事，他还操那么多心干吗？但高庆阳却不能不说。既然是老同学，既然你想听我的意见，我还是要讲讲我的想法。

至于"铜锣湾"项目，高庆阳觉得有两个问题。一个是项目可适度超前，但起点不能太高。商业项目受购买力和运营成本制约，这两个因素需要考虑。田光耀对这个问题也不能完全接受，他打造"铜锣湾"，就是要在鹿川乃至中国西部立一个标杆，引领西部商业新潮流。要是只能按部就班他还花这么大力气干吗？

另一个问题是招商不够充分。这个问题田光耀是认可的。项目招商因为受赖天一事件的影响，耽误浪费了很多时间，他当时有些着急，想着还是自己当地的企业靠得住，就依靠自己的力量先干起来吧，没想到自己的力量还是有限。

说到这个话题，田光耀又埋怨起老同学来："当时我就特别想要你出来挑头干这件事，但你这个家伙死活不给我面子，就是不干，我又不能把你绑到'铜锣湾'的工地上。"

高庆阳说："不是我不识抬举，不给面子，也不是我不愿意干，主要是我干不了。一来我搞些小打小闹的餐饮服务业可以，搞大了我就撑不起来了。二来我一直坚守着不和朋友做生意，不干餐饮以外的事，所以'铜锣湾'这样庞大的综合项目我拿不下来，驾驭不了。"

田光耀说："你这是找借口，就是不想帮我。"

田光耀本来还想说一句，要是夏连春，你肯定就主动冲上去了，但他没说。

高庆阳说："主任大人现在想要我干些什么只管说，只要我能干的，一定全力以赴。"

田光耀说："我想要你接手'铜锣湾'。"

高庆阳哈哈大笑："你这不是开玩笑吗？人家麻总干得好好的，我怎么能半路上杀出个程咬金，突然横插一杠子，拦路抢劫呢？"

田光耀说："那你至少在'铜锣湾'的项目招商上帮帮我，帮我摆几个大一些的项目进去。"

高庆阳本想说他对这个项目不感兴趣，他没这个能力，他也不想拉别人下水。但他没说，因为这还是一个需要做很长一段时间的事，何必这么早就把事情说得那么绝呢？所以便随口一说："一定努力。"

田光耀在和高庆阳谈话之后做了两件事。一件是利用高庆阳"一定努力"这句话，对外就说高庆阳有适当时候介入"铜锣湾"的打算。这句话的作用是一箭双雕，既稳住场内力量，让"免贵麻"抓紧干，要不然别人也有可能进来；同时又提振场外信心，不是像有些人说的那样，"铜锣湾"的未来很暗淡。

另一件就是想方设法抓紧弥补"铜锣湾"项目招商不足的问题。他在开发区内部一个会议上，推出一项有偿招商的办法，动员开发区的同志充分发挥各自优势，广泛开展对外招商。凡招来客商，引来资金的，都给予必要的物质奖励。

实际上这是一种全民招商的办法。你可以把在外面干出成就的家人招回家乡来投资，可以介绍亲戚朋友来鹿川寻找商机，当然，也可以通过各种渠道把有实力的投资商和企业家吸引到鹿川来。

田光耀的这招一出，立即就有人响应。那些想挣钱但又没有能力挣上钱的人，都想通过介绍别人来鹿川挣钱的办法，努力实现自己也能挣些钱的美梦。

于是乎，鹿川又成了追梦逐利的热点。一时间，各色人等，各路人马，都开始涌往鹿川。有钱的，没钱的，真投资的，凑热闹的，都来了。

这也叫招商？高庆阳终于看明白了田光耀的把戏，他骑在虎背上下不来了，心里一定受着煎熬。他现在所做的，已经不是在干事，而是在演戏了。

第二十八章

借坡下驴

春节一过，地区突然传来重大消息，原赤麓山林业局局长，现省林业厅厅长方平，出任鹿川地委书记。

田光耀一下懵了，找不到北了。

年前，夏连春当选省政府秘书长的时候，田光耀心里不舒服了好几天，那也就算了，人家干的就是政府机关的事。你说这方平，一个业务干部，从麓山局跑到省厅绕达了这么两年，怎么又跑回到鹿川了，还当上了地委书记？

田光耀和方平不对付的事，鹿川的人都知道。当年，方平从山区林场往外调动工作，田光耀在吉宁县委组织部卡着不给办手续。前几年方平在麓山局当局长，田光耀又是一股子强龙压不过地头蛇的劲儿，硬是跟人家过不去。现在好了，方平成了你的顶头上司，还能有你的好果子吃？

现在摆在田光耀面前有两条路可走：

一条是不走路走人，老子不干了你还能管得了？但到哪去？好像无路可走。

一条是不走人走路，老子哪也不去，就在你手底下干，看你怎么样？你还能把我吃了？切菜就怕滚刀肉，死猪不怕开水烫。

田光耀觉得历史总是这么惊人的相似。涂子当年在他手下当过副县长,"麻秆"现在还在他手下当办公室主任,这样的情景和命运竟然也能轮回到自己头上。自己是怎样对待别人的,现在你就应该受到怎样的对待。报应?

既然不走人,那就把路走好。俗话说,识时务者为俊杰。人在屋檐下,不得不低头,为什么非要死扛呢?

俗话还说,官大一级压死人。自己当年在吉宁县委组织部当副部长的时候,不就是硬生生地把方平压在山区林场很多年吗?

俗话又说,伸手不打笑脸人。我要是好心好意地去给你汇报一次工作,你还能不理我?

不可能不理,咋能不理呢?他到方平办公室的时候,方平不仅理他,而且还很热情地理了他。

方平很关心地问:"你在开发区干了不少年了吧?"

田光耀说:"五年了。"

方平说:"那也是老主任了,老主任还要再做新贡献啊。"

田光耀反复琢磨,方平对他的态度里面,有几分是真,几分是假,几分是应付他的。虽然说不很清楚,但至少是真真假假都有,而且方平是给他打了官腔的。尤其是"你在开发区干了不少年了吧?""也是老主任了",背后一定是有潜台词的。想调整他?把他换掉?

管他呢,在他要调整自己之前,自己还是先痛痛快快再当几天官,过过瘾,死也要死得壮烈一点。至少不能让别人把自己看扁了,更不能有什么工作没做好的把柄被别人抓着,让人家把你窝囊死,结果死得不明不白,连个同情你的人都没有。

田光耀认真反思着最近以来开发区的工作,有些什么明显的纰漏和突出的问题。他觉得有两件事可能会引起地委和方平的注意,必须提前做好做到位。

一件是市委大楼去年入冬前已经拆除,田光耀把他的开发区大楼让给市委市政府办公，开发区的人在外面租了好几个地方办公。这件事各方面反映都很好，但开发区上班情况有些懒散，这是不行的，时间长了，地委肯定会知道，老百姓也肯定会有意见，等到上面怪罪下来再改，就被动了，来不及了。

还有一件就是打造"西部香港"的事，这件事各方面都比较关注，各种说法和议论也比较多，尤其是正在大拆大建的"铜锣湾"项目，招来不少责难和质疑，这件事应该抓紧时间向地委和方平书记汇报一次，等到他先入为主形成了看法再去解释，就被动了。

为了抓紧解决开发区人员上班懒散的问题，田光耀安排办公室联系市公交公司，每天早晚给开发区集中发两次班车，在租借办公场所上班期间，全部实行集中统一乘车上下班。从田光耀开始，开发区领导带头乘坐公交车上下班。

一段时间下来，开发区上下班的公交车队，每天定时定点往返在固定的线路上，成了鹿川街头一道风景。

有好事者，为这支独特的车队写了一篇报道，鹿川人民广播电台播报这篇报道的时候，为了引起听觉效果，突出了"开发区领导上下班不坐专车坐班车"的标题，引起了老百姓的广泛称赞和社会的广泛关注，也引起了鹿川地委的高度不满，说这篇报道有问题。据说还对市电台领导进行了严肃批评，还要追究相关人员的责任。

这个结果出乎很多人的意料。怎么能是这样呢？开发区领导和干部职工一起坐班车上下班，这是转变作风的具体体现，不肯定、不表扬还要批评？

这是开发区办公室侯主任做梦都没想到的事，终于有人能管得住田光耀了。让你也尝尝当年被你欺负过的人今天反过来收拾你的滋味。这才叫天意。你也有今天？侯主任高兴得梦里头都能笑醒。这个机会侯主任必须抓住，力争再加点油，添点料，借来一把火，把你烧得死无葬身之地。

面对这种情况，田光耀也有点懵，不知所措。这是仁者见仁，智者见智，还是鸡蛋里挑骨头，或者是戴着有色眼镜看人？

田光耀想不通，只要田光耀做的就是错的？为什么自己无论做点什么都会招来不同的声音，甚至还会引起对自己的误解？老百姓看不明白也就罢了，你地委领导怎么能这样武断地对待开发区的工作呢？今后还怎么让人在你的领导下好好干活？

当地委宣传部约谈了市电台，指出了这篇报道错在哪儿之后，他们才恍然大悟。不说不知道，一说吓一跳。原来错在这儿了，真是不应该。

"鹿川开发区领导上下班不坐专车坐班车"，错就错在"专车"两个字上。你有专车吗？县处级领导哪来的专车？谁给你配专车的权利和待遇？按照领导干部配备公务用车的规定和标准，正省级才有一辆专车，副省级都是工作用车，地县级只有公务用车。你还不坐专车坐班车？你本来就应该坐班车，还可以骑自行车。如果你真的想把自己夸赞一下，了不起你可以叫"不坐小车坐大车"。

这一下长知识了，开发区的同志心服口服。社会上的不理解也化解了，老百姓哪知道这么多。田光耀的憋屈也自我消化了，原来自己这么浅薄，连这样常识性的错误都认识不到，别人指出来了还自以为是地不认账，甚至怨天尤人。

田光耀立即去地委找方平书记汇报两件事：一件是"不坐专车坐班车"的事，开发区在宣传上把关不严，他有责任，他做检讨；另一件是他想请方平书记近期到开发区检查指导工作，看看他们打造"西部香港"的三大工程建设情况。

方平说，开发区领导和干部职工一起坐交通车上下班这是好事，至于新闻稿件的提法不规范的问题，认识到了，改过来就是了。关于到开发区调研的事，得往后放一放，他最近一段时间的主要任务是跑县乡，看看基层，看看农村。如果开发区有些什么好的想法需要给地委报告的，地委可以专门安排时间听听开发区的意见。

田光耀听懂了方平书记这番话的意思：一是有大领导的气度，对"不坐专车坐班车"这样的事他并没有抓住不放，只要你自己认识到了就好；二是不拘泥工作细节，你有你的想法，他有他的安排，但最终还是按照他自己的工作思路和计划摆布自己的工作；三是不驳下属的面子，不检查你的工作，但可以听听你的工作汇报，既照顾了你的需要，也研究了工作，是个不错的工作方法。

田光耀能理解方平书记农村工作优先的理念和程序，大凡新官上任的惯性思维和老套路，都是先农村后城市，先农民后市民，方平也不能例外。

至于在方平的思想深处是不是还有更深层次的想法，这就是田光耀不得而知的事了。比如说，他是不是有意识回避开发区的工作，回避田光耀的工作，回避"西部香港"的三大工程，这样，他就可以超脱主动，可以远离矛盾，可以居高临下，有利于他驾驭你和你的工作，而不被你和你的工作所牵制。

田光耀现在也顾不得想那么多了，回去以后就赶快安排办公室抓紧准备汇报材料，近期向地委做一次全面工作汇报。

侯主任领受任务，亲自安排笔杆子们起草汇报材料。两条要求：一条，要快，虽然田主任没说哪一天汇报，但说是近期，我们就当是明天；另一条，要长，尽量多写，田主任说是全面汇报，当然这几年开发区所做的主要工作就都要写到，就是要全面。

这一"快"一"长"的汇报材料，就不是三两天能完成的了，必须加班加点。侯主任亲自搞好服务保障，陪同写材料的人一起加班，一起熬夜。他安排后勤给每个加班写材料的秘书房间，都摆放好水果、零食、茶水、刀叉、纸巾，还要为每个办公室准备一包蜡烛，以备万一停电使用。

写材料的人笑称，他们这样哪还像伺候人的秘书，整个就是被人伺候的皇上。写材料的人被伺候舒服了，都很卖力地想把汇报材料写得更好一些，这样才能对得起主任的一片苦心和热忱。但往往越是想把事情办好，越是出手慢了，容易耽误事情。田光耀天天催促侯主任，汇报材料怎么还出不来，不要哪天地委突然通知要听取汇报了，你们的汇报材料还没搞完。

在田光耀的再三催促下，侯主任也让笔杆子们赶快完稿。可文字活和别的活是不一样的，工夫不到就出不了好活。果不其然，田光耀一拿到匆匆递上来的稿子，厚厚的一大沓子，气得脑袋都炸了。他指着侯主任破口大骂："你这是干工作还是在捣乱？这是汇报材料吗？这么厚厚的一大本，是专著、文稿还是出书？"

侯主任说："你这不是要得急吗？我们再改改？"

"不用你改了，我自己会安排。"田光耀说，"你好自为之吧。"

侯主任不仅不恼，反倒言谢："田主任你这是让我休息呢，还是让我走人？那我就先谢谢主任开恩了。"

田光耀一看他那样，越发气不打一处来："你想得美，便宜不了你！"

田光耀给地委汇报工作是成功的。方平书记听完汇报后，对开发区总体工作的肯定和评价，虽然是大面上的官话，但却是田光耀想听的。一个人在一个地方主政工作这么些年，总得有个基本估价和说法吧？

方平对开发区提出的几条具体要求，或者注意事项，很有针对性，说明方平书记在听汇报之前，对田光耀开发区的工作还是做了功课的。虽然他话语有些尖锐，但也是田光耀想听的。他可以借此知道方平的真实想法，好按照方平的新要求，改进工作。他现行的一些做法已经走进死胡同，正好借坡下驴。

比如说"铜锣湾"建设不能"贪大求洋"。田光耀几年前一到开发区就把打造"西部香港"的口号喊得震天响，可几年时间过去了，"铜锣湾"建设还是一片待建的工地，总不能这样无限期地搁下去，拖成烂摊子吧？现在正好可以借贯彻方平书记新要求的机会，调整规划，改进标准，按照商品交易市场的形式，抓紧把这个地方建起来，不能老是把一个建设工地摆在城市中央，太难看了。

比如说自由贸易区不经报批不能擅自建设。田光耀当年提出这个设想的时候，自己也知道这件事不容易拿下来，有些不切实际，但他就是想借此来进一步推进开发区的开发开放。现在看来，可以把建设鹿川自由贸易区作为一个努力争取的方向，但不能成为工作中的口号，适时调整自由贸易区的规划建设也是必要的。

比如说开发区的工作不能自我封闭。这个问题应该是方平脑子里由来已久的问题，所以他对这个问题提得也最尖锐。鹿川不是开发区的鹿川，是鹿川驻市各单位和全市各族人民的鹿川。开发区的发展要依靠全社会的力量，同心协力，融合发展，不能本末倒置。

有人说方平的讲话是对开发区工作的拨乱反正，有人说方平的讲话是对田光耀恣意妄为的叫停。田光耀说，方平书记的讲话是做好开发区工作的指路明灯，必须抓紧贯彻落实。其实田光耀的真实想法是，从现在开始，开发区的工作就好做了。做好了，是开发区贯彻地委工作汇报会精神的结果；没做好，开发区有责任，地委也有责任，至少不是他开发区主任一个人的责任。

开发区办公室的侯主任因为准备汇报材料不力被田光耀停了职。停职不是撤职，更不是开除公职，他每天还是照常来开发区上班，坐在他的办公室里，无公可办，乐得清闲。

无事极易生非，看着别人忙忙碌碌，他就一个人躲在那里瞎琢磨。照他的解读，方平书记在地委汇报会上的讲话，对田光耀应该是不利的，按理说，田光耀的艰难岁月应该由此开始，可是这次怎么一点也不急？是他自己豁然开朗了，还是受高人点拨了？不行，不能让这个卖沟子的太逍遥自在了。

侯主任反正没事干，他就把"小个子"叫来聊聊对付田光耀的办法。聊了半天，侯主任觉得最遗憾的事就是他们手里不直接掌握田光耀与企业老板之间利益勾连的事，少了一颗射向田光耀心脏的子弹。

"小个子"觉得不愁没有这样的子弹。"小个子"是司机，尽管他平时跟田光耀出去的机会很少，但司机们一天在一起，张三李四、尿长毛短的事议论不少，信息量还是很大的。他说他们可以联络一些对田光耀意见大的人，一起发起对田光耀的冲击。

侯主任问可以联络哪些人？"小个子"说对田光耀意见大的人多得去了。远的有省城的夏连春和我们市里的老书记方家云，近的有方平书记和地区审计处处长涂子，企业界则有"大上坡"的高庆阳、中天纺织的方小青，这些人对田光耀意见都很大。

侯主任说，你说这些不是白说吗？那些个大领导、大企业家能跟我们一起联手去搞田光耀吗？不过你说的那个审计处处长涂子倒是可以联络联络看看。

涂子当年是和侯主任他们先后到吉宁县接受再教育的。侯主任他们鹿川的知青集中去了团结农场，涂子他们运输公司的知青和省里交通系统下来的知青一起到了吉宁县另外一个知青点上。那时候两个点上的知青不和，时常会闹出一些打架斗殴的事来。

侯主任专门去地区审计处拜访涂处长，涂处长很热情地接待了他，还专门把审计处办公室主任叫过来和侯主任相认。寒暄了一会儿，侯主任说有些私事想跟处长聊聊，涂处长这才又把办公室主任打发走。

侯主任直截了当地讲了田光耀在开发区所做的一些违法乱纪的事，开发区的一些有正义感的同志准备向上级反映举报。他们听说涂处长在天章的时候和田光耀一起工作过，对田光耀的一些做法也很有意见，他们就是想和涂处长一起把田光耀的一些情况向上反映反映。

涂处长一听侯主任是为这样的事情来的，态度就有点不太友好了，说："感谢侯主任对我的信任，但侯主任这样的做法不太好，如果我们对某个同志某些方面有意见，可以按正常渠道向上级反映，但不能私下里搞非组织活动。"

侯主任在审计处碰了一鼻子灰，懊恼得不得了。回去的路上，他在心里把这个涂子骂了无数遍，骂得狗血喷头。"摆什么架子，不就一个处长吗？"

你们不搞，我来搞。侯主任开始在他的办公室里炮制他对田光耀的举报材料。尽管他的文字水平不是很高，但写告状信，又不是搞文学创作，想到什么写什么就是了。有的，没有的，听到的，看到的，想到的，捕风捉影的，坊间传说的，只要能写的都写，把事情写得越大越好，越多越好。我就不相信引不起上面的重视。

反正现在的举报材料也不用手写，打好一份，复印无数份，挺省事，贴上邮票就出去了。

每一份举报材料都换抬头，从上到下，从组织到个人，一级一级层层寄。

每一份举报材料都换落款人姓名。"知情人""老百姓""好干部""老党员"，想署哪个署哪个。有的还可以编一个跟真实姓名一样的名字，张革命、王拥军、李文化、刘建国，这样更真实。

信封上的邮寄地址和收件人姓名，本来可以打好小纸条贴上的，但他觉得这样不真实。全部手写，找一个亲戚家的小孩帮着写。他说这是开发区办公室邮寄公文用的，写好给报酬，一毛钱一份。但要保密，不能对外说，要不然人家会说他以权谋私，让亲戚家小孩挣钱。

一段时间之后，田光耀的小舅子张碧林看到从各个方面源源不断转到地区来的举报信，都是关于田光耀的。张碧林在地区监察处工作这么些年，像这次这样集中举报一个人的情况他还是第一次见到。他知道姐夫得罪人了，而且得罪得厉害，要不然举报人不会这样倾其全部精力大张旗鼓地搞他，誓有不把他搞倒搞臭绝不罢休的蛮劲。

张碧林悄悄找到姐夫，给他详尽地透露了相关情况，要他该提防和注意了。他说他这些年在监察处工作，得出一个基本结论，当官的人需要注意两条：一条是要注意自己的言行。所谓祸从口出，要想人不知除非己莫为。一条是不要得罪人，出来混，迟早是要还的。

田光耀觉得这个小舅子现在变化还真挺大的，成熟多了，不像以前那么毛手毛脚，说话办事一副不靠谱的样子。忍不住他也就和小舅子实话实说，人在江湖，有时候也身不由己。

其实，这些年写田光耀告状信的一直就没停过。只要是告状信，哪有说你好的，肯定都把你写得坏透了，马上就把你抓起来都嫌晚了。田光耀觉得写他告状信的也就那么几个人。你干好干坏，惹他不惹他，他都会告你。所以他也就没太往心里去。你告你的我干我的。但像这次这样狂轰滥炸还真是第一次。他问小舅子，是几个人写的还是一个人写的，小舅子说看内容像一个人写的。但数量之大，让你想都想不出来，汇总到一起能有一大筐。

那主要都有哪些内容？田光耀很想知道告状的人到底掌握了他的一些什么情况，他应该有什么样的对策。

小舅子说归纳起来大概有五个问题：一个是好大喜功，打造"西部香港"，劳民伤财；第二个是自己办企业，让同学帮着站台当法人代表；第三个是挪用财政资金，给自己的企业进行鲜奶价格补贴，特别是学生饮用奶问题比较多；第四个是和民营企业老板打得火热，受贿敛财；第五个是招商引资被骗，损害国家和政府形象。

除了上面这些，还有女人问题，说他在外面有好多女人。但小舅子没说，不好意思说，他害怕姐夫不好意思听。

还有更不能说的，就是姐夫和丁香之间也有问题。写信的人可能不知道姐夫和丁香之间的亲戚关系。

田光耀根据告状内容，初步判定这是鹿川的人写的，没准儿还是开发区人写的，因为说的都是鹿川的事，开发区的事。那鹿川的人，开发区的人谁对他意见最大呢？"麻秆"，一定是他。小舅子说得没错，不要得罪人。他这次是把"麻秆"得罪得有点狠了，所以才招来这么大的麻烦。

这件事情之后，田光耀着实沉寂了一段时间，他不知道地委和方平书记对他会是什么态度，要是真的借这个机会查一查他，他还真没话可说。而且要是真的查他还能查不出问题来？想到这里，他心里还真有些不踏实，也有些担惊受怕的。这一阵还是老实一点，别惹出什么事来才好。

侯主任一顿狂轰滥炸式的举报之后，一直没有等到他想要的来人调查田光耀的情景出现。管你来不来人查，反正我的举报信寄出去了，心里的那口恶气好像也就出去了大半，顺畅多了。

田光耀打造"西部香港"的伟大计划已经搁浅，不再提起。尽管心有不甘，迫不得已，但缺憾也是一种美。也许若干年后，有人提起当年打造"西部香港"计划的时候，没准儿还会感慨：要是当初按照田光耀的设想，"西部香港"计划全面实施了，现在的鹿川肯定就不一样了。

有些事，有时候，做完了可能还没有没做完好。做完了，事情的结果别人都看见了，好与不好已经摆在那儿了。没做完，因为没有结果，你不知道有多好。想象有多美好，结果就会有多美好，甚至还会更美好。

"维多利亚港湾"项目只做了河岸上的一半，水里头的那一半就不打算再搞了。雅玛河沿岸旅游带建设已经搞完，非常漂亮，现在成了鹿川人休闲娱乐的好去处。原打算疏通河道搞水上旅游的项目，因为工程量太大，投入和产出不相匹配，暂且先放一放。

"铜锣湾"项目已经彻底变成了商品市场，照现在这样的格局干下去，项目建成后，很可能就是一个小商品市场。因为到现在，"免贵麻"基本上没有找到大的客商入驻"铜锣湾"，倒是那些靠经营小商品发家的冠以"这儿商人""那儿商人"名称的商人对"铜锣湾"抱有热情。

自由贸易区项目干脆不提了。国家现阶段不搞自由贸易区，你鹿川还怎么提自由贸易区？但因为有了自由贸易区的设想，才有了从吉宁县北山坡和北山坡下两个乡的融合发展，才有了北山坡下的新园区，这是一件可以历史留名的好事。

北山坡上的旅游产业已经建成，并已产生效益。当年高庆阳置身赤麓山山翼上，心有所想地要干比酒店更大的事，如今，梦想已经变成现实，只不过是主人的名字变成了吴总。对高庆阳来说，名字只是个符号，关键是事情干成了。

北山坡上的煤炭产业也已经有了大的发展。因为有了开发区、合作区双重利好政策的驱动，原来只是在地底下挖煤的人，现在也开始谋划着向煤化工发展。因为这几年在煤矿上挣了钱，而且挣了大钱，"免贵麻"就想着把他从外地得到的"煤制气""煤制油"这些当今最前沿的高科技，也应用到他的煤炭产业上，使一个只会挣钱的粗人，也能风风光光地干一件高科技的事。

人的记忆是有时段性的，与注意力有关。人有跳跃性思维，所以没有永远的敌人，也没有永远的朋友。

人的记忆也是有时间性的，与选择性有关。人最容易好了疮疤忘了疼，要不就没有化干戈为玉帛了。

田光耀在经历了一段时间的蛰伏之后，享受到了平和给他带来的乐趣。他现在对"麻秆"和"小个子"这些人也能正眼相看了。回过来，"麻秆"和"小个子"虽然对田光耀还是爱恨依旧，但内心的躁动好像也没那么激烈了。

第二十九章

青姐的故事

哲人说，人生不如意十有八九，剩下的一二是特别不如意。人有七情六欲，食有五谷杂粮。家家都有难念的经，人人都有烦心的事。

最近，夏连春、高庆阳、方小青几家人，为了华华、亮亮和禾子、晶晶几个孩子出国留学的事，烦上了。

华华和亮亮今年大学毕业，高庆阳和方小青早就商量好要送两个孩子去美国继续深造，两个孩子当然特别开心。没承想，这两个孩子得到大人的首肯后，在着手出国准备的时候，私下里又串通好了禾子和晶晶，四个人相约同时出去。更没承想的是，这四个人赴美留学手续办得都非常顺利，但因为家里大人此前对四个人相约同行的事毫不知情，既没有沟通过，更没形成一致意见，所以家庭成了四个人出国留学的重要关卡。

晶晶问题不大，兄妹俩一起出国也是个照应，高庆阳和凤月琴两口子不持反对态度。问题主要集中在禾子身上。

夏连春和苗素馨两个人都不主张禾子现在出国，应该上完大学再出去。禾子自己也不是非出国不可，因为四个人一起相约，她也就应约同行。

倒是方小青母子俩态度异常坚决，而且尖锐对立，大有在禾子出不出国的问题上要一决高下、势不两立之态。

华华认为既然出国就应该早出，尤其是女孩子。现在他们四人同行，可以相互照应，是最佳组合。而且现在他们四个人申请的是同一所学校，禾子和晶晶提前两年出国，出去以后，辛苦一些，勤奋一些，学习上往前赶一赶，力争和他们同时毕业。宝贵的两年时间，对于一个女孩子来说，意味着什么？意味着千金难买的青春。当禾子、晶晶两三年或是三四年后能同他和亮亮同时硕士或是博士毕业，她俩就已经比同龄人赚得了两年的时光！

方小青认为，女孩子出国就不应该太早，至少应该读到大学毕业以后再出去。清华、北大的学历和毕业证，就是一生的本钱和身份。出国留学只要条件允许，人人都可以去，什么时候都可以去，为什么非要这个时候去？清华、北大是每个人想上就能上的吗？等到禾子、晶晶大学毕业了，想到哪去到哪去，还非得要你方华同学陪在她们身边不可？如果你非要坚持禾子、晶晶和你们一起出国，那你自己就别去了。

母亲的态度这么坚决，大大出乎华华的意料。

母子俩的意见不合大家都知道，但两个人争议的具体情况旁人并不清楚。方小青的公开态度是不同意四个人一起出国，理由是禾子、晶晶现在出去太早，大学还没毕业。这个观点和夏连春苗素馨是一致的。根本原因是担心华华和禾子谈恋爱。这是他们不知道的。

方小青认为："好男儿志在四方，要有远大志向，要以学习为重，前途为重，不要这么早谈恋爱。"

华华一听就想笑："你这说的都是什么年代的话？我都二十二岁了，大学毕业了，还小？还早？还不能谈恋爱？"

方小青不以为然地说："那也不用着急，你还要继续学习。等到学业有成，什么样的好女孩找不到？"

华华说："到那时禾子就找不到了。"

母子俩在这之前一直都没明说禾子的事，既然儿子已经把话说开，方小青也觉得应该亮明自己的态度："那我今天就把话挑明，你谈恋爱也不能和禾子谈。"

"为什么？"华华问。

"我不同意。"

"理由？"

"她不适合你。"

"讲具体点？"

"家庭不合适，门不当户不对。禾子成长在领导干部家庭，父母都是领导干部，家庭条件优越。你从小生活在普通人家，父母都是普通职工，而且还都是下岗职工，到现在还在外面给别人打工，家都回不了。两个家庭的情况差异太大，不适合做亲家。"这是母亲的第一个理由。

"大人的关系不合适，父亲之间三观不合。你爸爸就是那种德行，你阿爸又那么优秀，他们两个人长期不和，二十多年了他们连面都不愿见，怎么能当亲家？"这是母亲的第二个理由。

"你们两个不合适，亲如兄妹的人，怎么能结成夫妻？你从小就把禾子的爸爸妈妈叫阿爸阿妈，就像他们的亲儿子一样，你和禾子之间也像亲兄妹一样。现在突然要改变这种关系，是不合适的，外人也接受不了。你们还是兄妹相称相待比较好。"这是母亲的第三个理由。

华华不可思议地看着妈妈："这就是你的恋爱观？这就是你反对我和禾子的理由？怨不得你当年没找到夏叔叔、高叔叔那样的好男人呢，原来你年轻的时候就不懂得什么叫真爱、什么叫珍惜。"

方小青彻底被儿子的直白激怒了："我就是不同意你们一起出国，就是不同意你们恋爱。你必须死了这条心。"

华华也被妈妈的直白激怒了："就是禾子不出国，你也阻挡不了我和禾子恋爱，我们可以网上谈恋爱，电话上谈恋爱，我从美国毕业回来也可以娶她。"

妈妈突然失去理智地喊道："你要是敢和禾子恋爱，敢娶禾子，我就死给你看！"

妈妈的歇斯底里是华华没想到的，是什么原因让她这么坚决地反对他和禾子恋爱？她平时和阿爸阿妈他们的关系那么好，她也那么喜欢和疼爱禾子。仅仅是她说的那三个不合适？或者是在捍卫自己的尊严？

慈禧太后在母亲七十大寿时写下过一首诗："世间爹妈情最真，泪血溶入儿女身。殚竭心力终为子，可怜天下父母心。"这也是方小青此时的心境？

还是高庆阳想得开，或是更懂方小青的心，他终于站出来调和，禾子和晶晶暂且先不去美国也好，在国内把大学读完，过两年再去。虽然华华和亮亮有些失落，但大人们的意见还得听。况且他俩也不是非要禾子和晶晶现在就必须和他们一起出去不可。

当时，他们四个人也就是那么随意一说，一个人提议，三个人响应，四个人的意见就形成了。关键是他们谁也没想到，四个人的申请发出去，居然一次就成功了。既然成了，那就同行，并不是他们成心要背着家人做出什么出格的事来。同意就去，去了很好；不同意就不去，不去也没什么大不了的。反正过两年禾子和晶晶还是要去的，也就是早两年晚两年的事，也没有什么非得要死要活的。

但他们没想到就这么不经意地一次随心所欲，却给大人们带来了操心和麻烦。特别是华华，他真没想到母亲会对这件事情作出那样过度解读和过度反应。他后来才慢慢读懂了母亲的心思，就是怕他谈恋爱，怕他和禾子谈恋爱。

华华承认自己很爱禾子，禾子对他也很依恋。但他和禾子在一起又真的就像是亲兄妹。其实亲情演变为爱情是很困难的，这期间除非有什么突发的因素促成，否则，亲情就是亲情，很难演变为爱情。

这两年在学校，每逢节假日，他们四个人和同学们约着一起出去玩的时候，别人眼里的亮亮和晶晶，华华和禾子，就是亲兄妹，没有人把他们当成恋人。如果硬要说他们有恋人关系的话，也一定会说华华和晶晶，亮亮和禾子。连他们自己都不知道别人是怎么解读出来他们四个人之间的情感密码的。

母亲并不知道平日里华华和禾子在一起的情况。但华华知道，母亲其实不反对他和禾子交往，但反对他们恋爱。他很想知道这是为什么？所以他才顺势在母亲面前演绎了非禾子不恋爱，非禾子不结婚的情怀，他就是想小试一下母亲心里到底装着什么样他所不知道的东西。

但小试之后，华华后悔了，他好像把母亲伤着了。母亲这辈子也不容易，她和父亲的日子已经过成这个样子了，要是他再把母亲伤狠了，母亲可能真会在他面前死给他看的。

好在高庆阳叔叔及时出手，不失时机地消除了他们和大人之间的尴尬和僵持，更是解除了华华母亲的担心和疑虑。

高庆阳叔叔说他正好可以用两年的时间，先把美国的公司开起来。那时，四个孩子在那边，又可以有个落脚的家了。

华华和亮亮去了美国之后，高庆阳跟着就着手在美国投资办公司的事。他果真把"大上坡"开到了美国。不过他这一次在美国开公司，没有使用他自己的国内身份，使用的好像是香港一个什么人的身份。他说香港人在美国投资置业做事要比内地身份方便一些。

高庆阳往返美国都是经由香港出入境，他说香港到美国的机票便宜，从香港走可以少花钱。他这话肯定是戏言，他不可能为节省那么一点机票钱而专门绕行香港。绕行香港可能有出行方便的因素，但更多的可能还是他在香港那边有生意上的事要处理。

华华和亮亮每年回来一次，高庆阳也都是带着他们俩从香港走。

华华说："高庆阳叔叔在香港可牛了，有一家好大的公司，对高叔叔可好了。我们每次进出香港，公司都派有专车接送，安排专人服务。公司的人见到高叔叔都毕恭毕敬的，对我和亮亮也特别好，把亮亮叫高公子，还叫我方公子。那公司就像是高叔叔的一样。"

夏连春说："那还真没准儿，你高叔叔神道着呢。"

方小青也说:"高庆阳就是个神人,你们就跟着高叔叔好好干吧。"

华华说:"高叔叔美国的公司,好像也有几个那家香港公司的人,中文说得不怎么样,英语说得可溜了。"

方小青说:"那你和亮亮研究生毕业以后就想办法留在美国或者是去香港,这都是不错的选择。"

华华高兴得一把搂住方小青的脖子:"谢谢老妈,终于同意让我留在美国了!"

看着华华的高兴劲儿,方小青的话一说出口,立即就后悔了,她马上改口:"我就是试探一下你,看你到底是想留在美国还是想回来。果然还是美国比妈妈重要。"

华华不无认真地说:"你这都是哪跟哪呀?现在人类居住的地球都已经成了地球村了,早上在这个国家吃早饭,晚上就可以到那个国家睡觉。中国到美国够远的了,也就是在飞机上多睡一觉的事。你还可以跟我到美国去,到其他任何一个国家去。怎么能是美国比妈妈重要呢?"

方小青自认为头脑十分清醒地说:"你别给我讲那些没用的。你留在了美国,过两年再娶一个洋媳妇,后面再跟上洋岳父洋岳母,家里再有一群洋弟洋妹,洋哥洋嫂,还有我这个土老妈的位置?"

华华赶快纠正妈妈的话:"那你就错了,我要是在美国结婚娶妻,你到了美国就是中国来的洋婆婆洋亲家,他们那一群'洋'就成了'土'了。"

方小青也赶快申明:"我才不干呢,我养了你二十多年,容易吗?现在好容易养大了,什么事还没干,一天福还没享到,就把你无偿地送给美国佬,到头来,把我自己一个孤零零的老太太留在中国,然后悄无声息地慢慢老去。我脑子进水了?"

"你脑子才不会进水呢,要是那样的话,你不就解除了心头大患了?"华华说。

"什么心头大患?"妈妈问。

"我就不会和禾子恋爱结婚了呀。"华华这也是哪壶不开提哪壶。

其实华华自打到了美国，就一心想着要是毕业后能留在美国就好了。特别是高庆阳叔叔在美国投资之后，他看准了高庆阳叔叔的公司就是为亮亮开办的，高庆阳叔叔和亮亮当然都想让华华和亮亮一起留在美国。但华华知道这是不可能的，因为母亲早已经明确告诉他，如果禾子两年后去了美国，他毕业后就必须马上回国。一句话，母亲就是要断掉华华对禾子一切不切实际的幻想。

方小青知道儿子是在试探她的态度，所以她要马上断掉儿子的念想："只要禾子一到美国，你就必须立即回国，你留在那儿娶美国媳妇也不行。"

儿子知道母亲的行事风格，她是说一不二的，所以他也不想多和她纠缠，只要母亲开心就好。

母亲一时半会是开心不了了，眼看着禾子和晶晶大学毕业，高庆阳早早就把她俩的出国手续办好了。禾子和晶晶这一次就要和华华亮亮一起去美国，这四个人又走到了一起。四个孩子高兴了，方小青纠结了。华华还有半年时间才能在美国毕业，这半年还去不去，读不读了？去，她不放心。不去，太亏待儿子了。

她知道儿子是听话的。既然母亲不同意他和禾子谈恋爱，他就一定不会违背母亲的意志。但感情这东西谁能说得上？年轻人，在美国，看不见，管不上，万一两个人走到一起了，那可怎么办呀？

方小青越想越担心，越想越害怕。四个孩子的出国时间越临近，她的心事越重。他们一走，她就管不上了。没人知道她心里的痛苦和煎熬。她快崩溃了，撑不住了。她要痛下决心，无论如何也要阻止这两个孩子走到一起。

于是，一个让人意想不到的疯狂决定在她脑子里形成："华华不去美国了。"

华华一听母亲的决定，一下子跳了起来："你脑子有病啊？"

"对，我脑子有病。"方小青显得十分平静。

华华知道母亲这是经过深思熟虑的，他一定无力改变。他赶快跑去叫来了姥姥姥爷。

姥姥问方小青："发生什么事了？"

方小青第一次那么脆弱地扑倒在母亲的怀里，受尽了委屈似的，哇哇大哭起来。压抑了二十多年的眼泪，再也忍不住了。

姥姥给华华说："去把你阿爸叫来。"

"叫他干什么？"方小青哭喊着号叫了一声。

知女莫如母。姥姥觉得方小青突然不让华华去美国了，可能跟禾子有关。她想问问连春，看他知不知道什么情况。

禾子几年前刚从鹿川转到省城来的时候，方小青就担心她和华华两个人关系太好了，怕他们早恋，要姥姥姥爷多引导。后来方小青一直都很操心两个孩子感情方面别太近了。

姥姥曾问过夏连春："在两个孩子教育方面，小青给你说过什么没有？"

夏连春说："小青讲过，还很认真，希望两个孩子能像亲兄妹一样在一起，但要注意把握好他们的感情，别恋爱了。"

夏连春一听华华说他妈不让他去美国了，就知道这事大了。所以他这会儿一进门，就问方小青："怎么了？发生什么事了？经济上遇到困难付不起学费了？"

姥姥、姥爷和华华都出去了，屋里只留下夏连春和方小青两人。方小青真想趴到夏连春怀里大哭一场，都是你害的，但他是无辜的，这怎么能怪他？

二十多年了，五十岁的人了，儿子女儿也都到了儿女情长的年龄，他们已经老了。

"为什么不让华华出国了？"夏连春直截了当地问。

"因为你女儿。"她也直截了当地答。

"禾子怎么了?"夏连春满腹狐疑地问。

"我不允许华华和禾子恋爱。"她坦诚了她的心思。

"华华和禾子要是真的有缘分,我们当个亲家有什么不好?我很喜欢华华这孩子。"夏连春很亲切地说。

"我不喜欢你们家禾子!"方小青突然狮子般咆哮,"谁要和你当亲家?你赶快滚,我跟你这个猪头没什么可说的。你回去把你老婆叫来,我要跟她谈。你们必须死了这条心,别打我儿子的主意。"

夏连春被方小青的突然暴怒搞蒙了,不知道这中间到底发生了什么,为什么方小青会这么歇斯底里。华华和禾子之间有什么他们不知道的事?女孩子大了就是让人操心。

他迟疑着回到办公室,不知道是该叫苗素馨过去还是不该叫她过去。正在想给不给叶子打电话呢,苗素馨突然发来短信:"青姐找我有事,我中午不回家了。"

他本来想告诫苗素馨,不管方小青说什么,都不要和她一般见识,好让她提前有个思想准备。但他没说,别让叶子多心,好像他已经知道方小青要跟她说什么了似的。他只回了一句:"好的,知道了。"

方小青把苗素馨约到了一家咖啡厅,环境好,安静。中午本来人就少,她又订的是包厢,点了些小吃,那架势,今天是要放开一聊了。

苗素馨一见到方小青就眼睛一亮,青姐收拾得很讲究。相比之下,自己上班装束,粗糙多了,不像喝咖啡的。

苗素馨见面就问:"青姐今天有什么高兴的事,这么有雅兴?"

方小青一脸凄然:"妹子见笑了。我就是想给妹子说件事。丑话说在前头,不管我今天说什么,都请你耐着性子听我把话说完,千万不要听到半截子把我扔下跑了。要不然我这张老脸就没处搁了。"

苗素馨第一次见到方小青这么婆婆妈妈,一定遇到什么难处了。心有难言之隐,还要亲口告诉别人。聆听也是一种残忍。

两个女人,一杯咖啡。一个泪眼婆娑,未言先泣。一个表情凝重,一言不发。

倾诉，倾听，青姐的故事。

"这件事本来是应该一辈子烂在我肚子里，不好给任何人说，也不会给任何人说的。但没想到老天爷非要这么捉弄人，非要把我撕碎在别人面前，我也不能硬是捂着自己的脸面和伤疤不让撕。捂是捂不住的。

"现在我才知道，每个人面前都有一只看不见的手，它随时都可能撕你，迟早的事。

"既然要撕，还不如自己撕。撕碎了给别人看，还不如撕给自己人看，没准儿还能保全一点面子，更主要的是要能保住里子。面子可以不要，里子不能受伤害。

"你知道，我和夏连春是高中同学，我们上学的时候就相互爱慕，一直关系很好。"

啊？她要讲的是她和夏连春的事？他们中间不会？苗素馨有些诧异和惊愕。

"噢，妹子不要惊慌。"方小青看出来苗素馨一听她说夏连春，就显得有些紧张，赶忙解释说，"我和夏连春之间现在一点关系都没有，自从你们两个在一起，二十多年了，我们再没单独联系过，这点请妹子放心。"

方小青接着说："我们在七十年代末八十年代初，他大学毕业的时候，本已谈婚论嫁了。然而天有不测风云，突然我头顶上的天塌下来了，脚底下的地陷下去了。我的人生就此进入黑色地带。我们的爱情就此戛然而止。夏连春也因为我差一点就此幻灭。后来我听我母亲说，是你拯救了他。你救了他的命，给了他爱，让他燃起了希望，有了更好的未来。

"现在你们是夫妻，我只是一个外人。但我毕竟在你之前爱过他，负过他，伤过他，所以我还是想非常多余地说一句，谢谢你给他的爱。

"直到今天，他都不知道我和他当年是因为什么走散了的。他曾反复追问过我，到底发生什么了，我只是告诉他，是我不小心把我们的爱弄丢了。他说丢掉的爱可以找回来。我说找不回来了。他这个人比较尊重人，他看我不愿说，他也就不逼我。有时候他也比较迟钝，比较傻，其实我已经告诉他原因了，但他听不懂我的意思。在我们恋爱的时候，我曾经给他说过，我一定会把我的初夜留给我的丈夫，留到我们的新婚之夜。现在，我把爱弄丢了，也就是初夜丢了，承诺丢了，我还怎么爱他？"

说到这，方小青突然伤心到泣不成声，痛恨到捶胸顿足，差点背过气去。那懊恼，如果不曾经历过痛彻心扉的撕心裂肺，是绝对表达不出来的。

"天有不测风云，人有旦夕祸福。我是个要强的人，也是个爱憎分明的人，但万没想到会因为我自己的一时大意，酿成终生大错。一失足成千古恨。一生幸福，毁于一旦。

"1980年寒假，夏连春刚毕业分配工作，也是我出去上学的第一个假期，学校一放假我就赶着往回跑，假期里我们要商量准备夏天结婚的事。

"到了省城，我一初中同学，女孩子，她去火车站接的我。天已经很黑了，外面下着好大的雪。我那女同学带着我的高中同学蔡团长一起去的车站。天晚了，又下着大雪，她带个男孩子一起，方便些，但他们两个是怎么认识的，又是怎么混到这么熟的，我就不知道了。反正我只打算到我那女同学家住一晚上，明天一大早就坐班车回鹿川了，其他的事我也没有多想。

"我们三个人一起在外面吃了饭，吃了烤串，还喝了啤酒。可能是我坐火车时间太长，累了困了，也可能是天冷不适应，好像饭还没吃完我就迷迷糊糊睡了过去。等我一觉醒来，感觉好像不在我同学家，我赶快拉开灯一看，真是五雷轰顶，我居然在蔡团长的单身宿舍，我和蔡团长都赤裸着。我知道是怎么回事了。当时脑子里只有两个字：完了。我这一辈子完了。

"我挣扎着爬起来，下得了床，却迈不开步。我就像狗一样在地上爬。门外的大雪还在下。蔡团长追到门外想抱我回屋，我使尽了最后一点力气：'滚开！'

"蔡团长害怕了，他怕我冻死在雪地里，硬是拽着我的两条腿把我拖回屋里。他哆哆嗦嗦打开一个小玻璃瓶，倒出一粒小药丸塞到我嘴里：'把这粒解药吃了吧，胡神医说的，吃了它就好了。'

"啊？我原来是被他下药了。

"我突然明白，我是晚上吃烤串喝啤酒的时候，被下的药，而我那女同学也一定是蔡团长的帮凶，要不然，我肯定不会睡到蔡团长的宿舍里来。

"吃完解药，渐渐恢复，我把蔡团长一顿暴打之后就离开了他的宿舍。后来听说第二天蔡团长被人发现送到医院已经奄奄一息。

"当时我有三条路可走，一条是把蔡团长打死，我也死，同归于尽。再一条是到公安局报案，判他强奸罪，让他在里面蹲几年。还有一条就是打了牙往肚里咽，擦干眼泪回鹿川。反正没人知道这件事。

"但这三条路我都没走。我觉得第一条路和他同归于尽，便宜了他，弄脏了我，不值得。第二条公安局报案判几年，还是便宜他了，我要让他这一辈子生不如死。第三条鹿川我是再不能回了，回不去了。我欠的债，我自己还，不能连累别人。

"从蔡团长宿舍出来，我找了个地方住下，把从蔡团长床上扯下的床单收拾好，保留好他的罪证。我再去找我那个女同学，但她家里人说不知道她在哪儿，她已经很久没有回过家了。这个女同学已经是个混混，成了人渣。接着我又去找一个阿姨，我母亲的好姐妹，我告诉她我这个春节就在省城过，不回家了，如果我母亲来信来电找我就说我在省城和同学们一起过年，挺好的。

"把这些事办完，我就去火车站买票返回学校。当天没票。第二天我去火车站之前，到邮局发了封电报给我母亲，告诉他们，因为雪大，回不去了，我就在省城同学家过年。我知道，母亲，特别是夏连春肯定等我等得都急坏了。

"火车上，我满脑子都是夏连春，我对不起他，我把自己毁了，也把他害了。我决定和他一刀两断，立即分手。我要嫁给蔡团长。我暴打蔡团长的时候，他直言不讳地说，他是因为爱，所以才要毁掉我的爱。那也好，我要用被你毁掉的爱，让你付出一生的代价。

"这后面的事你们就都知道了，第二年我一毕业，就决定和蔡团长结婚。

"我今天要讲的，主要是我和蔡团长结婚前的事。

"现在想来，也怪我自私。我在决定和蔡团长结婚之前，心里想着的却是怎样先把自己嫁给夏连春，我要给夏连春，给自己，留下一个真正的婚礼。这样，我就可以在心里拥有一个真正的男人，不管以后我有多苦，我心里都可以有一个男人陪着我。

"妹子，你说我傻吗？"

苗素馨的心被方小青的故事牵引着。她预感到接下来的事情不会那么简单。

"在我结婚之前，我把夏连春约到了省城，我们在一起待了三天。夏连春回去一个月后，我知道自己怀孕了。我和蔡团长结了婚，但没举行婚礼。

"我为什么让华华叫你们阿爸阿妈？因为华华就是夏连春的儿子。华华的名字也是我起的，本意是想取名方夏的，但太直白了，不好。我查了字典，在古代，'华夏'连用，华和夏同义，所以取名方华，意即方夏。"

方小青果然给了苗素馨一个晴天霹雳。苗素馨直觉，这个女人疯了。

方小青看出来苗素馨的震惊，不知道苗素馨会不会愤怒，她想在苗素馨变脸之前赶快把她想说的话说完。

"现在你知道我为什么不让华华和禾子一起出国了吧？这两个孩子在一起，感情实在是太好了，他们俩又不知道自己是亲兄妹，万一哪一天他们真的生发出儿女情长的事来，那我可就真的罪该万死了。所以我想了又想，我必须赶快把事情给你讲清楚，尽快让两个孩子知道他们的关系，这样就不会酿下苦果了。"

苗素馨有点不相信自己的耳朵，也不相信眼前这个一直被她尊重着的青姐会做出这种事来，更不相信她深爱着的夏连春外面会有一个儿子，一个私生子。这事要是别人知道了，那还不炸开锅了？

苗素馨半天说不出话来。刚开始的时候她能体会青姐的苦，觉得聆听是一种残忍，讲的人多痛苦啊。现在她痛感自己的难，觉得青姐的讲述也是一种残忍，她该怎么办？她不知道这些多好。

其实苗素馨早有预感。青姐最早让华华叫他们阿爸阿妈的时候，她心里就犯过嘀咕，为什么这么叫？后来她看到华华和夏连春，和禾子，和他们一家人在一起那么亲，就像一家人，心里也很纳闷。这血缘和遗传，还真不是一般人能讲得清楚的。

高庆阳第一次见到华华的时候，就觉得眼熟。这孩子长得这么有灵气，大大的眼睛，特有神，好像他曾见过一样。因为喜欢，他就把从香港给自己儿子带的笔和表，随手送给了华华。这两件东西华华都喜欢，一下拉近了高叔叔和他两人之间的距离，很快成了好朋友。

高庆阳第二次见到华华的时候，他突然明白了，这不就是当年活脱脱的夏连春吗？高庆阳忍不住问方小青，看华华和亮亮像不像当年的夏连春和他？

方小青看看他们，马上否定，不像。其实这二十多年里，方小青的心里一直有着一种担心，怕别人看出什么来。

现在好了，该说的不该说的她都说了，再不用怕，不用担心了。该骂该罚，都随你们，只要不伤及两个孩子就好。

第三十章

沉默的日子

沉默的日子是憋屈的。女儿禾子走了，去了美国，半年多没有回来。母女连心，苗素馨的话开始少了起来，夏连春叮嘱女儿多给妈妈来些电话。

春节，禾子一大早打来越洋电话，说她和哥哥、亮亮、晶晶在高庆阳叔叔家的大上坡餐厅过大年，吃年夜饭，很开心。四个孩子一起，倒不需要大人操心。

放下电话，夏连春问苗素馨："你注意了没，禾子现在直接就把华华叫成了哥哥，连名字都不叫了，两个人是有点黏糊了些。"

苗素馨迟疑了一下，说："你也太愚笨了，华华本来就是哥哥，比禾子大两岁，就应该叫哥哥，叫哥哥比叫华华亲切。"

夏连春没搞懂苗素馨的意思，心里就在想，这个人现在怎么跟方小青说话都是一个口气。

旧历年一过，苗素馨突然说她要休个假，回鹿川待一段时间。

"这个时候休什么假？"夏连春不解，"鹿川有什么好待的，无亲无故的。"

"我去看看你的老相好不行？方小青都邀请过我好几回了，我也去体验一下住别墅的感觉。"苗素馨的心情突然好了起来，好像要去干一件好大的事情一样。

夏连春摇摇头，心里直犯嘀咕，女人真是个怪物，这两个人不知道又要折腾出什么幺蛾子来。

到了鹿川，苗素馨一头扎进方小青的别墅，哪儿也不去。方小青上班了，她就一个人待在家里。

方小青偷偷给夏连春发了条短信："她怎么了？"

夏连春回复："不是你邀请她去的鹿川吗？"

方小青回过头来问苗素馨："你整天窝在家里干吗，抱窝？坐月子？给我看家护院？没事到院子、到外面、到雅玛河边上走走看看多好。"

苗素馨说："你这儿安静，独家独院，两层小楼，连个邻居都没有，待在这儿就是享受。这么大个房子，平时就你一个人，不害怕吗？"

方小青说："整个小区都是我们的人，怕什么？"

方小青担心苗素馨一个人闷在家里憋出什么毛病来，她叫来袁慧娟、梁美心几个女人，没事陪陪苗素馨，几个女人泡在一起，她也就放心了。人家说，三个女人一台戏，要是四个女人呢？

袁慧娟悄悄问苗素馨："怎么突然有时间跑到鹿川来了，就是休假？"

苗素馨说："女儿大学毕业出国留学走了，心里放松了下来，想你了，想老同学了，想回来看看，看看鹿川的春天。赤麓山下的红花多美呀。"

袁慧娟说："赤麓花红的季节还要等些时日呢，你这么早回来，能等得了花开的时候？"

苗素馨说："那有什么等不了的？"

袁慧娟脖子一拧："不对呀？实话实说，是不是夏连春官当大了，欺负你了？"

苗素馨笑笑："我说你呀，能不能省省心，脑子里想啥呢？"

袁慧娟看着苗素馨一脸轻松，紧起来的心放松下来："我当然想你们好。"

苗素馨心怀感激："别瞎操心了，人家好着呢。"

方平有些纳闷，苗素馨这个时候为什么突然来鹿川休假，来之前夏连春也没给他说一声，她到了也不跟他们那些老同学老朋友联系，一天只是和这几个女人在一起打得火热，她是不是带着什么任务来的？如果是带着任务来的，那是冲着谁来的？给他这个地委书记都不说，那是为什么？

方平让梁美心她们几个女人把苗素馨陪好，她平时工作那么忙，能来鹿川休个假不容易。

梁美心忍不住问方平："苗素馨为什么这个时候突然来鹿川休假？"

方平问："为什么？"

梁美心说："我总有种担心，她和大叔是不是亮起红灯了？"

方平说："别瞎想。"

梁美心说："前两天我给凤月琴打了个电话，问她在省城那边知不知道苗素馨和大叔的情况。凤月琴问我是不是想知道苗素馨为什么去鹿川的事，我说是的。她说你真够是非的，人家苗素馨和你大叔两个人好着呢，苗素馨去鹿川没准儿是有更重要的事。你说凤月琴这话什么意思？我问凤月琴会有什么更重要的事，她说她也就是瞎猜的。"

方平说："你们这些女人确实够是非的，陪好客人，别长舌妇一样瞎嚷嚷。"

梁美心说："这个我懂得，我也就是给你说说，看来你也啥都不知道。"

一段时间下来，鹿川有小道消息传出，苗素馨是带着人、带着任务下来的，是来鹿川查人查案子的。

不会吧？她没到哪去呀，一天就和那几个女人在一起，偶尔出去看看老朋友、老同学、老同事，没有任何公务和官方活动。

一时间，鹿川上下搞得人心惶惶的。

苗素馨会来查谁呢？要查就查田光耀。

田光耀年前才获得提拔，地委委员，虽然没有实职实权，但进入了地委领导班子，也是副厅了。

由副处到正处容易，正处到副厅难，田光耀在正处的岗位上一干就是十几年，这才好容易熬上了个地委委员。

田光耀本以为他这辈子在开发区主任的职位上就算到头了，下一步再调整，没准儿就把他调到地区哪个处当个处长就搁下了。没想到在这突然之间，就提拔他当上了地委委员。这好事也来得太突然了些，神不知鬼不觉地，事先一点风声都没有，就像是偷来的一样。

突然之间，他又燃起了当官的欲望。下一步，由地委委员改任地委副书记，是很容易的事。再干两年，给你一个地委书记，或者是调到省里，给你一个厅局长干干，也不是不可能的。

这次提拔，至少澄清了他思想深处的三个疑虑：一个是说明方平没有挡他的路，到地委以后应该跟着人家好好干；第二个说明夏连春在省里没有说他坏话，以后应该和夏连春走近点，人家明年换届的时候没准儿就副省了；第三个说明这两年对他举报反映的人少了，组织上对自己还是信任的。

他对第三个疑虑的结论下的有点早，他提任地委委员的消息一出，一下子就引起了舆情反弹。几乎在他走马上任的同时，就有举报信摆到了领导和纪委的案头。

这两年举报他的人不是少了，而是累了。你这两年沉寂睡着了，再没闹出什么动静来，告状的人也乐得清静，也偷懒休息一会儿。你现在又睡醒了，又提拔当了更大的官，别人也该起床，瞪大眼睛盯着你了。

这一轮举报田光耀的事比以前任何时候都要实，举报人好像换了一拨，或者是掌握了新的证据，注重以事实说话，有一说一，有二说二，例举的事实好像都是板上钉钉、一查就准的，不再是以前那样模棱两可、似是而非、无法查证的。

但田光耀不知道发生在他背后的一些情况。他的小舅子张碧林对这些情况也一无所知，领导已经做了安排，不让张碧林接触涉及举报田光耀的任何消息。

险情已至，田光耀却毫不知情，他还沉浸在新官上任的兴奋之中。

新官上任三把火，田光耀是一定要烧的。按照工作分工，他分管宣传口的工作。按惯例，他应该兼任地委宣传部部长，但他没兼。据此，有人推测，田光耀看似是提拔，实际上并未被重用，而是为了削弱他的权力。

但田光耀不这么认为。他认为如果兼任宣传部部长，那他的官职实际上就成了宣传部部长。现在他没有兼职，他的实职就是地委委员，是地委领导。他所分管的宣传口，工作范围也比较大，包括宣传、文化、教育、卫生。而他又是开发区主任任上提起来的，市里的同志，开发区的同志，企业界的老板，都会认他，相关的工作他都可以过问。

所以他一上来要烧的三把火，就是他工作职责中立即要做的三件事。

一件是到鹿川报社调研。报纸是宣传的重头戏，不把报社管好还算管宣传？报社领导对田光耀上任后首选报社调研还是很高兴的。报社党委书记弯越，在天章的时候曾为田光耀掌管过干部人事大权，当过县委组织部部长，算是老同事，也算是老部下。邵汉飞现在是报社的副总编，跟田光耀也熟，曾因为给田光耀采写报道过神医胡兰义的事，出过名，挨过批，田光耀心里也觉得过意不去。田光耀最过意不去的还是报社的前任领导，蔡团长的老父亲。如果不是因为天章，不是因为田光耀，蔡团长父亲也不会受此牵连。所以田光耀调研结束的时候，专程登门拜访了蔡团长父亲等报社老领导。

另一件是到鹿川电台调研。电台曾经因为报道开发区领导"不坐专车坐班车"的事受到过批评问责，田光耀这一次带着地委宣传部的同志一起到电台调研，实际上也就是为他们曾经受过的委屈给以安慰。

再一件是到中天纺织的地方病医院调研。地方病医院是改革开放的产物，走在全国的前头。田光耀来医院，就是表明一个态度，他是支持地方病工作，支持民办医院发展的。更主要的是来看看文在书院长，聊补当年因胡兰义神医的事对他的歉疚。

他还利用调研地方病医院的机会，看看企业，看看中天纺织和雅玛河岸旅游带建设情况，看看"免贵麻"的北山坡煤化工产业，以及"铜锣湾"开发建设情况。

田光耀的调研，明眼人一看就明白，他是醉翁之意不在酒。他去这三个地方的真实用意就两条：一个是给曾经因他受了牵连的人送温暖；一个是给外界一个明确的信号，他是地委领导，哪个方面的工作都可以管，尤其是对开发区的企业，他还是有影响力的。

江山易改，本性难移。田光耀又膨胀了，他又开始到处伸手。那些站在远处或是潜在身边时刻紧盯着他的人，岂能袖手旁观。举报信又开始层层寄了上去，大有此害不除，焉能安稳之感。

地委接到上级通知，对田光耀进行经济责任离任审计。对领导干部进行离任审计，这在鹿川还是第一次，产生了不小的震动。

审计者震动。地区审计处承担这次对田光耀离任审计的任务。涂处长兴高采烈，激动不已。一来为审计工作向前推进激动，终于开展对县处级领导干部的经济责任审计了。二来为对田光耀进行审计激动，凭他的经验和直觉，田光耀一定会被审出问题的。

被审计人震动。田光耀没想到离任审计的工作从他开始做起，他在开发区干了这么多年，怎能一点失误都没有？肯定会审出一些这样那样的问题，要是被别有用心的人抓住不放，那就成了大问题了。尤其是涂子这家伙来对他进行审计，肯定会掺杂个人因素，免不了会泄私愤，图报复，甚至还会搞陷害。不行，他要申请涂处长回避。组织上同意了田光耀的申请，安排审计处一名副处长具体负责这次专项审计工作。

社会上震动。有人说，组织上终于出手了，田光耀早就该查，时至今日，拖得时间太长。有人说其实组织上一直下不了决心，也不知道田光耀到底有没有问题，用审计的办法先查查看，如果有问题，后面肯定跟着就是纪检委。也有人说这次把田光耀安排到地委当委员，实际上是调虎离山，就是为了把他挪开，好查他。

搞审计的人多是女同志。女同志心细，认真，平时面若桃花，给人温和的感觉，工作起来，不苟言笑，不好接近，给被审计单位传导不小的压力，很有威严感和震慑力。开发区里也有一些人和审计组熟悉的，这时候见面也大都是硬挤出来一丝笑容来，很不自然；开发区的领导见了也是献殷勤一样的关怀，工作条件怎么样呀，有没有什么困难呀，我们的同志配合得还好吧，有什么困难和需要就及时提出来，我们会尽力安排好的。

田光耀这时候最遗憾的就是以前太没把地区审计处当回事了，这里当然有涂子的原因，但更主要的还是小看了审计工作。像计划财政人事这样的权力部门，谁都不会怠慢的。要是审计上有个熟悉的人，这时候也能问问情况，听听意见，就不会像现在这样两眼一抹黑，什么情况都不知道，还真是挺让人着急的。

急有什么用，审计有审计的程序，绝不会图形式，走过场，敷衍了事，哪一步工作不到位都不会草率结束，更不会简简单单出个莫衷一是的结果来。当审计组的同志经过千辛万苦把一份能经得住实践和时间检验的审计报告，递到田光耀面前征求意见的时候，尽管审计报告里的话说得很直接，问题说得很直白，但你还真没有什么具体意见可提，因为人家以事实说话。

国有资产管理，重大经济决策，重大项目投资，财经纪律，廉洁从政，各个方面的情况都说出了子丑寅卯来。

土地出让，资源开发，企业改制，减税让利，财政支出，以及学生饮用奶方面存在的问题，都说得一清二楚。

领导责任，工作责任，直接责任，间接责任，都清清楚楚，明明白白。符合哪项政策，违背哪条规定，你自己按照条文，对号入座就行了。

田光耀看得心里直冒汗。心中虽有不悦，但却说不出来。事情都是你做的，还能抵赖？虽然有话要说，但却没法和审计组说。于是他就直接给地委、省委写信，讲他这些年在鹿川做了多少事，讲有些事没做好的原因和背景，讲他心中的委屈和事出有因的无奈，最终不忘表白自己是干净的，没有给组织丢脸，也没有给组织抹黑。

田光耀的个人信件寄出以后，他一直害怕两件事，一件是领导谈话，一件是来人核查。直到审计报告反馈回来，他担心的两件事都没发生，田光耀一直悬着的心终于放了下来。

至于审计出来的问题，有他的责任，有别人的责任，也有班子集体的责任。不管谁的责任，他都要负领导责任，但板子还是要打到具体责任人的身上，谁的责任谁认领，至于整改落实就是现任班子的责任，没田光耀什么事了。被审计的人成了局外人，他超脱了。

最近从省城相继来了两拨人，都跟离任审计无关，田光耀七上八下的心终于踏实了。苗素馨来鹿川休假，住在方小青的别墅里。省纪委党风廉政建设调研组的三个人，只在下面搞调研，在地区和市里工作，住地区宾馆，到吉宁，到天章，或者到其他县，就住县里宾馆，没有和当地对接其他工作。

在地区监察室工作的张碧林，一开始就注意到了苗素馨和纪检室同志来鹿川的不同寻常。凭着他对苗素馨的了解，她怎么可能这个时候会突然放下工作跑到鹿川来休假？而纪检室的那三个人只是刚来的时候到地区纪委打了一头，见了一面，以后再没联系，也不需要陪同，说是他们想自己独立调研，多接触一些具体的人和事，多了解一些真实情况，怕地区的同志在跟前，别人不敢说实话。

你们要了解一些什么情况，我们地区的人在跟前别人不敢说？除非是不能让人知道的秘密事项。

那有什么秘密不能让人知道呢？除非是调查人的事。

张碧林不动声色地接触过调研组谈过话的几个人，侧面打听省里的人找他们都谈了什么，回答基本上都是一致的：党风廉政建设情况。

找你们这些人谈党风廉政建设？你们知道党风廉政建设是怎么回事？能谈出党风廉政建设的一二三来？张碧林怎么也不相信省纪委的人和他们谈的是党风廉政建设。但他们一口咬定谈的就是党风廉政建设，那就可以肯定地说，他们谈的事比党风廉政建设还重大。因为被谈话的人根本就不敢透露谈话内容。

张碧林开始密切注意苗素馨的行踪，看她和搞调研的那几个人见不见面。如果见面，那肯定就是谈工作，是为同一件事来的；如果不见面，也可能是自己多想了。

苗素馨庆幸她这次来鹿川住的地方选得好。来鹿川前，她想过住地区宾馆，但觉得宾馆里来来往往进进出出的人多，见个人，说个事，都不太方便。住高庆阳的"大上坡"，也觉得人多眼杂，不太好。住同学袁慧娟家？也觉不妥，有时候她的工作免不了会有神秘感，别让老同学多想了。

相比较，还是住方小青这儿最合适，住到她这儿像个休假的。别墅僻静，没人打搅；地方宽敞，谈事方便；方小青心大，不爱管闲事，你工作你的，她不会问你，也不会干扰你。她和纪检室的同志见面，基本上都是晚上很晚的时候，他们来方小青的别墅，见完就走，没人知道。

偶尔，苗素馨也会主动出去，都是方小青亲自开车，不用司机。方小青知道苗素馨在工作，反而心里踏实了，至于是什么工作，她不想知道，也不关心，更不好奇。

张碧林知道苗素馨住在方小青这儿，他的嗅觉和触角都放到了这个别墅区。他觉得纪检室那几个人要是来见苗素馨，也应该是晚上，白天容易暴露身份。所以张碧林也是选择晚上来蹲守。他装着不经意的样，在别墅区的大门外溜达，但不敢靠得太近，害怕被人发现。

他连续蹲守了好几个晚上，都是一无所获。有些事真是机缘巧合，就在他以为这些人不会来，准备放弃的时候，他们却突然出现了。三个人只来了两个，打的过来的，他们在门口下了车，就径直进了别墅区，熟门熟路的样子。

小区大门口管车不管人，外面的车不让进，但人可以随便出入。那两个人进了院子，张碧林也尾随在后面跟了进去。

这个院子张碧林没来过，里面真高档，也真安静。走进院子，车进库，人进屋，各在各的家，在家吵架外面都听不见，不像那些单位家属院，或是普通商品房小区，熙熙攘攘，人声鼎沸，热闹倒是热闹，就是太吵。

那两个人走进一栋别墅，张碧林也跟了过去，远远站在外面看。方小青打开门，让进屋。苗素馨坐在一楼书房的桌子前，面前一部笔记本电脑。那两个人走进书房，好像给苗素馨递了一个U盘，她插进电脑，站起来拉上窗帘，然后他就什么也看不见了。

别墅的窗户上连个护栏和防盗窗也没有，要是有人从外面爬进去，绝对神不知鬼不觉，谁也发现不了。别墅一楼的窗户很低，一抬腿就能爬进去，比在农村进一个扎了篱笆墙的院子还简单。

张碧林顺着这个思路往下想，想着想着，就想进别墅一看究竟，只要打开那个U盘，就能知道苗素馨他们到底在做什么？

张碧林之所以对苗素馨和纪检室的同志这么感兴趣，原因就是他一直有一种不祥的预感，他总觉得他们是针对姐夫田光耀来的。

纪检室的那三个人老是在市里和天章这些地方跑，这些地方都是田光耀曾经工作过的地方。而且这些地方的几个私人老板都曾被纪检室的同志找去谈过话。这几个私人老板，比如像"免贵麻"，谈话之后的最大变化就是不跟张碧林联系，也不叫他一起吃饭。要是放在以前，他们哪怕经历屁大一点事，都恨不得马上就要找他说说。这一回倒好，被省里的人叫去谈话说事了，都跟他只字不提，而且还有意识躲着他似的。

这里面最让张碧林担心的，还是他老婆丁香，他不知道丁香在姐夫可能经历的事里头，到底担任什么角色？

上一次张碧林就在举报姐夫的信件里看到涉及赵丁香的事，虽然他不信，但心里还是犯嘀咕，如果一点影子都没有，别人怎么能扯得上你呢？

这一次他也隐约听到了姐夫和几个女人的事，其中就有丁香的一些传言。当然他还是不相信这是真的，但万一是真的呢？

他要想办法搞清楚这个传言的真假，好采取对策，把工作做到前头，不能让它蔓延开来。

他在方小青别墅外围找到一个隐蔽的地方蹲下来，眼睛盯着方小青一楼的窗户，他想等待一个机会。可他没能等到他想要的机会，两个保安便过来把他带走了。

好一会儿，别墅门口的值班室给方小青打来电话，说是刚才有一个人躲在她家外面，鬼鬼祟祟地朝里张望，他们已经把这个人赶走了，让方小青多注意安全。

接完电话，方小青本能地把家里的楼上楼下察看了一遍，都是安全的。她猛然觉得，这个人是不是冲着苗素馨来的？苗素馨的工作可能威胁到什么人了。

方小青对苗素馨说："要是有人从我眼皮底下把一个大美人偷走了，那我可真没法给你老公交代了，原来金屋藏娇也是有风险的。"

苗素馨说："老太婆一枚，哪有那么娇气。"

方小青说："你现在可是我这屋里的大熊猫，不能有一丁点儿闪失。刚来的时候我就说你住二楼我住一楼，可你非说你住一楼方便。现在不管你方便不方便，首先要考虑你安全不安全，我们俩赶快调换，你住楼上，我住楼下，今天晚上就调，现在就调，可不能让客人住在我家里担惊受怕的。"

苗素馨说："不用麻烦了，不调了，就今天一晚上了，明天我就搬到地区宾馆去。"

方小青愣了一下："怎么了，害怕了？看来官家的身子还是金贵呀，不像我们老百姓，粗人，什么都不怕。"

苗素馨说："不是的，我的同事在地区调研党风廉政建设的事已经差不多快搞完了，调研组的同志要跟我一起碰碰情况，跟他们一起住到宾馆方便一些。"

方小青说："你有工作就忙工作吧，休个假也休不好。"

苗素馨说："我这个假已经休得很好了，要不是在你这儿，哪能这么从容地安安静静休息这么长时间。"

方小青说:"明天你就要搬出去住了,今天晚上还是住到二楼来,客人安稳了,我才能安心,才能睡个好觉。"

苗素馨搬到了二楼,但方小青还是没能睡上好觉,苗素馨不想睡,就想跟她聊天,她只好陪着。

是因为明天要搬出去住舍不得,还是心里有什么事放不下,反正今天苗素馨好像没有睡意,特别想和方小青说说话,那情景真的像一对亲姐妹在一起的絮絮叨叨。

聊天的话题由苗素馨提起,但所有的话题都是围绕方小青在聊。聊女人,聊方小青,聊方小青的企业,聊方小青身边的人和事,聊高庆阳和他的企业,聊中天纺织和吴总,聊天章和鹿川,聊田光耀和蔡团长。什么都聊,但就是不聊夏连春。是刻意回避夏连春,还是刻意要聊方小青?

慢慢地,方小青觉得苗素馨的聊天话题是有所指向的。看似漫无边际,实则围绕一个主题:方小青身边的人和事。尤其是对高庆阳和高庆阳的企业特别感兴趣。

方小青突然觉得苗素馨今天晚上说的这些是不是跟她的工作有关系?方小青是什么人,高庆阳是什么人,你问问你们家夏连春不就知道了吗?你不会吃我的饭还要砸我的锅,住在我家里还要调查我吧?

第三十一章

神秘老板

苗素馨被一个神秘难解的问题困扰着，怎么那么多的鹿川企业好像都跟高庆阳有关系，这背后到底有什么不为人知的内幕和秘密？

在跟田光耀有经济关系的企业中，天章的黑蜂股份、焦炭厂，鹿川的中天纺织，北山坡旅游项目，背后的大老板，也就是实际控制人，都是高庆阳。而这庞大的资产，又都不在高庆阳的名下。高庆阳这是玩的什么套路？

现在的人，当官的就怕别人说他官小，挣钱的就怕别人说他钱少。搞企业当老板的，恨不得都被别人说成是当地的首富才好。可这高庆阳，有这么大的资产，却要藏着掖着，让别人为他顶着，这是为什么？

按照高庆阳实际拥有的资产量和为社会做出的贡献，在鹿川，在省里，哪一个层面给他个政协委员干干都绰绰有余。可是在鹿川，用他自己的话说，他就是一个开饭馆的。虽然他的"大上坡"已经开到了省城，开到了北京，开到了美国，但他的身价，还是没被人们真正认识。

在鹿川企业界，高庆阳算得上是大哥大级别的，那声望，是他二十多年在商海里摸爬滚打好善乐施混出来的。苗素馨纳闷，高庆阳自己名下的"大上坡"，干干净净，没有一点瑕疵，和田光耀没发生过任何不正当的经济往来和利益关系。而给田光耀行过贿送过股份的企业，都是放在别人名下的企业，这些企业也都是声名显赫的企业。那名气，甚至大过高庆阳。这是高庆阳无意而为还是有意为之？

面对苗素馨的发问，高庆阳早有准备的地从容对答，就两条：

一、他不想背行贿的罪名，所以他名下的"大上坡"是干净的。

二、他不想让田光耀知道那些企业都是他高庆阳的，要不然，田光耀可能就不跟他合作了。

三十多年了，高庆阳一直记着他在吉宁县中学读高二的那个寒冬，一直记着男生宿舍吃狗肉的那个夜晚，一直记着田光耀一脚踢掉他手中饭盒的那个瞬间，一直记着那个瞬间深埋在他内心深处的两句话：

"君子报仇，十年不晚。"

"你会为你踢我饭碗的这一脚付出代价的。"

所以，他开的每一个餐厅、酒店的餐桌上，都摆放一个饭盒造型的免费"盒汤"。这个饭盒就是在提醒他，他曾经被人家一脚踢掉过手中的饭盒。

当年的那一脚之后，高庆阳曾给夏连春说过："你学习好，面相也好，要好好学习，将来至少能当个地厅级领导。"

高庆阳说他自己也会好好混，虽然他的智慧和学习不如夏连春，但他可以在别的方面混出个样子。不管怎样，"我们一定要比田光耀混得好才行"。

高庆阳高中毕业后回了老家。高考失利后，他去了南方，去了蛇口。他的奇迹就发生在蛇口。

他在蛇口一个工地上当小工，认识了一个香港打工仔禧哥。禧哥虽比高庆阳年长，但却比高庆阳瘦弱，推车搬砖力气都不够，高庆阳就主动给禧哥帮忙。几日下来，两个人已经混得很熟，相互间"禧哥""阳仔"地叫，亲热了起来。

禧哥在香港读大学，暑期过蛇口来打工。那时蛇口条件比较差，禧哥住一私人小旅馆里，条件已经是很好的了。高庆阳住在工棚里，条件自然艰苦。禧哥感激阳仔平日里的相助，邀阳仔和他一起住到小旅馆来。

高庆阳住进小旅馆没几天，禧哥半夜里上吐下泻，高烧不止，脉动缓慢，生命垂危。高庆阳吓得屁滚尿流，赶快跑到工地上找到施工单位的一个小领导。小领导也很好，立即派了一辆工程车辆，和高庆阳一起把禧哥送到医院。

医院说病人得了伤寒，胃穿孔，肠道出血，需要马上手术。多亏送得及时，要不就没救了。医院一边让那小领导去办住院手续，一边把病人推进手术室。

手术前签字，医院问谁是家属，高庆阳四处张望，已找不到那小领导的影子。那小领导刚才一听病人得的是伤寒，他怕传染，又一听要手术，怕花钱，跑了，住院手续也没办。现在只剩下高庆阳一个人在医院，没有别的办法，他拿起笔就把高庆阳三个字签上了。

好在那时的医院风气好，没有要求病人家属交足押金就手术了。要不，高庆阳还真没办法了。

手术当中，病人由于失血过多，需要输血，但当地没有血站，没有存血。医生征求高庆阳意见，问他能不能给别人输血？高庆阳说能。医生立即抽验高庆阳的血，血型匹配，可以输给病人。高庆阳撸起袖子，鲜红的血液流进了禧哥的体内。

这种禧哥体内流淌着阳仔血液的兄弟情分，只能发生在那个时候，放到现在是根本不可能的，因为现在规定，不允许献血者直接把血液输送给病人。

手术之后，高庆阳面临的最大问题是医疗费问题。医院毕竟不是福利单位，病人的生命体征一稳定，人家就催促医疗费的事了。禧哥有没有钱高庆阳不知道，禧哥还在昏迷当中。但高庆阳打工挣的那一点钱，吃饭都不够，别说这么庞大的一笔医疗费了。他们打工的施工单位也肯定不会管他们，要不然那个小领导也不会那么快就跑了。

高庆阳恳请医院再宽限几天，等到病人一苏醒，他就让病人想办法跟香港的家人联系，赶快送钱过来。

但医院不放心，在这打工的都是外地人，一旦病情好转，偷偷跑了咋办？医院找谁去？再说了，病人的家境如果很好的话，怎么可能从香港跑到这边来打工？就是你们不跑，可万一要是付不起医药费怎么办？你们身边现在有没有什么值钱的东西，抵押到医院财务上也行。

高庆阳注意到医院的人说这话的时候，眼睛一直盯着高庆阳手腕上的那块表。据说这块表能值些钱，但高庆阳舍不得把表押给医院，不是因为它值不值钱，关键这是爷爷那儿传下来的东西。他当了这么多年的地主崽子，受了那么多委屈，现在他身上只有两样东西是他那老地主爷爷给他留下来的，一个是他高庆阳的名字，一个是他腕上的这块表，要是抵押出去丢失了，那可如何是好？

医院的人看出来高庆阳的心思，就说："你要是同意把手表抵押给医院，我们可以把手表锁在一个保险柜里，上两把锁，你和医院各拿一把锁的钥匙，只要你们的医疗费用一到，你就把手表拿走，这样你放心了吧？"

高庆阳觉得这个办法可行，也更觉得他这块手表值钱，要不然医院的人也不会这么看重这块表的。

高庆阳的手表抵押出去以后，医院里再没有催促过医疗费的事，而且一刻也没有耽误对病人的用药和治疗。到第五天的头上，禧哥慢慢苏醒过来。他无力地抓着高庆阳的手，两个眼角流淌着泪水。

人其实也是一个挺怪的物种，有时候你眼睁睁看到的事情却是假象，比如魔术；有时候你亲耳听到的却是假话，比如奉承；有时候你什么也没看到，什么也没听见，可心里却像明镜似的，比如现在的禧哥。他好像对他昏迷当中发生的事都清清楚楚，什么都知道一样，要不他一醒来怎么就对阳仔这么动情？

医生和护士都示意病人别激动，别说话。病人示意护士拿笔来，然后哆哆嗦嗦地给护士写下了一串数字。高庆阳不知道什么意思，医生护士知道，那是香港的电话号码，估计是他家里的电话。

当天午后，香港那边就过来好多人，禧哥的爷爷、奶奶、爸爸、妈妈和其他一行人等，还有香港过来的医护人员。那阵势一看就是香港的大户人家，富庶人家。

医院当时从高庆阳戴在腕上的手表就知道这是个有来头的家族，但没想到病人居然来自香港富豪之家，更没想到高庆阳居然和病人没有任何直接关系，只是在一起的打工仔。

所以医院对千恩万谢的病人家属说："你们不用感谢我们，医院为病人治病是天职。如果要感谢，你们应该好好感谢这位救了你们孩子一命的小伙子，如果不是他送医及时，医院再努力也救治不了你们的孩子。"

禧哥的爷爷奶奶和爸爸妈妈一进病房，就看到禧仔一直拉着这个小伙子的手没有松开，就知道这两个人是好朋友。本来伤寒病人是要隔离治疗的，怕传染，但这两个人这些天来却一直在一起，他们根本就没管那么多。家里人知道这两个年轻人的关系一定不同寻常。再听医院这么一说，他们更是感动得不得了。

禧哥的爷爷尤其对高庆阳抵押祖上留下来的手表救他孙子的事比较在意。这手表一定是一件非常值钱的宝贝，要不然绝对抵不了这么昂贵的医疗费。作为祖上留下来的物件，这手表也一定会让人爱不释手，但这孩子居然舍得用它作押救人一命，此举也不是一般人所能为的。所以，怎么感谢报答这个年轻人，禧哥的爷爷已经心头有数。

医院给高庆阳退还了手表，禧哥爷爷十分好奇地想看看这小伙子爷爷留下来的手表是个什么样的稀罕物件，他孙子到现在还把它戴在手上。

禧哥爷爷把手表放在眼前仔细端详了一会儿，然后恭恭敬敬、颤颤巍巍地把手表递还给高庆阳："这是个好物件，年轻人要把它爱护好。"

高庆阳郑重地点点头。

"年轻人贵姓呀？"禧哥爷爷问高庆阳。

"免贵姓高，名叫庆阳，禧哥叫我阳仔。"

"祖上哪里？"爷爷再问。

"陇州。"高庆阳再答。

爷爷再没说话。

禧哥一家人返回香港的时候，爷爷说："阳仔和我们一起去香港，和禧仔一辆车。"禧哥的眼里再次流出了泪水，还是爷爷懂他。

禧仔和阳仔一身工地上干活的装束，好多天没洗没换，身上都臭了。到了香港，禧仔直接住进医院，清洁卫生的事都由医院负责。阳仔跟着爷爷他们回到家，管家已经提前为他收拾好了房间，准备好了换洗衣服。沐浴更衣后，一个帅气的小伙子出现在爷爷面前。

爷爷感念阳仔对禧仔的救命之恩，对阳仔也是疼爱有加，让阳仔坐靠在他的膝前嘘寒问暖。爷爷问阳仔家里都有什么人，阳仔说他家里只有他、姐姐和母亲三人，姐姐已出嫁。他出来了，母亲就在家里跟着姐姐、姐夫。他父亲死得早。他们家成分不好，是地主，从小就没见过爷爷。爷爷是个生意人，一直在外面没敢回过家，客死异乡，家里人连爷爷的尸首都没见着，逢年过节只能在十字路口给爷爷烧个纸。

爷爷心疼地抚摸着阳仔的头发，说小小年纪就有几根白头发了，还轻轻地给他拔掉。阳仔从小到大哪享受过这等关爱，心里不免就有些酸楚。禧哥这一家人真好。

和爷爷聊了一会儿天，阳仔去医院陪护禧哥。

禧哥、阳仔两个人已经是生死之交、一世的兄弟了。禧哥一刻也离不开阳仔。但香港的医院比较规范，伤寒病人需要隔离治疗，家人不能近前。所以阳仔虽在医院待着，两人却不能见面。两个人心里知道他们都在医院就行了。

伤寒病是很缠人的。禧哥的身子骨本就单薄，这一病，整个人更加虚弱，出院后还要恢复一段时间才能去学校。好在有阳仔陪着，也倒不急。

个把月的时间过去了，禧仔该去上学了，阳仔也该回蛇口干活，那工地上还要不要他还不知道。禧仔给爷爷说，想办法给阳仔在香港找个事做吧。爷爷说好呀，他正想和家里人商量这个事呢。

爷爷把家人召集到一起，看着禧仔和阳仔，很郑重地讲起他自己早年的一些事。

我年轻的时候，就像你们现在这个年纪，下过南洋。在南洋，我也结识了一个好兄弟，他年长我两岁，是我大哥。我大哥待我特别好，什么事都罩着我，我的生意做赔了，都是他帮我翻的本。

我们前前后后在一起将近三十年，后来我大哥也像这次禧仔一样，得了一场重病，是我把他送到医院的，但抢救了三天三夜也没能抢救过来，撒手归西了。

我大哥临走的时候，把他在南洋的资产全部托付给我。因为当时那边的政策限制，我大哥就嘱咐我，如果将来条件允许，让我把他的资产转至他孙儿的名下。他只有这一个孙儿。他儿子已经早逝。如果条件不允许，他的资产就全部转赠给我了。

我大哥去世后没几年，我就带着我大哥的骨灰回到了香港，在香港发展。现在我的公司里，一直都有我那去世大哥49%的股份，是以他的孙子的名义持有。我当时设置公司股份的时候，应该是各占一半的，但我留了一点私心，也不知道我大哥孙子怎么样，找到他的时候，如果成器，就恢复各占一半的股份，如果不成器，就给他49%算了，别让他进到公司来，跟我们平起平坐，最后毁了我们的公司。

现在我找到我那死去大哥的孙子了，他和我自己的孙子一样，很优秀，很成器。所以，我宣布，我们公司的股份，恢复到各占一半。

爷爷很激动的一番话，说得家里人都很茫然。

这时候，爷爷突然站起来，指着阳仔对家人说："我大哥的孙子现在找到了，就是他，阳仔，高庆阳。"

一家人都被爷爷这戏剧性的一幕搞蒙了。高庆阳更是傻呆呆地不知所措。爷爷是不是因为阳仔施救禧仔兴奋得糊涂了？你怎么能认定他就是你大哥的孙子？

爷爷继续说："那天我在医院看到阳仔的手表，我就知道阳仔可能就是我大哥的孙子。因为他戴的那一款手表只有两块，当年我和我大哥一人买了一块，上面是有编号的。这世上不可能再有别人有这块手表。

"我当时就问阳仔祖上哪里，他说陇州，那正是我大哥的老家。我又问阳仔贵姓，他说姓高，名庆阳。这名字正是我大哥为他孙子起的，也是我大哥股份在我们公司里持股股东的名字。

"当天回来我就把我那块珍藏在保险柜里的手表找了出来，你们看，是不是一模一样？"

爷爷颤巍巍地把他珍藏的那块手表拿出来给大家看。两块手表放在一起，果然一模一样。再看表背面的编号，果然是同款姊妹表。

爷爷这时还不忘调侃幽默一把："阳仔戴着这块表在工地上干活，真是捧着金饭碗要饭，没认识到自身的价值。你这一块表，就可以把那工地买下来了，要不人家医院能让你用一块手表抵押一个伤寒病人的医疗费？"

爷爷继续说："那天我们把禧仔接回来安顿到医院住下，阳仔在家里洗完澡之后，我们爷孙俩坐在一起聊天说话，我从阳仔头上拔了几根头发。我这保险柜里一直珍藏着我大哥去世前从头上拔下来的一缕头发。我把阳仔和我大哥的头发送去做了鉴定，结论：阳仔和我大哥有血缘关系。"

一家人全部惊呆了。

爷爷突然老泪纵横地搂过阳仔说："原谅爷爷这些年一直没有去找你。不是不找，是因为现实条件不允许，没法找，也找不到，找到了可能也是害你。现在的情况刚刚有些变化，我本来想等到情况进一步明朗了，再让我的儿子孙子他们到内地，到西北，到陇州去找你们。没想到，我们还没成行，上苍就把你送到了我的跟前。可能真的是我的真心感动了我大哥的在天之灵，他亲自把自己的孙子给我送过来了。"

现在全家人都已经明白是怎么回事了，因为这二十多年爷爷总爱在家里讲他这个大哥的事。但高庆阳还是不敢相信这是真的，他爷爷真的给他留下了这么大的家业？禧哥一家人真的这么好，就这么痛痛快快地把爷爷留给他的这份资产全都转交给他了？

不管高庆阳信还是不信，但这件意想不到的事就这么千真万确地发生了。高庆阳突然觉得这么多年的地主崽子没有白当，甚至他们家当年被划成大地主也不冤枉，原来爷爷这么有钱。

禧哥爷爷从公司成立之初，就把高庆阳作为公司的股东，现在高庆阳又正式进入公司，担任副总，成了名副其实的公司人。

禧哥爷爷又帮着把高庆阳在香港的身份办了下来，高庆阳又成了名副其实的香港人。后来这些年，高庆阳进出香港那么容易，原因就是他拥有不被外人知道的香港身份。

禧哥爷爷还带着阳仔去他爷爷的墓前祭拜，让他们爷孙俩见了面，也算了却了禧哥爷爷二十多年的心愿。

接下来，高庆阳一直跟着禧哥爷爷和禧哥父亲，在公司里学习经营，熟悉业务。但他整天总是觉得自己晕晕乎乎似懂非懂的。一段时间下来，高庆阳突然明白了一个道理，香港他不熟悉，这么大的公司，这么大的经营，他都不熟悉。而且公司发展壮大到今天这样的地步，全是人家禧哥爷爷一手打造的。这公司还是交由人家禧哥爷爷一家人继续掌管打理应该是最好的，自己何必非要凑到这公司里来呢？

经过深思熟虑之后，高庆阳和禧哥敞开心扉深聊了一次。他觉得这一辈子，他们哥俩儿能够相遇相识相知，最后成为生死之交，真是上苍的成全和恩赐，他会一辈子珍惜。但他觉得他的事业还在内地，还在西北，还在鹿川。他还要回到适合他待的地方去。香港的公司还是由禧哥的爷爷、父亲乃至将来的禧哥经营掌管，他的股份股权全部托付给禧哥，他就在香港之外的地方逍遥自在坐享其成吧。

禧哥觉得这样不妥，将来还是他们哥俩儿一起打理祖上给他们留下来的家业比较好。高庆阳说他出来闯荡原本就是想挣些钱回鹿川发展的，现在禧哥爷爷给他准备了这么巨大的财富，他再不用出去打工挣钱了，他可以即刻回鹿川干事。那儿还有他的梦。

他恳请禧哥一件事，就是他的香港公司和香港身份保密，不对外说。

禧哥知道阳仔是认真的，相约两人以后一东一西，一南一北，遥相呼应，相得益彰，共谋大业。

既然两个孙儿辈的人已经商量好了，禧哥的爷爷、父亲也只能支持。年轻人多经历一些事，本就是爷爷和父亲的心中所想，要不他们也不会暑期里把禧仔送出去打工干活了，也就不会有今天禧仔、阳仔的故事了。

高庆阳临走的时候，先后给两个老人行了跪拜大礼。

一个是到自己爷爷的墓前长跪不起，感激从未谋面的爷爷给他留下了这么巨大的财富。他承诺："一定不会枉费爷爷的心思，他会把爷爷留下的家业发扬光大，不会乱花爷爷留下来的一分钱。"

一个是给禧哥的爷爷长跪不起，感激禧哥爷爷对他恩重如山的大爱。他承诺："他一定会和禧哥一起，精诚团结，励精图治，十年磨一剑，百年守家业，绝不当败家子。"

高庆阳回到鹿川做的第一件事就是把凤月琴的父亲送到南方沿海就医，他现在有这个能力。凤月琴接受他的帮助，一是因为他是夏连春的朋友，人好；二是因为她需要帮助，她苦。

好人和苦命的人走到一起，是天意，也是人意。父亲的病已经把全家人折磨得生不如死，再这样下去全家人都会疯掉的。送走父亲不一定是最好的选择，但却是当下唯一能做的，其他别无选择。全家人都感激高庆阳。

高庆阳做的第二件事就是到鹿川开餐馆，他有这个经验。上高中的时候他就和人合开了吉宁县城西餐馆。现在有条件了，他可以开更大的餐馆，于是就有了"大上坡"。

第一件事和第二件事结合到一起，就有了第三件事，高庆阳和凤月琴走到了一起。

爱不需要理由。夫妻是没有配错的。高庆阳时常爱问，为什么自己要回来参加那次高考，为什么凤月琴要让他送她回家？要不是那次高考，要不是那次相送，他怎能意外知道凤月琴的遭遇，怎能意外知道凤月琴与夏连春分手的真正原因，又怎能意外知道自己的内心里正在慢慢滋长着对凤月琴的爱。要不是这么多的意外，打死他们两个也不会走到一起。

一开始，他还不敢爱，不好意思爱，她毕竟是好兄弟夏连春的至爱。后来是凤月琴不愿意接受他的爱，她觉得她不配他的爱，这反倒催化促成了他的爱。他觉得她是天底下最善良的女孩，她已经失去了夏连春的爱，她不能再错过他对她的爱。

凤月琴高中毕业前，父亲的病愈发重了，每个周末她都早早回家。这两年，因为没有夏连春同行，她习惯了一个人独来独往，清静。有时候她自己都会憋在心里头苦笑，怎么现在搞得就像夏连春老婆一样，很守妇道，不愿意和别的男孩子接触了。

周末下午，她正一个人漫不经心地骑着车子往家走，突然身旁一阵急促的自行车铃铛声。她以为碍了别人的事，赶紧往旁边让了让。身旁的人说说话了，怎么不想和我一起走？扭过头一看："田光耀？你也回家？"

田光耀这时已经是县委秘书了，身上透出一种当领导的气派来。凤月琴真的不想和他一起走，想回避，打了招呼就有意识放慢了骑车速度。但田光耀也同时慢了下来，显然是要和她同行的节奏。凤月琴也不好硬躲避人家，只好硬着头皮，一起同行。

田光耀没话找话地问起凤月琴父亲的病情来。下水湾的人现在都认为疯子是真的病了。父亲的病是凤月琴的痛，谁提起这事都会引起她恐惧般的慌乱。田光耀捕捉到了凤月琴的心理变化，马上追加了一句："你们为什么不想办法治呢？"

凤月琴被悲观的情绪笼罩着，随口说了句："治不了了。"

田光耀说："那倒不一定，有些病正规医院治不了，旁门左道没准可以出现奇迹。我给你们推荐一个医生，神医，他一定能治好你父亲的病。"

凤月琴将信将疑地看了一眼田光耀，突然想起田光耀前些年好像得过什么难以启齿的怪病，好像就是被一个什么神医给治好的，赶紧就问："能行吗？"

"能行。一定能行。"田光耀非常肯定地说，"什么稀奇古怪的疑难杂症，到他手里，都是小病，他都能治。走，现在天还早，我带你去找他。"

凤月琴像突然抓到了救命稻草似的，田光耀的话在她的脑子里过都没过一下，脑子一热，不假思索地跟着田光耀就往团场里去找那个胡神医。

人说，人每天有三次犯浑的时候，凤月琴就因为她这一次犯浑，脑子一热，让她忘掉了母亲的告诫："千万不要和田光耀走得太近。"

一次走近，悔恨终生……

第三十二章

赤麓花红

苗素馨只想调查案情，不想知道别人的隐私，更不想知道好朋友们的隐私。可是这案情涉及的又全都是隐私。哪个案情在水落石出之前不是私密的？

私密在无人知晓的时候一分钱不值，因为没人知道，没价值。一旦大白于天下它又不值一分钱，因为谁都知道，已经失去价值。私密就是在那若隐若现似知非知的时候最值钱，你也想知道，他也想知道，谁比谁先知道，谁比谁知道得多，谁的心理就得到最大满足。

田光耀的事就是在这若隐若现、似知非知之中日益清晰渐趋明朗。坊间已经在传，田光耀被抓了，可是没过几天他又出来了。有人说他这是出来露露脸辟辟谣，估计很快就要被抓了。有人甚至煞有介事地说关押田光耀的地方都已经准备好了。

田光耀被查的事已经在社会上疯传，这时候人们才知道苗素馨真的一直就是在鹿川查人的。于是人们开始对苗素馨敬而远之，不太爱往她跟前凑了。现在的人，大都是多一事不如少一事，喜欢站在干净的地方，离是非远一点。

田光耀倒不一样，他很想往上凑，很想探探苗素馨的底，看看她到底在查什么，查谁，但又心存顾虑，心有忌惮，不敢轻举妄动，怕弄巧成拙，偷鸡不着蚀把米，反而引起别人的猜疑和多想。

他对苗素馨在鹿川查人的事早有耳闻，而且好像能真切地感受得到她是在查自己似的。别人怎么说他不管，他也管不了，但他自己已经先于别人开始对号入座了。他现在的表现，既像热锅上的蚂蚁，又像没头的苍蝇，整天急得团团转，心惊肉跳，提心吊胆，但又无计可施，无策以对。

苗素馨的工作到了最后阶段，后面的事就不是她的了。但就现在掌握的情况，田光耀已经是作死的节奏，留给他的时间已经不多了。

最具讽刺意味的是，田光耀辛辛苦苦弄来的钱，自己一分还没花，倒先把别人喂肥了。他还是一双布鞋，一包孬烟，一辆旧车，别人却在花着利用他捞来的钱，过着花天酒地的日子。

他花费了全部心血和聪明才智运作构建的天印企业，由于经营不善，这么多年了，不仅没挣上钱，还一直倒贴。他冒着风险，甚至厚着脸皮，从政府手里，企业手里，个人手里，一点一点挖来的资金，都输送到了天印企业，结果半数以上都让蔡团长黑吃黑拿走了。田光耀像老母鸡一样到处刨食，辛苦了自己，养活了鸡仔。而蔡团长倒像是衣来伸手饭来张口的花花公子，住别墅，管公司，办企业，玩女人。要是田光耀知道了这些实情，不知道会不会气得吐血？

他受贿来的真金白银，自己都没经手，基本上都在丁香和营营那里。丁香那儿的钱他一分也没打算要，他想着都留给丁香。丁香跟着他这么多年，也不容易，他想让丁香晚年过得充实一些。营营那儿的钱他一分也得不到，营营已经带着孩子，带着钱出国了。当然，田光耀什么话也说不出来，因为营营带着他的儿子。但那儿子到底是不是他的，是他的还是蔡团长的，其实到现在还是个悬案，只是田光耀不知道而已。

挂在田光耀名下的那些股权股份也只是个量化的数字，真实的内容还在人家企业里，实际上你什么也没得到，跟空头支票没什么两样。你想空手套白狼，结果反被白狼套得死死的。这是玩政治的愚笨还是搞企业的精明？

他从几家房地产开发商手里索取的住房，都给了几个相好的女人住了。"你把心丢在了温柔乡，只想沉醉在花的海洋。""多少真爱已经悄然散场，你是否还能回到当初的模样？"你一旦有事，这些女人还能理你？到头来，恐怕只能是人走楼空，竹篮打水。

田光耀的小舅子张碧林，对姐夫的事听说的不少，知道的不多，但凭着他对姐夫的了解和他这么多年工作的经验，他知道姐夫一旦犯事肯定不是小事，要不然苗素馨也不会在这里坐镇这么长时间。

但这一会儿的张碧林，对田光耀到底犯了多大的事已不感兴趣，他的痛点，也是关注点，全都在丁香身上。他几次都想找丁香谈谈，但话到嘴边又咽了回去，能谈出结果吗？

他想到了离婚，想趁着姐夫的案子还没公布之前，赶快和丁香离了。但世界上的事哪有那么简单，只怕是你这边和丁香的离婚还没提出，他那边的违纪大案已经暴露，到头来，离婚不成，还授人笑柄。

要想把丁香的事捂住，不暴露出来，最简单的办法就是把姐夫干掉。案件的当事人死了，案子就可以不查了，搁下了，了结了。但这样做的代价太大，值得吗？

张碧林觉得，眼下能够虎口救人，刀下留情的关键人物只有一个，苗素馨。在案件还没公开之前，只要她愿意，肯帮忙，就一定还有办法。

张碧林的想法很简单，先把丁香救下来，然后再和她离婚。两个人不吵不闹，外人什么也不知道，这样，两个人都有面子。

可这件事怎么开口，怎么去找苗素馨？她办案的地方外人不知道，就是有人知道，他也进不去。直接约她出来谈？可她能出来吗？她还念不念往日的交情？而且自己后来在苗素馨手下工作的时候，他也没让人家省心，没准儿她还记着呢。再说了，即使她愿意出来见他，这事情又怎么谈？就说丁香牵涉到田光耀的案子了，求她对丁香网开一面？可她要是不接话呢？你家丁香怎么了？牵涉田光耀的什么案子？你怎么说？你这不是不打自招吗？

张碧林越想越没主意。他知道苗素馨这个女人的脾气，软硬不吃。要不是考虑师兄的关系，真想找个机会把她教训一顿，直接把她拉到背街小巷没人的地方揍一顿解解气。

就在张碧林这边挖空心思前思后想怎么对付苗素馨的时候，苗素馨那边的工作已经告一段落。她想利用这个间隙，去一趟天章草原，看看那个曾令田光耀仙人得道般顶礼膜拜的"天章石"。

苗素馨是在办田光耀案子时知道的，田光耀的天印企业得名于天章县山里的"大印章"，天授大印，天印企业。苗素馨隐约能够感受到田光耀从他自己设定的天印之路走过来的心路历程。

约上方小青，两个人驱车来到天章草原。

山路尽头，"大印章"在天章草原矗立着。方小青把车停在山坳里，远远望去，天章石的半中腰有两个人影在动。移步天章石，人影逐渐清晰起来，是田光耀和蔡团长。他们来干什么？

天章石上的人影也看清了拾步上山的苗素馨和方小青，可能是不想正面相遇，也可能是已经办完了他们想办的事，两个人影匆匆往山下走去。

苗素馨和方小青走到了那两个人影刚才站立过的地方，还有几缕未燃尽的香火飘忽。这两个人是到这来给"大印章"烧香磕头祈求保佑的，由此可见"大印章"在他们心中的地位。问题是平时不烧香，临时抱佛脚，来不及了。事到临头，为时晚矣。

看来这两个人对他们自己犯下的事还是心知肚明的，对他们眼下面临的危机也应该有所察觉，没准儿两个人还在商量对策，订立攻守同盟呢。没承想，冤家路窄，居然又在这里意外碰到了苗素馨和方小青？

苗素馨方小青两个人在天章石上待的时间不长，她们觉得自己没有那个灵性，体味不出"天授大印"的妙处来，随意转转就赶着下山了。

山里头还没热起来，草原上旅游的人不多。"大印章"就是一块孤零零的石头，只需远看，不用近观，附近一个游人也没有，这么半天下来，除了田光耀和蔡团长以外，天章石附近再没人来过。

山坳里一片寂静，连个有生命能发出声音的行走动物都见不着。方小青和苗素馨有点莫名地恐慌，赶快上车。牛头车，鹿川人都叫巡洋舰。方小青主座，驾驶位，苗素馨副座，副驾驶位。

坐进车里，两个人踏实了很多。方小青找点乐子，说："苗主任坐后排领导座吧，山路，前排颠，下山路，前排更颠。"

苗素馨回应她的找乐："颠了不瞌睡。"

上山容易下山难。来的时候没觉得，回去的时候怎么这么险。山路十八弯，弯弯有险情。坡陡，路窄，弯急，坑坑洼洼，一路颠簸。右面是陡峭的山崖，左面是湍急的河流，前面是急速的下坡。稍不留神，往右撞到山上，往左掉到河里，往前冲出山道。不管发生哪种情况，不死也得残废。

两个人系好安全带，都很专注，开车的不敢大意，坐车的连话都不敢说，怕开车的人分心。最有意思的是苗素馨坐在副驾驶位上，随着路况的变化，下意识地打方向，点刹车，关键是她根本就不会开车。

方小青谨慎之余，也不忘取笑苗素馨："主任，别那么紧张，我老司机了。"

苗素馨说："你好好开车，不要吹牛。"

说话间，车到右转弯处，车轱辘突然顺着浮在路面上松散的石子往左前方打滑。方小青松开油门，轻点刹车。可就在这时，不可思议的事情发生了，车左前轱辘掉了，跑了。随着两个人一声尖叫，车朝左面山沟翻滚下去。

可能这两个人命不该绝。车翻滚下去就落到了河里，居然不偏不倚，稳稳地卡在河中间一块裸露的大石头上，纹丝不动。

河水之中，车骑石头的奇异景象把一个骑马路过的牧民吸引了过来。牧民好生纳闷，这河中间的大石头上怎么能停着一辆车？这车是怎么开上去的呢？

好奇心驱使，牧民近前仔细察看。车里有两个人，女人，有血，好像已经失去知觉。原来是车祸。因为车在河中间，水流湍急，牧民一个人没法施救。他骑马翻山，叫来同伴，非常艰难地把伤者救到岸上，飞速下山送医。

等到两个人苏醒过来的时候，她们已经躺在了天章县的医院里。方小青伤了头，头撞在车门上，流了不少血。苗素馨伤了腿，左腿骨折，动弹不得。两个人模模糊糊之中，知道自己还活着，捡了一条命回来。两个人都向医生询问对方还在不在。

人们听说了她们遭遇的这一离奇车祸，都说这两个人命真大，感叹生命的奇迹：车开着开着轱辘掉了，车翻到河里居然能落在石头上，纹丝不动，像是命运之手摆放上去的，听说大吊车上来都费了好大的劲才把车从石头上吊起来。这不是奇迹又是什么？

后来高庆阳据此编了个歇后语，调侃方小青翻车事件："方小青开车，轱辘跑了，车还在。"

方小青也自嘲，说她只是车掉到了河里，不是翻车。翻车是指部分或全部车轮悬空车身着地的现象，也就是车翻过去了或是侧过来了。她的车虽然掉在河里，但还是车轱辘着地，尽管已经少了一个车轱辘。

交警调查翻车事故的时候，重点放在了车轱辘上。车轱辘是怎么掉的，为什么会掉，有没有人为因素，是不是被人做了手脚。要不，这车开着开着车轱辘怎么会掉了？

方小青觉得她的车如果有人做了手脚，那就是田光耀或者是蔡团长，因为当时山里只有这两个人，没有别人。而且这两个人都有下狠手做手脚害死她和苗素馨的动机。

田光耀在鹿川已经是一只死老虎，被撤被抓关进去，已是秃子头上的虱子明摆着，只是时间早晚的事。虽然他是自作孽不可恕，但查他的人毕竟是苗素馨，他还是会把这笔账记在苗素馨的头上。临死的时候拉个垫背的，这是田光耀能做出来的事。

蔡团长和田光耀是一根藤上的两只蚂蚱，从小就狼狈为奸，长大了更是相互勾结，用高庆阳的话说，这两个哈怂在一起还能有个好？田光耀出事蔡团长肯定跑不了，绝对摆脱不了干系。他心里比谁都清楚。现在这个时候，田光耀想做的也一定会是蔡团长想做的。而蔡团长的心里同时还比田光耀多了一份对方小青的恨，选择这个时候对苗素馨和方小青下手，一定会是蔡团长充满快感的一件事。

不管这车轱辘是不是田光耀和蔡团长做的手脚，但他俩绝对没来得及知道苗素馨和方小青大难不死的离奇经历，两个人从山上一下来，就被等在天章的人带走了。还真应了那句老话："人算不如天算。"

田光耀这只靴子落地的时间让人等了太久，有的人都等瞌睡了。像高庆阳都等了几十年，涂子都把自己等退休了，"麻秆"等的时间没他们长，但心里却最焦急。现在，靴子终于落地，等的人也可倒头睡个好觉。

高庆阳没来得及睡觉，就被带走协助调查。吴总也被带走了。

田光耀和蔡团长不知道被带到哪去了，反正不在鹿川。赵丁香、"免贵麻"和"大头"几个人也被抓了起来，好像也被带到了别的地方。还有殷淑玲一干人等也相继被采取了措施。

鹿川这边的事，夏连春一开始不知道，后来苗素馨老是不回去，他知道这边有事了，但不知道什么事，直到田光耀被抓，苗素馨和方小青出了车祸，他这才突然明白原来苗素馨是在鹿川办田光耀的案子，怨不得她不说，这是纪律。

夏连春受委托赶到鹿川来陪夫人。

苗素馨和方小青已从天章转到了地区医院。苗素馨躺在病床上，腿上打着石膏，动弹不得。猛然间看到夏连春和方平出现在病房，眼睛里就闪出了泪花。她知道这样太有点小女人了，尤其是还有地委书记在跟前，但她实在控制不住自己。继而，居然还抽泣起来。

苗素馨的哭，既有看到亲人的委屈和撒娇，也有对夏连春的怜爱和恻隐。这段时间以来，随着她对方小青、凤月琴那些陈年旧事的翻阅，好像她已经触碰到了夏连春尘封已久的心灵。男人的心里也是挺苦的。

这一年来，因为华华的事，她对夏连春还是心有芥蒂的，然而最让她憋屈的却是心里有气发不出来，因为夏连春根本什么都不知道。

现在因为有了这么多的事搁到一起，她才真正知道每个人都不容易。要不是命运的捉弄，夏连春身边的女人可能还真的就不是她苗素馨了。

命运有时候是残酷的，他可以硬生生把两个有情的人分开；但它终究还是仁慈的，也可以让有情人终成眷属。

在夏连春、方小青、凤月琴、苗素馨这四个人当中，只有苗素馨一个是明白人，她一个人知道四个人的事。其他人都只知道自己的事，不知道别人的事，有的人甚至连自己的事都不甚明了。

苗素馨从方小青的遭遇中推测，凤月琴当年也一定是被田光耀下了药的，而且她和方小青被下药的罪魁祸首都是一个人，就是那个胡神医。所以那个胡神医在监狱里一辈子再也出不来了也是罪有应得，报应。

方平看出了苗素馨对夏连春的含情脉脉和情意绵绵，他该告辞了，把病房留给他们两口子，让他们好好说说话。

方平临走的时候，夏连春问他："方小青在哪个病房？"

夏连春的意思大概是他们一起去看看方小青。但方平说："小青现在还看不了，他们公司牵涉田光耀案子一些事，正在协助调查，被隔离在病房，外人不得进入。"

几个协助调查的人里头，方小青完成调查程序最快，前后只几天的时间就恢复了自由身。她现在的情况，自由不自由都无所谓，没有实质性意义，反正她一直躺在病床上，哪儿也去不了。不过探视的人可以随时进出病房总是好事，由此就消除了外界不必要的猜疑。

高庆阳被带走协助调查，凤月琴就从省城赶了过来。来了也没什么事，没事她就在医院陪苗素馨和方小青。

夏连春怎么也没想到他们几个人会在这样的场合相逢，说："现在就缺高庆阳了。"

凤月琴知道夏连春的心思，他是怕她不放心高庆阳，对高庆阳的事想不过来，是想安慰她。

凤月琴比谁都更清楚高庆阳，她说："高庆阳的事我心里有一本账，你们不用担心，他不会有事的，我们为等这一天已经等得太久了。"

城里的季节比别处早，放眼望去，树荫下的花圃里，偶尔有一朵两朵的赤麓红花撒落着，绽放着，尽管只是点缀，但也足够漂亮。

赤麓花红了。